Patricia Cornwell

# DIE HORNISSE

Roman

Aus dem Amerikanischen
von Monika Blaich

Hoffmann und Campe

Die Deutsche Bibliothek – CIP Einheitsaufnahme
Cornwell, Patricia D.:
Die Hornisse: Roman/Patricia Cornwell.
Aus dem Amerik. von Monika Blaich.
– 1. Aufl. – Hamburg: Hoffmann und Campe, 2000
Einheitssacht.: Hornet's Nest <dt.>
ISBN 3-455-01028-8

Die Originalausgabe erschien 1997 unter dem Titel »Hornet's Nest«
bei G. P. Putnam's Sons, New York

Schutzumschlaggestaltung: Thomas Bonnie
Satz: Utesch GmbH, Hamburg
Druck und Bindung: Graphischer Großbetrieb Pößneck
Printed in Germany

Den Cops gewidmet

# Kapitel 1

An jenem Morgen hing der Sommer schwer und düster über Charlotte, die Hitze flimmerte über dem Asphalt. Dichter Verkehr schob sich durch die Straßen. Menschen drängten und stießen sich auf der Jagd nach Glück, während rechts und links Baugerüste emporwuchsen und Bulldozer die Vergangenheit beiseite räumten. Das US Bank Corporate Center erhob sich sechzig Stockwerke hoch über der Innenstadt und gipfelte in einer Krone, die an riesige, dem Gott des Geldes zu Ehren eine Hymne spielende Orgelpfeifen, erinnerte. Diese Stadt brannte vor Ehrgeiz und Veränderungsgier. Sie war so schnell gewachsen, daß sie oft genug ihre eigenen Straßen nicht mehr kannte. Wie ein pubertierender Jugendlicher entwickelte sie sich ungestüm, manchmal tolpatschig, und von dem, was ihre Gründer einst Stolz genannt hatten, etwas zu sehr durchdrungen.

Die Stadt und das dazugehörige County waren nach Prinzessin Charlotte Sophie von Mecklenburg-Strelitz benannt, der späteren Gemahlin König Georgs III. Während damals die Deutschen nach denselben Freiheiten wie die Schotten und Iren strebten, hatten die Engländer entgegengesetzte Ziele. Als deswegen Lord Cornwallis 1780 beschloß, in die Stadt, die später unter dem Namen Queen City bekannt wurde, einzumarschieren, und sie zu besetzen, wurde er von den starrköpfigen Presbyterianern so feindselig empfangen, daß er für Charlotte den Beinamen »Hornissennest Amerikas« erfand. Zwei Jahrhunderte später war dieses schwärmende Insekt offizielles Wappen der Stadt, seines NBA-Teams und der Polizeibehörde, die über alles ihre schützende Hand hielt.

Denselben weißen wirbelnden Derwisch auf mitternachtsblauem Grund trug Deputy Chief Virginia West auf den Schulterklappen ihrer weißen, gestärkten Uniformbluse, auf der sich noch andere Orden- und Ehrenzeichen befanden. Die meisten Cops hatten, offen gesagt, nicht die geringste Ahnung, was das Wappen bedeutete. Für manche sah es aus wie ein Wirbelsturm, eine weiße Eule oder ein Pfeil mit Widerhaken. Andere waren sicher, daß es mit Sportveranstaltungen in der Halle oder dem neuen Zweihundertdreißig-Millionen-Dollar-Stadion zu tun hatte, das breit wie ein gerade gelandetes Raumschiff in der Innenstadt hockte. Aber West war schon mehr als einmal gestochen worden und wußte genau, was es mit dem Hornissennest auf sich hatte. Das nämlich erwartete sie, wenn sie morgens zur Arbeit fuhr oder den *Charlotte Observer* las. Gewalt drang aus jedem Winkel der Stadt, und die Zeitung war voll davon. An diesem Montag war sie düsterer gereizter Stimmung, gerade richtig, um in diesem Nest herumzustochern.

Die städtische Polizei war erst vor kurzem in den neuen, weißschimmernden Betonkomplex umgezogen, der nun Law Enforcement Center oder kurz LEC hieß. Er lag im Herzen der City an der Trade Street, jener Straße, über die vor langer Zeit die britischen Unterdrücker in die Stadt einmarschiert waren. Die Bautätigkeit in dieser Gegend nahm kein Ende, als ob Veränderung ein Virus wäre, das auch von Wests Leben Besitz ergriff. Parken am LEC war immer noch ein Desaster, und ihr Büro hatte sie auch noch nicht vollständig bezogen. Alles war voller Schlammpfützen und Staub, und das edle Uniformblau ihres neuen Dienstwagens veranlaßte sie, dreimal wöchentlich die Waschanlage aufzusuchen.

Als sie bei den reservierten Parkplätzen ankam, traute sie ihren Augen nicht. Auf ihrem Platz stand so ein Ding Marke Drogendealer, ein papageiengrün lackierter, mit viel Chrom aufgemotzter Suzuki, für den, wie sie wußte, die Leute sich aus mehr als einem Grund überschlugen.

»Verdammt!« Sie blickte sich um, als könnte sie die Person wiedererkennen, die sich diese Frechheit erlaubt hatte.

Andere Polizisten parkten ein und aus, transportierten Häftlinge hin und zurück. In einer Dienststelle wie dieser mit ihren sechzehnhundert Polizeibeamten und Zivilangestellten, kehrte niemals Ruhe ein. Einen Moment lang blieb West einfach sitzen und suchte mit den Augen den Parkplatz ab, während sie der Duft des Bacon-and-Egg-Sandwiches von Bojangles, das inzwischen kalt geworden war, in der Nase kitzelte. Schließlich fuhr sie ihren Wagen auf einen gebührenpflichtigen Fünfzehn-Minuten-Stellplatz direkt vor den spiegelnden Eingangstüren, parkte und stieg, während sie, so gut es ging, versuchte, ihre Aktentasche, die Handtasche, ein paar Aktenordner, Zeitungen, ihr Frühstück und einen großen Becher Kaffee zu balancieren, aus dem Auto.

In dem Moment, als sie mit einer Hüfte die Tür zuschlug, kam der Idiot, nach dem sie Ausschau gehalten hatte, aus dem Gebäude. Er trug Gefängnislook: Jeans auf Halbmast, mit diesem coolen, fünfzehn Zentimeter breiten Streifen pastellfarbener Unterhose. Dieses modische Statement war im Gefängnis aufgekommen, wo Insassen ihre Gürtel abgeben mußten, damit sie nicht sich oder andere damit strangulierten. Der Trend hatte sich über alle rassischen und sozioökonomischen Grenzen hinweggesetzt, so daß es jetzt aussah, als drohe die Hälfte aller Einwohner der Stadt ihre Hosen zu verlieren. West fehlte dafür jedes Verständnis. Sie ließ den Wagen stehen, wo er war, und kämpfte noch mit ihrer Ladung, als der Idiot »Guten Morgen« murmelnd an ihr vorbeitrottete.

»Brewster!« Ihre Stimme brachte ihn so abrupt zum Stehen wie eine auf ihn gerichtete Waffe. »Was, zum Teufel, bilden Sie sich ein, auf meinem Platz zu parken?«

Er grinste und ließ Ringe und eine falsche Rolex aufblitzen, als er mit hilfloser Geste die Arme öffnete, wobei die Pistole, die er unter der Jacke trug, hervorschaute. »Sehen Sie sich doch um! Und? Nicht ein verdammter Parkplatz in ganz Charlotte.«

»Und genau deshalb bekommen wichtige Leute wie ich einen zugewiesen«, sagte sie zu dem Detective – der ihr unterstand –, als sie ihm ihre Schlüssel zuwarf. »Bringen Sie sie zurück, wenn Sie meinen Wagen weggefahren haben.«

West war zweiundvierzig, eine Frau, nach der man sich noch immer umdrehte, und nie mit etwas anderem verheiratet gewesen als dem, was sie auf Erden für ihre Bestimmung hielt. Sie hatte tiefrotes

Haar, etwas weniger gepflegt und länger als sie es eigentlich mochte, ihre Augen waren dunkel und sie war mit einem Körper gesegnet, den sie nicht verdiente, denn sie tat nichts, um Rundungen und Straffheit an den richtigen Stellen zu erhalten. Sie hatte eine Art, ihre Uniform zu tragen, die andere Frauen wünschen ließ, selbst eine zu haben. Aber das war nicht der Grund, weshalb sie Uniformblau Zivilkleidung vorzog. Sie hatte mehr als dreihundert aufsässige Ermittler wie Roland Brewster unter sich, die jede einzelne Ermahnung an Recht und Ordnung, die West aufbieten konnte, nötig hatten.

Polizisten grüßten sie beim Hineingehen. Sie bog rechts ab und ging schnurstracks auf die Büroräume zu, in denen Chief Judy Hammer über alles entschied, was in einem Umkreis von achtzig Kilometern und einem Gebiet von fast sechs Millionen Einwohnern bei der Durchsetzung der Gesetze von Gewicht war. West verehrte ihre Vorgesetzte, aber gerade jetzt war sie wütend auf sie. West wußte, warum sie so früh zu einer Besprechung gerufen worden war, und die Sache, um die es ging, spottete nicht nur jeder Vernunft, sondern entzog sich auch ihrem Einfluß. Das hier war einfach irrwitzig. Sie marschierte in Hammers Vorzimmer, wo Captain Fred Horgess gerade telefonierte. Er hielt die Hand über die Sprechmuschel und schüttelte den Kopf in einer Kann-leider-nichts-machen-Geste, als West schon auf die dunkle Holztür zuschritt, auf der, in strahlendes Messing graviert, Hammers Namen prangte.

»Das sollten Sie besser nicht«, meinte er schulterzuckend.

»Habe ich Sie vielleicht um Ihre Meinung gebeten«, erwiderte West gereizt.

Ihre schwankende Ladung auf dem Arm, klopfte sie mit der Spitze ihres schwarzen Bates-Lackschuhs an und stubste mit dem Knie den Drehknauf nach oben, wobei fast der Kaffee umkippte, den sie gerade noch rechtzeitig festhalten konnte. Hammer saß hinter ihrem überquellenden Schreibtisch, umgeben von den gerahmten Fotografien ihrer Kinder und Enkel, ihr Arbeitsmotto »Verhüte das nächste Verbrechen« hinter sich an der Wand. Sie war Anfang Fünfzig und trug ein perfekt sitzendes Pepitakostüm. Das Telefon läutete unbarmherzig, aber im Moment hatte sie Wichtigeres im Kopf.

West ließ ihre Fracht auf einen Stuhl fallen und setzte sich selbst auf einen anderen nahe der geflügelten Siegesgöttin aus Messing, die Hammer letztes Jahr von der Internationalen Vereinigung der Polizeipräsidenten verliehen worden war. Sie hatte sich nie die Mühe gemacht, dafür ein Podest zu besorgen oder ihr einen Ehrenplatz zuzuweisen. Im Gegenteil: Als warte sie auf eine Mitfahrgelegenheit zu einem besseren Ziel, stand die fast einen Meter hohe Trophäe noch immer auf demselben Stück Teppich neben ihrem Schreibtisch. Judy Hammer gewann solche Sachen, weil es nicht ihr Ehrgeiz war. Dampf stieg auf, als West den Deckel von ihrem Kaffeebecher nahm.

»Ich weiß bereits, worum es hier geht«, sagte sie, »und Sie kennen meine Meinung dazu.«

Hammer machte eine Geste, um sie zum Schweigen zu bringen. Mit gefalteten Händen beugte sie sich über ihren Schreibtisch. »Virginia, nach langem Hin und Her habe ich endlich die Unterstützung des Stadtrats, des Stadtdirektors und des Bürgermeisters ...«, hob sie an.

»Und alle haben keine Ahnung, Sie eingeschlossen«, unterbrach sie West und rührte Sahne und Zucker in ihren Kaffee. »Ich kann gar nicht fassen, daß Sie denen das eingeredet haben, und ich sage Ihnen schon jetzt, daß diese Leute Mittel und Wege finden werden, die Sache zu vermasseln, weil sie nicht wirklich wollen, daß so was stattfindet. Und Sie sollten das auch nicht wollen. Es ist schließlich ein verdammt großer Interessenskonflikt für einen Polizeireporter, wenn er als freiwilliger Cop mit uns auf die Straße geht.«

Papier knisterte, als West ein fettiges Bojangles-Sandwich auspackte, das Hammer nie zum Mund geführt hätte, selbst nicht in den guten alten Zeiten, als sie noch Untergewicht hatte und den ganzen Tag auf den Beinen war. Damals arbeitete sie noch im Gefängnis, Abteilung Jugendkriminalität. Das hieß Verbrechensanalysen, Protokolle, Untersuchungen, Autodiebstähle, all diese spannenden Dinge, die es für Frauen zu tun gab, als sie noch nicht Streife fahren durften. Hammer glaubte nicht an Fett.

»Denken Sie doch mal nach!« sagte West nach dem ersten Bissen. »Der letzte Polizeireporter vom *Observer* hat uns so übel mitgespielt, daß Sie die Zeitung verklagt haben.«

Hammer dachte in der Tat nur höchst ungern an Weinstein, dieses nutzlose Wunderkind; ein Verbrecher, dessen Methode es war, sich in die Büros des diensthabenden Captains oder der Ermittlungsabteilung zu schleichen, wenn gerade niemand da war. Er stahl Berichte direkt von den Schreibtischen, aus Druckern und Faxgeräten. Seine Auffassung von Zusammenarbeit gipfelte schließlich darin, daß er für den Aufmacher einer Sonntagsausgabe ein Profil über Hammer verfaßte, in dem er behauptete, Hammer mißbrauche den Diensthubschrauber der Polizei für private Zwecke. Sie verlange, daß Polizisten sie in deren dienstfreier Zeit chauffierten und Arbeiten an ihrem Haus erledigten. Als ihre Tochter wegen Trunkenheit am Steuer aufgegriffen worden sei, habe Hammer die Höhe der Geldbuße festgesetzt. Nichts davon war wahr. Sie hatte nicht mal eine Tochter.

Hammer stand auf, sichtbar frustriert und niedergeschlagen über die Zustände in der Welt. Sie sah zum Fenster hinaus, Hände in den Rocktaschen, mit dem Rücken zu West.

»Der *Charlotte Observer*, die Stadt, alle glauben, wir verstünden sie nicht oder interessierten uns nicht für ihre Arbeit«, nahm sie ihr Plädoyer wieder auf. »Dabei weiß ich, daß es genau umgekehrt ist.«

West zerknüllte ihren Frühstücksmüll und holte zwei Punkte in ekelerregendem Betragen.

»Der Observer hat nur ein einziges Interesse, nämlich ein weiteres Mal den Pulitzerpreis zu gewinnen«, sagte sie.

Hammer drehte sich um, ernst, wie West sie noch nie gesehen hatte.

»Ich habe gestern mit dem neuen Verleger zu Mittag gegessen. Es war das erste Mal seit mindestens zehn Jahren, daß einer von uns mit einem von denen ein zivilisiertes Gespräch geführt hat. Ein Wunder.« Sie nahm ihr übliches Auf- und Abwandern wieder auf, jetzt leidenschaftlich gestikulierend. Sie liebte ihre Lebensaufgabe.

»Wir sind entschlossen, es zu versuchen. Ob die Sache auch nach hinten losgehen kann? Zweifellos.« Sie machte eine kurze Pause. »Aber was, wenn es funktioniert? Andy Brazil ...«

»Wer?« fragte West stirnrunzelnd.

»Sehr zielstrebiger junger Mann«, fuhr Hammer fort, »hat unsere Volunteers Academy mit den besten Noten abgeschlossen, die wir je

hatten. Seine Ausbilder hat er in höchstem Maße verblüfft. Aber garantiert das, daß er uns niemals ein Bein stellen wird? Nein, sicher nicht. Aber weder werde ich zulassen, daß dieser junge Reporter uns da draußen eine Ermittlung versaut, noch daß er einen falschen Eindruck von unserer Arbeit bekommt. Es wird nicht gelogen, nicht gemauert, niemand vergreift sich an ihm oder tut ihm sonst was.«
West vergrub ihr Gesicht in den Händen und stöhnte. Hammer ging zu ihrem Tisch zurück und setzte sich.
»Wenn das hier gutgeht«, fuhr Hammer fort, »überlegen Sie mal, wie positiv sich das für unsere Abteilung auswirken könnte, für die Arbeit der Polizei hier und anderswo. Wie oft haben Sie selbst gesagt: ›Wenn jeder Bürger nur einmal, nur eine einzige Nacht lang mit uns Streife fahren würde ... ‹?«
»Ich werde es nie wieder sagen.« Es war ihr voller Ernst.
Hammer beugte sich über ihren Schreibtisch, den ausgestreckten Zeigefinger auf ihre Untergebene richtend, die sie einerseits bewunderte und die sie manchmal wegen ihrer Kleinmütigkeit am liebsten gepackt und geschüttelt hätte. »Ich möchte Sie wieder draußen auf der Straße haben«, ordnete sie an. »Zusammen mit Andy Brazil. Verpassen Sie ihm eine Dosis, die er so schnell nicht vergißt.«
»Verdammt noch mal, Judy«, rief West aus. »Tun Sie mir das nicht an. Ich bin über beide Ohren damit beschäftigt, die Ermittlungsabteilung umzuorganisieren. Die Einheit für Straßenkriminalität ist völlig überlastet. Zwei meiner Captains fehlen. Goode und ich können uns mal wieder über nichts einigen ...«
Hammer hörte nicht mehr hin. Sie setzte ihre Lesebrille auf und begann, eine Notiz zu überarbeiten. »Veranlassen Sie sofort alles Notwendige«, sagte sie nur noch.

Andy Brazil lief konzentriert und schnell. Er schnaufte, kontrollierte die Zeit mit seiner Casio-Uhr, ohne seine Runde auf der Bahn des Davidson College in der gleichnamigen kleinen Stadt nördlich von Charlotte zu unterbrechen. Hier war er groß geworden und mit Hilfe von Tennis- und Studienstipendien zur Schule gegangen. Sein ganzes Leben lang hatte er am College gelebt, genauer gesagt, in einem etwas verfallenen Holzhaus an der Main Street gegenüber dem Friedhof. Genau wie die Schule, die erst kürzlich die Koedukation eingeführt hatte, ging auch der Friedhof auf die Zeit vor dem Bürgerkrieg zurück.

Bis vor wenigen Jahren hatte seine Mutter in der College-Kantine gearbeitet, und Brazil war auf dem Campus aufgewachsen und hatte immer die reichen Kids und Rhodes-Stipendiaten dort herumlaufen sehen. Selbst als er eindeutig auf einen Studienabschluß mit dem Prädikat *magna cum laude* zusteuerte, hielten ihn einige seiner Mitstudenten – allen voran die Cheerleader – für einen aus der Stadt, der bei ihnen nichts zu suchen hatte. Sie ließen ihn ihre Herablassung spüren, wenn er in der Küche stand und Rührei und Maisbrei auf ihre Teller schöpfte. Irgendwie verunsicherte es sie immer wieder, wenn sie ihn mit seinen Büchern unterm Arm durch die Flure eilen sahen, weil er auf keinen Fall zu spät zum Unterricht kommen wollte.

Brazil hatte nie das Gefühl gehabt, wirklich irgendwo hinzugehören, weder in Davidson noch sonstwo. Es war, als stünde zwischen ihm und anderen Menschen so etwas wie eine gläserne Wand. So sehr er sich auch bemühte, es gelang ihm nicht, an andere heranzukommen; und andere nicht an ihn. Eine Ausnahme machten nur Mentoren aller Art. Solange er denken konnte, hatte er seine Lehrer und Trainer geliebt, Geistliche, Sicherheitsleute vom Campus, Verwaltungsdirektoren, Ärzte und Krankenschwestern. Sie akzeptierten ihn und schätzten ihn sogar seines ungewöhnlichen Verstandes und seiner originellen Ideen wegen, ein Einzelgänger, der ihnen schüchtern nach dem Unterricht die Blätter vorlegte, auf denen er alles aufgeschrieben hatte. Zu derartigen Treffen brachte er gewöhnlich eine Limonade mit oder ein paar hausgemachte Kekse von seiner Mutter. Kurz, Brazil war der geborene Schriftsteller, der alles, was das Leben zu erzählen hatte, zu Papier brachte. Er hatte diese Berufung mit Demut und mutigen Herzens angenommen.

So früh am Morgen war kaum jemand auf den Beinen, abgesehen von einer Professorengattin, deren unförmige Gestalt nur ein Leben nach dem Tode noch verändern würde, und zwei anderen Frauen in sackartigen Sweatshirts. Schnaubend klagten sie einander ihr Leid über ihre Ehemänner, die es ihnen doch erst ermöglichten, zu einer Zeit zu joggen, in der die meisten anderen Menschen arbeiten mußten. Brazil trug ein T-Shirt und Shorts mit dem Werbeaufdruck des *Charlotte Observer* und wirkte jünger als zweiundzwanzig. Er war ein gutaussehender junger Mann mit entschlossenem Blick und hohen Wangenknochen. Das blonde Haar war von hellen Strähnen durchzogen, der Körper straff und wunderbar athletisch. Er schien sich der Wirkung seines Anblicks auf seine Umgebung nicht bewußt zu sein, oder es interessierte ihn nicht. Seine Aufmerksamkeit galt meistens ganz anderen Dingen.

Seit Brazil schreiben konnte, schrieb er. Nach seinem Abschluß am Davidson College hatte er dem Herausgeber des *Observer*, Richard Panesa, versichert, seine Zeitung würde es nicht bereuen, wenn sie ihm eine Chance gäbe. Panesa hatte ihn als Mitarbeiter der *TV Week* eingestellt, einer Redaktion, die für die Zusammenstellung und Aktualisierung von Fernsehprogrammen und Kurzkritiken von Filmen zuständig war. Es lag Brazil ganz und gar nicht, über Sendungen zu schreiben, die er sich nie ansehen würde. Seine Kollegen mochte er nicht, ebensowenig seinen übergewichtigen und apoplektischen Redakteur. Hätte man ihm nicht für die nahe Zukunft eine Titelgeschichte versprochen, würde er hier schon lange keine Zukunft mehr sehen. Daher war er seit einigen Tagen immer schon um vier Uhr morgens in der Redaktion, damit er bis mittags seinen Stoff auf dem neuesten Stand hatte.

Den Rest des Tages schlenderte er dann von Schreibtisch zu Schreibtisch und suchte nach zweitrangigen Geschichten, vor denen sich die eingefahrenen Reporter nur zu gerne drückten. Davon gab es stets reichlich. Von der Redaktion für Handel und Gewerbe war ihm die sensationelle Exklusivmeldung über Ingersoll-Rands neuesten Luftkompressor zugeschoben worden. Brazil war es, der über die *Ebony*-Modenschau berichten durfte, als sie in die Stadt kam, das Philatelistentreffen und das Weltmeisterschaftsturnier im Backgammon im Radisson Hotel. Er interviewte den Ringer Rick Flair mit seiner platinblonden Mähne, als dieser Ehrengast eines Pfadfindertreffens war. Außerdem hatte Brazil über das Tourenwagen-Rennen »Coca-Cola 600« berichtet und unter dem Röhren der Stock Cars biertrinkende Zuschauer interviewt.

Innerhalb von fünf Monaten pausenlosen Arbeitens hatte er hundert Überstunden angesammelt und mehr Berichte geschrieben als die meisten von Panesas Reportern. Daraufhin hatte Panesa den Geschäftsführer der Zeitung, den Chefredakteur und den Ressortchef für Reportagen und Features zu einer Sitzung hinter verschlossener Tür gebeten und vorgeschlagen, Brazil nach seinem ersten halben Jahr zum Reporter zu befördern. Panesa hatte Brazils Reaktion auf sein Angebot gar nicht abwarten können. Er wußte, Brazil würde begeistert sein, wenn er ihm einen unbeschränkten Aufgabenbereich anbot. Aber das war nicht der Fall gewesen.
Brazil hatte sich bereits bei der Volunteers Academy des Police Department von Charlotte beworben. Die Überprüfungen zur Person hatte er bestanden, und er war eingeschrieben für den Kurs des folgenden Frühjahrs. In der Zwischenzeit, hatte er sich vorgenommen, würde er den langweiligen Job mit der Fernsehzeitung weitermachen, denn da hatte er flexible Arbeitszeiten. Als er von der Beförderung hörte, hatte Brazil gehofft, der Verlag würde ihm die Polizeiberichterstattung übertragen. So könnte er zwei Fliegen mit einer Klappe schlagen, weiter für die Zeitung arbeiten und die Akademie besuchen. Er würde die fundiertesten und intelligentesten Polizeigeschichten schreiben, die die Stadt jemals gelesen hatte. Ließe der *Observer* sich darauf nicht ein, würde Brazil schon ein anderes Blatt finden oder richtiger Polizist werden. Ganz gleich, was irgendwer darüber dachte, ein Nein würde Andy Brazil nicht akzeptieren.
Der Morgen war schwül und heiß. Als er bei Kilometer neun angelangt war und an den eleganten efeubewachsenen Backsteinbauten aus der Zeit vor dem Bürgerkrieg vorbeilief, rann ihm der Schweiß in Strömen den Körper hinab. Als nächstes passierte er den Unterrichtstrakt des Chambers Colleges mit seiner Kuppel und die Tennishalle, in der er sich mit seinen Kommilitonen Schlachten geliefert hatte, als ginge es um sein Leben. Er hatte alle Energie darauf verwandt, die dreißig Kilometer auf der Interstate 77 bis zur South Tryon Street im Herzen der Stadt vorzurücken, um dort mit Schreiben seinen Lebensunterhalt verdienen zu können. Er erinnerte sich, wie er mit sechzehn zum ersten Mal mit dem Wagen nach Charlotte gefahren war. Damals war die Silhouette der Stadt noch

übersichtlich und das Zentrum ein Platz gewesen, an dem man sich wohlfühlen konnte. Heute dagegen glich sie eher einem unaufhörlich wachsenden, sich ständig selbst übertrumpfenden Imperium aus Stein und Glas. Er war sich nicht mehr sicher, ob er die Stadt noch mochte. Und ebensowenig war er sich sicher, ob sie ihn mochte.

Nach dem zwölften Kilometer ließ er sich ins Gras fallen und begann seine Liegestützen. An den kräftigen, wohlgeformten Armen zeichneten sich die Adern ab, die ihre Muskeln mit Energie versorgten. Die Haare auf seinem nassen Körper schimmerten goldblond, das Gesicht war gerötet. Er rollte sich auf den Rücken, atmete tief ein und aus und genoß das angenehme Körpergefühl nach der Anstrengung. Langsam setzte er sich auf, machte ein paar Dehnübungen und stand schließlich auf, was soviel hieß wie, er konnte jetzt wieder zur Tagesordnung übergehen.

Gemächlich ging Andy Brazil zu seinem fünfundzwanzig Jahre alten schwarzen BMW 2002, den er am Straßenrand geparkt hatte. Er hatte ihn gewachst und mit Armor All poliert. Das originale weißblaue Emblem am Kühlergrill war längst verblaßt, doch er hatte es liebevoll mit Lackfarbe restauriert. Der Wagen hatte an die zweihunderttausend Kilometer auf dem Tacho, und jeden Monat war irgend etwas defekt. Aber Brazil konnte alles selbst reparieren. Das Innere war mit Leder ausgekleidet, zudem besaß er einen neuen Empfänger für die Polizeifrequenz sowie ein Sprechfunkgerät. Zwar mußte er erst um vier an seinem Arbeitsplatz sein, doch er stellte den Wagen bereits um zwölf auf seinem reservierten Parkplatz ab. Da er der Polizeireporter des *Observer* war, lag sein Stellplatz nicht weit vom Eingang entfernt, damit er jederzeit losfahren konnte, wenn irgendwo etwas passierte.

Beim Betreten der Eingangshalle nahm er den Geruch von Druckerfarbe in sich auf wie ein Jagdhund eine Blutspur. Dieser Geruch erregte ihn ebenso wie Polizeisirenen und Blaulicht. Er war glücklich, daß er sich nicht mehr jedes Mal beim Pförtner eintragen mußte. Brazil eilte die Metallstufen der Rolltreppe hinauf, als habe er sich zu einer Verabredung verspätet. Die Leute, die auf der anderen Seite herunterfuhren und ihn neugierig ansahen, kamen ihm vor

wie Statuen. In der Nachrichtenredaktion des *Observer* war Brazil allgemein bekannt, aber Freunde hatte er hier nicht.
Die Redaktion war ein großer, trister Raum. Überall klickten Tasten, schrillten Telefone und ratterten Drucker, die hastig eingehende Meldungen ausspuckten. Angespannt saßen Reporter vor ihren Computer-Monitoren oder blätterten in Notizblöcken. Auf deren festen Deckeln stand der Name der Zeitung. Andere liefen auf und ab, und die für Lokalpolitik zuständige Reporterin rannte zur Tür hinaus, um eine Exklusivmeldung zu ergattern. Noch immer hatte sich Brazil nicht ganz an den Gedanken gewöhnt, daß er nun tatsächlich ein Teil dieser wichtigen, hektischen Welt war, in der Worte die Schicksale und das Denken der Menschen beeinflussen konnten. In dramatischen Situationen blühte er auf. Das rührte vielleicht daher, daß er von Kindesbeinen an mit ihnen aufgewachsen war, wenngleich selten in ihrer positiven Form.
Sein neuer Schreibtisch stand nur durch eine Glaswand getrennt vor dem Panesas. Um ihn herum war die Lokalredaktion angesiedelt. Brazil mochte Panesa und war stets bestrebt, ihn zu beeindrukken. Panesa war ein gutaussehender Mann mit weißblondem Haar. Sein Äußeres litt noch nicht unter dem Umstand, daß er die Vierzig bereits überschritten hatte. Er war groß, schlank und hielt sich betont gerade. Er trug elegante Anzüge in dunkelblau oder schwarz und benutzte ein dezentes Herrenparfüm. Brazil hielt Panesa für klug, obwohl er das noch gar nicht wissen konnte.
In der Sonntagsausgabe seiner Zeitung hatte Panesa eine regelmäßige Kolumne, und die Frauen von Charlotte und Umgebung schrieben ihm begeisterte Briefe und fragten sich, wie Richard Panesa wohl im Bett sein mochte, oder jedenfalls stellte Brazil sich vor, daß es so war. Panesa hielt gerade eine Konferenz ab, als Brazil sich an seinen Schreibtisch setzte. Verstohlen sah er zum gläsernen Reich seines Chefs hinüber, während er sich zugleich den Anschein großer Geschäftigkeit gab. Er blätterte in Notizbüchern, zog Schubladen auf und studierte die Abzüge längst veröffentlichter Artikel. Es war Panesa nicht entgangen, daß sein jungenhafter, ehrgeiziger Polizeireporter am ersten Tag vier Stunden zu früh an seinem neuen Arbeitsplatz erschienen war. Aber es überraschte ihn nicht.

Als erstes stellte Brazil fest, daß Tommy Axel wieder einmal eine Rose auf seinen Tisch gestellt hatte, die aus dem Shop einer 7-Eleven-Tankstelle stammte. Ihre traurige, ungesunde Farbe paßte zu den Kunden der Läden, in denen die dunkelrote Blume der Leidenschaft gut verpackt für einen Dollar achtundneunzig zu haben war. Sie steckte noch in ihrer Klarsichtfolie. Axel hatte sie in eine mit Wasser gefüllte Limonadenflasche gestellt. Er war der Musikkritiker, und Brazil wußte, daß er in diesem Moment von dessen nicht weit entferntem Platz scharf gemustert wurde. Brazil zog einen Pappkarton unter seinem Schreibtisch hervor.
Er hatte sich noch nicht vollständig eingerichtet, aber das gehörte auch nicht zu den Dingen, die ihn besonders reizten. Noch hatte man ihm keinen Auftrag erteilt, und einen ersten freiwilligen Bericht über seine Eindrücke in der Polizeiakademie hatte er abgeschlossen. Es machte keinen Sinn mehr, immer wieder daran herumzufeilen, und die Vorstellung, hier tatenlos herumzusitzen, war ihm unerträglich. Er hatte es sich zur Gewohnheit gemacht, alle sechs Ausgaben der Zeitung zu überfliegen. Sie hingen stets an Holzhaltern neben den Telefonbüchern. Oft las er die Mitteilungen am Schwarzen Brett oder sah in sein leeres Postfach. Fast pedantisch und bewußt langsam trug er seine Habe durch das lange Büro zu seinem Schreibtisch.
Zu seinem Arbeitsmaterial gehörte auch eine Rollkartei mit wichtigen Telefonnummern. Die Fernsehstationen waren dort festgehalten, einige Theater, die Namen von Briefmarkensammlern oder Rick Flair, die allerdings ihre Bedeutung inzwischen verloren hatten. Brazils Besitz bestand aus einer Reihe von Notizblöcken, Kugelschreibern, Bleistiften, Kopien seiner Artikel, Stadtplänen, und fast alles fand in einer Aktentasche Platz, die er bei seiner Einstellung als Sonderangebot im Kaufhaus Belk erstanden hatte. Es war ein bordeauxfarbenes Exemplar mit Messingverschlüssen, und jedesmal, wenn er es zur Hand nahm, erfüllte ihn ein gewisser Stolz.
Als Einzelkind und ohne Haustiere aufgewachsen, besaß er keine Fotografien, die er auf seinem Schreibtisch hätte aufstellen können. Ihm ging durch den Kopf, daß er zu Hause anrufen und fragen könnte, ob alles in Ordnung sei. Als er nach seinem Morgenlauf

geduscht und sich umgezogen hatte, hatte seine Mutter wie gewohnt schlafend auf der Couch im Wohnzimmer gelegen. Mit voller Lautstärke lief im Fernsehen eine Seifenoper, an die sie sich später nicht erinnern würde. Mrs. Brazil erlebte das Leben täglich über Channel 7, hätte jedoch über keinen einzigen Beitrag etwas sagen können. Abgesehen von der Beziehung zu ihrem Sohn war das Fernsehen ihre einzige Verbindung zu den Menschen.

Eine halbe Stunde nachdem Brazil die Nachrichtenredaktion betreten hatte, schreckte ihn das Läuten des Telefons auf seinem Schreibtisch auf. Er sah sich um und griff hastig nach dem Hörer. Sein Puls ging schneller. Wer konnte denn jetzt schon wissen, daß er hier arbeitete?

»Andy Brazil«, sagte er in professionellem Tonfall.

Vom anderen Ende kam ein schweres Atmen, die Stimme dieser Perversen, die ihn schon seit Monaten immer wieder belästigte. Brazil hörte zu. Sie mußte auf ihrem Bett oder einem schäbigen Sofa liegen oder wo sie es sonst wieder machte.

»Ich habe ihn in der Hand«, sagte sie lasziv mit leiser Stimme, »er gleitet rein und raus, wie der Zug einer Posaune ...«

Brazil ließ den Hörer auf die Gabel fallen und warf Axel einen vorwurfsvollen Blick zu. Doch der unterhielt sich gerade mit dem Restaurantkritiker. Brazil hatte nie zuvor obszöne Anrufe erhalten. Das einzige in dieser Richtung war das Angebot gewesen, das ihm einmal jemand in der Auto-Waschanlage bei Cornelius um die Ecke gemacht hatte. Sein BMW rollte gerade durch die Heißluft, als ihn ein Typ mit teigigem Gesicht und einem gelben VW Käfer fragte, ob er sich nicht zwanzig Dollar verdienen wolle.

Im ersten Moment glaubte Brazil, der Mann wolle sich von ihm den Wagen waschen lassen, weil er das mit seinem eigenen so gut machte. Doch das war ein Irrtum. Also verabreichte Brazil ihm eine Gratisdusche mit dem Hochdruckschlauch. Das Autokennzeichen dieser miesen Type hatte er sich gemerkt. Der Zettel steckte noch immer in seiner Brieftasche. Er wartete nur auf die Gelegenheit, den Kerl hinter Gitter bringen zu können. Das Angebot des Käferfahrers verstieß gegen ein altes Gesetz in North Carolina, das Verbrechen wider die Natur verfolgte. Genau erklären konnte es niemand.

Eindeutig indessen war, was der Mann als Gegenleistung für sein Geld erwartet hatte. Brazil war es absolut schleierhaft, wie man so etwas bei einem Fremden auch nur versuchen konnte. Mit den meisten Menschen, die er kannte, würde er nicht einmal aus einer Flasche trinken.

Brazil war zwar nicht naiv, doch er wußte, daß sich seine in Davidson gesammelten sexuellen Erfahrungen nicht mit denen seines damaligen Zimmergenossen messen konnten. Das letzte Semester seines Abschlußjahrs hatte er die meisten Nächte im Herrenwaschraum des Hauptgebäudes verbracht. Dort stand eine durchaus bequeme Couch, und während sein Zimmergenosse mit einem Mädchen schlief, schlief Brazil mit seinen Büchern. Außer den Wachleuten, die ihn regelmäßig morgens gegen sechs Uhr aus dem Gebäude kommen, vorher aber nie hineingehen sahen, wußte niemand davon. Danach stieg er wieder in den ersten Stock des baufälligen Hauses in der Main Street hinauf, den er sich mit seinem Kommilitonen teilte. Zwar hatte Brazil in diesem Loch seinen eigenen kleinen Bereich, doch die Wände waren so dünn, daß es ihm schwerfiel, sich zu konzentrieren, wenn Jennifer und Todd nebenan aktiv wurden. Er hörte jedes Wort und jedes Geräusch.

In seiner Collegezeit war Brazil gelegentlich mit Sophie aus San Diego ausgegangen. Er war nicht in sie verliebt, und gerade das machte sie völlig verrückt nach ihm. Es ruinierte ihr in Davidson gewissermaßen die Laufbahn. Erst nahm sie ab. Als das nichts half, nahm sie wieder zu. Sie fing an zu rauchen und gab es wieder auf. Sie erkrankte am Pfeifferschen Drüsenfieber und erholte sich wieder. Sie suchte einen Therapeuten auf und erzählte ihm die ganze Geschichte. All das hatte jedoch nicht die aphrodisierende Wirkung, die Sophie sich erhoffte. Im zweiten Collegejahr stabilisierte sich ihr Zustand, sie schlief in den Weihnachtsferien mit ihrem Klavierlehrer und beichtete Brazil dann ihre Sünde. Sie fingen an, in Sophies Saab oder in ihrem Studentenzimmer rumzumachen. Sophie war erfahren, hatte Geld und wollte Medizin studieren. Sie war nur zu bereit, ihm geduldig zu erklären, was es mit der Anatomie auf sich hatte. Und er war offen für alle möglichen Erkundungen, die er eigentlich gar nicht nötig hatte.

Um ein Uhr schaltete Brazil seinen Computer ein und rief die Datei auf, in der seine Story über die Police Academy abgelegt war. In diesem Moment setzte sich sein Ressortchef neben ihn. Ed Packer war mindestens sechzig. Er hatte einen weit zurückweichenden weißen Haaransatz und auseinanderstehende graue Augen. Die Hemdsärmel hatte er aufgekrempelt, und dazu trug er eine wie immer aufs Geratewohl gebundene billige Krawatte. Er mußte einmal richtig fett gewesen sein, jedenfalls hatten seine Hosen gewaltige Ausmaße. Ständig fuhren seine Hände hinter den Hosenbund, um heraushängende Hemdenzipfel wieder an Ort und Stelle zu stopfen. Wie auch jetzt. Brazil sah ihn aufmerksam an.
»Sieht aus, als sei das heute die Nacht der Nächte«, sagte Packer und stopfte.
Brazil wußte genau, was er meinte. Triumphierend stieß er die Faust in die Luft, als habe er gerade die U.S. Open gewonnen.
»Ja!« rief er laut.
Packer konnte nicht anders, als einen Blick auf den Computerbildschirm zu werfen. Was er dort sah, weckte sein Interesse, und er zog seine Brille aus der Hemdtasche.
»Ist so etwas wie ein Insider-Bericht über meinen Besuch auf der Academy«, erklärte Brazil eifrig. Er war ja neu und wollte gefallen. »Ich weiß, ich hatte dafür keinen Auftrag, aber ...«
Packer war durchaus angetan von dem, was er da las, und klopfte mit dem Fingerknöchel an den Bildschirm. »Dieser Absatz ist der zentrale Aspekt. Ich würde ihn weiter vorziehen.«
»Genau. Genau.« Brazil war ganz aufgeregt, als er den Absatz markierte und nach oben verschob.
Packer zog seinen Stuhl näher und schob Brazil etwas beiseite, um besser lesen zu können. Er scrollte den Text weiter und merkte, daß es eine ziemlich lange Geschichte war. Man könnte ein Feature für die Sonntagsausgabe daraus machen. Packer fragte sich, wann, zum Teufel, Brazil das alles geschrieben hatte. Während der letzten zwei Monate hatte er tagsüber gearbeitet und am Abend die Police Academy besucht. Schlief der Junge denn überhaupt nicht? So etwas war Packer noch nie begegnet. In gewisser Hinsicht machte Brazil ihn nervös. Neben ihm fühlte er sich plötzlich inkompetent und alt.

Packer erinnerte sich daran, wie aufregend für ihn in Brazils Alter der Journalismus gewesen war, eine Welt der Sensationen.
Während er weiterlas, sagte er zu seinem Schützling: »Ich habe gerade mit Deputy Chief Virginia West gesprochen, der Leiterin der Ermittlungsabteilung ...«
»Mit wem werde ich also fahren?« unterbrach ihn Brazil. Er war so wild darauf, Streife zu fahren, daß er kaum an sich halten konnte.
»Um vier Uhr heute nachmittag erwartet West Sie in ihrem Büro. Bis Mitternacht werden Sie mit ihr unterwegs sein.«
Was für ein Reinfall! Brazil konnte es nicht glauben. Er starrte seinen Vorgesetzten an, der ihm gerade seine einzige Erwartung an ihn zerstört hatte.
»Das kommt überhaupt nicht in Frage. Ich brauche keinen Babysitter, und ich lasse mich nicht von so einer lamettabehängten Beamtin zensieren.« Brazil war laut geworden. Aber ihm war egal, wer ihn hörte. »Ich bin nicht auf diese verdammte Academy gegangen, um ...«
Packer war es aus anderen Gründen egal, ob jemand zuhörte. Seit dreißig Jahren war er die Anlaufstelle für Beschwerden aller Art, in der Redaktion wie auch zu Hause. Er hörte schon längst nicht mehr hin. Sein Blick wanderte zu diesem und jenem Schreibtisch. Vielleicht konnte er hier und da einen Gesprächsfetzen auffangen. Plötzlich fiel ihm ein, daß seine Frau ihn beim Frühstück gebeten hatte, auf dem Nachhauseweg Hundefutter einzukaufen. Außerdem sollte er den jungen Hund seiner Frau um drei Uhr wegen irgendeiner Spritze zum Tierarzt bringen. Anschließend hatte Packer selbst einen Arzttermin.
»Verstehen Sie denn nicht?« fuhr Brazil fort. »Die benutzen mich doch nur. Die versuchen, über mich eine gute Presse zu bekommen!«
Packer stand auf und überragte Brazil wie ein Baum, der mit zunehmendem Alter immer mehr Schatten spendet.
»Was soll ich dazu sagen?« antwortete er, und wieder hing sein Hemd heraus. »Wir haben so etwas bisher noch nie gemacht. Es ist das, was Cops und Stadt anzubieten haben. Sie müssen eine Verzichtserklärung unterschreiben, daß Sie die Polizei nicht haftbar

machen. Sie machen sich einfach nur Notizen. Keine Fotos und keine Videoaufzeichnungen. Tun Sie nur das, was man ihnen sagt. Ich will nicht, daß Sie sich da draußen eine Kugel einfangen.«

»Also gut. Ich muß noch nach Hause und meine Uniform anziehen«, beschloß Brazil.

Packer ging und zerrte auf dem Weg zur Herrentoilette erneut an seiner Hose. Brazil sank in seinen Sessel zurück und sah zur Decke, als sei alles, was er erreicht hatte, wie ein Kartenhaus in sich zusammengefallen. Panesa beobachtete ihn durch die Glasscheibe. Er wollte wissen, wie Brazil mit der Situation umging, war aber zugleich überzeugt, daß er mit ihr fertig würde. Brenda Bond, die Systemanalytikerin, starrte von einem Computer aus, den sie gerade einstellte, unverhohlen zu ihm herüber. Brazil hatte ihr nie besondere Beachtung geschenkt. Irgendwie stieß ihn die magere, blasse Frau mit dem störrischen schwarzen Haar ab. Sie wirkte haß- und neiderfüllt, und mit Sicherheit war sie cleverer als Brazil, aber das gehörte schließlich zum Wesen von Computerexperten. In Brazils Vorstellung verbrachte Brenda Bond ihr ganzes Leben in den Chat Rooms des Internet. Wer hätte sie schon haben wollen?

Seufzend erhob sich Brazil. Lächelnd sah Panesa zu, wie er eine mickerige rote Rose aus einer Limonadenflasche zog. Panesa und seine Frau hatten sich sehnlichst einen Sohn gewünscht, aber nach fünf Töchtern waren ihnen nur noch zwei Möglichkeiten geblieben, entweder in ein größeres Haus zu ziehen, katholisch beziehungsweise mormonisch zu werden oder zu verhüten. Statt dessen aber hatten sie sich scheiden lassen. Er konnte sich gar nicht vorstellen, wie es wäre, einen Sohn wie Andy Brazil zu haben. Brazil war ein besonders gutaussehender junger Mann, sensibel und – wenngleich das noch nicht ganz ausgetestet war – wohl das größte Talent, das jemals über seine Schwelle getreten war.

Tommy Axel schrieb an einer ausführlichen Kritik des neuen k.d. lang-Albums, dem er gerade über Kopfhörer lauschte. Brazil hielt ihn für eine Gurke, etwa vergleichbar mit dem Schauspieler Matt Dillon, der nicht berühmt war und es auch nie sein würde. Axel zuckte in seinem Star Trek T-Shirt zu einem Boogie-Rhythmus, als

Brazil sich neben seinen Schreibtisch stellte und ihm die Rose neben die Tastatur schleuderte. Erstaunt schob Axel den Kopfhörer in den Nacken. Dünn sickerte Musik durch die Membrane. Sein Gesicht war verklärt. Hier stand sein Ein und Alles. Seit seinem sechsten Lebensjahr hatte er irgendwie die Vorahnung gehabt, daß eines Tages die Bahn seines Sterns die eines derart göttlichen Wesens kreuzen würde.

»Axel«, sagte Brazil, und seine himmlische Stimme klang wie ein Donnerschlag, »keine Blumen mehr.«

Axel starrte auf seine liebliche Rose, während Brazil davonstelzte. Brazil meint es nicht so, dachte Axel, ganz sicher nicht, und sah Brazil nach. Axel war froh, einen eigenen Schreibtisch zu haben. Er rollte mit dem Stuhl vor und schlug die Beine übereinander. Seine Sehnsucht folgte dem blonden Gott, der da entschlossen die Redaktion verließ. Wohin er wohl gehen mochte? Brazil hatte seine Aktentasche unter dem Arm, also würde er wahrscheinlich nicht zurückkommen. Axel hatte sich Brazils Privatnummer aus dem Telefonbuch herausgesucht. Er wohnte nicht in der Stadt, sondern irgendwo in der Provinz, was Axel ganz und gar nicht verstehen konnte.

Natürlich verdiente Brazil keine zwanzigtausend Dollar im Jahr, aber sein Wagen war wirklich das Letzte. Axel fuhr einen Ford Escort, der auch nicht mehr ganz neu war. Der Lack erinnerte ihn langsam an das Gesicht von Keith Richard. Er besaß keinen CD-Player, und der *Observer* wollte ihm auch keinen zur Verfügung stellen. Er hatte vor, das dem ganzen Verlag heimzuzahlen, wenn er erst einmal einen Job beim *Rolling Stone*-Magazin hatte. Axel war zweiunddreißig. Er war einmal verheiratet gewesen. Nach genau einem Jahr hatten er und seine Frau sich eines Abends beim Essen im Kerzenschein angesehen und über ihre Beziehung, dieses ewigwährende Geheimnis, nachgedacht und gemerkt, daß sie auf verschiedenen Planeten lebten.

Sie, die Aliens, hatten sich daraufhin ganz einvernehmlich geeinigt, zu neuen Horizonten aufzubrechen, dorthin, wo noch nie jemand gewesen war. Die Trennung hatte nichts damit zu tun gehabt, daß er die Angewohnheit hatte, sich nach einem Konzert das eine oder andere Groupie männlichen Geschlechts aufzugabeln, nachdem

Meat Loaf, Gloria Estefan oder Michael Bolton sie erst einmal in Fahrt gebracht hatten. Für ihn fielen ein paar Sprüche ab, die er zitieren konnte, und er brachte die Boys mit ihren blitzenden Schuhen, ihren rasierten Köpfen oder Dreadlocks und ihrem Bodypiercing in die Zeitung. Ganz aufgeregt riefen sie Axel dann an, wollten zusätzliche Exemplare und 18x24-Abzüge von den Fotos, erboten sich zu Folgeinterviews und baten Axel um Konzertkarten und Backstage-Ausweise. Meistens führte eines zum anderen.

Während Axel über Brazil nachdachte, war Brazil mit seinen Gedanken woanders. Er saß in seinem BMW und versuchte auszurechnen, wann er das nächste Mal tanken mußte. Bereits vor über sechzigtausend Kilometern hatten Tankuhr und Tachometer ihren Geist aufgegeben. Die Preise für BMW-Teile dieser Art lagen in einer Größenordnung, daß er sich genausogut Flugzeugarmaturen hätte kaufen können; sie überstiegen schlicht seine finanziellen Mittel. Für einen notorischen Raser und jemanden, der nicht gern am Straßenrand liegen blieb, war das nicht gerade vorteilhaft.

Seine Mutter schnarchte noch immer vor dem Fernseher. Brazil hatte gelernt, sich so in dem verfallenden Haus und dem Familienleben, das sich darin spiegelte, zu bewegen, als nähme er es gar nicht wahr. Er steuerte direkt auf sein kleines Zimmer zu, sperrte die Tür auf und schloß sie hinter sich. Dann schaltete er seinen Radiorecorder ein, drehte ihn auf erträgliche Lautstärke, ließ sich von Joan Osborne berieseln und betrat seinen begehbaren Kleiderschrank. Das Anlegen der Uniform war für ihn zu einem Ritual geworden, und er konnte sich nicht vorstellen, es jemals leid zu werden.

Als erstes breitete er sie immer auf dem Bett aus und verlor sich einen Moment lang in ihrer Betrachtung. Noch immer konnte er es nicht recht fassen, daß man ihm die Erlaubnis gegeben hatte, ein so prachtvolles Ding zu tragen. Seine Charlotte-Uniform war mitternachtsblau, neu, hatte scharfe Bügelfalten und ein Hornissennest in strahlendem Weiß auf jeder der beiden Schulterklappen, das wie ein weißer Wirbelsturm in Bewegung zu sein schien. Immer zog er zuerst die schwarzen Baumwollsocken an, die ihm die Stadt allerdings nicht gestellt hatte. Dann zog er vorsichtig die Sommerhose

an, die trotz des leichten Materials sehr warm war. Eine dezente Litze lief an jeder Beinnaht hinab.
Das Hemd war sein Lieblingsstück, wegen der Schulterklappen und all dem anderen, das er sich anheften würde. Er schlüpfte durch die kurzen Ärmel, begann sich vor dem Spiegel von unten nach oben zuzuknöpfen und klipste dann die Krawatte fest. Es folgten sein Namensschild und die Trillerpfeife. An dem schweren Ledergürtel befestigte er die Halter für Stablampe und Pieper und ließ noch Platz für das Sprechfunkgerät, das er im LEC in Empfang nehmen würde. Seine High-Tech-Stiefel waren nicht aus glänzendem Leder, die Sorte, die man beim Militär trug und die am meisten verbreitet war, sondern glichen eher hochgeschnürten Sportschuhen. In diesen hier konnte er weglaufen, falls je die Notwendigkeit entstehen sollte, was er hoffte. Eine Mütze trug er nicht, da Chief Hammer nicht viel davon hielt.
Brazil begutachtete sich im Spiegel, um sicherzugehen, daß alles perfekt saß. Er machte sich auf, zurück in die Stadt, mit offenem Verdeck und den Arm so oft wie möglich lässig im offenen Fenster, denn er freute sich über die Reaktion der Fahrer auf den benachbarten Fahrspuren, wenn sie seine Schulterstücke sahen. Sie verlangsamten dann plötzlich das Tempo, oder ließen ihn vorfahren, wenn die Ampel auf Grün schaltete. Jemand fragte ihn nach dem Weg. Einmal spuckte ein Mann vor ihm aus, die Augen voller Haß, den Brazil gar nicht verdiente, denn er hatte ihm nichts getan. Zwei halbwüchsige Jungen in einem Pick-up machten sich über ihn lustig, aber Brazil sah stur geradeaus und fuhr unbeirrt weiter, als sei ihm das alles nicht neu. Er war schon immer ein Cop gewesen.
Das LEC lag einige Blocks von der Zeitung entfernt, und Brazil kannte den Weg im Schlaf. Er bog auf das Besucher-Parkdeck ein und stellte seinen BMW auf einem Presse-Stellplatz ab. Stets achtete er darauf, so einzuparken, daß niemand seine Türen beschädigen konnte. Er stieg aus und folgte den auf Hochglanz gebohnerten Fluren zum Büro des diensthabenden Captains, denn er wußte noch nicht, wo die Ermittlungsabteilung lag, und ob er dort ohne Passierschein einfach hineinschneien konnte. Auf der Academy hatte er seine Zeit im Klassenzimmer und im Funkraum verbracht oder

auf der Straße, wo er lernte, den Verkehr zu regeln und mit Bagatellunfällen umzugehen. In diesem dreistöckigen Gebäudekomplex kannte er sich nicht aus. In einer Tür blieb er stehen. Plötzlich fühlte er sich unbeholfen in seiner Uniform, zu der keine Waffe, kein Schlagstock, kein Pfefferspray, nichts in seinen Augen Nützliches, gehörten.

»Verzeihung«, machte er sich bemerkbar.

Der diensthabende Captain, ein hochgewachsener, alter Mann, saß hinter seinem Schreibtisch und blätterte zusammen mit einem Sergeant Seiten mit Täterfotos durch. Sie nahmen keine Notiz von ihm. Einen Augenblick lang sah Brazil Brent Webb zu, dem Reporter des Fernsehsenders Channel 3, der sich über die Körbe mit Pressemitteilungen beugte, in Protokollen las und alles einsteckte, was ihm nützlich erschien. Es war unglaublich. Er sah, wie dieser Arsch alles in seiner Aktentasche verschwinden ließ, wo es kein anderer Journalist aus der Stadt je zu Gesicht bekommen würde. Als schien es ihm völlig selbstverständlich, Brazil und jeden anderen, der für die Nachrichten arbeitete, einfach auszutricksen. Brazil starrte erst Webb an, dann diesen Sergeant und den Captain, denen völlig gleichgültig zu sein schien, welche Verbrechen da direkt vor ihren Augen begangen wurden. »Entschuldigen Sie bitte«, versuchte es Brazil noch einmal, jetzt etwas lauter.

Er trat in den Raum. Die Cops ignorierten ihn geradezu vorsätzlich. Jede Art von Papierkram war ihnen so zutiefst verhaßt, daß sie den Grund dafür längst vergessen hatten.

»Ich suche Deputy Chief Wests Büro.« Brazil würde schon dafür sorgen, daß man ihn beachtete.

Der Captain vom Dienst hob die nächste Klarsichthülle aus der Fotokartei mit den hartgesottenen Kriminellen gegen das Licht. Der Sergeant hatte Brazil den Rücken zugewandt. Webb unterbrach seine Schnüffelaktion, amüsiert oder vielleicht auch spöttisch musterte er diesen verkleideten Lackaffen von oben nach unten. Brazil hatte Webb oft genug im Fernsehen gesehen und zudem eine Menge über ihn gehört. Er würde ihn immer und überall wiedererkennen. Von Reporterkollegen wurde Webb der Terrier genannt, warum, das hatte Brazil soeben mit eigenen Augen erlebt.

»Wie gefällt es Ihnen denn so als Volunteer?« fragte Webb herablassend, ohne eine Ahnung zu haben, wer Brazil war.

»Wo geht's zur Ermittlungsabteilung?« fragte Brazil scharf zurück, als wäre es ein Befehl, und blickte ihn durchdringend an.

Webb nickte nach oben. »Die Treppe rauf. Sie können es nicht verfehlen.«

Er warf noch einen Blick auf Brazils Outfit und fing an zu prusten, ebenso der Sergeant und der Captain. Brazil tat sich keinen Zwang an, griff nach Webbs Aktentasche und zog einen Packen entwendeter Polizeiberichte heraus. Er glättete sie und schob sie zusammen, ging unter den Blicken der Anwesenden jeden einzelnen sorgfältig durch und legte sie ordentlich wieder aufeinander. Webb bekam einen roten Kopf.

»Ich nehme an, Chief Hammer wird den Terrier gern einmal in Aktion sehen«, lächelte Brazil ihm zu.

Geräuschlos schritt er hinaus.

# Kapitel 2

Obwohl Streife die größte Abteilung des Charlotte Police Department war, war Ermittlungen die tückischste. Davon war Virginia West felsenfest überzeugt. Eigentumsdelikte, Mord und Vergewaltigung verfolgten die Bürger der Stadt mit ängstlicher Anteilnahme. Wenn ein Gewalttäter nicht umgehend gefaßt und aus dem Verkehr gezogen wurde, schlugen sie Alarm, als ob der Weltuntergang über sie hereinbräche. Wests Telefon hatte den ganzen Tag nicht stillgestanden.

Der Ärger hatte drei Wochen zuvor begonnen, als Jay Rule, ein Geschäftsmann aus Orlando, zu einer Textiltagung in die Stadt gekommen war. Stunden nachdem Rule den Flughafen in einem Leihwagen des Typs Maxima verlassen hatte, wurde der Wagen verlassen auf einem dunklen, zugewachsenen Grundstück abseits der South College Street, im Herzen des Stadtzentrums, gefunden. Die Innenwarnanlage ließ ihre Klage über eine geöffnete Fahrertür und eingeschaltete Scheinwerfer vernehmen. Ein Aktenkoffer und eine Reisetasche lagen durchwühlt auf dem Rücksitz. Bargeld, Schmuck, Handy, Pieper und womöglich noch einiges andere, von dem niemand wußte, fehlten.

Jay Rule, dreiunddreißig, war fünfmal in den Kopf geschossen worden, aus einer 45er-Pistole, die mit Hohlspitz-Hochgeschwindigkeits-Projektilen, Geschosse mit extrem hoher Durchschlagskraft, auch als Silvertips bekannt, geladen war. Die Leiche war etwa fünf Meter weit ins Dickicht gezerrt worden, Hose und Unterhose bis zu den Knien heruntergezogen. Den Genitalbereich hatten die Täter mit leuchtend oranger Farbe in den Umrissen einer großen Sanduhr besprüht. Niemand, das FBI eingeschlossen, hatte je etwas Ähnliches gesehen. Dann, in der darauffolgenden Woche, passierte es wieder.

Der zweite Mord geschah weniger als zwei Blocks vom ersten entfernt, nämlich abseits der West Trade Street, hinter dem Cadillac Grill, der wegen der Verbrechensdichte in der Gegend nachts geschlossen hatte. Jeff Calley, zweiundvierzig, ein Baptistenprediger aus Knoxville, Tennessee, war in Charlotte zu Besuch gewesen. Sein Auftrag in der Stadt war kein besonderer. Er hatte seiner hinfällig gewordenen Mutter beim Umzug ins Pines, ein Pflegeheim, helfen und für diese Zeit im Hyatt wohnen wollen. Er hatte aber nie eingecheckt. Am späteren Abend war sein gemieteter Jetta gefunden worden. Die Fahrertür offen, mit tutender Tür- und-Lichtkontrolle, dasselbe Schema.

In der dritten Woche wiederholte sich der Alptraum. Diesmal traf es den zweiundfünfzig Jahre alten Cary Luby, zu Besuch aus Atlanta. West war gerade dabei, den Fall am Telefon zu erörtern, als Brazil in ihrer Tür erschien. West beachtete ihn nicht. Zu sehr war sie damit beschäftigt, großformatige Fotos von den blutigen Ereignissen durchzusehen, während sie weiter mit dem A.D.A., dem Assistenten der Bezirksstaatsanwaltschaft, diskutierte.

»Das stimmt nicht, und ich weiß nicht, woher Sie das haben, verstanden? Es waren mehrere Kopfschüsse, aufgesetzt. Eine 45er mit Silvertips ... Ja, ja, genau ... Alle Tatorte lagen nur wenige Blocks voneinander entfernt.« Sie begann ungeduldig zu werden. »Großer Gott. Selbstverständlich habe ich meine verdeckten Ermittler in der Gegend. Als Nutten, Zuhälter ... Sie treiben sich rum, halten Augen offen, was man halt braucht. Was dachten Sie denn?«

Sie wechselte den Hörer in die andere Hand, fragte sich, warum sie eigentlich Ohrringe trug, und ärgerte sich, daß jemand ihre beruflichen Fähigkeiten in Frage stellen konnte. Sie warf einen Blick auf die Uhr, sah sich weitere Fotos an und hielt bei einem inne, das deutlich die aufgesprühte Sanduhr zeigte, die eher einer fetten, orangen Acht glich. Der untere Kreis bedeckte die Genitalien, der obere reichte bis auf den Unterleib. Es war eigenartig. Der A.D.A. stellte weitere Fragen hinsichtlich des Tatorts, und Wests Geduldsfaden drohte zu zerreißen. Bisher war es ein beschissener Tag gewesen.

»Genau wie in den anderen beiden Fällen«, erklärte sie mit Nachdruck. »Alles. Brieftasche, Uhr, Ehering.« Sie lauschte. »Nein. Nein. Keine Kreditkarten, nichts mit dem Namen des Opfers ... Warum? Weil der Mörder schlau und gerissen ist. Darum.« Sie seufzte, in ihrem Kopf begann es zu hämmern. »Herrgott im Himmel. Darauf will ich doch gerade hinaus, John. Wenn wir von Autodiebstahl reden, warum hat dann der Täter den gemieteten Thunderbird nicht mitgehen lassen? *Keiner der Wagen ist gestohlen worden.*«

Sie schwang in ihrem Sessel herum und hätte fast den Hörer fallen lassen, als sie den jungen Volunteer Cop in ihrer Tür stehen und sich hastig Notizen auf einen Reporterblock machen sah. Da kam dieser Hurensohn doch tatsächlich einfach in ihr Büro marschiert und schrieb sich jedes einzelne vertrauliche Wort über die sensationellsten und furchterregendsten Mordfälle auf, die die Stadt je erlebt hatte. Bis jetzt hatte man der Presse alle sensiblen Einzelheiten vorenthalten, da der politische Druck ständig zunahm und immer bedrohlicher wurde.

»Ich muß jetzt gehen«, sagte West abrupt.

Sie knallte den Hörer auf und schnitt damit dem A.D.A. das Wort ab. Gleichzeitig nagelte sie Brazil mit ihrem Blick fest.

»Schließen Sie die Tür«, sagte sie leise, aber in einem harten Ton, der jeden Mitarbeiter oder jeden, dem eine Festnahme drohte, zu Tode erschreckt hätte.

Ohne mit der Wimper zu zucken, ging Brazil auf ihren Schreibtisch zu. Er hatte nicht die Absicht, sich von einem hohen Bürokratentier einschüchtern zu lassen, das ihn offensichtlich unterschätzte. Er ließ die von Webb entwendeten Berichte auf ihren Schreibtisch gleiten.

»Was soll das hier?« fragte West.

»Ich bin Andy Brazil vom *Observer*«, antwortete er höflich, aber kühl. »Webb hat Berichte aus dem Pressekorb gestohlen. Es könnte ja sein, daß Sie das interessiert. Und ich werde noch ein Funkgerät brauchen. Ich sollte um vier Uhr bei Ihnen sein.«

»Und Ihre Lauschattacke?« West rollte in ihrem Sessel zurück und

stand auf. »Für mich sieht es so aus, als hätten Sie Ihre Story bereits.«
»Ich werde ein Funkgerät brauchen«, erinnerte Brazil sie noch einmal, denn er konnte sich nicht vorstellen, da draußen ohne eine ständige Verbindung zu den Einsatzleitern zu sein.
»Nein, das werden Sie nicht. Darauf können Sie Gift nehmen«, versprach West.
Verärgert stopfte sie ein paar Akten in ihre Tasche und ließ sie zuschnappen. Sie griff nach ihrer Handtasche und stolzierte hinaus. Brazil folgte ihr auf den Fersen.
»Sie haben wirklich Nerven«, fuhr sie wütend fort, als sei ihr dieser uniformierte junge Mann schon lange ein Dorn im Auge. »Sie sind nicht besser als all die anderen da draußen. Reicht man ihnen den kleinen Finger, reißen sie einem gleich den ganzen Arm aus. Man kann wirklich niemandem trauen.«
West war ganz anders, als Brazil es sich gedacht hatte. Das Bild, das er sich gemacht hatte, war das einer übergewichtigen und überheblichen Polizeichefin, einer flachbrüstigen Frau mit männlich kantigem Gesicht und überstrapaziertem, strohigem Haar. Ihm war selbst nicht klar, wie er zu diesem Bild gekommen war. Und nun hatte er das genaue Gegenteil vor sich. Sie war einsfünfundsiebzig bis einsachtundsiebzig groß, und hatte dunkelrotes Haar, das ihr kaum bis zum Nacken reichte. Zudem war sie sehr gut gebaut. Ihre Rundungen befanden sich genau an der richtigen Stelle, und sie hatte kein Gramm Fett zuviel. Aber das alles interessierte ihn nicht und würde ihn auch nie interessieren. In seinen Augen war sie unfreundlich und unattraktiv.
West stieß die Glastür auf, die auf den Parkplatz hinausführte. Auf dem Weg zu ihrem zivilen Crown Victoria wühlte sie in ihrer Handtasche.
»Ich habe aller Welt gesagt, daß ich diese Aktion ganz und gar nicht gutheiße. Aber das hat ja niemanden interessiert!« Sie spielte mit dem Schlüsselbund.
»Was hätten Sie getan?«, fragte Brazil herausfordernd.
West hielt inne und sah ihn an. Sie riß die Wagentür auf, aber Brazil fing sie ab.

»Es wäre nett, wenn ich ein faires Verfahren bekäme.« Er hielt ihr seinen Notizblock hin und blätterte in dem Gekritzel, das während ihres Telefongesprächs entstanden war. »Ich habe mir Notizen über Sie und Ihr Büro gemacht«, verkündete er in einem Ton ganz wie der A.D.A., mit dem West gerade telefoniert hatte.

Sie brauchte nur flüchtig hinzusehen, um zu erkennen, daß ihre Vermutung falsch gewesen war. Also trat sie einen Schritt zurück, seufzte und musterte Volunteer Officer Brazil von oben bis unten. Sie fragte sich, wie ein Reporter wohl zu diesem Aufzug gekommen sein mochte. Was war nur aus der Polizei geworden. Hammer mußte ihren gesunden Menschenverstand verloren haben. Tatsache war, daß Brazil wegen Amtsanmaßung festgenommen werden müßte.

»Wo wohnen Sie?« fragte West.

»In Davidson.«

Das traf sich gut. Dann gingen die nächsten eineinhalb Stunden schon mal für die Fahrt drauf. Vielleicht konnte West das sogar noch ausdehnen. Je länger sie ihn von der Streife fernhielt, desto besser. Ein winziges Lächeln huschte über ihr Gesicht, als sie einstieg.

»Wir fahren erst mal zu Ihnen, damit Sie sich umziehen können«, sagte sie schroff.

Eine Zeitlang schwiegen beide. Auf dem Scanner blinkten Lichter, und die Stimmen von Einsatzleitern und Cops schossen durch den Funk wie Rollerbladers. Das MDT oder mobile Datenterminal piepste, wenn Gespräche übermittelt oder Adressen und schriftliche Mitteilungen auf dem Bildschirm angezeigt wurden. Als West und Brazil durch die Innenstadt fuhren, hatte der Stoßverkehr seinen Höhepunkt erreicht. Es sah nach Regen aus. Brazil starrte aus dem Seitenfenster. Er kam sich dumm und ungerecht behandelt vor, als er die Polizeikrawatte lockerte und den Kragenknopf öffnete.

»Wie lange sind Sie schon beim *Observer?*« fragte West. Sie spürte einen Druck auf der Brust wie von einer kugelsicheren Weste. Aber sie trug keine. Etwas anderes beengte sie. Ein bißchen bereute sie diese Fahrt.

»Ein Jahr«, antwortete Brazil wütend. Er fragte sich, ob Deputy Chief West ihn jemals wieder mitnehmen würde.

»Wie kommt es, daß ich bisher noch nie von Ihnen gehört habe?« fragte sie.
»Den Job mit den Polizeiberichten habe ich erst nach Abschluß der Academy bekommen. Das war so abgemacht.«
»Was war das für eine Abmachung?«
»Meine eigene.« Noch immer starrte Brazil mürrisch aus dem Fenster.
Sie versuchte, die Fahrspur zu wechseln, doch der Trottel neben ihr ließ sie nicht einscheren. »Gleichfalls, Mistkerl«, gestikulierte sie wütend in dessen Richtung. Beim Stop an einer Ampel sah sie Brazil an. »Was meinen Sie mit *Abmachung?*«
»Ich wollte den Polizeijob und sagte ihnen, es würde sich für sie auszahlen.«
»Und was soll das bedeuten?«
»Ich will die Cops kennenlernen. Damit ich über sie schreiben kann. Und zwar korrekt und realistisch.«
West glaubte ihm nicht. Reporter redeten immer solches Blech und raspelten Süßholz, wie alle anderen auch. Im Weiterfahren holte sie eine Zigarette heraus und zündete sie an.
»Wenn Sie schon so neugierig auf uns sind, warum sind Sie dann kein richtiger Cop geworden?« fragte sie herausfordernd.
»Ich bin Schriftsteller«, sagte Brazil schlicht, als spreche er von seiner Rasse, Religion und oder Herkunft.
»Und wir alle wissen, daß Cops nicht schreiben können«, gab West zurück und blies den Rauch aus. »Nicht einmal lesen können sie, höchstens wenn Bilder dabei sind.«
»Bilder sind auch dabei.«
Sie hob die Arme und lachte. »Ach ja?«
Brazil schwieg.
»Warum leben Sie eigentlich in diesem gottverlassenen Davidson?«
»Ich bin dort zur Schule gegangen.«
»Vermutlich sind Sie ziemlich clever.«
»Ich komme zurecht«, gab er zurück.
Die belebte Crown Victoria ging in die Main Street über, die ihrem Namen als Hauptstraße dieses reizvollen College-Städtchens alle Ehre machte. Sie war gesäumt von eleganten, oft efeubewachsenen

Fachwerk- oder Backsteinhäusern mit großzügigen Veranden und Hollywood-Schaukeln. Auch West war außerhalb von Charlotte aufgewachsen, allerdings auf einer anderen Seite, wo überwiegend roter Lehmboden und endlose Felder das Bild bestimmten. Den Besuch eines Colleges wie Davidson hatte sie sich nicht leisten können, außerdem hätten ihre Abschlußnoten an der High School wohl kaum jemanden positiv beeindruckt. Brazils College rangierte in der Kategorie von Princeton und ähnlichen, und die kannte West nur vom Hörensagen.

»Da wir gerade beim Thema sind«, sagte sie, »ich erinnere mich an keine Ihrer Polizeireportagen.«

»Es ist heute mein erster Tag in der Redaktion.«

Sie konnte ihre Ungehaltenheit über das, was man ihr für diesen Abend aufgehalst hatte, kaum noch unterdrücken. Ein Hund lief bellend hinter ihrem Wagen her, und plötzlich setzte heftiger Regen ein.

»Was haben Sie im letzten Jahr denn sonst gemacht?« fragte sie weiter.

»Das TV-Magazin«, antwortete Brazil. »Jede Menge Überstunden, jede Menge Stories, die niemand wollte.« Er zeigte nach vorn und löste seinen Sicherheitsgurt. »Da.«

»Sie bleiben angeschnallt, bis wir anhalten. Regel Nummer eins.« West bog in eine ausgefahrene Schotterauffahrt.

»Warum soll ich mich umziehen? Ich hab das Recht ...« Brazil verschluckte den Rest des Satzes.

»Leute in Ihrem Outfit dienen hier draußen als Schießscheibe«, schnitt sie ihm das Wort ab. »Regel Nummer zwei: Sie können das nicht bestimmen. Nicht bei mir. Ich will nicht, daß irgendwer auf den Gedanken kommt, Sie seien ein Cop. Ich will nicht, daß irgendwer Sie für meinen Partner hält. Und eigentlich will ich das Ganze hier nicht, kapiert?«

Der letzte Anstrich von Brazils Haus lag so lange zurück, daß seine Farbe nicht mehr zu erkennen war. Vielleicht war er einmal blaßgelb gewesen, vielleicht aber auch eierschalenfarben oder weiß. Jetzt allerdings blätterte er vorwiegend in Grau von den Wänden, und die Fassade erinnerte an eine bemitleidenswerte alte Frau mit

Hautproblemen. In der Auffahrt parkte ein rostender weißer Cadillac. West hatte den Eindruck, daß, wer auch immer hier wohnte, weder Lust noch Geld noch Zeit für Reparaturen und Gartenarbeit aufbringen wollte. Brazil stieg wütend aus und raffte seine Siebensachen zusammen. Fast war er versucht, dieser Ziege von Deputy Chief zu sagen: Hauen Sie verdammt noch mal ab, und lassen Sie sich hier nie wieder blicken. Aber sein BMW stand noch in Charlotte, und das würde ihn vor ein Problem stellen. Er beugte sich hinunter und sah sie an.

»Mein Vater war Cop.« Damit knallte er die Tür zu.

West ist der Prototyp einer ranghohen Polizistin, dachte Brazil auf dem Weg zum Haus, mit allen Merkmalen eines Machtmenschen. Es ist ihr scheißegal, ob einer vielleicht ihre Hilfe braucht, um einen Einstieg zu schaffen. Frauen können da besonders schlimm sein. Es scheint, als wollten sie jeden daran hindern, seine Sache gut zu machen, weil auch zu ihnen am Anfang niemand nett gewesen ist. Vielleicht wollen sie allen und jedem etwas heimzahlen und schikanieren deswegen unschuldige Jungen, die sie nicht einmal kennen. Brazil stellte sich West vorne am Netz vor, wenn er zum finalen Passierschlag ausholte. Vielleicht konnte ihm ja einmal ein As gegen sie gelingen.

Er schloß die Tür des Hauses auf, in dem er sein Leben lang gewohnt hatte. Während er schon das Uniformhemd aufknöpfte und sich umsah, wurde er sich plötzlich der düsteren, deprimierenden Atmosphäre dieses Wohnzimmers mit seinen billigen Möbeln und dem fleckigen Teppichboden bewußt. Volle Aschenbecher und schmutziges Geschirr standen überall herum. Aus dem Radio tönte Gospelmusik. George Beverly Shea stimmte zum tausendsten Mal krächzend *How Great Thou Art* an. Ungeduldig ging Brazil zur alten Stereoanlage hinüber und schaltete sie aus.

»Mom?« rief er.

Er fing an aufzuräumen und den ganzen Kram in die nicht weniger unordentliche alte Küche zu schaffen, wo Milch, Saft und Hüttenkäse draußen liegen geblieben waren. Offenbar hatte sich niemand die Mühe gemacht, zu putzen oder die leere Viertelliterflasche von

Bowman's billigem Wodka etwas tiefer im Abfall zu verbergen. Brazil packte das Geschirr zusammen und weichte es in heißem, schäumendem Seifenwasser ein. Frustriert zog er das Hemd aus der Hose und öffnete die Gürtelschnalle. Er sah auf sein glänzendes Namensschild hinunter und spielte an der Pfeife und der Kette, an der sie hing. Für einen Augenblick fühlte er eine Traurigkeit in sich aufsteigen, für die er keinen Namen hatte.

»Mom?« rief er erneut. »Wo bist du?«

Er ging in die Diele und schloß mit dem einzigen existierenden Schlüssel die Tür auf, die zu seinem kleinen Zimmer führte. Hier war es sauber und aufgeräumt. Auf einem Tisch mit Kunststoffplatte stand sein Computer. In Wandregalen und auf Möbelstücken standen aufgereiht Dutzende von Tennistrophäen, Sportauszeichnungen und Medaillen. Das einfache und anspruchslose Zimmer eines komplizierten Menschen: Hunderte von Büchern gehörten dazu. Sorgfältig hängte er die Uniform auf und nahm eine helle Baumwollhose und ein Hemd aus Jeansstoff vom Kleiderbügel. Hinter der Tür hing eine alte, lederne Bomberjacke. Es war ein extra weites Stück und so abgeschabt, daß es aus grauer Vorzeit zu stammen schien. Obgleich es warm draußen war, zog er sie an.

»Mom!« schrie Brazil jetzt laut.

Der Anrufbeantworter neben seinem Bett blinkte, und er drückte auf den Wiedergabeknopf. Die erste Nachricht war von der Bank, die sein Gehaltskonto führte. Ungeduldig drückte er erneut auf den Knopf. Bei den nächsten drei Anrufen war gleich wieder aufgelegt worden. Die letzte Nachricht kam von Axel. Er klimperte auf der Gitarre und sang ›Hootie and the Blowfish‹ dazu.

»Ich möchte nur mit dir zusammensein ... He! Andy, ich bin's, Axel. Axel-ohne-Axt-in-der-Hand. Wie wär's mit einem Abendessen? Bei Jack Straw's ...?«

Genervt schaltete Brazil den Anrufbeantworter aus. Da klingelte das Telefon. Es war die Anruferin mit der schleppenden Stimme. Diesmal hatte er sie live in der Leitung. Die perverse Schnalle hatte mal wieder Sex mit ihm und atmete schwer. Auch diesmal stellte sie keine Fragen.

»Ich haaalte diiich gaaanz fest, und du berührst mich mit deiner

Zunge. Sie gleiiitet...« Sie schnaufte es mit einem so tiefen Ton, daß Brazil an die Psycho-Shows denken mußte, die er sich als Kind manchmal angesehen hatte.
»Sie sind ja krank.« Er knallte den Hörer auf die Gabel.
Vor dem Spiegel über der Kommode bürstete er sich das Haar aus den Augen. Es wurde zu lang und fing an, ihn wirklich zu stören. Sonnengebleichte Strähnen glänzten im Licht. Für ihn hatte es immer nur einen kurzen oder etwas weniger kurzen Haarschnitt gegeben. Er schob eine widerspenstige Strähne hinter das Ohr, als er plötzlich das Spiegelbild seiner Mutter entdeckte, die wie eine rasende Furie hinter ihm aufgetaucht war, fett und betrunken.
»Wo bist du gewesen?« kreischte sie und versuchte, ihm mit dem Handrücken ins Gesicht zu schlagen.
Brazil hob den Arm und konnte den Schlag gerade noch abwehren. Er drehte sich um und packte seine Mutter sanft und fest zugleich an beiden Handgelenken. Es war die sich stets wiederholende alte Szenerie, ein endloses, schmerzliches Spiel.
»Ruhig, ganz ruhig«, sagte er, während er die betrunkene Frau zum Bett führte und niedersetzte.
Muriel Brazil fing an zu weinen und schaukelte mit dem Oberkörper vor und zurück. »Geh nicht weg«, lallte sie. »Laß mich nicht allein, Andy. Bitte, oh. Biiitte.«
Brazil warf einen Blick auf seine Uhr. Ängstlich sah er zum Fenster, als fürchte er, daß West sie durch die herabgelassene Jalousie beobachten und hinter das schreckliche Geheimnis kommen könnte, das ihn schon sein Leben lang begleitete.
»Mom, ich hole dir deine Medizin, okay?« sagte er. »Sieh noch ein bißchen fern und geh dann ins Bett. Ich bin bald zurück.«
Nichts war okay. Mrs. Brazil jammerte, schaukelte und schrie ganz fürchterlich. »Tut mir leid, tut mir leid, tut mir leid! Weiß selbst nicht, was mit mir los ist. Andiiii!«

West hatte nicht alles mit angehört, aber immerhin etwas, denn sie hatte die Scheiben heruntergekurbelt, um zu rauchen. Sie vermutete, daß Brazil mit einer Freundin zusammenlebte und daß es da eine Auseinandersetzung gab. West schüttelte den Kopf und ließ die Kippe auf den unkrautüberwucherten Schotterweg fallen. Wie konnte jemand nur auf die Idee kommen, direkt nach dem College und den Jahren, die man mit Zimmergenossen zugebracht hatte, sofort wieder mit einem anderen Menschen zusammenzuziehen? Und wofür? Als sie losfuhren, stellte sie Brazil keine Fragen. Was immer dieser Reporter ihr über sein Leben erzählen würde, es interessierte sie nicht. Sie fuhren in die Stadt mit ihrer erleuchteten Skyline zurück, jener ehrgeizigen Skulptur, jenem Denkmal der Bankgeschäfte und des käuflichen Sex. Der Gedanke ging ihr oft durch den Kopf. Hammer beklagte die Zustände jeden Tag aufs neue.

Wenn West ihre Vorgesetzte durch die Stadt chauffierte, sah Hammer aus dem Fenster, deutete mit dem Zeigefinger auf diese oder jene Adresse und ließ sich über die Geschäftsleute hinter ihren riesigen Glasfassaden aus. Sie waren es, die entschieden, was in die Zeitung kam und was nicht, welche Verbrechen tatsächlich aufgeklärt wurden und wer als nächster zum Bürgermeister gewählt werden würde. Hammer schimpfte über die reiche Bagage, die weit draußen vor den Toren der Stadt wohnte, aber darüber bestimmte, ob die Polizei eine Fahrradeinheit benötigte oder Laptops oder andere Pistolen. Hatten diese Reichen vor Jahren nicht die Anschaffung neuer Uniformen beschlossen und den Zusammenschluß mit der Polizei des Mecklenburg County. Hammers Ansicht nach war jede einzelne dieser Entscheidungen kurzsichtig gewesen, ausschließlich auf wirtschaftlichen Überlegungen basierend.

Im stillen stimmte West ihr uneingeschränkt zu, während sie mit Brazil am riesigen neuen Stadion vorüberfuhr, in dem David Copperfield gerade seine magischen Kunststücke vorführte. Die Parkdecks quollen über. Brazil war merkwürdig niedergeschlagen und machte sich nicht eine Notiz. West sah neugierig zu ihm hinüber, während der Polizeifunk ungeschmückt die primitiven Verbrechen dieser modernen Stadt meldete. Im Hintergrund spielte das Radio Elton John.

»An alle Einheiten im betroffenen Bereich«, kam es aus der Einsatzzentrale. »Einbruch in der East Trade Street, Vierhunderter-Block.«

West gab Gas, schaltete Blaulicht und Sirene ein und griff nach dem Mikro. »Wir übernehmen.«

Jetzt erwachte Brazils Interesse.
»Wagen 700«, gab West durch.
Der Mann in der Zentrale hatte nicht erwartet, daß sich gleich ein Deputy Chief der Sache annahm und fragte etwas nervös zurück.
»Welcher Wagen?«
»700«, wiederholte West. »Befinde mich auf Höhe des Neunhunderter-Blocks und übernehme den Einbruch.«
»Hausnummer zehn vier, 700.«
Das Radio verbreitete den Funkruf. Während West immer wieder die Fahrbahn wechselte, hörte man von anderen Wagen, die sich auf den Weg machten. Brazil beobachtete West mit wachsender Neugier. Vielleicht würde das Ganze ja doch nicht so schlecht.
»Seit wann melden sich Deputy Chiefs zu solchen Einsätzen?« fragte er.
»Seit ich Sie am Hals habe.«
Was man an der East Trade Street gebaut hatte, waren staatlich subventionierte Wohnsilos, die von Kriminellen für ihre dunklen Geschäfte benutzt wurden, und die ihre Frauen anstifteten, zu lügen, wenn die Cops auftauchten. Nach Wests Erfahrung bedeutete Einbruch in dieser Gegend gewöhnlich, daß jemand die Schnauze voll hatte. Meistens rief eine Frau an, um ihren Mann anzuzeigen, der sich in einem Apartment versteckt hielt und der üblicherweise schon genug auf dem Kerbholz hatte, um für lange Zeit hinter Gitter zu wandern.
»Sie bleiben im Wagen«, wies West ihren Beifahrer an, als sie hinter zwei Straßenkreuzern stoppte.
»Kommt nicht in Frage.« Brazil hatte die Hand bereits am Türgriff. »Ich habe diesen ganzen Krampf nicht auf mich genommen, um dann immer nur im Wagen zu sitzen. Außerdem ist es ziemlich gefährlich, sich allein hier draußen aufzuhalten.«
Ohne ein weiteres Wort suchte Wests Blick die Häuser mit ihren teils beleuchteten, teils dunklen Fenstern ab. Dann waren die Parkplätze an der Reihe, auf denen die Drogendealer ihre Wagen abstellten. Aber es war keine Menschenseele zu entdecken.
»Dann bleiben Sie wenigstens direkt hinter mir, halten Sie den Mund und tun Sie, was ich ihnen sage«, ordnete sie an und stieg aus.

Das Vorgehen war einfach. Zwei andere Beamte nahmen sich den Vordereingang der Wohnung im Erdgeschoß vor, während West und Brazil zur Hintertür gingen. Niemand sollte dort das Weite suchen können. Brazils Herz schlug wie wild, und er schwitzte unter seiner Lederjacke. Es war stockfinster auf den Hinterhöfen. Unter durchhängenden Wäscheleinen suchten sie ihren Weg. Sie befanden sich in einem der Kriegsgebiete der Stadt. West sah prüfend zu den Fenstern hoch, öffnete ihr Halfter und nahm das Funksprechgerät zur Hand.

»Alles dunkel«, sagte sie leise. »Wir gehen rein.«

Sie zog die Pistole. Brazil war nur wenige Zentimeter hinter ihr, wäre aber lieber vorausgegangen. Inzwischen hatten die beiden Beamten das graffittibeschmierte Gebäude von vorne betreten. Brazil und West selbst wateten durch Abfall, der sich sogar in Bäumen und an rostigen Zaunpfählen verfangen hatte. Die beiden Cops hatten mit gezogener Waffe die Wohnungstür erreicht.

Einer gab West als ihrer Einsatzleiterin die Position durch. »Wir sind jetzt an der Wohnungstür.«

»Polizei!« rief drohend der andere.

Brazil machte sich Sorgen wegen des unebenen Geländes, der Wäscheleinen, die so tief hingen, daß sie einen in der pechschwarzen Nacht ohne weiteres strangulieren konnten, und der Glasscherben, die überall herumlagen. Er befürchtete, West könnte sich verletzen, und schaltete seine Stablampe ein. In dem großen Lichtkegel erinnerte ihr Schatten an einen schleichenden Riesen mit gezogener Pistole.

»*Machen Sie das verdammte Ding aus*«, zischte sie.

Zu einer Festnahme war es am Ende nicht gekommen. Schlechtgelaunt fuhren West und Brazil weiter, während das Funkgerät immer wieder krächzte. Sie hätte erschossen werden können. Gott sei Dank hatten die beiden Officer nicht bemerkt, was dieser idiotische Reporter angestellt hatte. Sie konnte es gar nicht erwarten, Hammer davon zu berichten, und war fast versucht, ihre Vorgesetzte zu Hause anzurufen. West brauchte etwas, das sie wieder aufbaute. Also fuhr sie zum ›Starvin Marvin‹ an der South Tryon Street. Bevor der Wagen noch richtig stand, hatte Brazil bereits den Türgriff hochgezogen.

»Haben Sie noch nie von der Regel ›erst umsehen, dann gehen‹ gehört?« fragte sie streng wie ein Schulmeister.

Brazil warf ihr einen entrüsteten Blick zu, während er den Sicherheitsgurt löste. »Ich kann es gar nicht erwarten, über Sie zu schreiben«, drohte er.

»Sehen Sie mal«, sagte West und nickte zu dem Laden hinüber, hinter dessen Glasscheibe sich die Kunden mit ihren Einkäufen drängten. »Stellen Sie sich vor, Sie sind ein Cop. Das dürfte Ihnen ja nicht schwerfallen. Sie steigen also aus ihrem Streifenwagen. Sehen sich nicht um und marschieren mitten in einen Raubüberfall. Und was dann?« Sie stieg aus und sah ihn im Wagen scharf an. »Dann sind Sie tot.« Mit diesen Worten knallte sie die Tür zu.

Brazil sah Deputy Chief West nach, wie sie in den Supermarkt ging. Er wollte sich Notizen machen, gab aber gleich wieder auf und lehnte sich zurück. Er begriff nicht, was da vor sich ging. Es störte ihn gewaltig, daß sie ihn nicht um sich haben wollte, auch wenn er sich einredete, es kümmere ihn einen Scheißdreck. Kein Wunder, daß sie nicht verheiratet war. Wer wollte schon mit so jemandem zusammenleben? Brazil war überzeugt, daß er – sollte er jemals erfolgreich sein – sich Berufsanfängern gegenüber nie gemein verhalten würde. Das ist herzlos und bezeichnend für Wests wahren Charakter, dachte er.

Sie ließ sich das Geld für seinen Kaffee zurückgeben. Einen Dollar und fünfzehn Cents. Sie hatte ihn nicht einmal gefragt, wie er seinen Kaffee wollte, jedenfalls nicht mit Schlagsahne und zwanzig Tütchen Zucker. Brazil brachte ihn kaum hinunter, gab sich aber alle Mühe. Während sie sich erneut eine Zigarette ansteckte, nahmen sie ihre Patrouille wieder auf. Zunächst fuhren sie durch eine Straße im Zentrum, in der Prostituierte mit Waschlappen in der Hand gelangweilt über den Bürgersteig schlenderten und ihnen mit leerem Blick aus unnatürlich glänzenden Augen nachsahen.

»Warum Waschlappen?« fragte Brazil.

»Was glauben Sie? Fingerschalen? Es ist ein dreckiger Beruf«, sagte West lakonisch.

Wieder sah er sie kurz von der Seite an.

»Es ist völlig egal, welchen Wagen ich fahre. Sie wissen, daß ich da bin«, fuhr sie fort und schnippte Asche aus dem Fenster.
»Wirklich?« fragte er. »Ich darf also annehmen, dieselben Frauen waren auch schon vor ... wann, fünfzehn Jahren hier draußen? Und sie erinnern sich an Sie? Unglaublich.«
»Sie wissen, daß sie auf diese Weise keine Punkte machen«, warnte West.
Er sah hinaus und fragte nachdenklich: »Fehlt Ihnen das nicht?«
West beobachtete die Damen der Nacht, ohne auf seine Frage zu antworten. »Können Sie erkennen, wer von denen ein Mann ist?«
»Die da, vielleicht?«
Brazil starrte auf eine hochgewachsene Nutte in kunstledernem Minirock und Stretchtop über Brüsten im Opernformat. Mit herausforderndem Gang stellte sie ihre Rundungen zur Schau und warf einen feindseligen Blick in das Polizeifahrzeug.
»Nein, die ist echt«, ließ West Brazil wissen. Aber sie verschwieg ihm, daß diese Nutte ein Undercovercop war, verdrahtet, bewaffnet, verheiratet, ein Kind. »Männer haben gute Beine«, fuhr sie fort. »Die falschen Brüste sind perfekt und anatomisch korrekt. Und sie haben keine Hüften. Wenn Sie sich ihnen nähern, was ich nicht empfehlen würde, werden Sie merken, daß sie sich rasieren.«
Brazil schwieg.
»Bei Ihrer Arbeit für das TV-Magazin haben sie diese Dinge vermutlich nicht gelernt«, fügte sie hinzu.
Er spürte ihren Blick auf sich ruhen und vermutete, daß sie noch etwas anderes im Sinn hatte.
»Sie fahren also diesen Cadillac mit Haifischflossen?« kam sie schließlich zur Sache.
Er sah sich noch immer den Laufsteg Bürgersteig an und versuchte, Männer und Frauen zu unterscheiden.
»Zu Ihrer Auffahrt«, ergänzte sie. »Scheint mir nicht zu Ihnen zu passen.«
»Ist nicht meiner«, sagte Brazil.
»Dachte ich's mir doch.« West zog an ihrer Zigarette und schnippte erneut die Asche in den Wind. »Sie leben nicht allein.«
Noch immer starrte er aus dem Fenster. »Ich habe einen alten BMW

2002. Er hat meinem Vater gehört. Er hatte ihn gebraucht gekauft und wieder hergerichtet. Er konnte alles reparieren.«

Sie überholten einen silbernen Lincoln. Es war ein Leihwagen. Er fiel West auf, weil die Innenbeleuchtung brannte und der Fahrer aussah, als habe er sich verfahren. Er sprach in sein Handy und sah sich dabei suchend in diesem üblen Stadtviertel um. Dann bog er in die Mint Street ab. Brazil hielt noch immer Ausschau nach gefährlichen Typen, die sich vielleicht nach ihnen umsahen. Inzwischen hatte ein Toyota direkt vor ihnen Wests Aufmerksamkeit erregt. Ein Seitenfenster war eingeschlagen, das Nummernschild mit einem Kleiderbügel befestigt. Zwei junge männliche Personen saßen darin. Der Fahrer beobachtete sie im Rückspiegel.

»Wetten, daß das ein gestohlenes Fahrzeug ist«, verkündete West.

Sie gab das Kennzeichen in das MDT ein. Kurz darauf piepste es, als habe sie an einem einarmigen Banditen gewonnen. Sie warf einen Blick aufs Display und schaltete das Blaulicht ein. Der Toyota vor ihnen schoß davon.

»Mist!« rief sie ihm nach.

Nun ging die Verfolgungsjagd erst richtig los. West mußte das Auto wie ein Rennfahrer steuern, gleichzeitig mit Zigarette und Kaffee jonglieren und sich das Mikro schnappen. Brazil wußte nicht, wie er ihr helfen sollte. Das war das Abenteuer seines Lebens.

»Hier 700!« schrie West ins Mikrofon. »Verfolge ein gestohlenes Fahrzeug!«

»Ich höre, 700«, kam es aus dem Funkgerät. »Sprechen Sie.«

»Ich fahre in nördlicher Richtung auf der Pine und biege jetzt nach links in die Siebte ein. Fahrzeugbeschreibung folgt.«

Brazil konnte sich kaum zurückhalten. Warum überholte sie nicht und schnitt dem Wagen den Weg ab? Der Toyota war doch nur ein Sechsventiler. Was würde der fahren?

»Schalten Sie die Sirene ein«, rief West ihm unter dem Aufheulen des Motors zu.

Das hatte man Brazil in der Academy nicht beigebracht. Er schnallte sich los und tastete unter dem Armaturenbrett herum, an der Lenksäule und an Wests Knien und lag praktisch in ihrem Schoß, als er einen Knopf fand, der sich vielversprechend anfühlte. Er drückte drauf, während sie weiter in rasender Fahrt die Straße runterheizten. Mit einem Knall sprang die Heckklappe auf. Im selben Moment schoß Wests Wagen dem Toyota hinterher über eine Querrinne, und aus dem Kofferraum stoben Ausrüstung für die Tatortsicherung, ein Regenmantel, eine Taschenlampe mit gewölbtem Reflektor und Leuchtkugeln, die sich hinter ihnen auf der Fahrbahn verteilten. West konnte es nicht fassen, als sie im Rückspiegel ihre Karriere in den Auspuffdünsten davonfedern sah. Als das Blaulicht ausging, saß Brazil wie erstarrt. Sie bremsten ab, fuhren langsam auf den Seitenstreifen und hielten. West sah auf ihren Beifahrer.

»Tut mir leid«, sagte Brazil.

# Kapitel 3

Die nächsten eineinhalb Stunden sprach West kein Wort mehr. Im Schneckentempo fuhren sie die Straße zurück, um Polizeiausrüstung einzusammeln, die aus dem Kofferraum geflogen war. Die Taschenlampe war ein Haufen blauer Kunststoffscherben, die Leuchtgeschosse platte Papphülsen, aus denen eine gefährliche Flüssigkeit sickerte. Die Polaroid-Kamera für Tatortaufnahmen würde keine Bilder mehr schießen. Der Regenmantel befand sich viele Kilometer weiter, verhakt im Fahrgestell eines Kombi nahe dem Auspuff, wo er jeden Moment Feuer zu fangen drohte.

West und Brazil fuhren, hielten an, sammelten ein und fuhren weiter. West war so wütend, daß sie nicht wagte zu sprechen. Bis jetzt waren zwei Streifenwagen an ihnen vorübergefahren. Für sie gab es nicht den geringsten Zweifel, daß bereits die gesamte Schicht, die von vier Uhr bis Mitternacht Dienst hatte, genau wußte, was passiert war und wahrscheinlich dachte, daß West auf den Knopf gedrückt hatte, weil sie ja noch nie zuvor eine Verfolgung unternommen hatte. Bis zum heutigen Abend war sie allgemein respektiert worden. Die ganze Mannschaft hatte sie bewundert. Sie warf Brazil einen haßerfüllten Blick zu. Der hatte das Starterkabel wiedergefunden und verstaute es gerade neben dem Reservereifen, der als einziges nicht das Weite gesucht hatte, weil er festgeschraubt war.

»Hören Sie«, sagte Brazil plötzlich und sah sie im Schein einer Straßenlaterne von der Seite an. »Ich habe das nicht mit Absicht gemacht. Was kann ich denn sonst noch sagen?«

West ging zum Wagen zurück, und Brazil glaubte einen Augenblick, sie würde ohne ihn davonfahren, ihn hier allein der Gefahr aussetzen, von einem Dealer oder einer Nutte, die eigentlich ein Mann war, ermordet zu werden. Vielleicht aber dachte West ja auch selbst an die möglichen Folgen. Sie wartete, daß er einstieg. Er schloß die Tür und zog sich den Sicherheitsgurt über die Brust. Das Funkgerät war noch immer eingeschaltet, und er hoffte, daß sie schnell etwas anderes zu tun bekamen, damit er seinen Fehler wiedergutmachen konnte.

»Ich konnte mich schließlich in Ihrem Wagen nicht so genau auskennen«, sagte er ruhig und in vernünftigem Ton. »Der Crown Vic I, den ich bei der Academy gefahren habe, war älter als der hier. Und wir haben nichts über die Benutzung des Blaulichts gelernt ...«

Sie schaltete und fuhr los. »Ich weiß das alles, und ich mache Ihnen keinen Vorwurf. Sie haben es nicht mit Absicht getan. Genug damit«, sagte sie.

Sie beschloß, es in einem anderen Viertel zu versuchen, jenseits der Remus Road in der Nähe des Tierheims für Hunde. Dort würde nichts passieren. Damit hätte sie auch richtig gelegen, wenn da nicht diese betrunkene Alte gewesen wäre, die sich auf dem Rasen vor der Mount Moriah Primitive-Baptistenkirche die Seele aus dem Leib schrie. Das war auf der Strecke zwischen dem Greyhound-Busbahnhof und dem Presto Grill. Die Nachricht erreichte sie über Funk, und es blieb West nichts anderes übrig, als Verstärkung anzufordern. Sie und Brazil waren etwa vier Blocks von der Stelle entfernt.

»Das dürfte keine große Sache sein, und wir werden dafür sorgen, daß es auch keine wird«, sagte West mit Nachdruck. Sie gab Gas und bog nach rechts in die Lancaster.

Das eingeschossige gelbe Backsteingebäude mit seinen grellbunten Glasfenstern war hell erleuchtet, aber menschenleer. Der fleckige Rasen mit dem Schild JESUS RUFT vorn am Rand war übersät mit Bierflaschen. Eine alte Frau weinte und schrie hysterisch und versuchte, sich von zwei uniformierten Cops loszureißen. Brazil und West stiegen aus, um sich des Problems anzunehmen. Als die Streifenpolizisten den Deputy Chief mit all ihren glänzenden Abzeichen erkannten, wußten sie nicht, wie sie sich verhalten sollten und wurden sichtlich nervös.

»Was haben wir denn hier?« fragte West und trat zu ihnen.

Die Frau schrie aus zahnlosem Mund. Brazil verstand kein einziges Wort.

»Trunkenheit in der Öffentlichkeit und Ruhestörung«, sagte der Cop, auf dessen Namensschild *Smith* stand. »Wir haben sie schon öfters aufgegriffen.«

Die Frau war in den Sechzigern, wenn nicht älter, und Brazil konnte den Blick nicht von ihr wenden. Sie war betrunken und wand sich in dem unbarmherzigen Licht einer Straßenlaterne. Hinter ihr eine Kirche, die sie wahrscheinlich nie betreten hatte. Sie trug ein ausgeblichenes grünes Militär-Sweatshirt und verschmutzte Jeans. Ihr Bauch war angeschwollen, und ihre Brüste erinnerten an Windsäkke bei Flaute. Arme und Beine waren spindeldürr, und das lange schwarze Haar hing ihr wie Spinnweben vom Kopf.

Früher hatte auch Brazils Mutter solche Szenen außerhalb des Hauses fertiggebracht, doch heute war das nicht mehr so. Er dachte an einen Abend, als er vom Einkaufen nach Hause kam und seine Mutter vor dem Haus vorfand. Sie schrie die ganze Gegend zusammen und zerhackte gerade den Staketenzaun, als ein Streifenwagen vorfuhr. Brazil versuchte, sie aufzuhalten und gleichzeitig außer Reichweite der Axt zu bleiben. Der Polizist kannte jeden Bürger in Davidson. Daher hatte er darauf verzichtet, Brazils Mutter wegen Ruhestörung und Trunkenheit in der Öffentlichkeit einzusperren, auch wenn er dazu berechtigt gewesen wäre.

Im flackernden Blaulicht des Streifenwagens überprüfte West den Sitz der Handschellen auf dem Rücken der alten Frau. Hin und wieder mischten sich spitze Schmerztöne unter ihr anhaltendes Jammern. West warf den Officers einen empörten Blick zu.

»Den Schlüssel!« sagte sie knapp. »Die sind doch viel zu eng.«

Smith war schon seit Urzeiten dabei. Sein Anblick erinnerte West an die abgestumpften und unzufriedenen alten Cops, die am Ende ihrer Dienstzeit als private Wachleute bei irgendeiner Firma anheuerten. Sie streckte die Hand aus, und er reichte ihr den winzigen Metallschlüssel. West ließ die Handschellen aufspringen. Von den harten Stahlfesseln befreit, beruhigte sich die Frau schlagartig. Vorsichtig rieb sie die tiefen, roten Abdrücke an ihren Handgelenken. West wies die Polizisten noch einmal zurecht.

»Das kann man doch nicht machen. Sie haben ihr wehgetan.«
West bat die Frau, ihre schlaffen Arme zu heben, weil sie sie abtasten wollte. Eigentlich, dachte sie, hätte sie dazu Handschuhe anziehen sollen. Aber im Wagen hatte sie keine, denn Einsätze wie diese gehörten längst nicht mehr zu ihren Aufgaben. Außerdem war die Frau schon genug gedemütigt. Es war West unangenehm, Leute abzutasten und zu durchsuchen, und zwar immer schon. Sie erinnerte sich an frühere Zeiten. Auf was war sie da nicht alles gestoßen! Auf so unangenehme Überraschungen wie Fäkalreste, gebrauchte Kondome, Erektionen. Sogar einen Vogelkrallenfetisch hatte sie einmal in der Hand gehabt. Gleich in ihrer Anfangszeit hatte sie einmal kaltes und schmieriges Dosenfleisch aus der Tasche eines minderjährigen Strichers gefischt und prompt von ihm noch einen Schlag versetzt bekommen. Bei dieser alten Lady fand sich aber nichts außer einem schwarzen Kamm und einem Schlüssel, den sie an einem Schnürsenkel um den Hals trug.

Sie hieß Ella Joneston. Als die Polizeilady ihr erneut die Handschellen anlegte, blieb sie ganz ruhig. Zwar waren die Stahlringe immer noch kalt, aber sie schnitten ihr nicht ins Fleisch, wie noch vor wenigen Minuten, als diese Mistkerle sie gefesselt hatten. Sie wußte genau, womit, obwohl sie die Hände ja auf dem Rücken hatte und es nicht sehen konnte. Die Handschellen hatten ihr unbarmherzig ins Fleisch geschnitten. Vor Schmerz und Wut hatte sie Gift und Galle gespien. Ihr Herz hatte ihr wild gegen die Rippen gehämmert. Und bestimmt hätte es seinen letzten Schlag getan, wäre nicht dieser blaue Wagen mit der netten Lady aufgekreuzt.
Ella Jonestone wußte schon lange, daß ein gebrochenes Herz den Tod bedeutete. Ihres war schon oft ganz kurz davor gewesen, das erste Mal, als sie zwölf war. Damals hatten Jungen aus der Mietskaserne sie in den Dreck gestoßen. Sie hatte sich gerade das Haar gewaschen. Sie stellten Dinge mit ihr an, über die sie nie in ihrem ganzen Leben gesprochen hatte. Sie hatte nur Schmutz und Laubreste aus den Zöpfen geschüttelt und sich gewaschen. Niemand hatte gefragt, was passiert war. Die Polizeilady hier war nett. Zu ihrer Unterstützung hatte sie einen gepflegten Jungen in Zivil bei sich. Er

hatte ein freundliches Gesicht. Wahrscheinlich ein Detective. Sie stützten Ella links und rechts, als führten sie sie fein gekleidet zur Ostermesse.

»Warum trinken Sie soviel hier draußen?« fragte die Lady in Uniform. Sie war sachlich, aber nicht von oben herab.

Ella begriff nicht, was sie mit *hier draußen* meinte. Wo sollte Ella denn sonst hin? Also konnte sie nicht weit von ihrem Apartment im Earle Village sein, wo sie vor dem Fernseher gesessen hatte. Am frühen Abend hatte das Telefon geklingelt. Es war ihre Tochter mit der schrecklichen Nachricht von Efrim, Ellas vierzehnjährigem Enkel. Er war mit mehreren Schußwunden ins Krankenhaus eingeliefert worden. Alle waren sicher, daß die weißen Ärzte schon das Menschenmögliche tun würden, aber Efrim war schon immer widerspenstig gewesen. Die Erinnerung trieb Ella heiße Tränen in die Augen.

Ella erzählte der Polizeilady und dem Detective die ganze Geschichte. Sie beförderten sie auf den Rücksitz des Streifenwagens. Dort saß sie dann hinter der Trennscheibe, damit sie auch ganz bestimmt nicht auf die beiden Cops losging. Ella breitete Efrims ganzes kurzes Leben vor ihnen aus, beginnend mit dem Tag, an dem sie ihn kurz nach Lornas Entbindung im Arm gehalten hatte. Er war immer in Schwierigkeiten gewesen, genau wie sein Vater. Schon im Alter von zwei Jahren hatte Efrim das Tanzen angefangen. Oft genug zog er unter der Straßenlaterne vor dem Haus eine große Show ab. Später hing er dann mit diesen anderen Jungen herum, die mit ihrem Geld prahlten.

»Ich schnalle Sie jetzt an«, sagte der blonde Detective und legte ihr den Sicherheitsgurt an. Er roch nach Äpfeln und Gewürzen.

Die alte Frau dagegen roch streng nach mangelnder Hygiene und nach Schnaps. In Brazil weckte das neue Bilder. Seine Hände zitterten ein wenig, und er brachte sie nicht so schnell wie sonst unter Kontrolle. Er verstand nicht, was die Frau murmelte und worüber sie weinte. Aber jeder Atemzug roch wie eine Kloake bei heißem Wetter. West kam ihm nicht im geringsten zu Hilfe. Sie war einen Schritt zurückgetreten und überließ Brazil den schmutzigen Teil der Arbeit. Seine Finger streiften den Nacken der alten Frau, und er war überrascht, wie weich und warm er sich anfühlte.

»Es wird alles gut«, wiederholte Brazil mehrmals und wußte doch, daß sich das kaum bewahrheiten würde.

West war nicht naiv. Sie wußte genau, daß es bei der Streifenpolizei Probleme gab. Aber wie konnte das unter Deputy Chief Goode auch anders sein? Daß deren Cops reichlich rauh sein konnten oder einfach nur unprofessionell, schockierte sie im Grunde nicht. Doch darüber hinwegsehen konnte sie auch nicht. Sie ging auf die beiden Beamten zu, diese zwar schon alten, aber inkompetenten Streifenpolizisten. Sie sah Smith direkt in die Augen und dachte an die Fälle, in denen sie es als Sergeant mit Leuten wie ihm zu tun gehabt hatte. Auch er gehörte zum alten Eisen. Aus ihrer Sicht taugte er nicht einmal, ihr die Stiefel ordentlich zu putzen.
»Lassen Sie mich so etwas *nie wieder* mit ansehen oder davon hören«, sagte West leise, was in Brazils Ohren besonders bedrohlich klang. West stand jetzt so dicht vor ihm, daß sie seine Bartstoppeln einzeln erkennen konnte und das dichte Netz von geplatzten Adern. Die rührten sicher von Smiths Aktivitäten außerhalb der Dienstzeit her. Sein Blick hatte etwas Totes, der Körper mußte schon seit Jahren ausgepumpt und leer sein.
»Unsere Aufgabe hier draußen ist es zu helfen, nicht jemandem weh zu tun«, zischte West. »Haben Sie das vergessen? Und das gilt genau so für Sie«, fügte sie mit einem Blick zu seinem Partner hinzu.

Beide Cops hatten nicht die geringste Ahnung, wer der Junge in Begleitung des Deputy Chiefs war. Sie saßen in ihrem Dienstwagen mit dem Hornissennest auf beiden Türen und blickten dem mitternachtsblauen Crown Victoria nach. Ihre Gefangene schnarchte leise.
»Vielleicht hat unsere eiserne Jungfrau schließlich doch noch einen Freund gefunden«, sagte Smith und wickelte zwei Kaugummis aus.
»Ja«, sagte der andere gedehnt, »wenn sie das junge Gemüse dann leid ist, würde ich ihr schon gern einmal zeigen, was ein richtiger Mann ist.«
Sie lachten und fuhren los. Wenige Augenblicke später spuckte das Funkgerät die nächste schlechte Nachricht aus.

»Beatties Ford Road, Block dreizehnhundert«, hieß es. »Geiselnahme eines Krankenwagens. Der Geiselnehmer ist mit einem Messer bewaffnet.«
»Zum Glück sind wir ja hier gebunden«, sagte Smith und schmeckte den Zimt in seinem Kaugummi.

Es war Wests Pech, daß Jerome Swan einen unschönen Abend verbracht hatte. Angefangen hatte er irgendwann eine gute Stunde bevor die Sonne über diesem heruntergekommenen Stadtviertel unterging. Die Gegend hieß allgemein das »Basin« und lag ein Stück von der Tryon Street entfernt, nicht weit von dem Hundeheim, in dessen Nähe ihr letztes Ziel gelegen hatte. Mit dem Funkspruch war sie nun wirklich in eine Falle geraten. Zwei Streifenwagen waren schon da, als nächster erschien Captain Jennings, begleitet von Stadtrat Hugh Bledsoe.
»So ein Mist«, sagte West, als sie dazustießen. »So eine Scheiße.«
Sie stellte den Wagen am Rand der engen und dunklen Straße ab. »Sehen Sie den großen Mann, der gerade aussteigt, den mit dem Anzug? Wissen Sie, wer das ist?«
Brazil hatte die Hand schon am Türgriff, besann sich dann allerdings eines Besseren.
»Das weiß ich sehr wohl«, sagte er. »Hugh Bedsore.«
West warf ihm einen erstaunten Blick zu. Die Cops hatten tatsächlich einen Spitznamen für ihren Stadtrat. Bedsore hieß soviel wie Bettgeschwür. Aber wie konnte Brazil davon erfahren haben?
»Ich will keinen Mucks von Ihnen hören«, warnte sie und öffnete die Tür. »Kommen Sie mir nicht in die Quere.« Sie stieg aus. »Und fassen Sie nichts an.«
Der Krankenwagen stand mit laufendem Motor mitten auf der Fahrbahn, die Hecktür weit offen. Erhellt wurde die Szene vom blitzenden Blaulicht der Streifenwagen. Die Männer hatten sich auf Höhe des Hinterrads versammelt und berieten über das weitere Vorgehen. West ging um das Heck des Fahrzeugs, um sich selbst ein Bild von der Situation zu machen. Brazil blieb ihr dicht auf den Fersen. Allzugern wäre er vorausgegangen. Swan hatte sich im Inneren bis ans hintere Ende zurückgezogen und fuchtelte mit einer chirurgi-

schen Schere herum. Seine gelblichen Augäpfel waren blutunterlaufen. Sie blickten die Polizistin wütend an, als sie in seinem Gesichtsfeld erschien.

Er hatte Beulen am Kopf und blutete aus Wunden, die er sich bei einer Schlägerei in einer Spielhalle zugezogen hatte. Er hatte gespielt und sich ein paar Gläser »Nachtexpress«, wie dieser billige Fusel hieß, genehmigt. Als man ihn in den Krankenwagen verfrachtete, beschloß er, daß er nicht die geringste Lust hatte, irgendwohin zu fahren. In solchen Momenten tat er das Nächstliegendste. Diesmal hatte er sich den erstbesten gefährlichen Gegenstand gegriffen und die Sanitäter angeschrien, er habe Aids und werde jeden, der ihm zu nahe käme, mit der Schere abstechen. Sie waren aus dem Wagen gesprungen und hatten die Polizei gerufen. Alle Cops waren Männer, bis auf die da mit den großen Titten, die zu ihm hereinsah, als wollte sie was von ihm.

Für West war die Situation ganz einfach. Der Täter hatte eine Hand am Griff der Seitentür. Er konnte nur überwältigt werden, wenn jemand zu ihm in den Wagen stieg. Dazu brauchte es keine große Strategie. West ging zu der Beamtenrunde, die noch immer an derselben Stelle stand.

»Ich werde ihn ablenken«, sagte sie. Sie merkte, daß Bledsoe sie anstarrte, als habe er noch nie eine Frau in Uniform gesehen. »In dem Moment, in dem er die Hand vom Türgriff nimmt, holt ihr ihn euch, Jungs«, fuhr sie fort und vergewisserte sich, daß jeder sie verstanden hatte.

Sie ging zur Hintertür des Ambulanzwagens zurück. Sie schnupperte, verzog das Gesicht und rieb sich mit einer Hand über die Augen.

»Wer hat hier Pfefferspray benutzt?« rief sie.

»Nicht einmal das konnte ihn aufhalten«, meinte einer der Cops.

Als nächstes sah Brazil, wie West in den Wagen stieg. Eine Aluminiumbahre diente ihr als Schild. Sie wirkte ganz locker und entspannt. Sie bewegte die Lippen. Was immer sie sagte, es schien Swan ganz und gar nicht zu gefallen. Er sah sie herausfordernd an. Die Adern an seinem Hals schwollen an. Auch was er erwiderte, klang aggressiv. Als sie halb drinnen war, machte er einen Satz nach vorn. Wie in einem Sog bei offener Flugzeugtür zog es Swan ins Freie. Brazil ging hin, um sich die Situation aus der Nähe anzusehen. Swan lag mit dem Gesicht nach unten auf der Straße, und die Männer, die gerade noch an einer Strategie gebastelt hatten, legten ihm eilig Handschellen an. Die Hände tief in den Taschen, verfolgte Stadtrat Bledsoe das Geschehen und sah West nach, als sie zu ihrem Wagen zurückging. Dann fiel sein Blick auf Brazil.

»Kommen Sie mal her«, sagte er zu ihm.

Brazil sah ängstlich in Wests Richtung. Diesmal würde er bestimmt allein in dieser düsteren Straße zurückbleiben. Er dachte an ihre Anweisung, mit niemandem zu sprechen.

»Sie sind also der Begleiter«, stellte Bledsoe fest, als er näher kam.

»Ich weiß nicht, ob ich *der* Begleiter bin«, antwortete Brazil.

Das war bescheiden gemeint, doch der Stadtrat hatte es falsch verstanden. Für ihn war der Junge ein Klugscheißer.

»Da hat ihnen Superwoman eben wohl zu einer guten Story verholfen, stimmt's?« Der Stadtrat nickte in Wests Richtung. Sie stieg gerade in ihren Wagen.

Brazil bekam es mit der Angst zu tun. »Ich muß gehen«, sagte er.

Bledsoe trug einen Spitzbart und hatte ein Faible für Glanzgel im Haar. Er war Prediger in der Baptistengemeinde an der Jeremiah Avenue. Das flackernde Blaulicht der Polizeifahrzeuge spiegelte sich in seinen Brillengläsern, während er Brazil weiter ansah und sich den Nacken mit einem Taschentuch abtupfte.

»Lassen Sie mich Ihnen eines sagen.« Sein Ton war schmierig. »Die Stadt Charlotte kann hier draußen gut auf Leute verzichten, denen Menschlichkeit, Armut und Verbrechen gleichgültig sind. Selbst dieser Mann hier hat ein Recht darauf, nicht ausgelacht und verspottet zu werden.«

Etwas benommen wurde Swan abgeführt. Da tat man nichts anderes als in der Spielhalle rumzuhängen und sich um seinen eigenen Scheiß zu kümmern, und schon wurde man von Außerirdischen entführt. Bledsoe schwenkte einen Arm ausladend über die ferne erleuchtete Skyline, die funkelnd in den Himmel ragte wie ein Königreich.

»Warum schreiben Sie nicht darüber?« fragte der Stadtrat, als erwarte er, daß Brazil sich auf der Stelle Notizen machte, was er dann auch tat. »Sehen Sie auf all das Gute, die Errungenschaften. Schauen Sie sich an, wie die Stadt gewachsen ist. Sie wurde zur lebenswertesten des ganzen Landes gewählt, sie besitzt das drittgrößte Bankenzentrum bundesweit und ist auf dem Gebiet der Künste hoch geschätzt. Die Leute stehen Schlange, um hierher zu ziehen. Aber nein, oh, nein.« Er klopfte Brazil auf die Schulter. »Statt dessen erwartet mich jeden Morgen eine neue deprimierende Geschichte. Über einen Krankenwagen, der von einem Messerstecher in seine Gewalt gebracht wird, Nachrichten, die nur dazu da sind, in den Herzen der Bürger Ängste zu schüren.«

West scherte aus der Parklücke, und Brazil startete los, als verpasse er gerade den Schulbus. Bledsoe sah überrascht und verärgert aus, denn er hatte noch gar nicht zu Ende geredet. West aber wußte, daß es kein Zufall war, daß der Stadtrat genau an diesem Abend unterwegs war, wo Andy Brazil, das lebende Experiment einer neuen Kommunalpolitik, mit ihr Streife fuhr. Bledsoe würde zusehen, daß sein Name in einer Geschichte auftauchte und seine Wähler in diesem Wahljahr damit beeindrucken, wie gewissenhaft und besorgt er um die Belange seiner Stadt war. STADTRAT NIMMT SICH ZEIT, POLIZEI BEIM EINSATZ ZU BEGLEITEN. Sie konnte die Schlagzeile schon vor sich sehen. Sie öffnete das Handschuhfach und wühlte nach einer Rolle Kalziumtabletten.

Sie hielt den Wagen an, so daß Brazil einsteigen konnte. Er war nicht einmal außer Atem, obwohl er gerade einen Sprint von gut fünfzig Metern hinter sich hatte. Angesichts solcher Alarmzeichen wollte West nur noch eins: rauchen.

»Ich hatte Ihnen doch gesagt, Sie sollten mit niemandem sprechen.« Sie ließ das Feuerzeug aufflammen.

»Was hätte ich denn tun sollen?« fragte er ärgerlich. »Sie sind ohne mich weggegangen, und er hat mich aufs Korn genommen.«

Sie fuhren noch immer an ärmlichen Behausungen vorbei, die meisten unbewohnt und mit Brettern vernagelt. Brazil sah West an und mußte daran denken, wie Bledsoe sie »Superwoman« genannt hatte.

»Man hätte Sie nie befördern dürfen«, sagte Brazil. »Was Sie da gerade gemacht haben, war toll.«

West war früher bei solchen Einsätzen wirklich gut gewesen. Doch die Sergeant-Prüfung hatte einen ersten Schritt in Richtung Schreibtischarbeit und Political Correctness bedeutet. Wäre Hammer nicht in die Stadt gekommen, hätte sie sich bestimmt nach etwas anderem umgesehen.

»Nun sagen Sie schon«, drängte Brazil.

»Was soll ich sagen?« fragte West und stieß eine Rauchwolke aus.

»Was haben Sie zu ihm gesagt?«

»Zu wem?«

»Sie wissen schon, dem Typen im Krankenwagen.«

»Kann ich nicht sagen.«

»Jetzt kommen Sie schon. Sie müssen irgendwas gesagt haben, das ihn richtig aufgebracht hat«, beharrte Brazil.

»Nein.« West schnippte Asche aus dem Fenster.

»Ach, kommen Sie. Was war's?«

»Ich habe gar nichts gesagt.«

»Haben Sie doch.«

»Ich habe ihn Schwuchtel genannt«, gab sie schließlich zu. »Aber das können Sie nicht drucken.«

»Da könnten Sie recht haben«, bestätigte Brazil.

# Kapitel 4

Riesig ragte die Kulisse der Stadt hinter einem Schauplatz des Grauens auf. Es war kurz nach zehn. Nervös und konzentriert suchten schwitzende Polizeibeamte im Schein ihrer Taschenlampen einen Parkplatz auf der Rückseite eines verlassenen Gebäudes und ein angrenzendes Gelände ab. Es war von Unkraut überwuchert. Da war der Leihwagen, ein schwarzer Lincoln, zurückgelassen worden. Die Fahrertür stand offen, die Scheinwerfer brannten, und von innen ließ sich schwach das Klingeln der Tür- und Lichtkontrolle vernehmen. Aber es war zu spät. Detektiv Brewster, den man zu Hause angerufen hatte, stand mit Handy neben dem Lincoln und telefonierte. Er trug Jeans und ein altes Sporthemd mit seinem Namensschild auf der Brust. Die Pistole, eine 40er Smith & Wesson, hing mit ein paar Reservemagazinen an seinem Gürtel.
»Sieht aus, als hätten wir hier den nächsten«, teilte er seiner Vorgesetzten mit, die bereits auf dem Weg zum Tatort war.
»Können Sie mir zehn-dreizehn geben?« hörte er Wests Stimme über Funk.
»Zehn-dreizehn ist noch frei.« Brewster sah sich um. »Aber nicht mehr lange. Wie wär's mit zehn-zwanzig?«
»Dilworth. Fahren auf der Neunundvierzig in Ihrer Richtung. E.O.T. zehn-fünfzehn.«

Brazil hatte den Umgang mit Funkgerät und Codes auf der Akademie gelernt. Er wußte, warum Brewster und West in Codes kommunizierten. Etwas sehr Dramatisches ging vor sich, und sie wollten vermeiden, daß Außenstehende, Reporter zum Beispiel, mithörten.

Im wesentlichen teilte Brewster West mit, daß noch keine Schaulustigen am Tatort waren, dies aber nicht mehr lange so bleiben würde. West war auf dem Weg und würde in weniger als fünfzehn Minuten eintreffen.

Als nächstes griff West nach dem Funktelefon, das am Kabel vom Zigarettenanzünder hing. Es war Alarmstufe eins. Sie wählte, während sie mit hohem Tempo weiterfuhr. Ihr Gespräch mit Chief Hammer war nur kurz.

West blickte Brazil von der Seite scharf an. »Tun Sie genau das, was man Ihnen sagt. Das hier ist kein Spaß.«

Als sie den Tatort erreichten, waren auch die Reporter schon da. Sie versuchten, die grauenhafte Szene aus nächster Nähe vor die Linse zu bekommen. Webbs hübsches Gesicht hatte einen düsteren, betroffenen Ausdruck, während er, das Mikrofon in der Hand, in eine Kamera blickte.

»Das Opfer konnte bisher nicht identifiziert werden. Wie die anderen drei, die ganz in der Nähe erschossen wurden, fuhr es einen Mietwagen.« Webb machte eine Aufzeichnung für die 23-Uhr-Nachrichten.

West und Brazil bahnten sich ruhig und bestimmt ihren Weg durch die Reporter. Sie wichen den Mikrofonen aus, die ihnen entgegengestreckt wurden, und duckten sich, wenn laufende Kameras auf ihre Gesichter schwenkten. Fragen prasselten auf sie ein, als wäre eine Nachrichtenbombe hochgegangen. Brazil machte das angst. Er war auf eine Weise verunsichert und geniert, die ihm fremd war.

»Nun wissen Sie, wie das ist«, sagte West und schnappte nach Luft.

Grellgelbes Absperrband war von den Bäumen bis zur Straße gespannt. Endlosschrift in schwarzen Großbuchstaben verkündete: VORSICHT TATORT – BETRETEN VERBOTEN. Das Band hielt Reporter und Schaulustige von dem Lincoln fern und dem sinnlosen Tod, der dort stattgefunden hatte. Innerhalb der Absperrung stand mit laufendem Motor ein Krankenwagen. Überall blitzten die Stablampen der Cops und Detectives. Leuchtkugeln erhellten die Szene für die Videoaufzeichnung. Techniker bereiteten den Lincoln für den Abtransport zur Spurenauswertung im Hauptquartier vor.

Brazil war so sehr damit beschäftigt, all das in sich aufzunehmen und zu testen, wie nah man ihn wohl heranlassen würde, daß er Chief Hammer erst bemerkte, als er fast mit ihr zusammenstieß.
»Entschuldigung«, sagte er zu der Frau im Kostüm.
Man sah ihr die Anspannung an. Sie zog West gleich zur Seite. Hammer, nicht mehr ganz jung, hatte ein hübsches, scharfgeschnittenes Gesicht. Brazil registrierte ihr ergrauendes, kurz geschnittenes Haar, ihre eher kleine Gestalt und die straffe Figur in allen Einzelheiten. Er war dem Chief noch nicht persönlich begegnet, erinnerte sich aber gleich, sie schon im Fernsehen und auf Fotos gesehen zu haben. Er starrte sie unverhohlen, aber ehrfurchtsvoll an. Für diese Frau könnte er ins Schwärmen geraten. In dem Moment drehte sich West um und wies mit ausgestrecktem Finger auf ihn, als wäre er ein Hund, dem sie »Platz!« bedeuten wollte.
»Sie bleiben, wo Sie sind«, befahl sie scharf.
Brazil hatte zwar nichts anderes erwartet, aber erfreut war er nicht. Er hob an zu protestieren, aber niemanden kümmerte es. Hammer und West duckten sich unter der Absperrung hindurch. Ein Cop sah Brazil warnend an für den Fall, daß er auf die Idee kommen sollte, den beiden zu folgen. Brazil sah, wie sie stehenblieben, um etwas auf dem alten, rissigen Asphalt zu begutachten. Blutige Schleifspuren glitzerten im Lichtstrahl von Wests Taschenlampe. Sie kamen aus einer schmierigen Lache wenige Zentimeter vor der offenen Wagentür. West glaubte zu wissen, was passiert war.
»Genau hier ist auf ihn geschossen worden«, sagte sie zu Hammer. »Und hier ist er auch gestürzt.« Sie deutete auf die Blutlache. »Hier ist er mit dem Kopf aufgeschlagen. Man hat ihn an den Füßen fortgeschleift.«
Das Blut fing an zu gerinnen. Hammer spürte die Hitze der flackernden Lichter, die die Szene erhellten, die Nacht und das Grauen, das sich dahinter verbarg. Sie roch den Tod. Das hatte sie schon in ihrem ersten Jahr gelernt. Sie hatte eine Nase dafür. Blut zersetzte sich schnell, wurde an den Rändern dünnflüssig und innen dicklich. Sein Geruch war eine eigenartige Mischung aus Süße und Fäulnis. Die Spur führte zu ein paar mit Schlingpflanzen und Flechten überwucherten Kiefern und Pappeln. Unkraut bedeckte den Boden.

Das Opfer schien ein Mann in mittleren Jahren. Es trug einen von der Reise zerknitterten khakifarbenen Baumwollanzug. Die Hose und der Jockey-Slip hingen ihm um die fleischigen Knie. Die Sanduhr, die sie schon kannte, leuchtete orange. Blätter und Pflanzenpartikel klebten im gerinnenden Blut.

Dr. Wayne Odom war seit mehr als zwanzig Jahren Gerichtsmediziner im Bezirk Mecklenburg-Charlotte. Er erkannte gleich, daß man die Farbe der Leiche am Fundort aufgesprüht hatte. Die Unterseiten einiger Pappelblätter wiesen nämlich einen leichten Farbstaub auf, den die Brise davongetragen hatte. Mit blutigen Handschuhen legte Dr. Odom einen neuen Film in seine Kamera ein. Er sah es als ziemlich wahrscheinlich an, daß man es hier mit einem homosexuellen Serienmörder zu tun hatte. Er war Diakon in der Northside Baptistengemeinde und davon überzeugt, daß ein zorniger Gott Amerika auf diese Weise für seine Perversionen bestrafte.

»Verdammt«, murmelte Hammer, während die Spurensicherung den Tatort nach weiteren Indizien durchkämmte.
West verspürte ein Gefühl von Niedergeschlagenheit, das an Angst grenzte. »Können Sie mir das erklären?! Nur hundert Meter vom letzten Tatort entfernt. Ich habe meine Leute hier überall. Niemand hat irgend etwas gesehen. Wie kann das sein?«
»Wir können nicht jede Straße rund um die Uhr beobachten«, erwiderte Hammer wütend.

Aus einiger Entfernung beobachtete Brazil einen Ermittler, der gerade die Brieftasche des Opfers durchsuchte. Was West und Hammer da hinten sahen, konnte Brazil nur vermuten, während er ungeduldig wartete und sich, an Wests Wagen gelehnt, Notizen machte. Wenn er bei Semesterarbeiten etwas gelernt hatte, dann, daß man auch ohne Kenntnis aller Fakten Atmosphäre schaffen konnte. Er musterte die Rückseite des verlassenen Backsteinbaus und kam zu dem Schluß, daß es einmal eine Art Lagerhaus gewesen sein mußte. Aus sämtlichen Fenstern mit ihren zerborstenen Scheiben starrte unheilvolle schwarze Leere. Die Feuertreppe wur-

de nur noch von Rost zusammengehalten. Auf halber Höhe war sie abgerissen.
Von Brazils Platz aus waren die Lichter nur diffus zu erkennen. Alles konzentrierte sich auf das Dickicht unter den Bäumen. Wie Glühwürmchen flackerte das Licht der Stablampen gespenstisch um den Leihwagen, aus dem immer noch das Klingeln drang. In der Ferne rauschte der Verkehr. Sanitäter in Overalls liefen schwitzend mit einer Bahre vorbei. Auf ihr lag, noch zusammengefaltet, ein schwarzer Leichensack. Brazil reckte seinen Hals, als die Sanitäter den Tatort erreichten, und kritzelte wild auf seinen Block. Das Rollgestell der Trage wurde heruntergeklappt. Das metallische Geräusch riß Hammer aus ihren Betrachtungen. West und Brewster studierten den Führerschein des Opfers. Ob Brazil Näheres erfuhr oder nicht, interessierte niemanden.

»Carl Parsons«, las Brewster vor. »Spartanburg, South Carolina. Einundvierzig Jahre. Kein Bargeld und kein Schmuck, falls vorhanden gewesen.«
»Wo hat er hier in der Stadt gewohnt?« fragte Hammer.
»Das hier sieht aus wie eine Reservierungsbestätigung vom Hyatt Hotel am Southpark.«
West kauerte sich hin, um die Szene aus einer anderen Perspektive zu betrachten. Mit halbgeöffneten Augen und ausdruckslosem Blick lag Parsons auf einem Lager aus blutigen Blättern, halb auf dem Rücken, halb auf der Seite. Dr. Odom sah sich gezwungen, dem Opfer eine weitere Demütigung zuzufügen, indem er ihm ein langes Thermometer ins Rektum schob, um die Kerntemperatur zu messen. Bei jeder Berührung der Leiche durch den Arzt rann weiteres Blut aus den Einschußlöchern im Kopf. Für West stand eines fest: Wer immer der Täter war, er hatte bestimmt nicht vor, diese Mordserie zu beenden.

Brazil hatte keineswegs die Absicht aufzugeben, ganz gleich wie viele Steine ihm West in den Weg legte. Er hatte sein Bestes getan, um wenigstens die visuellen Eindrücke und die allgemeine Stimmung festzuhalten. Nun streifte er ein wenig umher. Ein leuchtend blauer

Mustang fiel ihm auf. Daneben parkte ein Zivilfahrzeug der Polizei, in dem ein Halbwüchsiger neben einem Ermittler saß, den Brazil zuvor schon einmal gesehen hatte. Er tarnte sich auf der Straße als Drogendealer. Während der Junge sich mit dem Detective unterhielt und die Sanitäter am Tatort den Reißverschluß des Leichensacks zuzogen, machte Brazil sich weiter Notizen. Die Kameraleute, vor allem Webbs Team, waren erpicht darauf, möglichst viele Filmmeter und Aufnahmen von der Rollbahre zu bekommen, auf der der Tote nun wie ein großer schwarzer Kokon weggefahren wurde. Niemand außer Brazil nahm Notiz von dem jungen Mann, der aus dem Wagen des verdeckten Ermittlers stieg und ohne Eile zu seinem Mustang zurückkehrte.

Das Verdeck war zurückgeklappt, und als er Brazil auf seinen protzigen Schlitten zukommen sah, ging sein Pulsschlag schneller. Dieser hübsche blonde Typ da hatte einen Reporterblock in der Hand. Jeff Deedrick fuhr sich nervös mit der Lippenpomade über den Mund und ließ so cool wie möglich den Motor an. Seine Hände zitterten.

»Ich bin vom *Charlotte Observer*«, sagte Brazil und blieb neben der Fahrertür stehen. »Ich würde Ihnen gern ein paar Fragen stellen.«

Deedrick sah sich auf der Schwelle zum Ruhm. Er war siebzehn, konnte aber leicht für einundzwanzig durchgehen, solange man ihn nicht nach seinem Ausweis fragte. Jetzt würde er all die Mädchen bekommen, die ihn bis heute abend keines Blickes gewürdigt hatten.

»Wenn's sein muß«, meinte Deedrick widerstrebend, als sei ihm die Aufmerksamkeit, die ihm plötzlich zuteil wurde, lästig.

Brazil stieg in den Mustang. Der Wagen war neu und gehörte nicht Deedrick selbst, was Brazil aus dem zierlichen blauen Schlüsselanhänger folgerte, der exakt zur Farbe des Wagens paßte. Außerdem besaßen nur wenige junge Leute unter einundzwanzig ein Handy, es sei denn, sie dealten mit Drogen. Er hätte wetten mögen, daß der Mustang Deedricks Mutter gehörte.

Als erstes schrieb sich Brazil Namen, Adresse und Telefonnummer auf und wiederholte minutiös jede einzelne Silbe, um sicherzugehen, daß er keinen Fehler machte. In diesem Punkt war er durch eine harte Schule gegangen. Im ersten Monat beim *Observer* hatte er sich drei Richtigstellungen hintereinander eingehandelt. Es waren unbedeutende Fehler bei unbedeutenden Details gewesen. Einmal hatte er *Junior* an einen Namen gehängt, als es *der Dritte* hätte heißen müssen. Allerdings hatte diese Lappalie zu einer Todesanzeige geführt, die ein Vater daraufhin für seinen Sohn aufgab. Der Sohn hatte Probleme mit dem Finanzamt gehabt, deswegen hatte ihn der Fehler nicht weiter gestört. Im Gegenteil. Er hatte Brazil persönlich angerufen und gebeten, die Zeitung möge die Sache auf sich beruhen lassen. Aber Packer war dagegen gewesen.

Der unangenehmste Fehler, der Brazil unterlaufen war – und an den er gar nicht gern zurückdachte –, war der Bericht über eine Gemeindeversammlung, auf der lautstark und lebhaft über das kontroverse Thema der Tiersegnung debattiert worden war. Er hatte Ortsnamen mit Person verwechselt und sich wiederholt auf eine *Latta Park* oder *Miss Park* bezogen. Bei Jeff Deedrick vergewisserte sich Brazil daher sehr genau, daß alles korrekt war. Hier würde er nicht mehr danebengreifen. Brazil beobachtete den Schauplatz, während die Sanitäter die Leiche in den Rettungswagen schoben.

»Ich gebe zu, ich hatte was getrunken und merkte, daß ich es nicht bis nach Hause schaffen würde.« Nervosität und Aufregung machten Deedrick gesprächig.

»Dann sind Sie also hier reingebogen, um auszutreten?« Brazil blätterte um und schrieb schnell weiter.

»Ich parke, sehe diesen Wagen mit eingeschalteten Scheinwerfern und geöffneter Tür und denke, aha, da ist wohl noch jemand, der sich erleichtert.« Deedrick zögerte. Er nahm seine Baseballkappe vom Kopf und setzte sie verkehrtherum wieder auf. »Ich warte, sehe aber niemanden. Das macht mich neugierig, also gehe ich hin und sehe ihn da liegen. Gott sei Dank, daß ich ein Handy hatte.«

Deedrick starrte ins Leere. Schweißperlen standen ihm auf der Stirn, die Achselhöhlen waren naß. Zunächst habe er gedacht, der Kerl sei betrunken, hätte zum Pinkeln die Hose heruntergelassen und wäre dabei umgekippt. Dann habe er die orange Farbe und das Blut entdeckt. Das sei der Schock seines Lebens gewesen. Er sei zum Wagen zurückgespurtet und wie von der Tarantel gestochen davongefahren. Unter einer Eisenbahnbrücke habe er angehalten, gepinkelt und den Notruf verständigt.

»Mein erster Gedanke?« fuhr Deedrick inzwischen etwas entspannter fort. »Das kann einfach nicht wahr sein. Ich meine das unablässige leise Klingeln, all das Blut, die bis zu den Knien heruntergezogene Hose. Und ... Nun, Sie wissen schon. Sein Ding.«
Brazil sah ihn an. Deedrick stotterte.
»Was war damit?« wollte Brazil wissen.
»Es war angesprüht, orange und sah aus wie so ein bunter Kegel von der Straßenbaustelle. So sah es aus.«
Deedrick wurde rot, als er eine Acht in die Luft zeichnete.
Brazil reichte ihm seinen Block. »Können Sie das aufzeichnen?« fragte er. Staunend schaute er zu, wie Deedrick mit zitternder Hand eine Sanduhr zeichnete.
»Die Kontur erinnert an diese Spinne, die Schwarze Witwe mit ihrer orangeroten Zeichnung am Hinterleib«, murmelte Brazil. Aus dem Augenwinkel sah er West und Hammer unter der Absperrung durchkommen. Sie wollten offenbar gehen.
Abrupt beendete Brazil sein Interview. Er fürchtete, wieder allein gelassen zu werden. Zudem wollte er Hammer und West noch eine Frage stellen. Aus Respekt wandte er sich zuerst an Chief Hammer.
»Hat der Täter all seinen Opfern eine Sanduhr aufgesprüht?« fragte er ernst mit erregter Stimme.
West schwieg, was bei ihr selten vorkam. Reglos stand sie da. Brazil kannte keine überwältigendere Person als diese Hammer. Sie winkte mit einer Handbewegung ab, die *kein Kommentar* bedeutete.
An West gewandt sagte sie: »Ich überlasse Ihnen den Fall.«
Hammer ging durch die Dunkelheit zu ihrem Wagen. Wortlos steuerte West auf ihren Ford zu. Auch nachdem Brazil eingestiegen war und sich angeschnallt hatte, hatten sie einander nichts zu sagen. Das Funkgerät war eingeschaltet. Es war spät geworden. Sie mußte Brazil zu seinem Auto zurückbringen, damit sie endlich ihre verdammte Ruhe hatte. Mehr wollte sie im Augenblick nicht. Was für eine Nacht.

Es war fast Mitternacht, als sie sich zum LEC auf den Weg machten. Beide waren überdreht und angespannt. West konnte einfach nicht glauben, daß sie eigenhändig einen Reporter an diesen Tatort geführt hatte. Sie wollte es einfach nicht begreifen. Das mußte jemand anderem unterlaufen sein, nicht ihr, nicht in ihrer Zuständigkeit. Sie dachte an eine Zeit zurück, über die sie noch nie mit jemandem gesprochen hatte: ihr zweites Collegejahr an einer sehr kleinen Konfessionsschule in Bristol, Tennessee. Das Problem hatte mit Mildred begonnen.

Mildred war sehr groß und kräftig und wurde von sämtlichen Mädchen auf ihrer Etage gefürchtet, nur nicht von West. Sie wollte mehr von Mildred erfahren, weil Mildred aus Miami kam. Mildreds Eltern hatten sie aufs King College geschickt, damit sie »gerettet« und auf den »rechten Weg« zurückgeführt würde. Mildred hatte in Kingsport jemanden kennengelernt, der jemanden in Johnson City kannte, der wiederum Geschäfte mit einem Kerl bei Eastman Kodak machte, und der verkaufte Gras. Eines Abends zogen West und Mildred sich auf dem Tennisplatz, wo niemand sie sehen konnte, einen Joint rein. Nichts konnte man von ihnen sehen, außer den winzigen ab und zu aufglühenden Enden gleich neben dem Netzpfosten auf Platz zwei.

Es war schrecklich. Noch nie hatte West etwas so durch und durch Verdorbenes getan, und heute wußte sie, warum. Sie hatte die Kontrolle verloren, grundlos angefangen zu lachen und verrückte Geschichten zu erzählen, während Mildred ihr gestand, ihr Leben lang darunter gelitten zu haben, zu fett gewesen zu sein, und außerdem wisse, wie es sei, als Schwarze diskriminiert zu werden. Mildred hatte schon was. Stundenlang saßen sie damals auf dem Platz. Dann legten sie sich auf den Rücken und blickten zu den Sternen und einem Mond auf, der wie eine gelbe Schaukel leuchtend und voller Verheißung am Himmel hing. Sie redeten über das Kinderkriegen, tranken Cola und aßen, was immer Mildred in den Taschen hatte.

Meistens waren das Chips, Kekse oder Schokoladenriegel. Großer Gott, wie West es haßte, an diese entsetzliche Zeit zurückzudenken. Es war ihr Glück, daß sie von Marihuana Paranoia bekam. Nach ein paar Zügen von ihrem dritten Joint hatte sie nur noch den Wunsch, so schnell wie möglich in ihr Zimmer zu kommen, die Tür zu verriegeln und sich unter dem Bett zu verstecken und als eine andere wieder hervorzukriechen – als erfolgreiche Collegeabsolventin der

technischen Fachrichtung. Nach dieser jähen Bekehrung gab es in Wests Leben für eine verliebte Mildred keinen Platz mehr.
Für West waren Frauen etwas Großartiges. Sie hatte jede Lehrerin und jede Trainerin geliebt, wenn sie nett zu ihr waren. Aber das hier war etwas anders. Sie hatte nie genauer darüber nachgedacht, was hinter Mildreds Interesse an ihr, ihrer Familie und ihren Zukunftsplänen stecken mochte. Und nun begrapschte Mildred sie auch wie ein Junge. Mildred hatte sie nicht einmal gefragt, und das war verkehrt. Denn schließlich befand sich West in ihrer Vorstellung gerade in einer neuen Rolle.
Sie errichten das LEC. West lenkte den Ford auf das Besucher-Parkdeck.
»Sie können nichts damit anfangen«, sagte West in vorwurfsvollem Ton zu Brazil.
»Womit?« fragte Brazil ruhig.
»Sie wissen, was ich meine. Außerdem haben Sie nicht mit Zeugen zu reden.«
»Das tun Reporter aber«, gab er zurück.
»Zweitens ist die Sanduhr etwas, von dem bisher nur der Mörder und wir wissen. Verstanden? Also kein Wort davon in die Zeitung.« Punkt.«
»Wie können Sie da so sicher sein?« Brazil war kurz davor, die Beherrschung zu verlieren. »Woher wissen Sie, daß nicht irgend jemand, der am Tatort war, etwas durchsickern läßt?«
West wurde laut und wünschte sich, Andy Brazil nie begegnet zu sein. »Wenn Sie das tun, sind Sie das nächste Opfer in dieser Stadt.«
»*Mordopfer*«, verbesserte er sie.
»Genau.« West fuhr weiter zum Parkdeck der Polizei. Dieser kleine Scheißer würde sie kein zweites Mal verbessern. »Dann sind Sie ein toter Mann.«
»Gehe ich recht in der Annahme, daß das eine Drohung war?« hakte Brazil nach.
»Oh nein. Keine Drohung«, gab West zurück, »ein Versprechen.« Sie rammte den Schalthebel in Parkstellung. »Suchen Sie sich jemand anderen, mit dem Sie Streife fahren.« Sie war noch nie so geladen gewesen. »Wo steht Ihr Wagen?«

Mit einem Ruck zog Brazil den Türgriff hoch, eine vernichtende Antwort auf den Lippen. »Ach, wissen Sie was?« sagte er. »Ficken Sie sich ins Knie.«
Er stieg aus und schlug krachend die Tür zu. Steif stelzte er in den noch dunklen Morgen. Er bekam seine Artikel gerade noch rechtzeitig für die Lokalausgabe fertig und machte auf dem Heimweg einen kurzen Abstecher von der Interstate 77, um sich zwei große Dosen Miller Lite zu kaufen. Er trank beide in einem Zug aus, während er in hohem Tempo weiterfuhr. Brazil hatte die schreckliche Angewohnheit, das Letzte aus seinem Wagen herauszuholen. Da der Tacho nicht funktionierte, konnte er die Geschwindigkeit nur über den Drehzahlmesser schätzen. Er wußte, daß er fast abhob und bestimmt nicht weit von hundertsechzig Stundenkilometern entfernt war. Es war nicht das erste Mal, daß er so raste. Manchmal fragte er sich selbst, ob sich dahinter wohl eine gewisse Todessehnsucht verbarg.
Zu Hause angekommen, sah er als erstes nach seiner Mutter. Sie lag besinnungslos mit offenem Mund in ihrem Bett und schnarchte. Im Dunkeln lehnte er sich an die Wand. Das kleine Notlicht erinnerte ihn an ein mattes, trauriges Auge. Er war deprimiert und enttäuscht. Er dachte an West und fragte sich, warum sie so unnachgiebig zu ihm war.

Als West ihr kleines Haus betrat und die Schlüssel auf die Frühstücksbar warf, erschien Niles, ihr Abessinierkater. Niles folgte ihr auf Schritt und Tritt, genau wie Brazil es den ganzen Tag lang getan hatte. West schaltete die Stereoanlage ein. Elton John ließ sie an die Ereignisse des Abends denken. Sie wechselte auf einen anderen Sender mit einem Song von Roy Orbison. In der Küche öffnete sie mit leisem Knall eine Dose Bier. Sie war in einer rührseligen Stimmung und wußte nicht, warum. Zurück im Wohnzimmer schaltete sie die Spätnachrichten ein. Alles drehte sich um den schrecklichen Mord. Sie ließ sich genau in dem Moment auf die Couch fallen, den Niles berechnet hatte. Er liebte sein Frauchen und wartete, daß er an der Reihe war, während im Fernsehen die Nachrichten über das grausige Verbrechen draußen in der Stadt liefen.

»... wird davon ausgegangen, daß auch diesmal ein Geschäftsmann von außerhalb einfach zur falschen Zeit am falschen Ort war«, sagte Webb in die Kamera.

West war unruhig, ausgebrannt und angeekelt, alles auf einmal. Auch Niles machte ihr im Moment keine Freude. In ihrer Abwesenheit war er auf ihren Bücherregalen herumgeklettert. Sie merkte es jedesmal. Wie schlimm war es heute? Drei Fächer hatte er sich vorgenommen und Buchstützen und eine Vase hinuntergeworfen. Was bedeutete Niles schon das gerahmte Foto ihres Vaters vor seiner Farm? Was für eine Katze! West haßte sie. Sie haßte alles und jeden.

»Komm her, Käterchen«, sagte sie.

Er schnurrte, weil er wußte, wie sehr sie das mochte. Niles war nicht dumm. Er bog den Kopf geschickt nach hinten und leckte sich das Hinterteil. Dann sah er sein Frauchen an und legte sein schönstes Blau in den leicht schielenden Blick. Solche Gesten ließen das Herz jedes Tierbesitzers dahinschmelzen. West nahm ihn hoch und streichelte ihn. Niles war glücklich.

Nicht so West. Als sie am nächsten Tag zur Arbeit kam, wartete Hammer bereits auf ihren Deputy Chief, und jeder schien das zu wissen. West öffnete gar nicht erst die Tüte mit ihrem Frühstück. Sie ließ alles fallen, eilte über den Flur und fiel fast in Hammers Vorzimmer. Sie hatte das Bedürfnis, Horgess hinter seinem Schreibtisch den Finger zu zeigen. Ihm machte es nämlich sichtlich Spaß, West so herzitiert zu sehen.

»Ich sage ihr Bescheid«, sagte Horgess.

»Ich bitte darum«, gab sie schnippisch zurück, verbarg aber nicht, wie souverän sie sich fühlte.

Horgess war jung und hatte sich den Kopf rasiert. Warum nur? Schon bald würde er von einer Haarpracht nur noch träumen können. Sehnsüchtig würde er sich Filme ansehen, in denen Schauspieler volles Haar hatten.

»Sie können jetzt hineingehen«, sagte Horgess und legte den Hörer auf.

»Das will ich meinen«, sagte West mit einem sarkastischen Lächeln.

»Um Himmels willen, Virginia«, sagte Hammer, noch bevor sie ganz im Raum war.

Der Chief griff nach der Morgenzeitung und wedelte damit herum, während sie ärgerlich auf und ab ging. Entgegen ihrer sonstigen Gewohnheit trug sie heute eine Hose. Die Farbe des Hosenanzugs war ein sattes Königsblau. Dazu trug sie eine rot-weißgestreifte Hemdbluse und weiche, schwarze Lederschuhe. West mußte zugeben, daß ihre Vorgesetzte eine umwerfende Erscheinung war. Sie konnte Bein zeigen oder nicht, niemand wagte es, eine sexistische Bemerkung zu machen.

»Was nun?« sagte Hammer aufgebracht. »Vier Geschäftsleute in vier aufeinander folgenden Wochen. Ein geplanter Autodiebstahl, in dessen Verlauf der Killer es sich anders überlegt? Raubüberfälle? Sprühfarbe in Gestalt einer Sanduhr auf dem Unterleib der Opfer, Automarken und -modelle, Namen, Berufe – wir haben nichts außer den verdammten Tatortfotos, und die kann alle Welt hier sehen!«
Die Schlagzeile war riesig.

**DER SCHWARZE-WITWEN-MÖRDER**
**FORDERT VIERTES OPFER**

»Was hätte ich tun sollen?« fragte West.
»Ihn aus der Schußlinie halten.«
»Ich bin kein Babysitter.«
»Ein Geschäftsmann aus Orlando«, las Hammer vor. »Ein Vertreter aus Atlanta, ein Banker aus South Carolina, ein Baptistenprediger aus Tennessee. Willkommen in unserer wunderschönen Stadt.« Hammer schleuderte die Zeitung auf das Sofa. »Was machen wir jetzt?«
»Es war nicht meine Idee, ihn mitzunehmen«, erinnerte sie West.
»Was geschehen ist, ist geschehen.« Hammer setzte sich an ihren Schreibtisch, nahm den Telefonhörer ab und wählte. »Wir können ihn nicht abschieben. Stellen Sie sich vor, wie das aussähe? Zu allem übrigen auch das noch?« Ihre Augen bekamen ein zorniges Glitzern, als sich die Sekretärin des Bürgermeisters meldete. »Hören Sie zu, Ruth, holen Sie ihn. Sofort. Es ist mir egal, was er gerade

macht.« Hammers lackierte Nägel trommelten auf die Schreibunterlage.
Als West das Büro ihrer Vorgesetzten verließ, war ihre Stimmung noch weiter gesunken. Es war nicht fair. Das Leben war auch so nicht gerade leicht und West begann, sich Fragen über Hammer zu stellen. Was wußte sie schon über sie? Sie wußte, daß sie von Chicago nach Charlotte gekommen war, aus Chicago, dieser riesigen Stadt, in der sich die Menschen das halbe Jahr den Arsch abfroren und in der das Bandenwesen seine eigenen Methoden im Umgang mit den Behörden hatte. Also war Hammer hier gelandet, diesen verweichlichten, nutzlosen Ehemann im Schlepptau.

Auch Brazil war mit seiner Situation nicht gerade zufrieden. Er bestrafte sich wieder einmal selbst, indem er die Treppe zur Stadiontribüne hinaufhetzte. Hier hatten die Davidson Wildcats jedes einzelne Footballspiel verloren, und manchmal schien es sogar, als hätten sie auch Spiele verloren, die gar nicht stattgefunden hatten. Jedenfalls ging er es an, und es war ihm gleichgültig, ob er einen Herzanfall erleiden oder morgen vor Muskelkater kaum gehen können würde. Deputy Chief West war ein Cowboy aus der Unterschicht und so sensibel wie ein Vorschlaghammer. Und Chief Hammer war ganz und gar nicht so, wie er sie sich vorgestellt hatte. Aber sie hätte ihn gestern abend wenigstens anlächeln oder eines Blickes würdigen können, um ihm das Gefühl zu geben, daß er willkommen war. Und noch einmal rannte Brazil die Stufen hinauf. Sein Schweiß hinterließ graue Flecken auf dem Beton.

Hammer war kurz davor, den Hörer auf die Gabel zu knallen. Sie hatte einfach die Nase voll von der einfallslosen Art des Bürgermeisters, Probleme zu lösen.
»Soweit ich weiß, geht der Gerichtsmediziner bei den Morden von homosexuellen Zusammenhängen aus«, sagte er am Telefon.
»Das ist eine Vermutung«, erwiderte Hammer. »Tatsache ist, daß wir es nicht wissen. Sämtliche Opfer waren verheiratet und hatten Kinder.«
»Eben«, sagte er hinterhältig.

»Um Himmels willen, Chuck, kommen Sie mir damit nicht am frühen Morgen.« Hammer sah aus dem Fenster und konnte von ihrem Platz aus fast in das Büro dieses Bastards sehen.
»Sie müssen zugeben, daß die Theorie hilfreich ist«, fuhr er in seinem schleppenden South-Carolina-Tonfall fort.
Bürgermeister Charles Search kam aus Charleston. Er war in Hammers Alter und hatte sich schon oft gefragt, wie sie wohl im Bett wäre. Zumindest würde es sie an ein paar Dinge erinnern, die sie vergessen zu haben schien. Allem voran ihre Position. Wenn sie nicht verheiratet wäre, würde er schwören, daß sie lesbisch wäre. Er saß in seinem Ledersessel, der an einen Richterstuhl erinnerte, telefonierte mit Kopfhörer, während er Figuren auf einen Schreibblock kritzelte.
»Die Stadt und die auswärtigen Geschäfte werden davon nicht so in Mitleidenschaft gezogen ...« fing er an.
»Wo finde ich Sie, damit ich Ihnen den Hals umdrehen kann«, sagte Hammer. »Wann hatten Sie Ihre Hirnamputation? Ich hätte gern Blumen geschickt.«
»Judy.« Dieses Kunstwerk war ihm wirklich gelungen. Er setzte die Brille auf und betrachtete es genauer. »Beruhigen Sie sich. Ich weiß, was ich tue.«
»Das wissen Sie ganz und gar nicht.«
Vielleicht war sie ja doch lesbisch oder wenigstens bisexuell. In jedem Fall hatte sie den etwas rauhen Akzent des Mittleren Westens. Er griff nach einem roten Stift und geriet zunehmend in Begeisterung. Er hatte einen Atomkern gemalt, umkreist von Molekülen, die entfernt an kleine Eier erinnerten. Zeugung und Geburt. Das war schöpferisch.

Als wäre dieser Morgen nicht schon schlimm genug, mußte West auch noch ins Leichenschauhaus. Sie hielt das System von North Carolina nicht gerade für das beste. Manche Fälle bearbeiteten Dr. Odom und die forensische Abteilung der Polizei vor Ort. Andere Leichen wurden nach Chapel Hill zum Chef der dortigen Gerichtsmedizin geschickt. Das sollte einer begreifen. Wahrscheinlich ging mal wieder alles nach sportlichen Gesichtspunkten. Hornets-Fans blieben in Charlotte, Tarheels-Anhänger bekamen dagegen ihren hübschen Y-Einschnitt in der großen Universitätsstadt verpaßt.

Die Gerichtsmedizin von Mecklenburg County residierte an der North College Street, direkt gegenüber der neuen städtischen Bibliothek in ihrem preisgekrönten Bau. Mit einem Summen öffnete sich die gläserne Eingangstür vor West. Sie mußte sich ausweisen. Das Gebäude, das frühere Sears Garden Center, war heller und moderner als die meisten Leichenschauhäuser sonst. Als kürzlich in der Nähe mal wieder eine Maschine der USAir abgestürzt war, hatte man einen zusätzlichen Kühlraum eingerichtet. Es war eine Schande, daß man in North Carolina nicht geneigt schien, ein paar Gerichtsmediziner mehr in den Dienst des *unvergleichlichen Mecklenburg County* zu stellen, wie einige verdrießliche Senatoren die progressivste und sich am schnellsten entwickelnde Region im Staat gern abschätzig nannten.

Für mehr als hundert Mordopfer pro Jahr standen nur zwei forensische Pathologen zur Verfügung. Bei Wests Ankunft befanden sich beide im Obduktionsraum. Der tote Geschäftsmann sah, nachdem Dr. Odom mit der Autopsie begonnen hatte, auch nicht besser aus. Brewster stand in Einwegplastikschürze und Gummihandschuhen neben ihm am Tisch. Mit einem Nicken nahm er zur Kenntnis, daß West ihren Kittel im Rücken zuband. Denn West ging keine Risiken ein. Dr. Odoms Kittel war blutbespritzt und mit dem Skalpell, das er wie einen Stift zwischen zwei Fingern hielt, hob er gerade ein Stück schwarzes Gewebe ab. Unter der Haut seines Patienten befand sich eine dicke Fettschicht, die, so offen daliegend, nicht gerade einen schönen Anblick bot.

Der Assistent des Pathologen war ein dicker, unablässig schwitzender Mann. Er schob den Stecker einer elektrischen Säge in eine Anschlußleiste oberhalb des Seziertischs und nahm sich den Schädel vor. Das mußte sich West nicht unbedingt ansehen. Das Geräusch war schlimmer als das eines Zahnarztbohrers. Der Geruch des von der Säge angesengten Knochens und die Vorstellung, daß jetzt Gehirn freigelegt wurde, war einfach grauenvoll. West würde nicht gern als Mordopfer enden oder unter sonstwie ungeklärten Umständen ums Leben kommen. So etwas sollte mit ihrem nackten

Körper nicht geschehen, nicht unter den Blicken von Leuten wie Brewster. Genausowenig gefiel ihr der Gedanke, daß Fotos von ihr herumgereicht und von Gott weiß wem kommentiert würden.

»Schußverletzungen von aufgesetzter Waffe, Eintrittsöffnungen hier hinter rechtem Ohr.« Dr. Odom deutete, wohl speziell für sie, mit dem blutigen Finger auf die entsprechende Stelle. »Großes Kaliber. Gleicht einer Exekution.«

»Genau wie bei den anderen«, stellte Brewster fest.

»Haben Sie Patronenhülsen gefunden?« fragte Dr. Odom.

»Kaliber fünfundvierzig, Winchester, wahrscheinlich Silvertips«, antwortete West und mußte dabei erneut an Brazils Artikel denken und an all die Details, die er veröffentlicht hatte. »Jedes Mal fünf. Der Täter hat sich nicht die Mühe gemacht, die Hülsen einzusammeln. Scheint ihm gleichgültig zu sein. Wir müssen das FBI benachrichtigen.«

»Scheißpresse«, sagte Brewster.

West war nie in Quantico gewesen, obwohl sie immer davon geträumt hatte, die National Academy des FBI zu absolvieren. Sie galt schließlich als das Oxford der Polizeiausbildung. Aber seinerzeit war sie dafür zu beschäftigt gewesen. Und dann wurde sie immer weiter befördert. Schließlich kam für sie nur noch ein Kurs für leitende Polizisten in Frage. Das hieß soviel, wie daß ein Haufen dickbäuchiger Chiefs, Assistant Chiefs und Sheriffs auf einem Schießplatz die Umschulung von .38er Specials auf halbautomatische Pistolen übte. Sie kannte die Geschichten. Von Typen, die wild in der Gegend herumballerten oder teure Munition in ihre Hosentaschen wandern ließen. Hammer hatte West im letzten Jahr angeboten, sie nach Quantico zu schicken. Aber West hatte abgewunken. Es gab nichts mehr, was sie vom FBI lernen konnte.

»Wir brauchen ein Täterprofil. Es würde mich interessieren, was die Profiler vom FBI dazu zu sagen haben«, sagte West.

»Vergessen Sie es«, antwortete Brewster, kaute an einem Zahnstocher und schob sich einen Vick-Tascheninhalator in die Nase.

Dr. Odom griff nach einem großen Schwamm und drückte ihn über den Organen aus. Dann nahm er einen Schlauch und saugte das Blut aus dem offenen Brustkorb ab.

»Riecht, als hätte er etwas getrunken«, sagte Brewster. Dabei roch er nur noch Menthol, was ihn an die Erkältungen seiner Kindheit erinnerte.
»Vielleicht im Flugzeug«, stimmte Odom zu. »Was sagen denn die Leute aus Quantico?« Er sah Brewster an, als ob nicht West dieses Thema gerade angeschnitten hätte.
»Viel zu beschäftigt«, gab Brewster zurück. »Ich sagte doch, vergessen Sie's. Was haben die schon zu bieten? Zehn oder elf Profiler, die mit tausend Fällen im Rückstand sind? Glauben Sie etwa, daß die Regierung ihr Geld für irgendwelchen Mist zum Fenster rauswirft? Scheiße, nein! Und ziemlich blöd dazu. Denn diese Profiler machen verdammt gute Arbeit.«
Brewster hatte sich einmal beim FBI beworben, aber auch das hatte natürlich nicht geklappt. Man hatte ihn nicht angenommen, was vielleicht daran lag, daß er sich keinem Lügendetektortest unterziehen wollte. Er schnüffelte wieder an seinem Vick. Gott, wie er den Tod haßte. Eine häßliche und stinkende Angelegenheit. Und geschwätzig. Man mußte sich doch nur den Schwanz von diesem Kerl ansehen. Der Bursche sah aus wie ein Luftballon mit diesem kleinen Knoten dran. Offensichtlich war noch nicht alle Luft raus.
West war gereizt. Versteinert starrte sie auf den nackten, von der Kehle bis zum Nabel geöffneten Körper und auf das Zeichen in grellem Orange, das sich auch durch noch so heftiges Schrubben nicht würde entfernen lassen. Sie dachte an seine Frau, seine Familie. Kein Mensch sollte an einem derart düsteren Ort einem solchen Anblick ausgesetzt werden. Und wieder kochte Wut auf Brazil in ihr hoch.
Sie wartete auf ihn, als er aus dem Knight-Ridder-Building kam, Notizblock in der Hand und zu seinem Wagen trabte, um Jagd auf eine neue Story zu machen. West trug auch heute Uniform. Sie stieg aus ihrem Zivilfahrzeug, einem Ford, und schritt streitlustig auf Brazil zu. Zu gern hätte sie den Geruch des Todes auf eine Flasche gezogen und ihn Brazil jetzt ins Gesicht gesprüht. Zu gern hätte sie Brazil hautnah mit der Realität konfrontiert, mit der sie täglich zu tun hatte. Brazil hatte einiges vor und war in Eile. Laut Polizeifunk war auf dem Parkplatz der Psychiatrischen Klinik ein Honda in

Brand geraten. Wahrscheinlich hatte das ja keine Bedeutung, aber wenn nun im Wagen jemand gesessen hatte? Brazil blieb erschrokken stehen, als West ihm ihren Zeigefinger ins Brustbein bohrte.

»He!« Er griff nach ihrem Handgelenk.

»Na, wie geht's dem Schwarze-Witwen-Reporter denn heute?« fragte West kalt. »Ich komme gerade aus dem Leichenschauhaus, falls es Sie interessiert. Dort liegt nämlich die Wirklichkeit und wird seziert. Ich wette, Sie sind noch nie da gewesen. Vielleicht läßt man Sie ja irgendwann mal zuschauen. Wär doch eine tolle Story, nicht wahr? Ein Mann, noch nicht so alt, daß er Ihr Vater sein könnte. Rotes Haar, neunundachtzig Kilo. Was der wohl für Hobbys gehabt haben mag?«

Brazil ließ Wests Arm los. Er suchte fieberhaft nach Worten, aber ihm fiel nichts ein.

»Backgammon, Fotografieren. Er redigierte das Mitteilungsblatt für seine Gemeinde. Seine Frau liegt mit Krebs im Sterben. Sie haben zwei Kinder, eines davon schon erwachsen, das andere gerade im ersten Collegejahr. Wollen Sie sonst noch was über ihn wissen? Oder ist Mr. Parsons nichts weiter als eine Story für Sie? Einfach nur Worte auf dem Papier?«

Brazil war sichtlich mitgenommen. Er wollte zu seinem alten BMW. Ob der Honda auf dem Parkplatz der Psychiatrie nun brannte oder nicht, war plötzlich bedeutungslos geworden. Aber so leicht wollte West ihn nicht davonkommen lassen. Sie hielt ihn am Arm fest.

»Nehmen Sie Ihre verdammten Hände von mir«, sagte Brazil. Mit einer heftigen Armbewegung befreite er sich aus ihrem Griff, schloß seinen Wagen auf und stieg ein.

»Sie haben mich reingelegt, Andy«, sagte West noch.

Brazil ließ den Motor an und verließ mit quietschenden Reifen das Parkdeck. West kehrte zum LEC zurück, ging aber nicht sofort in die Ermittlungsabteilung. Sie hatte noch etwas zu erledigen, ihr Ziel war das Archiv. Hier saßen Frauen in besonderen Uniformen und archivierten den Lauf der Welt. West hatte allen Grund, diese Mädchen zu hofieren, ganz besonders Wanda. Wandas Gewicht schwankte zwischen hundertfünfundzwanzig und hundertfünfzig Kilo. Sie tippte einhundertfünf Worte in der Minute. Wenn West ein

Protokoll brauchte oder eine Vermißtenanzeige an das NCIC, das Nationale Zentralregister, weiterzuleiten hatte, entpuppte sich Wanda entweder als Engel oder als Satan persönlich. Das hing stets vom Zeitpunkt ihrer letzten Nahrungsaufnahme ab. Einmal im Monat brachte West einen Korb voll Hähnchengerichte vom »Kentucky Fried Chicken« vorbei und zwischendurch, je nach Jahreszeit, Obstkuchen oder Weihnachtsplätzchen. West trat an den Tresen und pfiff leise, um Wanda auf sich aufmerksam zu machen. Wanda liebte West. Insgeheim wäre sie gern Detective gewesen und hätte für den Deputy Chief gearbeitet.

»Ich brauche Ihre Hilfe«, sagte West. Wie so oft drückte ihr Polizeikoppel schmerzhaft auf die Wirbelsäule.

Wanda warf einen finsteren Blick auf den Namen, den West auf ein Stück Papier gekritzelt hatte.

»Der Herr sei mir gnädig«, sagte sie kopfschüttelnd. »Daran erinnere ich mich, als wäre es gestern gewesen.«

West hatte den Eindruck, daß Wanda noch mehr zugenommen hatte. Gütiger Gott. Im Straßenverkehr brauchte Wanda eine Doppelspur für sich allein.

»Sie setzen sich erst einmal.« Wanda deutete mit dem Kinn auf einen Stuhl, als hätte sie es mit einer Taubstummen zu tun. »Ich hole den Mikrofilm.«

Während Wandas Wasserträgerinnen munter tippten, stapelten und ordneten, setzte West die Brille auf und ging den Mikrofilm im einzelnen durch. Was sie in den alten Artikeln über Brazils Vater lesen mußte, berührte sie schmerzlich. Er hatte mit Vornamen ebenfalls Andrew geheißen, wurde aber Drew genannt. Er war Cop gewesen, als West gerade erst anfing. Sie hatte seine Geschichte längst vergessen und daher auch keine Verbindung zu seinem Sohn gezogen. In diesem Moment jedoch stand ihr die Tragödie wieder deutlich vor Augen, und sie sah Brazils Leben plötzlich in einem anderen Licht.

Drew Brazil war damals sechsunddreißig Jahre alt und Detective im Raubdezernat gewesen. Eines Tages hielt er in seinem Zivilfahrzeug an einer roten Ampel. Ein aus kurzer Distanz abgegebener Schuß traf ihn in die Brust. Er war auf der Stelle tot. West nahm sich viel

Zeit für die Lektüre der Artikel und sah sich lange sein Bild an. Dann ging sie nach oben und nahm sich den Fall vor, der seit zehn Jahren niemanden mehr interessiert hatte. Schließlich war er ausnahmsweise schnell aufgeklärt worden, und der Dreckskerl von Täter saß noch immer in der Todeszelle. Die Fotos in der Ermittlungsakte zeigten Drew Brazil als einen gutaussehenden Mann. Auf einem trug er eine lederne Bomberjacke, die West bekannt vorkam. Die Tatortfotos versetzten ihr immer wieder einen Schlag in die Magengrube. Er lag tot auf dem Rücken auf der Straße. Seine offenen Augen starrten in die Frühlingssonne. Es war ein Sonntagmorgen gewesen. Eine Kugel, Kaliber 45, hatte sein Herz fast in zwei Teile gerissen. Zur Demonstration hatte Odom zwei seiner dicken Finger durch das Loch geschoben. Das durfte Andy Brazil junior niemals zu Gesicht bekommen. Außerdem hatte West ohnehin nicht vor, jemals wieder ein Wort mit ihm zu wechseln.

# Kapitel 5

Auch Brazil suchte im Archiv nach Zeitungsartikeln. Es war erstaunlich, wie wenig im Laufe der Jahre über Virginia West geschrieben worden war. Er scrollte durch kurze Artikel und Schwarzweiß-Fotos, die zu einer Zeit aufgenommen worden waren, als sie die Haare noch lang trug und sie unter ihrem Polizeihut hochsteckte. Sie war die erste Frau, die jemals zum »Neuling des Jahres« gewählt worden war, und das beeindruckte ihn ziemlich.

Die Archivarin war ebenfalls beeindruckt. Verstohlen sah sie Andy Brazil immer wieder an. Jedesmal, wenn er ihr Reich betrat, und das war nicht gerade selten, machte ihr Herz einen Sprung. Noch nie hatte sie erlebt, daß jemand seine Geschichten so exakt recherchierte wie dieser junge Mann. Ganz gleich, worüber er schrieb, Brazil hatte immer etwas nachzuschlagen oder zu fragen. Es war ihr eine besondere Genugtuung, wenn er sie an ihrem stets aufgeräumten Ahornholz-Schreibtisch direkt ansprach. Sie war früher Bibliothekarin an einer staatlichen Schule gewesen, bevor sie dann nach der Pensionierung ihres Mannes diesen Job angenommen hatte, um seiner ständigen Anwesenheit zu entkommen. Ihr Name war Mrs. Booth. Sie war gut über sechzig, und für sie war Brazil das schönste menschliche Wesen, das ihr je begegnet war. Er war nett und freundlich und vergaß nie, sich zu bedanken.

Brazil war schockiert, als er las, daß West einmal angeschossen worden war. Er konnte es kaum glauben. Er scrollte schnell weiter in der Hoffnung auf weitere Einzelheiten, aber der Lahmarsch, der über diesen Fall berichtet hatte, hatte die Gelegenheit für eine 1A-Geschichte überhaupt nicht erkannt. Verflucht. Im wesentlichen

stand da nur, daß West vor elf Jahren die erste weibliche Ermittlerin im Morddezernat gewesen war und daß sie damals von einem Informanten einen Tip bekommen hatte.
Ein Verdächtiger, hinter dem sie her war, halte sich im Presto Grill auf, hatte er ihr souffliert. Als West und weitere Polizeikräfte dort eingetroffen waren, war er jedoch verschwunden. Offenbar hatte sich West dann für einen weiteren Einsatz gemeldet, der die gleiche Gegend und denselben Verdächtigen betraf. Inzwischen war der allerdings betrunken und sehr reizbar. Er eröffnete das Feuer in dem Augenblick, als West vorfuhr. Sie erschoß ihn, aber er hatte sie bereits erwischt. Zu gern hätte Brazil sie nach weiteren Einzelheiten gefragt, doch das mußte er wohl vergessen. Er wußte nur, daß sie an der linken Schulter verletzt worden war, ein Streifschuß, der lediglich eine Fleischwunde verursacht hatte. Ob die Kugel wirklich so heiß war, wenn sie eindrang? Das hatte er so gehört. Hatte sie das umliegende Gewebe versengt? Wie stark waren die Schmerzen? War sie umgefallen, oder hatte sie tapfer die Schießerei beendet? War ihr die Verletzung vielleicht erst bewußt geworden, als sie das Blut an ihrer Hand entdeckte, wie man es oft im Kino sah?
Als nächstes fuhr Brazil nach Shelby. Als leidenschaftlicher Tennisspieler hatte er von dieser eleganten kleinen Stadt im Cleveland County natürlich gehört. Es war die Heimatstadt von Buck Archer, dem Freund von Bobby Riggs. Im berühmten ›Kampf der Geschlechter‹ war der einmal gegen die Tennisspielerin Billie Jean King angetreten und hatte verloren. Die High School von Shelby war ein sehr gepflegter Backsteinkomplex und die Heimat der Lions. Studenten aus reichem Elternhaus konnten sich hier auf das College in großen Städten wie Chapel Hill oder Raleigh vorbereiten. Shelby lag in einer ländlichen Gegend mit Ortschaften, die von Rinderzucht lebten und Boiling Springs oder Lattimore hießen. Brazil lenkte seinen klapprigen BMW an den Gebäuden vorbei zu den Tennisplätzen, wo die männliche Jugendmannschaft gerade ein Sommercamp abhielt. Die Kids trainierten an Maschinen, die ihnen die gelbgrünen Bälle entgegenspien. Im Schweiße ihres Angesichts übten sie Aufschläge, Schmetter-, Cross und Passierbälle.
Mit kritisch-strengem Blick ging der Coach, ein Klemmbrett in der

Hand, langsam am Zaun auf und ab. Er trug eine lange weiße Wimbledon-Hose, ein weißes Hemd, einen aus der Form geratenen Hut und als Sonnenschutz weißes Zinkoxyd auf der Nase. Seine ganze Erscheinung wirkte alt und aus der Mode gekommen.

»Beweg deine Beine. Mach schon! Beweg dich!« schrie er einem Jungen zu, dessen Tempo nie auch nur in die Nähe dessen kommen würde, was man schnell nennen könnte. »Du darfst nicht einen Moment stehen bleiben!«

Der Junge hatte Übergewicht und trug eine Brille. Er schielte, und alles schien ihm weh zu tun. Brazil mußte an all das Leid denken, das er durch Trainerdrill erlitten hatte. Allerdings war Brazil in allem, was er sich vornahm, auch gut gewesen. Dieses Kind tat ihm leid, und er hätte gern eine Stunde lang mit ihm gearbeitet. Vielleicht würde er ihn ja ein wenig aufheitern können.

»Guter Schlag«, rief Brazil, als es dem Jungen gelungen war, einen Ball hochzulöffeln und über das Netz zu heben.

Der Junge gehörte gewiß nicht zu den Top Ten, und als er sich nach seinem Fan hinter dem grünen Windschutz am Zaun umsah, verpaßte er den nächsten Ball. Der Coach blieb stehen und ließ den blonden und gut gebauten jungen Mann auf sich zukommen. Wahrscheinlich suchte er einen Job, doch er brauchte niemanden in diesem Camp mit dieser unfähigsten Meute, die er je erlebt hatte.

»Coach Wagon?« fragte Brazil.

»Hmm?« Der alte Coach war neugierig, woher dieser Fremde seinen Namen kannte. Liebe Güte, vielleicht hatte er ja einmal vor Jahren in seinem Team gespielt, und Wagon konnte sich nur nicht an ihn erinnern. So etwas passierte ihm in letzter Zeit immer häufiger. Aber am Johnnie Walker, Red Label, lag das sicher nicht.

»Ich bin Reporter beim *Charlotte Observer*«, sagte Brazil schnell und nicht ohne Stolz, »und arbeite an einer Story über eine Frau, die vor langer Zeit in Ihrem Jungenteam mitgespielt hat.«

Wagons Gedächtnis mochte zwar nachlassen, aber an Virginia West würde er sich immer erinnern. Seinerzeit hatte es an der Shelby High School keine Damenmannschaft gegeben, doch sie war zu gut, als daß man sie übersehen durfte. Was für einen Wirbel hatte es damals gegeben. Zunächst wollten die Behörden nichts davon wissen. Daher

konnte sie in ihrem ersten Jahr nicht in die Mannschaft. Doch Wagon kämpfte für sie und gegen das System, und im nächsten Jahr spielte sie auf Position drei. Sie hatte den härtesten und flachsten Aufschlag, den Wagon je erlebt hatte, und einen so scharfen Rückhand-slice, daß der Ball ein frisches Brot glatt durchschlagen hätte, ohne es umzuwerfen. Sämtliche Jungen waren in sie verknallt und versuchten bei jeder Gelegenheit, sie mit dem Ball anzuschießen.
In den drei Jahren, in denen sie für Coach Wagon gespielt hatte, hatte sie kein einziges Match verloren, kein Einzel und auch kein Doppel. Im *Shelby Star* und im *Observer* waren mehrere Artikel über sie erschienen. Sie war der Star aller Frühjahrswettbewerbe und Regionalturniere gewesen. Sie hatte es bis ins Viertelfinale der Staatsmeisterschaften geschafft, als Hap Core sie schließlich in Grund und Boden spielte und damit ihre Laufbahn als männliche Sportlerin beendete. Brazil fuhr in die Redaktion zurück und besorgte sich die Mikrofilme mit den Berichten über sie im Sportteil. Er war wie besessen, scrollte durch einen Artikel nach dem anderen und schrieb seinen halben Notizblock voll.

Auch die Schnalle war eine Besessene. Aber das war auch schon die einzige Gemeinsamkeit, die sie mit ihm teilte. Sie lebte übrigens in Dilworth, nicht weit von Virginia West entfernt. Doch die beiden Frauen kannten sich nicht. Sie räkelte sich auf ihrem weichen Sessel mit braunem Kunstlederbezug. Die Fußstütze hatte sie ausgezogen. Das Wohnzimmer war abgedunkelt. Sie lebte allein in ihrem Häuschen. Schwer atmend lag sie mit heruntergezogener Hose da. Auffällig war sie bisher nie geworden. Wäre sie es, dann hätte das FBI sie als weibliche Person, weiß, zwischen vierzig und siebzig Jahre alt, beschrieben. Die Altersspanne würde so groß ausfallen, weil der weibliche Sexualtrieb bekanntermaßen nicht so früh abnahm wie der männliche. Im Gegenteil, man hatte festgestellt, daß Frauen, wenn sie kein Östrogen mehr produzierten, zu sexueller Überaktivität neigten.
Vor diesem Hintergrund würde Special Agent Gil Bird, in Quantico zuständig für Serienmörder, ihr Alter wohl zwischen vierzig und fünfzig ansetzen. Die in ihrem Kopf ablaufende biologische Uhr

mußte sich zu einem Schreckgespenst entwickelt haben, das ihr mit dem Ende ihrer Perioden eine Art Todesurteil androhte. War sie tatsächlich hinter Brazil her? Wollte sie ihn haben? Nein, würde Bird antworten, ihr Trieb sei wesentlich komplexer. Hätte man Brazil offiziell in den Fall einbezogen, dann hätte Bird ein Szenario entworfen, das vielleicht einiges klarer gemacht hätte.

Special Agent Bird hätte die akkurat begründete Hypothese aufgestellt, daß es sich um eine Phase der Abrechnung handele. Über viele Jahre hinweg sei diese Frau in ihrer Persönlichkeit herabgesetzt worden, habe zu Hause nichts zu melden gehabt. Niemand habe sie geschätzt, stets und überall sei sie unerwünscht gewesen. Als junge Frau hatte sie an der Cafeteria-Theke des Gardner Webb gearbeitet. Viele Baseballspieler waren hier ein- und ausgegangen, unter ihnen auch Ernie Presley. Meistens hatten die sie nur mürrisch angesehen, als wäre sie nicht besser als das fettige Rührei mit Bratkartoffeln, das sie ihnen servierte. Auch Brazil würde sie nicht anders behandelt haben. Dazu brauchte sie ihn gar nicht genauer zu kennen. Frustriert, wie sie im Moment war, zog sie es vor, es mit ihm auf ihre Weise zu treiben und immer dann, wenn sie es wollte.

Die Jalousien hatte sie heruntergezogen. Im leise gestellten Fernseher lief ein alter Film mit Spencer Tracy und Katherine Hepburn. Atemlos flüsterte sie ins Telefon, während sie den Dildo herauszog, und stieß langsam hervor, was sie ihm zu sagen hatte.

»Ich habe dich Auto fahren sehen. Wie du die Gänge wechselst. Rauf und runter, immer schneller …«

Die Macht, die sie über ihn hatte, war die erregendste Erfahrung in ihrem sonst so bedeutungslosen Leben. Ihn so zu erniedrigen, war überwältigend. Sie hatte ihn unter Kontrolle wie einen Fisch im Aquarium, einen Hund oder ein Auto. Wenn er verwirrt am anderen Ende der Leitung schwieg, hämmerte ihr Herz wie wild. Katherine Hepburn trat in einem Satinnégligé ins Schlafzimmer. Was für ein Körper. Sie haßte sie und würde wegzappen, hätte sie eine Hand frei.

»Mach's dir selbst«, beehrte Brazil sie mit seiner Gegenwart. »Meine Erlaubnis hast du.«

Aber die Schnalle brauchte keine Erlaubnis.

Packer ließ Brazils neuesten und einfach meisterhaften Artikel auf dem Bildschirm durchlaufen.
»Das ist wirklich großartig!« Jedes einzelne Wort versetzte Packer in Ekstase. »Eine brillante Arbeit! *Verrückter Wilder Westen.* Gefällt mir sehr!«
Packer stand von dem Stuhl auf, den er sich herangezogen hatte. Er stopfte sich das weiße Hemd in die Hose. Seine Hände bewegten sich um den Bund seiner Hose, als gehörten sie zu einer Puppe. Seine rot-schwarzgestreifte Krawatte hätte nicht langweiliger sein können.
»Geben sie ihn zum Satz. Das wird der Aufmacher«, sagte Packer.
»Wann?« Brazil war aus dem Häuschen. Er war noch nie auf der ersten Seite gewesen.

Am selben Abend hatte Brazil seinen ersten Einsatz bei einem Verkehrsunfall. Er war uniformiert und hatte ein Klemmbrett mit den erforderlichen Formularen in der Hand. Die Sache erwies sich als weitaus komplizierter, als er gedacht hatte. Dabei handelte es sich nur um einen Bagatellschaden von weniger als fünfhundert Dollar. Eine Frau war mit einem Toyota Camry auf der Queens Road gefahren, während ein Mann in einem Honda Prelude ebenfalls auf der Queens Road unterwegs war, und zwar in diesem unglücklichen Stadtteil, in dem zwei verschiedene Straßen gleichen Namens einander kreuzen.

Die Schnalle saß nicht weit vom Unfallort entfernt in ihrem Aerovan und hatte im Polizeifunk Brazils Stimme gehört. Also tastete sie sich langsam zur Unfallstelle vor, um mit ihrem Wagen nun selber einen Unfall zu inszenieren. Der junge Mann in seiner dunkelblauen Uniform gestikulierte und zeigte auf etwas. Sie behielt ihr Opfer im Auge, als sie an gelben, flackernden Warnlichtern auf der Fahrbahn vorbeifuhr und auf der Queens in westlicher Richtung die Queens kreuzte.

Die Tatsache, daß zwei Straßen denselben Namen trugen, könnte man dem unnatürlich rasanten Wachstum der Stadt zuschreiben. Es erinnerte an Eltern, die ihren Kindern die eigenen Vornamen geben, ohne Rücksicht auf Geschlecht oder die praktischen Auswirkungen. Auch konnte es, wie etwa bei George Foreman, vorkommen, daß die ersten drei Kinder denselben Namen trugen und sich nur durch den Zusatz einer Ziffer unterschieden. Queens und Queens, Providence und Providence, Sardis und Sardis. Die Liste konnte beliebig fortgesetzt werden, und Myra Purvis würde sich nie darin zurechtfinden. Sie wußte nur, daß sie von der Queens Road West in die Queens Road East einbiegen und dann der Queens Road folgen mußte, um zur Orthopädischen Klinik zu gelangen, wo sie ihren Bruder besuchen wollte.

Und genau das hatte sie in ihrem Camry vorgehabt, als sie jene Gegend, irgendwo um den Edgehill Park, erreichte, die sie noch nie gemocht hatte. Es war dunkel geworden, was die Fahrt noch erschwerte. Mrs. Purvis war Geschäftsführerin in dem mexikanischen Restaurant La Paz am Fenton Place. Der Samstagabend war lebhaft gewesen, und sie hatte gerade ihre Schicht beendet und war müde. Es war absolut nicht ihre Schuld, daß dieser schwer erkennbare Prelude an der Kreuzung Queens und Queens mit ihr kollidiert war.

»Haben Sie denn das Stoppschild nicht gesehen Ma'am?« fragte der junge Cop und wies auf das Zeichen.

Das war zuviel für Myra Purvis. Letzten Februar war sie siebzig geworden, und so etwas mußte sie sich nicht gefallen lassen.

»Nein, ist es in Braille-Schrift?« fragte sie schlagfertig zurück. Der weiße Wirbelsturm am Ärmel dieses Dreikäsehochs in Blau erinnerte sie an den Mop, mit dem sie früher ihren Küchenboden gewischt hatte. Wie hatte das Ding noch mal geheißen? Jeannie, der Flaschengeist? Nein. Himmel, so etwas passierte ihr immer häufiger.

»Ich brauche ein Krankenhaus«, jammerte der Mann in seinem Honda. »Mir tut der Nacken weh.«

»Der lügt doch wie gedruckt«, sagte Mrs. Purvis zu dem Cop und wunderte sich, daß eine Trillerpfeife offenbar sein einziges Requisit war. Wenn er nun in eine Schießerei geriet?

Deputy Chief West war selten mit der Verkehrspolizei unterwegs und konnte ihre Arbeit daher auch nicht oft begutachten. An jenem Abend allerdings ritt es sie. Sie holperte gerade im Bezirk »David

Eins« durch eine dunkle Straße, als sie über Funk Brazils Stimme hörte.

»Einer der Unfallbeteiligten verlangt ins Carolinas Medical Center gefahren zu werden«, gab er durch.

Aus der Tarnung ihres dunkelblauen Fahrzeugs heraus beobachtete ihn West aus einiger Entfernung. Er war zu sehr mit dem Ausfüllen des Protokolls beschäftigt, um sie zu bemerken. Sehr gewissenhaft schritt er die Kreuzung ab und sprach mit den Insassen der kaum beschädigten Fahrzeuge. Ein Blaulicht flackerte matt am Straßenrand und ließ sein Gesicht in regelmäßigen Abständen gespenstisch aufleuchten. Er schien zu lächeln, als er einem alten Mütterchen in ihrem Camry behilflich war. Brazil griff nach seinem Funkgerät und sprach hinein.

Er meldete sich ab und fuhr in die Redaktion zurück. Nachdem er einen knappen Artikel über dic ungewöhnlichen Verkehrsprobleme in Charlotte verfaßt hatte, gönnte er sich ein heimliches Ritual, von dem nur wenige Leute wußten. Er machte sich auf den Weg in die Druckerei und nahm auf der Rolltreppe gleich drei Stufen auf einmal. Die Beschäftigten dort oben hatten sich schon lange an seine Besuche gewöhnt und störten sich auch nicht daran, obwohl Unbefugten der Zutritt zu diesem Bereich mit seinen riesigen Maschinen und dem ohrenbetäubenden Lärm eigentlich verboten war. Es machte ihm Spaß zuzusehen, wie etwa zweihundert Tonnen Papier über die Rollen liefen, in rasender Geschwindigkeit von Faltmaschinen geschluckt, geschnitten, gebündelt und dann abtransportiert wurden. Diesmal trug ein Artikel auf der ersten Seite seinen Namen.

Unbeachtet und schweigend stand Brazil in seiner Uniform da. Der Eindruck überwältigte ihn. Bisher hatte er nur an einer regelmäßigen Beilage der Zeitung gearbeitet, deren Fertigstellung Monate dauerte, dann aber nur von wenigen gelesen wurde. Jetzt dagegen schrieb er in wenigen Tagen oder sogar nur Minuten etwas, von dem Millionen jedes Wort verschlangen. Er konnte es nicht fassen. Er wanderte herum, sich vor beweglichen Maschinenteilen, nasser Druckerfarbe und Transportbändern in acht nehmend. Der Lärm dröhnte wie ein Tornado in seinen Ohren. Zu diesem Vorabend des siebten Tages seiner neuen Karriere.

Der nächste Morgen, ein Sonntag, war unangenehm kühl, und es nieselte. West war mit dem Aufstellen eines hohen Holzzauns rings um ihren Garten an der Elmhurst Street im alten Stadtteil Dilworth beschäftigt. Ihr Haus war ein Backsteinbau mit weißen Fenster- und Türrahmen. Seit sie es gekauft hatte, gab es immer etwas daran zu tun. Dazu gehörte auch das neueste und anspruchsvollste Projekt, das sie in Angriff genommen hatte. Es war notwendig geworden, weil Leute, die vom South Boulevard herüberkamen, immer wieder Bierflaschen und anderen Abfall auf ihr Grundstück warfen. West war klatschnaß, während sie, den Werkzeuggurt um die Hüften, weiterhämmerte. Mit den Nägeln zwischen den Lippen arbeitete sie an ihrem Vorhaben, als Denny Raines, ein Sanitäter, der gerade keinen Dienst hatte, ohne zu fragen das neue Gartentor öffnete und ihr Grundstück betrat. Er pfiff, trug Jeans und war ein großer, gutaussehender Typ und der eifrigen Frau kein Unbekannter. Sie schenkte ihm keine Beachtung und maß weiter sorgfältig den Abstand zwischen zwei Latten ab.

»Hat dir schon jemand gesagt, daß du offenbar deine orale Phase nicht ganz überwunden hast?«

Sie hämmerte unbeirrt weiter, was ihn an etwas erinnerte, das er gern schon bei ihrer ersten Begegnung mit ihr getan hätte. Man hatte sie als Chefin der Ermittlungsabteilung von zu Hause an den Tatort gerufen. Das Opfer war ein Geschäftsmann mit einem seltsamen orangefarbenen Symbol auf dem Geschlechtsteil und mehreren Kugeln im Kopf. Raines hatte nur einen Blick auf die tolle Puppe in Uniform zu werfen brauchen, und schon war es um ihn geschehen gewesen. Sie hämmerte nur, fraß Nägel, und es regnete.

»Ich hatte an ein Brunch gedacht«, sagte er. »Vielleicht bei Chili's.«

Raines näherte sich ihr von hinten und schlang die Arme um sie. Er küßte ihren Nacken, der naß und etwas salzig schmeckte. Weder lächelte West, noch antwortete sie, noch nahm sie die Nägel aus dem Mund. Sie hämmerte und wollte nicht gestört werden. Er gab auf, lehnte sich an ihr Werk. Er verschränkte seine Arme und beob-

achtete sie, während das Wasser vom Schirm seiner Panthers-Baseballkappe rann.
»Ich nehme an, du hast schon einen Blick in die Zeitung geworfen«, sagte er.
Er hatte das unbedingt loswerden wollen, und sie sagte überhaupt nichts. Sie maß den nächsten Abstand ab.
»Wenn das nichts ist! Ich kenne eine Berühmtheit. So groß steht es auf der ersten Seite.« Er machte eine übertriebene Geste mit seinen Armen, als wäre die Ausgabe mit West drin drei Meter hoch. »Und sogar oben auf der Seite«, fuhr er fort. »Gut geschriebene Geschichte. Ich bin beeindruckt.«
Sie maß und hämmerte.
»Um ehrlich zu sein, ich hab da Sachen erfahren, von denen nicht einmal ich etwas wußte. Das mit der Shelby High School zum Beispiel. Daß du unter Trainer Wagon im Jungenteam Tennis gespielt hast. Daß du kein Match verloren hast. Na, was sagst du jetzt?«
Mehr denn je war er von ihr hingerissen. Er weidete sich an ihrem Anblick und wurde nicht einmal dafür zur Kasse gebeten. Sie war sich dessen bewußt und fühlte sich ausgebeutet, aber sie hämmerte weiter und biß auf Metall.
»Hast du eine Ahnung, was der Anblick einer schönen Frau mit Werkzeuggurt bei einem Mann wie mir anrichtet?« Schließlich nannte er seinen Fetisch beim Namen. »Es ist, wie wenn wir an einen Tatort kommen und du da in deiner verdammten Uniform stehst. Ich denke Dinge, die ich nicht denken sollte, während gleich daneben Menschen verbluten. Gerade jetzt bin ich so scharf auf dich, daß es mir fast die Jeans sprengt.«
Sie zog einen Nagel zwischen den Lippen hervor und sah erst ihn an, dann seine Jeans. Entschlossen schob sie den Hammer in den Gürtel. Sie hatte beschlossen, daß er heute das einzige Werkzeug bleiben sollte, das mit ihr näheren Kontakt hatte. Sonntags hatten sie sonst mit schöner Regelmäßigkeit ihren Brunch, tranken Mimosas dazu, sahen fern in ihrem Bett, und er redete von nichts anderem als den Einsätzen, zu denen er am Wochenende gerufen worden war, als ob es nicht schon genügend Blut und Unglück in ihrem Leben gab. Raines war ein prima Kerl, aber langweilig.

»Geh Leben retten und laß mich allein«, schlug sie ihm vor.
Sein Lächeln und seine Verspieltheit waren verflogen. Es regnete in Strömen. »Was, zum Teufel, hab' ich denn falsch gemacht?« jammerte er.

# Kapitel 6

West blieb allein draußen im Regen, hämmerte weiter, vermaß und baute an ihrem Zaun, als wäre er ein Symbol dessen, was sie den Menschen und dem Leben gegenüber empfand. Als gegen drei Uhr nachmittags das Gartentor erneut auf- und zuschlug, vermutete sie, Raines unternehme einen neuen Anlauf. Mit Wucht schlug sie den nächsten Nagel ins Holz. Sie hatte ein schlechtes Gewissen, weil sie nicht nett zu ihm gewesen war. Er hatte es nicht böse gemeint, und ihre Stimmung hatte wirklich nichts mit ihm zu tun.

Niles hätte eine solche Behandlung verkraftet. Er saß im Küchenfenster über der Spüle und blickte hinaus zu seiner Besitzerin im strömenden Regen. Sie schwang etwas in der Hand, das aussah, als könnte es empfindlich weh tun, käme man dem Ding in die Quere. Niles war bis vor kurzem mit sich selbst beschäftigt gewesen, hatte seine Kreise gezogen, auf Decken rumgetrampelt und schließlich ein geeignetes warmes Plätzchen auf Wests Kommode gefunden. Dann hatte er sich als Astronaut versucht, als Zirkusakrobat, der wie aus einer Kanone geschossen durch die Luft flog. Es war schon verdammt praktisch, daß er stets auf seinen vier Pfoten landete. Durch das an den Fensterscheiben herabrinnende Wasser sah er jetzt jemanden von Norden her den Garten betreten. In seinem ganzen Katzenleben hatte Niles, der Wachkater, diesen Menschen noch nicht gesehen.

Brazil bemerkte die magere Katze, die ihn vom Fenster aus beobachtete, als er das Gartentor hinter sich schloß. West hämmerte und rief etwas, das an einen gewissen Raines gerichtet war.

»Hör zu, es tut mir leid. Okay?« sagte sie. »Ich bin komischer Stimmung.«

Brazil schleppte drei Exemplare der dicken Sonntagsausgabe an, verpackt in eine Plastiktüte von der Reinigung, die er in seinem Kleiderschrank gefunden hatte. »Entschuldigung akzeptiert«, sagte er.

Mit erhobenem Hammer wirbelte West herum. »Was, zum Teufel, machen Sie denn hier?« Sie war erschrocken und verblüfft und tat deswegen ihr Bestes, um haßerfüllt zu klingen.

»Wer ist Raines?« Brazil kam näher. Seine Tennisschuhe sogen sich voll Wasser.

»Das geht Sie überhaupt nichts an.« Sie hämmerte genauso wütend weiter wie ihr Herz.

Auf einmal überfielen ihn Scheu und Zaghaftigkeit, während er im Regen ein Stück näher kam. »Ich hab Ihnen ein paar Extraexemplare gebracht. Ich dachte, Sie wollten vielleicht ...«

»Sie haben mich nicht gefragt.« Sie hämmerte. »Sie haben mich nicht einmal vorgewarnt. Als ob Sie das Recht hätten, in meinem Leben herumzuschnüffeln.« Sie schlug einen Nagel krumm und zog ihn ungeschickt wieder heraus. »Nachts Streife fahren. Dabei tun Sie nichts anderes, als zu spionieren.«

Sie hielt in dem, was sie tat, einen Moment inne, um ihn anzusehen. Er war triefend naß und enttäuscht. Dabei hatte er ihr nur einen Gefallen tun wollen. Er hatte für sie sein Bestes gegeben.

»Sie hatten kein Recht dazu!« sagte sie.

»Es ist eine gute Geschichte«, verteidigte er sich. »Sie sind eine Heldin.«

Sie schimpfte weiter und wußte nicht, warum. »Was für eine Heldin? Wen interessiert denn das?«

»Ich hatte Ihnen gesagt, daß ich über Sie schreiben würde.«

»Mir scheint, das muß eine Drohung gewesen sein.« Sie wandte sich wieder ihrem Zaun zu und hämmerte weiter. »Außerdem dachte ich nicht, daß Sie es ernst meinten.«

»Warum nicht?« Er verstand überhaupt nichts mehr und fand es auch nicht fair.

»Noch nie ist jemand auf so eine absurde Idee gekommen.« Sie hämmerte, hörte wieder auf und versuchte, wütend zu bleiben, was ihr aber nicht gut gelang. »Ich hätte nie gedacht, daß ich so wahnsinnig interessant bin.«

»Meine Arbeit ist gut, Virginia«, sagte er.
Brazil war verletzt und kämpfte dagegen an. Er sagte sich, daß die Meinung dieses hammerschwingenden Deputy Chiefs nicht die geringste Bedeutung habe. Im Regen standen sich die beiden gegenüber, fixierten einander, und Niles sah ihnen dabei von seinem Lieblingsfenster aus mit zuckender Schwanzspitze zu.
»Ich weiß von Ihrem Vater«, fuhr West schließlich fort. »Ich weiß genau, was passiert ist. Ist das der Grund, warum Sie von morgens bis abends hier den Cop spielen?«
In Brazil kämpften Gefühle, von denen niemand etwas wissen sollte. West wußte nicht, ob er wütend oder den Tränen nahe war, als sie ihm nun mit den Ergebnissen ihrer eigenen Nachforschungen in seiner Vergangenheit den Wind aus den Segeln nahm. »Er war in Zivil«, sagte sie, »und verfolgte ein gestohlenes Fahrzeug. Vergehen Nummer eins gegen die Dienstvorschrift. So etwas macht man nicht in Zivil. Und dann stellt sich heraus, daß das Schwein ein Verbrecher auf der Flucht ist. Er zielt aus kurzer Distanz. Die letzten Worte Ihres Vaters sind: »Großer Gott, bitte nicht!« Aber das kümmert diesen Wichser nicht im geringsten. Er schießt ihrem Daddy ein Loch ins Herz, und bevor er noch auf dem Asphalt landet, ist er schon tot. Ihre Lieblingszeitung hat dann dafür gesorgt, daß Detective Drew Brazil am Ende gar nicht gut dastand. Sie haben ihn runtergemacht. Und nun zieht sein Sohn aus und macht genau die gleichen Dummheiten.«
Brazil hatte sich auf dem aufgeweichten Rasen niedergelassen und sah sie hart an. »Nein, das tue ich nicht. Außerdem ist das nicht der Punkt. Sie sind roh und gefühllos.«
Es passierte selten, daß West einen so starken Eindruck auf Männer machte. Nicht einmal Raines reagierte so, selbst dann nicht, wenn sie mal wieder mit ihm Schluß gemacht hatte, und das war schon dreimal der Fall gewesen. Er war jedesmal nur wütend davongestürmt und hatte sich anschließend vorgemacht, sie links liegen lassen zu können. Doch irgendwann hielt er dann selbst das Schweigen seines Telefons nicht mehr aus. Brazils Art kannte sie nicht, aber sie hatte auch noch nie einen Schriftsteller, Autor oder irgend so einen Künstler wirklich kennengelernt. Sie setzte sich zu ihm ins

nasse Gras und warf den Hammer weg. Das Wasser spritzte auf, als er in einer Pfütze landete. Für diesen Tag hatte er seine Pflicht getan. Sie seufzte. Da saß er nun mit steifem Rücken neben ihr im Regen, dieser junge Volunteer-Cop-Reporter, und sah sie zornig an.
»Sagen Sie mir, warum«, nahm sie das Gespräch wieder auf.
Er wandte den Blick ab. Nie wieder würde er ein Wort mit ihr darüber sprechen.
»Ich möchte es wissen«, beharrte sie. »Sie könnten Cop sein. Sie könnten Journalist sein. Aber nein, Sie müssen beides sein, nicht wahr?« Spielerisch boxte sie ihn in die Schulter, erhielt aber keine Antwort. »Sie leben noch mit Ihrer Mutter zusammen, glaube ich. Wie kommt das? Ein gutaussehender Junge wie Sie? Keine Freundin? Keine Verabredungen? Das Gefühl kenne ich. Sind Sie schwul? Ich hab kein Problem damit, o. k.?«
Brazil stand auf.
»Leben und leben lassen, sage ich immer«, fuhr West fort und sah nachdenklich in die Pfütze, neben der sie saß.
Er warf ihr einen durchdringenden Blick zu. »Ich bin nicht derjenige, dem man nachsagt, er sei schwul«, sagte er und stolzierte durch den Regen davon.
Das konnte West nicht erschüttern. So etwas hatte sie schon öfter zu hören bekommen. Frauen, die zur Polizei gingen, zum Militär, in den Profisport, die als Trainer, Sportlehrer oder im Baugewerbe tätig waren, waren häufig gleichgeschlechtlich orientiert. Diejenigen, die in einem dieser Berufe erfolgreich waren oder selbständige Geschäftsfrauen wurden, die als Ärztinnen, Anwältinnen oder Bankerinnen reüssierten und sich nicht die Fingernägel lackierten oder an Jeder-gegen-jeden-Tennis-Turnieren teilnahmen, mußten einfach lesbisch sein. Dabei spielte es keine Rolle, ob sie nun verheiratet waren und Kinder hatten. Es spielte auch keine Rolle, solange sie nur immer schön mit Männern ausgingen. Es waren die schlichten Fassaden, die man der Familie und Freunden gegenüber aufrechterhielt.
Es gab nur einen einzigen wirklich zuverlässigen Beweis für Heterosexualität: Man durfte als Frau nichts so gut machen wie ein Mann und obendrein auch noch stolz darauf sein. West galt seit ihrer Be-

förderung zum Sergeant als Lesbierin. Natürlich gab es im Police Department homosexuelle Frauen, aber die kehrten das unter den Teppich und erzählten erfundene Geschichten von Männern, mit denen sie nie ausgegangen waren. West verstand schon, warum man vermutete, daß auch sie nach diesem Prinzip lebte. Ähnliche Gerüchte kursierten sogar über Hammer. All diesen Geschichten wurde zuviel Gewicht beigemessen, und West wünschte sich, die Menschen würden die Dinge laufen lassen und sich um ihren eigenen Kram kümmern.

Vor langer Zeit schon war sie zu der Überzeugung gelangt, daß man viele Moralprinzipien in Wirklichkeit eher als Bedrohung empfinden mußte. Daheim auf der Farm ihres Vaters hatten sich die Leute zum Beispiel das Maul zerrissen über die unverheirateten Missionarinnen an der Presbyterianer-Kirche in Shelby gleich neben der Futtermittelfabrik und dem Kreiskrankenhaus. Einige dieser ungewöhnlichen Frauen hatten zusammen in so exotischen Ländern wie dem Kongo, Brasilien, Korea oder Bolivien gewirkt. In Shelby waren sie entweder auf Heimaturlaub, oder sie verbrachten dort ihren Ruhestand. Sie wohnten zusammen in einer Wohnung. Doch was die Leute auch reden mochten, West selber kannte niemanden, der auf den Gedanken gekommen wäre, diese gläubigen Frauen der Kirche könnten außer dem Gebet und dem Dienst an den Armen noch etwas anderes im Sinn haben.

Als West heranwuchs, hatte sie nur vor einem Angst gehabt, nämlich als Blaustrumpf oder alte Jungfer zu enden. Damit hatte man ihr mehr als einmal angst gemacht, wenn sie in den meisten Dingen besser war als die Jungen und sogar einen Traktor fahren konnte. Statistisch gesehen, mußte sie zwangsläufig zur alten Jungfer werden. Dieser Gedanke beunruhigte ihre Eltern bis heute. Verstärkt wurde er zuletzt noch durch die Befürchtung, sie könne obendrein vom anderen Ufer sein. Offen gesagt, konnte West durchaus verstehen, daß Frauen sich zueinander hingezogen fühlen. Was sie sich aber nicht vorstellen konnte, war, gegen eine Frau zu kämpfen.

Es war schon schlimm genug, wenn Männer um sich schlugen und man nicht mit ihnen reden konnte. Frauen heulten dafür, kreischten und waren überempfindlich, besonders, wenn ihre Hormone

durcheinandergerieten. Unausdenklich ein Lesbenpaar, das zur gleichen Zeit unter dem PMS litt. Häusliche Gewalt wäre unausbleiblich. Wahrscheinlich würde sie sogar zu Mord eskalieren – besonders wenn es sich um zwei bewaffnete Cops handelte.
Nachdem sie einsam die Reste einer scharf gewürzten Pizza mit Hähnchenfleisch zum Abendessen verzehrt hatte, setzte sie sich in ihren Sessel mit der verstellbaren Rückenlehne vor den Fernseher. Sie sah sich ein Baseballmatch an, in dem die Atlanta Braves die Florida Marlins in Grund und Boden spielten. Niles lag auf ihrem Schoß. Er hatte das so gewollt. Seine Besitzerin hatte es sich in einem Polizeisweatshirt und mit einer Flasche Miller Genuine Draft gemütlich gemacht. Sie las den Artikel, den Brazil über sie geschrieben hatte. Es war wirklich nicht richtig gewesen, so hart mit dem Jungen ins Gericht zu gehen, ohne sich vorher genau anzusehen, was er geschrieben hatte. Sie blätterte raschelnd um und mußte laut lachen. Woher, zum Teufel, hatte er all das Zeug?
Sie war so gefesselt, daß sie ganze vierzehn Minuten, elf Sekunden – und die Zeit lief weiter – vergessen hatte, Niles zu streicheln. Er schlief nicht, tat aber so, um festzustellen, wie lange dieser Zustand noch anhalten würde und ob er dieses Versäumnis ihrem Sündenregister hinzufügen mußte. Wenn sie seine Nachsicht überstrapazierte, gab es ja noch das Porzellanfigürchen oben auf dem Bücherregal. Wenn sie glaubte, er könne nicht so hoch springen, würde er sie eines Besseren belehren. Schließlich konnte Niles seine Ahnenreihe bis ins alte Ägypten zurückverfolgen, bis zu den Pharaonen und ihren Pyramiden. Seine Talente waren über Generationen weitervererbt und noch längst nicht alle ausgetestet. Irgendwer schaffte einen Homerun, und West bemerkte es nicht einmal. Sie lachte erneut und griff nach dem Telefon.
Brazil hörte das Läuten nicht auf Anhieb, denn er hämmerte wie besessen auf sein Computerkeyboard ein. Dazu tönte Annie Lennox' Stimme laut aus den Boxen. In der Küche bestrich seine Mutter gerade eine Scheibe Weißbrot mit Erdnußbutter und genehmigte sich einen weiteren Schluck billigen Wodka aus einem Plastikbecher. Bei ihr klingelte das Wandtelefon. Sie schwankte, wollte sich an der Theke festhalten und erwischte einen Schubladengriff. Sie

sah bereits zwei blaue Apparate an der Wand, und sie klingelten und klingelten. Als klirrend das Silberbesteck zu Boden fiel, sprang Brazil auf. In der Küche war es seiner Mutter gerade gelungen, den Hörer ihres doppelten Telefons von der Gabel zu reißen. Nun pendelte er an seinem verdrehten Kabel immer wieder gegen die Wand. Sie kriegte ihn wieder fassen, wäre dabei aber fast gestürzt.

»Was ist?« lallte sie in die Sprechmuschel.

»Ich würde gern Andy Brazil sprechen«, sagte West nach kurzem Zögern.

»Ist in seinem Zimmer zugange.« Mit schwerer Zunge ahmte sie sein Tippen nach. »Immer, wissen Sie. Glaubt wohl, wird mal ein zweiter Hemingway oder so.«

Mrs. Brazil hatte nicht bemerkt, daß ihr Sohn wie angewurzelt in der Tür stand und sie Worte murmeln und stammeln hörte, in die niemand einen Sinn bringen konnte. Dabei gehörte es zur gemeinsamen Hausordnung, daß sie nie ans Telefon ging. Entweder ihr Sohn nahm die Gespräche an oder der Anrufbeantworter. Hilflos und verzweifelt mußte er zusehen, wie sie ihn schon wieder zutiefst demütigte.

»Ginia West«, wiederholte Mrs. Brazil schließlich, als sie gleich zwei Söhne auf sich zukommen sah. Er nahm ihr den Hörer aus der Hand.

West hatte vorgehabt, einfach nur zuzugeben, daß sie Brazils Geschichte wunderbar fand, daß sie ihr gefiel und sie so etwas gar nicht verdient hätte. Sie hatte nicht erwartet, daß sich eine derart von allen guten Geistern verlassene Frau melden würde. Jetzt wurde ihr alles klar. Sie ließ Brazil nur wissen, daß sie auf dem Weg zu ihm sei. Es war ein Befehl. In den vielen Jahren Polizeiarbeit hatte sie mit den verschiedensten Menschentypen zu tun gehabt, und Mrs. Brazil erschreckte sie nicht weiter – wie übel und feindselig sich die Frau auch benahm, als West sie zusammen mit ihrem Sohn ins Bett gebracht und ihr eine Menge Wasser eingeflößt hatte. Fünf Minuten nachdem ihr West noch zu einem kleinen Geschäft auf die Toilette geholfen hatte, war Mrs. Brazil hinüber.

West und Brazil machten einen Spaziergang auf der dunklen Main Street, in die hier und da Licht aus dem Fenster eines alten Hauses im Südstaatenstil fiel. Der Regen war zu einem sanften Schleier geworden. Er sprach kein Wort. Sie näherten sich dem Campus des Davidson College, auf dem es um diese Jahreszeit sehr ruhig zuging, obwohl einige Sommercamps stattfanden. Ein Wachmann saß in einem Cushman, einem kleinen Elektrofahrzeug, und sah das Paar vorübergehen. Er freute sich, daß Andy Brazil nun vielleicht doch eine Freundin gefunden hatte. Zwar war sie wohl erheblich älter als er, doch immer noch einen Blick wert. Und wenn jemand eine Mutterfigur brauchte, dann er.

Der Wachmann, Clyde Briddlewood, hatte schon zu Zeiten den bescheidenen Sicherheitsdienst von Davidson angeführt, als Schülerstreiche und gelegentliche Trunkenheitsdelikte die einzigen Probleme waren, die ihn beschäftigten. Dann hatte die Schule Frauen zugelassen. Das war keine gute Idee, wie er jeden, der ihm über den Weg lief, wissen ließ. Briddlewood hatte keine Gelegenheit ausgelassen, die Professoren immer wieder zu warnen, wenn sie gedankenversunken zu ihren Klassen eilten. Auch Sam Spencer, den damaligen Präsidenten, hatte er auf die Gefahren aufmerksam gemacht. Doch niemand hatte auf ihn gehört. Jetzt hatte Briddlewood immerhin einen Trupp von acht Männern unter sich und drei Cushmans. Sie verfügten über Funkgeräte und Schußwaffen und tranken mit den Cops der Stadt Kaffee.

Briddlewood schnupfte eine Prise Copenhagen-Schnupftabak und spuckte in einen Styroporbecher, während er Brazil und seiner Freundin nachsah. Sie folgten dem gepflasterten Weg zur Presbyterianer-Kirche. Briddlewood mochte diesen Jungen schon immer, und der Gedanke, daß auch er einmal erwachsen werden würde, hatte ihm fast das Herz gebrochen. Als kleiner Junge war Brazil immer irgendwohin unterwegs gewesen, das ›Western Auto‹-Racket unter dem Arm und mit einem Plastikbeutel voller schlapper, abgenutzter Tennisbälle in der Hand. Die Bälle hatte er aus dem Abfall gefischt oder vom Coach erbettelt. Außerdem versäumte Brazil nie, seinen Kaugummi oder seine Bonbons mit Briddlewood zu teilen, was den Wachmann immer zutiefst gerührt hatte. Der Junge besaß nicht viel und hatte es auch in anderer Hinsicht nicht leicht. Es stimmte zwar, daß Muriel Brazil damals noch nicht so tief ins Glas schaute wie jetzt, aber ihr Sohn war trotzdem wirklich nicht auf Rosen gebettet gewesen, und das wußte jeder in Davidson.

Brazil hatte nie von dem Plan erfahren, den einige College-Mitglieder insgeheim geschmiedet hatten. Über Jahre hatten sie bei wohlhabenden Ehemaligen Gelder gesammelt und auch in die eigene Tasche gegriffen, um sicherzustellen, daß Brazil zu gegebener Zeit die Möglichkeit erhielt, das College zu besuchen, um so irgendwann aus seiner damaligen Situation herauszukommen. Auch Briddlewood hatte ein paar Dollar in den Topf geworfen, und das zu einer Zeit, in der er selbst kaum etwas übrig hatte. Damals lebte er in einem kleinen Haus, das so weit vom Lake Norman entfernt lag, daß er zwar das Wasser selbst nicht sah, wohl aber die endlosen Truck-Karawanen, die mit Booten im Schlepptau über die staubige Straße vor seinem Haus zum See hinausfuhren. Noch einmal spuckte er aus. Geräuschlos ließ er den Cushman ein Stück weiter in Richtung Kirche rollen, um das Paar in der Dunkelheit weiter im Auge zu behalten. Er wollte sichergehen, daß ihnen nichts passierte.

»Was mache ich jetzt mit Ihnen?« fragte West Brazil.

Aber der hatte seinen Stolz und im Moment absolut keinen Sinn für Humor. »Nur um das mal festzuhalten, ich brauche Ihre Hilfe ganz und gar nicht.«

»Oh doch, die brauchen Sie. Sie stecken in ernsten Schwierigkeiten.«

»Und Sie wohl nicht«, gab er zurück. »Das einzige, was Sie im Leben haben, ist doch eine exzentrische Katze.«

Die Bemerkung überraschte West. Was mochte er sonst noch über sie ausgegraben haben? »Woher wissen Sie etwas von Niles?« wollte sie wissen.

West war aufgefallen, daß ihnen in einiger Entfernung ein Wachmann in einem Cushman folgte. Er hielt sich im Schatten der Bäume und war überzeugt, West und Brazil würden ihn hinter den Buchsbaumsträuchern und Magnolien nicht bemerken. In Wests Augen mußte das ein entsetzlich langweiliger Job sein.

»Ich habe eine Menge Dinge im Leben«, widersprach sie.

»Na, toll«, sagte Brazil.

»Wissen Sie was? Ich vergeude mit Ihnen nur meine Zeit.« Und das war ihr Ernst.

Sie ließen den Campus hinter sich und gingen durch schmale Straßen, in denen Professoren in restaurierten Häusern lebten, umgeben von liebevoll gepflegten Rasenflächen und Bäumen. Als Junge war Brazil oft durch diese Straßen gewandert. Dann hatte er sich die Menschen in diesen teuren Häusern vorzustellen versucht, wichtige Hochschullehrer und deren nette Ehepartner. Damals erschien ihm das Licht aus diesen Fenstern so warm, und manchmal konnte er bei offenen Vorhängen die Menschen drinnen beobachten, wie sie mit einem Drink in der Hand durch das Wohnzimmer schlenderten, in einem Sessel saßen und ein Buch lasen oder am Schreibtisch arbeiteten.

Brazil hatte seine Einsamkeit in einer unerreichbaren, namenlosen Kammer tief in seinem Inneren vergraben. Er hatte keinen Namen für diesen hohlen Schmerz, der von einer unbekannten Stelle in seiner Brust ausging und wie zwei kalte Hände sein Herz umklammerte. Zwar hatte er nie geweint, wenn er diese Hände spürte, aber er hatte gezittert wie eine verlöschende Flamme. Das war immer dann passiert, wenn er fürchtete, ein Tennismatch zu verlieren, oder wenn er einmal nicht die beste Schulnote bekam. Brazil konnte sich keine traurigen Filme ansehen. Aber Schönheit überwältigte ihn manchmal, besonders in Symphonie-Konzerten oder an einem Kammermusikabend.

West spürte, wie in Brazil Zorn aufstieg, je länger ihr Spaziergang dauerte. Sie gingen an erleuchteten Häusern hinter alten, dichtbelaubten Bäumen vorüber, deren Stämme von Efeu und anderen Kletterpflanzen überwuchert waren. Das Schweigen zwischen ihnen wurde immer lastender. Sie verstand ihn nicht, und zunehmend befürchtete sie, ihr Glaube, ihn verstehen zu können, werde sich als ein großer Irrtum herausstellen. Hatte sie nicht gelernt, mit Geiselnehmern umzugehen? Hatte sie nicht Erfahrung darin, Menschen mit Worten daran zu hindern, sich oder andere umzubringen? Das war doch schon was, aber es hieß noch lange nicht, daß sie auch nur entfernt in der Lage war, einem seltsamen jungen Mann wie Andy Brazil zu helfen. Und eigentlich hatte sie auch gar keine Zeit dazu.

»Ich will diesen Killer«, brach es aus Brazil hervor. Er sprach lauter als notwendig oder klug. »Klar? Ich will, daß er gefaßt wird.«
Er war so besessen, als gälten die Taten dieses Mörders ihm persönlich. West hatte nicht die Absicht, auf seinen Standpunkt einzugehen. Sie gingen weiter. Plötzlich kickte Brazil einen Stein weg. Er trug ausgefallene schwarz-rote lederne Nike-Tennisschuhe, an denen auch ein Agassi Geschmack finden könnte.
»Was der da macht ...« Brazil kickte weitere Steine vor sich her. »Wie, glauben Sie, muß sich jemand fühlen?« Seine Stimme wurde lauter. »Da kurvt man in einer fremden Stadt herum, müde und weit weg von zu Hause, es geht einem dies und das durch den Kopf. Man verfährt sich, hält an, um nach dem Weg zu fragen.« Der nächste Stein hüpfte über den Asphalt. »Als nächstes wird man zu einer gottverlassenen Stelle hinter einem leerstehenden Gebäude geschickt. Einem Lagerhaus. Auf ein unbebautes Grundstück.«
West war stehengeblieben. Sie sah ihm nach, wie er wütend weiterstapfte und sich dann umdrehte.
»Man fleht um sein Leben und spürt schon den kalten, harten Pistolenlauf an seinem Kopf!« schrie er heraus, als wäre er selbst in diesem Moment das Opfer. »Und dann wird einem das Gehirn rausgeblasen!«
West war wie versteinert. So eine Szene hatte sie noch nie erlebt. In der Nachbarschaft gingen die Verandalichter an.
»Er zieht einem die Hose runter und sprüht dieses Zeichen drauf! *Wie würden Sie es finden, so zu sterben?*«
Immer mehr Lampen leuchteten auf. Hunde bellten. Unbewußt verfiel West in ihr antrainiertes Verhalten. Sie trat zu Brazil und packte ihn fest am Arm.
»Andy, Sie stören die ganze Nachbarschaft«, sagte sie ganz ruhig. »Gehen wir nach Hause.«
Brazil sah sie herausfordernd an. »Ich möchte was verändern.«
Nervös sah sie sich um. »Glauben Sie mir, das tun Sie schon.«
Noch immer gingen neue Lichter an, und aus einem der Häuser trat jemand auf die Veranda und wollte wissen, welcher Verrückte sich da in ihre ruhige Straße verirrt hatte. Briddlewood war bereits einige Minuten zuvor in seinem Cushman geflohen.

»Und deshalb müssen wir jetzt gehen«, fügte West hinzu, während sie Brazil mit sich fortzog. »Sie wollen helfen. In Ordnung. Sagen Sie mir, was Sie außer Wutanfällen und Worten noch beizutragen haben.«

»Vielleicht könnten wir etwas in einem meiner Artikel unterbringen, womit wir ihn überlisten.« Er hatte eine Idee.

»Wenn das so einfach wäre«, sagte sie ernsthaft. »Außerdem setzen Sie damit voraus, daß er Zeitung liest.«

»Dessen bin ich mir sicher.« Brazil hoffte, sie könnte der Möglichkeit einer subtilen Beeinflussung, wie er sie skizzierte, etwas abgewinnen. So würde ihnen das Monster vielleicht in die Falle gehen.

»Meine Antwort lautet nein. Wir werden keine derartigen Stories lancieren.«

Erregt eilte Brazil wieder ein paar Schritte voraus. »Zusammen könnten wir ihn fassen! Das weiß ich!«

»Was heißt hier ›zusammen‹?« fragte West. »Sie sind nur Reporter. Tut mir leid, daß ich Sie daran erinnern muß.«

»Ich bin Volunteer Cop«, korrigierte er.

»Aha. Das waffenlose Wundertier.«

»Sie könnten mir Schießunterricht geben«, meinte er. »Mein Vater hat mich immer zu einer Müllhalde auf dem Land mitgenommen ...«

»Da hätte er Sie lassen sollen«, sagte sie.

»Wir haben mit seiner .38er auf Konservendosen geschossen.«

»Wie alt waren Sie damals?« fragte West. Sie waren an der Auffahrt zu seinem Haus angekommen.

»Beim erstenmal war ich sieben, glaube ich.« Den Blick am Boden und die Hände in den Taschen ging er weiter. Das Licht einer Straßenlaterne reflektierte in seinem Haar. »Muß wohl in der zweiten Grundschulklasse gewesen sein.«

»Ich meine, als er starb«, sagte sie leise.

»Zehn«, antwortete er. »Ich war gerade zehn geworden.«

Er blieb stehen. Er wollte nicht, daß sie ging. Er wollte nicht hineingehen und wieder mit seinem täglichen Leben konfrontiert werden.

»Ich besitze keine Waffe«, verkündete er.

»Danken Sie Gott«, meinte sie.

# Kapitel 7

Die Tage vergingen. West hatte nicht die Absicht, sich weiter mit dem Fall Andy Brazil auseinanderzusetzen. Seine Probleme waren seine Sache, und es war Zeit, daß er erwachsen wurde. Doch als der nächste Sonntag nahte und Raines neuerlich einen gemeinsamen Brunch vorschlug, rief sie Brazil an. Schließlich war sie autorisiert, an Schußwaffen auszubilden, also war es nur fair, daß sie ihm ihre Hilfe anbot. Er sagte, er könne in zehn Minuten fertig sein. Sie erwiderte, wenn sie nicht gerade die nächste Concorde nach Davidson bekomme, könne sie ihn wohl frühestens in einer Stunde abholen.

Zu dem Zweck entschied sie sich für ihren Privatwagen, einen Ford Explorer mit zwei Airbaigs. Es war ein weißer sportlicher Geländewagen mit Vierradantrieb und einem gewaltigen Durst. Gegen drei Uhr nachmittags bog sie mit dröhnendem Motor in Brazils Auffahrt ein. Noch bevor sie aussteigen konnte, stand er schon vor der Haustür. Am naheliegendsten wäre der Schießstand der Police Academy gewesen, doch dort waren weder Volunteers noch Gäste zugelassen. Also entschied sich West für die Firing Line am Wilkinson Boulevard, direkt hinter Bob's Pfandleihe und einer Reihe von Trailer Parks. Dazu gehörten das Oakden Motel, Country City USA und Coyote Joe's.

Wären sie ein oder zwei Blocks weitergefahren, wären sie auf dem Parkplatz der Paper Doll Lounge gelandet. West erinnerte sich, daß sie dort mehr als einmal zu einem Einsatz wegen tätlicher Auseinandersetzungen mußte. Eine ekelhafte Nachbarschaft. Topless-Bars neben Pfandleihhäusern und Waffengeschäften – als ob nackte Busen und G-Strings, Pfandstücke und Waffen irgendwas miteinander zu tun hätten. West fragte sich, ob Brazil wohl jemals ein Oben-ohne-Lokal betreten hatte, und stellte sich vor, wie steif er auf seinem Stuhl säße, sich an den Armlehnen festklammernd, bis die Knöchel weiß wurden, während eine nackte Frau sich an den Innenseiten seiner Schenkel rieb und ihm mit ihren Brüsten im Gesicht herumwedelte.

Wohl kaum, entschied West. Doch er blieb ein Fremder für sie, der eine andere Sprache sprach, andere Dinge aß und anderes erlebt hatte. Wie war er so geworden? Hatte er in der High School oder im College Mädchen gehabt? Oder Jungen? Am Schießplatz suchte sie in den Regalen des Shops nach der geeigneten Munition: .380er Winchester-Munition mit 9sgrain Vollmantelgeschoß, Neun-Millimeter-Luger-Patronen mit 7,5g Rundkopfgeschoß, Federal-Hi-Power-Munition, Kal. .45 Auto, mit 230grain Hydra-Shok-Hollowpointgeschossen, und eine 50er-Packung Winchester Super X-Munition, wenn die auch viel zu teuer war, um sie beim Übungsschießen zu verballern. Brazil stand neben ihr und war rein aus dem Häuschen. Als stünden sie in einem Süßwaren-Laden, und sie kaufte Bonbons für ihn ein.

In der Schießhalle herrschte Lärm wie im Krieg. Schießwütige Hinterwäldler von der National Rifle Association trieben hier ihren Waffenkult. Drogendealer mit dem nötigen Bargeld standen in Springerstiefeln am Schießstand und verbesserten ihre Abschußquote. West und Brazil gesellten sich dazu, mit Schutzbrille, Gehörschutz und diversen Munitionsschachteln beladen. Als Frau in Jeans, dazu mit zwei Pistolen in der Hand, erntete sie feindselige Blicke, schließlich drang sie da in einen gefährlichen Männerclub ein. Auch Brazil registrierte die Signale.

Ihm schienen die Männer ebenfalls keine Sympathien entgegenzubringen. Er fühlte sich auf einmal unwohl in seinem Sweatshirt der Davidson-Tennismannschaft und dem bunten Halstuch, das er sich um die Stirn gebunden hatte, damit ihm die Haare nicht in die Augen fielen. Die Typen hier trugen gigantische Bäuche vor sich her, hatten breite Schultern und erweckten den Eindruck, als trainierten sie mit Gabelstaplern und Bierkästen. Den Riesen-Trucks nach zu urteilen, die er auf dem Parkplatz gesehen hatte – auch

Dreiachser waren dabei –, mußte es auf den Interstates 74 und 40 über steile Pässe und durch reißende Flüsse gehen. Brazil hatte mit diesem Männerschlag aus North Carolina, in dessen Nähe er aufgewachsen war, nie etwas anfangen können.
Es war etwas jenseits von Biologie, Geschlechtsmerkmalen, Hormonen und Testosteron. Ein paar dieser rauhen Kerle hatten nackte Pin-up-Girls auf die Spritzschutzkappen geklebt, die von den Kotflügeln ihrer Sattelschlepper herabhingen. Brazil fand das geradewegs abstoßend. Da sah ein Mann eine tolle Frau mit einem super Körper, und alles, was ihm dazu einfiel, war, sie dazu zu benutzen, seinen Karosserielack gegen Straßensplit zu schützen. Das war nichts für Brazil. Er ging mit einer Frau am liebsten ins Kino, fuhr mit ihr ins Drive-Through, und am liebsten betrachtete er sie im Kerzenlicht.
Inzwischen hatte er eine Runde absolviert. Er tackerte eine neue Schablone mit menschlichen Umrissen auf den Karton und befestigte das Ziel am Rahmen seines Schießstandes. West als seine Ausbilderin prüfte die bisherigen Treffer ihres Schülers auf seiner letzten Zielscheibe. Die Figur wies in Brustmitte eine Reihe eng beieinanderliegender Einschüsse auf. West war verblüfft. Sie beobachtete, wie Brazil einen neuen Satz Patronen in das Magazin einer .380er Sig Sauer schob.
»Sie sind ja gefährlich«, meinte sie.
Er hielt die kleine Waffe mit beiden Händen, genau so, wie ihm das sein Vater beigebracht hatte, zu einer Zeit, an die er sich kaum noch erinnerte. Brazil war nicht schlecht in Form, aber man konnte noch was verbessern. Er schoß ein Magazin nach dem anderen leer. Das leere ließ er fallen, und schon rastete das nächste im Kolben ein. Er feuerte ohne Pause, als könne er nicht schnell genug jeden einzelnen ins Jenseits befördern, der ihm im Leben einmal etwas angetan hatte. In Wests Augen reichte das aber nicht. Sie wußte, was man brauchte, um auf der Straße zu überleben.
Sie drückte auf einen Knopf, und die Figur auf dem Papier erwachte plötzlich zum Leben und kam quietschend an einem Drahtzug auf Brazil zu, als wolle sie ihn angreifen. Brazil nahm den Kampf auf. BUMM! BUMM! BUMM! Die Kugeln schlugen gegen den Metall-

rahmen der Zielscheibe und in die schwarze Gummiwand dahinter ein, dann war ihm die Munition ausgegangen. Die Zielscheibe stoppte und hing baumelnd an ihrem Seil vor Brazils Gesicht.

»He! Was machen Sie da?« drehte er sich aufgebracht zu West um. Sie ließ ihn erst einmal zappeln und füllte die Magazine mit neuen Patronen. Dann schob sie eines mit einem Ruck in den Griff einer bedrohlich wirkenden, schwarzen .40er Smith&Wesson Halbautomatik. Jetzt erst sah sie ihren Schüler an.

»Sie schießen zu schnell.« Sie zog den Verschlußschlitten zurück, ließ ihn nach vorn schnellen und visierte ihre Scheibe. »Ihnen ist die Munition ausgegangen.« BUMM-BUMM. »Und das Glück.« BUMM-BUMM.

Eine kurze Unterbrechung, dann die nächsten zwei Schüsse. Sie legte ihre Waffe hin, trat dicht neben Brazil und nahm seine .380er, öffnete den Verschluß und vergewisserte sich, daß die Waffe ungeladen und sicher war. Dann zielte sie auf das Ende der Bahn. Hände und Arme stabil, die Knie leicht gebeugt, die korrekte Haltung.

»Eins, zwei und stopp«, sagte sie und demonstrierte es ihm. »Eins, zwei und stopp. Sie sehen, was Ihr Gegenüber tut, und zielen erneut.« Sie gab ihm die .380er zurück, den Griff voraus. »Und rühren Sie den Abzug nicht an. Nehmen Sie sie mit nach Hause und üben Sie heute abend.«

An jenem Abend blieb Brazil in seinem Zimmer und machte seine Trockenübungen mit Wests .380er, bis er eine dicke Blase am Zeigefinger hatte. Vor dem Spiegel zielte er auf sich selbst. Vielleicht gewöhnte er sich so an den Anblick einer auf ihn gerichteten Waffe. Dazu spielte er im Hintergrund Musik und ließ seinen Phantasien freien Lauf, sah in die kleine Mündung wie in ein schwarzes Auge, das auf seinen Kopf oder sein Herz gerichtet war. Er dachte an seinen Vater, der seine Waffe nicht gezogen hatte. Er hatte nicht einmal mehr Zeit gehabt, sein Funkgerät einzuschalten. Brazils Arme begannen zu zittern. Er hatte noch nicht zu Abend gegessen.

Es war wenige Minuten nach neun. Früher am Abend hatte er seiner Mutter vorgeschlagen, eine Portion Rindergehacktes und dazu Tomatensalat mit Frühlingszwiebeln und Italian Dressing anzurichten.

Aber sie hatte abgelehnt. Wacher als sonst saß sie vor einer Sitcom, trug aber wie fast immer ihren ausgeblichenen blauen Morgenmantel und Pantoffeln. Es war ihm unerklärlich, wie sie so leben konnte. Aber er hatte es aufgegeben, sich darüber Gedanken zu machen, wie er sie oder das Leben, das sie so haßte, ändern könnte. Schon als er, ihr einziger Sohn, noch zur High School ging, hatte er erstaunliche detektivische Fähigkeiten entwickelt, wenn es darum ging, das Haus und den Cadillac nach versteckten Schnaps- und Tablettenvorräten zu durchforsten. Ihr Einfallsreichtum war verblüffend. Einmal hatte sie ihren Whisky sogar unter den Rosenbüschen vergraben, die sie in Zeiten, in denen ihr noch etwas daran lag, stets sorgfältig beschnitten hatte.

Muriel Brazils größte Angst war es, da zu sein. Der Alptraum einer Entziehungskur, von Zusammenkünften der Anonymen Alkoholiker verdüsterte ihre Erinnerung wie ein monströser Vogel, der über ihr kreiste, mit seinen Krallen nach ihr griff und sie bei lebendigem Leib zu verschlingen drohte. Sie wollte nichts fühlen. Sie wollte auch nicht mit Leuten zusammensitzen, die nur Vornamen hatten und nur darüber sprachen, was für Trinker sie selbst einmal gewesen waren und was für Saufgelage sie früher veranstaltet hatten. Und sie wollte auch nicht hören, wie wunderbar Abstinenz war. Alle verkündeten das mit dem Ernst des reuigen Sünders nach einer tiefen religiösen Erfahrung.

Ihr neuer Gott hieß Abstinenz, ein Gott, der ihnen jede Menge Zigaretten und schwarzen koffeinfreien Kaffee erlaubte. Sportliche Betätigung, das Trinken mehrerer Liter Wasser am Tag und die regelmäßigen Gespräche mit einem Mentor waren unerläßlich. Außerdem erwartete dieser Gott von dem Probanden, daß er mit jedem Kontakt aufnahm, den er jemals gekränkt hatte, und ihn um Verzeihung bat. Das bedeutete, daß Mrs. Brazil ihrem Sohn und allen, die sonst in Davidson mit ihr zu tun gehabt hatten, ihr Alkoholproblem gestehen mußte. Das hatte sie einmal einigen Studenten gegenüber versucht, die ihr beim ARA Slater Food Service, dem Essenslieferanten für die Cafeteria im neuen Commons Building, zugewiesen waren.

»Ich war für einen Monat in Kur«, hatte Mrs. Brazil einer jungen

Studentin namens Heather aus Connecticut gesagt. »Ich bin Alkoholikerin.«
Denselben Versuch hatte sie bei Ron gemacht, einem Erstsemester aus Ashland, Virginia. Doch die erwartete Katharsis blieb aus. Die Studenten reagierten nicht wie erhofft und gingen ihr danach aus dem Weg. Nachdem entsprechende Gerüchte auf dem Campus kursierten, begegnete man ihr mit einer gewissen Furcht. Manche dieser Gerüchte kamen auch Brazil zu Ohren und verstärkten seine Scham. Und das wiederum trieb ihn noch tiefer in die Isolation. Er wußte, er würde nie Freunde gewinnen können, denn wenn er jemanden zu nah an sich heranließ, mußte die Wahrheit ans Licht kommen. Sogar West war damit konfrontiert worden, als sie ihn zum ersten Mal zu Hause angerufen hatte. Brazil war noch immer sehr erstaunt, fast überwältigt, daß dieses Ereignis den Deputy Chief in ihrer Meinung über ihn keineswegs beeinflußt zu haben schien.
»Mom, was hältst du davon, wenn ich uns ein paar Eier brate?« Brazil war in der Tür stehengeblieben. Das Licht des Fernsehers flimmerte durch das dunkle Wohnzimmer.
»Ich hab keinen Hunger«, sagte sie und starrte weiter auf den Bildschirm.
»Was hast du denn gegessen? Wahrscheinlich gar nichts, stimmt's? Du weißt doch, wie schlecht das für dich ist, Mom.«
Sie hielt die Hand mit der Fernbedienung ausgestreckt und wechselte zu einer anderen Sendung, in der Leute über schlechte Witze lachten.
»Wie wär's mit gebackenem Käse?« schlug ihr Sohn vor.
»Ja, vielleicht«, sagte sie und zappte weiter.
In Gegenwart ihres Sohnes konnte sie kaum ruhig sitzen bleiben. Es fiel ihr schwer, ihm ins Gesicht zu sehen, seinen Blick zu ertragen. Je netter er zu ihr war, desto schlechter fühlte sie sich. Sie hatte nie begriffen, warum das so war. Ohne ihn würde sie nicht zurechtkommen. Er kaufte ein und hielt den Haushalt in Gang. Ihre Getränke finanzierte sie mit den Zahlungen der Sozialversicherung und der kleinen Pension, die sie vom Police Department erhielt. In letzter Zeit brauchte sie weniger, um betrunken zu werden, und sie wußte,

was das über den Zustand ihrer Leber aussagte. Am liebsten hätte sie einfach weitergetrunken, bis sie tot umgefallen wäre. Jeden Tag kam sie diesem Ziel ein Stückchen näher. Tränen stiegen ihr in die Augen, und es schnürte ihr den Hals zu, als sie ihren Sohn in der Küche wirtschaften hörte.

Der Alkohol war seit dem ersten Schluck ihres Lebens ihr Feind gewesen. Mit sechzehn hatte Micky Latham sie eines Abends zum Lake Norman mitgenommen und sie mit Apricot Brandy betrunken gemacht. Vage erinnerte sie sich, daß sie im Gras gelegen hatte und die Sterne vor ihren Augen verschwammen. Er hatte sich keuchend und so ungeschickt an ihrer Bluse zu schaffen gemacht, als öffne er zum ersten Mal im Leben einen Knopf. Er war damals neunzehn und arbeitete in Bud's Autowerkstatt. Seine Hände waren voller Schwielen und lagen wie Pranken auf ihren Brüsten, die vor diesem Rausch noch niemand berührt hatte.

In dieser Nacht verlor die süße Muriel ihre Unschuld, und das hatte nichts mit Micky Latham zu tun, sondern allein mit der Flasche in der braunen Tüte vom Supermarkt. Sie trank, ihr Kopf wurde leicht, und sie hätte singen können. Sie war glücklich, verspielt und witzig, und nichts machte ihr angst. An dem Nachmittag, als Officer Drew Brazil sie wegen überhöhter Geschwindigkeit anhielt, fuhr sie den Cadillac ihres Vaters. Muriel war siebzehn und das schönste irdische Wesen, das ihm je begegnet war. Sollte er an jenem Nachmittag Alkoholgeruch wahrgenommen haben, war er zu elektrisiert, um sich darüber Gedanken zu machen. Er sah prächtig aus in seiner Uniform, und ein Strafzettel wurde nie ausgestellt. Nach seinem Dienstschluß gingen sie zu Big Daddy's Fischhütte. Am Erntedankfest desselben Jahres heirateten sie, nachdem ihre Periode zwei Monate ausgeblieben war.

Muriel Brazils Sohn kehrte mit gebackenem Käse auf diagonal geschnittenem Weizenbrot zurück. Der Käse hatte genau die Konsistenz, die sie mochte. Auf dem Tellerrand lag ein Klecks Ketchup zum Dippen. Auch ein Glas Wasser hatte er in der Hand. Aber das würde sie wohl stehenlassen. Er glich seinem Vater so sehr, daß sie es kaum ertragen konnte.

»Ich weiß, wie sehr du Wasser haßt, Mom«, sagte er und stellte ihr

den Teller auf einer Serviette auf den Schoß. »Aber du mußt es trinken. Einverstanden? Möchtest du bestimmt keinen Salat?«
Sie schüttelte den Kopf und wünschte, sie könnte ihm danken. Doch sie war nur ungeduldig. Er nahm ihr die Sicht auf den Fernseher.
»Ich bin in meinem Zimmer«, sagte er.

Er setzte seine Schießübungen fort, bis die Blase am Finger geplatzt war und blutete. Er war erstaunlich zielsicher. Das viele Tennisspielen hatte die Muskulatur an Händen und Unterarmen gestärkt. Er hatte einen eisernen Griff. Am nächsten Morgen war er vor Erregung mit einem Sprung aus dem Bett. Draußen schien die Sonne. West hatte ihm versprochen, am späten Nachmittag wieder mit ihm zum Schießplatz zu fahren und ihn weiter zu trainieren. Es war Montag, und er hatte frei. Er wußte nicht, was er bis dahin tun und wie er die Zeit totschlagen sollte. Freie Zeit konnte Brazil nur schwer ertragen. Gewöhnlich hatte er immer irgend etwas vor.
Als er das Haus um halb acht verließ, lag Tau auf dem Rasen. Er nahm seine Tennisschläger und ein paar Bälle mit, ging aber erst einmal auf die Laufbahn. Er lief zehn Kilometer, machte Liegestütze, Sit-ups und Lockerungsübungen, um seinen Endorphinpegel auf den richtigen Stand zu bringen. Er legte sich ins Gras, das jetzt warm und trocken war, und wartete, bis sich sein Pulsschlag wieder gesenkt hatte. Er lauschte dem Summen der Insekten im Klee und atmete den Duft von grünem Gras und Bärlauch ein. Seine Shorts und das Tank-Top waren schweißnaß. Gemächlich machte er sich auf den Weg zu den Tennisplätzen.
Ein paar Damen spielten Doppel. Er wollte ihr Spiel nicht stören und ging hinter ihnen vorbei bis zum letzten Platz, so daß er soweit wie möglich von allen anderen entfernt war. Niemand sollte sich von den Hunderten von Bällen belästigt fühlen, die er heute übers Netz zu dreschen beabsichtigte. Abwechselnd Aufschläge von rechts und links. Dann hob er die Bälle wieder auf und ließ sie in den knallgelben Sammelkorb fallen. Er war nicht ganz zufrieden mit sich. Tennis war ein Sport, der mangelndes Training einfach nicht verzieh. Seine gewohnte Präzision hatte nachgelassen, und er wuß-

te, das war ein schlechtes Zeichen. Wenn er nicht wieder anfing, regelmäßig zu spielen, würde er eines der wenigen Dinge im Leben verlieren, in denen er wirklich gut war. Die Damen auf Platz eins dagegen merkten, wie ihr eigenes Spiel spürbar schlechter wurde, je häufiger sie neidvoll den jungen Mann auf Platz vier beobachteten, der seine Bälle so hart schlug, daß es sich anhörte, als treffe den Ball kein Tennis-, sondern ein Baseballschläger.

Auch Chief Hammers Konzentration ließ zeitweise zu wünschen übrig. Sie hatte den Vorsitz bei einer Sitzung des Führungspersonals in ihrem privaten Konferenzraum im zweiten Stock. Ihr Bürotrakt war groß genug dafür. Die Fenster gingen zur Kreuzung Davidson und Trade Street hinaus. Etwas weiter weg sah man das mächtige USBank Corporate Center mit seinem albernen Aluminiumdach, das wohl eine Krone darstellen sollte. Doch die ganze Dekoration erinnerte eher an einen Wilden mit einem Knochen durch die Nase, der einer uralten Folge von *Die kleinen Strolche* entsprungen sein konnte. Pünktlich um acht Uhr an diesem Morgen, Hammer hatte gerade ihre erste Tasse Kaffee auf dem Schreibtisch abgestellt, hatte sie der Vorstandsvorsitzende dieser Sechzig-Etagen-Erektion da drüben angerufen.

Solomon Cahoon war jüdischer Herkunft, und bei der Namenswahl für ihren Erstgeborenen hatte für seine Mutter das Alte Testament eine entscheidende Rolle gespielt. Ihr Sohn sollte ein König werden und weise Entscheidungen treffen wie die von Freitag. Er hatte den Police Chief seiner Stadt gebeten, eine Pressekonferenz abzuhalten. Die Presse und damit die Bürger sollten erfahren, daß man die Serienmorde in Charlotte vor einem homosexuellen Hintergrund sehen müsse. Für normale Geschäftsleute, die die Stadt besuchten, sei das also keine Bedrohung. In der Northside Baptist Church würde in nächtlichen Andachten für die Familien der Opfer und die Seelen der Ermordeten gebetet. Zudem sollte sie mitteilen, die Ermittlungsarbeiten der Polizei kämen gut voran.

»Nur zur Beruhigung«, hatte Cahoon Chief Hammer am Telefon wissen lassen.

Hammer diskutierte mit ihren sechs Deputy Chiefs und Experten für Verbrechensanalyse und strategische Planung den jüngsten Wink von oben. Wren Dozier, Deputy Chief der Verwaltung, zeigte sich besonders erbost. Er war vierzig Jahre alt, ein Mann mit einem feingeschnittenen Gesicht und einem sensiblen Mund. Er war unverheiratet und lebte in jenem Teil des Vierten Bezirks, in dem Leute wie Tommy Axel in Apartments mit altrosa Türen wohnten. Dozier war sich sicher gewesen, nie über den Rang eines Captains hinauszugelangen. Dann war Hammer in die Stadt gekommen, eine Frau, die gute Leistung honorierte. Dozier würde für sie durchs Feuer gehen.

»Was für ein absoluter Schwachsinn«, ärgerte sich Dozier. Er spielte mit seinem Kaffeebecher und drehte ihn langsam auf der Tischplatte. »Und die Kehrseite davon?« Er sah einen nach dem anderen an. »Was ist mit den Frauen und Kindern der Opfer? Sollen die etwa denken, das Letzte, was Papi in seinem Leben getan hat, war ein bezahlter Treff mit einem Stricher in irgendeiner finsteren Straße irgendeiner finsteren Stadt?«

»Es gibt keinen Anhaltspunkt, der diese Theorie stützt«, sagte West. Auch sie war ganz und gar nicht einverstanden, mit dem was da geplant war. »So etwas kann man einfach nicht sagen.« Sie sah Hammer an.

Der Chief und Cahoon würden sich wieder in keinem Punkt einigen können, und sie wußte, er würde dafür sorgen, daß sie gefeuert wurde. Es war alles nur eine Frage der Zeit. Es geschah ja nicht zum ersten Mal. Auf ihrer Ebene drehte sich alles nur um Politik. Eine Stadt bekam einen neuen Bürgermeister, und der brachte seinen eigenen Chief mit – so geschehen in Atlanta. Auch in Chicago wäre es ihr so ergangen, hätte sie nicht vorher selbst gekündigt. Jetzt aber konnte sie es sich wirklich nicht leisten, noch einmal einem politischen Wechsel zum Opfer zu fallen. Die Städte würden immer kleiner werden, bis sie wieder genau dort war, wo sie angefangen hatte, nämlich im langweiligen, wirtschaftlich uninteressanten, armseligen Little Rock.

»Natürlich werde ich mich nicht vor die Reporter stellen und so einen Mist verkünden«, sagte Chief Hammer. »Ganz bestimmt nicht.«

»Nun, es kann nicht schaden, der Öffentlichkeit zu sagen, daß wir gewisse Hinweise verfolgen und daß wir an der Sache dran sind«, meinte die als PIO für die Öffentlichkeitsarbeit zuständige Beamtin.
»Von welchen Hinweisen sprechen Sie?« fragte West, die schließlich die Ermittlungen leitete und solche Dinge wissen müßte.
»Wenn wir welche bekommen, werden wir ihnen nachgehen«, sagte Hammer. »Was sonst?«
»So können wir es auch nicht sagen«, sagte die PIO sorgenvoll. »Dieses *Wenn-wir-welche-bekommen* müssen wir weglassen.
Ungeduldig schnitt Hammer ihr das Wort ab. »Sicher. Das versteht sich doch von selbst. Sie müssen das nicht wörtlich nehmen. Aber genug jetzt. Wir müssen weiter. Wir werden also folgendes tun: Wir werden eine Pressemitteilung herausgeben.« Sie sah die PIO über ihre Lesebrille hinweg an. »Ich möchte sie bis halb elf auf meinem Schreibtisch haben. Gegen drei Uhr kann sie dann an die Presse rausgehen, damit die sie noch vor Redaktionsschluß hat. Und ich sehe zu, ob ich mich mit Cahoon einigen und ihm diese Sache ausreden kann.«
Der Plan kam einem Ansuchen um eine Privataudienz beim Papst gleich. Zwischen Hammers Sekretär und einem weiteren Assistenten und Cahoons Leuten gingen fast den ganzen Tag lang Telefongespräche hin und her. Mit Mühe und Not kam schließlich ein Termin am späten Nachmittag zustande, irgendwann zwischen sechzehn Uhr fünfzehn und siebzehn Uhr. Irgendwo würde sich dann schon eine Lücke im vollen Terminkalender des Vorstandsvorsitzenden finden lassen. Hammer blieb nichts anderes übrig, als pünktlich um Viertel nach anzutanzen und das Beste zu hoffen.
Um vier Uhr verließ sie das Police Department und ging zu Fuß hinüber. Es war ein herrlicher Tag, was sie allerdings bisher noch nicht mitbekommen hatte. Sie folgte der Trade Street zur Tryon. Die führte zum Corporate Center mit seinem ewigen Feuer und den Skulpturen vor der Fassade. Mit festen Schritten und klappernden Absätzen durchquerte sie die riesige Lobby mit ihrem Marmorboden. Die Wände waren in teurem Holz getäfelt. Dann kam das berühmte Fresko, das die Shingon-Philosophie vom Chaos, von der Kreativität, vom Schaffen und Bauen symbolisierte. Sie

nickte einem Wachmann zu, der zurücknickte und sich an die Mütze tippte. Er mochte diesen weiblichen Chief. Sie hatte den Gang einer Dame, und sie war immer freundlich und behandelte niemanden von oben herab, ob er nun ein echter Cop war oder nur ein Wachmann.

Hammer betrat den überfüllten Aufzug, den sie als Letzte im obersten Stockwerk verließ. Die Dachkrone war in dieser schwindelnden Höhe tatsächlich ein Gebilde aus Aluminiumrohren. Hammer suchte Cahoon nicht zum ersten Mal auf. Selten verging ein Monat, in dem er sie nicht in seine Suite aus Mahagoni und Glas hoch über der Stadt rief. Wie im Hampton Court Palace hatten auch hier Besucher erst einmal einige Gebäuderinge und Höfe zu durchqueren, bevor sie zu ihrem König gelangten. Sollte je ein verruchter Killer seinen Auftrag hier ausführen, würde es viele Sekretärinnen und Assistenten das Leben kosten, bevor er den Thronsaal selbst betrat. Und Cahoon hätte wahrscheinlich nicht einmal die Schüsse gehört.

Nachdem sie die verschiedensten Vorzimmer hinter sich gelassen hatte, stand Hammer schließlich an dem Ort, wo Mrs. Mullis-Mundi residierte. Wer sie nicht mochte, und das waren praktisch alle, nannte sie nur M&M. Sie wirkte nach außen zuckersüß, hatte jedoch Haare auf den Zähnen. Hammer hatte nicht das geringste für dieses hochnäsige junge Ding übrig, das geheiratet, aber seinen Namen beibehalten und den ihres Mannes, Joe Mundi, hinten drangehängt hatte. Mrs. Mullis-Mundi litt unter Bulimie, hatte Silikonbrüste und langes, wasserstoffblondes Haar. Sie trug die Mode von Anne Klein in Größe 32. Das Parfum war von Escada. Täglich besuchte sie Gold's Fitneßstudio. Sie trug nie Hosen und wartete mit Sicherheit nur noch auf die passende Gelegenheit, jemanden der sexuellen Belästigung zu zeihen.

»Wie schön, Sie zu sehen, Judy.« Die Chefsekretärin stand auf und kam ihr in dieser leicht in den Knien federnden Art entgegen, wie Hammer das von eifrigen Bowlingspielern kannte. »Ich sehe mal nach, wie es für Sie aussieht.«

Nach einer halben Stunde saß Hammer noch immer auf der butterweichen Couch mit elfenbeinfarbenem Lederbezug. Sie ging inzwischen die Statistiken und Unterlagen durch, die stets in großer Anzahl in ihrer Aktentasche lagerten. Mrs. Mullis-Mundi telefonierte ununterbrochen, doch das schien ihr nichts auszumachen. Sie zog erst einen Ohrring ab, dann den zweiten, nahm den Hörer in die jeweils weniger ermüdete Hand, als wolle sie damit nachdrücklich auf die schmerzhaften Pflichten verweisen, die ihr Beruf ihr abverlangte. Immer wieder warf sie einen Blick auf ihre überdimensionale Radiouhr mit dem kratzfesten Glas und warf dabei ihre Mähne zurück. Sie hätte viel darum gegeben, eine ihrer spindeldürren Mentholzigaretten mit den Blümchen am Filter rauchen zu können.

Endlich, exakt um dreizehn Minuten nach fünf, konnte Cahoon sie einschieben. Wie immer war sein Tag lang gewesen mit viel zu vielen Terminen. Alle Welt schien nur ihn persönlich sprechen zu wollen. In Wirklichkeit aber hatte er sich keineswegs beeilt, Hammer vorzulassen. Dabei war ihm offenbar auch gleichgültig, daß schließlich er dieses Treffen anberaumt hatte und nicht sie. Als sie sich kennenlernten, war sie widerspenstig und voreingenommen gewesen und hatte ihn wie einen ungezogenen Hund behandelt. Dafür trat er ihr gegenüber nun immer äußerst korrekt und unbeirrbar auf. In nicht allzu ferner Zukunft würde er dafür sorgen, daß man sie auf die Straße setzte, und sich einen fortschrittlichen jungen Mann holen, einen von der Sorte, die gleichzeitig das *Wall Street Journal* und eine Browning Hi-Power in der Aktentasche hatte. Für Cahoon mußte ein Chief jemand sein, der den Markt kannte, der keine Scheu hatte, das Prinzip ›shoot to kill‹ anzuwenden, und der den führenden Persönlichkeiten der Stadt ein wenig Respekt entgegenbrachte. Jedesmal, wenn Hammer dem Herrscher der Stadt gegenüberstand, mußte sie daran denken, daß er sein Vermögen mit einer Hühnerfarm gemacht und sich dann zu einer anderen Person stilisiert hatte. Andere mußten dann für seine Geschichte in die Bresche springen. Sie war sich fast sicher, daß Frank Purdue ein Phantasiename war. Und Holly Farms war auch so eine Fassade. Solomon Cahoon hatte seine Millionen mit drallen Hähnchenbrüsten und -schenkeln gemacht. Er war durch Bratereien und fette Hähnchen reich geworden, in denen kleine Thermometer stets exakt den richtigen Garzustand anzeigten. Selbstverständlich hatte Cahoon seine Erfahrungen und seine Einnahmen geschickt auf Bank- und Börsenaktivitäten ausgeweitet. Klugerweise war ihm aber auch frühzeitig bewußt geworden, daß seine Herkunft ein Problem für seine Glaubwürdigkeit darstellen könnte. Zum Beispiel, wenn jemand eine Hypothek durch die USBank absichern wollte und plötzlich deren Vorstandsvorsitzenden bei Harris-Teeters für Hähnchenteile reklamelächeln sähe. Dabei warf Hammer ihm gar nicht vor, mit seinen ein oder zwei Aliasnamen zu dem geworden zu sein, was er war – falls sie mit ihrer Vermutung überhaupt richtiglag.

Sein feudaler Schreibtisch aus Wurzel-Ahorn war zwar kein antikes Stück, aber prächtig und sehr viel ausladender als das zwei Meter vierzig breite furnierte Exemplar, das die Stadt ihr ins Büro gestellt hatte. Cahoon saß in einem englischen Ledersessel mit Messingbeschlägen und zum Schreibtisch passenden Wurzelholz-Armlehnen. Er war apfelgrün und quietschte. Cahoon telefonierte und sah durch blankgeputzte Scheiben aus seinem Aluminiumrohrgehäuse ins Weite. Sie nahm ihm gegenüber Platz. Noch einmal befand sie sich in Warteposition, aber es machte ihr nicht viel aus, denn so hatte sie Zeit zum Nachdenken. Häufig genug löste sie auf diese Weise Probleme, traf Entscheidungen, plante die nächsten Schritte oder überlegte, was es zum Abendessen geben und wer kochen sollte.

Vom Hals aufwärts wirkte Cahoon stets wie nackt. Seinen struppigen silbergrauen Haarkranz trug er wie eine Krone. Die ungleich geschnittenen Borsten standen senkrecht hoch. Am Hinterkopf erinnerten sie an die Sichel des zunehmenden Mondes. Stete Bräune und Falten zeugten von seiner Segelleidenschaft. Er war vital und wirkte distinguiert in seinem schwarzen Anzug, dem gestärkten weißen Hemd und der seidenen Fendi-Krawatte mit einem Muster aus goldenen und dunkelroten Uhren.

»Sol«, begrüßte sie ihn höflich, als er endlich aufgelegt hatte.

»Vielen Dank, Judy, daß Sie mir diesen Termin ermöglicht haben«, antwortete er mit weicher Südstaatenstimme. »Was fangen wir also mit diesen Homoschützenfesten an? Mit diesen fröhlichen Schwulen-Morden? Mit diesen Perversen und Schwuchteln, die unsere Stadt unsicher machen? Ihnen ist sicher klar, welchen Eindruck

diese Dinge auf Firmen oder Gesellschaften machen, die daran denken, sich hier niederzulassen. Ganz zu schweigen von den Auswirkungen auf die hier schon ansässige Geschäftswelt.«
»*Schwuchteln*«, zitierte Hammer ihn langsam und nachdenklich. »*Unsicher machen.*«
»Genau, Ma'am«, nickte er. »Möchten Sie ein Perrier oder etwas anderes?«
Sie schüttelte den Kopf und wog ihre Worte sorgfältig ab. »Homoschützenfeste. Schwulen-Morde. Woher haben Sie das?« Das war nicht ihre Denkweise. Ganz entschieden nicht.
»Ach, kommen Sie schon.« Er stützte die Ellbogen auf die wertvolle Tischplatte und beugte sich vor. »Wir wissen doch alle, worum es hier geht. Diese Männer kommen in unsere Stadt. Sie liegen nicht mehr an der häuslichen Leine, können sich ihren perversen Neigungen hingeben und halten das obendrein noch für besonders clever. Bis der Todesengel auf diese kranken Typen herabstößt.« Er nickte völlig überzeugt von sich. »Wahrheit, Gerechtigkeit und der *american way of life.* Gott läßt sich das nicht gefallen. Er spricht ein Machtwort.«
»Lauter Synonyme«, sagte sie.
»Bitte?« Er runzelte die Stirn.
»Sind das nicht alles Synonyme?« fragte sie. »Wahrheit. Gerechtigkeit. Amerikanische Lebensart. Gott spricht ein Machtwort.«
»Darauf können Sie wetten, Honey«, lächelte er.
»Sol, nennen Sie mich bitte nicht so.« Sie richtete den Finger auf ihn. Das tat sie auch immer, wenn sie mit West in der Stadt unterwegs war und besonders nachdrücklich werden wollte. »Tun Sie das nie wieder!«
Lachend lehnte er sich in seinem Ledersessel zurück. Diese Lady war wirklich amüsant. Was die sich traute. Zum Glück hatte sie einen Ehemann, der ihr den Kopf zurechtsetzen und sie in ihre Schranken weisen konnte. Cahoon war überzeugt, daß ihr Mann sie Honey nannte und daß sie selbst das sogar – wie Heidi, seine erste und einzige Frau – von ihm erwartete, wenn sie mit vorgebundener Schürze vor ihm stand. Jeden Samstagmorgen brachte Heidi ihm das Frühstück ans Bett, vorausgesetzt, er war in der Stadt. Auch nach

so vielen Jahren treuer Ergebenheit hatte sie diese Gewohnheit beibehalten. Allerdings hatte sie einiges von ihrer Wirkung auf ihn verloren. Was passierte nur mit dem weiblichen Körper, wenn er erst die Dreißig überschritten hatte? Der Mann war immer bereit und willig, bis zum Tod. Er saß aufrecht im Sattel, unbeeinflußt von der Schwerkraft, und daher lag es für einen Mann wohl auch nicht so fern, sich gelegentlich nach einer jüngeren Frau umzusehen.

»Kennen Sie die Bedeutungen von Honey?« insistierte Hammer. »Larvenfutter. Schmeichelei, Unterwürfigkeit. Reines Schöntun. Das, was man sagt, wenn man seine Socken gestopft oder einen Knopf angenäht bekommen möchte? Großer Gott, wäre ich doch nie in diese Stadt und an diesen Job gekommen!« Sie schüttelte ihren Kopf und meinte das gar nicht komisch.

»Atlanta war auch nicht viel besser«, erinnerte er sie. »Und schon gar nicht Chicago, jedenfalls nicht für längere Zeit.«

»Wie wahr, wie wahr.«

»Was ist jetzt mit Ihrer Pressekonferenz?« fragte er, um zu den wichtigen Themen überzugehen. »Ich habe Ihnen doch einen durchaus geeigneten Vorschlag gemacht. Was ist nun damit?« Seine mageren Schultern zuckten. »Was ist mit meiner Pressekonferenz? Ist das denn zuviel verlangt? Dieses Haus hier ist so was wie ein Leuchtturm. Es weist der Geschäftswelt den Weg nach Charlotte-Mecklenburg. Wir müssen positive Nachrichten verbreiten, so wie im letzten Jahr die Aufklärungsrate von einhundertfünf Prozent bei Gewaltverbrechen ...«

Sie fiel ihm ins Wort. Das konnte sie ihm nicht durchgehen lassen. »Sol, hier geht es nicht um Rauchsignale an die Finanzwelt. Sie können die Ergebnisse unserer Arbeit nicht auf dem Papier oder im Computer manipulieren und annehmen, daß jeder das akzeptiert. Wir reden hier von sehr konkreten Dingen. Von Vergewaltigungen, Raubüberfällen, Einbrüchen und Morden mit realen Opfern aus Fleisch und Blut. Sie erwarten von mir, daß ich den Bürgern weismache, wir hätten mehr Fälle im letzten Jahr aufgeklärt, als wir überhaupt hatten?«

»Es wurden auch alte Fälle gelöst, deshalb sind die Zahlen ...« fing er an. Das war das, was man ihm gesagt hatte.

Hammer schüttelte den Kopf, und Cahoons notorische Ungeduld stand jetzt kurz vor dem Siedepunkt. Außer seiner Frau und seinen Kindern wagte es niemand, so mit ihm zu reden. Schon gar nicht eine Frau.

»Welche alten Fälle?« fragte Hammer. »Und wie lange liegen die zurück? Da könnte man mich auch fragen, wieviel ich als Polizeichef verdiene, und ich würde antworten eine Million Dollar, weil ich die Gehälter der letzten zehn Jahre addiert habe.«

»Das sind doch Haarspaltereien.«

»Nein, Sol, ganz bestimmt nicht.« Sie schüttelte noch entschiedener den Kopf. »Hier geht es nicht um Haarspaltereien. Hier geht es um das Wesentliche.«

»Judy.« Er hob mahnend den Zeigefinger. »Was ist mit Tagungen, die nicht stattfinden werden, weil ...?«

»Du lieber Himmel«, winkte sie ab und stand auf. »Tagungen treffen keine Entscheidungen. Das tun Menschen. Ich kann mir so etwas nicht länger anhören. Überlassen Sie die Sache einfach mir, einverstanden? Dafür werde ich schließlich bezahlt. Und ich werde gewiß keinerlei Schwachsinn verbreiten. Dafür müssen Sie sich jemand anderen suchen.« Sie ging zur Tür und warf noch einmal einen Blick in dieses Büro mit seiner bemerkenswerten Aussicht. »Einhundertfünf Prozent.« Wütend hob sie die Hände. »Übrigens, ich an Ihrer Stelle würde mal auf meine Sekretärin aufpassen.«

»Was hat denn die mit dieser Sache zu tun?« Cahoon war höchst verwirrt, aber das war nach Besuchen von Hammer keine Seltenheit.

»Ich kenne diesen Typ«, warnte Hammer. »Wieviel verlangt sie?«

»Wofür?« Noch immer sprach sie für ihn in Rätseln.

»Glauben Sie mir. Sie wird es Sie schon wissen lassen«, sagte Hammer und schüttelte den Kopf. »Ich würde mich nicht allein in einem Zimmer mit ihr aufhalten, und ich würde ihr nicht trauen. Ich würde zusehen, daß ich sie loswerde.«

Mrs. Mullis-Mundi wußte, daß das Gespräch nicht gut gelaufen sein konnte. Cahoon hatte weder Wasser noch Kaffee, auch keinen Tee oder Cocktails bestellt. Zudem hatte er sie nicht über die Sprechanlage aufgefordert, den Chief hinauszubegleiten. Mrs. Mullis-Mundi betrachtete sich selbst verschwörerisch im Spiegel ihrer Chanel-Puderdose, und als sie gerade ein Lächeln probte, stand Hammer plötzlich im Zimmer. Das hier war keine Frau, die ihre Zähne mit Zahnweiß bleichte oder sich die Beine epilierte. Hammer warf einen Hefter mit einem Bericht auf den lackierten chinesischen Schreibtisch der Chefsekretärin.

»Hier haben Sie meine Statistik, die ungeschönte«, sagte Hammer im Hinausgehen. »Sehen Sie zu, daß er sie auf dem Tisch hat, wenn er etwas zugänglicher ist.«

Als sie rasch durch die Marmorlobby klapperte, lief ihr eine Gruppe Schulkinder auf Besichtigungstour über den Weg. Sie schaute auf ihre Breitling-Armbanduhr, registrierte die Zeit aber kaum. Heute war ihr und Seths sechsundzwanzigster Hochzeitstag. Sie hatten sich vorgenommen, einen ruhigen Abend im Beef West Bottle am South Boulevard zu verbringen, einem der wenigen Steakhäuser, das er mochte und das sie tolerierte. Dort hatte sie noch jedesmal die Erfahrung gemacht, daß allein die Art, wie sie in ihrem Fleisch stocherte, verriet, welchem Geschlecht sie angehörte.

Sie ließen sich in dem dunkel getäfelten Restaurant an einen freien Tisch führen, und wie immer begann sie ihre Speisenfolge mit jungen Froschschenkeln, in Weißwein und Knoblauch gedünstet, und einem Caesar Salad. Es wurde immer lauter im Lokal, in dem die Familienväter der Stadt und solche, die es werden wollten, schon seit Jahrzehnten einkehrten und künftige Attacken ihrer Herzkranzgefäße billigend in Kauf nahmen. Seth, ihr Mann, liebte gutes Essen mehr als sein Leben. Er war vollauf mit einem Shrimpscocktail beschäftigt, danach Salatherzen mit dem berühmten Roquefort-Dressing des Hauses, Brot, Butter und schließlich einem Porterhouse Steak für zwei, das er allerdings wie gewohnt allein vertilgte. Seth war zu seiner Zeit ein aufgeklärter, gutaussehender junger Mann und der Assistent des Bürgermeisters von Little Rock gewesen. Sergeant Judy Hammer hatte er auf dem Gelände des Capitols kennengelernt.

Es hatte nie Zweifel zwischen den beiden über die Rollenverteilung gegeben. Sie war der Motor in ihrer Beziehung, und das machte sie für ihn attraktiv. Seth liebte ihre Stärke. Und sie liebte es, daß er ihre

Stärke liebte. Sie heirateten und gründeten eine Familie, die bald zu seinem Aufgabenbereich wurde, da sie es war, die Karriere machte, die nachts herausgerufen wurde, die aufstieg und mit ihm in andere Städte zog. Für alle, die sie näher kannten, war es nur folgerichtig, daß sie den Namen Hammer beibehalten und nicht den seinen angenommen hatte. Er war ein sanfter Mensch. Sein Kinn drückte nicht gerade Stärke und Eigenwilligkeit aus. Seine ganze Erscheinung erinnerte an die lebensfrohen Aristokraten und Bischöfe, die einen mit ihren wasserblauen Augen von alten Gemälden anschauten.

»Wir sollten etwas von diesem Käse mit nach Hause nehmen«, sagte er und bestrich mit ihm im Kerzenlicht dick eine Scheibe Brot.

»Seth, ich mache mir Sorgen, wie du mit deiner Gesundheit umgehst«, sagte Hammer und griff nach ihrem Glas Pinot Noir.

»Er könnte mit Portwein abgeschmeckt sein, obwohl es nicht so aussieht«, fuhr er fort. »Vielleicht ist auch etwas Meerrettich dabei. Und Cayennepfeffer.«

Als Hobby beschäftigte er sich mit der Juristerei und der Börse. Ein wichtiger Rückhalt in seinem Leben war die Tatsache, daß er Geld von seiner Familie geerbt hatte und nicht arbeiten mußte. Er war, was man ihm ja auch ansah, sanftmütig mit einer Tendenz zur Schwäche. Gewalt war ihm fremd, und meistens war er müde. Doch in der gegenwärtigen Phase seines Lebens glich er eher einer lahmen und antriebslosen Frau, und Hammer fragte sich, wie es dazu hatte kommen können, daß sie sich in einer lesbischen Beziehung mit einem Mann wiederfand. Oh ja, wenn er kurz vor einem seiner Wutausbrüche stand, wie gerade jetzt wieder, konnte sich Hammer durchaus in einen Fall von häuslicher Gewalt hineindenken. In manchen Fällen hätte sie sogar eine gewisse Rechtfertigung gesehen.

»Seth, es ist unser Hochzeitstag«, erinnerte sie ihn leise. »Du hast den ganzen Abend kein Wort mit mir geredet. Du hast alles gegessen, was dieses gottverdammte Restaurant zu bieten hat, und mich nicht einmal angesehen. Könntest du wenigstens mal andeuten, was nicht in Ordnung ist? Dann müßte ich nicht raten oder Gedanken lesen oder gar eine Hellseherin befragen.«

Ihr Magen war so aufgebläht wie ein Opossum in Abwehrstellung. Für sie war Seth die beste Abmagerungskur. Von jetzt auf gleich konnte sie in Appetitlosigkeit verfallen. In seltenen Augenblicken, zum Beispiel bei einem ruhigen Spaziergang am Strand oder in den Bergen, wurde ihr bewußt, daß sie die längste Zeit ihrer Ehe gar nicht in Seth verliebt gewesen war. Und dennoch war er ihr Fels in der Brandung. Bräche der auseinander, würde gleichzeitig ihr halbes Lebens in sich zusammenfallen. Das war die Macht, die er über sie hatte, und das wußte er auch, wie jede gute Ehefrau. Die Kinder könnten zum Beispiel seine Partei ergreifen. Das war zwar äußerst unwahrscheinlich, dennoch fürchtete sich Judy Hammer davor.

»Ich rede nicht, weil ich nichts zu sagen habe«, antwortete Seth mit logischer Stringenz.

»Auch gut.« Sie faltete die Stoffserviette zusammen, legte sie auf den Tisch und sah sich suchend nach der Kellnerin um.

Viele Kilometer entfernt am Wilkinson Boulevard, noch hinter Bob's Pfandleihe, den Trailer Parks und Coyote Joe's, nicht weit von der Oben-ohne-Bar, fand in der Schießhalle ein Kampf ganz anderer Art statt. Brazil schlachtete in seiner Bahn Schablonen ab, die eine nach der anderen quietschend auf ihn zugefahren kamen. Seine Pistole warf Patronenhülse um Patronenhülse aus. Sie flogen durch die Luft und fielen klirrend zu Boden. Wests Schüler machte in einem Tempo Fortschritte, das sie noch nicht erlebt hatte. Sie war stolz auf ihn.

»Eins, zwei, drei, und du bist raus!« bellte sie ihm ins Ohr. Hielt sie ihn eigentlich für den Dorftrottel? »Sichern. Magazin raus, nachladen, einschieben! In Position, entsichern! Eins, zwei und stopp!«

Das ging seit über einer Stunde so. Von den anderen Ständen sahen die alten Knaben herüber und bestaunten das Schauspiel. Wer war die Kleine da, die diese offenbar schwule Type anschrie wie ein Feldwebel auf dem Kasernenhof? Das fragte sich jedenfalls Bubba, der an die Schlackensteine der Schießhallenwand gelehnt stand und die Szene beobachtete. Bubba war so, wie man sich einen echten Redneck vorstellte und wie auch alle Bubbas, von denen er abstammte, gewesen waren: Exxon-Kappe tief ins Gesicht gezogen,

derber Arbeitsanzug mit Tarnweste darüber, und darunter wölbte sich ein runder Bauch. Er sah die Schießscheibe immer näher auf den blonden Typen zuknirschen.
Bubba fiel auf, wie eng die Treffer beieinanderlagen und wie treffsicher der Kerl bei Kopfschüssen war. Er zog ein Fläschchen aus der Westentasche, genehmigte sich eine Prise Schnupftabak und warf dabei einen prüfenden Blick auf seinen eigenen Schießstand. Niemand sollte wagen, seine Zehn-Millimeter Combat-Glock 20-Knarre oder seine Remington XP-100 mit Leupold-Zielfernrohr und 50 Grain-Sierra-PSP-Munition und 17-Grains IMR 4189-Pulverladung anzurühren. Eine nette Kanone, die auf dem Sandsack hervorragend auflag. Seine automatische Calico, Modell 110, mit Hundert-Schuß-Magazin und Mündungsfeuerdämpfer war auch nicht gerade von schlechten Eltern. Das gleiche galt für die Browning Hi-Power HP-Practical-Pistole mit Packmayer-Gummigriff-Schalen, rendriertem und gezacktem Hammer sowie abnehmbarem Korn.

Es gab wenig, das Bubba mehr Spaß machte, als ein paar Schießscheiben mit einer Maschinenpistole zu durchlöchern und die Patronenhülsen wie Schrapnells herumfliegen zu hören. Die Dealer, die vorbeigingen, hatten allen Grund, sich nicht mit ihm anzulegen. Bubba sah wieder zu dieser Schnepfe hinüber. Sie klinkte eine Schießscheibe aus dem Rahmen, hielt sie hoch und sah ihren zielsicheren Süßen an.
»Wieso gucken Sie denn so sauer?« fragte sie Brazil.
Männlich und festen Schritts trat Bubba langsam zu ihnen, während das Feuerwerk weiterging.
»Was läuft hier? Eine Unterrichtsstunde?« fragte er, als gehöre ihm die Schießhalle.
Die Frau sah Bubba kurz an. Ihr Blick gefiel ihm gar nicht. Die kannte keine Angst. Offenbar war ihr nicht klar, wen sie da vor sich hatte. Bubba ging zu Wests Stand und nahm ihre Smith & Wesson in die Hand.
»Ziemlich großes Ding für so ein kleines Mädchen wie Sie.« Bubba grinste unverschämt und nahm eine weitere Prise.
»Legen Sie sie bitte wieder hin«, sagte West ruhig.

Brazil wurde ganz schön nervös. Wohin mochte das führen? Dieser Dickwanst, der sich aus einem Kuhdorf zu ihnen verlaufen haben mußte, sah aus, als gehe er mit fremden Leuten nicht gerade zimperlich um und als sei er auch noch stolz darauf. Er dachte nicht daran, Wests Pistole aus der Hand zu legen, sondern zog jetzt das Magazin heraus, entriegelte den Verschluß und holte die Patrone aus dem Lager. Für Brazil kam das einer Entwaffnung gleich, und er wußte, er konnte West nicht helfen. Sein eigenes Magazin war ebenfalls leer.

»Waffe hinlegen. Sofort.« West schlug ihren unfreundlichsten Ton an. »Das ist städtisches Eigentum, und ich bin Polizistin.«

»Na so was.« Die Situation begann, Bubba richtig Spaß zu machen. »Die Kleine hier ist ein Cop. Donnerwetter, Puppe.«

West wußte, es hätte keinen Zweck, jetzt ihren Rang zu nennen. Im Gegenteil, das konnte die Lage nur verschlechtern. Sie trat so dicht an ihn heran, daß sie mit der Fußspitze fast gegen seine Schuhe stieß, und mit der Brust hätte sie leicht seinen Bauch streifen können.

»Ich fordere Sie zum letzten Mal auf, meine Waffe genau dorthin zurückzulegen, wo Sie sie vorgefunden haben«, sagte sie und sah ihm in sein einfältiges, whiskygerötetes Gesicht.

Bubba ließ für einen Moment den Blick zu Brazil hinüberwandern und beschloß, daß dieses hübsche Kerlchen eine Lektion gebrauchen konnte. Bubba ging zu Wests Stand, legte ihre Pistole zurück, kam dann auf Brazil zu und griff nach seiner .380er, um auch sie zu inspizieren. Brazil zögerte nicht, schlug zu und brach Bubba das Nasenbein. Das Blut tropfte auf Bubbas Tarnweste und sein Waffenarsenal, das er nun hastig in einen Matchbeutel packte. Dann marschierte er davon und rief von der Treppe herunter, die Lady und ihr kleiner Freund würden noch von Bubba hören.

»Tut mir leid«, sagte Brazil kurz angebunden, als sie wieder allein waren.

»Großer Gott, Sie können doch nicht einfach so zuschlagen.« Am meisten ärgerte sie, daß sie diesen Zusammenstoß nicht selbst bewältigt hatte.

Als er die Magazine neu bestückte, wurde ihm bewußt, daß er noch

nie in seinem Leben jemanden geschlagen hatte. Er wußte nicht, was er davon halten sollte. Zärtlich betrachtete er Wests .380er.
»Was würde so eine kosten?« fragte er mit der Ehrfurcht des weniger Begüterten.
»Die können Sie sich nicht leisten«, antwortete sie.
»Und wenn ich Ihre Story dem *Parade*-Magazin verkaufe? Mein Chefredakteur meint, die könnten sich dafür interessieren. Das brächte mir etwas ein. Vielleicht genug, um ...«
Das war das letzte, was West gebrauchen konnte. Noch eine Story über sich.
»Ich möchte Ihnen ein Geschäft vorschlagen«, sagte sie. »Nichts mit dem *Parade*. Dafür leihe ich Ihnen meine Sig, bis Sie sich selbst eine leisten können. Ich werde noch ein wenig mit Ihnen arbeiten, vielleicht auf einem Schießplatz im Freien. Wir simulieren ein paar Kampfsituationen. Und wie man Leute einschüchtert. Das kann nie schaden. Und jetzt die Schießplatzetikette: Sammeln Sie die Blechreste auf.«
Rings um sie lagen Hunderte von glänzenden Patronenhülsen verstreut. Brazil bückte sich und ließ sie klirrend in eine Blechdose fallen. Inzwischen packte West ihre Sachen zusammen. Ihr ging ein unangenehmer Gedanke durch den Kopf, und sie sah ihn an.
»Was ist mit Ihrer Mutter?« fragte sie.
Ohne seine Tätigkeit zu unterbrechen, sah er zu ihr auf, und ein Schatten flog über sein Gesicht. »Was soll mit ihr sein?«
»Ich dachte nur gerade darüber nach, was eine Waffe in Ihrem Haus bedeuten könnte.«
»Ich habe schon früh gelernt, Dinge gut zu verstecken.« Zur Betonung ließ er die Hülsen laut in die Dose klappern.

Auf dem Parkplatz wartete Bubba unauffällig in seinem Wagen. Es war ein chromblitzender schwarzer King Cab Pick-up mit Gewehrhalterung, Spritzschutz mit Konföderiertenflagge, Überrollbügel, Halogen- und Nebelleuchten, Ollie-North-Aufklebern auf der Stoßstange, PVC-Röhren am Kühlergrill als Halter für Angelruten und Neonlämpchen um das Nummernschild. Er hielt sich ein zusammengerolltes Unterhemd an die blutende Nase und beobachtete in der hereinbrechenden Dämmerung, wie die Polizistin mit ihrem Arschloch von Freund aus der Schießhalle kam. Bubba wartete noch, bis sie die Schlüssel herausholte und auf einen makellosen weißen Ford Explorer in einer Ecke des ungeteerten Parkplatzes zuging. Ihr Privatwagen, vermutete Bubba. Er kletterte von seinem Pick-up herunter, einen Wagenheber in der fleischigen Hand. Zeit für eine nette, kleine Revanche.

West war auf ihn vorbereitet. Sie wußte, wie diese Bubbas es angingen. Für Leute seines Schlages war Rache ein Reflex wie in der Werbepause der Gang zum Kühlschrank für eine Flasche Bier. Sie hatte bereits in ihre Einkaufstasche gefaßt und etwas in der Hand, das wie der schwarze Griff eines Golfschlägers aussah.

»Steigen Sie in den Wagen«, befahl sie Brazil ruhig.

»Kommt nicht in Frage«, sagte er und rührte sich nicht von der Stelle. Bubba kam auf sie zu, ein so bedrohliches wie höhnisches Grinsen im blutverschmierten Gesicht. Als er bis auf etwa zwei Meter an ihren Wagen herangekommen war, ging West ihm entgegen. Er war überrascht und hatte nicht erwartet, daß dieses kleine Luder von Polizistin zum Angriff übergehen würde. Zur Warnung klopfte er mit dem Wagenheber gegen seinen dicken Schenkel, hob ihn dann hoch und visierte die fleckenlose Windschutzscheibe des Fords.

»He, Mann!« kam plötzlich eine Stimme vom Eingang der Schießhalle. Es war Weasel, der Geschäftsführer. »Bubba, ist dir klar, was du da tust?«

Ein Teleskopmechanismus ließ die Stahlrute in Wests Hand wie einen Dolch herausschießen. Sie hatte jetzt eine Länge von einem Meter. Ihr hartes, verdicktes Ende zeigte auf Bubba. Wie ein Fechter zog sie mit ihm langsame Kreise vor seinem Gesicht.

»Legen Sie das Ding hin und gehen Sie«, befahl sie Bubba im Polizeiton.

»Fick dich ins Knie!« Bubba war kurz davor auszurasten. Er hatte solche Stahlruten auf Waffenausstellungen gesehen und wußte, was sie für eine Wirkung haben konnten.

»Bubba! Laß es! Auf der Stelle!« schrie Weasel. Er wollte seinen Laden sauberhalten.

Brazil fiel auf, daß der Geschäftsführer zwar mächtig aufgebracht war, jedoch keinen Schritt näher kam. Brazil sah sich um. Irgendwie wollte er helfen. Doch er wußte, ihr in die Quere kommen durfte er nicht. Wäre die .380er doch nur geladen. Er hätte diesem Schläger die Reifen oder sonst etwas zerschießen und ihn so vielleicht ablenken können. Doch für Ablenkung sorgte West jetzt selbst. Erneut hob Bubba den Wagenheber, diesmal fest entschlossen, ihren Ford nicht zu verschonen. Das war er sich schuldig. Was er sonst empfand, war unwichtig. Er mußte es einfach tun, besonders jetzt, wo Weasel und immer mehr Menschen zusahen. Wenn Bubba seine Drohung nicht in die Tat umsetzte und Rache für seine verletzte Nase nahm, würde sich das in ganz Charlotte-Mecklenburg herumsprechen.
Aber West ließ jetzt die Rute auf sein Handgelenk herabsausen. Bubba schrie vor Schmerz auf. Der Wagenheber fiel klirrend zu Boden. Damit war die Sache erledigt.

»Warum haben Sie ihn nicht festgenommen?« wollte Brazil wissen, als sie etwas später in Dilworth nicht weit von ihrem Haus am Latta Park vorbeifuhren.
»Das hätte sich nicht gelohnt«, antwortete sie und zog an ihrer Zigarette. »Er hat ja meinen Wagen nicht beschädigt und auch mir nichts getan.«
»Und wenn er uns anzeigt wegen Körperverletzung?« Unerklärlicherweise gefiel Brazil die Vorstellung.
Sie lachte. Wie wenig Erfahrung ihr Begleiter doch noch hatte. »Glaub ich nicht.« Sie bog in ihre Auffahrt ein. »Er will sicher zuallerletzt, daß die ganze Welt erfährt, er habe sich von einer Frau und einem Kind verprügeln lassen.«
»Ich bin kein Kind«, sagte Brazil.
Das Haus war so, wie er es in Erinnerung hatte. Mit dem Zaun war sie nicht weitergekommen. Brazil stellte keine Fragen und folgte ihr in den hinteren Garten zu einer kleinen Werkstatt. Sie beherbergte eine umfangreiche Werkzeugsammlung inklusive Handkreissäge. West mußte ganze Vogelhäuser, Schränke und sogar Sitzmöbel bauen. So kam es ihm wenigstens vor. Er hatte selbst an seinem Haus schon diese und jene Reparatur erledigt und empfand einen gesun-

den Respekt vor ihren offensichtlichen Fähigkeiten. Er hatte schon Mühe, ein schlichtes Bücherregal aus dem Supermarkt zusammenzubauen.
»Meine Güte«, sagte er und sah sich um.
»Wieso meine Güte?« Sie schloß die Tür und stellte das Radio an.
»Was hat Sie dazu veranlaßt, all das zu machen?«
»Überlebenstraining«, antwortete sie, ging in die Hocke und öffnete einen kleinen Kühlschrank. Es klirrte, als sie zwei langhalsige Flaschen alkoholarmes Southpaw-Bier herausholte.
Brazil mochte eigentlich kein Bier, selbst wenn er von Zeit zu Zeit einen Schluck trank. Es schmeckte muffig, machte ihn dumpf im Kopf und am Ende nur müde. Allerdings sollte sie das auf gar keinen Fall erfahren.
»Danke«, sagte er, schraubte den Deckel ab und warf ihn in den Mülleimer.
»Am Anfang konnte ich mir keine Handwerker leisten. Also lernte ich, die Dinge selbst zu machen.« Sie klappte die Pistolenetuis auf, nahm die Waffen heraus und legte sie auf den Tisch. »Außerdem bin ich auf einer Farm aufgewachsen, wie Sie ja schon wissen. Ich habe mir so viel wie möglich von meinem Dad und seinen Leuten abgeguckt.«
»Und was haben Sie von Ihrer Mom gelernt?«
Wie im Schlaf zerlegte West die Pistolen. »Was soll ich von ihr gelernt haben?« Sie sah ihn über den Tisch hinweg an.
»Sie wissen schon, Haushaltssachen. Kochen, Putzen, Kindererziehung.«
Sie lächelte und öffnete einen Kasten mit Waffenreinigungsutensilien. »Koche und putze ich etwa nicht selbst? Oder sehen Sie hier eine Ehefrau?« Sie reichte ihm einen Laufreiniger und ein paar Lappen.
Wie gewohnt versuchte er auch beim nächsten großen Schluck, den Geschmack des Biers zu ignorieren. Er war etwas mutiger geworden, bemühte sich aber, zu ignorieren, wie gut sie in ihrem grauen T-Shirt und den Jeans aussah.
»Ich habe selbst mein Leben lang diesen Mist gemacht und bin auch keine Ehefrau«, sagte er.

»Was wissen Sie schon davon« sagte sie und tauchte ihren Reiniger in eine kleine braune Lösungsmittelflasche.
»Nichts«, antwortete er beleidigt und herausfordernd zugleich.
»Lassen Sie nicht Ihre Launen an mir aus, okay?« gab West zurück. Sie wollte keine Spielchen spielen. Dafür fühlte sie sich nun wirklich zu alt.
Brazil tauchte seine Reinigungsbürste in das Lösungsmittel. Es roch gut. Zwar hatte er eigentlich nicht die Absicht, ihr weitere Dinge aus seinem Leben zu beichten, doch Bier hatte die Eigenschaft, ihm die Zunge zu lösen.
»Kommen wir doch noch mal auf diese Haus- und Ehefrauen-Sache zurück«, drängte sie.
»Was wollen Sie hören?« antwortete Brazil, ganz Mann.
»Erzählen Sie mir doch mal, wie Sie das sehen.« Es interessierte sie wirklich.
»Theoretisch«, sagte er und fing an, den Lauf der .380er zu putzen, »weiß ich es selbst nicht genau. Hat vielleicht was mit der Rollenverteilung zu tun, ist halt so'n Kastensystem, 'ne Hackordnung, Hierarchie, oder so 'ne Art Ökosystem.«
»Ökosystem?« Sie runzelte die Stirn und sprühte Gunk Off auf und in den Lauf, dann auf die anderen Metallteile.
»Tatsache ist doch«, erklärte er, »daß das Wesen einer Ehefrau nicht durch das bestimmt wird, was sie tut, sondern durch das, was andere von ihr halten. Ich mache zum Beispiel gerade, was Sie mir aufgetragen haben. Aber das macht mich noch lange nicht zum Sklaven.«
»Haben Sie hier nicht etwas die Rollen verwechselt? Wer hat Ihnen denn Schießunterricht gegeben?« Sie schrubbte das Innere des Laufs jetzt mit einer Zahnbürste. »Sie tun das, was Sie tun wollen. Und ich tue das, worum Sie mich gebeten haben. Umsonst, um das mal festzuhalten. Wer ist da der Sklave?« Sie sprühte die Teile noch einmal ein und reichte ihm anschließend die Dose.
Er griff nach der Bierflasche. Bier schmeckte seiner begrenzten Erfahrung nach mit steigender Temperatur immer schlechter.
»Gehen wir also mal davon aus, daß Sie erwachsen werden und eines Tages heiraten«, fuhr sie fort. »Was erwarten Sie dann von Ihrer Frau?«

»Daß sie eine Partnerin ist.« Er warf die Flasche in den Abfalleimer. »Ich will nicht die typische Ehefrau. Ich brauche niemanden, der für mich sorgt, putzt oder kocht.« Er holte zwei neue Flaschen Bier, öffnete sie und stellte die eine vor sie hin. »Meinen Sie vielleicht, daß ich irgendwann einmal zu beschäftigt sein werde, um all diesen Mist selbst zu machen? Dann stelle ich eben eine Haushälterin ein. Aber heiraten werde ich keine«, sagte er, als sei das die lächerlichste Vorstellung, die die Gesellschaft je hervorgebracht hatte.

»Hmm.«

Sie faßte die .380er am Lauf und begutachtete seine Arbeit. Männergerede, dachte sie. Nur, daß der hier sich besser ausdrücken kann als die meisten. Dennoch glaubte sie ihm kein Wort.

»Der Lauf muß innen spiegelblank sein.« Sie schob ihn ihm wieder zu. »Sie müssen richtig scheuern. Er geht schon nicht kaputt.«

Er griff erst nach dem Lauf, dann nach der Bierflasche. »Sehen Sie, die Menschen sollten heiraten, zusammenleben, was auch immer, und genau solche Dinge tun wie das hier«, fuhr er fort, tauchte eine Bürste in das Lösungsmittel und scheuerte weiter. »Es sollte keine Rollen geben. Man sollte sich an Zweckmäßigkeiten ausrichten und einander helfen wie Freunde. Der eine hat seine Schwächen, wo der andere Stärken besitzt. Die Menschen sollten ihre Talente benutzen, zusammen kochen, Tennis spielen oder angeln. Strandspaziergänge machen oder bis tief in die Nacht miteinander reden. Sie sollten selbstlos und füreinander da sein.«

»Das hört sich an, als hätten Sie viel über diese Dinge nachgedacht«, sagte sie. »Ein gutes Drehbuch.«

Er sah sie irritiert an. »Was für ein Drehbuch?«

Sie trank einen Schluck. »Das hab ich alles schon einmal gehört. In mehreren Wiederholungen.«

Und das hatte auch Bubbas Frau, Mrs. Rickman. Ihr Vorname hatte mit dem Tag ihrer Heirat seine Bedeutung verloren, und das war vor sechsundzwanzig Jahren in der Tabernacle-Baptisten-Kirche gewesen, drüben am Ende einer Straße im Stadtteil Mount Mourne, wo sie täglich in einem B & B arbeitete, das berühmt für sein Frühstück war. Die Hot dogs und Burgers waren auch sehr beliebt, besonders bei den Studenten vom Davidson College und natürlich bei Bubbas Artgenossen, wenn sie zu einem Tag Fischen am Lake Norman unterwegs waren.

Als das Waffenputzen endlich beendigt war, schlug Brazil vor, irgendwo einen Imbiß einzunehmen. Natürlich konnte keiner von beiden wissen, daß die übergewichtige, erschöpfte Frau, die sie bediente, Bubbas unglückliche Ehefrau war.

»Hallo, Mrs. Rickman«, begrüßte Brazil die Bedienung.

Er schenkte ihr sein strahlendes, unwiderstehliches Lächeln und wie immer, wenn er dieses B & B aufsuchte, tat sie ihm leid. Brazil wußte, wie schwer die Arbeit in der Gastronomie war, und der Gedanke an die vielen Jahre, die seine Mutter in diesem Job gearbeitet hatte, als sie noch aus dem Haus und überall hinging, deprimierte ihn. Mrs. Rickman freute sich über seinen Besuch. Er war immer so liebenswürdig.

»Wie geht's meinem Baby«, zwitscherte sie und legte die plastiküberzogenen Speisekarten vor sie hin. Nach einem Blick auf West fragte sie: »Wer ist denn deine hübsche Freundin?«

»Deputy Chief Virginia West von der Polizei in Charlotte«, sagte Brazil, und das war ein Fehler.

So kam es, daß Bubba von der Identität seiner Angreifer erfuhr.

»Meine Güte«, sagte Mrs. Rickman, mächtig beeindruckt, eine so wichtige Frau in einer Nische ihres B & B sitzen zu haben. »Ein Deputy Chief. Ich hatte ja keine Ahnung, daß es in so hohen Positionen auch Frauen gibt. Was darf es denn sein? Das Schweinefleisch vom Grill ist besonders gut heute abend. Ich würde gehackt empfehlen.«

»Ich nehm nur einen einfachen Cheeseburger, Fritten und ein Miller«, sagte West. »Extra viel Mayonnaise, bitte, und Ketchup. Und könnten Sie etwas Butter auf das Brötchen streichen und es kurz auf den Grill werfen?«

»Aber sicher, Honey.« Mrs. Rickman nickte, ohne sich die Bestellung zu notieren. Dann sah sie Brazil an.

»Das Übliche.« Er zwinkerte ihr zu.

Sie ging davon. Ihre Hüfte bereitete ihr noch größere Schmerzen als am Tag zuvor.

»Was ist das Übliche?« wollte West wissen.
»Thunfisch auf Weizenbrot mit Salat und Tomate. Ohne Mayo. Dazu Krautsalat und eine Limettenlimonade. Ich möchte mit Ihnen Streife fahren. In Uniform«, sagte er.
»Erstens: Ich fahre nicht Streife. Zweitens: Falls Sie es noch nicht bemerkt haben sollten, habe ich noch einen richtigen Beruf, nichts Wichtiges, nur die Leitung der gesamten Ermittlungsabteilung. Mord, Einbruch, Vergewaltigung, Brandstiftung, Betrug, Autodiebstahl, Scheckbetrug«, sagte sie. »Dazu kommen Wirtschafts- und Computerdelikte, organisiertes Verbrechen, Prostitution und Jugendkriminalität. Ganz zu schweigen von den länger zurückliegenden Fällen. Ach, und dann läuft da noch ein Serienmörder frei herum, und es sind meine Ermittler, die den Fall bearbeiten und ihre Köpfe hinhalten müssen.«
Sie zündete sich eine Zigarette an und nahm Mrs. Rickman das Bier ab, bevor sie es hinstellen konnte. »Ich weiß ja nicht, wie es Ihnen geht, ich jedenfalls arbeite nicht gern vierundzwanzig Stunden am Tag. Wissen Sie, wie meine Katze darauf reagiert? Sie läßt sich nicht mehr anfassen und schläft auch nicht mehr bei mir. Gar nicht davon zu reden, daß ich schon seit Wochen nicht mehr im Kino war oder zum Essen ausgegangen bin.« Sie trank einen Schluck. »Mein Gartenzaun ist noch nicht fertig. Und ich wüßte nicht, wann ich das letzte Mal mein Haus geputzt habe.«
»Heißt das also nein?« fragte Brazil.

# Kapitel 8

Bubba hieß eigentlich Joshua Rickman und war Gabelstaplerfahrer bei Ingersoll-Rand in Cornelius. Diese Firma hatte ihre größte Berühmtheit in den frühen achtziger Jahren durch die Entwicklung einer Schneekanone für irgendwelche Olympischen Winterspiele erlangt. Bald darauf war es damit allerdings auch schon wieder vorbei. Bubba kannte keine Einzelheiten, aber die waren ihm ohnehin egal. Kompressoren begegneten einem überall im Leben. Auf der ganzen Welt wurden sie gebraucht. Seine Karriere war international. An diesem frühen Montagmorgen war er tief in Gedanken versunken, während er vorsichtig Kistenstapel auf eine Laderampe lud. Seine Frau hatte beiläufig den Jungen aus Davidson erwähnt, der zusammen mit einem hohen weiblichen Tier von der Polizei bei ihr gewesen war. Na bitte. Es kostete Bubba keine große Mühe, zwei und zwei zusammenzuzählen. Seine Nase tat höllisch weh, aber um nichts in der Welt würde er zu einem Arzt gehen. Wozu? Er war überzeugt, daß bei einer gebrochenen Nase, einem eingerissenen Ohr, ausgeschlagenen Zähnen oder sonstigen nicht lebensbedrohlichen Verletzungen am Kopf ohnehin nichts zu machen war, es sei denn, man hatte ein perverses Interesse an plastischer Chirurgie, was bei Bubba eindeutig nicht der Fall war. Seine Nase sah aus wie ein Zeppelin, immer schon, so daß der Schaden in seinem Fall einzig und allein die Schmerzen waren. Bei jedem Putzen fing die Nase an zu bluten, und Tränen stiegen ihm in die Augen. Alles nur wegen dieses kleinen Hurensohns. Das würde Bubba ihm nie vergessen.

Er besaß mehrere Handbücher zur Lösung der Probleme des Lebens, auf die er bei Bedarf zurückgriff. *Das sollen sie mir büßen* und

*Ausgleichende Gerechtigkeit 1 und 2* waren besonders hilfreich. Sie behandelten die wirkungsvollsten Rachetechniken, ausgedacht von einem Meistergauner und in Colorado im Eigenverlag herausgegeben. Bubba hatte sie auf Waffenschauen entdeckt. Eine Bombe wäre nicht übel. Etwa in Form einer explodierenden Fernsehröhre oder eines mit Kaliumchlorat und Schwarzpulver gefüllten Tischtennisballs. Vielleicht aber auch nicht. Bubba wollte zwar einerseits richtig Schaden anrichten, andrerseits aber vermeiden, daß das FBI zu schnell mit irgendwelchen Spezialteams anrückte oder ihn unter die Lupe nahm und bei ihm herumschnüffelte. Er war nicht scharf auf den Knast. Vielleicht sollte er sich in einem Jagdgeschäft ein paar Duftstoffe besorgen, die jedes Nagetier und alle Haustiere aus der Nachbarschaft anlockten, Ungeziefer, Reptilien, alles mögliche. So ließ sich über Nacht der ganze Garten ruinieren. Krachend legte Bubba den Rückwärtsgang ein. In seinem Kopf ging es wild durcheinander.
Oder er ließ unter der Haustür durch einen Schlauch ein Gemisch aus Bier und Urin in die Wohnung der Polizeilady tröpfeln. Er könnte ihr auch ein Büschel Haare zuschicken, anonym natürlich. Vielleicht würde sie dann umziehen. Verdammt, ja. Nichts würde sie dann lieber tun. Er könnte auch dem blonden Jüngling, mit dem sie herummachte, WC-Reiniger in die Hose schütten. Aber vielleicht waren die beiden ja andersrum. Bubba hatte da so seine Vermutungen. Ehrlich gesagt, es konnte einfach nicht angehen, daß ein Mann so gut aussah und eine Frau so energisch auftrat. Das war schon sehr verdächtig. Bubbas Vorstellungen nahmen immer deutlichere Formen an. Der niedliche Junge sollte bekommen, was er verdiente, von hinten, von einem richtigen Mann wie Bubba, dessen Lieblingsfilm nicht umsonst *Deliverance – Ausgeliefert* hieß. Bubba würde es dem kleinen Arschloch schon zeigen, und wie. Bubbas Haß auf Schwule war so ausgeprägt, daß er stets und überall nach ihnen Ausschau hielt, in jeder Bar, jedem Truck Stop, bei den Politikern und in der Unterhaltungsindustrie.

West und Brazil ahnten nicht, in welcher Gefahr sie sich befanden. Sie dachten an diesem Dienstagabend nicht an sich. Blaulicht flakkerte über Glasscherben und die verbeulten Überreste eines Streifenwagens, der in einem Wohnviertel in der Nähe des Myers Parks in einen Unfall verwickelt gewesen war. Raines und andere Sanitäter versuchten, aus einem Mercedes 300 E mit Hydraulikspreizern Leichen zu bergen. Der Wagen hatte sich um einen Baum gewickelt. Sirenen heulten. Die Polizei hatte eine Straßensperre errichtet. Man sah, wie entsetzt alle waren und unter welcher Anspannung sie standen. Brazil parkte seinen BMW so nahe an der Unfallstelle wie möglich. Er rannte auf das Blaulicht und die laufenden Motoren zu.

Als West eintraf, schoben Cops das Absperrgitter beiseite, um sie durchzulassen. Sie entdeckte Brazil, der sich bereits Notizen machte. Er war benommen vor Entsetzen, als Raines und seine Kollegen eine weitere blutüberströmte Leiche aus dem Mercedes zogen und in einen Plastiksack mit Reißverschluß legten. Auf der blut- und ölverschmierten Fahrbahn lagen nun schon drei Opfer. West starrte auf das Wrack des Streifenwagens mit dem Symbol der Stadt Charlotte auf den Türen, dem Hornissennest. Dann fiel ihr Blick auf ein weiteres, in der Nähe stehendes Polizeifahrzeug, in dem Officer Michelle Johnson auf dem Rücksitz zusammengesackt war. Sie hielt sich ein blutiges Taschentuch vor das verzerrte Gesicht und zitterte am ganzen Körper. West ging eilig auf sie zu, öffnete die Wagentür und setzte sich neben die fassungslose Beamtin.

»Wird schon alles gut«, sagte West und legte den Arm um die junge Frau, die das soeben Geschehene noch nicht begreifen konnte.

»Wir müssen Sie ins Krankenhaus bringen«, sagte West zu ihr.

»Nein! Nein!« schrie Johnson und legte schützend die Hände über den Kopf wie bei der drohenden Notlandung eines Flugzeugs. »Ich habe ihn erst gesehen, als er schon an der Ampel vorbei war. Ich hatte Grün! Ich hatte gerade einen Funkruf, aber die Ampel stand auf Grün. Das kann ich beschwören. Großer Gott! Nein, nein. Bitte. Nein. Bitte, bitte, bitte.«

Brazil trat vorsichtig an das Fahrzeug und hörte, was Johnson sagte. Durch das Seitenfenster sah er zu, wie West die Polizistin beruhigte, die gerade in ein anderes Fahrzeug gekracht war und dessen sämtliche Insassen getötet hatte. West sah einen Moment hinaus. Sie erwiderte Brazils Blick und hielt ihn für einen Moment fest. Seine Hand mit dem Stift darin erstarrte. Er wußte, daß er die Notizen, die er sich jetzt noch machen konnte, in keiner Story verwenden würde. Er ließ Stift und Block sinken und ging langsam fort. Er war nicht mehr derselbe Mensch und nicht mehr derselbe Reporter, der er gerade noch gewesen war.

Brazil fuhr zurück in die Redaktion. Ohne Eile ging er an seinen Schreibtisch. Mit einem Mal fühlte er sich hier unwohl. Er setzte sich, gab sein Paßwort ein und rief das Dateiverzeichnis auf. Betty Cutler, eine alte Krähe mit Unterbiß, war diese Nacht Redakteurin vom Dienst. Nervös war sie auf und ab gelaufen und hatte auf Brazil gewartet. Nun stürzte sie sich auf ihn. Wie immer zog sie beim Reden ständig die Nase hoch. Ob sie am Ende ein Kokainproblem hatte? Brazil war das jedenfalls schon durch den Kopf gegangen.

»Das hier muß in einer Dreiviertelstunde draußen sein«, sagte sie. »Was hat die Polizistin gesagt?«

Brazil tippte die Überschrift ein und sah dann in seine Notizen. »Welche Polizistin?« fragte er zurück, obwohl er sehr genau wußte, wer gemeint war.

»Himmel noch mal, die Polizistin, die gerade eine fünfköpfige Familie ausgelöscht hat.« Cutler schniefte und entblößte die unteren Zähne.

»Ich hab sie nicht interviewt.«

Das konnte Cutler, die Nachtredakteurin, nicht fassen. Sie wollte es einfach nicht glauben. Mit einem Glitzern im Blick starrte sie ihn durchdringend an. »Was, zum Teufel, meinen Sie damit, Sie haben sie nicht interviewt, Brazil!« Sie war laut geworden, damit alle Anwesenden sie hörten. »Sie waren doch am Unfallort!«

»Man hatte sie in einen Streifenwagen gesetzt«, sagte er und blätterte seinen Block durch.

»Dann hätten Sie eben an die Scheibe klopfen müssen«, zeterte Cutler. »Sie hätten die Tür öffnen müssen – eben Ihre Pflicht tun!«

Brazil hörte auf zu tippen und sah zu der Frau auf, die ihm gewaltig auf die Nerven ging. Ihm war gleich, ob sie das auch merkte. »Das hätten Sie vielleicht gemacht«, sagte er.

Als am nächsten Morgen um sechs Uhr die Zeitung auf seine Veranda segelte, war Brazil bereits auf. Er hatte ein Laufpensum von acht Kilometern auf der Bahn hinter sich, hatte geduscht und seine Polizeiuniform angezogen. Er öffnete die Tür, hob die Zeitung von der Schwelle auf und zog das Gummi ab, das sie zusammenhielt. Er wollte so schnell wie möglich sein Werk begutachten. Mit ärgerlichen Schritten ging er durch das triste Wohnzimmer in die enge, schmuddelige Küche, in der seine Mutter an einem Tisch mit Plastikdecke saß. Sie hielt eine Kaffeetasse in den zittrigen Händen und rauchte. Ausnahmsweise war sie einmal klar. Brazil knallte die Zeitung auf den Tisch. Auf Seite eins oben schrie ihm die Schlagzeile FÜNFKÖPFIGE FAMILIE IN AUTOUNFALL MIT POLIZEI GETÖTET entgegen. Großformatige Farbfotos zeigten verstreute Glassplitter, verbeultes Blech und die weinende Polizistin Michelle Johnson in einem Streifenwagen.

»Das glaub ich einfach nicht!« rief Brazil laut. »Sich dir das an. Diese verdammte Schlagzeile klingt so, als ob die Polizistin schuld sei. Dabei wissen wir noch gar nicht, wer den Unfall verursacht hat!«

Aber seine Mutter interessierte das nicht weiter. Sie stand auf und ging langsam zur Fliegentür, die auf die Seitenveranda führte. Mit Schrecken sah ihr Sohn, wie sie schwankend einen Schlüsselbund vom Wandhaken nahm.

»Wohin gehst du?« fragte er.

»In den Laden.« Sie wühlte in ihrer großen alten Handtasche.

»Ich war doch gestern erst noch dort«, sagte er.

»Ich brauche Zigaretten.« Mit finsterem Blick sah sie ins Scheinfach ihres Portemonnaies.

»Ich habe gerade erst eine Stange gekauft.« Brazil sah sie durchdringend an.

Er wußte, wohin seine Mutter in Wirklichkeit wollte, und wieder überkam ihn die alte Niedergeschlagenheit, die ihm nur allzu bekannt war. Er seufzte frustriert, während seine Mutter ihre Scheine zählte und nach der Tasche griff.

»Hast du einen Zehner?« fragte sie.

»Ich werde dir nicht deinen Schnaps bezahlen.«

Sie blieb an der Tür stehen und betrachtete ihr einziges Kind, das sie nie zu lieben gelernt hatte. »Wohin gehst du?« fragte sie mit einem grausamen Ausdruck in den Augen, der ihr Gesicht häßlich und fremd erscheinen ließ. »Auf ein Kostümfest?«

»Zu einer Parade«, antwortete Brazil. »Ich regle den Verkehr.«

»Parade, Scharade«, höhnte sie. »Du bist kein Polizist. Wirst nie einer werden. Warum gehst du da raus und willst dich umbringen lassen?« Ebenso unvermittelt, wie sie gemein geworden war, wurde sie nun traurig. »Soll ich denn ganz allein sterben?« Sie stieß die Tür auf.

Aber der Morgen sollte noch schlimmer werden. Eine Viertelstunde lang kreiste Brazil auf dem Parkdeck des Police Departments herum und stellte seinen BMW schließlich auf einem Presseplatz ab, obwohl er nicht offiziell als Pressevertreter hier war. Das Wetter war herrlich, dennoch nahm er den Tunnel zum Erdgeschoß des Polizei-Hauptquartiers. Ihm war ganz und gar nicht danach, vielen Menschen zu begegnen. Nach Auseinandersetzungen mit seiner Mutter wie dieser war er stets besonders in sich gekehrt. Er wollte allein sein und mit niemandem reden müssen.

Am Schalter der Materialausgabe ließ er sich ein Walkie-Talkie und die Schlüssel zu einem Zivilfahrzeug geben. Er sollte in den Bezirk mit dem Code Charlie Zwei fahren, der zwischen der Tryon Street und dem Independence Boulevard lag. Hier wurde die jährliche Freiheitsparade abgehalten, eine eher bescheidene Veranstaltung, die von den Shriners, einer Gruppe Traditionalisten auf ihren Motorrollern und mit diesen quastengeschmückten Mützen auf den Köpfen, gesponsert wurde. Eine schlechtere Karre hätte man Brazil gar nicht zuteilen können. Der schwarze, verkratzte Ford Crown Victoria war ein schwerfälliges Vehikel, das seine hundertachtzigtausend Kilometer auf dem Buckel hatte. Das Getriebe konnte jeden Moment seinen Geist aufgeben, sofern das verdammte Ding überhaupt ansprang. Im Moment schien es eher abgeneigt.

Noch einmal drehte Brazil den Zündschlüssel und pumpte gleich mit dem Gaspedal, als der alte Motor einen zaghaften Versuch machte anzuspringen. Die Batterie lieferte immerhin genügend Strom für den Scanner und das Funkgerät, aber daß sich das Vehi-

kel auch noch von der Stelle rühren würde, konnte er vergessen. Wimmernd drehte sich der Motor, und Brazils Frust nahm schnell zu.
»Scheiße!« Er schlug auf das Lenkrad und traf versehentlich die Hupe. Erstaunt drehten sich in einiger Entfernung ein paar Cops um und starrten ihn an.

In dem nahe gelegenen Restaurant Carpe Diem an der South Tryon gegenüber dem Knight-Ridder-Gebäude sorgte Chief Hammer für eine andere Art von Aufregung. Zwei ihrer Deputy Chiefs, West und Jeannie Goode, saßen mit ihr an einem ruhigen Ecktisch beim Mittagessen und diskutierten. Goode war in Wests Alter und neidisch auf jedes weibliche Wesen, das es zu etwas gebracht hatte, und schon gar, wenn es obendrein noch gut aussah.
»Das ist das Verrückteste, das ich jemals gehört habe«, sagte Goode und stocherte in ihrem Geflügelsalat mit Estragon. »Zunächst einmal sollte er überhaupt nicht mit uns Einsatz gefahren sein. Haben Sie die Schlagzeile heute morgen gelesen? Da wird unterstellt, daß wir den Unfall verursacht haben. Johnson soll den Mercedes verfolgt haben. Einfach unglaublich. Daß die Bremsspuren belegen, daß wir kein Rotlicht überfahren haben, wird überhaupt nicht erwähnt.«
»Die Schlagzeile stammt nicht von Andy Brazil«, sagte West zu Hammer. Ihre Vorgesetzte beschäftigte sich gerade mit frischem Obst und Hüttenkäse. »Ich will nur etwa eine Woche lang mit ihm ganz routinemäßig Streife fahren.«
»Sie wollen die ganz gewöhnlichen Funkeinsätze machen?« Hammer griff nach ihrem Eistee.
»Genau das«, sagte West unter Goodes mißbilligendem Blick.
Hammer legte ihre Gabel nieder und sah West fragend an. »Warum kann er nicht mit einer normalen Streife fahren? Schließlich haben wir noch fünfzig andere Volunteers. Kann er nicht mit denen fahren?«
West zögerte und winkte einen Kellner herbei, damit er ihr Kaffee nachschenkte. Außerdem bestellte sie eine Extraportion Mayonnaise und Ketchup für ihr Club Sandwich mit Pommes Frites. Dann

schenkte sie Hammer wieder ihre Aufmerksamkeit. Goode schien für sie gar nicht anwesend zu sein.

»Niemand will ihn mitnehmen«, sagte West. »Weil er Reporter ist. Sie wissen ja, was die Cops vom *Observer* halten. Daran wird sich auch über Nacht nichts ändern. Außerdem spielt Neid eine nicht unerhebliche Rolle.« Sie sah Goode mit Nachdruck an.

»Ganz zu schweigen davon, daß er ein arrogantes Arschloch ist, ganz schön überheblich«, ließ Goode vernehmen.

»Überheblich?« wiederholte West. Das Wort schwebte wie ein Rauchschwaden in der sauerstoffarmen Luft des Carpe Diem, diesem regelmäßigen Treffpunkt von Frauen in gehobener Position. »Sagen Sie, Jeannie, wann haben Sie das letzte Mal den Verkehr geregelt?«

Es war ein mieser Job. Die Bürger nahmen die Verkehrspolizisten einfach nicht ernst, und schon gar nicht die, die auf der Kreuzungsinsel standen. Der Kohlenmonoxydgehalt der Luft war gefährlich hoch, und die Grundregel, dem Verkehr niemals den Rücken zuzuwenden, war an einer Kreuzung mit vier Fahrtrichtungen unmöglich einzuhalten. Wer kann schon vier Richtungen gleichzeitig im Auge haben. Diese Frage hatte sich Brazil seit seiner Zeit auf der Academy immer wieder gestellt. Natürlich war die Regel sinnlos. Hinzu kam eine allgemeine Respektlosigkeit. Schon hatten sich ein halbes Dutzend Teenager, Frauen und Geschäftsleute über ihn lustig gemacht oder ihn mit Gesten bedacht, die er leider nicht entsprechend beantworten durfte. Was war nur mit Amerika los? Den Leuten war nur allzu deutlich bewußt, daß es bei der Polizei Officers wie ihn gab, die erstens unbewaffnet waren und zweitens offensichtlich neu in ihrem Job. Sie merkten es und sparten nicht mit den passenden Kommentaren.

»He, Star Trek«, schrie eine Frau in mittlerem Alter aus dem offenen Wagenfenster. »Wo ist denn dein Phaser?« Und schoß in Richtung Enfield Road davon.

»Na, schießen wir heute mit Platzpatronen, Schwuchtelchen?« rief ihm ein Fatzke aus einem armeegrünen Jeep mit Safariaufmachung und Sporthalterung zu.

Brazil winkte den Jeep mit starrem Blick und zusammengebissenen Zähnen durch und wünschte sich fast, der Scheißkerl würde anhalten und ihn zum Kampf fordern. Es begann ihn zu jucken. Er hatte große Lust, jemanden zu einem Spielchen herauszufordern, und spürte, daß es nur eine Frage der Zeit war, bis er sich jemanden vorknöpfte.

Es gab Zeiten, in denen Hammer ihre Diät entsetzlich leid war. Dann allerdings erinnerte sie sich an die Tatsache, daß sie sich mit neununddreißig einer partiellen Hysterektomie unterziehen mußte, da ihr Uterus seine nützlichen Funktionen weitgehend eingestellt hatte. In drei Monaten hatte sie fünfzehn Pfund zugenommen, statt Größe 36 trug sie plötzlich 44. Die Ärzte sagten damals, sie äße zu viel, aber das war Blödsinn. Die Hormone waren schuld. Sie sind das Barometer des weiblichen Lebens. Sie ziehen über das Antlitz des weiblichen Planeten und zeigen mildes Wetter an oder Frost oder aufkommenden Sturm. Hormone steuern Feuchtigkeit und Trockenheit. Ihnen ist es zuzuschreiben, ob einem nach einem Spaziergang Hand in Hand mit jemandem in sanftem Mondschein zumute ist oder ob man das Alleinsein vorzieht.

»Was hat denn das hier mit Verkehrsregelung zu tun?« wollte Goode wissen.

»Ich will damit nur sagen, daß dieser Junge härter arbeitet als die meisten Ihrer Cops«, erwiderte West. »Dabei ist er nur Volunteer. Es gehört nicht zu seinen Pflichten. Auf den Standpunkt könnte er sich jedenfalls stellen, aber er tut es nicht.«

Hammer überlegte, ob ihr eine Prise Salz schaden würde oder nicht. Himmel, wie schön es doch wäre, etwas Wohlschmeckendes zu sich nehmen zu können, ohne gleich wie ihr Mann auszusehen.

»Ich bin für den Streifendienst verantwortlich. Und gerade dort befindet er sich jetzt«, sagte Goode und wendete die Salatblätter auf ihrem Teller, um zu sehen, ob noch etwas Gutes darunter war, ein Crouton vielleicht oder eine Walnuß.

Brazil schwitzte in seiner Uniform und der leuchtend orangefarbenen Sicherheitsweste, und seine Füße brannten wie Feuer. Er hielt den Verkehr aus einer Seitenstraße an, wies Fahrzeuge zum Rechts- oder Linksabbiegen ein, pfiff auf seiner Trillerpfeife und gab die erforderlichen Handzeichen. Ein Hupkonzert ertönte, als ein Fahrer lauthals und unhöflich aus dem Fenster nach dem Weg fragte. Brazil ging zu ihm, um Auskunft zu geben, erhielt aber nicht einmal ein Dankeschön. Es war ein grauenvoller Job, und dennoch gefiel er ihm aus Gründen, die er selbst nicht verstand.

»Auf die Weise entlastet er zumindest einen festangestellten Officer vom Verkehrsdienst«, sagte West. Hammer hatte inzwischen beschlossen, ihre beiden Deputy Chiefs sich selbst zu überlassen.

Sie konnte das Gezänk zwischen diesen Frauen nur noch schwer ertragen. Es war immer wieder dasselbe. Hammer sah auf die Uhr und mußte an Cahoon denken, wie er da oben in seiner Krone saß. Dieser Idiot. Wenn niemand ihn aufhielt, würde er diese Stadt zum Nabel Amerikas machen, von waffentragenden Mistkerlen mit Gold Cards der USAir bevölkert und mit Logenplätzen für die Spiele der Panthers und der Hornets.

Cahoon war dreimal auf seinem Weg zum Lunch im firmeneigenen Restaurant im sechzehnten Stock aufgehalten worden. In einem Ambiente von Leinentischdecken, Limoges-Geschirr und frischen Blumen erwarteten ihn ein Präsident, vier Vizepräsidenten, ein Vorsitzender und dessen Stellvertreter sowie die leitende Geschäftsführerin der Dominion Tobacco Company. Diese wollte im Laufe der nächsten zwei Jahre einen Kredit von mehr als vierhundert Millionen für ein Projekt der Krebsforschung bei der USBank aufnehmen. Neben Cahoons Teller lag ein hoher Stapel Computerausdrucke. Zwischen den Tischen mit frischen Blumen eilten Ober im Smoking geräuschlos hin und her.

»Guten Tag.« Der Vorstandsvorsitzende nickte in die Runde, wobei sein Blick einen Moment bei der Tabak-Geschäftsführerin hängenblieb.

Cahoon mochte die Frau nicht, konnte aber nicht genau sagen, warum – abgesehen von seiner vehementen Abneigung gegen das Rauchen. Die hatte vor sieben Jahren begonnen, nachdem er es selbst aufgegeben hatte. Cahoon hatte große Vorbehalte gegen die

Gewährung eines Kredits dieser immensen Höhe, zudem für ein Projekt, das so wissenschaftlich daherkam und so streng geheim war, daß ihm niemand genau sagen konnte, worum es sich eigentlich genau handelte. Fest stand nur, daß die US Bank in die Entwicklung der ersten wirklich gesunden Zigarette eingeschaltet sein würde. Cahoon hatte endlose Tabellen und Diagramme für ein langes und robustes zylinderförmiges Gebilde durchgearbeitet, das am Filter eine goldene Krone zeigte. Dieses erstaunliche Produkt nannte sich *US Choice.* Jeder könne es rauchen, niemandem werde es schaden. Es enthielt eine Mischung aus Mineralien, Vitaminen und beruhigenden Substanzen, die beim Inhalieren direkt ins Blut übergingen. Cahoon dachte an die Bedeutung dieses Beitrags seiner Bank zum Wohl der Menschheit und griff zufrieden nach seinem Mineralwasser.

Auch die Menschen, die am Eastway Drive standen und auf die Freiheitsparade warteten, waren glücklich. Sie genossen die Atmosphäre von Optimismus und Lebensfreude, die die Shriners verbreiteten, wenn sie kostümiert im Zickzack auf ihren Go-karts vorbeifuhren, der Menge zuwinkten und alle gerührt an Kinderkrankenhäuser und andere Wohltaten denken ließen. Brazil befürchtete fast, die anderen Cops an anderen Kreuzungen könnten sich langweilen und ungeduldig werden, denn noch waren keine Go-karts und keine Festwagen in Sicht. Er suchte den Horizont ab und sah nichts außer einem Streifenwagen, der mit hohem Tempo auf ihn zukam. Neben ihm ertönte eine Hupe, und wieder schrie ihm jemand aus einem Wagen etwas zu. Diesmal war es eine wütende alte Frau in einem Chevrolet. So sehr Brazil sich auch bemühte, ihr entgegenzukommen, sie blieb so grob wie uneinsichtig.

»Ma'am«, sagte er höflich, »Sie müssen wenden und den Shamrock Drive nehmen.«

Sie zeigte ihm einen Vogel und röhrte davon. Inzwischen hatte ein hektischer und verunsicherter Cop mit seinem Streifenwagen Brazils Kreuzung erreicht.

»Die Parade und ein Trauerzug werden versehentlich zur gleichen Zeit über dieselbe Strecke geführt«, erklärte hastig der Polizist.

»Wie bitte?« fragte Brazil verblüfft. »Wie ...?«
Doch der Streifenwagen war schon wieder fort.

»Es ist völlig egal, wen er von der Verkehrsregelung entlastet«, sagte Goode. Sie ließ ihr Essen jetzt in Ruhe, wohl in der Hoffnung, es würde auch sie in Ruhe lassen. »Ich will ihn nicht haben. Er ist ein Spion. CIA, KGB, was immer Sie wollen.«
»Großer Gott, was soll denn nun dieser Blödsinn wieder?« West schob ihren Teller von sich.
Hammer sah sich im Restaurant nach einem möglicherweise bekannten Gesicht um und schwieg. Ein Journalist, Bücherkolumnist beim *Observer*, und ein Leitartikler saßen beim Lunch, allerdings an getrennten Tischen. Hammer traute ihnen beiden nicht über den Weg. Auch Andy Brazil hatte sie noch nicht näher kennengelernt. Vielleicht wäre das ja keine so schlechte Idee. Schien ein interessanter Mann zu sein.

Dann kamen die schwarz glänzenden Leichenwagen mit ihren eingeschalteten Scheinwerfern in Sicht. Brazil beobachtete das eindrucksvolle Herannahen des Zugs und versuchte zugleich, die Seitenstraße zu sperren und den Verkehr umzuleiten. Mit Präzision und Würde kroch die endlose Prozession vorüber, während Hunderte von Menschen auf die Shriners auf ihren Motorrollern warteten, Limonade tranken und winkten. Eigentlich hatten sie ja etwas anderes erwartet, als sie am Morgen zu diesem kostenlosen Spektakel aufgebrochen waren. Aber nun waren sie einmal da und nahmen mit, was ihnen geboten wurde.

In einer Stretch-Limousine, einem schwarzen Lincoln Continental mit weißer Lederausstattung, Fernseher und Videorecorder, saßen der hinterbliebene ältere Bruder und eine ältere Dame, die Großmutter. In ihrem Sonntagsstaat starrten sie durch die getönten Scheiben. Die Menschenmenge, die die Straßen säumte, um den Toten die letzte Ehre zu erweisen, beeindruckte sie sichtlich. Viele Zuschauer hatten sich einen Imbiß und etwas zu trinken mitgebracht, Kinder schwenkten kleine Amerika-Fähnchen. Sie winkten

fröhlich, und so sollte es schließlich auch sein, man sollte feiern, wenn jemand heimging in die liebenden Arme Christi.
»Ich wußte gar nicht, daß Tyvola so viele Freunde hatte«, wunderte sich der Bruder und winkte zurück.

»Und die ganze Polizei ist auch da.« Schüchtern winkte nun auch die alte Dame.
Brazil pfiff auf der Trillerpfeife und wäre beinahe von einem alten Mann in seinem Dodge Dart überfahren worden. Er schien nicht begriffen zu haben, daß die ihm entgegengestreckten Handflächen eines Polizisten bedeuteten, daß er anzuhalten habe. Auch die noch immer vorüberziehende Karawane von Stretch-Limousinen, normalen Autos und Leichenwagen, allesamt schwarz und mit eingeschalteten Scheinwerfern, brachten Howie Song keine Erleuchtung. Inzwischen war Song schon zur Hälfte in die Kreuzung eingefahren, hinter ihm eine Reihe von Fahrzeugen, Stoßstange an Stoßstange. Ein Zurücksetzen war nur möglich, wenn alle anderen es auch taten.
»Bleiben Sie stehen, wo Sie sind«, warnte Brazil den ungeduldigen alten Mann, aus dessen Radio in höchster Lautstärke Country-Musik tönte.
Brazil stellte drei Absperrkegel vor den Dart. In dem Moment, als er die anderen zum Zurücksetzen bewegen wollte, fielen sie klappernd um wie Kegel auf der Kegelbahn. Song war überzeugt, die dahinschleichenden Wagen des Trauerzuges würden ihn schon zu seinem Haushaltswarenladen durchlassen.

»Das könnte dir so passen«, dachte Chad Tilly, Direktor des Bestattungsunternehmens *Tilly Family Mortuary*. Es war berühmt für seine klimatisierten, plüschmöblierten, dämmerigen Trauerräume und seine hochwertigen Särge. Unglücklicherweise stand sein großes Inserat auf Seite 537 des Branchenbuchs direkt neben einer Anzeige für Pilz- und Schwammbekämpfung. Immer wieder mußte Tillys Sekretärin Anrufern erklären, daß sie zwar im Bestattungswesen auch mit Moder und Verfall zu tun hätten, in Fällen von Mauernässe in Kellern aber nicht weiterhelfen und auch Sickergruben nicht auspumpen könnten.

Tilly hatte schon an so vielen Trauerzügen teilgenommen, daß er sie schon nicht mehr zählen konnte. Er war ein ehrfurchtseinflößender Geschäftsmann, der es nie zu seinen eleganten Anzügen und goldenen Ringen gebracht hätte, wenn er sich hätte die Butter vom Brot nehmen lassen. Auf gar keinen Fall würde er diesen jämmerlichen kleinen Verkehrssünder in seinem verbeulten blauen Dodge durchlassen. Zu diesem Zweck meldete er sich über Funk beim ersten Wagen des Trauerzuges.

»Flip«, sagte er. Flip war der zweite Mann seiner Firma.

»Ich höre, Boß.«

»Steigen Sie auf die Bremse da vorne«, verlangte Tilly.

»Meinen Sie das ernst?«

»Ich meine es immer ernst«, antwortete Tilly.

Und damit blieb die ganze schwarze Karawane mit ihren eingeschalteten Scheinwerfern stehen. Der Dart hatte keine Chance mehr, den Boulevard zu überqueren. Das verwirrte Song für einen Moment. Ein Cop nutzte den Augenblick, die Tür aufzureißen und den unbelehrbaren alten Mann aus dem Wagen zu ziehen.

»Flip«, sagte Tilly erneut in sein Funksprechgerät, »es kann weitergehen.« Stillvergnügt lachte er in sich hinein.

Hammer war weit weniger vergnügt, als sie nach dem Essen Lippenstift auflegte und ihren zänkischen beiden Deputy Chiefs zuhören mußte, die sich benahmen wie rivalisierende Geschwister.

»Das Streifenwesen ist mein Ressort«, verkündete Goode im Carpe Diem, und das in einem Ton, als betrachte sie den Namen des Restaurants als eine persönliche Aufforderung. »Und er wird nicht mit uns Streife fahren. Gott allein weiß, was da noch alles in der Zeitung erscheinen wird. Wenn Sie so scharf auf ihn sind, soll er doch mit Ihren Leuten fahren.«

Hammer nahm die Puderdose heraus und warf einen Blick auf die Uhr.

»Die Ermittlungsabteilung kennt keine Hospitanten, die nur mal so mitfahren. Das gibt es nicht«, gab West zurück. »Es wäre gegen die Grundsätze des Departments. Das war schon immer so.«

»Und auf diesen Kerl trifft das nicht zu?« fragte Goode.

»In Streifenwagen sind Volunteers und andere Begleitpersonen mitgefahren, solange ich hier bin«, erinnerte West sie ungeduldig.
Hammer zog ihr Portemonnaie heraus und prüfte die Rechnung.
»Langsam drängt sich mir die Vermutung auf, daß hier vielleicht auch persönliche Aspekte eine Rolle spielen«, fuhr Goode fort.
West wußte genau, worauf dieses miese Flittchen hinauswollte. Es hatte sich bereits herumgesprochen, daß Andy Brazil gut aussah, West dagegen nicht gerade für viele Dates bekannt war. Es kursierte die Theorie, sie habe sich einen Jungen als Spielzeug gesucht, weil sie keinen Mann bekam. Doch sie hatte sich schon vor langer Zeit angewöhnt, derartigen Tratsch einfach zu ignorieren.
»Es geht hier wohl eher darum, daß Volunteers normalerweise keinen Deputy Chief begleiten, der seit Urzeiten keine Festnahme mehr vorgenommen oder einen Strafzettel ausgestellt hat. Wahrscheinlich ist er mit jemandem wie Ihnen da draußen nicht einmal sicher.«
»Wir haben bereits einige Situationen besser gemeistert als irgendwer von der Streife«, entgegnete West.
Hammer hatte jetzt genug. »Wir werden folgendes machen«, bestimmte sie. »Virginia, ich bin einverstanden, daß Sie mit ihm Streife fahren. Ich halte es für eine interessante Option, die uns neue Erkenntnisse bringen könnte. Vielleicht hätte ich selbst schon vor langer Zeit so etwas machen sollen.«
Sie legte Geld auf den Tisch. West und Goode taten es ihr nach. Hammer sah Goode durchdringend an.
»Ich erwarte von Ihnen jede Art von Unterstützung«, ließ Hammer sie wissen.
Goode stand auf. Sie hatte noch eine letzte eiskalte Bemerkung für West im Köcher. »Ich hoffe, es gibt da keine Probleme. Denken Sie daran, Sie sind in Ihrem Rang noch nicht bestätigt.«
»Sie auch nicht«, antwortete ihr Hammer. »Ich kann Sie ohne Angabe von Gründen feuern. Einfach so.« Sie schnippte mit den Fingern und wünschte, Goode hätte einen anderen Beruf gewählt. Vielleicht im Bestattungsgewerbe.

# Kapitel 9

Genau in dem Moment hätte Chad Tilly fast selbst einen Bestatter gebraucht. Zwar hatte er diesen alten Kamikaze-Fahrer am Lenkrad des Dodge Dart mit der Country-Musik an Bord ganz schön ausmanövriert, und damit war diese Runde mühelos an ihn gegangen: Doch nach Tillys Erfahrung kam in solchen Fällen, wenn man nicht aufpaßte, nicht selten das dicke Ende hinterher. Er fuhr also langsam weiter, fummelte an seinem Funkgerät herum und versuchte, sich gleichzeitig eine Zigarre anzustecken.
Den blonden, uniformierten Jungen ohne Waffe hatte er überhaupt nicht bemerkt, als der die Prozession plötzlich anhielt und wie aus heiterem Himmel ein flacher Festwagen, der zu der Parade des 4. Juli zu gehören schien, heranrollte und die erste Limousine in der Kolonne von der Straße drängte. Es war unglaublich. Das durfte doch nicht wahr sein. In dem Moment, als Tilly auf die Bremse stieg, wurde offenbar, daß sein Assistent nicht in der Lage gewesen war, die Hecktür des Leichenwagens ordentlich zu schließen. Der kupferfarbene Sarg mit seiner dunklen Satinauskleidung rutschte zuerst nach vorn, prallte zurück und wurde schließlich wie ein Leichtgeschoß hinauskatapultiert. Der Sarg glitt samt seinem Insassen über den Asphalt und schlitterte immer weiter, weil die Prozession, wie es das Schicksal wollte, gerade eine leichte Steigung zu bewältigen hatte.

Auf so etwas hatte man Brazil in der Academy nicht vorbereitet. Er griff soeben nach dem Funksprechgerät, da schob sich ein zweiter

Festwagen in sein Blickfeld. Mein Gott! Das hier war seine Kreuzung, und man würde ihm die Schuld geben. Seine Achselhöhlen waren naß, und sein Herz überschlug sich fast. Er mußte diese Katastrophe unter Kontrolle bringen. Männer in dunklen Anzügen, mit dicken Siegelringen an den Fingern und Goldkronen auf den Zähnen, quollen aus ihren Stretch-Limousinen und jagten einem eloxierten Sarg hinterher, der den Boulevard hinunterschoß. O Gott. Nein. Brazil pfiff und stoppte den gesamten Verkehr, inklusive Festwagen. Dann folgte auch er dem Sarg auf seiner einsamen Reise. Die Leute sahen den Cop und applaudierten.

»Ich kriege ihn«, rief Brazil und sprintete auf die Männer in den dunklen Anzügen zu.

Die Verfolgung dauerte nicht lange, und die Ordnung war schnell wiederhergestellt. Ein eleganter Mann kam auf Brazil zu, stellte sich als Mr. Tilly vor und bedankte sich in aller Form, so daß es jeder hören konnte.

»Kann ich sonst noch etwas für Sie tun?« fragte Brazil, ganz »Freund und Helfer«.

»Das können Sie«, donnerte der Bestattungsunternehmer. »Schaffen Sie mir diese verdammten Festwagen aus dem Weg.«

Die Wagen machten Platz, und für die nächste Stunde rührte sich kein Zuschauer von der Stelle. Das Ereignis machte schnell die Runde. Immer mehr Zuschauer strömten herbei. Wenn das nicht die tollste Freiheitsparade in der Geschichte von Charlotte war …

Goode, der das Streifenwesen unterstand, konnte diese Begeisterung allerdings nicht teilen. Ein Sarg auf der Flucht gehörte nicht gerade zu den Dingen, von denen sie in den Abendnachrichten hören wollte. Sie würde die Angelegenheit persönlich in die Hand nehmen, allerdings erst nach Einbruch der Dunkelheit. Nach diesem Entschluß nahm sie ihre kleine Tasche aus weichem Leder und ging zu ihrem Privatwagen auf dem reservierten Stellplatz auf dem Parkdeck, für den die Stadt monatlich neunzehn Dollar zahlte. Sie fuhr einfach lieber mit ihrem schwarzen Miata zum Dienst.

Goode wühlte nach dem Obsession-Flacon in ihrer Tasche und versprühte das Parfüm strategisch. Dann fuhr sie sich mit einer trocke-

nen Bürste über die Zähne und richtete die Frisur. Sie legte den Rückwärtsgang ein. Der Motor brummte angenehm. Sie fuhr in Richtung Myers Park, dem ältesten und wohlhabendsten Viertel der Stadt. Die natursteinverkleideten Sockel der schiefergedeckten herrschaftlichen Villen erinnerten an geraffte Röcke gegen die schmutzigen Auswürfe der Stadt.
Der graue Steinbau der Myers Park Methodist Church erhob sich wie eine Festung vor dem Horizont. Goode hatte hier nie einen Gottesdienst besucht, kannte den Parkplatz allerdings sehr genau. Denn sie kam regelmäßig zu einem Ritual besonderer Art hierher. Brent Webb erwartete sie in seiner Pause nach den Sechs-Uhr-Nachrichten. In der hintersten Ecke des Platzes saß er unter einer großen Magnolie bei laufendem Motor in seinem Porsche. Wenn sie kam, stellte er den Motor ab. Dafür sprang sein eigener innerer an. Er stieg aus und sah sich um, als wolle er eine stark befahrene Straße überqueren. Dann setzte er sich zu Goode in den Miata.
Sie sprachen selten, es sei denn, sie hatte eine inoffizielle Information für ihn. Ihre Lippen sogen sich fest, Zungen und Hände erkundeten sich gegenseitig. Es trieb sie immer weiter, dorthin, wo beide noch nie gewesen waren, ins Animalische und Ausgefallene. Jeder war überwältigt von der Leidenschaftlichkeit des anderen. Goode in Uniform, das weckte in Webb geheime Phantasien. Er riß ihr Handschellen und Pistole vom Gürtel. Wenn sie allein zu Hause war, sah sie ihn gern im Fernsehen und genoß jedes einzelne Wort, mit dem er heimlich auf sie anspielte oder sie in aller Öffentlichkeit zitierte.
»Du weißt wohl schon von der Geschichte mit dem Sarg«, sagte sie atemlos.
»Wessen Sarg?« fragte Webb. Er war nie auf dem laufenden, war stets darauf angewiesen, daß ihm jemand Informationen besorgte oder zu ihm durchsickern ließ.
»Ach, schon gut.«
Sie atmeten schwer im Takt der Songs der Pointer Sisters. Auf den Vordersitzen war ihnen der Schaltknüppel im Weg. Sie wichen ihm aus, so gut es ging. Die Skyline der City mit dem USBank Corporate Center, war nicht weit. Der hochaufragende Bau leuchtete durch die Windschutzscheibe herein und entsprach ganz Webbs erregter

Stimmung. Er hakte ihren BH auf, obwohl er nie genau wußte, warum er sich diese Mühe überhaupt machte. Schließlich mußte er nur ihre Krawatte sehen, ihren Polizeikoppel, und schon wuchs seine Erregung.

Officer Jenny Frankel erregte etwas anderes. Sie war jung und liebte ihren Beruf noch hingebungsvoll. Problemfälle waren genau das, was sie suchte. Sie wünschte sie sich herbei und betete manchmal sogar darum. Und nun entdeckte sie in der hintersten Ecke des Parkplatzes an der Myers Park Methodist Church zwei abgestellte Fahrzeuge. Die Proben des Kirchenchors hatten gestern stattgefunden, und die Anonymen Alkoholiker trafen sich erst am Donnerstag. Doch Drogendealer gab es schließlich überall. Nun drohten sie, sich auch hier breitzumachen. Aber verdammt, ohne mich, sagte sie sich. Sie wollte die Stadt ihren anständigen und hart arbeitenden Bewohnern zurückgeben. Dieses Ziel würde sie bis zu ihrem letzten Atemzug verfolgen.
Sie kam im Schatten nahe genug heran, um auf dem Vordersitz des neuen, ihr irgendwie bekannt vorkommenden Miata Bewegungen feststellen zu können. Nach Haarschnitt und Umrissen mußten da zwei Männer miteinander beschäftigt sein. Sie gab die Kennzeichen der beiden Wagen durch und wartete geduldig, während die beiden da vorn sich küßten, streichelten, aneinander festsogen. Als die Antwort der Zulassungsstelle auf ihrem Monitor auftauchte, und Deputy Chief Goode und Brent Webb als Halter der Wagen nannte, machte sie sich hastig aus dem Staub. Nur ihrem Sergeant, mit dem sie mehrmals in der Woche ein Bier trinken ging, erzählte sie, was sie beobachtet hatte. Auch der Sergeant gab die Information nur einem einzigen Menschen weiter, und so machte sie unter dem Siegel der Verschwiegenheit die Runde.

Brazil hatte einen langen Tag hinter sich, doch nach Hause wollte er noch nicht. Nach seinem Einsatz als Verkehrsregler hatte er sich für seine Acht-Stunden-Schicht beim *Observer* umgezogen. Es war inzwischen fast ein Uhr morgens. Die Nachtschicht war ruhig gewesen. Eine Zeitlang hatte er sich bei den Druckmaschinen herumgetrieben und zugeschaut, wie die Zeitungen ihrer letzten Bestimmung entgegeneilten – als Unterlage in Hundekisten oder in Recyclingtonnen. So genau er auch die auf dem Fließband vorbeilaufende Titelseite kontrolliert hatte, die Verfasserzeile unter dem bescheidenen Beitrag, den er geliefert hatte, war nicht zu entdecken gewesen. Es war auch nur eine Meldung über einen Fußgänger gewesen, den man in Minthill überfahren hatte. Das Opfer war ein bekannter Trunkenbold, und so hatte Cutler, die Nachtredakteurin, nur wenige Zeilen darauf verwendet.

Brazil stieg in seinen BMW und fuhr noch einmal zur Trade Street, ein nicht gerade ungefährliches Unterfangen, wie er wußte. Er fuhr am Stadion und am Duke Power Verladebahnhof vorbei. Die Dritte West war eine Sackgasse: Dort hielt er an. Zu dieser Stunde sah das alte, verfallene Gebäude noch beängstigender und bedrohlicher aus. Brazil blieb im Wagen sitzen und rief sich den Mord noch einmal ins Gedächtnis. Es mußte jemanden geben, der die Schüsse gehört und die Sprayaktion beobachtet hatte. Irgendwo gab es so einen Zeugen. Brazil ließ den Motor laufen. Die Sig Sauer steckte in Reichweite zwischen den Vordersitzen.

Dann stieg er aus und suchte mit gespanntem Blick im Schein seiner Taschenlampe das Gelände ab, als fürchtete er, beobachtet zu werden. Das Blut auf dem Asphalt war schwarz geworden, und ein Opossum machte sich daran zu schaffen. Seine Augen leuchteten weiß auf, als es den Eindringling mit der Lampe in der Hand ansah und dann davontrottete. Nachtfalter tanzten zwischen den Bäumen, Glühwürmchen huschten durch die Zweige. In der Ferne rumpelte ein Zug über verrostete Schienen. Brazil lief ein kalter Schauer über den Rücken. Seine Blicke schossen von hierhin nach dorthin. Immer noch lag hier Mord in der Luft, eine lauernde dunkle Kraft, die nach mehr verlangte. Niederträchtige und kalte Mordtaten waren es gewesen, und Brazil war fest überzeugt, daß die Menschen, die nachts hier auf den Straßen waren, das Monster kannten, aus Angst aber schwiegen.

Brazil fand, daß Prostitution etwas Grundverkehrtes war. Niemand sollte für so etwas bezahlen müssen. Niemand so etwas verkaufen müssen. Es war deprimierend, sich einen unscheinbaren Mann in

mittleren Jahren vorzustellen, der sich daran gewöhnt hatte, daß keine Frau ihn ohne seine Brieftasche wollte. Und die Frau? Wartete sie darauf, den nächsten Kunden zu bedienen, damit sie für ihr Kind oder sich selbst etwas zu essen kaufen oder den Schlägen eines Zuhälters entgehen konnte? Eine grauenhafte Art der Sklaverei, entsetzlich und schwer vorstellbar. Da blieb wenig Hoffnung auf eine bessere Zukunft, hatte doch die Herzlosigkeit der Menschheit seit Anbeginn nicht um einen Deut abgenommen. Nur die Art und Weise, wie sich die Menschen fortbewegten und wie sie miteinander kommunizierten, hatte sich verändert. Und die Waffen, die sie aufeinander richteten, waren größer geworden.
Am Highway 277 sah er eine dieser traurigen Gestalten. Gelangweilt ging sie am Straßenrand auf und ab, ohne BH, die Brust nach vorn geschoben, die Beine in engen Jeans. Die junge Nutte bewegte sich aufreizend. Sie war tätowiert und trug einen stramm anliegenden weißen Strickpulli. Während er langsam an ihr vorbeifuhr, begegnete er ihrem spöttischen, herausfordernden Blick, der keine Angst kannte. Sie war etwa in seinem Alter. Einen Großteil der Frontzähne hatte sie schon verloren. Brazil versuchte sich vorzustellen, wie es wäre, wenn er sie anspräche oder mitnähme. War es der Reiz des Spiels mit dem Feuer, war es eine Art Mythos oder ein fehlgeleiteter Rausch, der den Menschen ein Gefühl der Macht gab, ihm über sie und ihr über ihn, und sei es auch nur für einen düsteren, erniedrigenden Moment? Er stellte sich vor, wie sie mit ihren Freiern lachte und sie zugleich haßte, im selben Maße, wie sie sich selbst und die ganze Welt haßte. Im Rückspiegel sah er das rätselhafte kleine Lächeln, mit dem sie ihm nachsah und darauf wartete, daß er zu einer Entscheidung kam. Möglicherweise war sie einmal hübsch gewesen. Als ein Transporter sich näherte und neben ihr anhielt, gab Brazil Gas.

In der nächsten Nacht war er wieder unterwegs, doch seltsamerweise kam ihm diesmal alles anders vor. Im ersten Moment dachte er, er bilde sich das nur ein, doch als er den *Observer* verlassen hatte und in seinen BMW gestiegen war, wimmelte es überall von makellos weißen Streifenwagen. Sie beobachteten ihn und folgten ihm:

Das konnte doch nicht wahr sein. Wahrscheinlich war er übermüdet, und seine Phantasie ging mit ihm durch. Auch an diesem Abend war wenig los gewesen, nichts Nennenswertes war im Pressekorb gelandet, es sei denn, Webb hatte es sich bereits exklusiv unter den Nagel gerissen. Nicht einmal über Funk hatte es etwas Wichtiges gegeben. Bis dann ein Brand gemeldet wurde. Brazil verlor keine Zeit. Vor dem nächtlichen Himmel war der riesige Lichtschein unübersehbar. Das Feuer mußte im Bezirk Adam Eins in der Nähe der Kreuzung Nations Ford und York Road ausgebrochen sein. Brazil spürte den Adrenalinstoß, eine nervöse Energie. Er konzentrierte sich, um den Brandort möglichst schnell zu erreichen und sich nicht zu verfahren. Plötzlich heulte hinter ihm eine Sirene auf, und er sah in den Rückspiegel.

»Mist«, sagte er.

Wenige Augenblicke später fand er sich auf dem Beifahrersitz des Streifenwagens wieder und nahm seinen Strafzettel entgegen. In der Ferne brannte das Feuer, und er war nicht da.

»Mein Tacho ist defekt«, versuchte es Brazil auf die nicht sehr originelle Tour.

»Lassen Sie ihn reparieren.« Die Polizistin war unfreundlich und nahm sich Zeit.

»Könnten Sie sich bitte ein wenig beeilen, Ma'am?« sagte Brazil daraufhin höflich. »Ich muß da hin. Ich brauche meinen Bericht.«

»Das hätten Sie sich vor dieser Geschwindigkeitsübertretung überlegen müssen.« Sie war wirklich nicht freundlich.

Eine halbe Stunde später gab Brazil über Sprechfunk dem für die Innenstadt zuständigen Redakteur durch, was passiert war. Das verlassene Gebäude stand noch immer voll in Flammen. Sie loderten aus dem Dach, und Feuerwehrleute richteten von Drehleitern und Kranauslegern ihren Wasserstrahl auf zerborstene Fenster. Fernsehen und Presse beobachteten die Szene per Hubschrauber.

»Aufgelassenes altes Lagerhaus. Keine Verletzten«, sagte er ins Mikrophon.

Beim Blick in den Rückspiegel entdeckte er, daß ihm schon wieder ein Streifenwagen folgte. Er konnte es nicht fassen. Wieder starrte ihn ein Cop an.

»Schreiben Sie einfach ein paar Zeilen darüber«, meinte der Redakteur am anderen Ende.

Alles zu seiner Zeit. Im Moment hatte Brazil ganz andere Sorgen. Diese Bedrohung bildete er sich nicht ein, und weitere Strafzettel und Punkte konnte er sich nicht leisten. Um den Streifenwagen abzuschütteln, griff er zu einer Fahrtechnik, die seinem Tennisspiel glich. Aufschlag rechts, Aufschlag links, ein paar angeschnittene Bälle, ein Topspin über den Kopf des Gegners. Arschloch, entfuhr es ihm, als der Wagen ihm weiter auf den Fersen blieb. Wie jeder sonst war auch er nicht bereit, so etwas weiter hinzunehmen.

»Also gut«, zischte er.

Der Streifenwagen hielt sich hinter ihm auf der rechten Fahrbahn. Brazil fuhr mit konstanter Geschwindigkeit und bog an der Runnymede Lane nach links ab. Der Cop klebte an seiner Stoßstange. An einer roten Ampel stoppten sie. Brazil sah sich nicht um und ließ sich auch sonst nichts anmerken. Ungerührt saß er in seinem Ledersitz und justierte das Funkgerät, das schon seit Jahren geschwiegen hatte. Plötzlich scherte er auf die linke Spur aus. Jetzt war der Officer neben ihm und lächelte eisig. Brazil lächelte ebenso eisig zurück. Der Trick funktionierte. Gleichstand. Das hier war jetzt Krieg, und es gab kein Zurück. Brazils Gedanken überschlugen sich. Officer Martin im Streifenwagen mußte nicht lange nachdenken. Er hatte seine Pistole Kaliber .40, die Schrotflinte, und er fuhr in einer 350er V8.

Die Ampel schaltete auf Grün. Brazil schaltete in den Leerlauf und ließ den Motor seines alten Wagens aufheulen. Es hörte sich an wie eine Rakete vor dem Start. Auch Officer Martin drehte seinen Motor auf, allerdings bei eingelegtem Gang. Der PS-starke Ford schoß über die Kreuzung, während Brazil eine Kehrtwendung machte und auf der Barclay Downs in Gegenrichtung davonraste. Wie eine Billardkugel an die Bande schoß er in die Morrison, querte eine winklige Straße und landete in einer dunklen Gasse, gleich neben einem Müllplatz mitten auf dem Gelände des Southpark Mall.

Sein Herz hämmerte, als er die Scheinwerfer ausschaltete. Er hatte Angst, ein Gedanke jagte den anderen. Was würde passieren, wenn der Cop ihn hier fand. Festnahme wegen seines Fluchtversuchs

oder wegen Widerstands gegen die Staatsgewalt? Oder würde er an diesem dunklen, entlegenen Ort zusammen mit anderen Cops auftauchen und Brazil brutal zusammenschlagen? Brave Bürger, die die Szene auf Video aufnähmen, brauchten sie hier bestimmt nicht zu befürchten. Brazil saß da und schnappte nach Luft, als plötzlich irgendwo eine Alarmanlage losheulte. Ein Einbruch. Sie zerriß die absolute Stille, die hier herrschte, mit der Gewalt eines Preßlufthammers. Zuerst glaubte er, die Sirene beträfe ihn, doch dann sah er, wie weiter vorn eine Hintertür aufgestoßen wurde und gegen eine Backsteinmauer knallte. Zwei junge Männer stürzten, beladen mit elektronischen Geräten, aus dem Radio Shack.
»Notruf 911!« schrie Brazil ins Mikro des Funkgeräts, das ihn mit der Nachrichtenredaktion verband. Empört sagte er dann zu sich selbst: »Das hat mir gerade noch gefehlt.«
»Wie war das?« kam es undeutlich aus der Redaktion.
Brazil schaltete die Scheinwerfer ein und machte sich mit quietschenden Reifen an die Verfolgung. Die Einbrecher kamen nicht schnell voran, wenn sie gleichzeitig ihre schwer erkämpfte Beute festhalten wollten. Zuerst ließen sie die kleineren Kartons fallen, in erster Linie Walkmans, tragbare CD-Player und Computermodems. Natürlich würden die beiden die großen Stereoanlagen und Mini-TV-Portables bis zum bitteren Ende weiterschleppen. Noch einmal rief er die Nachrichtenredaktion und verlangte diesmal, direkt mit 911 verbunden zu werden. Er legte den Hörer so neben das Basisgerät, daß man ihn in der Einsatzzentrale verstehen konnte.
»Einbruch im Southpark Mall.« Er sprach abgehackt wie ein Maschinengewehr, das hinter jemandem herschoß. »Zwei Weiße, männlich. Flüchten auf der Fairview Road in östlicher Richtung. Ich verfolge sie. Sie werden eine Einheit benötigen, die am Hintereingang von Radio Shack die von den Einbrechern zurückgelassenen Gegenstände sichert, bevor andere sie aufsammeln.«

Die Einbrecher flohen über einen Parkplatz in eine schmale Gasse. Brazil heftete sich wie ein Jagdhund an ihre Fersen und gab gleichzeitig jeden ihrer Schritte über Funk weiter.
Die beiden jungen Männer waren noch keine einundzwanzig, hat-

ten aber schon einiges auf dem Kerbholz: Marihuana, Eigentumsdelikte und Falschaussagen. Das Gefängnis hatten sie schon von innen kennengelernt, als sie hinter den Ohren noch nicht trocken waren. Gut in Form waren sie beide nicht. Jemanden in die Mangel nehmen oder mit Freunden an der Straßenecke rappen, war eine Sache, einen Spurt über mehrere Blocks hinzulegen, dagegen eine ganz andere. Vor allem Devon hatte das Gefühl, es würde ihm jeden Moment die Lungen zerreißen. Schweißtropfen brannten ihm in den Augen. Die Beine schienen versagen zu wollen. Und wenn das keine Einbildung war, dann kreisten ihn allgegenwärtige Blaulichter immer enger ein. Er kannte das aus seiner Kindheit von UFOs.

»Mann!« rief Devon atemlos. »Wir sollten den Kram fallen lassen und davonrennen!«

»Ich renne doch schon, Mann!«

Was Ro anging – niemand wußte wofür diese Abkürzung stand –, wartete der Knast schon auf ihn, bevor er sich noch der Beute erfreuen könnte, die er da festhielt. Der Fernseher allein würde ihm eine Woche einbringen, es sei denn, er konnte ihn gegen eine neue Pistole eintauschen, eine mit Halfter diesmal. Die .357er Smith & Wesson aus rostfreiem Stahl, die hinten in seinen Hänge-Jeans steckte, würde nicht mehr lange an Ort und Stelle bleiben. Im Moment rutschte sie noch im Hosenbund hin und her. Der Schweiß trübte ihm den Blick. Sirenen heulten.

»Scheiße«, knurrte er.

Die Kanone hatte sich aus dem Bund gelöst und war auf dem Weg nach unten. Großer Gott, hoffentlich schoß er sich nicht selbst in ein empfindliches Teil. Das würde er nicht überleben. Der Revolver rutschte weiter, durch überweite Boxershorts an Oberschenkel und Knie entlang, bis er schließlich über dem Fila-Lederschuh aus der Hose schaute. Ro half nach und schüttelte das Bein, was nicht gerade ein einfaches Unterfangen war, wenn die Hälfte der Polizei von Charlotte hinter einem her war und einen dazu noch so ein irrer weißer Typ jeden Moment mit seinem BMW überfahren konnte. In dem Moment, als lauter weiße Streifenwagen mit blinkendem Blaulicht den Kreis um Devon und Ro schlossen, polterte

die Waffe auf den Asphalt. Mitten im Lauf hatte man die beiden gestoppt.
»Scheiße«, fluchte Ro noch einmal.

Es wäre nur fair gewesen, hätte man Brazil als Lohn für seinen mutigen Beitrag zur Polizeiarbeit die Freude gemacht, den Verdächtigen die Handschellen anlegen und sie in den Fond eines Streifenwagens schieben zu dürfen. Doch dazu war er nicht ermächtigt. In dieser Nacht war er bloß Reporter. Und da war es nicht gerade leicht, den Cops zu erklären, warum er hinter dem Radio Shack-Laden in einer finsteren Gasse, dazu noch unbeleuchtet, geparkt hatte, als er den Einbruch bemerkte. Wieder und wieder kauten er und Officer Weed auf den Vordersitzen von Weeds Streifenwagen die Sache durch.
»Also noch einmal«, sagte Weed. »Sie saßen da hinten mit abgeschalteten Scheinwerfern. Aus welchem Grund?«
»Ich dachte, ich würde verfolgt«, erklärte Brazil geduldig zum wiederholten Mal.
Weed sah ihn an und wußte nicht, was sie mit dieser Aussage anfangen sollte. Sie wußte nur, daß der Reporter log. Alle logen sie. Weed hätte ihren Kopf darauf verwettet, daß dieser Typ da hinten geparkt hatte, um in seiner Dienstzeit ein Nickerchen einzulegen, sich vielleicht einen runterzuholen und ein bißchen Gras zu rauchen oder alles zusammen.
»Von wem verfolgt?« Weed notierte die Aussagen auf dem Metallklemmbrett auf ihrem Schoß.
»Ein Typ in einem weißen Ford«, sagte Brazil. »Ich kenne ihn nicht.«
Als Brazil den Tatort am Southpark verließ, war es spät geworden. Keiner der anwesenden Beamten hatte auch nur das kleinste Wort des Dankes für ihn übrig gehabt. Wenn er richtig rechnete, war jetzt noch etwa eine Stunde totzuschlagen. Dann mußte er zurück zur Redaktion und zusammenfassen, was er in dieser Acht-Stunden-Schicht erlebt hatte. Besonders viel war das in seinen Augen nicht. Er war nicht weit von der Stelle in Myers Park, wo sich Michelle Johnsons entsetzlicher Unfall ereignet hatte. Aus irgendeinem

Grund ließen ihn die Ereignisse dieser tragischen Nacht nicht los, und auch Michelle Johnson ging ihm nicht aus dem Sinn. Langsam fuhr er an den Villen von Eastover vorüber und stellte sich ihre Bewohner vor. Was mochte in ihnen vorgehen, wenn sie an Nachbarn dachten, die so plötzlich ums Leben gekommen waren? Die Familie Rollins hatte am Mint Museum direkt um die Ecke gewohnt. Brazil hielt vor dem stattlichen, weißgetünchten Backsteinbau mit seinem Kupferdach an. Er blieb sitzen und sah sich um. Es brannte Licht, um potentielle Einbrecher abzuschrecken. Denn von der Familie war niemand im Haus, und das würde auch immer so bleiben. Er dachte an die Mutter, den Vater und drei kleine Kinder, deren Leben in einem einzigen gewaltsamen Augenblick ausgelöscht worden war. Ihre Lebenslinien hatten ebenso grausam wie zufällig den falschen Weg gekreuzt, und mit einem Schlag war alles vorbei gewesen.

Brazil hatte selten von reichen Leuten gehört, die bei Autounfällen oder Schießereien ums Leben kamen. Hin und wieder fiel mal ein Privatflugzeug vom Himmel. In den achtziger Jahren hatte ein Unhold Myers Park unsicher gemacht und, wie er sich erinnerte, Frauen in Serie vergewaltigt. Brazil stellte sich vor, wie ein junger Mann mit ins Gesicht gezogener Kapuze an Haustüren klopfte und nur eine Absicht verfolgte – eine Frau zu vergewaltigen, die allein zu Hause war. Verbarg sich Neid hinter solcher Roheit? Ein *Ihr-könnt-mich-mal*, ihr Reichen? Brazil versuchte, sich in so einen jungen Gewaltverbrecher hineinzuversetzen, während er an den erleuchteten Fenstern vorüberfuhr.

Ihm wurde bewußt, daß der Vergewaltiger sich möglicherweise genauso verhalten hatte, wie Brazil selbst in dieser Nacht. Unauffällig umsehen, anschleichen, allerdings eher zu Fuß, ein Objekt auskundschaften und sich einen Plan zurechtlegen. Und die schreckliche Tat selbst hatte am Ende weniger Bedeutung als die Phantasien, die zu ihr geführt hatten. Für Brazil gehörte eine Vergewaltigung zu den schlimmsten Dingen, die er sich vorstellen konnte. Oft genug schon waren ihm in seinem kurzen Leben Proleten so eindeutig und höhnisch begegnet, daß er eine Vergewaltigung wohl genauso fürchtete wie eine Frau. Nie würde er vergessen, was Chief Briddle-

wood vom Sicherheitsdienst am Davidson College ihm einmal gesagt hatte. *Geh nie ins Gefängnis, Junge. Du wirst keinen einzigen Augenblick deiner Zeit dort aufrecht stehend verbringen.*
Der Unfall war genau an dem Straßenknoten zwischen der Selvyn und den verschiedenen Queens Roads passiert. Brazil erkannte die Stelle sofort wieder. Was er allerdings nicht erwartet hatte, war der Nissan, der am Straßenrand parkte. Das war ja Officer Michelle Johnson. Sie war an die Unfallstelle zurückgekommen und saß weinend in ihrem Privatwagen. Brazil hielt an. Er stieg aus und ging mit festem Schritt, als handle er dienstlich, auf das Fahrzeug zu. Der Anblick der weinenden Johnson durch das Fahrerfenster ging ihm ans Herz. Sie zuckte erschreckt zusammen und griff nach ihrer Pistole. Dann erkannte sie den Reporter. Ihr Schreck verwandelte sich in Wut. Sie drehte das Fenster herunter.
»Hauen Sie verdammt noch mal ab!« sagte sie.
Wie angenagelt blieb er stehen und starrte sie an.
»Geier!« schrie sie. »Ihr scheiß Geier!«, und ließ den Motor an.
Brazil erstarrte zur Salzsäule. Für einen Reporter war das ein ungewöhnliches Verhalten und so atypisch, daß Johnson stutzte. Auf einmal wollte sie nicht mehr wegfahren. Die beiden sahen einander reglos an.
»Ich will Ihnen helfen.« Brazil war bewegt.
Im Schein der Straßenlaterne sah man noch Glassplitter und dunkle Flecken auf dem Asphalt und auch den beschädigten Baum, um den sich der Mercedes gewickelt hatte. Wieder stiegen Johnson die Tränen in die Augen. Sie wischte sich mit den Händen über das Gesicht. Dieser Reporter, der den Blick nicht von ihr ließ, demütigte sie. Ein neuer Weinkrampf wollte in ihr hochsteigen. Doch sie hatte ja noch ihre Pistole, die der ganzen Sache ein Ende bereiten konnte.
»Als ich zehn war«, sagte der Reporter schließlich, »war mein Vater hier als Cop auf den Straßen. Er war ungefähr so alt wie Sie, als er im Dienst getötet wurde. Ich glaube, ich weiß, was Sie fühlen.
Mit Tränen in den Augen sah Johnson zu ihm auf.
»Zwanzig Uhr zweiundzwanzig, am neunundzwanzigsten März«, fuhr Brazil mit zitternder Stimme fort. »Es war ein Sonntag. Er war

in Zivil und verfolgte ein gestohlenes Fahrzeug in einen fremden Bezirk hinein. Er hätte in Adam Two keine Verkehrskontrolle machen sollen. Die Verstärkung kam nicht. Oder nicht rechtzeitig. Er hat sein Bestes gegeben …« Seine Stimme versagte, und er räusperte sich. »Er hatte nie die Chance, den Sachverhalt aus seiner Sicht zu erzählen.«

Brazil starrte in die Dunkelheit. Zornig sah er die Straße, sah er die Nacht vor sich, die auch ihm einen Teil seines Lebens genommen hatten. Er hieb mit der Faust auf das Wagendach.

»Mein Dad war kein schlechter Cop!« rief er.

Johnson war seltsam ruhig geworden und empfand auf einmal eine große innere Leere. »Am liebsten wäre ich an seiner Stelle«, sagte sie. »Ich wäre am liebsten tot.«

»Nein«. Brazil beugte sich auf Augenhöhe zu ihr hinunter. »Nein«. Er sah den Trauring an ihrer linken Hand, die das Lenkrad hielt, und faßte durch das Fenster nach ihrem Arm. »Sie dürfen keine Menschen zurücklassen«, sagte er.

»Ich habe heute meine Dienstmarke zurückgegeben«, sagte Johnson.

»Das hat man ihnen nahegelegt?« protestierte er. »Es gibt keinen Beweis dafür, daß Sie …«

»Niemand hat mir etwas nahegelegt«, schnitt sie ihm das Wort ab. »Aber man hält mich für ein Monster!« Sie sackte erneut in sich zusammen.

Er widersprach entschlossen. »Das können wir ändern. Lassen Sie mich Ihnen helfen.«

Sie entriegelte die Wagentür, und er stieg ein.

# Kapitel 10

Chief Hammer wässerte gerade ihre Pflanzen, als West am nächsten Morgen in ihr Büro trat. West hatte sich auch diesmal wieder ein gesundes Frühstück von Bojangle's mitgebracht: Kaffee, zur Abwechslung ein Brötchen mit Würstchen und Ei, etwas Gebäck. Hammers Telefon schrillte wie verrückt, aber sie untersuchte ungerührt ihre Orchideen. Grußlos sah sie auf. Sie war bekannt für ihre unvermittelten Gesprächseröffnungen. Immer mit einem Anflug eines Arkansas-Akzents.

»Also«. Sie sprühte. »Er gerät also in eine Verfolgung. Sie endet mit zwei Festnahmen. Im Alleingang klärt er eine Einbruchserie bei Radio Shack auf, die die Stadt seit acht Monaten in Atem hält.« Prüfend betrachtete sie eine exotische weiße Blüte und sprühte weiter. Hammer sah umwerfend aus in ihrem schwarzen Seidenkostüm mit dezentem Nadelstreifen, einer hoch geknöpften schwarzen Seidenbluse und schwarzen Onyxperlen. West gefiel der Stil ihrer Vorgesetzten sehr. Sie war stolz darauf, für eine Frau zu arbeiten, die so klasse aussah, tolle Beine hatte, respektvoll zu Mensch und Pflanze war und es dennoch mit den Besten des gesamten Teams aufnehmen konnte.

»Und irgendwie ist es ihm gelungen, die Wahrheit aus Johnson herauszubekommen.« Hammer nickte in Richtung Morgenzeitung auf ihrem Schreibtisch. »Er hat mit dem Verdacht aufgeräumt, daß sie den Tod dieser armen Leute zu verantworten hat. Sie wird nicht den Dienst quittieren.«

Hammer trat zu einem exotischen Baum in der Nähe des Fensters und zupfte trockene Blätter von den buschigen Zweigen, die immer

Früchte trugen. »Ich habe heute morgen mit ihr gesprochen«, fuhr sie fort. »Alles er. Dabei war Brazil nicht einmal mit uns auf Streife.« Sie unterbrach ihre Tätigkeit und sah ihre stellvertretende Polizeichefin an. »Sie haben recht, er kann nicht allein da draußen rumfahren. Weiß der Himmel, was er noch anstellen würde, wenn er in Uniform wäre. Ich wünschte, ich könnte ihn dreitausend Meilen von hier in eine andere Stadt versetzen.«

West lächelte, während ihre Chefin sich den Spinnmilben widmete und mit einer kleinen Plastikgießkanne eine Maispflanze goß. »Was Sie sich wirklich wünschen ist, daß er für Sie arbeiten würde«, gab West zurück. Papier knisterte, als sie mit der Hand in ihre Bojangle's-Tüte griff.

»Sie essen zuviel Junk-Food«, meinte Hammer. »Wenn ich all diesen Mist in mich hineinstopfen würde, wäre ich längst zum Hüpfball mutiert.«

»Brazil hat mich angerufen«, kam West schließlich zur Sache und öffnete eine fettige Verpackung. »Wissen Sie, warum er sich hinter dieser Shack-Filiale befand?«

»Nein«, sagte Hammer und war inzwischen bei ihren Usambaraveilchen angelangt. Neugierig sah sie West an.

Fünf Minuten später ging Hammer entschlossen und zielbewußt einen langen Gang im Erdgeschoß hinunter. Sie sah nicht sehr freundlich aus. Die Beamten, denen sie begegnete, sahen sie an und nickten. Sie stieß eine Tür auf. Die uniformierten Officers im Einsatzraum sahen überrascht auf, als ihre elegante Chefin hereinkam. Deputy Chief Jeannie Goode und ein paar Dutzend Cops hielten gerade aktuelle Lagebesprechung ab.

»Alle, und ich meine wirklich, *alle* Ermittlungen werden vom diensthabenden Captain angeordnet ...« sagte Goode noch, ohne Hammer zu bemerken, die inzwischen auf sie zukam. Sie brach die Besprechung ab und wußte gleich, daß Ärger ins Haus stand.

»Deputy Chief Goode«, sagte Hammer so laut, daß jeder es hörte. »Wissen Sie, was Schikane bedeutet?«

Goode wurde kreidebleich, war wie gelähmt und fürchtete, jeden Moment in Ohnmacht zu fallen. Vor den Augen ihrer Cops stand sie an die Wandtafel gelehnt. Das konnte doch nicht wahr sein:

Chief Hammer kanzelte Deputy Chief Goode in Gegenwart von dreiunddreißig einfachen Streifencops des Bezirks David One, zwei Sergeants und einem Captain ab.
»Gehen wir nach oben in mein Büro«, schlug Goode mit einem dünnen Lächeln vor.
Hammer blieb mit gekreuzten Armen vor der Truppe stehen. In ruhigem Ton sagte sie: »Ich glaube, das hier kann für jeden nützlich sein. Mir ist zu Ohren gekommen, daß ein Reporter des *Observer* von Polizeibeamten durch die ganze Stadt verfolgt wurde.«
»Wer behauptet das?« fragte Goode herausfordernd. »Er etwa? Und Sie glauben das?«
»Ich habe nicht gesagt, daß ich es von ihm weiß«, stellte Hammer klar.
Dann machte sie eine lange Pause. Die Stille, die sich im Raum ausbreitete, jagte Goode eisige Schauer über den Rücken. Sie dachte an die rosa Kaopectate-Tabletten in ihrer Schreibtischschublade, aber der zweite Stock war unendlich weit.
»Beim nächsten Mal sind Sie dran.« Bei diesen Worten sah Hammer jeden einzelnen an.
Mit klappernden Absätzen verließ sie den Raum. Als sie versuchte, Andy Brazil zu Hause zu erreichen, meldete er sich nicht selbst. Die Frau am Apparat war entweder betrunken, oder sie hatte ihr Gebiß nicht im Mund. Vielleicht auch beides. Hammer legte auf und versuchte es bei Panesa.
»Judy, ich kann es nicht dulden, daß meine Reporter eingeschüchtert oder schikaniert werden ...« fiel Panesa gleich über sie her.
»Ich weiß, Richard«, sagte Hammer nur und ließ den Blick bedrückt über die Skyline wandern. »Bitte nehmen Sie meine Entschuldigung an und mein Versprechen, daß sich so etwas nicht wiederholt. Auch werde ich Brazil eine besondere Belobigung für seine Unterstützung der Polizei letzte Nacht aussprechen.«
»Wann?«
»Auf der Stelle.«
»Und wir können das drucken?« fragte Panesa.
Hammer mußte lachen. Sie mochte diesen Mann. »Ich werde Ihnen etwas sagen«, fuhr sie fort. »Setzen Sie es in die Zeitung, aber tun

Sie mir den Gefallen und lassen offen, warum sich Brazil in dieser Gasse versteckt hatte.«

Panesa mußte einen Augenblick nachdenken. Im allgemeinen gab Amtsmißbrauch von Cops, die unschuldige Bürger bedrängten, eine bessere Story ab als etwas Positives – ein Bürger zum Beispiel, der versuchte zu helfen oder mit gutem Beispiel voranzugehen, indem er Verantwortung für das Gemeinwohl übernahm und dafür Applaus bekam.

»Hören Sie, Richard«, sagte Hammer. »Wenn so etwas noch einmal passiert, bringen Sie es ganz oben auf Seite eins, okay? Dann nehme ich es Ihnen bestimmt nicht übel. Aber bestrafen Sie nicht das gesamte Police Department für ein einziges Arschloch.«

»Welches Arschloch?« Jetzt war Panesas Interesse erst voll erwacht. Vielleicht konnte er Hammer ja noch ein klein wenig unter Druck setzen.

»Die Angelegenheit hat schon ihre Konsequenzen gehabt.« Mehr hatte Hammer dazu nicht zu sagen. »Geben Sie mir Brazils Telefonnummer? Ich möchte ihn anrufen.«

Das beeindruckte Panesa noch mehr. Der Chefredakteur sah Brazil jenseits der Glasscheibe. Wie gewohnt war er schon vor Schichtbeginn an seinem Platz und arbeitete freiwillig an etwas, das ihm niemand aufgetragen hatte. Panesa sah auf seine Telefonliste und gab Hammer Brazils Durchwahl. Es machte ihm richtig Spaß, Brazils erstaunten Gesichtsausdruck zu beobachten, als er einen Moment später den Hörer abnahm und sich der Chief persönlich bei ihm meldete.

»Judy Hammer.« Er erkannte ihre feste Stimme.

»Ja, Ma'am.« Brazil setzte sich ein wenig aufrechter, stieß dabei den Kaffee um, mußte den Stuhl zurückschieben und Notizblöcke aus der lauwarmen Flut bergen.

»Hören Sie, ich weiß über alles Bescheid, was letzte Nacht passiert ist.« Der Chief kam direkt zur Sache. »Ich möchte, daß Sie wissen, daß ein derartiges Verhalten in keiner Weise vom Charlotte Police Department gebilligt wird. Ich billige es nicht, und es wird sich nicht wiederholen. Bitte nehmen Sie meine Entschuldigung an, Andy.«

Als er sie seinen Namen sagen hörte, wurde ihm ganz warm. Seine

Ohren wurden rot. »Ja, Ma'am«, war das einzige, was er immer wieder herausbrachte.
Er verdiente zwar mit Worten seinen Lebensunterhalt, aber fand er vielleicht welche, wenn er sie wirklich brauchte? Als sie auflegte, war er am Boden zerstört. Sie mußte ihn für hirnamputiert halten, eine Niete, einen Tölpel der Extraklasse. Verdammt noch mal, er hätte sich wenigstens bedanken können. Brazil wischte den Kaffee auf. Mit leerem Blick starrte er auf seinen Computermonitor. Wenn er sie jetzt zurückriefe, würde er sie wahrscheinlich nicht erreichen. Sicher wäre sie inzwischen in anderen wichtigen Dingen unterwegs. Keinesfalls aber würde sie weitere Zeit mit ihm vergeuden. Die Story, an der Brazil gerade schrieb und die von den Minimalverlusten der First Union Bank im Zusammenhang mit einem Betrugsfall handelte, geriet völlig in Vergessenheit. Auch Tommy Axel existierte heute nicht für ihn, obwohl er ganz in der Nähe saß.

Axel hatte Brazil den ganzen Morgen über beobachtet und glaubte, einen Aufruhr in Brazils Gefühlen feststellen zu können. Der Junge war sogar rot geworden, als Axel ihn ansah. Das war nun wirklich ein gutes Zeichen. Axel konnte sich kaum noch auf seine Kritik über Wynonna Judd konzentrieren, was sich ziemlich ungünstig für sie auswirkte. Das, was ein sensationeller Bericht über ihr jüngstes, hervorragendes Album hätte werden können, endete in einem nichtssagenden Geschwafel. Zweifellos würden Millionenverluste beim Verkauf die Folge sein. Axel hatte die Macht dazu. Er seufzte und machte sich Mut. Er sollte noch einmal einen Versuch machen, Brazil zu einem gemeinsamen Dinner, einem Konzert oder zum Besuch eines Clubs mit Männer-Striptease zu überreden. Vielleicht konnte er Brazil ja betrunken machen, ihm ein bißchen Gras zu rauchen geben, ihn mit Musik in Stimmung bringen und ihm dann zeigen, was das Leben noch so zu bieten hatte.

Entmutigt starrte Brazil wieder auf sein Telefon. Zum Teufel, wo war sein Mumm geblieben? Er nahm den Hörer ab, blätterte in seinem Adressenverzeichnis und wählte.
»Vorzimmer Chief Hammer«, meldete sich eine Männerstimme.

Brazil räusperte sich. »Andy Brazil vom *Observer*« antwortete er überraschend ruhig. »Ob ich sie wohl einen Augenblick sprechen könnte?«

»Worum geht es denn?«

Brazil war entschlossen, sich nicht einschüchtern zu lassen. Dazu war es zu spät. Wohin hätte er sich auch flüchten sollen?

»Sie hatte mich angerufen«, gab er mutig zurück, so als wäre es völlig normal, daß die Chefin ihn anrief und um Rückruf bat.

Captain Horgess war perplex. Hammer hatte *was* getan? Persönlich die Nummer dieses Reporters gewählt? Horgess haßte es, wenn sie das tat, anstatt sich von ihm verbinden zu lassen. Verdammt. Er wurde nicht klug aus dieser Frau. Sie war unberechenbar. Horgess hieb auf die Rückfragetaste, ohne Brazil einer Antwort zu würdigen. Zwei Sekunden später hörte Brazil überrascht ihre Stimme.

»Entschuldigen Sie bitte die Störung«, sagte er rasch.

»Ist schon in Ordnung. Womit kann ich helfen?« beruhigte sie ihn.

»Ach, eigentlich gar nicht. Ich meine, es geht um keine Story. Ich wollte mich nur dafür bedanken, was Sie für mich getan haben.«

Hammer schwieg. Seit wann bedankte sich ein Reporter für irgend etwas?

Brazil mißverstand ihr Schweigen. Großer Gott, jetzt hielt sie ihn endgültig für einen Schwachkopf. »Also, ich möchte nicht länger Ihre Zeit in Anspruch nehmen.« Er redete immer schneller und kam nun gänzlich aus dem Takt. »Ehm ... ich ... also. Es war einfach großartig von Ihnen. Finde ich. Dabei brauchten Sie das gar nicht zu tun. Jemand in Ihrer Position, meine ich. Die wenigsten hätten es getan.«

Hammer lächelte und trommelte mit den Fingernägeln auf einen Stapel Papiere. Sie brauchte eine Maniküre. »Ich sehe Sie dann irgendwann im Department«, sagte sie und spürte einen kleinen Stich in der Herzgegend, als sie auflegte.

Ihre beiden eigenen Söhne kränkten und verletzten sie immer wieder. Dennoch hielt sie das nicht davon ab, sie jeden Sonntagabend anzurufen, eine Ausbildungsversicherung für die Enkelkinder abzuschließen oder ihnen Flugtickets zu schicken, wann immer ein Besuch bevorstand. Hammers Söhne hatten nicht ihre Energie. Insgeheim lastete sie das den ungünstigen genetischen Voraussetzungen an, die sie von ihrem Vater mitbekommen hatten, und der war nun wirklich ein Weichei. Wen, verdammt, wunderte es da schon, daß es jedesmal so vieler Anläufe bedurft hatte, bis Hammer endlich schwanger geworden war. Es hatte sich herausgestellt, daß Seths Spermien sich an den Fingern einer Hand abzählen ließen. Randy und Jude waren unverheiratet, hatten jedoch beide Familie. Sie waren noch auf dem Selbstfindungstrip, der eine in Venice Beach, der andere in Greenwich Village. Randy wollte Schauspieler werden, Jude spielte Schlagzeug in einer Band. Und beide kellnerten. Hammer liebte sie heiß und innig, im Gegensatz zu Seth. Und dies war mit Sicherheit der Hauptgrund dafür, daß ihre Söhne sie so selten besuchten, ein schmerzlicher Umstand für ihre Mutter.

Hammer war plötzlich niedergeschlagen. Sie hatte das Gefühl, als brüte sie irgend etwas aus. Über die Sprechanlage rief sie nach Captain Horgess. »Welche Termine habe ich zum Lunch?« fragte sie.

»Stadtrat Snider«, antwortete er.

»Sagen Sie ab und rufen Sie West an«, sagte sie. »Sagen Sie ihr, Sie möge um zwölf in meinem Büro sein.«

# Kapitel 11

Der Presto Grill lag in keiner guten Gegend. Sein Name war ein Akronym und stand für Peppy Rapid Efficient Service Tops Overall – Peppys schneller Service übertrifft sie alle. Jeder Cop in Charlotte Mecklenburg und Umgebung wußte, daß Hammer und West jeden Freitagmorgen im Presto frühstückten. Wie genau das überwacht wurde, davon hatte nach Ansicht der Cops keine von beiden eine Ahnung. Denn niemand, dem daran gelegen war, seinen Posten zu behalten, würde auch nur das geringste Risiko eingehen, daß dem Chief oder dem Deputy Chief irgend etwas zustieß.

Das kleine Grillrestaurant sah noch immer so aus wie in den vierziger Jahren als es gebaut worden war. Es lag, von schlecht asphaltierten Parkplätzen umgeben, an der West Trade Street, nur wenige Schritte von der Mount Moriah Primitive Baptist Church entfernt. Wenn es das Wetter zuließ, und das war an diesem Tag der Fall, kam Hammer zu Fuß vom Hauptquartier hierher. West dagegen ging keinen Schritt zu Fuß, wenn sie genausogut fahren konnte. Aber heute hatte sie keine Wahl.

»Hübscher Anzug«, stellte Hammer fest. West hatte beschlossen, ihrer Uniform einen freien Tag zu gönnen, und trug eine rote Bluse zu einem leuchtendblauen Hosenanzug. »Warum tragen Sie nie Röcke?« fragte Hammer.

Das war keine Kritik, sondern Neugier. West hatte eine sehr gute Figur und schlanke Beine.

»Ich hasse Röcke«, antwortete West außer Atem, denn Hammer lief bei weitem nicht in normalem Tempo. »Für mich sind schlauchenge Röcke und hohe Absätze Teile einer männlichen Verschwörung.

Wie das Einbinden der Füße im alten China. Sie wollen uns verkrüppeln. Uns einschränken.« Sie atmete schwer.
»Interessanter Gesichtspunkt«, stellte Hammer nachdenklich fest.

Officer Troy Saunders vom Bezirk David One hatte sie als erster entdeckt. Zuerst zögerte er, dann bog er schnell in die Cedar Street ein, um nicht gesehen zu werden. Sollte er die Kollegen da draußen warnen? Er durchlebte noch einmal den Alptraum von Hammers Überraschungsauftritt im Bereitschaftsraum und dachte an ihre nachdrückliche Warnung, keine Leute zu verfolgen oder zu nötigen, sie auszuspionieren oder sich an ihre Fersen zu heften, aus welchem Grund auch immer. Könnte der Chief es als Nötigung auffassen wenn er, Saunders, sie und West beim Lunch überwachte oder ausspionierte? Verdammt. Saunders blieb mit klopfendem Herzen auf einem All Right-Parkplatz stehen.
Er sah in die Rückspiegel, warf einen prüfenden Blick auf die geparkten Fahrzeuge und überlegte. Es war das Risiko nicht wert, beschloß er. Vor allem, wo er dabeigewesen war und jedes einzelne Wort gehört hatte, das Hammer zu Goode gesagt hatte. Sie würde sich ihn gehörig vornehmen – wegen Insubordination und direkter Mißachtung eines Befehls. Er hatte das deutliche Gefühl gehabt, daß sie ihn mit ihren Blicken durchbohrte, als sie sagte: *Beim nächsten Mal sind Sie dran.* Saunders machte also lieber keine Meldung über Funk. Er stellte den Wagen in der hintersten Ecke des gebührenpflichtigen Platzes ab und rauchte eine Zigarette.
Etwa um zwanzig Minuten nach zwölf hatten die Stammgäste an der Kunststofftheke ihre Lieblingsplätze eingenommen. Gin Rommé setzte sich als Letzter, wie immer eine Banane in der Gesäßtasche, die er sich für einen späteren Zeitpunkt aufbewahrte. Sicher würde er noch einmal Hunger bekommen, wenn er wieder mit seinem rot-weißen Ole Dixie Taxi unterwegs war.
»Kriege ich einen Hamburger?« fragte Gin Rommé und sah Spike am Grill an.
»Wird gemacht«, antwortete Spike und klappte den Speckbrater zu.
»Ich weiß, es ist noch früh.«
»Nein, Mann, ist nicht zu früh.« Spike schabte eine Ecke der Grill-

platte frei und klatschte eine gefrorene Hackfleischscheibe darauf.
»Wann hast du das letzte Mal auf die Uhr gesehen, Rommé?«
Seine Freunde nannten ihn der Kürze halber so. Rommé lächelte und schüttelte ein wenig einfältig den Kopf. Normalerweise kam er zum Frühstück, doch heute hatte er sich etwas verspätet. Normalerweise kamen auch diese beiden weißen Ladies zum Frühstück. Vielleicht war das der Grund. Alles war irgendwie verwirrend. Er schüttelte grinsend den Kopf und schob seine Banane zurecht, damit er sie nicht zerquetschte.
»Warum transportierst du deine Banane auf diese Weise?« fragte ihn sein Nachbar, Jefferson Davis, der eine gelbe Bauraupe fuhr und noch immer stolz verkündete, er habe an der USBank mitgebaut. »Steck sie doch in die Brusttasche.« Er klopfte auf die Tasche von Rommés rotkariertem Hemd. »Dann kannst du dich nicht draufsetzen.«
Die anderen Männer an der Theke, acht waren es, verfielen in eine tiefschürfende Diskussion über Rommés Banane und Davis' Vorschlag. Die einen aßen Rindfleischstücke in Soße, andere überbackene passierte Leber mit verschiedenem Gemüse und geriebenem Käse.
»Wenn ich sie in die Brusttasche stecke, habe ich sie während der Fahrt ständig im Blick«, erläuterte Rommé seine Philosophie. »Und dann esse ich sie früher, versteht ihr? Dann überlebt sie nie drei oder vier Uhr.«
»Dann leg sie doch ins Handschuhfach.«
»Das ist voll.«
»Und was ist mit dem Beifahrersitz? Deine Fahrgäste sitzen doch immer hinten, stimmt's?« Spike stellte den Hamburger wie bestellt vor ihn hin: Thousand-Island-Dressing statt Mayonnaise, eine doppelte Portion amerikanischen Käse und dazu gebratene Zwiebeln.
»Geht auch nicht. Manchmal kommt Gepäck auf den Beifahrersitz.« Säuberlich schnitt Rommé sein Mittagessen in zwei Hälften. »Oder ich lese vier Fahrgäste an der Bushaltestelle auf; dann muß einer nach vorn. Sie sehen meine Banane auf dem Sitz und denken, ich esse bei der Arbeit.«
»Aber das tust du doch, Mann.«
»Stimmt.«

»Stimmt wirklich.«
»Gib's schon zu, Bruder.«
»Nicht, wenn ich jemanden im Wagen habe. Dann nicht.« Rommé schüttelte den Kopf und kaute, und seine Banane blieb dort, wo sie hingehörte.
Hammer war das Presto noch nie so laut vorgekommen. Sie warf einen Blick auf die Männer an der Theke. Da mußte doch jeden Moment eine handfeste Auseinandersetzung losbrechen. Anscheinend riet jemand einem anderen, irgend etwas irgendwohin zu stecken, und die anderen unterstützten ihn. Hammer war schon lange nicht mehr in eine Auseinandersetzung verwickelt gewesen, abgesehen von ihren Kabbeleien mit Seth. Aber sie war nicht dumm. Sie wußte, daß in der Gegend mindestens zwanzig Streifen patrouillierten und über jedes Salatblatt Bescheid wußten, das sie mit ihrer Gabel zerteilte. Das war zwar unangenehm, aber sie machte ihrer Truppe keinen Vorwurf daraus. Im Grunde schätzte sie deren Aufmerksamkeit und Besorgtheit sogar. Sie fand es rührend, wenngleich sie wußte, das eigentliche Motiv ihrer Leute war ihr Job und nicht Hammers Wohlergehen.
»Wahrscheinlich hätte ich sie mir besser unter vier Augen vorgeknöpft«, sagte Hammer.
West dagegen hätte es am liebsten gesehen, wenn Hammer Goode vor dem gesamten Department und seinen sechzehnhundert Beschäftigten zusammengestaucht hätte oder, noch besser, in einer vom Fernsehen übertragenen Stadtratssitzung.
»Sie sind zu streng mit sich selbst«, meinte West diplomatisch, während sie die Reste ihres Bauernsteaks mit Pommes Frites vertilgte.
»Das Essen hier ist wirklich das beste der Stadt«, sagte Hammer. »Sehen Sie sich nur diese Bratkartoffeln an, diese wunderbaren Hash Browns. Alles ordentlich angebraten und dann von der Platte geschabt.«
West sah Spike beim Kochen zu, wie er die verschiedensten Zutaten auf den Grill warf oder zur Seite schob. Inzwischen diskutierten die Männer auf ihren Hockern die besten Verstecke für Diebesgut oder Drogen. Handschuhfach, unter dem Sitz, am eigenen Körper. West

konnte kaum glauben, wie unverfroren Kriminelle heutzutage waren. Obwohl sie und ihre Vorgesetzte Zivil trugen, wußte jeder, wer sie waren. Zudem schnatterte es unablässig aus Wests tragbarem Funksprechgerät, das vor ihr stand. War das diesen Kerlen denn völlig egal? Die Präsenz der Gesetzeshüter schien sie nicht im geringsten einzuschüchtern.

»Ich sag dir was«, tönte einer von ihnen und stieß dem Mann im rotkarierten Hemd den Finger in die Brust. »Willst du wissen, was du damit machst? Also, ich sage es dir. Schluck es runter. Schnell, bevor es jemand sieht. Wer will da noch was sagen? Na?«

»Da kann niemand mehr was sagen.«

»Gar nichts.«

»Das ist dein gutes Recht.«

»Sich draufsetzen ist keine gute Lösung, Rommé«, sagte Spike im Brustton der Überzeugung. »Außerdem ist es ja nicht so, daß du hier nicht auch so was bekommen könntest. Und das noch in bester Qualität zu einem reellen Preis. Jeden Morgen frisch.« Er faltete gerade ein Schinken-Käse-Omelett zusammen. »Aber nein! Jeden Tag kommst du mit diesem verdammten Ding hier rein. Was denkst du dir dabei? Glaubst du, du kannst damit bei den Frauen Eindruck schinden oder was? Meinst du, die glauben, du willst es ihnen zeigen? Wie du dich freust, sie zu sehen?«

Alle lachten, bis auf West, die Leiterin der Ermittlungsabteilung der städtischen Polizei. Sie nahm sich vor, ein paar von ihren Leuten sofort auf die Geschichte anzusetzen, diesen Ring zu sprengen und ihn bis nach Kolumbien zurückzuverfolgen. Wenn nötig, würde sie auch das FBI oder das ATF einschalten. Schließlich waren die Bundespolizei und das Bureau of Alcohol, Tobacco and Firearms für so etwas auch noch zuständig.

»Die reden von Drogen«, flüsterte sie ihrem Boß zu.

Hammer war in Gedanken. Sie war noch immer so wütend auf Goode, daß ihr ganz heiß wurde. Wie konnte es diese hirnlose, zu früh auf diesen Posten bugsierte Trantüte wagen, das gesamte Police Department in Verruf zu bringen und dazu die Frauen ganz allgemein. Hammer wußte nicht, wann sie zuletzt so aufgebracht gewesen war. Auch West war wütend, das sah man ihr an, und das beruhigte sie in gewisser Weise. Nur wenigen Menschen war bewußt, was die Position eines Chiefs an Verantwortung und Streß mit sich brachte, aber West, verdammt, besaß eine hohe Integrität. Sie wußte, was Amtsmißbrauch bedeutete.

»Ist das denn zu glauben?« fragte West jetzt und knüllte ärgerlich ihre Serviette zusammen. Sie fixierte den Drogendealer mit seinem rotkarierten Hemd und der Banane in der Gesäßtasche. »Das ist doch nicht zu fassen.«

Hammer schüttelte den Kopf. Sie kochte innerlich. »Nein«, sagte sie. »Ich staune immer wieder ...«

Beide verstummten, als der Funkruf kam.

»An alle Einheiten im Bereich Block sechshundert der West Trade. Raubüberfall. Bewaffneter Weißer bedroht Fahrgäste eines Busses ...«

Hammer und West waren im nächsten Moment auf den Beinen und rannten zum Greyhound-Busbahnhof nebenan. Die Einheiten des Bezirks David One hatten sich zwar sofort gemeldet, doch es sah so aus, als befände sich innerhalb der nächsten paar Blocks kein einziger Wagen. Hammer war verblüfft, während sie in ihren hohen Ferragamo-Pumps weiterlief. West folgte ihr in kurzem Abstand. Sie rannten um das Terminalgebäude herum, an dessen Seite ein mit dreiundvierzig Fahrgästen vollbesetzter Bus an seiner Haltestelle stand. Der Motor lief, die Türen standen weit offen.

»Wir geben vor, Fahrgäste zu sein und steigen ein«, flüsterte West, während sie langsamer wurden.

Hammer nickte. Sie wußte genau, wie die Aktion ablaufen würde. »Ich gehe vor«, sagte sie.

West hatte es sich zwar anders vorgestellt, doch keinesfalls würde sie jetzt oder zu irgendeinem anderen Zeitpunkt Hammer andeuten, ihrer Chefin seien Aufgaben und Vorgehensweise eines Cops vielleicht nicht mehr so präsent. Hammer lächelte und stieg mit laut klappernden Absätzen die Metallstufen hinauf. Sie gab sich zerstreut und schien unsicher, ob sie im richtigen Bus war. Verängstigt saßen die Passagiere auf ihren Sitzen, während ein junger Weißer mit finsterem Blick durch den Gang ging und Brieftaschen, Bargeld und Schmuck in einem Plastik-Abfallbeutel einsammelte.

»Entschuldigung«, sagte Hammer höflich, so daß jeder sie hören konnte.
Magic the Man drehte sich um und fixierte die feine Lady in ihrem feinen schwarzen Kostüm. Ihr Lächeln gefror, ebenso das der zweiten Lady direkt dahinter, als sie seine Waffe entdeckten. Das wurde ja immer besser. Diese Weiber sahen richtig nach Geld aus.
»Ist dies der Bus nach Kannapolis?« stammelte die Ältere in Schwarz.
»Das ist der Bus, in dem du mir dein Geld gibst«, sagte Magic und fuchtelte bedrohlich mit seiner .22er in ihre Richtung.
»Natürlich, Sir. Ich will keine Schwierigkeiten«, sagte die Lady in Schwarz.
In Magics Augen war sie völlig durcheinander. Als würde sie jeden Moment ohnmächtig oder sich in die Hose machen. Zitternd ging sie ein, zwei Schritte auf ihn zu. Zugleich wühlte sie in ihrer großen schwarzen Ledertasche. Die konnte Magic vielleicht auch gleich noch mitnehmen, für seine Ma. Und vielleicht noch diese blöden schwarzen Schuhe. Welche Größe die wohl hatten? Aber das erfuhr er nicht mehr, denn die Schlampe trat plötzlich so heftig mit der pfeilartigen Spitze dieses Schuhs gegen sein Schienbein, daß er sich auf die Zunge biß. Obendrein hatte sie völlig unerwartet eine mächtige Pistole in der Hand, die sie ihm an den Kopf hielt. Im selben Moment nahm ihm jemand von hinten die eigene Waffe ab. Nun lag er mit dem Gesicht nach unten im Gang, und dieses andere Weib legte ihm Handschellen an.
»Mann, oh, Mann. Das ist zu eng«, sagte Magic. In seinem Schienbein pochte der Schmerz. »Ich glaube, mein Bein ist gebrochen.«
Unschuldige Fahrgäste starrten sprachlos mit offenem Mund den beiden gutgekleideten Ladies nach, als sie diesen verdammten Hurensohn an die frische Luft beförderten. Plötzlich kamen mit Blaulicht und heulenden Motoren Polizeifahrzeuge angerast, und jeder im Bus wußte nun, daß auch das auf das Konto der Ladies ging.
»Herr, ich danke Dir«, deklamierte jemand.
»Gelobt sei der Herr.«
»Ein Wunder.«

»Batman und Robin.«
»Geben Sie die Tüte rüber, ich will mir meine Goldkette zurückholen.«
»Ich will meinen Ring.«
»Jeder bleibt auf seinem Platz und faßt nichts an«, sagte ein Cop, der gerade eingestiegen war.
Officer Saunders hoffte, daß Hammer ihn nicht bemerken würde, als er aus seinem Streifenwagen kletterte.
»Wo waren Sie?« fragte sie ihn, als er eilig an ihr vorbeiwollte. Dann meinte sie zu West: »Finden Sie das nicht etwas seltsam? Normalerweise sind die immer in der Nähe, wenn wir hier sind.«
West wunderte sich ebenso, doch im Moment musterte sie Rock und Pumps ihrer Vorgesetzten mit einigem Respekt. Sie hatten sich nicht nur als kaum hinderlich erwiesen, sondern sogar als durchaus nützlich, zumindest die Schuhe. Sie gingen ins Presto zurück, um ihre Rechnung zu bezahlen, und West war stolz auf ihre Vorgesetzte. Die Männer an der Theke rauchten jetzt und diskutierten noch immer. Die Ereignisse von nebenan am Greyhound-Bahnhof schienen sie nicht zur Kenntnis genommen zu haben. Was geht es eine Bande von Drogenhändlern auch an, wenn ein paar Unschuldige ausgeraubt werden, dachte West. Sie warf ihnen einen letzten drohenden Blick zu, während Hammer ihren ungesüßten Eistee austrank und auf die Uhr sah.
»Wir sollten jetzt wohl besser zurückgehen«, schlug Hammer vor.

Andy Brazil saß an einer umfangreichen Reportage über die Langzeitfolgen von Gewalt für Opfer und Hinterbliebene, als die Meldung von den Ereignissen am Busbahnhof aus seinem Funkgerät schnarrte. Bis er die Rolltreppe hinuntergerannt, in seinen Wagen gesprungen und zum Block sechshundert der West Trade gerast war, hatte der Vorfall offenbar bereits in einer Festnahme seinen Abschluß gefunden.
Als er am Presto Grill vorbeifuhr, traten West und Hammer gerade aus der Tür. Brazil stoppte und sah die beiden verwundert an. Zwei der prominentesten Persönlichkeiten der Stadt zusammen in so einer Spelunke. Zudem konnte er sich nicht vorstellen, daß die bei-

den in aller Ruhe bei ihrem Lunch sitzen blieben, wenn keine fünfzig Meter weiter Menschenleben in Gefahr waren. Sie mußten davon gehört haben. West hatte ihr Funkgerät in der Hand.

»Andy.« Hammer nickte ihm einen Gruß zu.

Wests Blick in seine Richtung sagte: *Wage es ja nicht, Fragen zu stellen.* Beide waren gut angezogen. Die schwarze Ledertasche des Chiefs mußte wohl ein Geheimfach für eine Waffe haben. Wahrscheinlich trug sie auch noch ihre Dienstmarke darin herum. Beide eilten davon, und Brazil beobachtete mit Wohlgefallen das Muskelspiel von Hammers Waden. Wie Wests Beine wohl aussahen? Er eilte zur Busstation. Eifrige Cops führten Vernehmungen durch und hatten damit reichlich zu tun. Brazil zählte dreiundvierzig Fahrgäste, dazu den Fahrer, der sich als recht auskunftsfreudiger Interviewpartner erweisen sollte.

Antony B. Burgess übte seit zweiundzwanzig Jahren den Beruf des Busfahrers aus und hatte so ziemlich alles erlebt. Er war überfallen, ausgeraubt, entführt und niedergestochen worden. Vor dem Twilight Motel in Shreveport war er angeschossen worden, als eine Frau zu ihm einstieg, die sich plötzlich als Mann entpuppte und eine Waffe zog. Er hatte diesem verdammt netten blonden Kerl so einiges zu erzählen, und das tat er gern, weil der wußte, wen er vor sich hatte – einen begnadeten Erzähler.

»Hatte ja keine Ahnung, daß die Cops waren«, räsonierte Burgess und kratzte sich dabei unter seiner Mütze. »Das wäre mir nie in den Sinn gekommen. Steigen ein, in Schwarz die eine, in Blau und Rot die andere, wie Batman und Robin. Dann versetzt Batman diesem Bastard einen Tritt, daß der nicht mehr weiß, ob er Männlein oder Weiblein ist – es fehlte nicht viel, und sie hätte sein ganzes Gehirn über meinen Bus verteilt –, während Robin ihn fesselt. Heiliger Bimbam.« Er schüttelte den Kopf, als habe er gerade eine Fata Morgana erblickt. »Und das war der Police Chief. Habe ich zumindest gehört. Können Sie sich das vorstellen?«

Am Nachmittag gegen fünf war die Story fertig. Sie war für die Seite eins vorgesehen. Die Schlagzeile hatte Brazil bereits in der Setzerei gesehen:

POLICE CHIEF UND DEPUTY
VEREITELN BUSENTFÜHRUNG
BATMAN UND ROBIN IN STÖCKELSCHUHEN?

Etwas später hatte West einen Seitenabzug in der Hand, nachdem Brazil für eine weitere Spätschicht in den Straßen der Stadt in ihren Wagen gesprungen war. Er war sehr stolz auf sich und hielt den Artikel für seine bisher beste Arbeit. Was Hammer und West da vorgeführt hatten, hatte ihn begeistert. Am liebsten hätte er die Frauen um ein Autogramm gebeten oder um ein Poster mit ihnen beiden, das er dann in seinem Zimmer aufgehängt hätte.

»Himmel, Arsch und Donnerwetter«, war Wests eindeutiger Kommentar. Sie fuhren ohne festes Ziel den South Boulevard hinunter. »Diesen Batman-Scheiß hätten Sie sich wirklich sparen können.«

»Nein, hätte ich nicht«, beharrte Brazil. Seine Stimmung sank wie die Sonne am Abend, und Sturm und Dunkelheit zogen auf. »Das ist ein Zitat. Das habe ich nicht erfunden.«

»Scheiße.« Morgen würde West im ganzen Department die Witzfigur abgeben. »Sie verdammter Mistkerl.« Sie zündete eine Zigarette an und stellte sich vor, wie Goode sich halbtot lachte.

»Das ist doch nur so eine Ego-Kiste von Ihnen.« Brazil vertrug es nicht gut, wenn seine Arbeit kritisiert wurde. Seine Toleranzschwelle lag nicht sehr hoch. »Es paßt Ihnen nicht, an zweiter Stelle zu stehen, Robin zu sein und nicht Batman, denn das erinnert Sie an Ihre wirkliche Situation. Nicht Sie sind Batman. Sie ist es.«

West warf ihm einen tödlichen Blick zu. Jeden Moment konnte sie wie eine Rakete in die Luft gehen. Diese Nacht würde er nicht überleben. Er hätte wohl besser den Mund gehalten.

»Ich bin nur ehrlich«, fügte er hinzu. »Weiter nichts.«

»Ach ja?« Wieder schleuderte sie ihm diesen Blick entgegen. »Nun, dann will ich einmal kurz ehrlich *mit Ihnen* sein. Ich gebe einen Scheißdreck darauf, was und wen Sie da zitieren, kapiert? Wissen Sie, wie man solche Aussprüche im wirklichen Leben nennt? Man nennt sie Schwachsinn. Man nennt sie Verleumdung, Hörensagen, Zeugenbeeinflussung, üble Nachrede und einen Scheiß-Mangel an Respekt.«

»Wie schreibt man das letzte? Ich nehme an mit Bindestrich?« Brazil konnte ein Lachen kaum unterdrücken. Er tat so, als mache er sich Notizen, während West mit ihrer Zigarette gestikulierte und sich zunehmend lächerlich machte.

»Der Punkt ist doch, Mister Sherlock, daß nicht jedes Wort, das jemand sagt, gleich herausposaunt, wiederholt und auch noch gedruckt werden muß. Kapiert?«

Er nickte und verzog gleichzeitig die Lippen.

»Außerdem trage ich keine hohen Absätze, und ich will auch nicht, daß irgend jemand das glaubt«, fügte sie hinzu.

»Wie kommt das?« fragte er.

»Wie kommt was?«

»Daß Sie nicht wollen, daß die Leute das denken«, sagte er.

»Ich will überhaupt nicht, daß die Leute über mich nachdenken, punktum.«

»Wie kommt es, daß Sie nie hohe Absätze tragen oder Röcke?« Er wollte sich nicht kleinkriegen lassen.

»Das geht Sie, verdammt noch mal, überhaupt nichts an.« Sie schleuderte die Zigarette aus dem Fenster.

Der Polizeifunk meldete sich und gab eine Adresse am Wilkinson Boulevard durch. Für Eingeweihte hieß sie die Paper Doll Lounge. Den Striptease-Laden gab es in Charlotte wohl schon seit der Zeit, als der Sex erfunden wurde. Hier traten Frauen auf, die außer einem kleinen String-Tanga nichts auf dem Leib trugen, und Männer mit dicken Bündel Dollarnoten in den Jeans, die sich von ihnen in Aufruhr versetzen ließen. Heute Abend gossen sich ein paar Gestrandete den Inhalt ihrer wie immer höchst raffiniert durch braune Papiertüten getarnten Bierflaschen hinter die Binde. In der Nähe wühlte ein behinderter junger Mann munter in einem Müllcontainer.

»Sie ist nicht viel älter als ich«, erzählte Brazil West von der jungen Prostituierten, die er ein paar Nächte zuvor gesehen hatte. »Sie hatte kaum noch einen Schneidezahn im Mund, die Haare waren lang und ungewaschen, und tätowiert war sie auch noch. Aber sie muß einmal hübsch gewesen sein. Am liebsten würde ich mit ihr reden, um herauszufinden, warum sie so geworden ist.«

»Diese Menschen erzählen immer wieder die gleichen Geschichten, immer sind sie von jemandem mißbraucht worden«, sagte West etwas unduldsam. Ihr gefiel sein Interesse an einer Nutte, die vielleicht einmal hübsch gewesen war, nicht.
Sie stiegen aus. West ging auf einen Betrunkenen mit einer Chick-Fil-A-Kappe auf dem Kopf zu. Er schwankte und klammerte sich an seine Flasche Colt 45.
»Wir haben wohl viel Spaß heute abend«, sagte West zu ihm.
Er taumelte, war aber freundlich. »Cap'n«, lallte er. »Seh'n wirklich toll aus. Wer is'n das da?«
»Sie können es ausschütten oder ins Gefängnis wandern«, sagte West.
»Ja, Ma'am. Is 'ne leiche Enschei'ung! Keine Fra'e!«
Er leerte seine Bierflasche auf den Parkplatz und fiel dabei fast der Länge nach hin. Bier spritzte auf Brazils Uniformhose und die makellos polierten Stiefel. Er machte gute Miene zum bösen Spiel. Er war eben etwas zu spät zurückgesprungen, und nun überlegte er, wo wohl die nächste Herrentoilette war. Er war sicher, West würde ihn sofort hinbringen. Sie ging die Reihe der Betrunkenen ab und leerte ihr Lebenselexier auf dem Asphalt aus. Sie sahen ihr zu, zählten in Gedanken ihr Geld und rechneten sich aus, wie lange es dauern würde, bis sie sich bei Ray's Cash & Carry, im Texaco-Lebensmittelmarkt oder bei Snookies Nachschub besorgen könnten.
Brazil folgte West zum Wagen zurück. Sie stiegen ein und schnallten sich an. Brazil war der säuerliche Geruch unangenehm, der vom Saum seiner Hosenbeine aufstieg. Auf diesen Teil des Jobs konnte er gut verzichten. Betrunkene verstörten ihn zutiefst, und er sah wütend aus dem Fenster zu den Männern hinüber. Sie schwankten davon und würden schon wieder trinken, noch bevor West und Brazil einen Kilometer weiter waren. So waren diese Menschen nun einmal, abhängig, verbraucht, nutzlos und den anderen ein Stein des Anstoßes.
»Wie kann man nur so tief sinken?« murmelte er und sah hinaus. Sie waren abfahrbereit.
»Das kann jedem von uns passieren«, sagte West. »Und das ist das

Beängstigende daran. Ein einziges Bier kann es auslösen. Bei jedem von uns.«

Es hatte Zeiten in ihrem Leben gegeben, in denen auch sie sich auf diesem Weg befand. Abend für Abend hatte sie sich in den Schlaf getrunken, und oft erinnerte sie sich nicht mehr an das, was sie als letztes gedacht oder gelesen hatte. Häufig brannte noch Licht, wenn sie wieder aufwachte. Der behinderte junge Mann kam fröhlich auf ihren Wagen zugeschlendert. West fragte sich, durch welchen Trick des Schicksals es manche Menschen auf ihre Seite verschlug, andere dagegen auf dunkle Parkplätze und in die Nachbarschaft von Unrat. Nicht jeder hatte die Wahl. Dieser junge Mann dort hatte sie nicht gehabt. Die Polizei kannte ihn längst als Langzeitobdachlosen.

»Seine Mutter hat seinerzeit versucht, ihn abzutreiben. Aber es ist schiefgegangen«, sagte West ruhig. »So heißt es wenigstens.« Mit einem Summen öffnete sie Brazils Fenster. »Er lebt schon immer hier draußen.« Sie beugte sich zu seinem Fenster hinüber und rief nach draußen: »Wie geht's denn so?«

Die Antwort konnte Brazil beim besten Willen nicht verstehen. Der junge Mann gestikulierte wild und gab seltsame Laute von sich, die Brazil einen Schauer über den Rücken jagten. Er wünschte, West würde schnell davonfahren, bevor diese Kreatur ihm ins Gesicht atmen oder ihn anreden konnte. Himmel, wie der Typ nach drekkigen Bierflaschen und Abfall stank. Brazil zuckte vom Fenster zurück und lehnte plötzlich an Wests Schulter.

»Sie stinken ja«, sagte West mit angehaltener Luft zu ihm und lächelte dabei ihren Besucher an.

»Das bin nicht ich«, sagte Brazil.

»Sind Sie doch.« Für ihren Besucher fügte sie hinzu: »Was machst du hier draußen?«

Er gestikulierte und wurde immer aufgeregter, während er der netten Polizeilady alles erzählte, was so passiert war. Die lächelte zurück und war sichtlich angetan von seinem Bericht. Ihr Partner brauchte eine kleine Aufheiterung.

*Boy*, wie er seit jeher genannt wurde, wußte genau wenn ein Cop noch nicht lange dabei war. Boy erkannte das an seiner angespannten Haltung, seinem Gesichtsausdruck, und das inspirierte ihn jedesmal, einen kleinen Spaß zu treiben. Boy starrte Brazil an und schenkte ihm sein breites zahnloses Lächeln, was ihm das Aussehen eines exotischen Wesens von einem anderen Stern verlieh. Als Boy das Greenhorn antippte, zuckte das Greenhorn zurück. Das freute Boy. Er wurde lauter, tanzte herum und piekte das Greenhorn wieder mit seinem Finger. West lachte und blinzelte ihrem Begleiter zu. »Na so was«, sagte sie. »Ich glaube, der mag Sie.«

Schließlich schloß sie das Fenster. Brazil fühlte sich furchtbar beschmutzt. Er hatte Bier auf der Uniform. Ein zahnloses Wesen, das sein Leben in einem Müllcontainer verbrachte, hatte ihn angefaßt. Brazil glaubte, sich übergeben zu müssen. Er war empört. Wests Lachen verletzte ihn. Sie zündete sich eine Zigarette an und fuhr los. Sie hatte diese Erniedrigung nicht nur nicht verhindert, nein, sie hatte sie herbeigeführt und obendrein genossen. Schweigend grollte er vor sich hin, während sie den Wagen über den West Boulevard in Richtung Flughafen lenkte.

Sie bog auf den Billy Graham Parkway ein und fragte sich, wie es wäre, wenn ein größerer Highway einmal nach ihr benannt würde. Wahrscheinlich würde es ihr gar nicht gefallen, wenn Tag und Nacht Autos und Lastwagen über sie hinwegrollten. Sie würden abgeplatzte Reifen und Schleuderspuren auf ihr zurücklassen. Die Fahrer würden einander Obszönitäten zurufen, den dicken Finger zeigen oder eine Kanone ziehen. Es ist nichts Christliches an einer Straße, überlegte West weiter, es sei denn die Straße wird als biblisches Bild gebraucht, man denke an den *Weg zur Hölle* und an das, womit er gepflastert ist. Je länger sie über derlei nachdachte, desto größer wurde ihr Mitleid mit Reverend Billy Graham. Er war in Charlotte geboren, in einem Haus, das später gegen seinen Willen für einen religiösen Themenpark in der Nähe enteignet worden war.

Brazil wußte nicht, wohin sie fuhren, aber jedenfalls nicht dahin, wo was los war. Außerdem hatte West offensichtlich nicht die Absicht, ihn irgendwohin zu bringen, wo er sich saubermachen konnte. Gebannt lauschte er den Funkdurchsagen. An der Central Avenue im Bezirk Charlie Two schien was abzugehen. Warum fuhren sie also in die entgegengesetzte Richtung? Er mußte daran denken, daß seine Mutter sich Billy Graham immer im Fernsehen angesehen hatte, egal, was das Programm sonst noch bot oder was Brazil gern gesehen hätte. Wie schwierig es wohl sein mochte, an ein Statement des berühmten Predigers zu kommen. Vielleicht würde er auch einmal Nachforschungen über Reverend Grahams Einstellung zum Verbrechen anstellen.

»Wohin fahren wir?« fragte Brazil, als sie in die Boyer abbogen und zurück zum Wilkinson Boulevard fuhren.

Das war nun tatsächlich die sündige Meile, doch West hielt es hier nicht lange. Schnell ließ sie den Greenbriar Industrial Park hinter sich, bog nach links in die Alleghany Street und nahm Kurs auf Westerly Hills, ein unbedeutendes Viertel nicht weit von der Harding High School. Brazils Laune sank zusehends. Ob West wieder ihre alten Tricks abzog? Eigentlich war sie ja gegen ihren Willen mit ihm hier draußen. Und sie hatte ihm deutlich genug zu verstehen gegeben, daß Polizeieinsätze ihn nichts angingen, und daß er, wenn es nach ihr ging, auch nur wenige miterleben würde.

»An alle Einheiten in Block zwei fünf null null, Westerly Hills Drive«, schnarrte es aus dem Funkgerät und riß West aus der Ruhe. »Verdächtige Personen auf dem Parkplatz der Kirche.«

»Mist«, sagte West und gab Gas.

Was für ein lausiges Glück. Sie waren gerade auf dem Westerly Hills Drive, und die Jesus Christ Is Lord Glorious United Church of the Living God lag direkt vor ihnen. Der pfingstlich geschmückte, kleine weiße Holzbau der Kirche lag an diesem Abend verlassen da, und als West auf den Parkplatz einbog, war kein Wagen zu sehen. Aber dafür lungerten mehrere Gestalten herum, genauer gesagt, ein halbes Dutzend junge Männer und ihre Mutter im Rollstuhl, die von sich eingenommen und reizbar war. Sie starrten dem Polizeiwagen mit unverhohlenem Haß entgegen. West konnte die Situation noch nicht genau einordnen und befahl Brazil sitzen zu bleiben. Doch er öffnete seine Tür und stieg gleichzeitig mit ihr aus.

»Wir haben einen Anruf erhalten …« wandte West sich an Mama.

»Gerade vorbeigefahren«, gab Rudof, ihr Ältester, bereitwillig Auskunft.

Mama brachte Rudof zum Schweigen und das mit einem Blick, der töten könnte. »Du wirst niemandem eine Antwort geben«, fuhr sie ihn an. »Hast du mich verstanden? Niemandem!« Noch immer sah sie ihn durchdringend an.

Rudof blickte zu Boden. Seine Hose drohte jeden Moment hinunterzurutschen und ließ einen Streifen der roten Boxershorts sehen. Er war es leid, ständig von seiner Mama heruntergeputzt zu werden und mit der Polizei aneinanderzugeraten. Was hatte er denn getan? Nichts. Er war einfach nur auf dem Heimweg vom Supermarkt. Sie brauchte Zigaretten, und alle hatten sie begleitet, hatten die Gelegenheit zu einem netten kleinen Spaziergang genutzt. Ihr Weg hatte quer über den Parkplatz der Kirche geführt. Was war daran verkehrt?

»Wir haben nichts getan«, ließ Rudof die Cops wissen und kreuzte die Arme vor der Brust.

Brazil wußte, daß eine Schlägerei in der Luft lag. Er spürte schließlich ein aufziehendes Unwetter, noch bevor es zu sehen war. Sein Körper spannte sich. Er taxierte die kleine gewaltbereite Gruppe, die unruhig in der Dunkelheit harrte. Mama rollte auf West zu. Sie hatte etwas im Sinn, das sie schon lange loswerden wollte, und diese Gelegenheit war so gut wie jede andere. Ihre Kinder würden gehorchen, und diese beiden Polizisten sahen nicht aus, als würden sie ohne Not jemandem etwas antun.

»Wir sind gerade erst hier angekommen«, sagte Mama zu West. »Wir sind ganz normal auf dem Nachhauseweg. Ich bin es leid, von euch ständig verfolgt zu werden.«

»Niemand ver ...« nahm West einen zweiten Anlauf.

»Und ob. Und ob. Das tun Sie doch.« Mama wurde immer lauter und zorniger. »Das ist ein freies Land! Glauben Sie, jemand hätte die Polizei gerufen, wenn wir weiß wären?«

»Da könnte durchaus etwas dran sein«, konterte West geschickt.

Mama war verblüfft, und ihre Kinder begriffen gar nichts mehr. Daß eine weiße Polizistin so etwas zugab, war unerhört, fast ein Wunder.

»Sie stimmen mir also zu, daß man Sie gerufen hat, weil wir Schwarze sind?« wollte Mama bestätigt haben.

»Das könnte ich mir durchaus vorstellen, und ich finde das absolut nicht fair. Allerdings wußte ich nicht, daß Sie Farbige sind, als uns der Ruf über Funk erreichte«, fuhr West in ruhigem, aber bestimmtem Ton fort. »Wir haben den Einsatz nicht übernommen, weil wir glaubten, daß Sie schwarz, weiß, gelb oder was auch immer sind, sondern weil es unser Job ist. Wir wollten uns vergewissern, daß alles in Ordnung ist.«

Mama rollte weiter, ihre Brut im Schlepptau. Sie versuchte, ihren Haß aufrechtzuerhalten. Aber sie war unsicher geworden. Sie spürte, wie ihr die Tränen kamen, und wußte nicht, warum. Die Polizisten gingen zu ihrem neuen, glänzend polierten Auto zurück und fuhren davon.

»Rudof, Sohn, zieh deine Hose hoch«, mahnte Mama mit klagendem Unterton. »Du wirst noch stolpern und dir das Genick brechen. Das gilt auch für dich, Joshua. Das schwör ich dir.« Sie rollte durch die Nacht zurück in ihre ärmliche Behausung.

Schweigend fuhren Brazil und West zum Wilkinson Boulevard zurück. Ihm ging noch einmal durch den Kopf, was sie zu diesen Leuten gesagt hatte. *Wir* hatte sie mehrere Male gesagt, wo andere meist nur *ich* gesagt hätten, so als ob einer wie Brazil gar nicht da gewesen wäre. Es tat gut, wenn sie ihn einbezog. Auch die sanfte Bestimmtheit, die sie dieser verletzten und haßerfüllten Familie gegenüber an den Tag gelegt hatte, hatte ihn sehr berührt. Brazil hätte ihr gern gesagt, wie bewundernswert er ihre Haltung fand, doch eigenartigerweise fehlten ihm wieder die Worte, genau wie es ihm mit Hammer ergangen war.

Nachdenklich fuhr West in Richtung Innenstadt zurück und wunderte sich über das Schweigen ihres Begleiters. Vielleicht ärgerte es ihn, daß sie Einsätzen aus dem Weg ging oder es zumindest um jeden Preis versuchte. Sie fühlte sich schlecht dabei. Wie würde sie es im umgekehrten Fall finden? Es war wirklich nicht sehr nett von ihr, und er war durchaus im Recht, wenn er es ihr übelnahm. West schämte sich zutiefst für ihr Verhalten. Sie drehte das Funkgerät lauter und griff nach dem Mikrofon.

»Hier 700«, sagte sie.

»700, ich höre«, kam es aus der Einsatzzentrale zurück.

»Melde zehn-acht.«
Brazil traute seinen Ohren nicht. West hatte gerade ihre Einsatzbereitschaft durchgegeben. Sie wollte tatsächlich Einsätze fahren wie jede andere Streife. Jetzt würden sie es endlich mit echten Fällen zu tun bekommen. Jetzt würde es Ärger geben, und sie waren entschlossen, sich ihm entgegenzustellen. Sie brauchten nicht lange zu warten. Der erste Einsatz rief sie zur katholischen Kirche Our Lady of Consolation, Unserer Lieben Frau der Tröstungen.
»Beschwerde über laute Musik aus dem Club im Einkaufscenter gegenüber«, lautete die Information aus dem Äther.

Der Beamte in der Einsatzzentrale hatte den Spitznamen Radar, und das nicht ohne Grund. Radar hatte seine Laufbahn bei der Highway Patrol von North Carolina begonnen, wo er bald eine gewisse Berühmtheit erlangte. Er nagelte sie alle fest, Autos, Brückenpfeiler, Häuser, Laster, Verkehrszeichen, Fußgänger, Tiefflieger, Heißluftballons und Bäume. Immer wieder und immer wegen Geschwindigkeitsübertretung. Seine Radarpistole war sein Ein und Alles. Es verschaffte ihm eine tiefe Befriedigung, auf den Highways Angst und Schrecken zu verbreiten, indem er ahnungslose Gesetzesbrecher auf ihrem Weg zu oder bei der Rückkehr von bedeutsamen Ereignissen zur Verantwortung zog. Radar ging in Pension. Er kaufte sich ein Wohnmobil und startete in der Einsatzzentrale eine neue Karriere, um das Gefährt zu bezahlen. Beim Notruf 911 waren alle der Überzeugung, daß Radar Ärger riechen konnte, noch bevor er entstand. Was nun den Anruf von der Kirche anging, hatte er ein wirklich ungutes Gefühl.
Deswegen hatte er den Einsatz Deputy West zugeteilt. Es gehörte zu Radars festen Überzeugungen, daß Frauen nicht in Uniformen gehörten, es sei denn, sie waren darunter nackt und erschienen auf dem Titelbild eines dieser Detektivmagazine, die er so liebte. Zu seiner Intuition, die sich fast jeder Erklärung entzog, gesellte sich in diesem Fall noch die Tatsache, daß die Beschwerde aus der Fat Man's Lounge kam. Die wurde von ein paar Gangstern betrieben, die über Frauen dasselbe dachten wie er. Colt, den Rausschmeißer, kannte Radar persönlich, und er wußte, ihm würde es ganz und gar

nicht gefallen, wenn West mit all dem Lametta an der Brust, ihrem knackigen Hintern und den großen Titten bei ihm aufkreuzte.

Doch von diesen Überlegungen wußte West nichts, als sie auf der Statesville Avenue wendete und sich eine Zigarette anzündete. Sie deutete mit dem Kinn auf das MDT. »Ich habe vierzig Minuten gebraucht, um mit diesem Ding umgehen zu können«, sagte sie. »Ihnen gebe ich zehn.«

Die katholische Kirche Our Lady of Consolation veranstaltete einen besonderen Musikabend, und auf dem Parkplatz standen die Wagen dicht an dicht. Die Liste katholischer Einrichtungen in den Gelben Seiten von Charlotte war nicht sehr lang, anders als die der Baptisten, Adventisten, Presbyterianer, Apostolischen und Protestantischen Gemeinden, der Pfingst- und Nicht-Pfingstgemeinden, der Gemeinschaft Gottes und der Gospelgemeinden verschiedenster Prägung, um nur ein paar zu nennen. Das Zahlenverhältnis war etwa achtundzwanzig zu eins zuungunsten der Katholiken.

Die katholischen Gemeinden fanden sich in den Gelben Seiten eingezwängt zwischen dem einzigen Buddhistentempel der Stadt und den Charismatikern, die in Zungen redeten. So kam es, daß die Katholiken ihr Gotteshaus nicht als Selbstverständlichkeit betrachteten, bestand doch jederzeit die Gefahr, daß vermummte Gegner es in Brand steckten. Gar nicht zu reden von den ewigen Schmähungen, denen ihre Einrichtungen in den verschiedensten Blättern immer wieder ausgesetzt waren. An diesem Abend brachte die Gemeinde Unserer Lieben Frau der Tröstungen den ganzen Block zum Vibrieren. Lichtschein drang durch bunte Glasfenster nach außen und illuminierte eine Jesusfigur mit Schafen.

»Sind Sie sicher, daß nicht die Bar sich über die Kirche beschwert hat?« fragte Brazil laut.

Auch West wunderte sich über die Situation. Kam die Beschwerde denn nicht von der Kirchengemeinde? Wie, zum Teufel, konnte jemand dort drinnen etwas anderes hören als den eigenen Chor? Der intonierte gerade lautstark einen Choral, begleitet von Orgel, Schlagzeug, Gitarren und möglicherweise ein oder zwei Geigen. Sie bog zum Einkaufscenter direkt gegenüber ein und fuhr quer über

den Parkplatz. In der Fat Man's Lounge war nicht annähernd soviel los wie in der Kirche. Ein paar finstere Typen mit verschlagenem Blick hingen vor dem Lokal herum, rauchten und tranken.
Aus der Lounge drang kein Laut nach draußen. Brazil vermutete, daß jemand von der Kirche sich deswegen beschwert haben mußte, weil er der Fat Man's, zweifellos einem Ort der Sünde und des Lasters, Ärger machen wollte. Bestimmt hätte die Gemeinde Unserer Lieben Frau lieber ein anderes Etablissement als Nachbarn gegenüber gehabt, etwas Ehrbares, Familiengerechtes wie eine Shoney's-Filiale oder einen Laden der Blockbuster Videokette, vielleicht auch eine Bar für Sportfreaks. Die Gestalten vor der Lounge verfolgten mit feindseligen Blicken, wie West den Wagen abstellte. Sie stieg aus und ging, von Brazil begleitet, auf ihr Empfangskomitee zu.
»Wo soll denn hier Lärm sein?« fragte West. »Bei uns ist eine Beschwerde eingegangen.«
»Der einzige Lärm hier kommt von da drüben«, sagte einer der jungen Kerle und zeigte mit dem Kinn auf die Kirche. Herausfordernd genehmigte er sich einen ausgiebigen Schluck Bier. Er war betrunken und machte einen verschlagenen Eindruck.
»Es hieß, der Lärm käme von hier«, beharrte West. Sie ging auf den Eingang der Lounge zu, gefolgt von Brazil. Die jungen Männer machten ihnen Platz. Das Fat Man's war ein deprimierendes, düsteres Lokal. Rauch hing in der Luft, und aus den Lautsprechern kam Musik, allerdings nicht besonders laut. An Holztischen saßen Männer und tranken. Ihre Blicke hingen an einer Frau im String-Tanga, die vorn auf der Bühne Quasten an ihren schweren Hängebrüsten kreisen ließ. Brazil wollte nicht zu aufdringlich hinsehen, aber er war ziemlich sicher, daß auf die linke leuchtend gelb ein Planet tätowiert war, der Saturn, um den rasant Ringe kreisten. Große Ringe, in großen Kreisen. Das waren zweifellos die größten Brüste, die er je im Leben gesehen hatte.
Die Stripperin, Minx war ihr Künstlername, schluckte die nächste Valiumpille. Sie hatte Durst und brauchte dringend eine Zigarette. Zu allem Übel waren da nun auch noch diese verdammten Cops in ihrem Laden. Was war es denn diesmal? Sie ließ ihre Brüste in der

anderen Richtung kreisen, dann beide gegeneinander. Normalerweise brachte das die Männer auf Trab, doch an diesem Abend war die knauserige Meute so leicht zu erregen wie ein Grabstein. Minx lächelte. Der junge Cop konnte seine Blicke nicht von ihr wenden.
»Noch nie Titten gesehen?« fragte sie, als er an ihr vorbeiging.
Brazil reagierte nicht, West bedachte sie dagegen mit einem kühlen Blick. Das Spiegelei-Tatoo auf der linken Brust der Stripperin fand sie ganz raffiniert und durchaus passend. Mein Gott, wenn man sie sich genau ansah, dann erkannte man ihre Schwangerschaftsstreifen und Cellulite. Ihre Kunden interessierte offenbar nichts als der Inhalt ihrer Gläser. Colt, der Rausschmeißer, war die Ausnahme. Er kam auf die Cops zu wie eine Dampframme im Einsatz – eine große und furchteinflößende Figur in schwarzglänzendem Anzug mit roter Lederkrawatte, dicke Goldketten am Armgelenk. So, wie er auf sie losmarschierte, schien er schon zu einigem fähig. Wahrscheinlich würde er sich als ersten Brazil vornehmen.
»Bei uns ist eine Beschwerde über zu laute Musik eingegangen«, sagte West zu Colt.
»Hören Sie was?« Colt hob das schwere Kinn, wobei sich die Adern wie dicke Seile auf seinem mächtigen Hals abzeichneten.
Er haßte diese weißen Cops, insbesondere die Schlampe da. Wofür hielt die sich eigentlich? Schneite da einfach so mit ihrer lächerlichen Uniform und dem Lametta am Kragen ins Fat Man's rein und glaubte, sie könne einem hart arbeitenden Mann an den Karren fahren. Er warf Minx einen Blick zu, um sich zu vergewissern, daß ihre Show nicht müde wurde. Es schien keine Nacht zu vergehen, in der er nicht etwas mehr Energie in sie hineinprügeln, ihr Schmerzen an Stellen zufügen mußte, die man nicht sah. Nur so konnte er sie dazu bringen, ihren Job zu machen. Sie kam aus dem Takt und geriet ins Wanken, aber niemanden schien das zu kümmern. Und niemand gab ihr ein Trinkgeld. Zwei der Stammgäste standen auf und gingen. Die Nacht war noch jung. Das war alles nur die Schuld der Cops.
Colt stieß eine Seitentür auf, die auf eine schmale Gasse hinausführte. Er packte Brazil so heftig vorn an seinem Uniformhemd, daß es riß.

»*Heee!*« schrie Brazil auf.

Colt hob den elenden Mistkerl hoch und schleuderte ihn hinaus in den Müll, denn dort gehörte er schließlich hin. Abfalleimer schepperten über den Asphalt, Flaschen klirrten. Nur gut, daß Brazil ohnehin schon schmutzig war. Er stand auf und sah gerade noch, wie West ihre Handschellen herauszog. Colt hatte auch sie am Uniformhemd gepackt, um sie ebenfalls ins Freie zu befördern. In diesem Moment schrie der kleine Mistkerl »*Mayday! Mayday!*« in sein Funkgerät.

# Kapitel 12

Colt riß den Mund auf, und für einen Moment glaubte er, jemand habe ihm ein Billardqueue in die Grube unter seinem massiven Hals gerammt. Dann drang ihm die Erkenntnis in sein schwindendes Bewußtsein, daß diese Schlampe ihren Zeigefinger in die weiche Höhle über seiner Luftröhre bohrte. Ihm blieb die Luft weg. Sie bohrte, und er schnappte mit weit aufgerissenem Mund nach Luft. Die Zunge hing ihm heraus, die Augen quollen hervor. Außerdem war jetzt der Lauf einer Pistole auf seine Nasenspitze gerichtet. In Colts Ohren klingelte es, sein Blut rauschte. In diesem Moment schrie die Schlampe in einem Ton, als wolle sie Hackfleisch aus ihm machen:

»*Eine einzige Bewegung, und ich blase dir das Hirn weg, du verdammter Mistkerl!*«

Minx ließ ihre Brüste kreisen. Die Gäste tranken. Die Cops von der Verstärkung stürzten wie aus weiter Ferne in den dunklen verrauchten Raum. West stützte sich mit einem Knie auf Colts bulligen Rükken und war gerade dabei, die Handschellen eng um seine Handgelenke schnappen zu lassen. Ehrfürchtig sah Brazil ihr zu. Die Cops verfrachteten Colt und die betrunkenen Typen ins Gefängnis. Minx erkannte ihre Chance. Sie stieg von ihrem Laufsteg, zog die wenigen lumpigen Dollarscheine aus dem Bund ihres Tangas, hüllte sich in ein Sweatshirt und zündete sich eine Zigarette an. Nur raus hier, dachte sie, wenigstens für heute.

»Warum nur habe ich zugelassen, daß Sie mich in so eine Lage bringen«, fragte West, als sie ihren Wagen aufschloß. »Es hat schon seine Gründe, warum ich so etwas nicht mehr mache.« Sie stieg ein,

zog sich mit einem Ruck den Sicherheitsgurt über die Brust und ließ den Motor an.
Beide waren erregt und versuchten, es sich nicht anmerken zu lassen. Brazil hielt sein ruiniertes Uniformhemd zusammen, dem nun die Hälfte seiner Knöpfe fehlte. West entging nicht, daß er einen gut entwickelten Brustkorb hatte, der genau in der richtigen Proportion zu Schultern, Armen und Beinen stand. Im selben Moment brach sie die Aussendung eigener Signale – Körpersprache, Blicke, Worte, Erregtheit – ab, die sie durchströmten. Woher kam die überhaupt? Aus einer anderen Welt? Von ihr jedenfalls nicht. Ganz bestimmt nicht. Sie öffnete das Handschuhfach und wühlte nach einer winzigen Heftzange, die mit Sicherheit dort irgendwo sein mußte.
»Halten Sie still«, sagte sie im Befehlston.
Sie beugte sich zu ihm hinüber, denn anders hatte sie keine Möglichkeit, die Situation wieder ins Lot zu bringen. Sie zog das Hemd zusammen und fing an zu heften. Brazils Herz legte an Tempo zu. Er roch den Duft ihrer Haare. Seine schienen ihm senkrecht zu Berge zu stehen. Er rührte sich nicht und wagte kaum noch zu atmen, als ihre Finger ihn streiften. Er war sicher, daß sie wußte, was er empfand. Und wenn er sie, hin- und hergerissen wie er war, versehentlich irgendwo berührte, würde sie nie glauben, daß das Zufall war. Sie würde ihn für einen von diesen schwanzgesteuerten Typen halten, die sich nicht beherrschen konnten. Niemals würde sie ihn als Person sehen, als ein sensibles menschliches Wesen. Er würde von ihr stets auf dieses Ding reduziert werden, dieses Männerding. Wenn sie auch nur noch einen Zentimeter weiter nach rechts rückte, würde er sterben, auf der Stelle, hier auf ihrem Beifahrersitz.
»Wann haben Sie zum letzten Mal so was gemacht?« gelang es ihm schließlich zu fragen.
Sie bedeckte ihr Werk mit seiner Klipkrawatte. Je mehr sie einen Kontakt mit diesem Menschen vermeiden wollte, desto ungeschickter wurden ihre Hände. Nervös wollte sie die Heftzange wieder verstauen und ließ sie dabei fallen.
»Ich brauche sie, wenn ich Berichte und Protokolle zusammen-

hefte.« Sie tastete unter ihren Sitz. »Für ein Hemd habe ich sie allerdings noch nicht benutzt, soweit ich mich erinnern kann.« Erst beim dritten Versuch gelang es ihr, die Klappe des Handschuhfachs mit Schwung zuzuknallen.

»Nein«, sagte Brazil und mußte sich wieder räuspern. »Ich meine die Sache da drinnen. Der Typ hatte bestimmt seine hundertfünfundzwanzig Kilo, und Sie haben ihn in die Knie gezwungen. Ohne jede Hilfe.«

West legte den Gang ein. »Das könnten Sie auch«, sagte sie. »Alles, was Sie dazu brauchen, ist Übung.«

»Vielleicht könnten ...?«

Sie hob die Hand, als wolle sie den Verkehr stoppen. »Nein! Verdammt noch mal, ich bin doch keine Ein-Mann-Polizeischule!« Sie klopfte auf das MDT. »Melden Sie uns von hier ab, Partner.«

Etwas zögernd fing er an zu tippen. Das System gab ein Piepsen von sich, als ob es ihn mochte. »Meine Güte«, sagte er, »das ist wirklich toll.«

»Sie sind leicht zufriedenzustellen«, meinte West.

»Einheit 700«, sagte der Beamte in der Einsatzzentrale. »Vermißte Person in fünf sechsundfünfzig Midland Court.«

»Mist. Nicht schon wieder.« West griff nach dem Mikrofon und warf es ihrem Partner zu. »Nun zeigen Sie einmal, was man den Volunteers heutzutage so auf der Academy beibringt.«

»Hier 700«, sagte er laut und deutlich. »Übernehmen zehn-achtzehn, Block fünf sechsundfünfzig Midland.«

Vermißtenanzeigen und deren Bearbeitung zogen stets einen unglaublichen Papierkrieg nach sich. Obendrein blieben die Ermittlungen in den meisten Fällen ergebnislos. Entweder wurde die entsprechende Person nicht wirklich vermißt, oder es war tatsächlich der Fall, und sie war tot. Radar hätte es lieber gesehen, wenn West im Fat Man's einen Tritt in den Arsch bekommen hätte. Aber wenigstens konnte er dafür sorgen, daß sie den Rest ihres Lebens mit dem Ausfüllen von Formularen verbrachte. Zudem war Midland Court sozialer Wohnungsbau und ganz gewiß kein angenehmer Aufenthaltsort für eine Frau oder ihren Reporter-Partner.

Luellen Wittiker lebte in einer Zweizimmerwohnung. Wie überall hier stand auch die 556 in riesigen Ziffern über der Wohnungstür. Die Stadtverwaltung hatte diese Kennzeichnung kostenlos übernommen, damit die Polizei sich leichter zurechtfand, wenn sie mit Taschenlampen in der Hand und hechelnden Hunden an der Leine hierherkam. Luellen Wittiker war gerade erst eingezogen. Sie kam von Mint Hill, wo sie bis zu ihrem Schwangerschaftsurlaub, Anfang des achten Monats, als Kassiererin bei Wal-Mart gearbeitet hatte. Außerdem war sie es leid gewesen, daß Jerald immer wieder bei ihr auftauchte. Wie oft hatte sie zu ihm im Laufe der Zeit nein sagen müssen? N-E-I-N.

Händeringend ging sie auf und ab. Auf dem Bett dicht neben der Tür lag ihre vierjährige Tochter Tangine und sah sie an. An den Wänden stapelte sich noch eine durchaus überschaubare Anzahl von Umzugskartons. Die Familie Wittiker reiste mit leichtem Gepäck. Luellen betete unablässig, daß Jerald nicht herausfand, wo sie inzwischen wohnte. Er würde mit Sicherheit aufkreuzen. Ohne Frage. Sie wanderte weiter. Wo, zum Teufel, blieb nur die Polizei? Glaubte die etwa, man könne die Sache einfach auf später verschieben? Jetzt paßt es nicht so recht, kümmern wir uns später drum?

Oh ja. Gewiß würde er sie finden. Alles wegen dieser mißratenen Brut. Wheatie war jetzt Gott weiß wo da draußen und versuchte wohl irgendwie, Jerald ausfindig zu machen. Jerald war nicht Wheaties leiblicher Vater, aber der letzte Freund seiner Mutter. Wheatie betete Jerald an, er war sein Idol. Und genau da lag das Problem. Tangine folgte ihrer Mutter mit den Blicken. Sie lutschte ein Eis am Stiel. Jerald war nichts weiter als ein kleiner Dealer. Er kaufte und verkaufte Drogen aller Art und nahm sie auch selbst.

Kokain, Crack, Diesel, Gras, die ganze Palette. In seinem weiten, wattierten Jogginganzug und den Fila-Schuhen zog er herum, als gehöre er zur National Basketball Association. Er trug einen Diamantring im Ohr und besaß einen schwarzen Wagen mit Vierradantrieb und rot-gelben Zierstreifen. Er würde neben Wheatie stoppen, und Wheatie würde seine Nummer abziehen. Er würde weitergehen, üble Reden schwingen, sich cool geben, ganz wie Jerald. Anschließend würde er Luellen beschimpfen und sie vielleicht auch schlagen. Oder Marihuana rauchen. Ganz wie Jerald. Sie hörte Schritte auf der Treppe und rief laut, um auf sich aufmerksam zu machen.

»Polizei«, antwortete eine Frauenstimme.

Luellen schob einen dicken Block Schlackenstein von der Tür weg und entfernte ein Moniereisen, das sie auf einer Baustelle gefunden hatte. Auch die Hintertür hatte sie mit solchen improvisierten Sicherungen verbarrikadiert. Selbst wenn es Jerald oder seinen üblen Freunden gelänge einzudringen, würde sie es jedenfalls früh genug hören, um ihre mattschwarze Pistole, eine neun Millimeter Baretta 92F mit Tritium-Nachtsichtvorrichtung, Holzgriff und Fünfzehn-Schuß-Magazin hervorzuholen. Jerald hatte ihr die von ihm abgelegte Waffe gegeben und damit sicherlich einen großen Fehler gemacht. Sollte er wirklich einmal an ihre Tür klopfen, wäre das wohl seine letzte Aktion.

»Kommen Sie herein«, sagte Luellen zu den beiden Cops, die inzwischen die oberste Stufe der Steintreppe erreicht hatten.

Brazils Augen gewöhnten sich langsam an das grelle Licht, das die nackte Birne einer Plastiklampe mit dem Aussehen einer griechischen Säule ausstrahlte. Über den Bildschirm eines kleinen Fernsehers flimmerte ein Baseballspiel zwischen den Braves und den Dodgers. In einer Ecke vor der nackten Wand stand ein tragbarer Radiorecorder, und auf einem ungemachten Bett im Wohnzimmer saß ein kleines Mädchen. Sie hatte Zöpfe und traurige Augen. Es herrschte eine unerträgliche Hitze, und Brazil brach der Schweiß aus. Nicht anders ging es West. Sie hatte ein endlos langes Formular an ihrem Klemmbrett befestigt und bereitete sich auf einige Schreiberei vor. Luellen erzählte der Polizistin alles über Wheatie, auch daß er adoptiert und entsetzlich eifersüchtig auf Tangine und das ungeborene, noch namenlose Baby war.

»Er hat Sie angerufen, nachdem er den Bus verpaßt hat«, wiederholte West, ohne ihre Schreibarbeit zu unterbrechen.

»Wollte, daß ich ihn abhole. Ich sagte, ich kann nicht«, antwortete Luellen. »Als ich das letztemal schwanger war, ist er auf mich draufgesprungen, und ich habe das Baby verloren. Damals war er fünf-

zehn. Wie ich schon sagte, er war immer voller Haß, weil er adoptiert ist. Vom ersten Tag an hat er mir Ärger gemacht.«
»Haben Sie ein Foto von ihm?« fragte West.
»Ist noch eingepackt. Ich weiß nicht, ob ich es finde.«
Die Mutter beschrieb Wheatie als klein und pickelig. Er habe Adidas-Schuhe an, trage die sackartigen Jeans auf Halbmast, ein entengrünes T-Shirt und eine Baseballkappe der Hornets. Ein Haarschnitt sei längst fällig. Er könne überall sein, und Luellen mache sich Sorgen, daß er in schlechte Gesellschaft geraten und in Kontakt mit Drogen kommen könne. Brazil tat Tangine leid, die völlig bedeutungslos zu sein schien. Fasziniert von diesem blonden Mann in seiner tollen Uniform mit all dem glänzenden Leder, war sie von ihrem Bett heruntergeklettert. Er griff nach seiner Stablampe und ließ den Lichtstrahl über den Boden huschen, als spiele er mit einer Katze. Tangine begriff nicht, was das sollte, und bekam Angst. Sie fing an zu weinen und schien auch nicht aufhören zu wollen, als die Polizei wieder ging. Die Mutter sah Brazil und West nach, wie sie sich in völliger Dunkelheit die Treppe hinuntertasteten.
»Nette Art, sich fortzubewegen«, meinte West zu ihrem Partner.
Tangine jammerte und schrie ohne Unterbrechung.
Brazil verpaßte eine Stufe und landete auf dem Hosenboden. »Ich würde Licht machen, wenn es welches gäbe«, rief Luellen ihnen von der Tür aus nach.
Die nächsten zwei Stunden verbrachten sie im Schreibraum. West war noch immer mit dem Ausfüllen von Formularen beschäftigt. Sie hatte keine Ahnung gehabt, daß es heutzutage so viele waren. Von den Kollegen, die in dieser Nacht hier mit ihr zusammensaßen, kannte sie keinen persönlich. Sie benahmen sich unerzogen und schienen nicht geneigt, Wests Rang zu respektieren. Litte sie an Paranoia, dann hätte sie eine Verschwörung vermutet, daß jemand die Leute animiert hatte, dem Deputy Chief das Leben schwerzumachen, damit sie ihre Nase gefälligst in ihre eigenen Angelegenheiten steckte. Die meisten sah West nur von hinten, wie sie in ihre Maschinen tippten und an ihren Limonaden oder Cola Lights nippten. West hätte ihren Rang ins Spiel bringen und ihre Arbeit dele-

gieren können, tat es aber nicht. Sie gab selbst die Vermißtenmeldung an das NCIC weiter.
Eine Zeitlang kreuzten sie und Brazil um den Midland-Komplex herum und hofften, daß ihnen der kleine pickelige Adoptivsohn mit der Hornets-Kappe über den Weg lief. Langsam fuhren sie an Gruppen von Jugendlichen vorüber, die unter Laternen an Straßenecken lungerten und ihnen haßerfüllte Blicke zuwarfen. Von Wheatie keine Spur. Im Laufe des Abends hatte Brazil so eine Art Beziehung zu ihm aufgebaut. Er stellte sich das elende Leben vor, das Wheatie führte, seine Einsamkeit, seine Wut. Welche Chance hatte so ein Junge schon im Leben? Nur schlechte Beispiele rundherum und Cops, die wie Cowboys bloß darauf warteten, ihn mit dem Lasso einzufangen.
Zwar war auch Brazils Kindheit kein Zuckerschlecken gewesen, aber hiermit war das wirklich kein Vergleich. In seiner Nähe hatte es Tennisplätze gegeben und nette Nachbarn. Für die Sicherheitsleute im Davidson war er wie ein Familienmitglied gewesen. In ihrem kleinen Backsteinrevier war er stets willkommen gewesen, um ihren Geschichten, ihrem Tratsch und ihren Übertreibungen zu lauschen. Wenn er hereinkam, hatten sie ihm immer das Gefühl gegeben, etwas Besonderes zu sein. So war es auch im Waschsalon mit seinem Hängeboden und dem undurchdringlichen Gewirr von rostigen Drahtbügeln gewesen, die die Studenten dort im Lauf der Jahre hinaufgeschleudert hatten: Doris, Bette und Sue hatten während ihres Dienstes dort stets Zeit für Brazil gehabt. Und das galt auch für die Snack Bar, den M&M-Getränkeladen, die Buchhandlung, überall wo er hinkam, eigentlich.

Wheatie hatte nie solche Erfahrungen gemacht, und dabei würde es wahrscheinlich auch bleiben. Während West einen Autofahrer wegen eines nicht angelegten Sicherheitsgurts verwarnte, trieb Wheatie sich mit seinen Idolen in den Slums hinter der Beatties Ford Road herum. Drei Freunde waren sie, alle erheblich älter als er selbst. Sie trugen enorm weite Hosen, riesige Schuhe und hatten dicke Dollarbündel in den Taschen. Sie lachten, begrüßten andere mit erhobenem Arm und Handschlag und schwebten auf Dopewol-

ken. Es war wirklich ein toller Abend. Für einen wunderbaren Augenblick war diese hohle, schmerzende Stelle in Wheaties Herz ausgefüllt, und er fühlte sich wohl.
»Gib mir eine Kanone, ich will für dich arbeiten«, sagte er zu Slim.
»So ein Winzling wie du?« Slim lachte. »Nee.« Er schüttelte den Kopf. »Wenn ich dir einen Job gebe, kommt doch einer her und versohlt dir den Hintern. Und ich gehe leer aus.«
»Quatsch«, sagte Wheatie im Brustton der Überzeugung. »Ich laß mich von niemandem übers Ohr hauen.«
»Und ob«, sagte Tote.
»Und ob«, echote Fright und klopfte Wheatie dabei auf den Kopf.
»Oh, Mann, ich brauche was zu essen«, sagte Slim, der einen Ochsen vertilgen konnte, wenn er high war. »Nehmen wir uns Hardee's vor?«
Er meinte das wörtlich. Slim und seine Kumpane standen unter Drogen und waren bewaffnet, und die Idee, Hardee's auszurauben war genausogut wie alle anderen, die sie an jenem Abend gehabt hatten. Alle klemmten sich in seinen roten Geo-Geländewagen. Sie fuhren los, das Radio so laut aufgedreht, daß noch fünf Wagen weiter das Vibrieren der Bässe zu spüren war. Während der Fahrt dachte Wheatie, wie stolz Jerald in diesem Augenblick auf ihn wäre. Er wäre sicher beeindruckt von Wheaties Kumpels. Wheatie hätte Jerald gern Slim, Tote und Fright vorgestellt. Und die würden dann verdammt weniger großspurig tun und Wheatie etwas mehr respektieren. Ja, verdammt, ganz bestimmt. Er sah aus dem Fenster. Autos glitten vorbei. Telefonmasten standen am Straßenrand. Sein Herz schlug höher. Jetzt wußte er, was er zu tun hatte.
»Gebt mir eine Kanone, und ich mache den Job«, sagte er so laut, daß es auch über die Heavy-Metal-Musik hinweg zu hören war.
Slim am Steuer lachte wieder und warf ihm über den Rückspiegel einen Blick zu. »Tatsächlich? Hast du schon mal einen Coup gelandet?«
»Ja, bei meiner Mutter. Hab ihr ein paar verpaßt.«
Alle lachten.
»Oh, er hat seine Mutter *geschlagen!* Ei, ei! So ein böser Junge!«
Sie brachen in schallendes Gelächter aus. Slim überholte, scherte

ein, wechselte die Fahrspur. Fright zog seinen auf Hochglanz polierten Revolver heraus. Ruger .357 Blackhawk mit sechzehn Zentimeter langem Lauf, Nußbaumgriffen und einstellbarem Visier. Er war mit sechs Hydra-Shoks geladen. Er gab Wheatie die Waffe, und der tat so, als wisse er alles über Kanonen und besitze selbst jede Menge davon. Sie fuhren bei Hardee's vor. Gespannt sahen die Freunde Wheatie an.

»Also los, kleiner Scheißer«, sagte Slim zu ihm. »Du gehst rein und bestellst zwölf Stück. Nur Brustfleisch.« Er zog einen Zwanzig-Dollarschein aus seinem Bündel. »Du bezahlst und wartest. Du unternimmst nichts, bevor du das Essen hast, ist das klar? Dann klemmst du es dir unter den Arm, ziehst die Kanone, räumst die Kasse leer und rennst, was das Zeug hält.«

Wheatie nickte, und sein Herz schlug zum Zerspringen.

»Wir bleiben nicht hier stehen«, fügte Fright jetzt hinzu und machte eine Kopfbewegung zur Payless-Tankstelle nebenan. »Dahinten, bei den Müllcontainern. Wenn es zu lange dauert, kleiner Scheißer, sind wir weg.«

Wheatie hatte verstanden. »Zieht Leine«, sagte er cool und unbesiegbar, während er sich die Waffe vorn in den Hosenbund schob und das T-Shirt darüberzog.

Wheatie wußte nicht, daß gerade diese Hardee's-Filiale schon einmal ausgeraubt worden war. Slim, Fright und Tote wußten es dagegen sehr genau. Sie lachten und steckten sich den nächsten Joint an, während sie davonfuhren und Wheatie sich auf den Weg machte. Heute Nacht würde dieser kleine Arsch eingebuchtet. Er würde lernen, was es wirklich heißt, im Knast zu landen. Seine Hosen würden rutschen, weil man ihm den Gürtel abnahm, und dann würden auch die anderen Hüllen fallen, wenn irgendein Arschficker Lust auf seinen süßen kleinen Hintern bekam.

»Zwölf Stück, weißes Fleisch.« Jetzt an der Theke klang Wheaties Stimme nicht mehr ganz so cool. Er zitterte vor Angst und hatte das Gefühl, diese fette schwarze Lady mit Haarnetz erriet seine Absicht.

»Welche Beilagen willst du?« fragte sie.

Mist. Das hatte Slim ihm nicht gesagt. Wenn er das Falsche brachte,

würden sie ihn umbringen. Unsicher und entschlossen zugleich sah er hinaus, doch der Geländewagen war verschwunden.
»Gebackene Bohnen, Krautsalat und Brötchen.« Er tat sein Bestes. Sie addierte und nahm seinen Zwanziger. Er ließ das Wechselgeld auf der Theke liegen, aus Angst, sie könnte beim Einstecken seine Kanone sehen. Nachdem er sich die große Tüte mit Hähnchenteilen und Beilagen unter den mageren Arm geklemmt hatte, zog Wheatie den Revolver, nicht gerade geübt, aber er bekam ihn heraus. Er richtete ihn auf das verblüffte Gesicht der fetten Lady.
»Rück das Geld raus, du Schlampe! Alles!« befahl er und legte all seine Grausamkeit in seine Stimme, während die Waffe in den kleinen Händen zitterte.
Wyona war die Geschäftsführerin der Filiale und stand heute nur an der Theke, weil zwei Leute sich an diesem Abend krank gemeldet hatten. Dreimal in ihrem Leben war sie schon ausgeraubt worden, und dieses kleine Miststück weißes Fleisch würde nicht vier daraus machen. Sie stemmte die Arme in die Hüften und funkelte ihn an.
»Was hast du vor, du Hähnchen? Mich erschießen?« sagte sie in singendem Tonfall.
Darauf war Wheatie nicht vorbereitet. Er spannte den Hahn, und seine Hände zitterten noch mehr. Er leckte sich die Lippen, sein Blick schoß hin und her. Jetzt war der Augenblick der Entscheidung. Er würde nicht zulassen, daß diese fette Hühnerlady ihn runtermachte. Verdammt, Mann. Er würde ohne Geld abziehen müssen, und das wäre das Ende seiner Karriere. Er wußte nicht einmal genau, ob er die Kanone richtig herum hielt. Verdammt, er war wirklich in Schwierigkeiten. Er schloß die Augen und betätigte den Abzug. Eine gewaltige Explosion erfüllte den Raum, und der Revolver machte einen Satz in seiner Hand. Die Kugel schlug in die beleuchtete Preistafel über Wyonas Kopf bei *Pommes frites, groß, $ 1,99* ein. Sie riß ihm den großen .357er aus der Hand, und er rannte wie von der Tarantel gestochen davon.

Wyona hielt sehr viel von Zivilcourage. Sie trieb Wheatie vor sich her durch die Tür, folgte ihm wie das heilige Donnerwetter über den Parkplatz, über die Straße zur Tankstelle und bis hinter das Gebäude, wo ein roter Geländewagen stand, in dem ein paar Jugendliche saßen und Gras rauchten. Sie sahen die Verfolgungsjagd und versperrten die Türen. Erfolglos rüttelte Wheatie an einem der Griffe. Er schrie auf, als die gewaltige Lady ihn hinten an der Hose packte. Die rutschte ihm im selben Moment auf die ledernen Adidas hinunter. In einem Knäuel von rotem Denim verfangen, fiel er zu Boden. Wyona hatte den Revolver durch die Glasscheibe auf den Kopf des Fahrers gerichtet.

Slim sah es einem Blick sofort an, wenn er Entschlossenheit ausstrahlte. Diese Schlampe würde auf ihn schießen, wenn er nur mit der Wimper zuckte. Langsam löste er die Hände vom Lenkrad und hob sie hoch.
»Nicht schießen«, bettelte er. »Bitte nicht schießen.«
»Nimm dein Autotelefon und ruf die 911 an, auf der Stelle«, schrie Wyona ihm zu.
Er tat es.
»Sag Ihnen, wer ihr seid und was ihr getan habt. Und sag ihnen noch, wenn sie nicht in genau zwei Minuten hier sind, puste ich dir dein verdammtes Spatzengehirn weg!« schrie sie. Ihr Fuß ruhte fest auf Wheatie, der flach und zitternd, das Gesicht nach unten, auf dem Boden lag. Die Hände hielt er sich schützend über den Kopf.
»Wir haben gerade Hardee's überfallen und sind hinter der Payless an der Central Avenue«, schrie Slim ins Telefon. »Bitte kommen Sie schnell!«

In der Notrufzentrale wußte Selma, die den Anruf entgegennahm, nicht genau, was sie davon halten sollte. Dann gab sie ihm aber Vorrang, weil sie instinktiv spürte, daß sich jeden Augenblick eine Tragödie abspielen konnte. Radar war für diese Nacht noch nicht fertig mit West und gab ihr den Notruf weiter.

»Verdammt noch mal«, fluchte West. Sie fuhren gerade an der Piedmont Open Middle School vorbei. West versuchte, weiteren Problemen aus dem Weg zu gehen, und wollte die Nummer ihrer Einheit nicht mehr hören, nie mehr.

Brazil dagegen konnte gar nicht schnell genug nach dem Mikrofon greifen. »Einheit 700 hört«, sagte er.
»Vorfall unbekannter Art Block viertausend, Central Avenue«, sagte Radar mit einem Lächeln.
West trat das Gaspedal durch, raste die Tenth Street hinunter und bog bei Block eintausend in die Central ein. Bis sie mit hohem Tempo den Veterans Park und den Saigon Square passierten, hatten sich ihr schon mehrere Einheiten zur Verstärkung angeschlossen. Inzwischen hatte sich nämlich bei sämtlichen Cops herumgesprochen, daß ihr Deputy Chief bereits mehrere gefährliche Einsätze hinter sich hatte, ohne daß ihr jemand zu Hilfe gekommen war. Als sie das Tankstellengelände erreichte, hatte sie bereits sechs Streifenwagen mit Blaulicht im Schlepptau. Das war zwar ungewöhnlich, aber West stellte keine Fragen. Sie war dankbar dafür. Sie und Brazil stiegen aus. Wyona ließ die Waffe sinken, als sie Hilfe nahen sah.
»Die Burschen haben versucht, mich auszurauben«, sagte sie zu Brazil.
»Wer war das?« fragte West.
»Dieses weiße Stück Scheiße hier unter meinem Fuß«, sagte sie zu Brazil.
West sah das ungepflegte Haar, die pickelige Haut, T-Shirt und Kappe der Hornets. Die Jeans des Jungen hatten sich um seine Basketball-Schuhe gewickelt, so daß er nun in gelben Boxershorts dalag, neben ihm eine große Tüte mit Hähnchenteilen und Beilagen.
»Er kam rein, bestellte zwölf Stück, nur Brustfleisch, und zog dann dieses Ding raus.« Wyona überreichte Brazil die Waffe, schließlich war er ein Mann. Sie hatte noch nie mit einer Polizistin zu tun gehabt und wollte auch jetzt nicht damit anfangen. »Ich bin ihm bis hierhin nachgerannt, wo diese Hurensöhne auf ihn gewartet haben.« Sie gestikulierte wütend und zeigte auf Slim, Fright und Tote, die ängstlich in ihrem Geländewagen kauerten.
West nahm Brazil die Waffe ab. Sie blickte zu den sechs Officers hinüber, die sich hinter ihr versammelt hatten und die Szene beobachteten.

»Festnehmen«, sagte sie zu der Truppe, und an Wyonas Adresse fügte sie hinzu: »Vielen Dank.«
Die Jungen mußten sich nebeneinander aufstellen, damit ihnen Handschellen angelegt werden konnten. Da sie nun den offiziellen Täterstatus erfüllten und außer Lebensgefahr waren, kehrte auch ihr Mut zurück. Haßerfüllt sahen sie die Cops an und spuckten vor ihnen aus. Im Wagen warf West Brazil einen kurzen Blick zu, und er gab auf dem MDT durch, daß der Einsatz abgeschlossen war.
»Warum sind wir so verhaßt?« fragte er.
»Die Menschen neigen dazu, andere so zu behandeln, wie sie selbst behandelt werden«, antwortete sie. »Cops, zum Beispiel. Viele machen es genauso.«
Schweigend fuhren sie eine Weile weiter durch ärmliche Viertel, hinter denen die glitzernde City aufragte.
»Und Sie?« fragte Brazil. »Wie kommt es, daß Sie diesen Haß nicht verspüren?«
»Ich hatte eine schöne Kindheit.«
Die Antwort ärgerte ihn. »Nun, bei mir war das anders, und trotzdem hasse ich nicht alle und jeden«, sagte er. »Also erwarten Sie nicht, daß solche Menschen mir leid tun.«
»Was soll ich dazu sagen?« Sie zog eine Zigarette heraus. »Mit Adam und Eva hat es angefangen und sich immer so fortgesetzt – über den Bürgerkrieg, den Kalten Krieg, Bosnien. Und Gott hat nur sechs Tage gebraucht, um all das zu schaffen.«
»Sie sollten mit dem Rauchen aufhören«, sagte er und dachte daran, wie ihre Finger ihn berührt hatten, als sie sein Hemd in Ordnung gebracht hatte.

# Kapitel 13

Brazil mußte über vieles nachdenken. Eilig schrieb er seine Artikel und brachte sie knapp vor Redaktionsschluß auf den Weg. Ihn trieb eine seltsame Unruhe, von Müdigkeit keine Spur. Er wollte nicht nach Hause. Als West ihn auf dem Parkdeck bei seinem Wagen abgesetzt hatte, war er plötzlich sehr niedergeschlagen. Kurz nach Mitternacht verließ er die Nachrichtenredaktion und fuhr mit der Rolltreppe in den ersten Stock hinunter.

Brazil öffnete die Tür zum Drucksaal, wo alles auf Hochtouren lief. Die gelben Transportbänder ratterten mit einer Geschwindigkeit von siebzigtausend Exemplaren pro Stunde vorbei. Der Lärm war fast ohrenbetäubend. Männer mit Hörschutz und in Schürzen voller Druckerschwärze nickten ihm zu. Seine seltsamen Pilgermärsche in ihre laute, schmutzige Welt waren ihnen allerdings ein Rätsel. Er kam zu ihnen herein und starrte auf Kilometer vorbeirasender Zeitungen, die von Transportbändern durch ratternde Faltmaschinen und die Zählmaschine gezogen wurden. Noch nie hatten die schwer arbeitenden Menschen hier einen Reporter erlebt, der sich auch nur im geringsten dafür interessiert hätte, was mit seinen schlauen Artikeln und reißerischen Schlagzeilen passierte, bevor die Bürger sie dann zum Morgenkaffee konsumierten.

Die Macht dieser riesigen und beängstigenden Maschinen zog Brazil auf unerklärliche Weise an. Ehrfürchtig sah er seine erste Seite tausende und abertausende Mal vorübergleiten. Es beschämte ihn, und er konnte es kaum glauben, daß so viele Menschen da draußen an seiner Sicht der Dinge Anteil nahmen und sich für das, was er zu sagen hatte, interessierten. Die fette Schlagzeile von heute handelte natürlich davon, wie Batman und Robin den gekaperten Bus gerettet hatten. Auch nicht übel war, was er zu JUNGE LIEF VON ZU HAUSE FORT – WARUM? auf der ersten Seite des Lokalteils geschrieben hatte, oder die Spalte über den Zwischenfall in der Fat Man's Lounge.

Eigentlich hätte Brazil seine Eindrücke von den Einsatzfahrten mit West noch in zahllosen weiteren Reportagen festhalten können. Langsam stieg er die eiserne Wendeltreppe zum Versand hinauf. Sie hatte ihn *Partner* genannt. Immer wieder hörte er es sie sagen. Er mochte den tiefen, wohltönend weiblichen Klang ihrer Stimme und assoziierte sie mit altem Holz, mit Rauch und moosbewachsenen Steinen, mit weichem Leder, über das Sonnenflecken tanzen.

Brazil wollte nicht nach Hause. Nachdenklich schlenderte er zu seinem Wagen. Er war melancholisch und wußte nicht, warum. Das Leben war schön. Mit seinem Job konnte es nicht besser laufen. Die Cops schienen nicht allzusehr auf ihn herabzuschauen, jedenfalls nicht alle. Ob seine Stimmung vielleicht körperliche Ursachen hatte? Weil er weniger Sport trieb als sonst und damit weniger Endorphine produzierte? Weil er sich nicht bis zur Erschöpfung forderte? Er nahm die West Trade und musterte die Schönen der Nacht, wie sie auf und ab schlenderten und für Geld ihre Körper feilboten. Transvestiten folgten ihm mit ihrem fiebrigen Blick. An der Ecke Cedar Street stand die junge Prostituierte von neulich.

Verführerisch stakste sie die Bordsteinkante entlang und warf ihm einen herausfordernden Blick zu. Sie trug enge abgeschnittene Jeans, die nur unzulänglich den strammen Po bedeckten. Auch ihr T-Shirt war abgeschnitten, direkt unter der Brust. Natürlich trug sie keinen Büstenhalter. Ihre Brüste wippten, als der blonde Junge in seinem schwarzen BMW mit kernig brummendem Motor an ihr vorbeifuhr. Lächelnd fragte sie sich, was er da unter seiner Motorhaube haben mochte. Er und all die Jungen vom Myers Park, die mit ihren teuren Wagen hier herumschlichen, um von verbotenen Früchten zu naschen.

Mit dröhnendem Motor startete Brazil durch und überfuhr eine gelbe Ampel, kurz bevor sie endgültig auf Rot umsprang. Er bog in die Pine ein, dann ins Fourth Ward, das hübsch restaurierte historische Viertel. Hier wohnten so wichtige Leute wie Chief Hammer, nur wenige Minuten zu Fuß vom Herzen der Stadt entfernt, der zu dienen sie einen Eid geleistet hatte. Schon oft war Brazil hier gewesen, meistens, um sich die mächtigen, farbig getünchten viktorianischen Häuser anzusehen. Violett waren sie gestrichen oder blau, im Farbton von Rotkehlcheneiern. Dazwischen anmutige Herrenhäuser mit kunstvoll verzahnten Schieferdachkanten. An den Mauern, den großen Azaleenbüschen und Bäumen ließ sich die Geschichte dieser Umgebung ablesen. Sie alle hatten hier schon gestanden, als noch Pferde durch die schmucken Straßen der Reichen und Einflußreichen trabten.

An einer bestimmten Ecke der Pine Street hielt er an. Hier stand das weiße Haus mit seiner anmutigen Umlaufveranda. Es war beleuchtet, als erwarte es ihn. Auf einer Zierrasenfläche hatte Hammer Inseln mit Immergrün, Stiefmütterchen, Yuccapalmen und Dickblattpflanzen verteilt. Eingefaßt war das Ganze von einer niedrigen Ligusterhecke. Sanft fuhr der Wind durch Gras und Bäume und begrüßte ihn, Hammers Schützling, mit seiner Melodie wie von einer Stimmgabel. Brazil würde nie auf den Gedanken kommen, ihr Grundstück zu betreten. Doch es gab in Fourth Ward viele kleine grüne Flecken, die für die Öffentlichkeit zugänglich waren, mit kleinen Springbrunnen und ein oder zwei Bänken. Einer dieser verschwiegenen Plätze lag neben Hammers Haus. Brazil hatte ihn schon vor längerer Zeit entdeckt. Hin und wieder saß er hier in der Dunkelheit, wenn er nicht schlafen konnte oder nicht nach Hause wollte. Hier war es friedlich, hier lag alles Unglück fern.

Hier verletzte er nicht die Grenzen von Hammers Besitz. Er wollte nichts auskundschaften und war auch kein Voyeur. Er wollte einfach nur dasitzen, dort, wo niemand ihn sah. Seine Verletzung ihrer Privatsphäre beschränkte sich auf einen Blick auf ihr Wohnzimmerfenster: Doch auch dort konnte er, abgesehen vom gelegentlichen Schatten eines Hausbewohners, nichts erkennen. Die Vorhänge waren stets zugezogen. Brazil hatte sich mit seiner verschmutzten Uniformhose auf einer kalten Steinbank niedergelassen. Er starrte ins Leere, und seine Traurigkeit wuchs und wuchs. Er stellte sich Hammer in ihrem eleganten Haus vor. Ihre elegante Familie, ihren eleganten Ehemann. In ihrem eleganten Kostüm telefonierte sie vielleicht gerade per Handy mit einer bedeutenden Persönlichkeit. Brazil fragte sich, wie es wohl wäre, von solch einer Frau geliebt zu werden.

Seth wußte genau, wie das war, und während er seine Eiscremeschale in die Spülmaschine stellte, hing er Gewaltphantasien nach. Er hatte gerade sein spätabendliches Chunky Monkey mit einem feinen Netz Butterscotch und heißer Karamelsoße überzogen, als Frau Chief mit ihrer Flasche Evian-Wasser in der Hand hereinkam. Und was folgte? Das ewig gleiche Genörgel. Über sein Gewicht, seine Herzkranzgefäße, seine Veranlagung zu Diabetes, seine Bequemlichkeit und seine Zahnprobleme. Er ging ins Wohnzimmer und schaltete Seinfeld ein. Vielleicht konnte er sie ja so zum Schweigen bringen. Was hatte er nur je an Judy Hammer anziehend gefunden? Als sie sich kennenlernten, war sie eine starke Frau in Uniform. Ihren Anblick in dem dunkelblauen Tuch würde er nie vergessen. Was für eine Erscheinung. Er hatte nie mit ihr über seine Phantasien gesprochen, in denen sie ihn überwältigte, fesselte, mit Nadeln stach, ihn festhielt und ihrem Willen unterwarf. Nie hatte sie ihn im Polizeiwagen als Gefangenen seiner erotischen Zwangsvorstellungen abtransportiert. Auch nach so vielen gemeinsamen Jahren wußte sie nichts von diesen Dingen. Und nie war etwas in dieser Richtung passiert. Physisch hatte sie ihn sich nie unterworfen.

Nie hatte sie ihn in Uniform geliebt, nicht einmal jetzt, wo sie so viel Abzeichen, Kordeln und Tressen angesammelt hatte, daß sogar das Pentagon beeindruckt wäre. Wenn sie Gedenkfeiern der Polizei besuchte oder auf Banketts ihre blaue Uniform trug, fühlte Seth sich stets eingeschüchtert. Unterdrückt war er dann, ausgeliefert, frustriert. Doch trotz der langen Jahre der Enttäuschung fand er sie noch immer wunderbar. Wenn sie ihm nur nicht dieses Gefühl geben würde, wertlos und häßlich zu sein. Hätte sie ihn doch nur nicht dazu getrieben. Er hatte sich zwanghaft in diese Richtung verändert, sie hatte seine abartige Bereitschaft geweckt, sein Leben zerstört. Es war ihre Schuld, daß er fett war. Ihr Fehler.

Der Chief, seine Ehefrau, hatte nicht die geringste Ahnung von den

Wünschen und wollüstigen Phantasien ihres Mannes, auch nicht von den zahlreichen Facetten seines Grolls. Es hätte ihr kaum geschmeichelt, und lustig gefunden hätte sie es sicher auch nicht. Allerdings hätte sie sich genausowenig dafür verantwortlich gefühlt, denn Dominanz und Herrschsucht hatten für Chief Hammer keine erregende Wirkung. Nicht einmal flüchtig wäre ihr der Gedanke gekommen, das, was sie darstellte, könnte bei anderen ein Gefühl der Begierde oder den Wunsch nach Unterwerfung auslösen. Nie hätte sie sich vorstellen können, daß Seth zu so ungesunder Zeit Eis mit Butterscotch, heißer Karamelsoße und Maraschinokirschen aß, nur weil er sich eigentlich wünschte, von ihr an den Bettpfosten gekettet oder in zweideutiger Weise gründlich durchsucht zu werden. Er wünschte, sie würde ihn animalischer sexueller Wünsche beschuldigen, festnehmen und den Schlüssel fortwerfen. Er wollte, daß sie nach ihm schmachtete, an sich selbst zweifelte und alles, was sie getan hatte, in Frage stellte. Was er nie gewollt hatte, war seine eigene Verurteilung zum Kerker in Einzelhaft – und dazu war ihre Ehe geworden.

Chief Hammer trug keine Uniform und telefonierte nicht einmal per Handy. Sie hatte einen langen Bademantel aus dickem Frottee an. Sie litt unter Schlaflosigkeit, und das nicht zum erstenmal. Sie schlief selten viel. Ihr Kopf hatte seinen eigenen Rhythmus, der Körper war dagegen Nebensache. Sie saß im Wohnzimmer. Die »Tonight Show« flimmerte bei leise gestelltem Ton. Dazu las sie das *Wall Street Journal*, ein paar dienstliche Memos, einen der vielen langen Briefe ihrer alten Mutter und ein paar besonders tiefschürfende Zeilen aus Marianne Williamsons *A Return to Love*. Hammer versuchte, Seths Geräusche in der Küche zu überhören.

Sein Versagerleben unterschied sich kaum von ihrem. Was immer sie sich selbst oder den Therapeuten in Atlanta oder Chicago auch sagen mochte, ein tiefes Gefühl von Versagen wich keinen Tag und keine Stunde von ihr. Sie mußte etwas furchtbar Schlimmes getan haben, sonst würde Seth da nicht mit Messer, Gabel und Löffel Selbstmord begehen, von der Schokoladensoße ganz zu schweigen. Im Rückblick erkannte sie: Die Frau, die ihn damals geheiratet hatte, mußte ein anderes Wesen gewesen sein. Sie, Chief Hammer, war

in gewisser Weise nur eine Reinkarnation dieser vergangenen und verlorengegangenen Erscheinung. Sie brauchte keinen Mann. Sie brauchte Seth nicht. Jeder wußte das, auch Seth.
Es war eine einfache Tatsache, daß Frauen, die zur Elite der Cops, Marines und der Airforce, der Nationalgarde, Feuerwehr oder des Militärs im allgemeinen gehörten, privat keinen Mann brauchten. Hammer hatte schon viele solcher unabhängigen Frauen unter ihrer Führung gehabt. Ihnen würde sie stets den Vorzug geben, solange sie sich den Männern, die sie nicht brauchten, soweit angeglichen hatten, daß sie auch ihre schlechten Angewohnheiten übernommen hatten: etwa, sich um jeden Preis zu prügeln, als eine friedliche Lösung zu suchen oder aufdringlich, dominant und überheblich sein zu müssen. Was ihre eigene Situation betraf, war Hammer in all den Jahren zu der Erkenntnis gelangt, daß sie mit Seth eine übergewichtige, neurotische, arbeitsscheue, ständig nörgelnde Ehefrau hatte. Judy Hammer war reif für eine Veränderung.
Das ließ sie in diesen ersten Stunden des neuen Tages einen taktischen Fehler begehen. Sie beschloß nämlich, sich in ihrem langen Bademantel in die Hollywoodschaukel auf ihrer Veranda zu setzen, ein Glas Chardonnay in der Hand, und einen entrückten Augenblick lang allein ihren Gedanken nachzuhängen.

Brazil war wie hypnotisiert, als er sie plötzlich heraustreten sah. Eine Vision, eine Göttin in schimmerndem Weiß. Sein Herz raste, als wolle es zerspringen. Regungslos saß er auf der kalten Steinbank. Er hatte Angst, sie könnte ihn entdecken. Nicht die kleinste ihrer Bewegungen entging ihm, wie sie sich auf der Schaukel abstieß und hin- und herschwingen ließ, wie ihr Handgelenk sich bog, als sie das spitz zulaufende Glas an die Lippen hob, wie sie sich zurücklehnte. Er bewunderte die Linie ihres Halses, während sie mit geschlossenen Augen sanft hin- und herschaukelte.
Worüber sie wohl nachdachte? Ob sie wie er diese dunklen Schatten kannte, diese kalten Winkel in ihrem Dasein, von denen niemand wußte? Still und einsam schaukelte sie vor sich hin. Seine Brust schmerzte. Er fühlte sich zu dieser Frau hingezogen und wußte nicht genau, warum. Es mußte so was wie Heldenverehrung sein. Er

wußte nicht, was er tun würde, wäre er nah genug, sie zu berühren. Aber der Wunsch war da, während er ihren Anblick genoß. Sie war hübsch, trotz ihres Alters. Sie war nicht grazil, sondern auf faszinierende Weise kraftvoll und unwiderstehlich. Wie ein älterer, gut erhaltener BMW, an dem es noch Chrom gab und nicht nur Plastik. Sie hatte Charakter und Persönlichkeit. Sicher war ihr Mann ihr gewachsen, ein Gewinner, Anwalt oder Chirurg vielleicht, jedenfalls einer, der bei aller Geschäftigkeit seiner Frau immer ein guter Gesprächspartner war.

Chief Hammer stieß sich ab und nippte wieder an ihrem Wein. Trotz ihrer Position würde sie nie ganz das Gefühl für den einfachen Mann auf der Straße verlieren. Sie spürte verdammt genau, wenn sie beobachtet wurde. Unvermittelt stand sie auf, reckte sich und sah suchend in die Nacht. Da war der vage Umriß einer Person, die in dieser störenden kleinen Parkanlage direkt neben ihrem Haus saß. Wie oft hatte sie sich schon auf Eigentümerversammlungen der Nachbarschaft darüber beschwert, daß eine öffentliche Grünanlage an ihr Grundstück grenzte? Aber natürlich hatte niemand auf sie gehört. Zu Brazils Entsetzen kam sie die Verandastufen herunter, blieb dann zwischen ein paar Sträuchern stehen und sah ihn direkt an.

»Wer ist da?« fragte sie mit fester Stimme.

Brazil brachte kein Wort heraus. Keine Feuersbrunst und kein Notruf hätten seine gelähmte Zunge lösen können.

»Wer sitzt denn da?« fragte sie wieder. Sie war müde und gereizt. »Es ist fast zwei Uhr morgens. Normale Menschen sind um diese Zeit zu Hause. Sie sind also entweder nicht normal, oder Sie wollen mein Haus ausspionieren.«

Brazil überlegte, was passieren würde, wenn er jetzt Fersengeld geben würde. Als kleiner Junge hatte er immer geglaubt, wenn er mit vollem Tempo rannte, würde er verschwinden, unsichtbar werden oder sich wie Little Black Sambo in Butter verwandeln. Wie versteinert saß Brazil auf seiner Bank, während Chief Judy Hammer einen Schritt näher kam. Etwas in ihm wollte, daß sie erfuhr, daß er es war, damit er es endlich loswurde, seine Gefühle bekennen konnte. Sie konnte ihn seinetwegen zum Teufel jagen, ihn auslachen. Danach

konnte sie ihn lachend davonjagen, ihm die Zusammenarbeit kündigen, ihn fallenlassen, wie er es verdiente.
»Ich frage Sie noch einmal«, warnte sie.
Vielleicht hatte sie eine Waffe bei sich, etwa in der Bademanteltasche. Großer Gott, wie hatte er sich nur in eine solche Lage bringen können. Er hatte doch nichts Böses vorgehabt, als er nach der Arbeit hierhergefahren war. Er hatte einfach nur dasitzen und nachdenken wollen – über den Sinn des Lebens und wie er dazu stand.
»Nicht schießen«, sagte er, und langsam, mit erhobenen Händen, stand er auf.
Hammer hatte zunächst gedacht, irgendeinen Spinner vor sich zu haben. Aber *Nicht schießen?* Was, zum Teufel, hatte das zu bedeuten? Das war eindeutig jemand, der wußte, wer sie war. Wie sollte dieser Mensch sonst darauf kommen, daß sie bewaffnet war und nicht zögern würde, zu schießen. Seit jeher hatte Hammer die unausgesprochene Befürchtung gehegt, ein Verrückter mit fehlgeleitetem Sendungsbewußtsein könnte sie eines Tages umbringen. Ermorden. Wer nicht wagt, der nicht gewinnt, war ihre Devise. Sie ging zwischen den Büschen auf dem gepflasterten Weg auf ihn zu. Brazil empfand nur noch Panik. Er warf einen hektischen Blick auf seinen Wagen auf der Straße, doch zugleich war ihm klar, daß sie sein Kennzeichen erkannt hätte, bevor er noch eingestiegen und fortgefahren wäre. Er beschloß, ganz locker zu bleiben und den Unschuldigen zu spielen. Während sie in ihrem weißen Bademantel immer näher kam, lehnte er sich zurück.
»Warum sitzen Sie hier?« Sie war nur noch wenige Schritte entfernt.
»Ich wollte niemanden stören«, entschuldigte er sich.
Hammer zögerte, weil sie damit nicht gerechnet hatte. »Es ist fast zwei Uhr morgens«, wiederholte sie.
»Es ist sogar schon etwas nach zwei«, sagte Brazil, das Kinn in die Hand gestützt, sein Gesicht halb im Dunkeln. »Mir gefällt dieser Platz. Ihnen nicht auch? Es ist so friedlich hier, ideal zum Nachdenken und Meditieren. Der richtige Ort, um seine spirituelle Mitte wiederzufinden.«
Hammer fragte sich, mit was für einem Menschen sie es hier wohl zu tun hatte. Sie setzte sich neben ihn auf die Bank.

»Wer sind Sie?« fragte sie. Das milde Licht schmeichelte ihrem Gesicht. Sie sah ihn neugierig an.
»Niemand besonderes«, sagte Brazil.
Und ob er etwas Besonderes war. Sie dachte an ihr schreckliches Leben, den gräßlichen Mann da drinnen in ihrem Haus. Dieser Mann hier neben ihr auf der Bank verstand. Er schätzte ihre Persönlichkeit. Er respektierte ihre Position, ihre Macht. Zugleich aber begehrte er sie als Frau. Er wollte sie kennenlernen, von ihren Gedanken und Vorstellungen hören, bis zurück in die Kindheit. Seine Hand zeichnete die Linie ihres Halses nach bis tief hinunter in ihren weißen, weichen Bademantel. Er ließ sich Zeit. Er küßte sie, zögernd, bis er sicher war, daß sie seinen Kuß erwiderte. Seine Zunge tastete sich über ihre Unterlippe vor, bis seine und ihre Zunge einander fanden.
Noch bevor der Traum zu Ende war, erwachte er in seinem Zimmer, in das er sich eingeschlossen hatte. Er litt schrecklich. Oh Gott, warum konnte es nicht wahr sein? Aber es war nicht wahr. Zwar hatte er wirklich in dem winzigen Park gesessen und zu Hammers Haus hinübergesehen. Sie war herausgekommen und hatte sich auf die Hollywoodschaukel gesetzt. Doch alles andere war nur in seinem bruchstückhaften Traum geschehen. Sie wußte nicht, daß er dort in der Dunkelheit saß und über der Veranda die Flagge von North Carolina im Wind flattern hörte. Hammer ahnte nichts. Seine Lippen hatten die ihren nie berührt, nie hatte er ihre sanfte Haut liebkost. Und das würde auch nie geschehen. Er schämte sich entsetzlich. Er war frustriert und fühlte sich elend. Sie war wahrscheinlich dreißig Jahre älter als Brazil. Das war doch nicht normal. Irgend etwas konnte mit ihm nicht in Ordnung sein.
Als er um Viertel vor drei nach Hause gekommen war, hatte er seinen Anrufbeantworter abgehört. Vier Anrufe, aber jedesmal war wieder aufgelegt worden. Das hatte seine Stimmung noch verschlechtert. Diese perverse Schnalle war bestimmt nur hinter ihm her, weil auch er in gewisser Weise abartig war. Es mußte schließlich einen Grund geben, warum eine so kranke Person sich zu ihm hingezogen fühlte. Wütend zog er im Morgengrauen seinen Jogginganzug an. Er griff sich Tennisschläger und Bälle und trottete aus dem Haus.

Der Morgen war taufrisch, doch die Sonne ließ bereits ihre Kraft ahnen. Die Magnolien auf seinem Weg waren voll erblüht. Ihre wachsartigen weißen Blüten verströmten Zitronenduft. Er überquerte den Davidson Campus, lief eine enge, gewundene Straße hinter dem Jackson Court hinunter und erreichte schließlich die Laufbahn. In hohem Tempo brachte er seine zehn Kilometer hinter sich, anschließend trainierte er wütend Aufschläge. In der Halle stemmte er Gewichte, sprintete mehrmals eine kurze Strecke, machte Liegestütze und Sit-ups, bis schließlich die körpereigenen Endorphine ihre Wirkung zeigten.
Hammer hingen die unerfreulichen Morgenstunden nach. Außerdem war es ihr recht geschehen, daß sie entgegen ihrer Gewohnheit mit West zu Mittag gegessen hatte. West und irgendwelcher Ärger, das gehörte zusammen. Hammer hatte an diesem Tag ihre Uniform getragen, was allein schon äußerst ungewöhnlich war. Fünfzehn Jahre lang hatte sie es nicht für notwendig gehalten, sich mit dem District Attorney, der Bezirksstaatsanwältin, kurz D.A. genannt, über Gerichtstermine auseinanderzusetzen, und auch in diesem Fall wollte sie keine langwierigen Diskussionen. Sie glaubte an die Wirksamkeit der direkten persönlichen Konfrontation und war entschlossen, dieses Mittel auch in diesem Fall anzuwenden. Seit ungefähr neun Uhr morgens hatte Hammer jetzt im Empfangsbereich des Criminial Court Building, eines großen Granitbaus, auf die Spitzenstaatsanwältin der Stadt gewartet.
Nancy Gorelick war so oft wiedergewählt worden, daß sie keine Konkurrenz mehr zu fürchten brauchte. Die meisten Bürger hätten sich nicht einmal mehr die Mühe gemacht, an die Urnen zu gehen, wären da nicht noch andere Kandidaten gewesen, für oder gegen die man stimmen konnte. Man konnte nicht gerade sagen, daß sie und Hammer gute Freundinnen waren. Und natürlich wußte die D.A. genau, was sie vom Chief zu halten hatte. Zudem hatte sie von Hammers Heldentat in der Morgenzeitung gelesen. Batman und Robin. So ein Schwachsinn. Gorelick war Republikanerin mit Leib und Seele. Für sie galt die Devise, erst hängen und dann klären. Sie hielt nichts von Leuten, die glaubten, man müsse nach besonderen Entschuldigungen zu ihren Gunsten suchen.

Warum Hammer jetzt so überraschend bei ihr vorsprach, war ihr klar.
Gorelick ließ Hammer eine ganze Weile warten, bevor sie schließlich ihre Sekretärin über die Sprechanlage anwies, Chief Hammer hereinzuführen. Hammer war unruhig im Empfang auf und ab gegangen und hatte mit wachsender Ungeduld immer wieder auf die Uhr gesehen. Jetzt zog die Sekretärin die schwere Tür zum Büro der D.A. auf, und Hammer ging mit schnellen Schritten hinein.
»Guten Morgen, Nancy«, sagte sie im Vorbeigehen zur Sekretärin. »Danke.«
Die Staatsanwältin begrüßte sie lächelnd und mit einem Nicken. Ihre Hände lagen gefaltet auf einem aufgeräumten Schreibtisch.
»Was kann ich für Sie tun, Judy?«
»Sie wissen von dem Zwischenfall an der Greyhound-Station gestern?«
»Die ganze Welt weiß davon«, sagte Gorelick.
Hammer zog einen Stuhl neben den Schreibtisch. Sie wollte Gorelick nicht jenseits der trennenden hölzernen Barrikade gegenübersitzen. Es gab nichts Praktischeres als ein bißchen Büropsychologie, und darin war Hammer Meister. Gerade jetzt gab sich die D.A. besonders überheblich und abweisend. Gorelick beugte sich leicht nach vorn, die Hände auf der Schreibunterlage. Eine Pose, die sie für eine Demonstration von Überlegenheit und Dominanz halten mochte. Sie war offensichtlich irritiert, daß Hammer sich wortlos über die Anordnung der Sitzgelegenheiten hinwegsetzte, die Distanz aufhob und der D.A. nun direkt gegenübersaß, nur noch getrennt durch Hammers übergeschlagene Beine.
»Der Fall Johnny Martino«, sagte Gorelick.
»Ja«, sagte Hammer. »Auch bekannt unter dem Namen Magic the Man.«
»Dreiunddreißig Verurteilungen wegen schwerer bewaffneter Raubüberfälle«, fuhr Gorelick fort. »Er wird auf einen Handel plädieren. Wir werden ihm wohl an die zehn Jahre aufbrummen und ihn außerdem dazu bringen, daß er mit einer Zusammenlegung mit fünf weiteren Verfahren einverstanden ist. Angesichts seines langen

Vorstrafenregisters wird ihn das bis ans Ende seiner Tage aus dem Verkehr ziehen.«

»Für wann erwarten Sie den Gerichtstermin, Nancy?« Hammer war von ihren Ausführungen nicht sonderlich beeindruckt. Im Grunde glaubte sie kein Wort davon. Dieser Kerl würde mit der Mindeststrafe davonkommen. Das war immer so.

»Er ist bereits angesetzt.« Die D.A. blätterte in ihrem großen schwarzen Terminkalender. »22. Juli, Superior Court.«

Hammer hätte sie umbringen können. »Ich bin die ganze Woche weg. Ich mache Urlaub in Paris. Die Reise steht seit einem Jahr fest. Ich nehme meine Söhne und ihre Familien mit, und die Tickets sind bezahlt, Nancy. Deshalb bin ich hier. Wir sind beide sehr beschäftigt, haben vollgestopfte Terminkalender und unsere Verpflichtungen. Außerdem wissen Sie ganz genau, Nancy, daß ein Police Chief normalerweise keine Verhaftungen vornimmt und dann vor Gericht zitiert wird. Wann hat es das letztemal so etwas gegeben? Ich bitte Sie, mir in dieser Angelegenheit entgegenzukommen.«

Gorelick war es völlig gleichgültig, wer jemand war, und das galt besonders für diesen Chief of Police mit ihrem Ruf und ihrem Wohlstand. Jeder, mit dem Gorelick bei Gericht zu tun hatte, hatte vielfältige Aufgaben, enggesteckte und zeitaufwendige Termine, abgesehen natürlich von den Angeklagten. Deren Terminplaner wiesen im allgemeinen nur weiße Löcher auf, die sie dann mit Ärger füllten. Gorelick hatte Judy Hammer noch nie besonders gut leiden können. Der Chief war arrogant, übertrieben ehrgeizig, machtgierig, unkooperativ und eitel. Sie gab reichlich viel für Designer-Kostüme, Perlen und anderes Zubehör aus. Kurz, sie litt nicht unter den Problemen anderer Frauen, von Übergewicht über Erwachsenenakne und Östrogenschwankungen bis hin zur offenen Ablehnung.

»Ich bin nicht gewählt worden, um Ihnen oder irgendwem sonst entgegenzukommen«, stellte Gorelick fest. »Mein Job ist es, für Verhandlungstermine zu sorgen, die dem Gericht genehm sind, und genau das habe ich getan. Urlaubspläne interessieren das Gericht nicht, und Sie werden sich dem fügen müssen. Das gilt ebenso für alle anderen Beteiligten.«

Hammer war aufgefallen, daß Gorelick wie gewöhnlich sehr freizügig gekleidet war. Sie hatte eine Vorliebe für kurze Röcke, schreiende Farben und tiefe Ausschnitte – Einladungen an jedermann, wenn sie sich vorbeugte, um in Dokumenten, Kalendern oder Fallunterlagen zu blättern. Sie legte zuviel Make-up auf, insbesondere Maskara. Gerüchte über zahllose Affären kursierten. Doch bis zu diesem Moment hatte Hammer sie stets für aus der Luft gegriffen gehalten und abgetan. Die weiblichen Cops hatten aus ihrem Namen *Whorelick* gemacht, was soviel hieß wie Hurenzunge. Das Gesetz der Büropsychologie erforderte nun, daß Hammer sich erhob.

Sie stand auf und lehnte sich an den Schreibtisch, was eindeutig einen Übergriff auf die Domäne der Gegnerin dokumentierte. Sie holte tief Luft und spielte mit dem Briefbeschwerer der US Bank auf der Tischplatte. Sie hatte die Initiative ergriffen und war in der überragenden Position. Sie sprach leise, wohlüberlegt und in aufrichtigem Ton.

»Natürlich hat die Presse bereits wegen der gestrigen Ereignisse bei mir angerufen«, gestand Hammer. Ihr Herumspielen mit dem Briefbeschwerer irritierte Gorelick offensichtlich. »Die überregionale Presse. *Washington Post, Times, Newsweek,* auch Jay Leno von *CBS This Morning,* Don Imus, Howard Stern.« Sie ging jetzt auf und ab und ließ den Briefbeschwerer dabei in ihrer Hand auf und ab hüpfen. »Sie wollen über den Prozeß berichten, das steht fest. Wird vermutlich eine große Story.« Sie wanderte durch den Raum und gestikulierte mit dem Briefbeschwerer. »Überlegen Sie doch einmal, wann hat es so etwas zum letztenmal gegeben? Ach, da fällt mir ein ...« Sie lachte. »Irgendein Hollywood-Studio und ein paar Produzenten haben ebenfalls angerufen. Stellen Sie sich das vor.«

Gorelick war nicht besonders wohl in ihrer Haut. »Das ist eine ungewöhnliche Situation«, mußte sie zugeben.

»Ein hervorragendes Beispiel von Kommunalpolitik, Nancy. Menschen, die das Richtige tun.« Noch immer hatte Hammer ihre Wanderung und das Spiel mit dem kleinen gekrönten Kristallgebilde nicht aufgegeben. »Sie behandeln einen Chief und einen Deputy Chief wie jeden anderen, ohne besondere Rücksicht auf deren Position.« Sie nickte. »Ich nehme an, das wird den Reportern gefallen. Meinen Sie nicht auch?«

Die Geschichte konnte für Gorelick den Ruin bedeuten. Sie würde als genau der Dummkopf dastehen, der sie war. Und im nächsten Herbst würde ein ernstzunehmender Gegner gegen sie antreten. Am Ende würde sie dann als unbedeutende Junior-Partnerin in eine Kanzlei eintreten müssen, ohne Aufstiegschancen bis ans Ende ihrer Tage.

»Ich werde die Öffentlichkeit entsprechend unterrichten.« Hammer lächelte sie an. »Gleich heute. Das beste wäre wohl eine Pressekonferenz.«

Der Gerichtstermin wurde für eine Woche später angesetzt, ein Datum, mit dem alle einverstanden waren, außer Johnny Martino, alias Magic the Man. Der saß in einem grellen, orangefarbenen Overall mit dem Aufdruck DEPT OF CORR, wie sich das für ein Staatsgefängnis gehörte, in seiner Zelle. Jeder hier trug diese Sträflingskleidung, und manchmal fragte er sich, was, zum Teufel, *Corr* bedeuten mochte. Vielleicht Corps, wie in Marine Corps, Friedenscorps oder *C&O RailRoad*? Sein Alter arbeitete als Putzmann bei der Eisenbahngesellschaft Amtrak und hatte, wenn die Fahrgäste ausgestiegen waren, die Waggons zu säubern.

Für Martino Junior war es schlicht undenkbar, jemals so eine Scheißarbeit zu machen. Auf gar keinen Fall. Kaum zu fassen, wie die Stelle an seinem Bein schmerzte, wo diese Schlampe ihn getreten hatte. Was für Waffen die Leute heutzutage trugen, besonders Frauen. Beide hatten mit diesen verdammten halbautomatischen Vierzig-sonst-noch-was-Kaliber-Pistolen auf seinen Kopf gezielt. Wie hatte es nur dazu kommen können? Waren die vom Himmel gefallen? Hatten sich diese Ladies etwa heruntergebeamt, oder was? Noch immer saß er an diesem Morgen wie betäubt auf seiner schmalen Pritsche und hielt den gestrigen Tag und die Sache im Bus für einen schlechten Traum.

Dann fiel sein Blick auf die metallene Toilettenschüssel. Er hatte sich in der Nacht nicht die Mühe gemacht zu spülen. In seinem Schienbein pochte es heftig. Eine Beule von der Ausdehnung einer Apfelsine hatte sich gebildet. In der Mitte, wo ihn die Metallspitze des Schuhs getroffen hatte, war sie aufgeplatzt. Eine Navel. Rückblickend hätte es ihm verdächtig vorkommen müssen, daß zwei reiche Frauen wie diese beiden in einen Greyhound stiegen. Solche Leute nahmen doch nicht den Bus. Überall in den Nachbarzellen lachten die Jungs über ihn und redeten immer wieder davon, wie er sich von einer alten Frau mit dicker Brieftasche einen Tritt in den Arsch eingefangen hatte. Alle machten sich über Martino lustig. Er zog eine Zigarette heraus und überlegte, ob er klagen sollte. Wenn er schon mal hier war, könnte er sich ja vielleicht ein neues Tatoo stechen lassen.

Auch Brazils Tag verlief nicht besonders gut. Er und Packer redigierten einen neuen, ziemlich umfangreichen Beitrag von Brazil über alleinstehende Mütter in einer männerlosen Welt. Brazil hatte ihn von sich aus vorgeschlagen. Immer wieder stieß er auf Tippfehler, Leerstellen und Leerzeilen, von denen er wußte, daß sie nicht von ihm waren. Da mußte jemand in die Dateien seines Computers eingebrochen sein und seine Dokumente durchforstet haben. Das behauptete er jedenfalls gegenüber seinem Redakteur Packer, während sie Absatz für Absatz durchgingen, um das Ausmaß des Schadens zu prüfen.

»Hören Sie«, sagte Brazil empört, »seit mehreren Tagen finde ich dergleichen immer wieder. Das ist doch wirklich seltsam.« Er trug wieder seine Uniform, bereit für einen weiteren Abend auf der Straße.

»Und Sie sind sicher, daß das nicht von Ihnen ist? Gewöhnlich arbeiteten Sie Ihre Stories ja mehrmals durch«, sagte Packer.

In seinen Augen ging Brazils beachtliche Produktivität weit über das normale Maß hinaus. Dieses Kind in Polizeiuniform machte Packer angst. Er wollte nicht einmal mehr neben ihm sitzen. Der Kerl war nicht normal. Die Polizei sprach ihm offiziell ihre Anerkennung aus, und hier, in ihrem Blatt, hatte er im Durchschnitt jeden Morgen drei Artikel mit Verfassernennung, sogar an Tagen, an denen er eigentlich frei hatte. Ganz zu schweigen von der Tatsache, daß seine Arbeit unglaublich gut war für einen, der nie eine Journalistenschule besucht und so wenig Erfahrung hatte. Für Packer war klar, daß Brazil spätestens mit dreißig den Pulitzerpreis gewinnen würde, wahrscheinlich schon früher. Aus dem Grund wollte Packer lieber weiter Brazils Redakteur bleiben, auch wenn das eine anstrengende Aufgabe war, die hohe Konzentration erforderte und ihm zudem den Nerv raubte. Mit jedem Tag, der verging, haßte Packer sein Leben mehr.

Dieser Vormittag war ein typisches Beispiel. Um sechs Uhr hatte der Wecker geklingelt, und Packer wollte eigentlich gar nicht aufstehen. Er tat es dennoch. Mildred, seine Frau, fröhlich wie immer, kochte in der Küche Haferbrei. Dufus, der reinrassige Bostonterrier-Welpe, sprang munter umher und schielte nach neuen Gegenständen, die er anknabbern, oder neuen Stellen, an denen er sein Geschäft verrichten konnte. Mühsam wach werdend, stopfte Packer sich das Hemd in die Hose und betrat die häusliche Szene. Mildred mußte wirklich nicht mehr alle Tassen im Schrank haben.

»Mildred«, sagte er. »Wir haben Sommer. Haferbrei ist doch kein Essen für warmes Wetter.«

»Ist es doch«, sagte sie und rührte gutgelaunt weiter. »Ist gut gegen deinen hohen Blutdruck.«

Dufus sprang an Packer hoch und wirbelte um seine Füße. Er versuchte, an ihm hochzuklettern und schnappte mit scharfen Zähnen nach seinen Hosenaufschlägen. Solange es irgendwie zu vermeiden war, faßte Packer den Welpen seiner Frau nicht an. Auch lehnte er es kategorisch ab, über die Namenswahl hinaus auch nur den kleinsten Beitrag zu Erziehung und Gedeihen zu leisten, obwohl es Mildred bei ihrer Heirat zur Bedingung gemacht hatte, daß sie nie ohne einen dieser häßlichen kleinen Köter sein würde, an denen sie seit ihrer Kindheit hing. Dufus sah nicht sehr gut. Aus seiner Perspektive war Packer ein riesiger abweisender Baum, ein Telegrafenmast oder vielleicht ein Gartenzaun. Sobald er Packers Geruch witterte, stürzte er über den Rasen auf ihn zu, hob das Bein oder hockte sich hin und erleichterte sich. Besonders gern zog Dufus Packers Schuhbänder auf.

Packer durchquerte die Nachrichtenredaktion mit einem Gesicht, als wäre die ganze Welt ein einziges Grau in Grau. Nirgends der kleinste Farbklecks. Wieder einmal stopfte er sein Hemd in die

Hose und machte sich auf den Weg zur Herrentoilette. Er hatte den Drang, wußte aber zugleich, daß auch diesmal nichts passieren würde, und das erinnerte ihn daran, daß er am kommenden Mittwoch um vierzehn Uhr einen Termin bei seinem Urologen hatte.

Brazil hatte beschlossen, die Dinge selbst in die Hand zu nehmen und rannte die Rolltreppe hinunter, an einigen Türen vorbei, bis er schließlich Brenda Bonds klimatisiertes Reich betrat. Das Büro hatte Seltenheitswert. Von einem ergonomisch korrekten, grünbezogenen Rollsessel aus regierte sie eine ganze Welt. Ihre Füße ruhten auf einer verstellbaren Fußstütze, die unbezahlbaren Hände schwebten über einer exklusiv gestalteten Tastatur, die angeblich das Karpaltunnel-Syndrom verhinderte.

Bond war umgeben von IBM- und Hewlett-Packard-Rechnern, Multiplexoren, Modems, Decodern und Schränken, in denen sich riesige Bandspulen drehten. Hinzu kam eine Satellitenanlage, die sie mit Associated Press verband. Und jetzt war Brazil bei ihr in ihrem Cockpit. Sie konnte es kaum glauben. Er war zu ihr gekommen und stand vor ihr. Bei ihr wollte er in diesem Moment sein, und nur bei ihr allein. Das Blut stieg ihr in den Kopf, als sie ihn von oben bis unten ansah. Allmächtiger, war dieser Mann phantastisch gebaut, und er wußte das auch. Aber schon ließ er sie seine Verachtung spüren.

»Es muß jemanden geben, der in meine Dateien eindringt und in meinen Dokumenten herumschnüffelt«, verkündete Brazil.

»Unmöglich«, ließ Bond, das Genie, ihn von oben herab wissen. »Es sei denn, Sie haben jemandem Ihr Passwort gegeben.«

»Ich will ein anderes«, forderte er.

Sie sah ihn fast besitzergreifend an, überzeugt von ihrer Überlegenheit. Seine Uniformhose hatte es ihr angetan, speziell der Bereich um den Reißverschluß herum. Brazil merkte es und ließ sie auflaufen, indem er an sich heruntersah, als hätte er einen Fleck auf der Hose.

»Was ist? Habe ich mich bekleckert?« fragte er und ging hinaus.

Seine Hose war keineswegs zu eng. An ihr war nichts Herausforderndes. Brazil trug nie etwas mit der Absicht, Aufmerksamkeit auf sich zu ziehen oder andere zu beeindrucken. Schon das Garderobekaufen war ihm eher lästig. Alles, was er besaß, fand in zwei Kommodenschubladen und auf nicht einmal zwanzig Kleiderbügeln Platz. Den größten Teil machten die Uniform, Mannschaftstrikots und sonstige Tenniskleidung aus, dazu die Wilson-Sportsachen, die er damals kostenlos zur Verfügung gestellt bekommen hatte, als er in der Highschool konstant zu den Top Five der Junior-Staatsliga gezählt hatte. Nein, Brazils Uniformhose war, wenn überhaupt, eher weit. Und dennoch starrten Leute wie Brenda Bond ihn an. Auch Axel.

Brazil hatte keine Ahnung, welche Wirkung sein Outfit in Mitternachtsblau und glänzendschwarzem Leder auf andere hatte. Wenn er sich Gedanken darüber gemacht hätte, hätte er vielleicht erkannt, daß Uniformen ein Ausdruck für Macht waren und Macht aphrodisierend wirkte. Axel war dieses Phänomen durchaus bekannt. Er stand auf, verließ die Nachrichtenredaktion und folgte Brazil. Dessen Sprints die Rolltreppe hinunter bis zum Parkdeck waren allgemein bekannt. Axel trainierte täglich am frühen Morgen im Powerhouse-Fitneßklub und hatte sich ziemlich spektakuläre Muskelpakete erarbeitet.

Axel trank täglich zwei Met-Rx-Powerdrinks und wurde allgemein bewundert, wenn er in seinem Muskelshirt und den knappen Shorts, einen Gewichtsgurt um die Mitte, schweißglänzend und mit hervorquellenden Adern trainierte. Auch Leute, die selbst gut durchtrainiert waren, unterbrachen ihre Übungen, um ihm zuzusehen. Mehrere Male waren ihm schon Bewohner seines Apartmentkomplexes nachgestiegen. Tatsächlich konnte Tommy Axel jeden haben und nahm das zu gegebener Zeit sicherlich auch wahr. Aerobic betrieb er allerdings nicht, da sah ihm schließlich niemand zu. Außerdem war er etwas kurzatmig. Auch jetzt.

»Scheiße«, sagte er nur, als er durch die Tür auf das Parkdeck stürzte und Brazil in seinem alten BMW an ihm vorbeibrauste.

Panesa, der Herausgeber, war an diesem Abend zu einem höchst offiziellen Dinner eingeladen und machte sich daher ungewöhnlich früh auf den Heimweg. Er war Zeuge von Axels schamlosem

Verhalten geworden und startete jetzt seinen silbernen Volvo mit dem konkurrenzlos hohen Sicherheitsstandard inklusive zwei Airbags.

»Großer Gott«, murmelte Panesa und schüttelte den Kopf. Er lenkte den Wagen von seinem reservierten Stellplatz, keine zwanzig Schritte vom gläsernen Haupteingang entfernt, öffnete das Fenster und blieb abrupt auf Axels Höhe stehen.

»Kommen Sie her«, befahl er.

Axel schenkte seinem Boß ein verschlagenes Matt-Dillon-Lächeln, sexy und verführerisch gemeint, und schlenderte hinüber. Wer konnte ihm schon widerstehen? »Was gibt's?« fragte Axel und bewegte sich so, daß seine Muskeln auf das Vorteilhafteste zur Geltung kamen.

»Lassen Sie ihn in Ruhe, Axel«, sagte Panesa.

»Wie bitte?« Axel tat verletzt und schlug sich unschuldig auf die Brust.

»Sie wissen genau, was ich meine.« Panesa fuhr mit aufheulendem Motor davon, schloß den Sicherheitsgurt, verriegelte die Türen und prüfte die Rückspiegel. Dann griff er nach dem Mikrophon seines privaten Funkgeräts, um der Haushälterin mitzuteilen, daß er auf dem Weg sei.

Je länger Panesa im Zeitungsgeschäft war, desto paranoider war er geworden. Wie Brazil hatte auch er als Polizeireporter angefangen, und mit dreiundzwanzig waren ihm keine Niederträchtigkeit, Gemeinheit und kein Schmerz mehr fremd, die Menschen einander zufügen konnten. Er hatte über massakrierte Kinder geschrieben, über Schießattacken aus fahrenden Autos und über Ehemänner in schwarzen Handschuhen und Strickmützen, die ihre getrennt lebenden Ehefrauen und deren Liebhaber meuchelten, ihnen die Kehlen durchschnitten und anschließend seelenruhig einen Ausflug nach Chicago machten. Panesa hatte mit Ehefrauen gesprochen, die ihre Männer bekochten und deren Mahlzeiten liebevoll mit Arsen würzten. Er hatte über Autounfälle, Flugzeugabstürze und Zugentgleisungen berichtet, über mißlungene Fallschirmsprünge und ebenso mißlungene Tauchgänge, über einen betrunkenen Bungeespringer, der das Seil anzulegen vergessen hatte, über

Brandstiftungen und Morde durch Ertränken. Ganz zu schweigen von all den Horrorszenarien, die nicht tödlich geendet waren. Seine Ehe, zum Beispiel.

Panesa arbeitete sich hektisch durch den Innenstadtverkehr. Wie ein Bulldozer walzte er vorwärts, scherte aus und wieder ein, überholte mal links, mal rechts. Zur Hölle mit allen anderen Autofahrern. Er hupte und hupte. Aus dem Weg mit euch! Er würde auch heute zu spät kommen, wie immer. An diesem Abend war er mit Judy Hammer verabredet, die offenbar mit einem Volltrottel verheiratet war. Hammer vermied es, soweit irgend möglich, sich mit ihrem Mann in der Öffentlichkeit zu zeigen, und wenn Panesa den Gerüchten Glauben schenkte, konnte man ihr daraus keinen Vorwurf machen. Bei dem Bankett heute abend sollte der von der US-Bank gestiftete Preis für Öffentlichkeitsarbeit verliehen werden, und vorgesehen für diese Ehrung waren sowohl Panesa als auch Hammer, außerdem District Attorney Gorelick, die in letzter Zeit häufig in den Medien erwähnt worden war. So hatte sie zum Beispiel scharfe Kritik an der General Assembly von North Carolina geübt, weil diese nicht genügend Geld herausrückte, um siebzehn weitere Stellvertretende D.A.s einzustellen. Zudem stand eindeutig fest, daß die Region Charlotte-Mecklenburg dringend ein oder zwei weitere Gerichtsmediziner benötigte. Das Bankett fand im Carillon mit seinen wunderbaren Gemälden und seiner erlesenen Einrichtung statt. Und Panesa würde fahren.

Hammers Privatwagen war ein nicht ganz neuer Mercedes, der nur auf der Fahrerseite einen Airbag besaß. Panesa, das war von vornherein klar, würde sich niemals in einen Wagen setzen, der nicht auch auf der Beifahrerseite mit einem Airbag ausgerüstet war. Auch Hammer eilte heute früher als sonst vom Büro nach Hause. Seth arbeitete im Garten, zupfte Unkraut und verteilte Dünger. Er hatte Plätzchen gebacken, wie Hammer an dem Duft von geschmolzener Butter und Zucker erkannte. Auf der Arbeitsplatte zeugten verräterische Mehlspuren noch von der Aktion. Seth winkte ihr mit einer Handvoll wilder Zwiebeln zu, als sie aus dem Küchenfenster zu ihm hinaussah. So höflich war er immerhin.

Sie eilte in ihr Schlafzimmer. Großer Gott, das Bild, das ihr aus dem

Spiegel entgegensah, war erschreckend. Sie wusch sich das Gesicht, verteilte alkoholfreies Styling Gel auf ihren Handflächen und knetete es sich ins Haar. Sie schminkte sich komplett neu. Diese hochoffiziellen gesellschaftlichen Anlässe brachten stets Probleme mit sich. Männer besaßen vielleicht gerade einen Smoking, den sie zu jeder entsprechenden Gelegenheit trugen, oder sie liehen sich einen. Und was wurde von Frauen erwartet? Bis zu ihrer Ankunft zu Hause, wo es wie in einer Bäckerei roch, hatte sie noch keinen Gedanken an ihre Abendgarderobe verschwendet. Sie zog einen schwarzen Satinrock aus dem Schrank, dazu ein mit schwarzen und goldenen Perlen besticktes taillenkurzes Jäckchen und ein schwarzes Seidentop mit Spaghettiträgern. Leider hatte Hammer zwei Kilo zugenommen, seit sie dieses Ensemble zum letztenmal getragen hatte. Wenn sie sich recht entsann, mußte das vor etwa einem Jahr gewesen sein, anläßlich der Jaycee's-Spendenaktion in Pineville. Es gelang ihr zwar, den Knopf des Rocks zu schließen, aber glücklich war sie nicht. Ihr Busen kam üppiger zur Geltung, als ihr lieb war, denn sie zog nicht gern Aufmerksamkeit auf etwas, das sie normalerweise für sich behielt. Verunsichert warf sie sich das Perlenbolero über die Schultern. Vielleicht waren die Sachen ja in der Reinigung eingelaufen, und sie traf keine Schuld. Wie immer, wenn sie nicht gut in Form und obendrein in Eile war, war es ein mühsames Unterfangen, die Ohrringe gegen schlichte Diamantstecker mit Schraubverschluß auszutauschen.
»Verdammt«, knurrte sie, und es gelang ihr gerade noch, den Abfluß im Waschbecken zu schließen, bevor der heruntergefallene goldene Rückstecker darin verschwand.

Panesa brauchte niemanden, der seine Einkäufe für ihn erledigte. Er hatte keine Gewichtsprobleme und konnte zu jeder Zeit tragen, was er wollte. Er war leitender Angestellter des Knight-Ridder-Zeitungskonzerns und bevorzugte die besten Modelle aus der Armani-Kollektion. Allerdings bekam er die nicht in Charlotte. Für die Hornets-Fans gab es Wichtigeres, als sich in ausländische Zweitausend-Dollar-Anzüge zu hüllen, und so war das Einkaufen in der Queen City noch immer schwierig. Panesa erschien in einem höchst eleganten schwarzen Seidensmoking mit glänzenden Revers und Galons auf den Hosennähten. Dazu trug er eine mattierte goldene Uhr und schwarze Eidechsschuhe.

»Können Sie mir nicht Ihr Geheimnis verraten?« fragte Panesa, als Hammer in den Volvo stieg.

»Welches Geheimnis?« Hammer hatte keine Ahnung, was er meinen konnte. Sie legte den Sicherheitsgurt an.

»Sie sehen umwerfend aus.«

»Ganz bestimmt nicht«, sagte Hammer.

Panesa setzte auf der Auffahrt zurück und entdeckte im Rückspiegel einen fetten Mann, der sich an den Geranien zu schaffen machte. Der fette Mann sah ihnen nach, und Panesa tat so, als habe er nichts gesehen. Er stellte die Klimaanlage an.

»Kaufen Sie hier bei uns ein?« fragte Panesa.

»Das muß ich, Gott sei's geklagt«, seufzte Hammer. Wann hatte sie schon Zeit für Alternativen?

»Lassen Sie mich raten. Bei Montaldo?«

»Niemals«, antwortete Hammer. »Ist Ihnen schon einmal aufgefallen, wie man in solchen Geschäften behandelt wird? Erst wollen sie einem etwas verkaufen, weil sie denken, man kann's sich leisten, und dann behandeln sie einen arrogant und von oben herab. Und wenn ein solches Geschäft so exquisit ist, wie es zu sein vorgibt, warum gibt es dort dann auch so profane Dinge wie Strümpfe und Unterwäsche zu kaufen?«

»Da gebe ich Ihnen absolut recht«, sagte Panesa, der noch nie ein Geschäft betreten hatte, das keine Herrenartikel führte. »Dasselbe gilt auch für einige Restaurants, die ich nicht mehr aufsuche.«

»Morton«, vermutete Hammer, obwohl sie noch nie dort gegessen hatte.

»Nicht, wenn Sie auf deren V.I.P.-Liste stehen. Sie bekommen dann eine kleine Karte und stets einen Tisch und gute Bedienung.« Panesa wechselte die Fahrspur.

»Polizeibeamte müssen mit solchen Dingen vorsichtig sein«, gab Hammer dem Herausgeber zu bedenken. Schließlich würde seine Zeitung die erste sein, die sich über Hammers V.I.P.-Status oder Vergünstigungen anderer Art, in welchem Etablissement auch immer, auslassen würde. Und selbstverständlich würden alle dann zu dem Schluß kommen, daß so ein Etablissement einen höheren Polizeischutz genoß als andere.

»In letzter Zeit esse ich übrigens nur noch wenig rotes Fleisch«, ließ Panesa sie wissen.

Sie kamen am Traveler's Hotel vorbei. Es lag oberhalb des Presto Grills, der kürzlich durch Hammer und West eine gewisse Berühmtheit erlangt hatte. Panesa lächelte beim Gedanken an Brazils Story von Batman und Robin. Das Hotel ist eine fürchterliche Absteige, ging Hammer beim Blick aus dem Fenster durch den Kopf. Sehr passend lag es gegenüber dem Städtischen Arbeitsamt an der Trade Street. Unmittelbarer Nachbar war der Selbstbedienungswasch- und -reinigungssalon Dirty Laundry. Für Speisen und Getränke hatte das Traveler's keine Lizenz. Außerdem hatte es in seiner Lobby vor ein paar Jahren einen Mordfall mit einer Axt als Tatwaffe gegeben. Oder war das im Uptown Motel gewesen? Hammer wußte es nicht mehr genau.

»Wie halten Sie Ihre Figur?« setzte Panesa den Small talk fort.

»Ich betreibe Walking, wann immer ich kann. Und ich esse kein Fett«, antwortete Hammer und grub in ihrer Handtasche nach dem Lippenstift.

»Die Antwort ist unfair. Ich kenne Frauen, die täglich eine Stunde auf dem Laufband walken und deren Beine nicht so aussehen wie Ihre«, stellte Panesa fest. »Mich interessiert, was genau den Unterschied ausmacht.«

»Alles, was in meinem Haus vorhanden ist, ißt Seth auf«, brachte Hammer schließlich heraus. »Er ißt so viel, daß es mir regelmäßig den Appetit verschlägt. Können Sie sich vorstellen, was das für eine Wirkung hat, wenn Sie um acht Uhr abends nach einem höllischen Tag zur Tür hereinkommen und Ihren Mann mit der dritten Schüssel Chili con Carne vor dem Fernseher bei ›Ellen‹ vorfinden?«

Dann stimmten die Gerüchte also. Hammer tat ihm leid. Wenn der Herausgeber des *Charlotte Observer* nach Hause kam, fand er nur eine Haushälterin vor, und die hatte Hühnerbrüstchen und Spinatsalat für ihn zubereitet. Wie grausam für Hammer. Panesa sah zu

seiner Begleiterin in Satin und Perlen hinüber. Er wagte es, Hammer besänftigend die Hand zu tätscheln.
»Das klingt absolut grauenvoll«, sagte er mitfühlend.
»Ich muß tatsächlich ein paar Kilo abnehmen«, gestand Hammer. »Bei mir setzt es immer um die Mitte an, nicht an den Beinen.«
In der Nähe des Carillon fing Panesa an, nach einem Parkplatz Ausschau zu halten, und fand auch einen vorm Morton's of Chicago Steak House. Dort liefen die Geschäfte offensichtlich auch ohne sie nicht schlecht. »Vorsicht mit Ihrer Tür. Tut mir leid«, sagte Panesa. »Ich bin etwas zu nah an die Parkuhr herangefahren. Einwerfen muß ich wohl nichts mehr?«
»Nicht nach achtzehn Uhr«, sagte Hammer, die es schließlich wissen mußte.
Sie dachte, wie nett es sein könnte, einen Freund wie Panesa zu haben. Und Panesa dachte, wie nett es sein könnte, mit Hammer zum Segeln zu gehen oder zum Wasserskilaufen, mit ihr zu lunchen oder Weihnachtseinkäufe zu machen. Oder auch nur mit ihr am Kaminfeuer zu sitzen und zu reden. Auch mit ihr ein paar Gläschen zuviel zu trinken, war ihm einen Gedanken wert. Normalerweise war Alkohol ein Problem für den Herausgeber einer landesweit renommierten Zeitung oder den Chief eines hervorragenden Police Departments. Hammer hatte es hin und wieder zusammen mit Seth übertrieben, aber das fiel nicht weiter ins Gewicht. Er aß. Sie kippte um. Panesa betrank sich allein, und das war schlimmer, besonders wenn er dabei vergaß, den Hund wieder ins Haus zu lassen.
Sich zu betrinken, hatte etwas mit einem Sich-aus-der-Wirklichkeit-Beamen zu tun und war eine Frage des Zeitpunkts. Hammer hatte nie mit einem Menschen darüber gesprochen. Dasselbe galt für Panesa. Auch hatte keiner von ihnen bis dahin einen Therapeuten aufgesucht. Daher war es besonders überraschend, daß beide nach dem dritten Glas Wein auf dieses Thema zu sprechen kamen. Unterdessen hielt jemand von der US Bank eine salbungsvolle Ansprache über ökonomische Initiativen in Charlotte, die Entwicklung der Stadt, die Ansiedlung neuer Firmen und die nicht existente Kriminalitätsrate. Panesa und Hammer hatten ihren Lachs mit Dillsauce kaum angerührt. Sie gingen gleich zum wilden Truthahn über. Bei

beiden hatte die Entgegennahme ihrer Auszeichnung keinen sonderlich tiefen Eindruck hinterlassen, doch alle Anwesenden bei der Party fanden Hammer und Panesa lebhaft, geistreich, freundlich und redegewandt.

Auf dem Heimweg kam Panesa der verwegene Gedanke, seinen Wagen einfach in Dilworth beim Latta Park abzustellen, die Scheinwerfer auszuschalten und sich bei laufender Musik mit ihr zu unterhalten. Auch Hammer war nicht in der Stimmung, nach Hause zu gehen. Panesa war bewußt, daß dem Nach-Hause-Gehen nur allzubald das Aufstehen und der Weg zur Arbeit folgen würden. Seine Karriere war längst nicht mehr so interessant wie früher, das mußte er sich eingestehen. Seine Kinder waren beschäftigt und führten ihr eigenes Leben. Panesa traf sich gelegentlich mit einer Rechtsanwältin, die sich gern Videobänder von TV-Gerichtsverhandlungen ansah. Anschließend trug sie dann vor, was sie anders gemacht hätte, und Panesa wünschte sich weit fort.

»Ich glaube, ich sollte jetzt gehen«, meinte Hammer, nachdem sie sich etwa eine Stunde lang in dem unbeleuchteten Volvo unterhalten hatten.

»Sie haben recht«, sagte Panesa. Auf dem Rücksitz lag seine Auszeichnung, und in seinem Herzen machte sich ein Gefühl der Leere breit. »Ich möchte Sie etwas fragen, Judy.«

»Bitte«, sagte Hammer.

»Haben Sie ein oder zwei Freunde, nur so zum Vergnügen?«

»Nein.«

»Ich auch nicht«, gestand Panesa. »Finden Sie das nicht ziemlich unverständlich?«

Hammer dachte einen Moment nach. »Nein«, sagte sie schließlich. »Ich hatte nie einen oder zwei Freunde, wenn ich es genau bedenke. Nicht in der Grundschule, wo ich die Beste im Kickball war. Nicht auf der Highschool, wo ich gut in Mathe und Schulsprecherin war. Nicht am College und nicht auf der Police Academy.«

»Ich war gut in Englisch«, sagte Panesa rückblickend. »Und im Schlagball, glaube ich. Ein Jahr lang war ich Vorsitzender des Bibelclubs, aber das dürfen Sie mir nicht vorhalten. In einem anderen Jahr war ich Mitglied des Basketballteams meines Colleges. Aber ich

war miserabel, und bei dem einzigen Spiel, an dem ich teilgenommen habe, bin ich mit jemandem zusammengeprallt und mußte zu einem Zeitpunkt das Spielfeld verlassen, als wir ohnehin schon vierzig Punkte zurücklagen.«
»Worauf wollen Sie hinaus, Richard?« fragte Hammer, deren Art es war, immer zügig und direkt zum Punkt zu kommen.
Einen Moment lang schwieg Panesa. »Ich finde, Menschen wie wir brauchen Freunde«, sagte er schließlich.

Auch West brauchte Freunde, doch das würde sie Brazil gegenüber nie zugeben. Der hatte sich vorgenommen, an diesem Abend jedes Verbrechen der Stadt zu lösen. West rauchte. Brazil aß einen Riegel Snickers. In diesem Augenblick kam die Meldung über Funk, daß alle Einheiten im Bereich Dundeen und Redbud sich wenn möglich um eine Leiche kümmern sollten, die man in einem Feld gefunden hatte. Das Licht von Stablampen zuckte durch die Dunkelheit, und ihre Schritte raschelten im hohen Unkraut, als sie sich suchend vorwärts tasteten. Brazil war wie besessen, und es war ihm gelungen, West zu überholen. Doch sie packte ihn am Hemd und stieß ihn unsanft nach hinten, wie einen ungezogenen jungen Hund.
»Was dagegen, wenn ich vorgehe?« fragte ihn West.

Um zwanzig nach eins hielt Panesa vor Hammers Haus in Fourth Ward an. »Gratuliere zu Ihrer Auszeichnung«, sagte Panesa noch einmal.
»Danke, gleichfalls«, gab Hammer zurück und faßte nach dem Türgriff.
»Okay, Judy. Lassen Sie uns das demnächst wiederholen.«
»In jedem Fall. Auszeichnung hin, Auszeichnung her.« Hammer erkannte das Flimmern des Fernsehers hinter dem Vorhang. Seth war noch auf, und wahrscheinlich aß er gerade eine Pizza, so dick und schwer wie ein Grabstein.
»Ich bin Ihnen wirklich dankbar, daß Brazil mit Ihren Leuten Streife fahren kann. Das ist für uns sehr nützlich«, sagte Panesa.
»Für uns auch.«

»Na also. Ich bin für alles Innovative«, meinte Panesa. »Leider gibt es das nicht oft.«

»Eine absolute Seltenheit«, stimmte Hammer zu.

»Ja, so ist es tatsächlich.«

»Ganz sicher.«

Es fiel Panesa schwer, sie nicht zu berühren. »Ich muß los«, sagte er.

»Es ist schon spät«, stimmte sie zu.

Schließlich öffnete Hammer die Tür und stieg aus. Melancholisch fuhr Panesa zu seinem leeren Haus zurück. Hammer betrat ihr Domizil, in dem Seth lebte und aß – und einsam war.

West und Brazil hatten viel zu tun und dabei die Zeit vergessen. Sie waren gerade vor einem öffentlich geförderten Projekt sozialen Wohnungsbaus in Earle Village vorgefahren und betraten soeben Appartment 121, wo es Hinweise auf verdächtiges Geld und Diebesgut gab. Auf einem Kaffeetisch befanden sich neben einer Menge Bargeld und einem Pieper ein Computer und eine Rechenmaschine. Auf der Couch dahinter saß sehr gefaßt eine ältere Frau, vor ihr wütete torkelnd ihr betrunkener, auch nicht jüngerer Freund herum und zeigte immer wieder mit dem Finger in ihre Richtung. Polizeibeamte nahmen den Fall auf.

»Sie hat mit einem. 22er Revolver auf mich gezielt«, sagte der Mann.

»Ma'am, besitzen Sie eine Waffe?« fragte West.

»Er hat mich bedroht«, antwortete die Frau zu Brazil gewandt.

Sie hieß Rosa Tinsley und war weder betrunken noch sonderlich erregt. Im Gegenteil, so viel Aufmerksamkeit schenkte man ihr nur einmal pro Woche, nämlich wenn die Polizei ins Haus kam. Ihr ging es bestens, und Billy konnte toben und sie bedrohen, soviel er wollte, wie immer, wenn er aus der Kneipe kam und beim Poker verloren hatte.

»Betreibt hier seine Drogengeschäfte«, fuhr Rosa, immer noch an Brazil gewandt, fort. »Läßt sich vollaufen und sagt, er schneidet mir die Kehle durch.«

»Haben Sie hier Drogen?« fragte West.

Rosa sah Brazil an und nickte. Sie zeigte nach hinten. »In der Schuhschachtel in meinem Schrank«, verkündete sie.

# Kapitel 14

Es gab viele Schuhschachteln in Rosas Kleiderschrank, und West und Brazil durchsuchten sie alle. Drogen fanden sie keine. Der Freund mußte die Wohnung verlassen, und Rosa war auf der Stelle zufrieden. West und Brazil gingen zum Wagen zurück. Brazil hatte das Gefühl, daß sie etwas Gutes getan hatten. Sie hatten diesen alten, verkommenen und stinkenden Trunkenbold vertrieben. Die arme Frau konnte jetzt ein wenig zur Ruhe kommen. Sie war in Sicherheit.

»Die beiden sind wir wohl los«, kommentierte Brazil stolz.

»Sie wollte ihm nur Angst einjagen. Das macht sie einmal pro Woche«, gab West zurück. »Noch bevor wir um die Ecke sind, sind sie wieder zusammen.«

Sie ließ den Motor an und sah Rosas Freund im Rückspiegel. Mit seinen Habseligkeiten unter dem Arm stand er auf dem Bürgersteig und wartete darauf, daß der blaue Crown Victoria verschwand.

»Irgendwann wird er sie wahrscheinlich umbringen«, fügte West hinzu.

Sie haßte diese familiären Auseinandersetzungen. Neben Fällen von bissigen Hunden waren es die für die Polizei am wenigsten vorhersehbaren und gefährlichsten Einsätze. Die Bürger riefen die Polizei, und nahmen es ihr übel, wenn sie eingriff. Was da ablief, war alles sehr irrational. Das Schlimmste bei Menschen wie Rosa und ihren Freunden war ihre gegenseitige Abhängigkeit. Sie konnten nicht ohne den anderen sein, wie oft die Partner auch Messer oder Schußwaffen gegen sie zücken mochten, sie prügelten, bestahlen und sonstwie bedrohten. Es fiel West schwer, mit

Menschen umzugehen, die sich in kaputten Verhältnissen quasi suhlten, von einer Abhängigkeit in die nächste gerieten, nie dazulernten und nicht aufhörten, sich selbst und anderen wehzutun. Sie war der Meinung, daß Brazil nicht länger bei seiner Mutter wohnen sollte.

»Warum suchen Sie sich nicht endlich eine eigene Wohnung und sind mal ein bißchen für sich?« fragte sie ihn.

»Kann ich mir nicht leisten.« Brazil tippte in das MDT.

»Natürlich können Sie.«

»Nein, kann ich nicht.« Er tippte weiter. »Ein Zwei-Zimmer-Apartment in einer akzeptablen Gegend kostet an die fünfhundert im Monat.«

»Na und?« West sah ihn an. »Ihr Wagen ist doch bezahlt, oder? Schulden Sie Davidson noch Geld?«

Das ging sie überhaupt nichts an.

»Sie könnten es sich leisten«, insistierte West. Sie leben in einer kranken Beziehung. Wenn Sie nicht von ihr wegkommen, werden Sie zusammen alt werden.«

»Ach ja?« Brazil sah West an. Ihre Bemerkungen gefielen ihm ganz und gar nicht. »Sie wissen wohl sehr genau Bescheid, was?«

»Ich fürchte, ja«, meinte West. »Falls Sie es noch nicht bemerkt haben, Andy, Sie sind nicht der erste Mensch auf der Welt, der mit einem Elternteil oder Ehegatten in einem Verhältnis gegenseitiger Abhängigkeit lebt. Ihre Mutter hat ihre krankhafte Selbstzerstörung selbst gewählt. Und damit erfüllt sie gleichzeitig eine wichtige Funktion. So übt sie nämlich Macht über ihren Sohn aus. Sie will nicht, daß Sie gehen, und wie man sieht, hat sie das bisher ja auch erreicht.«

Das war auch Hammers Problem, allerdings mußte sie dem erst noch richtig ins Auge blicken. Auch Seth war ein seelischer Krüppel. Als seine vitale, gutaussehende Frau mit ihrer Auszeichnung in der Hand hereinstürmte – es war früher Morgen –, zappte er gerade durch Hunderte von Kabelkanälen, deren Empfang eine Satellitenschüssel mit fünfundvierzig Zentimetern Durchmesser auf der rückwärtigen Veranda möglich machte. Seth liebte Country- und Westernmusik und suchte gerade nach seiner Lieblingsband. Es stimmte nicht, daß er an seiner Grabstein-Pizza aß. Das war schon gegen Mitternacht gewesen, als seine Frau noch immer nicht nach Hause gekommen war. Jetzt arbeitete er sich durch eine Riesenschüssel Popcorn, in Butter getränkt, die er in der Mikrowelle geschmolzen hatte.

Seth Bridges war nie mit einem besonders guten Aussehen gesegnet gewesen, und es war auch nicht physische Schönheit, die ihn für Judy Hammer vor langer Zeit in Little Rock so anziehend gemacht hatte. Sie hatte seine Intelligenz, seinen Sanftmut und seine Geduld geliebt. Sie hatten auf freundschaftlicher Basis begonnen, wie das jeder täte, der seine fünf Sinne beisammen hätte. Das Problem hatte mit Seths Entwicklungsfähigkeit zu tun. In den ersten zehn Jahren war Seth mit seiner Frau gewachsen, dann hatte er seine Grenzen erreicht. Er war nicht mehr in der Lage, als intellektueller Partner, der stets die großen Zusammenhänge im Auge hatte, mit ihr mitzuhalten. Seine Expansionsmöglichkeiten beschränkten sich von da an aufs Körperliche. Essen war zu seiner herausragendsten Qualität geworden.

Hammer schloß die Haustür ab und schaltete die Alarmanlage wieder ein, aber noch nicht die Bewegungsmelder. Im Haus roch es wie im Kino, also nach Popcorn, allerdings mischte sich ein verräterischer Hauch von Peperoni unter die Butter. Ihr Mann lag ausgestreckt auf der Couch und stopfte sich mit fettglänzenden Fingern eine knusprige Ladung nach der anderen zwischen die stetig malmenden Zähne. Kommentarlos durchquerte sie das Wohnzimmer, während Seth pausenlos die Sender wechselte. Das war für ihn offenbar so etwas wie eine Schnellfeuerübung. Im Schlafzimmer stellte sie die Auszeichnung ärgerlich in einen Schrank auf den Boden neben die anderen Trophäen, von denen sie nicht einmal mehr wußte, warum sie sie erhalten hatte.

Wütend knallte sie die Tür zu, riß sich die Kleider vom Leib und schleuderte sie auf einen Stuhl. Sie zog ihr Lieblingsnachthemd an und holte die Pistole aus der Handtasche. Jetzt hatte sie endgültig genug. Mehr ertrug sie nicht. Aus und vorbei. Für jeden Menschen gab es Grenzen. Seth erstarrte, als er gerade die nächste Ladung

Popcorn schaufeln wollte und seine Frau mit der Waffe in der Hand ins Wohnzimmer zurückkam.

»Warum es länger hinauszögern als nötig?« sagte sie und baute sich in blau-weißgestreifter Baumwolle vor ihm auf. »Warum bringst du dich nicht einfach um? Dann hast du's hinter dir. Na los.«

Sie hielt ihm auffordernd die Pistole entgegen, den Griff voran. Seth starrte die Waffe an. So hatte er sie noch nie erlebt. Er stützte sich auf die Ellbogen.

»Was ist passiert heute abend?« fragte er. »Hast du dich mit Panesa gestritten oder so was?«

»Ganz im Gegenteil. Wenn du ein Ende machen willst, nur zu.«

»Du bist verrückt«, sagte er.

»Stimmt genau. Dank dir bin ich auf dem besten Wege.« Seine Frau senkte die Waffe und sicherte sie. »Seth, morgen bemühst du dich um Hilfe. Du wirst einen Psychologen aufsuchen und deinen Hausarzt. Du muß etwas tun. Und das von diesem Moment an. Du bist ein Schwein. Ein widerlicher Kerl. Und du ödest mich an. Du begehst Selbstmord auf Raten, und ich habe nicht die Absicht, mir das auch nur eine Minute länger anzusehen.« Sie riß ihm die Popcornschüssel aus den fettigen Händen. »Wenn du das nicht auf die Reihe bekommst, bin ich weg. Punkt.«

Auch Brazil und West hing ihre Auseinandersetzung im Wagen noch nach. Sie hatten über sein Leben diskutiert, und die Wogen waren immer höher geschlagen. Wieder einmal kreuzten sie jetzt durch eine der weniger erfreulichen Gegenden der Stadt, doch Brazil schien das kaum zur Kenntnis zu nehmen. Da ging es ihm wie den Menschen auf der Straße, die dafür dem vorbeifahrenden Zivilfahrzeug unfreundliche Gedanken nachschickten. Brazil fragte sich, was ihn so versessen darauf machte, seine kostbare Zeit so ausgiebig mit dieser groben, unsensiblen Frau zu verschwenden, die zu alt war und rückwärtsgewandt, eigentlich eine blöde Kuh.

Offenbar hing Streitlust wie eine Dunstglocke über der ganzen Queen City. Auch Panesas gute Stimmung war schlagartig mit dem Anruf seiner Anwaltsfreundin geschwunden. Das war im selben Moment, als Hammer ihre Schlafzimmertür verriegelte, West zu Brazil sagte, er solle endlich erwachsen werden, und Bubba in seinem King Cab auf der Pirsch war. Die Anwältin hatte zum Hörer gegriffen, nachdem sie in den Spätnachrichten gesehen hatte, wie er in seinem eleganten Smoking diese Auszeichnung entgegennahm. Panesa mit seinem silbergrauen Haar. Sie wollte vorbeikommen und vielleicht über Nacht bleiben. Panesa mußte ihr erklären, daß das nicht möglich sei und auch nie wieder sein würde. In diesem Moment hielt Bubba an einer besonders dunklen Stelle in der Nähe des Latta Parks an.

Bubba trug Tarnkleidung. Die schwarze Kappe hatte er tief ins Gesicht gezogen. Als er sich an Wests Haus heranschlich, stellte er zu seiner Freude fest, daß sie nicht da war. Für Bubba war damit klar: Sie ließ sich gerade von ihrem weibischen Freund vögeln. Bei der Vorstellung, daß sie anschließend auch von Bubba selbst gevögelt werden könnte, lächelte er. Lautlos schlich er bis zur Front des Backsteinhauses. Sein Plan war zwar nicht ausgesprochen kriminell, würde der Schlampe aber gründlich die Laune verderben. Sie würde, wenn sie heimkäme, weder die Vorder-, noch die Hintertür aufkriegen, nachdem jemand Sekundenkleber in die Schlösser gespritzt hatte. Diese Idee hatte er einem weiteren seiner anarchistischen Handbücher entnommen, und sie hätte sicher wunderbar funktioniert, hätten sich nicht in dem Augenblick alle Umstände gegen ihn verschworen, als er sein Taschenmesser aufklappte und die Spitze der Klebertube abschnitt.
Ein Wagen näherte sich, und klugerweise zog Bubba die Möglichkeit in Betracht, daß es die heimkehrende Polizistin war. Zum Weglaufen war es zu spät, also verschwand er mit einem Satz in der Hecke. Ein Lieferwagen, Modell Cavalier, fuhr vorüber. Er brachte Ned Toms zum Fischmarkt, wo Toms seine Schicht mit dem Auspakken von Seafoodkisten begann, die auf Eisbarren lagerten. Er bemerkte etwas, eine Bewegung im Gebüsch um das Haus, das aussah wie ein großer Hund, der zwischen den Büschen vorm Haus herumlief, wo er schon oft ein abgestelltes Zivilfahrzeug gesehen hatte. Dann war sein Cavalier vorbeigerauscht. Bubba tauchte aus der

Hecke auf. Inzwischen klebten seine Finger fest zusammen, und die ganze linke Hand ließ sich nicht mehr von der Innenseite des rechten Hosenbeins lösen. Eilig humpelte er davon und hatte eine bemerkenswerte Ähnlichkeit mit einem Buckligen. Um seinen Wagen aufschließen zu können, brauchte er mindestens eine freie Hand, das aber hieß, er mußte die Hose ausziehen. Als er gerade damit beschäftigt war, kam zufällig Officer Wood auf einer Routinefahrt vorbei, um den Park nach irgendwelchen Sittenstrolchen abzusuchen. Bubba wurde wegen Exhibitionismus festgenommen.

West und Brazil hörten zwar über Funk von dem Vorfall, waren jedoch zum einen zu weit entfernt, zum andern noch zu sehr in die Diskussion über Brazils Leben vertieft.

»Was, zum Teufel, wissen Sie schon von meiner Mutter und meinen Beweggründen, mich um sie zu kümmern?« fragte Brazil.

»Ich weiß eine ganze Menge. Die Sozialdienste und die Jugendgerichte können sich vor Fällen wie Ihrem kaum retten«, gab West zurück.

»Ich habe nie irgendeinen Sozialdienst in Anspruch genommen und stand auch nie vor dem Jugendgericht.«

»Noch nicht«, gab sie zu bedenken.

»Kümmern Sie sich endlich um Ihre eigenen Angelegenheiten.«

»Fangen Sie an zu leben«, sagte sie. »Erklären Sie Ihre Unabhängigkeit. Verabreden Sie sich mit jemandem.«

»Aha, Verabredungen habe ich also auch keine«, schnappte er zurück.

Sie lachte. »Wann sollte das denn sein? Während Sie sich die Zähne putzen? Jeden Abend sind Sie hier mit uns draußen, dann geht's um neun in die Redaktion, nachdem sie sich erst noch auf der Laufbahn die Lunge aus dem Körper gehechelt und Tausende von Tennisbällen übers Netz geschlagen haben. Erzählen Sie mir, wann Sie sich bitte verabreden, Andy.«

Glücklicherweise mischte sich in diesem Augenblick der Radar von der Einsatzzentrale ein. Offenbar ein Überfall an der Monroe Road.

»Einheit 700 übernimmt«, sagte Brazil gereizt ins Mikrofon.

»Man nennt Sie übrigens Night Voice«, erklärte West.

»Wer ist man?« wollte er wissen.
»Die Cops. Wenn Sie sich melden, wissen sie, daß nicht ich es bin.«
»Weil meine Stimme tiefer ist? Oder weil meine Grammatik korrekt ist?«
West bahnte sich ihren Weg durch ein Viertel aus staatlich gefördertem Wohnungsbau. Wiederholt sah sie in den Rückspiegel. »Wo, zum Teufel, bleibt die Verstärkung?« murmelte sie.
Brazil fiel etwas auf. Er zeigte aufgeregt nach vorn. »Weißer Transporter, EWR-117«, sagte er. »Der von dem Überfall vorhin.«
Der Transporter bog langsam um eine Ecke. West gab Gas und schaltete Blaulicht und Sirene ein. Zwanzig Minuten später konnten die Polizei den nächsten Delinquenten ins Gefängnis schaffen. West und Brazil fuhren weiter.
Aber der Radar war noch immer nicht mit ihnen fertig. Ein Autoeinbruch im Kreuzungsbereich Trade und Tryon war gemeldet worden, und er teilte auch diesen Einsatz der Einheit 700 zu, obwohl genug andere Cops in der Gegend herumkurvten und kaum etwas zu tun hatten.
»Der Verdächtige ist männlich, schwarz, trägt grüne Shorts, aber kein Hemd. Möglicherweise bewaffnet«, ertönte die Stimme von Radar aus dem Funkgerät.
Am Tatort fanden West und Brazil einen Chevrolet Caprice mit eingeschlagener Windschutzscheibe. Ben Martin, der entsetzte Eigentümer, war ein gesetzestreuer Bürger. Er hatte genug von den Verbrechen, von all der Gewalt. Er hatte es nicht verdient, daß sein brandneuer Caprice so zugerichtet worden war. Und wofür? Für das Rabattmarkenheftchen seiner Frau, das auf dem Rücksitz gelegen hatte und einer Brieftasche glich? Irgendein gewalttätiger Rabauke sollte Martins schwer verdienten fahrbaren Untersatz für eine Dose Thunfisch, eine Packung Uncle Ben's Reis oder eine Dose Pulverkaffee demoliert haben?
»Gestern abend ist meinem Nachbarn da drüben dasselbe passiert«, berichtete Martin den Cops. »Und vorgestern den Baileys nebenan.«
Was ist nur mit dieser Welt los? Ungläubig erinnerte sich Martin an seine Kindheit in Rock Hill, South Carolina. Damals hatte niemand

seine Tür verschlossen, und es galt schon als schwerer Diebstahl, wenn jemand beim Stibitzen eines Dauerlutschers erwischt wurde. Der bekam den Arsch voll, und das war das Ende vom Lied. Heutzutage war auf nichts mehr Verlaß. Irgendwer kam daher und zertrümmerte seinen neuen Caprice, nur wegen so ein paar Rabattmarken in einer roten Stoffhülle mit Kunstlederverschluß, die wie eine Brieftasche aussah.

Zufällig sah Brazil einen Schwarzen in grünen Shorts einen Block entfernt in der Dunkelheit des alten Siedlerfriedhofs verschwinden.

»Da ist er!« rief Brazil laut.

»Sie gehen ans Funkgerät!« befahl West.

Sie spurtete instinktiv los, doch dieser Spurt stellte sehr schnell bloß, was sie mittlerweile war: eine aus der Form geratene Raucherin mittleren Alters, die obendrein nicht die Finger von Bojangle's-Futter lassen konnte. Sie war bereits außer Atem, als sie noch mindestens dreihundert Meter von dem Verdächtigen entfernt war. Ihre Beine wurden schwer, und sie schwitzte. Ihr Körper, erst gar nicht mit dem gewichtigen Sam Browne-Koppel belastet, war für derartige Aktivitäten nicht mehr geschaffen. Der Bastard trug kein Hemd. Seine Muskeln spielten unter der glänzenden ebenholzfarbenen Haut. Er bewegte sich geschmeidig wie ein Luchs. Was, in Teufels Namen, hatte sie in die Situation gebracht, so jemanden fassen zu müssen? Sie hatte keine Chance. Normalerweise waren Typen wie der doch nicht so fit. Schließlich tranken sie nicht regelmäßig ihre Powerdrinks, und auch Fitneßclubs waren im Gefängnis eher die Ausnahme.

Gedanken wie diese schossen ihr durch den Kopf, als Brazil wie ein Olympionike an ihr vorbeiflog und Grünhose kurz hinter dem Friedhofseingang eingeholt hatte. Er stürzte sich auf den Kerl. Dessen Rückenmuskeln bildeten ein massives V. Grünhose hatte nicht ein Gramm Fett zuviel und war gerannt, als sei der Leibhaftige hinter ihm her. Er hatte gehofft, mit dem gestohlenen Rabattmarkenheft davonzukommen, doch Brazil versetzte ihm von hinten einen so heftigen Stoß, daß er der Länge nach ins Gras fiel. Die Rabattmarken flatterten davon. Brazil war mit einem Satz auf seinem Rükken und drückte ihm das Knie in die Wirbelsäule. Außerdem drückte etwas, das sich wie eine Waffe anfühlte gegen Grünhoses Schläfe.

Es war zwar nur Brazils Stablampe, aber das konnte er ja nicht wissen.
»*Keine Bewegung, oder ich puste dir das Hirn weg, Scheißkerl!*« schrie Brazil.
Stolz sah er auf. Schwitzend und keuchend hatte West sie eingeholt. Er war sicher, sie war einem Herzinfarkt nahe.
»Diesmal habe ich gewonnen«, verkündete er.
Es gelang ihr, die Handschellen hinten vom Gürtel zu lösen. Wann hatte sie die eigentlich das letzte Mal gebraucht? Vor Ewigkeiten als Sergeant nach der Verfolgung eines Transvestiten in Fourth Ward oder gerade erst im Fat Man's? Sie war benommen, und ihr Puls raste. Er pochte im Hals und rauschte in den Ohren. Seit ihrem fünfunddreißigsten Lebensjahr mußte es mit ihr bergab gegangen sein. Damals hatte sich Niles eines Samstags zufällig auf der Schwelle ihrer Hintertür niedergelassen. Abessinierkatzen waren ziemlich teure Exoten. Sie waren schwierig und exzentrisch, und vielleicht war das der Grund, warum die Vorbesitzer Niles zur Adoption freigegeben hatten. Auch für West gab es Augenblicke, da hätte sie ihn am liebsten auf einem vielbefahrenen Highway aus dem Wagen geschubst. Warum sich dieses schielende Katerchen, dessen Gene aus Pyramidenzeiten stammten, ausgerechnet West als neue Herrin auserkoren hatte, war ihr bis heute ein Rätsel.
Der Streß, den Niles als neues Familienmitglied mit ins Haus brachte, verstärkte bei West nur eine ererbte Neigung zur Selbstzerstörung und hatte nichts mit der zunehmenden Isolation zu tun, die ihr Aufstieg in eine Männerwelt nach sich zog. Ihr steigender Zigarettenkonsum und die zunehmende Gleichgültigkeit gegenüber Fett und Bier als täglichen Nahrungsmitteln waren aber nicht die Folge der Trennung von Jimmy Dinkins. Er war allergisch gegen Niles gewesen und hatte ihn in einem Ausmaß gehaßt, daß er eines Abends bei einem Streit mit West sogar mit seiner Waffe auf ihn zielte. Da hatte Niles es nicht mehr ausgehalten und sich vom Kühlschrank herunter auf Dinkins gestürzt.
Als sie ihren Gefangenen zum Wagen führten, schwitzte West noch immer. Ihr Atem ging schwer, und sie glaubte, sie müsse sich übergeben.

»Sie müssen aufhören zu rauchen«, sagte Brazil.
West verstaute den Kerl auf dem Rücksitz, Brazil stieg vorne ein.
»Wissen Sie eigentlich, wieviel Fett in so einem Bojangle-Brötchen ist oder in dem ganzen Mist, den Sie sonst so essen?« setzte Brazil nach.
Der Gefangene schwieg, aber im Rückspiegel war der blanke Haß in seinen Augen zu erkennen. Sein Name war Nate Laney. Er war vierzehn. Er würde diese weißen Cops umbringen. Er brauchte nur eine Gelegenheit. Laney war schlecht, von Geburt an, wie auch seine leibliche Mutter und wiederum deren Mutter schlecht waren. Die schlechte Saat ließ sich bis in ein Gefängnis in England zurückverfolgen, von wo aus sie per Schiff in dieses Land gelangt war – um dieselbe Zeit etwa, als Cornwallis von der Polizei durch die Straßen der Queen City gejagt wurde.
»Ich wette, Sie treiben keinerlei Sport.« Brazil wußte offenbar nicht, wann er den Bogen überspannte.
West sah ihn scharf an, während sie sich das gerötete Gesicht mit einem Kleenex trocknete. Brazil hatte gerade einen Dreihundert-Meter-Spurt hinter sich und atmete keinen Deut schneller als normal. Sie fühlte sich alt und müde, und das verbitterte sie. Sie war dieses naive und selbstgerechte Kind leid. Das Leben war entschieden komplizierter, als er dachte, und das würde er spätestens erkennen, wenn er selbst mal ein oder zwei Jahre hier Außendienst machte und an keiner Ecke etwas anderes zu bekommen war als gebratenes Hähnchen. Bei Bojangle's, Church's, Popeye's, Chic N Grill, Chick-Fil-A oder Price's Chicken Coop. Außerdem wurden Cops nicht gerade besonders gut bezahlt, zumindest nicht in den ersten Jahren. Also beschränkten sich ihre Mahlzeiten auch außerhalb der Dienststunden auf Pizza, Hamburger oder Thekengerichte in Bars, von denen es schließlich jede Menge in Charlotte gab – die Treffpunkte der Fans von den Hornets, Panthers oder der NASCAR-Rennfahrer.
»Wann haben Sie das letzte Mal Tennis gespielt?« fragte Brazil, während ihr Gefangener auf dem Rücksitz einen Plan schmiedete.
»Keine Ahnung«, sagte sie.
»Warum spielen wir nicht ein paar Bälle zusammen?«

»Sie sollten sich auf Ihren Geisteszustand untersuchen lassen«, sagte sie.
»Ach, kommen Sie. Sie waren doch mal richtig gut. Damals waren Sie sicher auch besser in Form«, sagte er.
Der massive Betonbau des Gefängnisses lag im Zentrum der Stadt und war zur selben Zeit errichtet worden wie das neue Police Department, das sich, wenn man einigen Leuten glauben schenkte, einer Aufklärungsrate rühmte, die über der Zahl der tatsächlich verübten Verbrechen lag. Im Gefängnis mußten sie diverse Sicherheitskontrollen durchlaufen, angefangen mit dem Deponieren von Schußwaffen in Schließfächern. An einem Tresen überprüften Deputies alle Ankommenden. Brazil sah sich um. Es war für ihn ein neuer, bedrohlicher Ort. Eine dunkelgekleidete Frau mit Kopftuch, eine Pakistani, war wegen Ladendiebstahls festgenommen worden. Polizisten hielten eine Gruppe Betrunkener, Diebe und den unvermeidlichen Dealer in Schach, und über alles wachte das Sheriff's Department.
Im Vorraum zur Asservatenkammer durchsuchte West ihren Gefangenen und leerte seine Taschen. Darin befanden sich Lippenpomade, ein Dollar, dreizehn Cents und eine Packung Mentholzigaretten. Sie blätterte seine Akte durch. Er lachte selbstsicher und zufrieden und sah sich um. Sah ihm jemand zu? Ihm, Nate, dem Mann?
»Kannst du lesen?« fragte ihn West.
»Soll ich Ihnen Brief und Siegel drauf geben?« Ihr Gefangener schien die Knastschwulen zu fürchten, denn er trug drei Paar Boxer-Shorts übereinander und darüber noch zwei Paar Shorts, die äußeren grün und gürtellos auf Halbmast. Er sah sich ständig um und konnte nicht stillstehen.
»Glaub nicht«, sagte West.
Aus einer der blauen Einzelzellen mit Eisengittern, die der vorübergehenden Unterbringung von Delinquenten dienten, starrte sie ein anderer Unverbesserlicher an, ein Junge mit verlorenem und zugleich mordgierigem Blick. West starrte zurück. Einer der Käfige war voller Männer, die ins Gefängnis am Spector Drive transportiert werden sollten. Von dort würde sie das Department für Strafvollzug nach Camp Green oder ins Zentralgefängnis schaffen. Die Männer

klammerten sich wie Tiere an die Gitterstäbe und sahen dem Treiben schweigend zu. Was hätten sie in ihrer orangefarbenen Gefängniskluft auch sonst machen sollen?

»War schon 'ne ganze Weile nicht mehr hier«, verkündete der Gefangene dem Deputy Chief.

»Wie lang ist denn 'ne ›Weile‹?« West war inzwischen mit der Auflistung seiner Habseligkeiten fertig.

Nate Laney zuckte mit den Schultern und wanderte unruhig auf und ab. »So zwei Monate«, meinte er.

# Kapitel 15

West und Brazil beschlossen ihre Tour mit einem Frühstück im Presto Grill. Er war hellwach und auf neue Abenteuer aus. Sie dagegen fühlte sich ausgebrannt. Sie fuhr nach Hause und entdeckte eine Tube Sekundenkleber unter ihren Sträuchern und nicht weit davon entfernt ein offenes Taschenmesser. Dunkel erinnerte sie sich, über Funk von jemandem gehört zu haben, der sich am Latta Park unsittlich entblößt hatte. Auch von Klebstoff war die Rede gewesen. West steckte die möglichen Beweisstücke in eine Tüte. Warum waren die ausgerechnet in ihrem Vorgarten gelandet? Ein ungutes Gefühl stieg in ihr auf. Sie fütterte Niles und war um neun Uhr wieder im Dienst und begleitete Hammer durch den Innenhof des Rathauses.

»Was, zum Teufel, sucht ein Protokollbuch über Festnahmen in Ihrem Wagen?« fragte Hammer und schritt kräftig aus.

Das ging wirklich zu weit. Ihr Deputy Chief hatte die ganze Nacht Verbrecher gejagt, sie zu Fuß verfolgt und festgenommen.

»Daß ich Deputy Chief bin, bedeutet nicht, daß ich nicht normale Polizeiarbeit leisten kann«, sagte West und versuchte mit Hammer Schritt zu halten. Die Grüße Vorübergehender erwiderte sie mit einem Nicken.

»Ich kann nicht fassen, daß Sie Strafzettel ausschreiben«, sagte Hammer. »Morgen, John«, grüßte sie. »Ben. Und Leute einsperren. Hi, Frank.« Mehrere Stadträte kamen ihnen entgegen. »Sie werden vor Gericht aussagen müssen. Da kann ich keine Ausnahme machen. Ich bekomme Ihr Protokollbuch heute noch vorgelegt.«

West lachte. Das war das Komischste, was sie seit langem gehört

hatte. »Werde ich nicht!« sagte sie. »Was war es denn, was Sie mir aufgetragen haben, hm? Wer hatte denn die Idee, mich wieder auf Streife zu schicken?« Ihr war schwindlig vom fehlenden Schlaf.
Ratlos hob Hammer die Arme. Sie betraten einen Raum, in dem sich Reporter und Kamerateams der Fernsehanstalten und normale Bürger drängten. Der Bürgermeister hatte eine außerordentliche Sitzung des Stadtrats einberufen. Beim Eintritt der beiden Polizistinnen erhob sich lautes Stimmengewirr. Sämtliche Anwesenden waren sogar aufgestanden.
»Chief!«
»Chief Hammer, was werden wir gegen das Verbrechen im Osten der Stadt unternehmen?«
»Die Polizei versteht die schwarze Bevölkerung nicht!«
»Wir wollen unsere Stadtviertel zurück!«
»Wozu ein neues Gefängnis, wenn wir unseren Kindern nicht vormachen, wie man anständig bleibt!«
»Die Geschäfte und Umsätze in der Innenstadt sind um zwanzig Prozent zurückgegangen, seit dieser Serienkiller und Carjacker sein Unwesen treibt!«
»Was kann man dagegen unternehmen? Meine Frau fürchtet sich zu Tode.«
Hammer hatte sich inzwischen vor die Versammlung gestellt und griff nach dem Mikrofon. Die Stadträte saßen um einen hufeisenförmigen Tisch mit polierter Platte, jeder vor sich sein glänzendes Messing-Namensschild. Alle Blicke ruhten auf der ersten Polizeipräsidentin in der Geschichte Charlottes, die den Menschen das Gefühl vermittelte, wichtig zu sein, ungeachtet ihrer Herkunft oder ihres Wohnviertels. Für manche, die nie eine gehabt hatten, war Judy Hammer so etwas wie eine Mutterfigur. Auch die stellvertretende Chefin war etwas Besonderes. Wie normale Polizisten ging sie auf die Straße, um sich persönlich ein Bild von den Problemen zu machen.
»Wir werden unsere Stadtviertel zurückerobern, indem wir das nächste Verbrechen verhindern«, sagte Hammer mit entschlossener Stimme. »Aber die Polizei braucht dazu Ihre Hilfe. Es darf kein Wegschauen, kein achtloses Vorübergehen mehr geben.« Eindring-

lich, als verkünde sie ein Evangelium, zählte sie auf, worum es ging. »Keiner darf mehr denken, daß das, was dem Nachbarn geschieht, das Problem des Nachbarn ist. Wir alle zusammen bilden eine Gemeinschaft.« Sie blickte in die Runde. »Was Ihnen zustößt, stößt auch mir zu.«

Niemand rührte sich. Sämtliche Blicke hingen an ihr, während sie Wahrheiten aussprach, die die Vertreter der politischen Macht in der Vergangenheit der Bevölkerung vorenthalten hatten. Die Menschen müßten ihre Straßen, Viertel, Städte und Bundesstaaten, ihr Land und ihre Welt wieder in die eigene Hand nehmen. Jeder einzelne müsse wieder aus dem Fenster sehen, seinen eigenen kleinen Beitrag zum Leben in der Gemeinschaft leisten und sich mitbetroffen fühlen, wenn dem Nächsten etwas geschieht. Ja, aufstehen müssen alle. Bereit sein, Christen und Kämpfer.

»Packen Sie es an«, sagte Hammer. »Seien Sie wachsam wie die Polizei, und Sie werden uns nicht brauchen.«

Sie erntete tobenden Beifall. Als West am selben Abend mit Brazil am Stadion vorbeifuhr, wurde sie auf ironische Weise an diese überwältigende Reaktion erinnert. Das Stadion erhob sich wie ein riesiges Ungeheuer in die Nacht, und drinnen feierten ausgeflippte Fans Randy Travis. Dann kamen sie am Kongreßzentrum vorbei, von dem ein riesiges Videodisplay die Passanten mit einem WILLKOMMEN IN DER QUEEN CITY begrüßte. In einiger Entfernung sah man das Blaulicht mehrerer Streifenwagen. Die zuckenden blau-roten Warnlichter schienen gegen ein weiteres entsetzliches Verbrechen protestieren zu wollen. Auch Brazil fand dieses Timing nach Hammers Rede vom Vormittag merkwürdig. In ihm kochte es. West war außer sich, zeigte es aber nicht. Wie konnte das nur ein weiteres Mal passieren? Sie hatte ein handverlesenes Sonderkommando zusammengestellt, das Phantomkommando, wie es inzwischen genannt wurde, das Tag und Nacht unterwegs war, um den Schwarze-Witwen-Killer zu fassen. Die Pressekonferenz und was davon in Rundfunk und Fernsehen gebracht worden war, ging ihr nicht aus dem Kopf. War das hier etwa mehr als nur ein Zufall? Wollte da jemand die Stadt, ihre Polizei und ihre Bevölkerung vorführen, sie bewußt verhöhnen?

Der Schauplatz des Mordes befand sich etwas abseits der Trade Street hinter einem verfallenen Ziegelbau, noch in Sichtweite des Stadions und der Duke Power-Transformatorstation. Im flackernden Blaulicht der Einsatzwagen und Ambulanzen gingen West und Brazil zum Tatort. Hinter dem gelben Absperrband stand ein weißer Maxima, neuestes Modell, gleich neben den Eisenbahngleisen. Die Fahrertür stand offen, die Innenbeleuchtung brannte, und das akustische Signal war ebenfalls zu hören. West klappte ihr Handy auf und versuchte zum zweitenmal, ihre Vorgesetzte zu erreichen. Seit zehn Minuten war bei ihr besetzt. Hammer sprach gerade mit einem ihrer Söhne, während der andere in der Warteschleife hing. Kaum hatte sie aufgelegt, läutete das Telefon erneut. Wieder schlechte Nachrichten.

Vier Minuten später saß sie in ihrem Wagen und verließ eilig Fourth Ward. West klappte ihr Handy zu und reichte es Brazil. Er schob es in das Lederetui an seinem Koppel zurück, an dem noch reichlich Platz war. Schließlich reisten Volunteers mit leichtem Gepäck. Nicht ohne Stolz befestigte Brazil alles an seinem Koppel, was in Charlotte als *road legal* bezeichnet wurde, was soviel hieß wie »im Straßenverkehr zugelassen«. Die Geschichte dieses Ausdrucks ging auf die NASCAR-Idole mit ihren wahren Raketen von Rennwagen zurück, von denen nicht einer für den öffentlichen Verkehr zugelassen war, es sei denn, er war sicher auf einem Anhänger festgeschnallt. Brazil beneidete die Cops um das, worüber die sich dauernd beschwerten. Rückenschmerzen, Unbequemlichkeiten oder eingeschränkte Bewegungsfreiheit kam Brazil gar nicht in dem Sinn.

Selbstverständlich hatte er ein Funksprechgerät mit den Frequenzen der verschiedenen Bezirke, und dessen Antennennoppen konnte einem sehr kleinen Officer schon einmal in die Achselhöhle stechen. Auch ein Pieper hing an Brazils Gürtel. Der war allerdings noch nie in Aktion getreten. Dazu kamen eine leistungsstarke Taschenlampe in schwarzem Lederholster und Wests Handy. Das Handy des *Observer* durfte er nicht tragen, wenn er in Uniform war. Jedoch hing keine Waffe an Brazils ultrafunktionellem Koppel, ja nicht einmal Pfefferspray. Auch der Teleskop-Schlagstock, der Gummiknüppel, der Doppelhalter für Ersatzmagazine und das

Etui für die Handschellen fehlten. Auch hätte er gern eine Halterung für eine lange Stablampe gehabt, die Pro-3-Bereitschaftstasche oder eine Halterung für Ladestreifen. Auch vorgeformte Koppeltaschen oder ein klapperfreies kunstledernes Schlüsseletui besaß er nicht.

West besaß all diese Dinge und noch mehr. Sie schleppte die volle Ladung mit sich herum, und Niles hörte sie schon kommen, wenn sie sich noch am anderen Ende der Stadt befand. Mit Sehnsucht wartete der Abessinierkater regelmäßig auf das vielversprechende Scheppern ihrer Ausrüstung, das ihre Schritte begleitete. Mit der Zeit wurde aus Sehnsucht eine chronische Enttäuschung, er verzieh es ihr nicht, wenn sie fort war und saß immer in seinem Fenster in der Küche über der Spüle, sah erwartungsvoll hinaus und fixierte das in den Himmel ragende USBank Corporate Center (USBCC). Aus seinen früheren Leben waren Niles die großartigsten Bauwerke aller Zivilisationen vertraut, die Pyramiden und wunderbaren Pharaonengräber, und in Niles Phantasie verkörperte das USBCC den Riesenkönig Usbeecee mit seiner Silberkrone. Es war nur eine Frage der Zeit, bis seine Majestät seine Fesseln lösen würde. Sich huldvoll nach allen Seiten wendend, würde er auf seine Untertanen herabblicken. Niles stellte sich vor, wie der König langsam mit schweren Schritten sich seinen Weg ertastete und zum ersten Mal die Erde erbeben ließ. In Niles weckte er Furcht und Ehrerbietung, denn der König lächelte nie. Diese Gabe besaß er nicht. Fiel Sonnenlicht in seine Augen, erstrahlten sie in purem Gold, und das war ebenso überwältigend wie das pure Gewicht des mächtigen Herrschers. König Usbeecee konnte *The Charlotte Observer* unter seinen Füßen zermalmen, das Police Department, das ganze LEC und auch das Rathaus. Er konnte die Heerscharen bewaffneter Officers mitsamt ihrem Chief und den Deputy Chiefs, den Bürgermeister und den Zeitungsherausgeber zu Staub zermahlen.

Hammer stieg aus dem Wagen und verlor keine Zeit. Sie eilte an ihren Detectives und uniformierten Beamten vorbei und duckte sich unter dem selben Absperrband durch, das Hammer immer einen Stich versetzte und sie beklommen machte, ganz gleich, wo sie ihm begegnete. Sie war nicht in der Form, die sie sich gewünscht hätte, weil sie mehr bedrückte als sonst. Seit ihrem Ultimatum an Seth hatte sich ihr Lebensgefühl dramatisch verschlechtert. Heute morgen war er erst gar nicht aufgestanden, hatte etwas von Dr. Kevorkian gemurmelt und von einer Verfügung, nach der er im Falle einer unheilbaren Krankheit lebensverlängernde Maßnahmen ablehne. Auch von einer Gesellschaft für Humanes Sterben hatte er geredet. Feierlich hatte er verkündet, am Freitod sei nichts Egoistisches, schließlich habe jeder erwachsene Mensch das Recht auf Abwesenheit.

»Um Himmels willen«, hatte sie gesagt, »steh auf und mach einen Spaziergang.«

»Nein. Du kannst mich nicht zwingen. Ich muß nicht am Leben bleiben, wenn ich nicht will.«

Nach dieser Äußerung hatte sie gleich sämtliche Schußwaffen von ihrem gewohnten Platz entfernt. Hammer hatte sich im Laufe der Jahre eine ganze Sammlung davon zugelegt und sie strategisch im ganzen Haus verteilt. Bei Wests Anruf vermißte sie noch ihren alten fünfschüssigen Revolver, den zuverlässigen .38er Smith & Wesson aus rostfreiem Stahl mit Pachmeyer-Griffstück. Sie war ziemlich sicher, daß er in der Schublade ihrer Frisierkommode im Badezimmer liegen mußte. Zumindest war er ganz bestimmt noch dort gewesen, als sie neulich vor einem Besuch ihrer Enkelkinder alle Waffen eingesammelt und in den Safe geschlossen hatte.

Hammer hatte eine Menge Sorgen. Sie war deprimiert und versuchte so gut wie möglich, den Befürchtungen entgegenzutreten, die die Medien aller Bundesstaaten im Anschluß an die Pressekonferenz geäußert hatten. Politik war ihr zutiefst verhaßt. *Eine Aufklärungsrate von einhundertfünf Prozent!* Sie wünschte, Cahoon wäre jetzt hier an diesem gottverdammten Ort. So etwas müßte er sich mal ansehen. Die Cahoons dieser Welt würden nur hilflos dastehen, unfähig, auch nur einen Handschlag zu tun. Sie würden blaß werden und die Flucht ergreifen. Der Tote, der da blutüberströmt im dichten Unterholz neben den Eisenbahnschienen lag, umschwirrt von Glühwürmchen, das war die Wirklichkeit. Aber die eignete sich nicht für große Politikerauftritte oder zur Demonstration von Wirtschaftskraft und touristischer Attraktivität.

Bis zu ihrer Ankunft am Ort der Tragödie hatte Hammer mit niemandem ein Wort gewechselt. Das flackernde Blaulicht verlieh ihren gequälten Zügen eine ungewohnte Härte. Sie ging auf West und Brazil zu, die neben dem Maxima standen. Wieder einmal mußte Dr. Odom einen Toten in einem Leichensack verstauen. Die Handschuhe des Gerichtsmediziners waren blutverschmiert, Schweiß lief ihm in die Augen. Aber er war die Ruhe selbst. Immer wieder hatte er es mit den grausamsten Sexualmorden zu tun gehabt, doch dieser Fall war anders. Dr. Odom war ein mitfühlender und zugleich harter Mann. Schon lange hatte er gelernt, nicht die Beherrschung zu verlieren und die Fälle nicht zu nahe an sich herankommen zu lassen. Traurig, aber wahr: Es fiel ihm leichter, kühl und analytisch zu bleiben, wenn es sich bei den Opfern um Menschen handelte, die nicht ganz »dazugehörten« – leichte Mädchen, offensichtliche Schwule oder, in manchen Fällen, auch Ausländer. Aus Bequemlichkeit klassifizierte er die Menschen.
Dr. Odoms Theorie von Serienmorden mit homosexuellem Hintergrund geriet indessen zunehmend ins Wanken. Bei diesem Opfer handelte es sich nämlich um Senator Ken Butler aus Raleigh. Dr. Odom wäre nie und nimmer auf den Gedanken gekommen, daß dieser äußerst beliebte Sprecher der schwarzen Bevölkerung in irgendeiner Weise ein abweichendes Verhalten hätte an den Tag legen können. Auch sagte ihm seine lange Erfahrung, daß homosexuelle Politiker nicht gerade durch die Straßen der Innenstadt fuhren, wenn sie nach Jungen Ausschau hielten. Sie sahen sich in öffentlichen Parks oder Herrentoiletten um, Plätzen also, die ihnen stets die Chance ließen zu beschwören, sie hätten sich weder selbst offenbart noch sich anderen eindeutig genähert, sondern nur uriniert.
Dr. Odom zog den Reißverschluß über dem blutigen Bündel nacktem Fleisch und der Sanduhr zu, die ihm in grellem Orange entgegenleuchtete. Er richtete sich auf, sah Hammer an und schüttelte den Kopf. Sein Rücken tat ihm weh. Brazil hatte die Hände in den

Taschen und schaute in den Maxima. Er wollte nichts versehentlich berühren und keine Fingerabdrücke hinterlassen. So etwas konnte das Ende einer Karriere bedeuten, ihn möglicherweise gar zum Verdächtigen machen. War er nicht jedesmal zufällig in der Gegend, wenn so eine Leiche gefunden wurde? Nervös sah er sich um. Ob dieser Umstand vielleicht schon jemandem mal vage durch den Kopf gegangen war? Dr. Odom verkündete Hammer und West seine Meinung.

»Mein Gott, ein verdammter Alptraum ist das«, sagte er.

Er zog die Handschuhe aus und wußte nicht, wohin damit. Wo war ein Behälter für medizinischen Abfall? Er begegnete Denny Raines' Blick und nickte. Der junge Sanitäter, groß und gutaussehend, kam zusammen mit einem Kollegen und der Bahre heran. Er zwinkerte West zu. In ihrer Uniform war sie ein hinreißender Anblick. Sehr sexy und einfach überwältigend. Aber auch Hammer war nicht zu verachten. Brazil fixierte Raines. Ihn beschlich ein seltsames Gefühl, als er sah, wie dieser Riese von einem Sanitäter West und Hammer begutachtete. Es machte Brazil plötzlich unruhig, und eine leichte Übelkeit stieg in ihm hoch. Erklären konnte er sich das nicht. Am liebsten würde er sich Raines in den Weg stellen und ihn herausfordern. Dann hätte die Sache ein Ende. Zumindest würde er Raines gern des Tatorts verweisen.

»Jetzt gehört er Ihnen«, sagte Dr. Odom zu Hammer, während das Rollgestell der Bahre mit einem Klicken einrastete. »Ich werde den Medien gegenüber nicht das geringste durchblicken lassen. Wie immer. Jede Stellungnahme muß von Ihnen kommen.«

»Die Identität des Opfers werden wir heute abend noch nicht preisgeben.« In diesem Punkt war Hammer eisern. »Nicht, bevor wir sie unwiderlegbar nachgewiesen haben.«

Allerdings hegte sie nicht den geringsten Zweifel. Der Führerschein des Opfers hatte auf der Beifahrerseite auf dem Boden gelegen. Hammer kannte die imposante Erscheinung des Senators, das graue Haar und den Spitzbart, das würdevolle Gesicht. Der Tod war unmittelbar nach den Schüssen eingetreten, so daß es keine Gewebereaktion auf die schweren Verletzungen gegeben hatte, keine Schwellung, kein Hämatom. Butler sah kaum anders aus als bei der

Cocktailparty im Myers Park, wo Hammer ihn das letzte Mal gesehen hatte. Sie war zutiefst erschüttert, aber zugleich entschlossen, sich das nicht anmerken zu lassen. Sie wandte sich an Brazil, der aufmerksam um den Wagen herumging und sich Notizen machte. »Andy«, sagte sie und faßte ihn am Arm. »Ich brauche Ihnen sicher nicht zu sagen, wie heikel das hier ist.«

Er schwieg und sah sie an, als sei sie der Grund, dessentwegen die Leute jeden Sonntag zur Kirche gingen. Für ihn war sie Gott. Hammer merkte es nicht. Sie sah ins Wageninnere. Auf dem Rücksitz fiel ihr ein Aktenkoffer aus schwarzem Leder mit den goldenen Initialen K.O.B. auf. Er war wie auch die kleine Wochenendtasche und ein Kleidersack geöffnet worden. Der Inhalt lag achtlos herum, von mitleidloser Hand verstreut. In Gedanken stellte sie eine Inventarliste auf: Schlüsselbund, Taschenrechner, Erdnußtüte, US-Air-Tikkets, Handy, Kugelschreiber und Füller, Schreibpapier, Adreßbuch, Pfefferminzbonbons, Feuchtkondome der Marke ›Trojan‹, Schuhe, Socken und Jockey Shorts.

»Sind wir sicher, daß es der Senator ist?« brachte Brazil schließlich hervor.

Hammer sah ihn erschrocken an. »Nicht sicher genug, daß Sie es schon veröffentlichen könnten.«

»In Ordnung«, sagte er. »Solange Sie es nicht jemand anderem vor mir sagen.«

»Auf keinen Fall. Sie werden korrekt sein, und ich auch.« Dann sagte sie, was sie immer sagte. »Rufen Sie mich morgen nachmittag um fünf an, dann bekommen Sie Ihre Erklärung.«

Sie verließ den Tatort. Er sah ihr nach, wie sie sich unter dem Absperrband hindurchbückte und sich unter dem Flackern des Blaulichts in die Nacht entfernte. Fernsehteams, Radioreporter und Horden von Zeitungsberichterstattern stürzten sich wie ein Schwarm Barrakudas auf sie. Sie winkte ab und stieg in ihren Dienstwagen. Aufmerksam nahm Brazil noch einmal jede Einzelheit in sich auf. Etwas verwirrte ihn, und er wußte nicht, was es war. Er ging zu der Stelle, wo der Senator getötet worden war. Raines und seine Kollegen rollten den Toten zum Krankenwagen. Ein Abschlepp- und Bergungsfahrzeug, laut Aufkleber 24 Stunden dienstbereit, rollte heran, um den Maxima zum Police Department zu transportieren.

Die Ambulanz setzte zurück, der Warnton des Rückwärtsgangs piepte, dann machte sie sich unter den Augen zahlloser Kameras mit dem toten Senator auf den Weg zur Leichenhalle. Brent Webb warf einen neidischen Blick auf Brazil. Es war nicht fair, daß Brazil in den Genuß einer solchen Sonderbehandlung kam und sich mit seiner Taschenlampe direkt am Tatort aufhalten durfte, als gehöre er dazu. Webb wußte: Brazils Privilegien, seine glückliche Hand in diesen Dingen, all das würde nur allzubald ein Ende haben. Der Fernsehreporter strich seine ohnehin perfekte Frisur glatt und tat etwas Pomade auf die Lippen. Dann blickte er mit ernstem Gesicht in die Kamera und setzte die Welt von den jüngsten tragischen Ereignissen in Kenntnis. In diesem Moment fuhr mit lautem Rattern ein Zug der Norfolk-Southern vorüber.

# Kapitel 16

Brazils Lampe glitt rostige Schienen entlang über Schotter und Unkraut, als der letzte Waggon laut durch die heiße, schwarze Nacht rumpelte. Gerinnendes Blut glitzerte dunkelrot in dem starken Strahl. Neben einem rotverfärbten Waschlappen lagen blutverschmierte Münzen. Sie mußten dem ermordeten Senator aus der Tasche gefallen sein, als man ihm die Hose runtergezogen hatte. Blutige Schädelfragmente und Teile des Gehirns klebten im Kies. Brazil atmete tief durch. Sein Blick folgte den Gleisen. Im Hintergrund leuchtete die mächtige Skyline der Stadt.

Seth dachte an Blut und herausquellende Eingeweide und genoß die Vorstellung der Reaktion seines Ehechefs, wenn sie ihn so auf seinem Bett fand. Er setzte sich auf und trank einen Schluck Bier. Der .38er lag in seinem Schoß. Er konnte den Blick nicht von der Waffe wenden. In der Trommel steckte eine einzige Patrone, eine Remington +P. Seit Stunden hatte er die Trommel immer wieder rotieren lassen und sein Glück auf die Probe gestellt. Dazu hatte er sich Wiederholungen von »Friends«, »Mary Tyler Moore« und anderen Serien angesehen. Aber das Glück schien ihm nicht hold zu sein. Er hatte nämlich schon an die hundert ›trockene‹ Versuche hinter sich, und hätte bisher nur zweimal erfolgreich Selbstmord begangen. Wie war das möglich? Widersprach das nicht dem Gesetz der Wahrscheinlichkeit? Nach seiner Berechnung hätte es mindestens zwanzigmal tödlich ausgehen müssen. Es war ein fünfschüssiger Revolver, und einhundert geteilt durch fünf ergab zwanzig.

Aber in Mathematik war Seth nie gut gewesen. Im Grunde war er in nichts jemals wirklich gut gewesen. Ohne ihn würden sie alle besser

zurechtkommen, seine Versager von Söhnen und seine vermännlichte Frau eingeschlossen. Sie hätte den größten Nutzen davon, ins Zimmer zu kommen, ihn zusammengesunken im Bett vorzufinden, mit einem Kopfschuß durchs Kissen, und überall Blut. Schluß, aus, Ende der Geschichte. Er wäre für niemanden mehr ein Problem. Nie mehr würde sie sich mit dem Fettsack Seth irgendwo zeigen und schämen müssen, während viel jüngere Männer ihr interessierte Blicke zuwarfen. Seth würde es ihr zeigen. Eine Extra-Inszenierung für Sie. Sollte doch dieses letzte Kapitel sie, die große Nummer, für den Rest ihrer Tage verfolgen.
Hammer war sich ziemlich sicher: Das würde er nie fertigbringen. Als sie den vermißten .38er in der Schublade ihrer Frisierkommode nicht gefunden hatte, war ihr allerdings gleich der Gedanke gekommen, ihr zu Depressionen bis zur Selbstzerstörung neigender Mann könnte wissen, wo sich die Waffe befand. Aber wozu würde er sie benutzen? Zum Selbstschutz? Wohl kaum. Nur selten dachte Seth daran, die Alarmanlage einzuschalten. Er haßte es, zu schießen, und hatte auch nie eine Waffe getragen, nicht einmal in Little Rock, wo er Mitglied der National Rifle Association gewesen war, weil es zum guten Ton gehörte.
Es waren bohrende Fragen, die Hammer auf ihrer Heimfahrt nicht aus dem Kopf gingen. Dieser Schwachkopf. Sollte das seine letzte und große Rache sein? Selbstmord war ein gemeiner und hinterhältiger Akt, es sei denn, man war ohnehin dem Tode nah und wollte nur etwas früher den Schmerzen entfliehen. Die Mehrheit der Selbstmörder brachte sich vor allem aus Rachemotiven um. Hammer hatte so manche letzten Worte dieser Menschen gelesen. Es gehörte zum Niederträchtigsten, das sie sich vorstellen konnte. Hammer brachte wenig Mitgefühl für Selbstmörder auf. Gab es denn irgendwo eine Menschenseele, die auf ihrem Lebensweg keine schwierigen Phasen erlebt hatte? Jeder war schon einmal auf einsamer, beschwerlicher Strecke ins Stolpern geraten, und wem wäre es da nicht in den Sinn gekommen, daß es vielleicht das Beste wäre, sich einfach von der nächsten Klippe zu stürzen und allem ein Ende zu machen? Hammer selbst machte da keine Ausnahme. Sie war sich ihrer zeitweiligen Anfälle von Freßsucht, übermäßigem Trinken,

mangelnder Bewegung und Trägheit durchaus bewußt. Aber sie hatte sich immer wieder zusammengerissen und weitergemacht. Jedesmal hatte sie auf den richtigen Weg zurückgefunden und war wieder gesund geworden. Sie würde nicht sterben, weil sie Verantwortung übernommen hatte und die Menschen sie brauchten.

Sie betrat ihr Haus, ohne zu ahnen, was sie erwartete. Sie verschloß die Tür und schaltete die Alarmanlage ein. Aus Seths Schlafzimmer gegenüber der Küche dröhnte laut der Fernseher. Sie zögerte einen Moment, wollte schon zurückgehen und nach ihm sehen. Doch sie schaffte es nicht. Plötzlich hatte sie Angst. Sie ging in ihren Trakt des Hauses und machte sich im Bad frisch. Ihre Angst wuchs. Obwohl es schon spät war, zog sie sich nicht aus. Auf den Dewar's, ihren Nachttrunk, verzichtete sie. Wenn er es getan hatte, dann würden in wenigen Minuten Haus und Garten voller Menschen sein. Da wollte sie keinesfalls im Nachthemd erscheinen oder nach Schnaps riechen. Judy Hammer fing an zu weinen.

Brazil schrieb eilig an seiner Story und dachte an seine Abmachung mit Hammer. Noch in Uniform hatte er sich umgehend an den Computer gesetzt. Seine Finger flogen über die Tasten. Zwischendurch blätterte er in seinen Notizen. Keines der unglaublichen Details dieses jüngsten Schwarze-Witwen-Mordes ließ er aus. Fotografisch genau gab er wider, was er im Inneren des Wagens gesehen hatte, berichtete von den blutigen Münzen, davon, was Polizei und Gerichtsmediziner getan hatten, suchte nach treffenden Worten dafür, wie ein solch gewaltsamer Tod sich anfühlte, wie er roch, wie er aussah. Sein Bericht war bewegend und bildlich. Aber die Identität des Opfers gab er nicht preis. Brazil hielt Wort.

Das fiel ihm nicht leicht. Der Journalist in ihm schrie danach, die Wahrheit zu schreiben, erwiesen oder nicht. Doch zugleich besaß Brazil ein ausgeprägtes Ehrgefühl. Er konnte die Polizei nicht hintergehen. Schließlich würde auch Chief Hammer ihn nicht hintergehen, genausowenig West. Morgen nachmittag um fünf bekäme er grünes Licht, und niemand würde ihm zuvorkommen, vor allem Webb nicht. Am nächsten Morgen würden alle es im *Observer* lesen.

Webb war genau in dem Moment in den Dreiundzwanzig-Uhr-Nachrichten auf Sendung, als Hammer das Schlafzimmer ihres Mannes betrat. Ihr Pulsschlag beruhigte sich ein wenig. Blut war nirgends zu sehen. Zumindest oberflächlich betrachtet. Seth lag auf der Seite, den Kopf tief ins Kissen vergraben. Webbs Stimme klang ungewöhnlich getragen. Der Mord war der Aufmacher der Sendung.

»... die erschreckendste Erkenntnis bei der Tragödie dieser Nacht ist die Tatsache, daß es sich bei dem Opfer möglicherweise um Senator Ken Butler handelt ...«

Hammer erstarrte. Ihr Kopf fuhr zum Fernseher herum. Seth schreckte hoch und saß plötzlich aufrecht im Bett.

»Großer Gott«, rief er. »Erst letzten Monat haben wir uns doch noch auf ein paar Drinks mit ihm getroffen.«

»Pssst.« Hammer brachte ihren selbstzerstörerischen Mann schnell zum Schweigen.

»... und auch diesmal wurde dem Opfer das merkwürdige Zeichen einer Sanduhr auf den Körper gesprüht. Es ist davon auszugehen, daß Butler aus kürzester Entfernung mit Hohlspitz-Hochgeschwindigkeits-Projektilen, sogenannten Silvertips, erschossen wurde ...«

Hammer griff nach dem schnurlosen Telefon, das neben drei Dosen Miller Lite und einem Glas, in dem wohl Bourbon gewesen sein mußte, auf Seths Nachttisch lag.

»Wo ist mein .38er?« fragte sie, während sie wählte.

»Keine Ahnung.« Er spürte den Revolver zwischen seinen Beinen, was nicht gerade der ideale Aufbewahrungsort war. Beim Einschlafen war er dorthin gerutscht.

»... wie aus zuverlässiger Quelle zu erfahren war, wurden in dem Leihwagen, einem Maxima, die Aktentasche, der Wochenendkoffer und der Kleidersack durchwühlt. Butler hatte den Wagen heute um siebzehn Uhr fünfzehn bei der Autovermietung Thrifty übernommen. Entwendet wurde sämtliches Bargeld bis auf ein paar blutverschmierte Münzen. Blutiges Geld. Der Schwarze-Witwen-Mörder forderte sein fünftes Opfer ...« Webb senkte die Stimme, tragische Ironie klang in ihr mit.

Brazil machte seine gewohnte Runde durch den Lärm und die Hektik des Drucksaals. Daher war er nicht an seinem Schreibtisch, als

Hammer anrief. Seine Schlagzeile, die auf den Transportbändern an ihm vorbeiratterte, war zweieinhalb Zentimeter hoch. Auf die Entfernung verschwamm sie ein wenig, aber sie war noch gut lesbar.

BLUTIGES GELD – SCHWARZE-WITWEN-MÖRDER FORDERT FÜNFTES OPFER

Die Verfasserzeile konnte er nicht erkennen, aber er wußte, sie war da. Arbeiter dösten auf ihren Stühlen. Sie mußten für den Fall einer technischen Störung parat sein. Wie von Geisterhand wurden tonnenschwere Papierrollen aus dem Untergrund hochgefahren und glitten auf Schienen langsam an Fässern mit Druckerfarbe vorbei. Unter metallischem Klicken fuhren sie auf niedrigen Transportwagen vorüber. Sie erinnerten Brazil an riesige Toilettenpapierrollen. Er ging weiter in die Versandabteilung, musterte die Zeitungsbündel auf den Paletten. Die Muller-Martini-Maschine ergänzte sie mit Beilagen, dann wurden sie von einem weiteren Band zur Zählmaschine transportiert. Seine Anspannung hatte ihn irgendwie verlassen. Er war seltsam lustlos und zugleich unruhig, einerseits übernächtigt, dann wieder weggetreten. Erklären konnte er sich das nicht.

Es war ein bittersüßes Gefühl. Der Gedanke an diesen Muskelprotz von Sanitäter und daran, wie er West zugeblinzelt und Hammer mit lüsternem Blick angesehen hatte, machte ihn beklommen und wütend. Dazu kamen Angstgefühle, eine Empfindung von Schwäche und innerer Kälte, wie er sie kannte, wenn er mit knapper Not einem Unfall entgangen war oder beinahe ein Tennismatch verloren hatte. Konnte es denn sein, daß beide Frauen dieses Fleischpaket von Sanitäter mochten? Der mußte doch irgendwie beschränkt sein, so viel Zeit für sportliche Aktivitäten aufzuwenden. Kürzlich hatte Brazil Gerüchte über Hammers jämmerliche Ehe mit einem fetten Kerl gehört, der nicht einmal einen Beruf ausübte. Eine dynamische Frau wie sie muß doch ihre Bedürfnisse und ihre Triebe haben. Woher sollte Brazil wissen, ob sie nicht dafür doch einmal ein Rendezvous mit Raines ausmachen würde?

Um seines Seelenfriedens willen und um nicht irre zu werden, mußte Brazil sich vergewissern, ob Hammer tatsächlich direkt nach Hause gefahren war. Er konnte ihr erst wieder trauen, wenn er die Gewißheit hatte, daß sie ihn und die Welt nicht betrog und sich nicht so weit erniedrigte, sich mit Denny Raines einzulassen. Brazil fuhr rasch durch Fourth Ward. Verblüfft sah er einen Krankenwagen vor Hammers Haus stehen. Ihr dunkelblauer Dienstwagen stand in der Auffahrt. Sein Herz schlug schneller. Er hielt in einiger Entfernung an. Das konnte nicht wahr sein. Wie konnte sie sich nur so auffällig benehmen?

Brazil war ja eigentlich ein Mensch, der klaren Kopf behielt, aber das hier raubte ihm doch den Verstand. Er stieg aus seinem BMW und ging langsam auf das Haus jener Frau zu, die er vergöttert hatte, jetzt aber nicht mehr respektieren konnte. Nie wieder würde er ein Wort mit ihr wechseln, nie wieder einen Gedanken an sie verschwenden. Er würde mit seiner berechtigten Kritik nicht hinterm Berg halten, aber keine Gewalt anwenden, es sei denn, Raines finge an. Dann allerdings würde er ihm ein As servieren, ihn mit einem Kinnhaken ins Land der Träume schicken, ihn fertigmachen. Er versuchte, dabei lieber nicht an Raines' Körperumfang zu denken und daran, daß er sich nur vor wenigen Dingen zu fürchten schien. Diesen und ähnlichen Gedanken hing Brazil nach, als sich Hammers Haustür öffnete.

Zusammen mit einem anderen Sanitäter rollte Raines eine Bahre heraus, auf der ein älterer dicker Mann lag. Hinter ihnen erschien Chief Hammer im Türrahmen. Sie wirkte wie unter Schock. Betäubt blieb Brazil mitten auf der Pine Street stehen. Abwesend sah Hammer zu, wie geübte Hände ihren Mann in die Ambulanz schoben.

»Bist du sicher, daß ich nicht mitkommen soll?« fragte Hammer den fetten Mann.

»Ganz sicher.« Der fette Mann war benommen und verzog vor Schmerz das Gesicht. Die Benommenheit rührte möglicherweise von der Infusion her, die man ihm gelegt hatte.

»Wie du willst«, sagte Hammer.

»Ich will nicht, daß sie mitkommt«, sagte der fette Mann zu Raines.

»Keine Sorge.« Hammer klang verletzt. Sie ging ins Haus zurück. Von der Tür aus sah sie dem Krankenwagen nach. Im Augenwinkel

entdeckte sie Brazil. Er sah aus der dunklen Straße zu ihr herüber. Da fiel es ihr ein. Großer Gott. Als ob sie nicht schon genügend Probleme hatte.
»Ich hab vorhin schon versucht, Sie zu erreichen. Lassen Sie mich Ihnen alles erklären«, rief sie ihm zu.
Jetzt begriff er überhaupt nichts mehr. »Wie bitte?« Er ging ein paar Schritte auf sie zu.
»Kommen Sie her«, sagte Hammer mit einer müden Geste.
Er setzte sich in die Hollywoodschaukel auf der Veranda. Sie löschte das Licht und ließ sich auf den Stufen nieder. Dieser junge Mann mußte sie für das Hinterhältigste halten, was die Bürokratie hervorgebracht hatte. Hammer wußte, daß in dieser Nacht ihr umstrittenes Projekt für eine bessere Zusammenarbeit von Polizei und Bürgerschaft in sich zusammenfallen konnte – zusammen mit allem anderen in ihrem Leben.
»Andy«, begann sie, »Sie müssen mir glauben, daß ich zu niemandem ein Wort gesagt habe. Ich schwöre, ich habe meine Zusage eingehalten.«
»Wie?« Ihn beschlich ein ungutes Gefühl. »Was für eine Zusage?«
Ihr wurde klar, daß er noch gar nichts wußte. »Oh, Gott«, murmelte sie. »Sie haben die Spätnachrichten nicht gehört?«
»Nein, Ma'am. Welche Nachrichten?« Er fuhr hoch. Seine Stimme war lauter geworden.
Hammer berichtete ihm von der Enthüllung, mit der Webb auf Kanal 3 herausgekommen war.
»Das ist doch unmöglich!« rief Brazil aus. »Das sind genau meine Details! Woher weiß er von dem blutverschmierten Geld, dem Waschlappen und den anderen Dingen? Er war doch gar nicht da!«
»Andy, bitte sprechen Sie leiser.«
In der Nachbarschaft gingen Lichter an. Hunde bellten. Hammer war aufgestanden.
»Das ist nicht fair. Ich habe mich an die Spielregeln gehalten.« Brazil war, als breche eine Welt zusammen. »Ich war kooperativ, habe geholfen, wo immer ich konnte. Und jetzt kreuzigt man mich dafür.« Auch er war aufgestanden, und die leere Schaukel schwang langsam aus.

»Sie dürfen nicht aufhören, das Richtige zu tun, nur weil andere Falsches tun.« Sie sagte es ruhig, denn es entsprang ihrer Erfahrung. Sie öffnete die Tür, die ins Innere ihres schönen Hauses führte. »Wir haben gut zusammengearbeitet, Andy. Ich hoffe, daß Sie jetzt nicht alles zunichte machen.«

Sie sah ihn freundlich und zugleich traurig an. Es stach ihm ins Herz. In seinem Magen machte sich ein ungewohntes Gefühl breit. Er fror und schwitzte zugleich. Er sah sie an und versuchte, sich vorzustellen, wie es wohl für ihre Kinder gewesen war, von so einem Menschen aufgezogen zu werden.

»Ist Ihnen nicht gut?« Hammer konnte sich seine Reaktion nicht erklären.

»Ich weiß nicht, was mit mir los ist.« Er wischte sich mit der Hand über das Gesicht. »Ich glaube, mir war ein bißchen übel. Unwichtig. Wie geht es Ihrem Mann?«

»Eine Fleischwunde«, antwortete sie niedergeschlagen. Nachtfalter flatterten ins Haus. Ein langes Leben würde ihnen dort nicht beschieden sein, dafür würden Insektensprays sorgen.

Bei einem Double-Action-Revolver passierte es selten, daß sich ein Schuß unbeabsichtigt löste. Aber als Hammer von Seth gefordert hatte, den .38er herauszurücken, war er wütend geworden. Er hatte genug davon, sich von seiner Frau herumkommandieren zu lassen. Gleich würde sie noch anfangen, ihn und sein Zimmer zu durchsuchen. Es gab keinen Ausweg. Unglücklicherweise war sie hereingekommen, bevor er die Waffe an einem Ort verstecken konnte, wo sie sie nicht finden würde. Noch schlimmer: Seth war, vom Alkohol benebelt, in einer Position weggedämmert, die seine rechte Hand hatte einschlafen lassen. Sie war betäubt und kribbelte, und der Griff nach der Waffe zwischen seinen Beinen hatte sich als großer Fehler erwiesen. Zu seinem Pech geriet gerade diesesmal die Patrone vor den Lauf, und gerade jetzt paßte das am wenigsten in seinen Plan.

»Die linke Gesäßhälfte«, erklärte Hammer. Beide gingen ins Haus, schließlich konnte Hammer nicht die ganze Nacht die Tür offen stehen lassen.

Brazils Blick wanderte durch den Raum. Glänzend polierter Parkettboden, Orientteppiche in leuchtenden Farben, an den Wänden wertvolle Ölgemälde. Behagliche Sitzmöbel mit Stoffbezügen in warmen Farben oder aus kostbarem Leder. Chief Hammers Heim war perfekt. Sie standen in der Diele. Außer ihnen war niemand im Haus. Erneut brach ihm heftig der Schweiß aus. Hoffentlich bemerkte sie es nicht, denn dann würde sie sicher nicht weiter mit ihm reden.

»Natürlich muß er geröntgt werden«, fuhr sie fort. »Wir müssen sichergehen, daß die Kugel nicht in der Nähe eines wichtigen Gefäßes oder eines Nervs steckt.«

Diese +P-Hohlspitzgeschosse haben eine fatale Wirkung, dachte Hammer. Sie sind so konzipiert, daß das Bleiprojektil nach dem Eindringen explodiert und sich wie eine Fräse in das Gewebe frißt. Nur selten traten diese Projektile wieder aus, und es war schwer zu sagen, was die Bleipartikel in Seths ausgeprägter unterer Region angerichtet hatten. Brazil hörte zu und fragte sich, ob der Chief sich wohl dazu durchringen konnte, die Polizei zu rufen.

»Chief Hammer«, meinte er schließlich fragen zu müssen, »vermutlich haben Sie den Vorfall noch gar nicht gemeldet?«

»Du lieber Himmel.« Der Gedanke war ihr tatsächlich noch nicht gekommen. »Sie haben völlig recht. Da muß wohl ein Protokoll aufgenommen werden.« Mit voller Wucht hatte die Wirklichkeit sie eingeholt. Nervös lief sie auf und ab. »Oh, nein. Das hat mir gerade noch gefehlt! Das heißt, ich werde mir das jetzt im Fernsehen und im Radio anhören müssen. Auch in Ihrer Zeitung wird es stehen. Wie furchtbar. Ist Ihnen klar, wie viele Menschen sich darüber ins Fäustchen lachen werden?« Sie stellte sich den grinsenden Cahoon bei der Lektüre da oben in seiner lächerlichen Krone vor.

EHEMANN VON POLICE CHIEF FÜGT SICH SCHUSSVERLETZUNG ZU
Vermutlich bei Russischem Roulette

Niemand würde sich etwas vormachen lassen, keine Sekunde lang. Ein depressiver, übergewichtiger Ehemann ohne Beruf, mit einem nur mit einer Patrone geladenen .38er Revolver seiner Frau im Bett?

Jeder von Hammers Untergebenen würde es wissen wollen, daß ihr Mann mit dem Gedanken an Selbstmord gespielt. Schließlich waren Hammers ernste familiäre Probleme allgemein bekannt. Vielleicht kam jemand sogar auf den Gedanken, sie könnte ihren Mann angeschossen haben. Wer wußte schon genauer als sie, wie man da wieder herauskam? Vielleicht hatte sie gar nicht auf die linke Gesäßhälfte zielen wollen, und er hatte sich nur in letzter Sekunde weggedreht. Hammer ging in die Küche und griff nach dem Telefon. Es blieb ihr nichts anderes übrig, als die 911 zu wählen, wenn so auch jeder Cop, jeder Ambulanzfahrer oder Reporter von dem Vorfall erführe, praktisch alle, die einen Scanner hatten und den Polizeifunk hören konnten. In der Zentrale meldete sich der Captain vom Dienst. Das war zufällig Horgess. Er war Hammer zwar unerschütterlich ergeben, allerdings nicht gerade für schnelle Auffassungsgabe oder brillante Schlußfolgerungen bekannt.

»Horgess«, sagte sie. »Schicken Sie möglichst umgehend einen Officer zur Protokollaufnahme zu mir nach Hause. Es hat einen Unfall gegeben.«

»Oh, nein!« Horgess war entsetzt. Sollte seinem Boß jemals etwas zustoßen, wäre Goode seine direkte Vorgesetzte. »Ist Ihnen etwas passiert?«

Sie ging noch immer auf und ab. »Mein Mann ist ins Carolinas Medical Center eingeliefert worden. Leider hatte er einen Unfall mit einer Handfeuerwaffe. Es müßte ihm aber relativ gut gehen.«

Direkt vor Horgess stand das Funkgerät. Horgess meldete sich sofort unter Code Zehn-fünf bei der Einheit 538 im Bezirk David One. Damit bekam den Einsatz eine Anfängerin zugeteilt, die zu ängstlich war, um jemals etwas anderes zu tun, als das, was man ihr sagte. Daß Horgess gleich durchgab, was er wußte, war im Grunde korrekt, aber er hatte eben nicht begriffen, warum Hammer ihn, den Captain vom Dienst, persönlich angerufen hatte.

»Brauche Sie dort *umgehend* zur Aufnahme eines Protokolls. Unfall mit einer Schußwaffe«, sagte Horgess aufgeregt in das Funkgerät.

»Zehn-vier«, antwortete Einheit 538. »Gibt es Verletzte?«

»Zehn-vier. Verletzte Person befindet sich auf dem Weg ins Carolinas Medical.«

Jeder diensthabende Officer und auch viele, die gerade Feierabend hatten, sowie alle, die einen Scanner besaßen, hatten jedes Wort mitbekommen. Die meisten glaubten, Chief Hammer selbst sei angeschossen, und das bedeutete, daß von diesem Augenblick an Jeannie Goode der amtierende Chief war. Nichts hätte die gesamte Polizei mehr in Panik versetzen können. Hammer hatte ein Funkgerät in ihrer Küche, über das sie stets mit der Basis Verbindung halten konnte. Es war eingeschaltet.

»Horgess, Sie Idiot!« rief sie und konnte es nicht fassen.

Sie hörte auf, hin- und herzulaufen und wunderte sich, daß Andy Brazil noch immer am Eingang stand. Warum war er eigentlich hier? Plötzlich hielt sie es für unklug, daß sich dieser junge Reporter in Polizeiuniform unmittelbar nach dem Unfall mit einer Schußwaffe in ihrem Haus aufhielt. Hammer wußte, daß mittlerweile die gesamte Spätschicht auf dem Weg hierher war. Schließlich wollten alle umgehend wissen, wie es um ihre oberste Vorgesetzte stand.

Goode ließ ihr Funkgerät niemals eingeschaltet, weder zu Hause noch im Wagen. Aber sie hatte einen Tip bekommen und zog bereits ihre Uniform an, um das Police Department von Charlotte zu übernehmen, während Einheit 538 mit hohem Tempo durch Fourth Ward fuhr. 538 war zu Tode erschrocken und fürchtete schon, anhalten und sich übergeben zu müssen. Als sie in die Pine Street einbog, war sie verblüfft. Bereits fünf andere Polizeifahrzeuge standen mit flackerndem Blaulicht vor Hammers Haus. Im Rückspiegel sah sie, daß weitere Streifenwagen-Konvois durch die Nacht ihrer verletzten Chefin zu Hilfe eilten. Einheit 538 hielt an und griff mit zitternden Händen nach ihrem metallenen Schreibbrett. Ob sie einfach weiterfahren sollte? Sicher nicht.

Hammer trat auf die Veranda. »Es ist alles unter Kontrolle«, beruhigte sie ihre Leute.

»Dann sind Sie also nicht verletzt?« fragte ein Sergeant, an dessen Namen sie sich nicht erinnerte.

»Mein Mann ist verletzt. Wir glauben nicht, daß es ernst ist«, sagte sie weiter.

»Es ist also alles in Ordnung.«

»Mann, war das ein Schreck.«
»Wir sind so erleichtert, Chief Hammer.«
»Wir sehen uns dann morgen.« Hammer entließ sie mit einer Handbewegung.
Mehr hatten sie gar nicht wissen wollen. Jeder Officer gab über Funk die verschlüsselte Nachricht an sämtliche Kameraden durch. Alles zehn-vier. Nur Einheit 538 hatte noch eine Aufgabe. Sie folgte Hammer in das kostbar eingerichtete alte Haus. Beide nahmen im Wohnzimmer Platz.
»Bevor Sie loslegen«, sagte Hammer, »möchte ich Ihnen sagen, wie das hier abzulaufen hat.«
»Ja, Ma'am.«
»Es darf auf keinen Fall der Verdacht aufkommen, daß hier nicht der normale Weg eingehalten und etwa Ausnahmen gemacht wurden, weil die betroffene Person mein Ehemann ist.«
»Ja, Ma'am.«
»Mein Mann hat sich für grobe Gefährdung der Sicherheit und den Gebrauch einer Schußwaffe innerhalb der Stadtgrenzen zu verantworten«, fuhr Hammer fort.
»Ja, Ma'am.«
Mit zittriger Hand füllte Einheit 538 das Protokollformular für Unfälle mit einer Schußwaffe aus. Es war erstaunlich. Hammer schien ihren Mann nicht besonders zu mögen. Es sah so aus, als wünsche sie ihm die Höchststrafe. Einsperren und den Schlüssel wegwerfen. Wenn das nicht die Theorie von 538 bestätigte, daß Frauen wie Hammer nur durch aggressive Härte das erreichten, was sie erreicht hatte. Das waren eigentlich Männer, die man bei der Herstellung in die falsche Form gegossen hatte. Hammer nannte die erforderlichen Einzelheiten, beantwortete die einfältigen Fragen der Polizistin und entließ sie dann so schnell wie möglich.
Brazil hatte währenddessen an Chief Hammers Küchentisch gesessen und sich gefragt, ob wohl jemand seinen unverkennbaren BMW beim Haus entdeckt hatte. Welche Rückschlüsse würde man ziehen, wenn einer der Cops sein Nummernschild überprüfte? Wen besuchte er hier? Die Apartmenthäuser, in denen Axel und seine Freunde wohnten, lagen fast um die Ecke. Ein Cop mit seinem berufstypi-

schen Mißtrauen könnte vermuten, er habe eine Straße entfernt geparkt, um die Leute irrezuführen. Erführe Axel davon, könnte er am Ende glauben, Brazil sei hinter ihm her.

»Andy, lassen Sie uns die Dinge klarstellen«, sagte Hammer beim Betreten der Küche. »Für die morgige Ausgabe ist es wohl ohnehin zu spät.«

»So ist es. Für die Stadtausgabe war schon vor Stunden Redaktionsschluß«, antwortete Brazil und sah auf seine Uhr. Wollte sie denn etwas über die Dinge hier in der Zeitung haben?

»Ich werde Ihre Hilfe brauchen, und ich muß wissen, daß ich mich wirklich auf Sie verlassen kann. Auch wenn das mit dem Kanal 3 passiert ist«, sagte sie.

Niemandem hätte Brazil lieber geholfen.

Hammer sah verzweifelt auf die Wanduhr. Es war fast drei Uhr morgens. Sie mußte ins Krankenhaus, ob das Seth nun gefiel oder nicht. Außerdem wäre in drei Stunden ohnehin wieder Zeit aufzustehen. Hammers Körper steckte durchwachte Nächte nicht mehr so gut weg, aber sie würde es schon schaffen. Sie hatte es immer geschafft. Sie hatte vor, aus diesen wirklich extrem verworrenen Umständen das Beste zu machen. Sie wußte, morgen würden die Nachrichten voll sein von Seths bizarrer Schußverletzung und deren vermutlichen Hintergründen. Auf Fernseh- und Radiosender konnte sie keinen Einfluß nehmen. Doch zumindest am Tag darauf konnte ein ehrlicher und detaillierter Bericht von Brazil die Fakten ins richtige Licht rücken.

Als sie dann in Hammers makellos gepflegtem Crown Victoria saßen, schwieg er und saß wie betäubt auf dem Beifahrersitz vorn. Dann griff er zum Stift und machte sich Notizen, während Hammer redete. Sie erzählte von ihren jungen Jahren und von den Gründen, warum sie zur Polizei gegangen war. Sie sprach über Seth und über die Unterstützung, die sie von ihm erhalten hatte, als sie sich durch die Rangordnung dieser Männerdomäne nach oben kämpfen mußte. Heute war sie ausgelaugt und verletzbar. Ihr Privatleben lag schließlich in Scherben. Bei ihrem Therapeuten war sie zum letztenmal vor zwei Jahren gewesen. Brazil war zu einem einschneidenden Zeitpunkt bei ihr aufgetaucht. Er war gerührt und fühlte sich geehrt von ihrem Vertrauen. Er würde sie nicht im Stich lassen.

»Was wir hier erleben, ist ein bezeichnendes Beispiel dafür, daß Menschen in einer gewissen Machtposition keine Probleme haben dürfen«, erklärte Hammer. Sie waren gerade auf der Queens Road West und fuhren unter dem Blätterdach einer Gruppe hoher Eichen hindurch. »Aber in Wirklichkeit hat jeder Mensch seine Probleme. In jeder Beziehung gibt es turbulente und tragische Phasen, und aus Zeitmangel gehen wir ihren Ursachen nicht ausreichend nach. Da fehlt uns der Mut, und wir glauben, versagt zu haben.«

Für Brazil war sie der wunderbarste Mensch, dem er je begegnet war. »Wie lange sind Sie schon verheiratet?« fragte er.

»Sechsundzwanzig Jahre.«

Schon am Abend vor ihrer Hochzeit hatte sie gewußt, daß sie einen Fehler beging. Sie und Seth hatten sich aus einer Notwendigkeit heraus zusammengetan, nicht weil sie es wirklich wollten. Sie hatte Angst gehabt, ihren Weg allein zu gehen, und Seth schien ihr damals so stark und tüchtig.

Als er so in der Notaufnahme auf dem Bauch lag, das Röntgen und Reinigen der Wunden nach einer Odyssee durch die ganze Abteilung hinter ihm lag, fragte sich Seth, wie es überhaupt zu dieser Situation hatte kommen können. Es gab Zeiten, da hatte seine Frau ihn bewundert. Sie hatte seine Meinung geschätzt und über seine witzigen Geschichten gelacht. Im Bett hatte sich nie besonders viel abgespielt. Sie besaß entschieden mehr Power und Durchhaltevermögen, und so sehr er sich auch bemühte, es ihr recht zu machen, er konnte nie mit ihr mithalten. Er war weniger phantasievoll, und meistens schnarchte er schon, wenn sie aus dem Bad kam, bereit für die nächste Runde.

»Aua!« schrie er auf.

»Sir, Sie müssen schon stillhalten«, sagte die strenge Krankenschwester wohl zum hundertsten Mal.

»Warum geben Sie mir nicht etwas, das mich erst mal ein bißchen ins Jenseits befördert?« Er ballte die Fäuste, und Tränen stiegen ihm in die Augen.

»Mr. Hammer, Sie haben großes Glück gehabt.« Das war die Stimme der chirurgischen Assistenzärztin, die mit den Röntgenaufnahmen hereingekommen war. Wenn sie die Aufnahmen in der Hand bewegte, klang das genauso, wie wenn man ein Sägeblatt bog. Sie war ein hübsches kleines Ding mit langem roten Haar. Er fühlte sich gedemütigt, daß das einzige, was sie von ihm zu Gesicht bekam, sein fetter Hintern war, der noch nie einen Sonnenstrahl gesehen hatte.

# Kapitel 17

Das Carolina Medical Center war berühmt für seine Unfallchirurgie. Patienten wurden aus der ganzen Region eingeflogen. An diesem frühen Morgen standen die Helikopter ruhig wartend auf den Flachdächern des Centers, jeder auf seinem roten Feld mit dem großen weißen H. Ihre Silhouetten hoben sich gegen den Himmel ab. Shuttlebusse pendelten langsam zwischen Parkplätzen und den einzelnen Gebäuden des ausgedehnten Betonkomplexes. Die Krankenwagen des Medical Center waren grün und weiß lackiert, den Farben der Hornets und all dessen, was Charlotte so mit Stolz erfüllte.

Beim Personal hatte sich bereits herumgesprochen, daß eine wichtige Persönlichkeit eingeliefert worden war. Für so eine gab es keine Wartezeiten, kein Herumliegen oder -sitzen mit unversorgten Wunden. Schwestern oder Ärzte übten nicht ihre Einschüchterungsrituale aus, nichts wurde übersehen oder für unwichtig gehalten. Seth Hammer – unter dem Namen hatte man ihn aufgenommen, und so hatte er fast während seiner ganzen Ehe geheißen, obgleich es nicht korrekt war – wurde direkt in die Notaufnahme gebracht und dann von Raum zu Raum gerollt. Vom Fachjargon der Chirurgin verstand er wenig, doch immerhin soviel, daß die Kugel trotz der nicht unerheblichen Zerstörung von Gewebe kein größeres Blutgefäß getroffen habe. Dennoch, schließlich war er eine V.I.P., wolle man keinerlei Risiko eingehen. Daher werde man ihm eine größere Menge Kontrastmittel injizieren und eine Arteriographie vornehmen. Anschließend bekäme er einen Bariumsulfat-Einlauf.

Kurz vor vier Uhr morgens ließ Hammer ihren Wagen auf einem

Polizeistellplatz vor der Notaufnahme stehen. Brazil hatte inzwischen zwanzig Seiten vollgeschrieben und wußte jetzt mehr von ihr als je ein Reporter zuvor. Sie nahm ihre große Aktentasche mit dem Geheimfach zur Hand, atmete tief durch und stieg aus. Brazil zögerte mit seiner nächsten Frage, aber er mußte sie stellen. Es war ja auch zu ihrem Besten.

»Chief Hammer.« Noch einmal zögerte er. »Könnte ich wohl einen Fotografen kommen lassen, der dann ein paar Aufnahmen von Ihnen macht, wenn Sie das Krankenhaus wieder verlassen?«

Sie machte eine abwinkende Geste, während sie ging, und rief ihm zu: »Ist mir egal.«

Je länger sie darüber nachdachte, desto klarer wurde ihr, daß es ohnehin gleichgültig war, was er schrieb. Ihr Leben war zu Ende. Im Laufe eines einzigen kurzen Tages war alles in sich zusammengebrochen. Ein Senator war das fünfte Opfer eines brutalen Serienmörders geworden, und die Polizei war der Ergreifung des Täters um keinen Schritt nähergekommen. Die US Bank, die eigentliche Eigentümerin der Stadt, stand mit ihr auf Kriegsfuß. Und nun hatte sich ihr Ehemann bei einem Spielchen Russisches Roulette auch noch in den Arsch geschossen. Man würde endlos Witze darüber reißen, sich fragen, an welcher Stelle er eigentlich seine lebenswichtigsten Organe vermutet hatte? Hammer würde ihren Job verlieren. Na, und? Was machten da noch ein paar Fotos beim Verlassen des Krankenhauses? Brazil war zu einem Münztelefon gelaufen und eilte dann hinter ihr her.

»Wir müssen auch noch den Schwarze-Witwen-Bericht bringen, sobald die Identität des Opfers bestätigt ist«, erinnerte er sie aufgeregt.

Auch das war ihr egal.

Also versuchte er weiter sein Glück. »Hätten Sie etwas dagegen, wenn ich ein paar Einzelheiten, eine oder zwei vielleicht, einfließen ließe, die den Mörder vielleicht herausfordern könnten?«

»Wie bitte?« Hammer sah ihn verständnislos an.

»Ihn ein bißchen aus der Reserve locken, wissen Sie. Na ja, Deputy Chief West hielt das auch für keine so gute Idee«, gab er zu.

Hammer dagegen nahm seine Idee interessiert auf. »Solange Sie keine sensiblen Einzelheiten zum Fall preisgeben, meinetwegen.«

Ihr Blick fiel auf die Schwester am Empfang in ihrem Glaskasten. Hammer ging auf sie zu. Vorstellen mußte sie sich nicht.
»Er wird gerade in den OP gebracht«, sagte die Schwester zum Police Chief. »Möchten Sie warten?«
»Ja«, gab Hammer zur Antwort.
»Falls Sie etwas Ruhe möchten, haben wir hier einen separaten Raum, der sonst vom Krankenhausgeistlichen benutzt wird«, sagte die Schwester, für die diese Frau eine ihrer Heldinnen war.
»Ich werde mich dorthin setzen, wo alle anderen auch warten«, sagte Hammer. »Vielleicht braucht ja jemand den Raum.«
Das hoffte die Schwester nun nicht gerade. Während der letzten vierundzwanzig Stunden hatte es keinen Todesfall gegeben, und sie wünschte sich, daß das bis zum nächsten Schichtwechsel auch so blieb. Schwestern hatten in solchen Situationen immer den schwarzen Peter. Die Ärzte suchten das Weite und widmeten sich der nächsten Tragödie, und es war an den Schwestern, Kanülen und Schläuche zu entfernen, Namensschilder an Zehen zu befestigen und die Toten zur Leichenhalle zu fahren. Zudem hatten sie sich um die Hinterbliebenen zu kümmern, die nie an den Tod ihres Angehörigen glauben wollten und oft genug plötzlich dem Krankenhaus die Schuld gaben. In einer Ecke des Anmeldebereichs entdeckte Hammer zwei freie Stühle. Rundherum warteten wohl zwanzig verzweifelte Menschen. Die meisten von ihnen in Begleitung, und alle mußten beruhigt werden. Einige suchten aufgebracht Streit, andere jammerten, preßten Handtücher auf blutende Wunden, stützten gebrochene Gliedmaßen oder kühlten Verbrennungen mit Eis. Fast alle weinten oder humpelten zum Waschraum, um einen Pappbecher Wasser zu trinken oder eine nächste Welle von Übelkeit zu bekämpfen.
Hammer sah sich um. Was sie sah, tat ihr weh. Deswegen hatte sie ihren Beruf gewählt, beziehungsweise er sie. Die Welt brach auseinander, und sie wollte helfen, das zu verhindern. Ihr Blick fiel auf einen jungen Mann, der sie an ihren Sohn Randy erinnerte. Er saß allein fünf Stühle weiter, litt unter hohem Fieber und Schüttelfrost, und das Atmen schien ihm schwerzufallen. Hammer sah seine Ohrringe, seine hageren Gesichtszüge und wußte sofort, was ihm fehlte.

Er hatte die Augen geschlossen und leckte sich über die rissigen Lippen. Es schien, als säßen alle, besonders die mit offenen Wunden, soweit wie möglich von ihm entfernt. Hammer stand auf. Brazil sah ihr nach.
Die Schwester am Empfang lächelte. »Was kann ich für Sie tun?« fragte sie Hammer.
»Wer ist der junge Mann da drüben?« fragte Hammer zurück und deutete in seine Richtung.
»Er hat eine Atemwegsinfektion«, antwortete die Schwester jetzt förmlich. »Seinen Namen darf ich Ihnen nicht nennen.«
»Den erfahre ich auch von ihm selbst«, erwiderte Hammer »Ich brauche ein großes Glas Wasser mit viel Eis und eine Decke. Wann wird einer Ihrer Leute ihn sich ansehen? Er scheint einer Ohnmacht nahe. Wenn es dazu kommt, werde ich es erfahren.«
Kurz darauf kehrte Hammer mit dem Wasser und einer weichen Decke über dem Arm in den Warteraum zurück. Sie setzte sich neben den jungen Mann und legte die Decke um seine Schultern. Als sie etwas an seine Lippen hielt, öffnete er die Augen. Es war eiskalt und köstlich. Eine angenehme Wärme durchströmte ihn, das Zittern ließ nach, und sein fiebriger Blick ruhte auf einem Engel. Harrel Woods war tot gewesen, und nun kam die Erlösung mit einem Schluck vom Wasser des Lebens.
»Wie heißen Sie?« hörte er den Engel von weither fragen.
Woods wollte lächeln, doch bei dem Versuch sprangen seine Lippen auf und bluteten.
»Haben Sie Ihren Führerschein bei sich?« wollte der Engel wissen.
Verschwommen registrierte er, daß heutzutage sogar im Himmel nach einem Lichtbildausweis gefragt wurde. Mit schwacher Hand zog er den Reißverschluß seiner Gürteltasche aus schwarzem Leder auf und reichte dem Engel den Führerschein. Hammer notierte sich die Angaben für den Fall, daß er eine Unterkunft brauchte – falls er jemals wieder hier herauskam, was wenig wahrscheinlich war.
Zwei Schwestern gingen zielstrebig auf Harrel Woods zu und begleiteten ihn auf die Station für AIDS-Patienten. Hammer kehrte zu ihrem Stuhl zurück. Ob es wohl irgendwo einen Kaffeeautomaten gab? Sie ließ sich noch etwas darüber aus, was es für sie bedeutete,

Menschen zu helfen. Sie erzählte Brazil, daß, als sie jung war, es im Leben für sie nichts anderes gegeben hätte.

»Leider ist die Arbeit der Polizei heute Teil des Problems«, sagte sie. »Wie oft helfen wir denn wirklich?«

»Sie haben es gerade getan«, sagte Brazil.

Sie nickte. »Aber das war keine Polizeiarbeit, Andy. Das war Menschlichkeit. Und es ist unsere Aufgabe, das, was wir tun, wieder mit dieser Menschlichkeit zu füllen. Anderenfalls bleibt keine Hoffnung. Hier geht es nicht um Politik oder Macht oder Verstöße gegen die Ordnung. Die Aufgabe der Polizei hatte immer das Ziel – und das muß auch so bleiben – zu bewirken, daß wir alle miteinander auskommen und uns gegenseitig helfen. Wir sind ein einziges Ganzes.«

Seth lag im OP und hatte große Schmerzen. Sein Arteriogramm war in Ordnung, und auch sein Darm wies keine Perforation auf, durch die Bariumsulfat ausgetreten wäre. Aber bei ihm als V.I.P. durfte man auch weiterhin kein Risiko eingehen. Man hatte ihn wieder auf den Bauch gelegt und mit Tüchern abgedeckt. Schwestern hatten ihm einige mehr als schmerzhafte Injektionen in die Weichteile verabreicht und außerdem einen Blasenkatheter gelegt. Sie hatten eine Nitrogenflasche an seine Liege gerollt, einen Schlauch angeschlossen und ihn mit einem sogenannten Simpulse-Einlauf beglückt, was nichts anderes war als eine Hochdruckspülung mit Kochsalzlösung und Antibiotika. Drei Liter Flüssigkeit pumpten sie in ihn hinein, die anschließend wieder abgesaugt wurden. Als er jammernd um eine Betäubung bat, mußten sie ablehnen.

»Jetzt machen Sie schon«, bettelte er.

Das Risiko war zu groß.

»Tun Sie was!«

Als Kompromiß gab man ihm schließlich Midazolam, ein Medikament, das zwar nicht den Schmerz betäubte, aber anscheinend die Erinnerung daran ausschaltete. Die Kugel konnte zwar auf der Röntgenaufnahme lokalisiert werden, doch die Chirurgin wußte, daß es fast unmöglich war, sie in diesen Fettmassen tatsächlich zu finden, es sei denn, sie hätte Seth wie für einen Chef-Salat in kleine

Würfel geschnitten. Dr. White war dreißig Jahre alt. Sie hatte in Harvard und Johns Hopkins studiert und ihre Assistentenzeit an der Cleveland Clinic absolviert. Sie hätte keine so großen Bedenken gehabt, die Kugel an Ort und Stelle zu belassen, hätte es sich bei dem Projektil um ein normales Teilmantel-Rundkopfgeschoß gehandelt.

Hohlspitz-Projektile dagegen öffneten sich beim Eintreten wie eine Blüte. Das deformierte Geschoß hatte sich eine Art Schneise gebahnt, genau, wie es von Remington vorgesehen war. Es konnte auch später noch Komplikationen hervorrufen, zudem bestand eine erhebliche Infektionsgefahr. Dr. White mußte schneiden, legte dann eine Wunddränage, versorgte und verband den Wundbereich.

Als sich Dr. White und Chief Hammer im Aufwachraum wiederbegegneten, ging gerade die Sonne auf. Erschöpft lag Seth auf der Seite, mit Infusionsschläuchen gefesselt. Ein geschlossener Vorhang schirmte ihn nach einem ungeschriebenen Gesetz des Medical Center als V.I.P. von anderen Patienten ab.

»Er müßte bald auf dem Wege der Besserung sein«, ließ Dr. White Hammer wissen.

»Gott sei Dank.« Hammer war erleichtert.

»Ich möchte ihn noch eine Nacht isoliert hierbehalten und die Antibiotika-Infusion fortsetzen. Sollte er allerdings in den ersten vierundzwanzig Stunden hohes Fieber bekommen, müßte er länger bleiben.«

»Und das könnte der Fall sein?« Hammers Ängste kehrten zurück.

Dr. White konnte es gar nicht recht glauben. Da stand nun diese Polizeichefin vor ihr, die außergewöhnliche Erscheinung, und sie durfte ihr Rede und Antwort stehen. Dr. White hatte alles gelesen, was die Zeitungen über sie geschrieben hatten. Wenn sie älter wäre und einflußreich, dann würde sie gern so sein wie sie, fürsorglich, stark, gutaussehend und wohlhabend. Sie würde der Welt zeigen, was in ihr steckte. Hammer ließ sich von niemandem herumschubsen. Sie würde sich nicht gefallen lassen, was sich die ärztlichen Kollegen mit Dr. White erlaubten. Die meisten von ihnen hatten an Duke und Davidson, in Princeton oder an der University of Virginia studiert, und jeder trug die Verbindungskrawatte von damals noch heute mit Stolz bei jedem Symphoniekonzert und jeder Cocktail Party. Für diese Herren war es kein Thema, wenn sich einer mal einen Tag frei nahm, eine Bootsfahrt auf dem Lake Norman unternahm oder Golf spielte. War Dr. White dagegen einmal für ein paar Stunden bei ihrem Gynäkologen, mußte sie ihre kranke Mutter besuchen oder gar eine Erkältung auskurieren, dann war das nur ein weiterer Beweis dafür, daß Frauen in der Medizin nichts zu suchen hatten.

»Natürlich gehen wir nicht davon aus, daß es zu Komplikationen kommt«, beruhigte Dr. White Hammer. »Allerdings liegt eine erhebliche Schädigung des Gewebes vor.« Sie suchte nach einer diplomatischen Erklärung. »Im Normalfall wäre eine Kugel von dieser Durchschlagskraft und dieser Geschwindigkeit wieder ausgetreten, insbesondere bei einem Schuß aus so geringer Entfernung. Hier allerdings konnte die Kugel die ungewöhnliche Gewebemasse nicht durchdringen.«

Hammer mußte an die massiven, glänzenden Knox-Gelatine-Blöcke denken, die die Experten für ihre Schußwaffentests benutzten. Brazil stand neben den beiden und schrieb unablässig mit. Niemand beachtete ihn. Seine zurückhaltende Präsenz war Hammer eine Hilfe, und er hätte ihr noch jahrelang so folgen können, ohne daß es sie gestört hätte. Vielleicht war sie sich seiner Gegenwart nicht einmal voll bewußt. Stünde das Ende ihrer Karriere nicht unausweichlich bevor, hätte sie ihn vielleicht sogar zu ihrem persönlichen Assistenten gemacht.

Hammer blieb nur kurze Zeit bei ihrem Mann. Man hatte ihm ein Morphin verabreicht, aber auch ohne das hätte er ihr nichts zu sagen gehabt. Einen Moment lang hielt sie seine Hand und machte ihm leise Mut. Dennoch war es für sie eine entsetzliche Situation. Im Grunde war sie so wütend, daß sie ihn eigenhändig hätte erschießen können. Als sie mit Brazil das Krankenhaus verließ, eilten die Menschen schon überall zur Arbeit. Er trat einen Schritt zurück, um dem Fotografen die Möglichkeit zu geben, ein paar wirkungsvolle Aufnahmen von Hammer beim Verlassen der Notaufnahme zu machen. Mit finsterem Gesicht ging sie den Bürgersteig hinunter, während auf dem Dach eines Gebäudes in der Nachbarschaft ein

Medvac-Hubschrauber landete. Ein Krankenwagen brauste an Hammer vorüber. Eilig wurde ein Patient in die Notaufnahme eingeliefert.

Das Foto, die Ambulanz im Hintergrund, der landende Helikopter ein Stück entfernt, und Hammer, den Blick traurig und tapfer zugleich zu Boden gerichtet, war sensationell. Am nächsten Morgen sah es einen von jedem Kiosk und aus den stummen Verkäufern überall in Charlotte-Mecklenburg an. Packer hatte noch nie eine so mitreißende Darstellung über mutiges Handeln gelesen. Die komplette Redaktion erstarrte in Ehrfurcht. Wie, zum Teufel, war dieser Brazil an all die Informationen gekommen? Hammer war nicht gerade dafür bekannt, daß sie Privates von sich oder ihrer Familie an die Öffentlichkeit dringen ließ. Und nun, in einer Situation, in der Diskretion doch alles gewesen wäre, offenbarte sie sich plötzlich in allen Einzelheiten diesem Greenhorn von einem Reporter ...

Der Bürgermeister, der Stadtdirektor, der Stadtrat und Cahoon selbst waren nicht annähernd so beeindruckt. Sie äußerten im Fernsehen und im Rundfunk offene Kritik an Hammer. Ihrer Meinung nach lenkte sie die Aufmerksamkeit noch immer viel zu sehr auf die Serienmorde und auf andere soziale Probleme in der Queen City. Die Folge sei, daß schon diverse Firmen und auch eine Restaurantkette ihren Entschluß überdächten, sich in Charlotte als neuem Standort niederzulassen. Entsprechende Gespräche würden schon annulliert. Auf dem Spiel stünden angeblich die Ansiedlung eines Werks für die Herstellung von Computerchips sowie ein Disney-Themenpark.

Bürgermeister, Stadtdirektor und einige Stadträte betonten zusätzlich, in dem Unfall mit der Schußwaffe werde streng ermittelt. Auch Cahoon nannte das eine nur faire Vorgehensweise. Die Männer rochen Blut und spielten verrückt.

Panesa sah sich eher selten gezwungen, sich auf eine bestimmte Seite zu schlagen, doch nun krempelte er die Ärmel hoch und schrieb einen leidenschaftlichen Leitartikel für die Sonntagsausgabe.

HORNISSENNEST nannte er seine Abrechnung mit den Mißständen in der Stadt und wie sie sich einer unabhängigen, menschlich denkenden Frau darstellen mußten. Hammer, Charlottes allseits geliebter Police Chief, habe durchaus mit ihren eigenen Dämonen zu kämpfen. »Dennoch hat sie uns nie im Stich gelassen oder uns ihre Probleme aufgebürdet«, schrieb Panesa. »Es ist an der Zeit, Chief Hammer unsere ganze Unterstützung zukommen zu lassen, ihr Respekt und Mitgefühl zu erweisen und ihr zu zeigen, daß auch wir uns erheben und die richtigen Entscheidungen treffen können.« Dann kam er auf Hammers Hilfeleistung für den AIDS-kranken jungen Mann, den sie mit Wasser und einer Decke versorgt hatte. »Das, Ihr Bürger von Charlotte, ist nicht nur Polizeiarbeit vor Ort, es ist gelebtes Christentum«, schrieb er. »Mögen Bürgermeister Search, der Stadtrat oder Solomon Cahoon den ersten Stein werfen.«

Dies alles erregte tagelang die Gemüter und wirbelte Staub auf. Von Cahoons Krone und den Räumen des Bürgermeisters herab verbreitete sich Feindseligkeit wie ein bösartiger Insektenschwarm. Telefondrähte glühten. Die Stadtväter schmiedeten geheime Pläne, wie sie Hammer aus der Stadt jagen könnten.

»Das hat die Öffentlichkeit zu entscheiden«, ließ der Bürgermeister den Stadtdirektor wissen. »Die Bürger müssen es selber wollen.«

»Daran führt kein Weg vorbei«, ließ Cahoon die anderen per Konferenzschaltung wissen und schaute von seinem mächtigen Schreibtisch zwischen den Aluminiumrohren hindurch auf sein Reich hinab. »Es hängt einzig und allein von der Bevölkerung ab.«

Cahoon konnte nämlich eines ganz und gar nicht gebrauchen: verärgerte Kunden, die seiner Bank den Rücken kehrten. Wenn sich nur genug von ihnen zu diesem Schritt entschlössen und ihre Konten zur First Union, der CCB, BB&T, First Citizens Bank oder Wachovia verlegten, konnte das zu einem Bumerang werden und Cahoon empfindlich treffen. Eine derartige Situation konnte sogar epidemische Formen annehmen und auch große, gesunde Investoren befallen wie ein Computervirus, der Ebolaerreger, Salmonellen oder hämorrhagisches Fieber.

»Das eigentliche Problem«, meinte der Bürgermeister, »ist dieser verdammte Panesa.«

Cahoon konnte sich nicht beruhigen. Es würde eine Weile dauern, bis er sich von diesem Artikel erholte, und schon gar von der Bemerkung über das Steinewerfen. Panesa mußte ebenso verschwinden. Cahoon durchforstete schnell einmal das dichte, weitreichende Netz seiner Verbindungen. Wen aus der Knight-Ridder-Kette konnte er sich zum Verbündeten machen? Es mußte jemand von ganz oben sein, aus der Vorstandsvorsitzenden- oder Präsidenten-Ebene. Natürlich kannte Cahoon sie alle. Doch der Medienbereich glich einem Tausendfüßler. Kaum stieß man irgendwo an, rollte er sich ein und kümmerte sich nur noch um sich selber.

»Sie sind der einzige Mensch, der Panesa in Schach halten kann«, sagte der Bürgermeister zu Cahoon. »Ich habe es versucht. Aber auf mich hört er nicht. Es ist wie Hammer Vernunft beibringen zu wollen, nämlich aussichtslos.«

Das stimmte. Mit Vernunft konnte man beiden, Panesa wie auch Hammer, nicht kommen. Wenn sie sich etwas in den Kopf gesetzt hatten, gab es nur eins: sie zu stoppen. Auch Brazil entwickelte sich zu einem Problem. Cahoon hatte dem Ganzen lange genug zugesehen, um zu wissen, wo er angreifen konnte.

»Reden Sie mit dem Jungen«, sagte er zum Bürgermeister. »Er hat doch sicher schon versucht, einen Kommentar von Ihnen einzuholen.«

»Das versuchen sie alle.«

»Also, bestellen Sie ihn zu sich, Chuck. Ziehen Sie ihn auf unsere Seite, wo er hingehört«, sagte Cahoon mit einem Lächeln und starrte in den dunstigen Sommerhimmel.

Brazils Aufmerksamkeit galt wieder den Schwarze-Witwe-Morden, mit denen es, da war er ganz sicher, bestimmt noch kein Ende hatte. Er war wie besessen von ihnen und fest entschlossen, auf das eine Detail zu stoßen, die eine entscheidende Erkenntnis oder diesen einen Anhaltspunkt, der die Polizei zu dem Psychopathen führen würde. Telefonisch hatte er zuerst Bird, einen Profiler beim FBI, gesprochen und eine manipulative, gänzlich erfundene, aber erschreckend zutreffende Story geschrieben. Dazu hatte er am Abend zuvor noch einmal das Eisenbahngelände an der West Trade Street aufgesucht und sich den verfallenen Backsteinbau genauer angesehen. Seine Taschenlampe beleuchtete im Wind flatterndes Absperrband. Er hatte sich nicht von der Stelle gerührt und seinen Blick über den gottverlassenen unheimlichen Ort wandern lassen und versucht, sich seine Stimmung einzuprägen. Er versuchte sich vorzustellen, wie es den Senator in eine Gegend wie diese hier hatte verschlagen können.

Denkbar war es schon, daß er jemanden bei Dunkelheit in diesem Dickicht hatte treffen wollen. Niemandem würde das hier auffallen. Ob die Obduktion vielleicht Hinweise auf Drogen ergeben hatte? Hatte der Senator ein geheimes Laster, das ihn das Leben kosten sollte? Brazils Weg hierher hatte über die South College Street geführt. Er hatte die Prostituierten am Straßenrand stehen sehen. Noch immer wußte er nicht sicher zu sagen, wer von ihnen Männer waren und wer ein verkleideter Cop. Auch die junge Frau, die ihm schon mehrmals aufgefallen war, war wieder unterwegs. Offensichtlich erkannte sie ihn inzwischen an seinem BMW. Herausfordernd hatte sie ihn angestarrt und war dabei gelangweilt weitergeschlendert.

Brazil fühlte sich müde an diesem Morgen. Auf der Laufbahn schaffte er mit Mühe sechs Kilometer, Tennis nahm er gar nicht erst in Angriff. Von seiner Mutter hatte er in letzter Zeit nicht viel gesehen, und die wenigen Male, die sie wach und auf den Beinen war, strafte sie ihn mit Schweigen. Was sie im Haus erledigt haben wollte, schrieb sie auf einen Zettel. Heute schlurfte sie noch elender durch die Räume als gewöhnlich, hustete, stöhnte und setzte alles daran, ihm ein schlechtes Gewissen zu machen. Immer wieder mußte Brazil an Wests Vortrag über kaputte Beziehungen denken. Ihre Worte gingen ihm nicht aus dem Kopf. Sie begleiteten ihn bei jedem Schritt, den er lief, und blinkten vor ihm in der Nacht, wenn er einzuschlafen versuchte.

Seit Tagen hatte er West weder gesehen noch mit ihr gesprochen. Wie es ihr wohl gehen mochte? Warum hatte sie nicht mal wieder angerufen und sich mit ihm zu Schießübungen verabredet oder zu einer Streifenfahrt? Sie hätte auch einfach nur einmal »Hallo« sagen können. Er selbst allerdings war erstens auch nicht ganz mit sich im reinen und hatte zweitens keine Lust, auf jemanden zuzugehen. Er wollte gar nicht mehr wissen, wie seine Chancen noch standen. Von Hammer hätte er zumindest erwartet, daß sie sich für sein Portrait bedankte. Vielleicht war sie über irgend etwas sauer? Vielleicht hatte er was in den falschen Hals gekriegt. Er hatte diese Geschichte wirklich mit Herzblut geschrieben und so intensiv an ihr gearbeitet, daß er fast krank geworden war. Auch Panesa schien ihn zu ignorieren, gerade jetzt, da er anfing zu zeigen, was er drauf hatte. Wenn er selbst so wichtig wäre wie diese einflußreichen Leute, würde er gegenüber anderen sicher mehr Takt und Feingefühl aufbringen. Er würde sich in die Gefühle der kleineren Leute hineinzudenken versuchen und ihnen Mut machen, in dem er zum Telefonhörer griff und ihnen eine kurze Nachricht schickte oder sogar Blumen.

West hatte Blumen. Doch die lagen in diesem Moment, von Niles zerfleddert, auf dem Eßtisch verstreut. Vorher hatte er schon den Abfalleimer im Badezimmer geleert und seinen Inhalt gleichmäßig über den Fußboden verteilt. Fast wäre sie nach dem Duschen mit nackten Füßen in den Müll gestiegen. Wests Laune schwankte ohnehin schon heftig. Die stürmischen Kontroversen um ihre verehrte Chefin ärgerten sie gewaltig. Wohin sollte das alles noch führen? An dem Tag, als Goode vorläufig die Geschäfte übernommen hatte, hatte West sich auf die Farm zurückgezogen. Sie wußte, daß Brazil Hammer privat so nahegekommen war, wie West das nie erlebt hatte.
Das ist wieder mal typisch, dachte sie, während sie hinter Niles herschimpfte und den Badezimmerfußboden säuberte. Brazil hatte West nur dazu benutzt, um beim Chief einen Fuß in die Tür zu bekommen. Er hatte getan, als sei er ihr Freund, doch kaum sah er die Chance, an eine höhergestellte Persönlichkeit heranzukommen, ließ er nichts mehr von sich hören. Aber war das nicht der ganz normale Lauf der Dinge? Verdammter Mistkerl. Er hatte nicht angerufen und sich mit ihr zu einer neuen Schießübung oder einer Streifenfahrt verabredet. Es schien ihn nicht einmal zu interessieren, ob sie überhaupt noch am Leben war. In dem Moment, da West entdeckte, was von den Blutlilien aus ihrem Garten übrig war, schoß Niles wie ein geölter Blitz unter die Couch.

Die Schwertlilien, die Hammer Seth um zehn Uhr morgens in die Klinik brachte, waren magentarot und trugen ihren Namen zu Recht. Hammer stellte sie auf den Tisch und zog einen Stuhl an sein Bett. Das Kopfteil war hochgestellt, so daß ihr Mann auf der Seite liegend essen, lesen, fernsehen oder Besuche empfangen konnte. Sein Blick war trübe. Er hatte sich aus ungeklärter Ursache eine Streptokokkeninfektion zugezogen. Unablässig tropften Antibiotika und andere Flüssigkeiten kampfbereit durch Schläuche und Kanülen, die unter Pflastern in beiden Armen steckten. Hammer bekam es mit der Angst zu tun. Seth war nun schon drei Tage im Krankenhaus.
»Wie geht es dir, Liebling?« fragte sie und rieb ihm die Schulter.
»Beschissen«, sagte er, und sein Blick wanderte zurück zu Leeza im Fernseher.
Er hatte die Nachrichten gesehen und auch die Zeitung gelesen. Seth wußte, was er sich Schreckliches zugefügt hatte. Noch deutlicher aber war ihm bewußt, was er ihr und seiner Familie angetan hatte. Das hatte er wirklich nicht gewollt. Normalerweise würde er lieber sterben, als irgend jemandem weh zu tun. Er liebte seine Frau und konnte ohne sie gar nicht leben. Und wenn er jetzt ihre Karriere in dieser Stadt ruiniert hatte? Was dann? Sie könnte überall hingehen, und es würde für sie dann ein leichtes sein, ihn zu verlassen, wie sie es schon ein paarmal angedroht hatte. »Und wie läuft's bei dir?« murmelte er, während Leeza mit einem geschlechtsumgewandelten Klempner mit Hasenscharte diskutierte.
»Mach dir um mich keine Sorgen«, sagte Hammer mit fester Stimme und klopfte ihm noch einmal auf die Schulter. »Im Moment ist nur eines wichtig, nämlich daß du wieder auf die Beine kommst. Denk positiv, Liebling. Die innere Einstellung beeinflußt alles. Also, keine negativen Gedanken.«
Ebensogut hätte sie die Quadratur des Kreises von ihm fordern können. Seth sah sie an. Wann hatte sie ihn das letztemal Liebling genannt? Er konnte sich nicht daran erinnern. Vielleicht noch nie?
»Ich weiß nicht, was ich sagen soll«, sagte er.
Sie wußte genau, was er meinte. Er war nur noch schlechtes Gewissen, Schuldgefühl und Scham. Er hatte angefangen, ihr Leben und das seiner Kinder zu zerstören, und darin wurde er immer besser.

Um die Wahrheit zu sagen, es geschah ihm nur recht, daß er sich so beschissen fühlte.
»Du mußt nichts sagen«, beruhigte Hammer ihn sanft. »Was geschehen ist, ist geschehen. Wenn du entlassen wirst, besorgen wir dir Hilfe. Das ist alles, was jetzt zählt.«
Hinter seinen geschlossenen Lidern stiegen Tränen auf. Er sah einen jungen Mann an einem sonnigen Morgen in weiter weißer Hose die Granitstufen des Capitols von Arkansas hinunterspringen. Seth war ein charmanter und selbstbewußter junger Mann gewesen. Er hatte gewußt, wie man das Leben genoß, sich mit Freunden auf Parties herumtrieb und lustige Geschichten erzählte. Psychiater hatten es mit Prozac, Zoloft, Notripylen und Lithium versucht, Seth verschiedene Diäten probiert. Er hatte einmal mit dem Trinken aufgehört. Er hatte sich hypnotisieren lassen und drei Treffen der Anonymen Zuvielesser besucht. Dann hatte er sämtliche Bemühungen aufgegeben.
»Es gibt keine Hoffnung mehr«, schluchzte er. »Ich kann nur noch sterben.«
»Sag so was nie wieder«, sagte sie mit zitternder Stimme. »Hörst du, Seth? Nie wieder!«
»Warum ist meine Liebe dir nicht genug?« weinte er.
»Welche Liebe?« Hinter ihrer Beherrschtheit kroch blanke Wut hoch. »Deine Vorstellung von Liebe besteht in der Erwartung, daß ich dich glücklich mache, während du selbst nicht das geringste für dich tust. Ich bin nicht dazu da, auf dich aufzupassen. Ich bin nicht dein Tierpfleger. Ich bin nicht dein Barkeeper. Ich bin nicht dein Wärter, Punkt.« Zornig wanderte sie in seinem kleinen Privatkrankenzimmer auf und ab. »Ich sollte deine Partnerin sein, Seth, deine Freundin, deine Geliebte. Aber weißt du was? Wäre das hier ein Tennismatch, dann wäre ich so etwas wie eine Einzelspielerin in einem Doppel, und das auf beiden Seiten des Netzes zugleich, während du im Schatten säßest und sämtliche Bälle bunkertest, um auf deine eigene Art Punkte zu sammeln.«

Einen Großteil des Vormittags hatte Brazil damit verbracht zu entscheiden, ob er West anrufen und sich mit ihr zu einem Tennismatch verabreden sollte. Wäre das nicht ganz unverbindlich? Auf keinen Fall wollte er ihr die Genugtuung verschaffen, zu glauben, es mache ihm etwas aus, daß er seit dreieinhalb Tagen nichts mehr von ihr gehört hatte. Er parkte an der West Trade Street vor dem Presto Grill, ging hinein und bestellte sich einen Kaffee. Zwar hatte er auch Hunger, doch seinen Appetit wollte er sich für etwas Gesünderes aufbewahren. Er wollte später noch im »Just Fresh« vorbeischauen, dem Iß-gut-fühl-dich-gut-Fast-Food-Restaurant. Es lag im Innenhof der First Union Bank. In den letzten Tagen hatten seine Mahlzeiten fast ausschließlich aus dem bestanden, was das »Just Fresh« zu bieten hatte, sowie aus Wendys Sandwiches mit gegrilltem Hähnchenbrustfilet, ohne Käse und Mayonnaise. Er hatte abgenommen und fragte sich, ob das vielleicht der Beginn einer Magersucht war.

Er saß an der Theke und rührte Süßstoff in seinen schwarzen koffeinfreien Kaffee. Spike war gerade dabei, einhändig Eier in eine Schüssel zu schlagen. Brazil wollte sich ein bißchen mit ihm unterhalten. Die Wanduhr mit der Michelob Dry-Reklame über Spikes Kopf zeigte Viertel vor elf. Brazil hatte noch viel vor, bis um vier Uhr seine offizielle Arbeitszeit begann. So angetan Packer von Brazils Exklusivbeiträgen auch war, die ganz normalen Nachrichten durften nicht vernachlässigt werden. Die Zeitung mußte über alles berichten, was in der Stadt passierte: Einbrüche, Raubüberfälle, Vergewaltigungen, Selbstmorde, Schlägereien in Bars, hinzu kam noch Wirtschaftskriminalität von Banken, Drogenrazzien, häusliche Gewalt, Hundebisse und all die anderen Dinge, für die sich Menschen eben interessierten. Die meisten Meldungen dieser Art hatte sich indessen Webb schon unter den Nagel gerissen, bevor andere überhaupt davon erfuhren. Diese Unsitte war mittlerweile zur Regel geworden, und bei den übrigen Medien hieß der Pressekorb der Polizeibehörde von Charlotte nur noch die *Webb Site.*

Weil West sich an Brazils früher Klage darüber erinnerte, hatte sie den Geschäftsführer von Channel 3 angerufen und sich beschwert. Genutzt hatte das allerdings nichts. Auch Goode war dafür nicht ansprechbar gewesen. West wußte nicht, daß gerade Goode die

Webb Site regelmäßig bediente. In letzter Zeit hatte sie sich überall in der Stadt, mal hier und mal da, mit Brent Webb getroffen, immer in ihrem Miata. Zwar hätten sie auch in ihre Wohnung gehen können, denn sie wohnte allein, aber die Gefahr, entdeckt zu werden, hatte für das Paar einen ganz besonderen Reiz. Nicht selten parkten sie nur wenige Blocks von seinem Haus entfernt, wo seine Frau gerade mit dem Abendessen auf ihn wartete, seine schmutzige Wäsche vom Boden auflas oder seine Socken sortierte.

# Kapitel 18

Das Sondereinsatzkommando, das West zusammengestellt hatte, um die Drogengeschäfte im Presto Grill zu untersuchen, stieß auch auf allerhand anderen Schmutz, den es zu sortieren galt, um vielleicht Parallelen zu anderen kriminellen Aktivitäten in der Stadt zu entdecken. Mungo, ein verdeckter Ermittler, saß an einem Tisch vor einer Portion Hühnerklein in Sauce. Brazil nippte an der Theke an seinem schwarzen Kaffee. Mungo kannte ihn nicht. Der Tarnname Mungo kam nicht von ungefähr. Er war ein Schrank von Mann in Jeans und T-Shirt, auf dem ein Panther prangte. Die Brieftasche hing an einer Kette am Gürtel. Das lange buschige Haar hatte er hinten zusammengebunden, und um die zurückweichende Stirn trug er ein zum Stirnband gefaltetes Halstuch. Auch ein Ohrring fehlte nicht. Mungo zog an seiner Zigarette und beobachtete aus dem Augenwinkel, wie der junge blonde Typ wieder Spike vorne am Grill ausfragte.

»Nein, Mann.« Spike wendete schwungvoll einen Burger und zerkleinerte seine Bratkartoffeln. »Keiner von denen ist von hier, wenn Sie verstehen, was ich meine?« Seine portugiesische Herkunft war ihm deutlich anzuhören.

»Wo sie her sind, ist egal«, erwiderte Brazil. »Aber was läuft, sobald sie hier sind, das ist nicht egal. Hören Sie, der Ursprung der Scheiße, die hier passiert, liegt direkt vor ihrer Haustür. Er sprach den einschlägigen Jargon und trommelte ungeduldig mit den Fingern auf die Theke. »Es sind welche aus der Gegend. Da bin ich sicher. Oder was meinen Sie?«

Spike wollte sich nicht weiter auf die Sache einlassen, und außerdem hatte Mungo sie auf dem Radar. Irgendwie kam ihm der blonde Schönling bekannt vor. Es schien ihm, er habe ihn schon einmal irgendwo gesehen, um so sicherer war er, Blondie als verdächtiges Subjekt auskundschaften zu müssen. Doch alles zu seiner Zeit. Erstmal mußte Mungo noch ein Weilchen sitzen bleiben, um zu sehen, was sonst noch so lief, außerdem war er noch nicht mit dem Frühstück fertig.

»Noch ein Toast«, sagte er zu Spike, als Blondie gegangen war. »Wer war denn das?« Mungo machte eine Kopfbewegung zur Tür hin, die gerade ins Schloß fiel.

Spike zuckte mit den Schultern. Er beantwortete schon lange keine Fragen mehr. Außerdem war Mungo ein Cop. Das wußte jeder. Spike füllte einen Behälter mit Zahnstochern auf. Brazil steuerte inzwischen sein nächstes Ziel an, das Traveler's Hotel direkt neben dem Presto. Hier gab es Zimmer für nur fünfzig Dollar pro Woche, vorausgesetzt, man wußte, wie man mit Bink Lydle am Empfang verhandeln mußte. Brazil stellte seine Fragen und erhielt dieselben Antworten wie nebenan.

Lydle war nicht gerade entgegenkommend. Die Arme vor der schmalen Brust gekreuzt, saß er hinter dem verkratzten Tisch mit der Glocke und dem Telefon, das nur eine Leitung hatte. Diesem weißen Jungen sagte Lydle nur, er wisse nichts über diese Geschäftsleute, die in der Nähe abgemurkst worden seien. Auch könne er sich nicht vorstellen, daß »der Ursprung der Scheiße, die hier passiert«, direkt vor seiner Haustür liege. Lydle selbst sei niemand Verdächtiges über den Weg gelaufen, schon gar nicht in seinem Hotel. Schließlich habe sein Haus einen Namen in der Stadt, und solange es die Old Southern Train Station noch gegeben habe, seien die Gäste immer wieder gern zu ihnen gekommen.

Zu Fuß ging Brazil ein paar Blocks weiter zur Jazzbone's Pool Hall an der Fünften Straße. Er war entschlossen, jemanden zum Reden zu bringen, selbst wenn er dabei etwas riskieren mußte. Zu dieser frühen Stunde war im Jazzbone nicht viel los. Nur wenige Typen saßen herum, tranken Colt 45, rauchten und erzählten sich ihre Lieblingsgeschichten über Saufgelage, Frauen und die großen Gewinne, die sie gemacht hatten. Auf den verwaisten Pool-Tischen mit ihrem abgewetzten Filz lagen die Kugeln zusammengeschoben in ihren Dreiecken. Sie warteten auf den Abend, wenn das Lokal sich füllte. Dann würde es bis zum frühen Morgen ein schnapsgeschwängerter Ort sein, voller Menschen und voller Gefahren. Wenn überhaupt jemand wußte, was hier in der näheren Umgebung ablief, dann war es Jazzbone persönlich.

»Ich suche Jazzbone«, wandte sich Brazil an ein paar Gäste mit Gläsern in den Händen. Einer zeigte zur Bar. Jazzbone war nicht zu übersehen. Er riß gerade einen Karton Schlitz auf. Den goldhaarigen Jungen in seinem College-Outfit hatte er längst bemerkt.

»Ja?« rief Jazzbone. »Was kann ich für sie tun?«

Brazil ging über den whiskygetränkten und mit Brandlöchern übersäten Teppichboden auf ihn zu. Eine Kakerlake kreuzte seinen Weg. Die Tische rundum waren voller Zigarettenasche und Salzkörnern. Je näher er Jazzbone kam, desto mehr Einzelheiten nahm er wahr. An sämtlichen Fingern trug er Goldringe, teils mit Diamantclustern, teils mit gefaßten Münzen. Die Goldkronen auf seinen Frontzähnen hatten herz- oder kleeblattförmige Einlagen. An der rechten Hüfte hing eine halbautomatische Pistole. Jazzbone füllte den Kühlschrank mit Bierflaschen auf, immer schön ordentlich in Reih und Glied.

»Kalt haben wir im Moment nur noch Pabst Blue Ribbon«, sagte Jazzbone. In der letzten Nacht war es hochhergegangen, und seine Vorräte waren aufgebraucht. Aber Jazzbone hatte das Gefühl, daß dieser Junge etwas anderes von ihm wollte als ein Bier. Doch ein verdeckter Ermittler wie Mungo war er nicht. Polizisten und FBI-Beamte roch Jazzbone schon, wenn sie noch einen Block entfernt waren. Daß er sich da einmal getäuscht hätte, mußte schon ewig her sein. Etwas anhaben konnten ihm nur andere – Typen, die hereinkamen und genauso aussahen wie er, mit Kanone im Gürtel und all dem anderen Drum und Dran.

»Ich bin vom *Charlotte Observer*«, sagte Brazil. Er wußte genau, wann es angebracht war, sich als Volunteer Cop vorzustellen, und wann nicht. »Ich bräuchte Ihre Hilfe, Sir.«

»Ach, ja?« Jazzbone hatte mit dem Einräumen der Bierflaschen auf-

gehört. Er wußte, er war stets gut für eine interessante Geschichte.
»Welche Art von Hilfe? Ist das für die Zeitung?«
»Ja, Sir.«
Auch Jazzbone gab sich höflich, sah Brazil jedoch prüfend an. Mit hochgezogener Braue kaute er an einem Cocktailstäbchen aus Plastik. »Also, was wollen Sie wissen?« Jazzbone kam hinter der Bar hervor und zog sich einen Hocker heran.
»Sie haben sicher von den Morden hier in der Gegend gehört«, sagte Brazil.
Jazzbone war für einen Moment irritiert. »Häh?« sagte er. »Könnten Sie etwas genauer werden?«
»Die Besucher von außerhalb. Die Schwarze Witwe.« Brazil hatte die Stimme fast zu einem Flüstern gesenkt.
»Ach ja, die«, sagte Jazzbone. Ihm war gleich, ob jemand zuhörte. »War immer derselbe Täter.«
»Könnte sich für Ihr Geschäft verdammt übel auswirken.« Brazil schlug jetzt eine härtere Gangart an. Er gab sich, als trüge er ebenfalls eine Waffe. »Da schleicht einer draußen rum und ruiniert einer Menge Leute das Geschäft.«
»Wenn das so ist, Bruder. Erzählen Sie mir mehr. Mein Laden ist sauber. Ich will keinen Ärger haben, und ich mache auch niemandem Ärger.« Er steckte sich eine Salem an. »Das sind die anderen. Deshalb habe ich ja auch die hier.« Er tätschelte seine Pistole.
Neidisch ließ Brazil den Blick auf ihr ruhen. »Verdammt, Mann«, sagte er. »Was ist denn das für ein tolles Ding?«
Jazzbone war tatsächlich stolz auf das gute Stück. Er hatte es einem Drogendealer abgenommen, der bei ihm Pool-Billard gespielt hatte, einem Typen aus New York, der nicht wissen konnte, daß Jazzbone seine Poolhalle aus einem ganz bestimmten Grund besaß. Für Jazzbone galt der Grundsatz, wenn ich in etwas gut bin – ob bei Frauen, mit einem Auto oder beim Pool-Billard –, dann soll es mir auch gehören. Und er war ein verdammt guter Poolspieler. Der Dealer war nicht so gut gewesen. Er zog die Pistole aus dem Halfter, damit Brazil sie sich ansehen konnte, allerdings aus respektvoller Entfernung.
»Colt Double Eagle, Kaliber .45, 125 mm Rohrlänge«, verkündete Jazzbone.

Brazil hatte sie einmal in der Zeitschrift *Guns Illustrated* gesehen. Mattierter rostfreier Stahl, justierbare Visierung mit Dreipunkt-System, breiter Stahlabzug, Combat-Hammer. Jazzbones Pistole kostete neu runde siebenhundert Dollar, und er genoß, wie beeindruckt der Junge war und wie gern er die Waffe angefaßt hätte. Aber dafür kannte Jazzbone ihn nicht gut genug.

»Sie glauben also, daß es immer derselbe war, der diese Weißen, die von außerhalb in die Stadt kamen, abgeschlachtet hat?« wiederholte Brazil.

»Habe nicht gesagt, daß sie weiß waren«, korrigierte Jazzbone. »Der letzte, dieser Senator, war es nicht. Ja, umgebracht hat sie alle derselbe Scheißkerl.«

»'ne Idee, wer das sein könnte?« Brazil konnte nur mit Mühe seine Erregung verbergen.

Jazzbone hatte durchaus eine Idee. Und Ärger solcher Art wollte er in seiner Gegend genausowenig, wie ihn diese reichen Männer in ihren Leihwagen gewollt hatten. Schließlich war Jazzbone ein überzeugter Vertreter des freien Unternehmertums. Seine Einnahmequellen beschränkten sich nicht nur auf Gaunereien an Pooltischen und auf Getränke. Für ihn liefen auch ein paar Pferdchen da draußen. Sie brachten ihm ein paar Extradollars ein und konnten ihm obendrein persönlich Gesellschaft leisten. Die Schwarze Witwe war ein schwerer Schlag fürs Geschäft. Jazzbone hatte das Gefühl, daß Männer, die jetzt von außerhalb in die Stadt kamen und die CNN-Nachrichten gesehen oder die Zeitungsartikel gelesen hatten, sich gerade noch ein paar Erwachsenenfilme ausliehen und dann in ihren Hotelzimmern blieben. Jazzbone konnte es ihnen nicht einmal verübeln.

»Da draußen gibt es so einen *punkin head.* Er hat Mädchen laufen«, sagte Jazzbone zu Brazil, der alles notierte. »Hab ihn mir mal unter die Lupe genommen.«

»Was ist das, ein *punkin head?*«

Jazzbone schenkte dem naiven Reporterjungen ein goldglänzendes Grinsen.

»Eine *Frisur.*« Jazzbone deutete auf seinen eigenen Kopf. »Orange wie ein Kürbis, und fest an den Kopf geflochtene Zöpfe. Ein ganz gemeines Arschloch.«

»Wissen Sie, wie er heißt?« Brazil schrieb weiter.
»Will ich gar nicht wissen«, sagte Jazzbone.

West als Verantwortliche für Ermittlungen hatte im Zusammenhang mit den Schwarze-Witwe-Morden noch nie etwas von einem *punkin head* gehört. Als Brazil sie von einem Münztelefon aus anrief, war er furchtbar aufgeregt, als wäre er mit knapper Not einer Schießerei entronnen. Bei einer so brisanten Information traute er keinem Handy. Sie notierte sich die Ergebnisse seiner Nachforschungen, doch nichts davon weckte auch nur den kleinsten Funken Hoffnung in ihr. Ihr Geister-Kommando war seit Wochen undercover auf der Straße, und Brazil sollte in einer Viertelstunde im Jazzbone's den Fall geknackt haben? Das glaubte sie nicht. Außerdem war sie Brazil im Moment alles andere als freundlich gesonnen. Dieser doppelzüngige, berechnende kleine Arsch.
»Wie geht es der Chefin?« fragte er.
»Das sollten besser Sie mir sagen.«
»Wie bitte?«
»Hören Sie, für Schwätzchen habe ich keine Zeit«, fügte sie schroff hinzu.
Brazils Telefonzelle stand auf dem Bürgersteig vor dem Federal Courthouse. Ein paar Leute sahen ihn schon ungeduldig an, aber das war ihm egal.
»Was habe ich Ihnen denn getan?« schoß er zurück. »Wann habe ich das letzte Mal von Ihnen gehört? Kann mich nicht erinnern, daß Sie mich angerufen und mich gebeten hätten, etwas gemeinsames zu unternehmen oder um zu hören, wie es mir geht.«
Auf den Gedanken war West noch nie gekommen. Noch nie hatte sie Raines angerufen, und sie rief auch keine anderen Männer an, hatte es nie getan und würde es nie tun. Nur bei Brazil hatte sie gelegentlich eine Ausnahme gemacht. Verdammt, was war mit ihr los? Warum hatte sie sich plötzlich gescheut, seine Nummer zu wählen?
»Ich dachte, Sie würden sich mit mir in Verbindung setzen, wenn Ihnen etwas ein- oder auffällt«, gab sie zurück. »Es ging zuletzt sehr hektisch zu. Niles macht mich noch verrückt. Am liebsten würde ich

ihn vors Jugendgericht bringen. Ich weiß nicht, warum ich nicht dazu gekommen bin, Sie anzurufen, okay? Aber sicher tut es Ihnen gut, mich dafür zu bestrafen.«

»Wollen Sie mit mir Tennis spielen?« fragte er schnell.

West besaß noch immer einen Billie-Jean-King-Holzschläger, der stramm in seinen Rahmen gespannt war. Hergestellt wurden solche Schläger nicht mehr. Sie hatte noch eine alte Kiste mit Treton-Bällen, die, statt mit dem Alter schlapp zu werden, einfach zerbröselten wie Eierschalen. Ihre letztes Paar Tennisschuhe war ein niedrig geschnittenes, einfarbig weißes Leinenmodell von Converse. Auch die wurden nicht mehr hergestellt. West hätte auch nicht gewußt, wo sie danach suchen sollte. Tenniskleidung besaß sie nicht mehr. Auch machte es ihr keinen besonderen Spaß mehr, diesen Sport im Fernsehen zu verfolgen. Im derzeitigen Stadium ihrer persönlichen Entwicklung bevorzugte sie Baseball. Ihre Antwort hatte viele Gründe.

»Kommt nicht in Frage.«

Sie legte auf und machte sich umgehend auf den Weg zu Hammers Büro. Horgess war nicht mehr derselbe freundliche und mitteilsame Horgess, der er sonst war. Er tat West leid. So oft Hammer ihm gesagt hatte, er solle die Sache vergessen, er würde sich nie verzeihen. Er hatte statt des Telefons das Funkgerät benutzt. Horgess, dieser unterwürfige Captain vom Dienst, hatte dafür gesorgt, daß alle Welt von dem peinlichen Schuß im Haus der Chefin erfuhr. Über nichts anderes wurde mehr geredet und spekuliert. West hoffte, die entsprechenden Witze würden ihrem Boß nie zu Ohren kommen. Horgess war deprimiert und blaß. Für West hatte er kaum ein Kopfnicken übrig.

»Ist sie da?« fragte West.

»Ich nehme an«, sagte er mutlos.

West klopfte an und hatte im selben Moment auch schon die Tür geöffnet. Hammer telefonierte und klopfte dabei mit einem Kugelschreiber auf einen Stapel pinkfarbener Telefonnotizzettel. Sie wirkte erstaunlich aufgeräumt und professionell in ihrem tabakbraunen Anzug mit gelb-weiß gestreifter Bluse. West war angenehm überrascht, daß ihr Boß nach langer Zeit mal wieder Hose und fla-

che Schuhe trug. Sie zog einen Stuhl heran und wartete, bis Hammer den Hörer vom Kopf nahm.
»Ich wollte nicht stören«, sagte West.
»Schon in Ordnung, schon in Ordnung«, versicherte ihr Hammer. Sie schenkte West jetzt ihre volle Aufmerksamkeit. Ruhig lagen ihre gefalteten Hände auf dem peinlich aufgeräumten Schreibtisch, wie jemand, der viel zuviel zu tun hatte, aber entschlossen war, sich davon nicht unterkriegen zu lassen. Niemals hatte Hammer den Überblick verloren, und dabei würde es auch bleiben. Allerdings gab es auch Dinge, denen sie gar nicht unbedingt auf den Grund gehen wollte. Je älter sie wurde, desto häufiger wunderte sie sich über die Dinge, die ihr in früheren Jahren wichtig gewesen waren. In jüngster Zeit hatte sich ihr Blickwinkel besonders dramatisch verschoben. Sie kam sich vor wie ein Gletscher, der neue Kontinente zusammenschob und alte Welten zerbröseln ließ.
»Wir hatten noch gar keine Zeit, in Ruhe zu reden«, fuhr West einfühlsam fort. »Wie geht's Ihnen?«
Ein kleines Lächeln lag auf Hammers Gesicht und eine Traurigkeit in ihrem Blick, die sie rasch zu verbergen versuchte. »Ich tue mein Bestes, Virginia. Danke, daß Sie fragen.«
»Die Berichte und diese Karikaturen in den Zeitungen, das alles ist einfach entsetzlich«, fuhr West fort. »Aber Brazils Artikel war großartig.« Sie zögerte ein wenig. Andy Brazils Rolle in dem Spiel irritierte sie noch immer, wenngleich sie nicht genau wußte, warum.
Hammer dagegen wußte es durchaus. »Hören Sie, Virginia«, sagte sie und lächelte wieder, diesmal freundlich und dazu leicht amüsiert. »Er ist wirklich etwas Besonderes, das muß ich zugeben. Und was mich betrifft, müssen Sie sich keine Sorgen machen.«
»Wie bitte?« West runzelte die Stirn.

Brazil war jetzt in einem Teil der Stadt unterwegs, in dem er sich ohne bewaffnete Begleitung nicht hätte aufhalten sollen. Die Sonne schien hell. Er befand sich an einem Knotenpunkt der wichtigsten Verkehrsadern der Stadt, Five Points genannt: State Street, Trade Street, Fifth Street, Beatties Ford Road und Rozzellas Ferry Road gingen hier vom Hauptdurchgangsstrang der Interstate 77 ab und führten sämtlichen Verkehr ins Zentrum der Queen City. Dies schloß auch Tausende von Geschäftsleuten ein, die am Charlotte-Douglas International Airport landeten, aber auch eine Menge übler Gestalten, darunter den Serienmörder, Punkin Head.

Jene, denen der Zuhälter unter die Augen gekommen war, und das waren nicht viele, hielten ihn für transsexuell oder für einen Zwitter. Er residierte normalerweise in einem dunkelblauen Achtzylinder Ford-Lieferwagen, Baujahr 84, Modell 351. Dieser Wagen kam seinen Bedürfnissen besonders entgegen, weil der Laderaum komplett geschlossen war und nur das Führerhaus Fenster hatte – ein Umstand, der Punkin Head bei allen Dingen, die er, inklusive Übernachtung, im Inneren seines Ford abwickelte, weitgehende Ungestörtheit garantierte. An diesem schönen Morgen stand er auf dem Preferred Parking, seinem Stammplatz an der Fünften Straße. Der Parkwächter ließ ihn wohlweislich in Ruhe, wofür er ab und zu mit Dienstleistungen belohnt wurde, die in Punkin Heads Geschäftsbereich fielen.

Punkin Head aß das dritte Sandwich mit Bacon und Ei, scharfer Sauce und Butter, das ihm der Parkwächter besorgt hatte. Dazu las er Zeitung. Draußen sah Punkin Head den blonden Jungen mit seinem Notizblock herumschnüffeln. Auf der Straße hieß es inzwischen, der Name des Typen sei Blondie. Punkin Head wußte genau, wem Blondie auf die Spur zu kommen versuchte, und das gefiel ihm gar nicht. Mit nachdenklichem Blick nach draußen beendete er sein Frühstück und zog eine Dose Michelob Dry auf. Noch einmal überflog er die Titelgeschichte in der Morgenausgabe des *Observer*. Irgendein südamerikanischer Reporter namens Brazil hatte Persönliches über Punkin Head geschrieben, was ihm überhaupt nicht paßte. Besonders ärgerte ihn, daß die Leute Punkin Head mit einer Spinne verglichen und das Symbol, das er auf die Leichen gesprüht hatte, für eine Sanduhr hielten. Dabei sollte es erstens eine Acht bedeuten, und zweitens hatte er die einfach nur hingesprüht, weil Orange so eine schöne Farbe war. Acht Geschäftsleute wollte er nämlich töten und ausrauben und keinen mehr. Danach wollte er weiterziehen. Sich noch länger in dieser Gegend aufzuhalten hieße, das Glück herausfordern. Die Acht war einfach nur als Gedächtnis-

stütze gedacht, als Ermahnung an sich selbst, daß es für Punkin Head und Poison bald Zeit wurde, sich ein neues Revier zu suchen, vielleicht oben in Washington D.C. und Umgebung.
In seinem Artikel hatte der Reporter Brazil einen FBI Profiler zitiert. Special Agent Bird zufolge war die Schwarze Witwe ein Symbol für mangelnde Beziehungsfähigkeit. Punkin Head sei nie verheiratet gewesen und habe es in keinem Job lange ausgehalten. In seinen sexuellen Möglichkeiten wie auch in allen anderen Bereichen sei er unterentwickelt. Er leide an einer sexuellen Identitätskrise. Natürlich wurde Punkin Head nicht beim Namen genannt, sondern einfach nur als ›der Killer‹ bezeichnet. Er habe in Form von Lektüre und Videos eine beträchtliche Menge Hardcore und gewaltbetonte Pornographie konsumiert. Er komme aus einer zerrütteten Familie, habe das College nicht abgeschlossen, soweit er überhaupt jemals eines besucht hatte. Er besitze einen Wagen, wahrscheinlich ein amerikanisches Modell älteren Jahrgangs. Er lebe noch bei seinem verhaßten Vater oder habe es zumindest über einen langen Zeitraum seines Erwachsenenlebens getan. Punkin Head sei ungepflegt, möglicherweise korpulent und drogenabhängig.
Nach S. A. Bird, so hieß es weiter in dem Artikel, werde Punkin Heads Persönlichkeit in absehbarer Zeit sich zu zersetzen beginnen. Er werde Fehler machen, sich überschätzen, inkonsequent und unkontrolliert handeln. Das sei bei allen Psychopathen früher oder später der Fall. Angewidert warf Punkin Head die Zeitung nach hinten in seinen Van. Da mußte jemand gesungen haben und der Presse persönliche Einzelheiten über Punkin Head gesteckt haben. Verstohlen beobachtete er, wie Blondie vor dem Cadillac Grill stehengeblieben war, wo zuvor Punkin Heads Sandwiches sorgfältig zubereitet worden waren. Blondie beschloß hineinzugehen.
Die Gäste im Cadillac Grill waren nicht gerade erfreut über seinen Besuch. Sie wußten, daß er Reporter war und wollten nichts mit ihm und seinen Fragen zu tun haben. Wofür hielt er sie eigentlich? Für verrückt? Nahm er denn an, sie würden riskieren, Punkin Head in Wut zu bringen und ihn noch gemeiner werden zu lassen, als er ohnehin schon war, um zu guter Letzt mit ein paar Silvertips im Kopf zu enden? Dieses Zwitterwesen war das gemeinste und meist-

gehaßte Subjekt aller Zeiten, und alles, was um Five Points herum Geschäfte betrieb, wünschte sich nichts sehnlicher, als daß er weiterzog oder, noch besser, selbst umgelegt wurde. Aber wie man es aus faschistischen Regimes kannte, hatte niemand Mut oder Lust, sich gegen Punkin Head zu erheben. Tatkraft und Durchblick waren nicht besonders ausgeprägt bei diesem Fußvolk, das täglich bis spät in die Nacht billigen Fusel trank, Dope rauchte und Pool spielte. Für Bar und Küche im Cadillac zuständig war Remus Wheelon, ein tätowierter vierschrötiger Ire. Er hatte schon von Blondie gehört und wollte dieses Plappermaul nicht in seinem Laden haben. Remus wußte genau, daß die drei Deluxe-Sandwiches, die er gerade erst zubereitet hatte, für Punkin Head bestimmt waren. Und jetzt beobachtete ihn dieses kaltblütig mordende Stück Scheiße da draußen wahrscheinlich von seinem Van aus und wartete nur darauf, daß er Blondie eine Tasse Kaffee servierte. Remus wartete hinter der Theke. In aller Ruhe schabte er seine Grillplatte sauber. Dann kochte er frischen Kaffee, briet ein paar Speckstreifen an und schlug den *Observer* auf.

Brazil hatte sich in einer Nische niedergelassen und die handgeschriebene, eingeschweißte Speisenkarte studiert. Die Preise waren vernünftig. Brazil merkte, daß ihn die Leute so feindselig anstarrten, wie er das noch nie erlebt hatte. Er lächelte sie an, als befände er sich in Tante Sarahs Pfannkuchenhaus. Auf die Weise verschaffte er sich einen gewissen Respekt. Es war für ihn undenkbar, sich von seiner Mission abbringen zu lassen. Da ging, für alle hörbar, sein Pieper los. Wie von der Tarantel gestochen, griff er danach. Die angezeigte Telefonnummer überraschte ihn. Er sah sich um und entschied, daß dies nicht der geeignete Ort war, um sein Handy hervorzuholen und das Büro des Bürgermeisters anzurufen.
Also stand er auf, um zu gehen, besann sich aber eines anderen, als die Tür aufging, die Glocke darüber anschlug und die junge Prostituierte hereinkam. Brazils Puls schlug plötzlich einen Takt schneller. Ihm war nicht klar, was ihn an dieser Frau faszinierte, jedenfalls konnte er den Blick nicht von ihr wenden. Mitgefühl und Unbehagen hielten sich die Waage. Sie trug sehr kurz abgeschnittene Jeans,

Sandalen mit Sohlen aus Autoreifen, und ein T-Shirt mit dem Aufdruck ›Gnädiger Tod‹. Die Ärmel waren ausgerissen. Ihre nackten Brüste darunter wippten bei jedem Schritt. Sie setzte sich mit dem Gesicht zu Brazil in die Nachbarnische. Herausfordernd sah sie ihm in die Augen, während sie das ungewaschene Haar zurückwarf.
Remus servierte ihr Kaffee, bevor sie noch die Karte in die Hand genommen hatte. Mit Mühe studierte sie das Geschriebene. Die Zeilen tanzten vor ihren Augen wie eine Angelschnur über dem Wasser des Lake Algae, wie die Reichen von Davidson den Teich an der Ecke Griffith- und Main Steet nannten. Ihr Daddy hatte sie ein paarmal zum Angeln dorthin mitgenommen. Damals war sie noch klein gewesen, und ihre Mom hatte noch nicht als Zimmermädchen im Best Western gearbeitet. Daddy war damals Fernfahrer bei der Southeastern und hatte unregelmäßige Arbeitszeiten. Mom war nicht immer zu Hause, wenn ihr Mann von einer langen Tour zurückkam.
Für Cravon Jones waren seine drei Töchter sein Eigentum, und auf welche Weise er ihnen seine Zuneigung zeigte, war allein seine Angelegenheit und sein Recht. Es war offensichtlich, daß er sich besonders zu Addie hingezogen fühlte. Addie war nach seiner verhaßten Schwiegermutter genannt worden. Sie war blond und hübsch. Vom Tag ihrer Geburt an war sie ein besonderes Kind gewesen. Sie schmuste gern und ausgiebig mit ihrem Daddy, den ihre Mutter stets abgelehnt hatte. Die kam einfach nicht gut aus mit ihrem Mann. Mrs. Jones war es leid, nach Hause zu kommen und dort diesem betrunkenen, ekelhaft stinkenden Mann zu begegnen, der sie schlug, herumstieß und ihr einmal sogar Nasen- und Jochbein gebrochen hatte. Die Töchter, und das war nur allzu verständlich, hingen aus Angst an ihm.
Als Addie fast elf war, kroch Daddy eines Nachts zu ihr ins Bett. Er roch nach säuerlichem Schweiß und Schnaps, und preßte sein hartes Ding an ihren Körper. Unter Blut und stummen Tränen drang er in sie ein. Addies Schwestern waren im selben Zimmer und hörten alles mit an. Niemand erwähnte jemals diesen Vorfall oder hielt ihn auch nur für wahr. Mrs. Jones spielte die Unwissende. Aber sie wußte sehr genau Bescheid. Addie las es in ihren Augen ab, an

ihrem zunehmenden Alkoholkonsum und ihrer zunehmenden Gleichgültigkeit gegenüber Addie. Das ging so weiter, bis Addie vierzehn war und eines Abends fortlief, während Mrs. Jones arbeitete und Daddy irgendwo auf der Landstraße war. Addie kam gerade bis Winston-Salem. Hier begegnete sie dem einzigen Mann, der sich je um sie gekümmert hatte.

Seitdem hatte es viele Männer gegeben. Sie gaben ihr Kokain und Crack, Zigaretten oder Brathähnchen, was sie gerade wollte. Vor ein paar Monaten, sie war inzwischen dreiundzwanzig, war Addie dann in Charlotte aus dem Greyhound gestolpert. Viel war ihr nicht in Erinnerung geblieben. Das letzte, das ihr noch einfiel, war ein reicher Typ in Atlanta, der einen Lexus fuhr. Sie war high gewesen, und er hatte zwanzig Dollar extra gezahlt, um auf ihr Gesicht zu urinieren. So lange sie nicht klar war, ertrug sie alles, und der Weg zu diesem Ort ohne Schmerzen waren die Drogen. Sea, ihr letzter Zuhälter, hatte sie eines Abends mit einem Kleiderbügel verprügelt, weil sie Krämpfe hatte und nicht anschaffen konnte. Zum x-ten Mal in ihrem Leben war sie fortgelaufen. In Charlotte war sie aus zwei Gründen gelandet: Sie wußte, wo die Stadt lag, und das Geld, das sie einer alten Lady mitsamt ihrer Handtasche abgenommen hatte, reichte nur bis hier.

Addie Jones war so oft in ihrem Leben high gewesen, daß sie sich nicht mehr daran erinnerte, wann sie zum letzten Mal von jemandem bei ihrem Vornamen genannt worden war. Ihre paar Habseligkeiten hatte sie in einer Sporttasche der Atlanta Braves verstaut, die sie einmal einem Freier gestohlen hatte. Als sie damals die West Trade entlang auf den Presto Grill zugegangen war, hielt sie die Tasche mit beiden Armen fest umklammert. Auf dem All Right-Parkplatz gegenüber hatte Punkin Head in seinem Transporter gewartet. Er war auf Angeltour. Die meisten seiner guten Fänge entstiegen den Bussen, heruntergekommene Gestalten, die hier wie eine Ölpest an Land geschwemmt wurden. Ihre Geschichten waren nicht viel besser. Punkin Head wußte das so genau, weil er selbst einmal aus einem dieser Busse gekrochen war.

Eine Viertelstunde später war sie dann in diesem dunkelblauen Lieferwagen gelandet, und Punkin Head wußte, er hatte wieder einen guten Fang gemacht. Er wollte das Mädchen nicht nur für sich. Auch die Kerle auf der Straße würden ganz wild sein auf ihren straffen sexy Körper, ihren lasziven Blick und die schwellenden Lippen. Punkin Head taufte sein neues Geschöpf Poison, und die beiden begannen mit ihrer feindseligen Übernahme des Reviers. Zuerst mußten andere Zuhälter ausgeschaltet werden. Dann fingen die Morde an, und überall wimmelte es von Cops. Poison hörte Geschichten von bösen Silvertops und etwas, das orange angemalt worden war, und auch von einer Spinne. Das alles machte ihr angst.

»Was soll's denn sein?« fragte Remus Poison. Sie rauchte eine Zigarette und sah zum Fenster hinaus auf die Straße.

»Speck«, sagte sie. Ihr Akzent war nicht mehr weiß, nicht einmal mehr amerikanisch.

Remus hatte schon oft festgestellt, daß Nutten oder Stricher Akzent und Gebärden ihrer Besitzer annahmen. Schwarze Nutten hatten plötzlich eine weiße Stimmfärbung, weiße eine schwarze, weiße Stricher bewegten sich wie Spieler von den Harlem Globe Trotters unter dem Basketballkorb, schwarze nahmen den wiegenden Gang von John Wayne an. Daran hatte sich Remus im Laufe der Zeit gewöhnt. Er kümmerte sich um seine Küche und darum, daß sein Laden lief. Leben und leben lassen, war seine Devise. Er wollte keinen Ärger, und Poison ärgerte ihn wie ein kleiner Eispickel dicht vor seinem Auge. Sie hatte ein spöttisches Lächeln aufgesetzt, wie jemand, der wußte, daß der nächste Witz auf seine Kosten ging. Remus spürte, daß ein kaltblütiger Mord, auch an ihm, sie höchstens amüsieren würde.

Brazil saß nun schon eine ganze Weile in seiner Nische und beobachtete die wenigen Gäste. Sein Tisch war noch immer leer, da niemand die Absicht zu haben schien, ihn zu bedienen. Er sah zu, wie die junge Prostituierte ihr Frühstück beendete. Sie legte Geld auf den Tisch und stand auf. Brazils Blick folgte ihr zur Tür. Zu gern hätte er sie angesprochen, aber er hatte Angst. Geheimnisvoll ging sie davon, und die Glocke an der Tür verstummte wieder. Dann stand auch Brazil auf. Ihm war gar nicht bewußt, daß er nichts bestellt hatte, und er ließ gedankenversonnen ein Trinkgeld auf dem

Tisch. Er trat aus dem Imbiß, zog seinen Notizblock aus der Tasche und sah den Bürgersteig hinauf und hinunter. Er ging um den Block und warf einen prüfenden Blick auf den Parkplatz auf der anderen Seite der Fünften Straße. Sie war nirgends zu sehen. Enttäuscht schlenderte er weiter.
Ein schwarzer Transporter mit dunkel getönten Scheiben fuhr langsam an Brazil vorbei, doch der bemerkte ihn kaum. Zu sehr war er in Gedanken damit beschäftigt, ein Schloß zu knacken, dessen Zahlenkombination er zwar mit Sicherheit kannte, die ihm aber im Moment nicht einfallen wollte.

Mungo beobachtete Blondie durch die Windschutzscheibe und mußte feststellen, daß der Fall immer größere Dimensionen annahm. Der Junge trottete gelangweilt dahin. Ab und zu blieb er stehen, sah sich um oder beobachtete den vorbeifließenden Verkehr. Mungos Spannung nahm zu, als er Blondie auf Shena zugehen sah, die älteste Nutte der Gegend.
Sie hatte sich auf den Holzstufen eines heruntergekommenen Holzhauses in Positur gestellt und trank aus einer Colaflasche. Shena versuchte, die letzte Nacht abzuschütteln und sich für die kommende bereitzumachen. Blondie ging auf sie zu, als würden sie einander kennen. Er sprach sie an. Sie zuckte mit den Schultern, gestikulierte und scheuchte ihn dann ärgerlich mit einer Handbewegung fort, als wäre er eine lästige Taube. Aha, dachte Mungo. Dieser Knabe entwickelt sich hier draußen langsam zu einem territorialen Problem. Er ging weiter zu den Revieren anderer Nutten. Wahrscheinlich köderte Blondie vor allem Männer, vielleicht ein paar Frauen, verkaufte ihnen Drogen, verleitete sie zu Verbrechen wider die Natur und wurde damit reich.
Mungo war überzeugt, daß er bei weiteren Nachforschungen herausfinden würde, daß Blondie in der Drogenhierarchie ziemlich weit oben stand und wahrscheinlich sogar direkte Verbindungen nach New York besaß. Ein Zusammenhang mit den Schwarze-Witwe-Morden war ebenfalls denkbar. Mungo nahm seine Video-Kamera zur Hand und bannte den vermutlich bestaussehenden Stricher mit den bestgeschnittenen Gesichtszügen auf Film. Außer im Kino

hatte er solche Vertreter dieses Gewerbes noch nicht gesehen. In großer Eile fuhr Mungo ins Polizeihauptquartier zurück.

West hatte die ganze Nacht kein Auge zugetan. Sie hatte alles versucht, Niles zur Ruhe zu bringen, damit er nicht ständig miaute und mit den Vorderpfoten trampelte. Sie hatte ihn so oft von ihrem Bett hinuntergeworfen, daß ihre Schulter lahm geworden war. Sie hatte mit ihm wie mit einem erwachsenen Menschen gesprochen und ihm verständlich zu machen versucht, daß sie erschöpft sei und ihren Schlaf brauche. Sie hatte ihn angeschrien, bedroht und aus dem Zimmer ausgesperrt. Als West am Morgen mit Verspätung aus dem Haus eilte, lag er bequem und zufrieden schnurrend auf seiner Lieblingsfensterbank. Als Mungo dann noch mitten in eine Zusammenkunft des Geister-Kommandos platzte, empfing sie ihn nicht sonderlich freundlich.

»Das hier ist eine Sitzung«, ließ sie ihn wissen.

»Und ich habe hier etwas, das sie interessieren könnte.« Stolz hielt er sein Videoband hoch. »Mit Sicherheit ein Ganove, vielleicht sogar mehr. Könnte sogar unser Killer sein oder wenigstens in den Morden mit drinhängen.« Mungo war außer Atem, als wäre er mit dem Rad hergestrampelt.

Seit West ihre Chefin das letztemal gesehen hatte, war es ihr nicht mehr gelungen, Hammer telefonisch zu erreichen. Daher bat sie sie jetzt über Funk um Rückruf.

»Ich will keine falschen Hoffnungen wecken«, sagte West zu ihr. »Aber es klingt ziemlich vielversprechend.«

»Beschreiben Sie ihn«, sagte Hammer.

»Weiß, männlich, etwa ein Meter siebzig, fünfundsechzig Kilo, blond, enge schwarze Jeans, enges Polohemd, Nike-Schuhe. Schleicht um die Fünfte und Trade Street herum. Hält nach bestimmten Wagen Ausschau und redet mit Nutten. Wollte offensichtlich im Presto über die Qualität von Drogen und deren Quellen in der Gegend reden, so hörte es sich jedenfalls an. Noch etwas«, fuhr West fort. »Und das beunruhigt mich besonders, Chief. Ist Ihnen Poison ein Begriff, alias Addie Jones?«

»Ja.« Hammer hatte keinen blassen Schimmer.

»Sie saßen eine ganze Weile zur selben Zeit im Cadillac Grill. Als sie ging, folgte er ihr unmittelbar darauf. Dann haben sie sich getrennt, und jeder ging seiner Wege.«

»Wo ist diese Videoaufnahme?« wollte Hammer wissen.

»Die habe ich.«

»Haben Sie sie sich schon angesehen?«

»Bei verdeckten Operationen benutzen wir die handlichen JVC Grax 900 Camcorder. Mungo besorgt gerade einen VHS-Adapter. Er muß jede Minute zurück sein.«

»Kommen Sie her damit. Wir sehen es uns zusammen an.«

# Kapitel 19

Im Büro des Bürgermeisters saß Brazil undeduldig auf der Kante einer Couch. Er machte sich Notizen über seine Umgebung und beobachtete Ruth Lafone, die Sekretärin, die immer wieder Telefonate entgegennahm. Andy Brazil tat ihr ein wenig leid, denn sie wußte, man würde ihn ebenso in die Enge treiben wie andere vor ihm. Erneut klingelte das Telefon. Ruth nahm ab und lächelte. Sie war freundlich und hatte Respekt vor dem Mann, den eine überwältigende Mehrheit gewählt hatte, den Bürgern der Stadt zu dienen. Sie legte auf, erhob sich von ihrem Stuhl und sah Brazil an.

»Der Bürgermeister möchte Sie jetzt sprechen.«

Brazil wußte nicht genau, was er davon halten sollte. Wie oft hatte er schon vergeblich versucht, den Bürgermeister Search für einen Kommentar oder eine Stellungnahme oder ein Interview zu gewinnen. Und jetzt hatte der Bürgermeister ihn angerufen. Würde er endlich seiner Bitte nachkommen? Aber welcher? Brazil wäre lieber etwas besser gekleidet gewesen, nicht mit diesen zu engen schwarzen Jeans. Zwischendurch hatte er die Herrentoilette aufgesucht und sich noch schnell das ausgewaschene rote Head-Shirt in die Hose zurückgestopft. Weil er ein paar Pfund abgenommen hatte, schlotterten ihm seine normalen Sachen am Leib, als trüge er Knastlook. Also hatte er in einer Schublade gewühlt, in der er noch Jeans und Hemden aus seiner High-School-Zeit aufbewahrte. Und die waren ihm, auch das Hemd, nun wieder ein wenig zu eng.

»Wenn Sie nichts dagegen haben«, wandte er sich an die Sekretärin und stand von der Couch auf, »würde ich gerne wissen, gibt es einen besonderen Grund für dieses Interview? Oder wird mir heute nun

das gewährt, worum ich, seit ich für den *Observer* arbeite, wiederholt gebeten habe?«
»Ich fürchte, er kann nicht immer jedem auf der Stelle gerecht werden«, entschuldigte sie den Bürgermeister, wie sie es in all den Jahren so schön gelernt hatte.
Brazil sah sie einen Moment lang an, zögernd, entdeckte dann etwas in der Art, wie sie den Blick abwandte. »In Ordnung«, sagte er. »Vielen Dank.«
»Oh, bitte gerne.« Sie führte ihn zur Schlachtbank. Es war ihr Job, und sie brauchte ihn.
Bürgermeister Search war ein distinguierter, gepflegter Mann: Er trug einen leichten grauen Sommeranzug nach europäischem Schnitt, dazu ein weißes Hemd mit dunkelgrau-blau gemusterter Paisley-Krawatte und passenden Hosenträgern. Er war hinter seinem Schreibtisch, einem riesigen Block aus Nußbaum, sitzen geblieben. Durch die breite Fensterfront hatte man einen Blick auf die Skyline der City. Das US Bank Corporate Center direkt hinter ihm war auf halber Höhe abgeschnitten. Die Krone konnte der Bürgermeister nur sehen, wenn er sich auf den Boden hockte und den Kopf angestrengt nach oben reckte.
»Danke, daß Sie sich Zeit für mich genommen haben«, sagte Brazil, als er Search gegenüber Platz genommen hatte.
»Wie ich sehe, haben Sie eine interessante Position hier in unserer Stadt«, sagte Search.
»Ja, Sir. Und ich bin sehr dankbar dafür.«
Search hatte den Eindruck, daß dieser junge Mann keiner von diesen typischen neunmalklugen Reportern war, mit denen er es sonst von früh bis spät zu tun hatte. Der Junge hatte die blauäugige Unschuld eines Billy Budd oder eines Billy Graham. Er war höflich, respektvoll und engagiert. Search wußte um die große Gefahr, die von dieser Sorte Menschen ausging. Sie waren bereit, für eine Sache zu sterben, gaben alles für Jesus Christus, folgten einer höheren Berufung, handelten ohne Ansehen der Person, glaubten an den brennenden Dornbusch und ließen sich nicht von Potiphars Frau zur Sünde verführen. Dieses Gespräch würde schwieriger werden, als Search erwartet hatte.

»Ich möchte Ihnen etwas sagen, mein Sohn«, hob Search ernst und überheblich, wie es seine Art war, zum Vortrag an. Dieser junge Bursche konnte schließlich von Glück sprechen, daß der Bürgermeister überhaupt Zeit für ihn übrig hatte. »Niemand ist unserem Police Department mehr verbunden als ich. Aber Ihnen ist, so hoffe ich, doch auch klar, daß jedes Ding seine zwei Seiten hat?«
»Gewöhnlich sogar mehr, Sir. Nach meiner Erfahrung jedenfalls«, sagte Brazil.

Hammer unterhielt sich mit Horgess in ihrem Vorzimmer und wartete auf West und die Videoaufnahme. Und sie hoffte inständig, daß sich Mungos Vermutungen bestätigten. Vielleicht wendete sich für sie das Blatt ja diesmal zum Guten.
»Es reicht jetzt, Fred«, sagte sie zu Horgess. Sie stand an einer Ecke seines Schreibtisches, die Hände in den Taschen ihrer tabakbraunen Hose vergraben.
»Es ist so ein schreckliches Gefühl, Chief Hammer. Ich kann nicht fassen, daß ich so etwas getan habe. Sie haben mir vertraut, und ich sollte Ihnen das Leben erleichtern, Ihnen ein ergebener Helfer sein. Und was habe ich gemacht, kaum, daß ein bißchen Streß aufkam?« Man hörte, wie sehr er sich selbst verachtete.
In Hammers Ohren klang das sehr nach Seth, und das letzte, was sie zur Zeit brauchen konnte, war einen ebensolchen Jammerlappen am Hals zu haben, wie jener, der zur Zeit im Carolina Medical Center, Zimmer 333, lag.
»Fred, wie stehen wir als Polizei zu unseren Fehlern? Ich meine, im Gesamtkonzept unserer Arbeit?« fragte sie.
»Ich weiß schon«, antwortete er, konnte ihr aber nicht ins Gesicht sehen.
»Einen Fehler kann man erstens akzeptieren, wenn man, zum Zeitpunkt da er begangen wird, versucht hat, das Richtige zu tun. Zweitens, wenn man einem Menschen gegenüber zugibt, einen Fehler gemacht zu haben. Und drittens, wenn man bereit ist, mit anderen darüber zu sprechen, damit ihnen nicht das gleiche auch passiert.«
»Den zweiten und den dritten Punkt habe ich nicht erfüllt«, sagte er.

»Nein, das haben Sie nicht«, stimmte Hammer ihm zu. In diesem Moment kam West herein. »Nummer zwei ist nicht notwendig, denn inzwischen ist es allgemein bekannt. Bis spätestens siebzehn Uhr möchte ich eine Stellungnahme von Ihnen für unseren internen Informationsdienst auf meinem Tisch haben, in der Sie von ihrem Fehler berichten.« Sie sah ihn über den Brillenrand hinweg an.

Für Bürgermeister Search gab es kein Gesamtkonzept der Polizeiarbeit und auch sonst kein Konzept, das jemanden, der einen Fehler gemacht hatte, nicht den Kopf kosten würde. Schon gar nicht bei einem so ungeheuerlichen Fehler mit so weitreichenden unangenehmen Folgen für Hammer. So etwas konnte ihm, dem Bürgermeister, nie passieren, denn er wußte, wie er mit Menschen umzugehen hatte, insbesondere mit Vertretern der Medien.
»Daß die Stadt nicht sicher ist, entspricht nicht im mindesten den Tatsachen«, verkündete er jetzt. Die Luft im Büro schien plötzlich dünner zu werden, der Raum heißer, vielleicht auch enger.
»Aber in den letzten fünf Wochen sind fünf Geschäftsleute, die die Stadt besuchten, ermordet worden«, antwortete Brazil. »Ich verstehe nicht, wie Sie da ...«
»Reiner Zufall. Einzeltaten. Bedauerliche Zwischenfälle.« Beiden stand der Schweiß auf der Stirn, und Search fühlte, wie ihm das Blut zu Kopf stieg.
»Das Hotel- und Gaststättengewerbe der Innenstadt meldet eine Einbuße von mehr als zwanzig Prozent.« Brazil hatte nicht vor, sich auf eine Diskussion einzulassen. Er wollte einfach nur den Dingen auf den Grund gehen.
»Und Leute wie Sie verschlimmern die Situation noch.« Search tupfte sich die Stirn und wünschte, Cahoon hätte ihm diese gottverdammte Aufgabe erspart.
»Ich möchte nichts weiter als die Wahrheit berichten, Bürgermeister Search«, sagte Billy Budd, Billy Graham. »Verschleierungstaktiken können nie und nimmer zur Lösung dieser entsetzlichen Situation beitragen.«
Der Bürgermeister lachte über die simple Logik dieses simplen Jungen. Aber das war nichts als eine Flucht in den Sarkasmus. Ihm kam

die Galle hoch, sein Gesicht lief rot an, die blanke Wut verdrängte jede Vernunft. Bürgermeister Search verlor die Beherrschung.
»Ich fasse es nicht.« Hohnlachend starrte er diesem Nichts von einem Reporter ins Gesicht. »*Sie* wollen *mir* eine Lektion erteilen? Ich will ja gar nicht behaupten, daß die Geschäftswelt unter den Ereignissen nicht leidet. *Ich* würde zu diesem Zeitpunkt auch nicht nachts durch die Straßen fahren.« Er lachte noch lauter, war nicht mehr zu halten, trunken vor Macht.

Gegen sechs Uhr abends, zur Happy Hour, trieben West und Raines in Jack Straw's Tavern of Taste einer anderen Art von Trunkenheit entgegen. Die Taverne lag an der East Seventh Street nicht weit vom La-dee-da's und Two Sisters. West hatte die Uniform gegen lässige Jeans, ein lockeres Denim-Hemd und Sandalen getauscht. Sie trank Sierra Nevada Stout, das Bier des Monats. Noch immer konnte sie nicht fassen, was sie und Hammer auf dem Video gesehen hatten.
»Kannst du dir vorstellen, was für ein Licht das auf mich und meine Abteilung wirft?« fragte sie nun schon zum viertenmal. »Gott im Himmel, bitte sag mir, daß das nur ein Alptraum ist. Bitte. Ich wache doch gleich auf, oder?«
Raines hatte sich einen Field Stone Chardonnay bestellt, den Wein des Monats. In seinen Sportshorts, dem Muskelshirt und den Nikes ohne Socken zog er sämtliche Blicke auf sich. Nur sein Gegenüber schien ihn nicht wahrzunehmen. Was war nur mit ihr los? Nie kannte sie ein anderes Gesprächsthema als ihre Arbeit und diesen Dummkopf von der Zeitung, mit dem sie durch die Gegend fuhr. Und Niles natürlich, diesen gottverdammten Kater. Wie oft hatte er schon eine aufkeimende romantische Stimmung zerstört. Offenbar wußte Niles sehr genau, wann der Zeitpunkt für ein erfolgreiches Ablenkungsmanöver gekommen war. Ein Satz auf Raines' Rücken oder Kopf, ein Biß in einen bestrumpften Zeh. Ganz zu schweigen von dem Mal, als Niles sich auf dem Lautstärkeregler der Fernbedienung niedergelassen hatte, bis Kenny G sich anhörte wie im Luftangriff.
»Du kannst nichts dafür«, versicherte ihr Raines noch einmal und vertiefte sich in seinen Spinat-Dip.
West aß gerade eine in Bierteig fritierte Gurke, als die Band Jump

Little Children mit dem Aufbauen ihrer Ausrüstung und ihrer Instrumente begann. Heute sollte dieses kleine Lokal mit seinen blauen Plastiktischdecken und der schreiend bunten Kunst eines gewissen Tryke an den Wänden erbeben. Geile Typen würden dichtgedrängt auf der Tanzfläche herumzucken. Raines hoffte, er könnte West dazu bewegen, wenigstens bis zum Ende des zweiten Auftritts zu bleiben. Seiner Meinung nach war das, was sie an ihrem Arbeitstag erlebt hatte, doch ganz munter gewesen. Ihm blieb dabei nur, sie zärtlich und besorgt anzusehen.

Dabei stellte er sich vor, wie dieser Mungo-Jumbo ins Presto kommt und glaubt, ein gefundenes Fressen vor sich zu haben. Der Kerl mit der Banane in der Hosentasche muß der Kopf des Geezer Grill Cartel sein. Er bildet sein eigenes Sondereinsatzkommando, und das bringt schließlich ein Videoband mit Blondie als Hauptdarsteller zustande, dem König des Verbrechens und Hauptverdächtigen im Zusammenhang mit der Schwarzen Witwe. In seinen engen schwarzen Jeans lungert er mit dem Reporterblock in der Hand am Five Points herum. Was hätte Raines nicht um ein Video von Hammer gegeben, wie sie in ihrem wichtigen Konferenzzimmer sitzt und sich diesen Scheiß anguckt. Das wär ein Ding. Er mußte mit einem Grinsen kämpfen und sein Gesicht tat ihm weh, und der Bauch schmerzte.

»Was ist mit dir los?« West sah ihn an. »Scheiße, die Geschichte ist nicht im geringsten komisch.«

»Nein, sicher nicht«, sagte er schwach. Dann brach er in schallendes Gelächter aus und krümmte sich. Tränen liefen ihm über das Gesicht.

Inzwischen hatten die Jump-Little-Children-Leute Verstärker aufgebaut und Tonproben mit elektrischen Fender-Gitarren, Pearl-Schlagzeug mit Zildjian-Becken und mit Yamaha-Keyboards gemacht. Sie warfen einander vielsagende Blicke zu, schüttelten ihre langen Haare und ließen im gedämpften Licht Ohrringe aufblitzen. Der eine Typ war völlig high. Mein Gott, wie der ging. Cool. Seine Freundin hatte nicht mehr den vollen Durchblick. Genau wie West. Er selbst war auf einem guten Trip, aber dahin konnte sie ihm nicht folgen. Nicht schlecht, so ein verdammter kleiner Chardonnay.

West war so wütend, daß sie am liebsten aufgestanden wäre und den ganzen Tisch umgeworfen hätte, wie im Western. Wie gern hätte sie sich auf Raines gestürzt, ihm Fußfesseln angelegt und an diesem heißen Donnerstag abend mit seinem Jammerarsch einfach mitten im Jack Straw's auf dem Boden liegen lassen. Ihr war schon der Gedanke gekommen, daß Mungo speziell in Goodes Auftrag undercover unterwegs sein könnte. Vielleicht hatte sie ihm ja gewisse Vergünstigungen zugesagt, wenn er West mal ordentlich in den Rücken fiele und ihre Glaubwürdigkeit und die gute Beziehung zu Hammer zunichte machte. Großer Gott. Als sie an Hammers hochglanzpoliertem Tisch saßen und das Video an sich vorbeiflimmern ließen, hatte West zunächst an einen Irrtum, eine Verwechslung geglaubt. Lief da doch Brazil in Lebensgröße durch die Straßen, Verkehrsgeräusche im Hintergrund, und machte sich Notizen. Zum Teufel, welcher Serienmörder oder Drogenboß machte sich wohl schon am hellichten Tag mitten auf der Straße irgendwelche Notizen?

Was Brazils äußere Erscheinung anging, hatte der aufgeblasene Mungo um nicht weniger als zwanzig Kilo und fünfzehn Zentimeter danebengegriffen. Allerdings mußte West zugeben, daß sie Brazil noch nie in so engen Sachen gesehen hatte. Sie wußte nicht, was sie davon halten sollte. Seine schwarzen Jeans saßen so knapp, daß man beim Gehen das Muskelspiel seiner Schenkel sah. Das rote Polohemd lag wie eine zweite Haut an. Jeder Muskelstrang und jede Ader zeichnete sich deutlich ab. Vielleicht wollte er sich ja seiner Umgebung anpassen. Das würde einen Sinn ergeben.

»Erzähl mir, wie sie reagiert hat«, sagte Raines. Sein Lachanfall war noch nicht vorbei, und er wischte sich die Augen.

West winkte der Kellnerin und bestellte die nächste Runde. »Ich möchte nicht darüber sprechen.«

»Ach, komm schon, Virginia. Raus damit.« Er richtete sich ein wenig auf. »Sag schon, was Hammer gemacht hat, als sie das Band sah.«

»Nein«, sagte West.

Von Hammer war tatsächlich nicht viel gekommen. Sie hatte auf ihrem gewohnten Platz am vorderen Ende des Tisches gesessen und kommentarlos auf den Mitsubishi-Bildschirm gestarrt. Das komplette Band hatte sie sich angesehen, zweiundvierzig Minuten lang, und

jede Einzelheit auf Brazils langem Weg verfolgt. Was er da mit den Figuren aus dem Milieu beredet hatte, war größtenteils nicht zu verstehen gewesen. West und Hammer hatten sich auf Brazils Körpersprache und seine Gesten konzentriert: Mal deutete er auf etwas, zuckte mit den Schultern, machte Notizen, mal sah er sich prüfend um, und zweimal bückte er sich, um sich die Schnürsenkel zuzubinden. Dann kehrte er zu seinem BMW auf dem All-Right-Parkplatz zurück. Eine Weile hatte lastendes Schweigen geherrscht, bis Chief Hammer sich schließlich die Brille abnahm.
»Was war denn das?«
»Ich weiß nicht, was ich sagen soll«, hatte West geantwortet und hätte Mungo am liebsten umgebracht.
»Und all das hat an dem Tag begonnen, als wir im Presto zu Mittag gegessen haben und Sie einen Mann mit einer Banane in der Hosentasche gesehen haben.« Hammer wollte sichergehen, daß West sich über die Zusammenhänge und Tatsachen klar war.
»Ich halte es wirklich nicht für fair, die beiden in einen Zusammenhang zu bringen.«
Hammer war aufgestanden, während West noch wie erstarrt dasaß.
»Natürlich ist es fair«, hatte Hammer gesagt, die Hände nun wieder in den Taschen vergraben. »Verstehen Sie mich nicht falsch, ich mache Ihnen daraus keinen Vorwurf, Virginia.« Sie hatte begonnen, auf und ab zu gehen. »Wie kommt es, daß Mungo Brazil nicht erkannt hat? Schließlich ist Andy doch von früh bis spät da draußen, entweder für den *Observer* oder mit uns.«
»Mungo arbeitet voll undercover«, hatte West ihr erklärt. »Normalerweise meidet er Plätze, wo er Polizisten oder Reportern begegnen könnte. Außerdem kann ich mir nicht vorstellen, daß er viel liest.«
Hammer hatte genickt. Das leuchtete ein. Außerdem wollte und konnte sie niemandem eingestandene Fehler oder peinliche Pannen wirklich übelnehmen. Das galt für Horgess, Mungo und sogar für West, obwohl gerade sie sich nun wirklich keinen Fehler vorzuwerfen hatte, allerhöchstens in der Auswahl Mungos.
»Soll ich es vernichten?« hatte West gefragt, als Hammer das Band aus dem Recorder nahm. »Also, ich wär' nicht unbedingt dafür,

denn es ist ein Dokument. Das Material zeigt eine Reihe bekannter Prostituierter. Sugar, Double Fries, Butterfinger, Shooter, Lickety Split, Lemon Drop und Poison.«

»Die sind alle auf dem Band?« hatte Hammer verblüfft von der Tür des Konferenzraums zurückgefragt.

»Sie tauchen alle auf. Man muß nur wissen, wo man zu suchen hat.«

»Gut, wir behalten es«, hatte Hammer beschlossen.

Raines lachte so laut, daß West sich über sich selbst ärgerte, weil sie ihm auch noch das Ende der Geschichte erzählt hatte. Sein Kopf lag auf der Tischplatte, das Gesicht von den Händen bedeckt. Sie mußte sich die Stirn mit einer Serviette abtupfen, so warm war ihr. Sie war rot und schwitzte in diesem tropischen Klima. Bald würde auch noch die Band loslärmen. Das Jack Straw's füllte sich langsam. West sah Tommy Axel hereinkommen, dessen Bild sie aus der Zeitung kannte. Er war in männlicher Begleitung. Beide trugen annähernd das gleiche Outfit wie Raines. Sie stellten zur Schau, was sie hatten? Warum sahen die meisten Schwulen nur so gut aus? West fand das nicht fair. Sie waren nicht nur Männer in einer Männerwelt, es war ihnen obendrein noch gelungen, ihren Genen die positiven Komponenten der Frau, Anmut und Schönheit, hinzuzufügen.

Natürlich hatten Schwule auch negative Eigenschaften. Sie waren hinterlistig, spielten gern, waren zwanghaft gepflegt, eitel und kaufsüchtig. Aber vielleicht waren diese Merkmale ja gar nicht geschlechtsbedingt. West kam ins Grübeln. Vielleicht gab es so etwas wie Geschlecht ja gar nicht. Vielleicht war die Biologie dem Menschen ja nur ein Vehikel, eine Art Transportmittel. Gab es nicht Länder, wo die Autos das Lenkrad auf der anderen Seite hatten? Ein anderes Geschlecht? Wohl eher nicht. Vielleicht nur andere Autos, und alles andere bestimmte der Fahrer.

»Das reicht jetzt«, zischte West Raines an.

Sie trank ihr Sierra Nevada aus und nahm das nächste in Angriff. Heute konnte sie sich beruhigt einen anzwitschern. Raines würde fahren.

»Tut mir leid. Tut mir leid.« Er holte noch einmal tief Luft, dann war der Anfall vorüber. »Du siehst aus, als ginge es dir nicht besonders«, sagte er und sah sie mit dem ihm eigenen besorgten Blick an. »Es ist ziemlich heiß hier drinnen.«

West tupfte sich erneut das Gesicht ab. Ihre Kleidung wurde feucht, aber nicht so, wie Raines sich das vielleicht erhofft hätte. Sie empfand eine Schwere in ihren unteren Regionen, und die Göttin der Fruchtbarkeit erinnerte West jeden Monat etwas flüchtiger daran, daß ihre Uhr ablief. Dr. Alice Bourgeois, ihre Gynäkologin, hatte sie wiederholt und nachdrücklich darauf hingewiesen, daß die Probleme in ihrem jetzigen Alter anfangen konnten. Für die Ärztin war es eine Strafe, wenn eine Frau keine Kinder hatte und auch keines unterwegs war. *Man sollte nie die Biologie unterschätzen*, gehörte zu ihren Standardsätzen.

West und Raines bestellten Cheeseburger mit Pommes Frites und eine neue Runde Drinks. Wieder trocknete sie sich das Gesicht, aber jetzt war ihr kalt. Sie wußte nicht, ob sie überhaupt etwas essen konnte, ganz bestimmt jedoch keine fritierte Gurke mehr. Ihr Blick wanderte von der Band, die noch immer mit dem Aufbau beschäftigt war, zu Gästen an anderen Tischen. Sie schwieg eine Weile und lauschte einem Paar an einem Tisch in der Nähe, das sich in einer fremden Sprache, Deutsch vielleicht, unterhielt. West wurde rührselig.

»Du scheinst dir über irgend etwas Gedanken zu machen«, meinte Raines einfühlsam.

»Erinnerst du dich an die deutschen Touristen, die in Miami ermordet wurden? Und an die Auswirkungen auf den Tourismus?« fragte sie.

Raines als Mann nahm das persönlich. Er hatte die Opfer der Schwarze-Witwe-Morde gesehen oder wenigstens einige von ihnen. Unvorstellbar, daß einem jemand eine Waffe an den Kopf halten und einfach das Hirn wegpusten konnte. Und welche Erniedrigung mußten diese Männer vor dieser Tat über sich ergehen lassen? War denn wirklich erwiesen, daß man ihnen nicht zuerst die Hose heruntergezogen hatte, sie vielleicht vergewaltigt und erst dann besprüht hatte? Schließlich konnte der Mörder ein Kondom benutzt haben. Wer wußte das schon so genau? Und was West jetzt gesagt hatte, verdarb Raines ordentlich die Laune. Nun war auch er wütend und sauer.

»Aha, der Tourismus ist es also«, sagte er, beugte sich vor und ruderte mit den Armen. »Und die Männer, die aus ihren Wagen gezerrt werden, denen man das Hirn rauspustet und denen man Graffiti auf die Eier sprüht, die sind Nebensache!«
Noch einmal wischte sich West über das Gesicht. Aus ihrer Gürteltasche förderte sie eine Avil-Tablette zutage. »Das sind keine Graffiti. Es ist ein Symbol.«
Raines schlug die Beine übereinander. Das Ganze bedrückte ihn. Die Kellnerin servierte das Dinner. Er schob sich ein Pommes-Stäbchen zwischen die Zähne und griff nach der Ketchup-Flasche.
»Die Geschichte macht mich krank«, sagte er.
»Sie sollte jeden krank machen.« West konnte kein Essen mehr sehen.
»Was glaubst du, wer der Täter ist?« Er tauchte mehrere Pommes Frites gleichzeitig in den roten Klecks.
»Vielleicht eine Transe.« Kalter Schweiß stand ihr auf der Haut. Haaransatz und Nacken waren tropfnaß, als hätte sie gerade eine Verfolgungsjagd hinter sich.
»Wie bitte?« Raines sah sie an.
»Ein Transvestit. Die eine Nacht Frau, die nächste ein Mann, je nach Laune«, sagte sie.
»Ach so, wie du.« Er streckte die Hand nach der Mayonnaise aus.
»Oh, verdammt.« West schob ihren Teller von sich. »Scheint bei mir jeden Moment loszugehen.«
Die ersten Akkorde der Elektrogitarren schrillten in ihre Ohren, Schlagstöcke folgten mit hartem Beat und donnernden Rhythmen. Axel schlang seinen Fuß um Jons Knöchel und dachte wohl zum hundertsten Mal an diesem Tag an Brazil.

Auch Packer dachte an Brazil, als er Dufus, das kleine, zappelnde Fellknäuel, zu Hintertür hinaustrug. Dufus sollte sich daran gewöhnen, immer am selben Baum das Bein zu heben, einem japanischen Zierahorn. So würde er dann seine eigene Duftmarke immer wiederfinden. Und dabei durfte es keine Rolle spielen, daß der Baum im hintersten Teil des Gartens stand und es gerade zu regnen begonnen hatte. Packer ließ den schielenden Hund seiner Frau immer auf dieselbe kahle Stelle an derselben knorrigen Wurzel hinunter. Er war ein bißchen außer Atem und sah zu, wie Dufus sich hinhockte, eine Bewegung, die an den Hofknicks vor einer Königin erinnerte.

»Warum hebst du nicht das Bein wie ein Mann«, murmelte Packer, während der Hund mit seiner rosagefleckten Nase schnüffelte und ihn aus hervorstehenden Augen ansah. »Weichei«, sagte Packer.

Beim feierabendlichen Rasenmähen hatte sich heute Packers alter Pieper am Gürtel gemeldet. Panesa hatte ihm mitteilen wollen, sogar der Bürgermeister habe zugegeben, sich zur Zeit bei Dunkelheit nicht in die Innenstadt zu wagen! Gütiger Gott, das war unglaublich. Sicher, die Zeitung war auf dem besten Weg, mit einer Artikelserie über die Veränderung der Gesellschaft den Pulitzerpreis zu gewinnen – einer Serie, die vielleicht sogar die Geschichte verändern würde. Doch warum, zum Teufel, geschahen diese Dinge immer ausgerechnet dann, wenn Packer gerade nicht in der Redaktion war? Schließlich war er zweiunddreißig Jahre lang immer präsent gewesen. Nachdem er dann mit knapper Not einer bevorstehenden Herzattacke entronnen war und beschlossen hatte, seinem Leben eine andere Richtung zu geben, war Andy Brazil aufgetaucht.

Jetzt war es für Dufus Zeit für einen Auslauf durch den Garten, damit seine Eingeweide in Bewegung kamen und er das loswerden konnte, was nach Packers Auffassung für jedes Lebewesen eine Demütigung sein mußte, kleine Hauskatzen vielleicht ausgenommen. Packer ging los, aber Dufus rannte ihm nicht nach und ließ sich auch nicht rufen, was allerdings nicht neu war. Der Redakteur setzte sich auf die Verandastufen, während der Hund seiner Frau Mulch kaute, bis er schließlich seine kümmerliche Hinterlassenschaft fallen ließ. Seufzend erhob sich Packer. Mit Dufus direkt auf den Fersen ging er ins klimatisierte Haus zurück.

»Da ist er ja, mein kleiner Boy«, flötete Mildred, als der Hund lekkend an ihr hochsprang, bis sie ihn auf den Arm nahm und liebevoll wiegte.

»War mir ein Vergnügen«, sagte Packer, ließ sich in seinen verstellbaren Armsessel fallen und schaltete den Fernseher ein.

Nach Stunden saß er noch immer vor dem Apparat und aß Chicken Nuggets, die er in Roger's Barbecuesoße tunkte. Der Inhalt der laut raschelnden Chipstüte wurde ebenfalls in Soße getaucht. Nach mehreren Dosen Corona mit Limette dachte er nicht mehr an die lauernde Herzattacke. Mildred sah sich wieder einmal *Home for the Holidays* an, weil sie das für ein Spiegelbild ihres Lebens hielt. Man stelle sich das vor! Erstens spielte Packer schon mal gar nicht Orgel, und auch sie trug weder eine Perücke, noch rauchte sie. Zweitens lebten sie nicht in einer Kleinstadt. Ihre Tochter war nie gefeuert worden, zumindest nicht aus einer Kunstgalerie. Eine Kunstgalerie gehörte zu den wenigen Orten, an denen sie noch nicht gearbeitet hatte, wahrscheinlich weil sie farbenblind war. Auch war ihr Sohn nicht schwul, soweit Packer das wußte oder überhaupt wissen wollte. Für ihn verschwanden zudem, im Gegensatz zu seiner Frau, sämtliche Vertraulichkeiten im Bermudadreieck ihres ehelichen Schweigens. Der Redakteur hörte nicht zu, also gab es auch nichts zu erzählen. Ende der Geschichte.
Mit seiner ganzen Autorität betätigte Packer die Fernbedienung, und der allgegenwärtige Webb blickte auf eine Weise in die Kamera, die nach aller Erfahrung nur Schlechtes bedeuten konnte.
»Mist«, sagte Packer und hieb auf einen Hebel an seinem Sessel, der die Rückenlehne schlagartig aufrichtete.
»In einem seltenen, wenn nicht gar erschüttenden Augenblick der Offenheit«, sagte Webb mit ernstem Gesicht, »gestand Bürgermeister Charles Search heute ein, daß die Umsätze im Hotel- und Gaststättengewerbe wegen der Schwarze-Witwen-Morde um mehr als zwanzig Prozent zurückgegangen seien. Auch er selbst fühle sich nicht mehr sicher bei einer nächtlichen Fahrt durch die Stadt. Inständig bat Bürgermeister Search die Bevölkerung von Charlotte um Unterstützung bei der Ergreifung dieses Killers, der skrupellos fünf Morde ...«
Packer wählte bereits eine Nummer. Die Chipstüte war ihm vom Schoß gefallen, ihr Inhalt lag auf dem Teppich verstreut.
»... von einer Spezialistin beim FBI wurde er als sexueller Psychopath charakterisiert, als ein Serienmörder, der nicht aufhören würde ...«, fuhr Webb fort.

»Haben Sie das gehört?« rief Packer ins Telefon, als Panesa sich gemeldet hatte.
»Ich zeichne es gerade auf«, antwortete der in einem geradezu mordlüsternen Ton, den Packer nur selten bei ihm gehört hatte. »Dem muß ein Ende gesetzt werden.«

# Kapitel 20

Brazil sah nie fern, weil zu Hause immer seine Mutter den Apparat mit Beschlag belegte. Und in den vielen Bars in Charlotte, wo in allen Ecken auf riesigen Bildschirmen Sportsendungen liefen, verkehrte er so gut wie nie. Also wußte er auch nicht, was die Dreiundzwanzig-Uhr-Nachrichten an diesem Donnerstag gebracht hatten. Niemand hatte ihn angepiept oder anderweitig versucht, ihn zu erreichen. Auf seiner Laufstrecke in Davidson war alles ruhig, als er kurz vor Mitternacht in völliger Dunkelheit sein Pensum absolvierte. Nichts war zu hören, außer dem Rhythmus seines Atems und seiner Schritte.

Zwar war er stolz auf die wirklich erstaunlichen Nonstop-Homeruns seiner journalistischen Karriere, doch glücklich war er nicht. Andere veröffentlichten große Teile desselben Materials. Webb zum Beispiel. Und wie informativ oder leidenschaftlich ein Beitrag auch sein mochte, in Wirklichkeit war jeder nur auf den Coup aus, wollte mit der Erstmeldung die Nase vorn haben oder die große exklusive Story landen. Brazil hatte in letzter Zeit, um die Wahrheit zu sagen, niemanden ausgestochen. Es sah nur so aus, weil alles, was er eher routinemäßig schrieb, auf der ersten Seite landete, die öffentliche Meinung beeinflußte und einigen Staub aufwirbelte. Also hätte Brazil sich damit zufriedengeben können, für den Rest seiner Tage nur noch Artikel nach diesem Schema zu schreiben und sonst nichts. Irgendwelche Auszeichnungen spielten für ihn keine Rolle. Aber er war Realist. Wenn er nicht die gesamte Konkurrenz schlug – bei Enthüllungsstories, wichtigen Statements und Reports über die kriminelle Szene – würde er sich als Schreiber nicht lange halten können.

Allerdings konnte er dann vermutlich immer noch Cop werden, womit er in Gedanken wieder einmal bei West war. Und womit er zugleich den festen Boden unter den Füßen verlor und sich in einem undurchdringlichen und schmerzhaften Dickicht verirrte. Je mehr er versuchte, sich daraus zu befreien, desto mehr schmerzte es und desto frustrierter fühlte er sich. Er beschleunigte sein Lauftempo, umrundete Spielfeld und Tore, lief an den offenen Tribünen vorüber und dachte an die meist verlorenen Spiele an kühlen Herbstabenden nach den Vorlesungen und Kursen. Oft war er damals über den frostigen Campus gewandert und hatte versucht, das Erlebnis der Sterne am Himmel in Worte zu fassen, wie noch nie jemand vor ihm. Wie oft war er damals, eingehüllt in ein warmes Kapuzen-Sweatshirt, in die Bibliothek geeilt oder zur Cafeteria, wo er sich in eine Ecke gesetzt hatte, um an einer Semesterarbeit zu schreiben oder ein Gedicht zu verfassen. Auf diesen Wegen ging er bewußt den Pärchen aus dem Weg, die ihm begegneten.

Selbst wenn West keine Lust auf ein Tennismatch hatte, hätte sie nicht so barsch sein müssen – es sei denn, sie haßte ihn. *Kommt gar nicht in Frage.* Ihre Stimme und diese herzlosen Worte im Gedächtnis, rannte er noch schneller, bis seine Lunge fast anfing zu brennen. Seine Schritte griffen weiter aus, der Schweiß hinterließ dunkle Flecken auf seinem Hemd. Was er hier tat, war ein Versuch, der Stimme und der Person, der sie gehörte, davonzulaufen. Wut und Ärger verliehen ihm Flügel. An der Fünfzig-Yard-Linie reduzierte er das Tempo. Die Knie zitterten ihm. Brazil ließ sich in das kühle, feuchte Gras fallen. Keuchend lag er auf dem Rücken. Sein Herz schlug wie wild. So muß es sein, wenn man dem Tode nahe ist, dachte er.

Ähnliche Gefühle bewegten auch Virginia West. Sie lag im Dunkeln im Bett und preßte sich eine Wärmflasche auf den Leib. Kontraktionen kündeten eine Geburt an, die nicht stattfinden würde. Seit ihrem vierzehnten Lebensjahr war sie allmonatlich von diesen Wehen heimgesucht worden, mal stärker, mal schwächer. Gelegentlich waren die Schmerzen so heftig, daß sie vorzeitig aus der Schule nach Hause gehen, Verabredungen absagen oder unter Ausreden der

Arbeit fernbleiben und Unmengen von Midol schlucken mußte. Raines, der Sanitäter, hatte sie mürrisch daheim abgesetzt, und sie hatte schnell vier Tabletten Motrin eingenommen, wofür es allerdings fast schon zu spät war. Hatte Dr. Bourgeois ihr nicht gesagt, sie solle viermal täglich zweihundert Milligramm Iboprofen einnehmen, und zwar drei Tage vor Einsetzen der Problemphase? So könne sie vorbeugen. *Aber Sie müssen auf jeden Fall Schnittwunden oder Nasenbluten vermeiden, Virginia.* Allerdings war West wie üblich viel zu beschäftigt gewesen, um sich mit etwas so Prosaischem, ja, Trivialem wie ihrer Gesundheit zu befassen. Niles hatte die immer wiederkehrende Notsituation erkannt und verhielt sich entsprechend. Er legte sich seiner Herrin um Kopf und Nacken, um sie zu wärmen, und freute sich, das gemeinsame Bett mit niemandem sonst teilen zu müssen.

Chief Judy Hammer wurde von düsteren Vorahnungen heimgesucht. In einen Schutzkittel gehüllt, die Maske vorm Gesicht und Handschuhe über den Fingern, saß sie an Seths Bett in der chirurgischen Intensivstation des Carolina Medical Center. Sein Zustand war ernst. Besserung nicht in Sicht. Hochdosiertes Penicillin, Clyndamizin und Immunglobulin tropfte in seine Venen. Damit sollte der nekrotisierenden Faszitis, dem Absterben von Gewebe, entgegengewirkt werden. Die NF war die Folge einer selten auftretenden lokalen Infektion, die in eine systemische Infektion mit äußerst dramatischem Verlauf überging. Hammer konnte dabei praktisch zusehen und hatte alles Weitere den Anmerkungen entnommen, die der Facharzt dazu gemacht hatte.

Irgendwie schien das alles mit ganz normalen b-hämolysierenden Streptokokken der Gruppe A und dem *Staphylococcus aureus* zusammenzuhängen. Hammer verstand die Zusammenhänge zwar nicht, stellte sich aber vor, daß diese mikroskopisch kleinen Bestien ihren Mann bei lebendigem Leibe auffraßen. Seths Blutsauerstoffgehalt war inzwischen unter den Normalwert gesunken, und im Medical Center geriet man langsam in Panik. Für das Pflegepersonal war Seth ein absolut vorrangiger Patient, und die Spezialisten gaben sich bei ihm die Klinke in die Hand. Hammer konnte die zahllosen

Ärzte schon nicht mehr auseinanderhalten. Sie konnte keinen klaren Gedanken mehr fassen, wenn sie ihren Mann mit seinem schlaffen, fiebergeröteten Gesicht so daliegen sah und durch ihre Maske der Geruch des Todes drang.
Im Bürgerkrieg hätten die Chirurgen den Zustand ihres Mannes einfach als Gangrän oder Wundbrand bezeichnet. Komplizierte lateinische Begriffe änderten nichts an der Tatsache, daß sich das Gewebe im Bereich einer Wunde schwarz und grün verfärbte und Glieder oder der ganze Körper lebendig verwesten. Die einzigen Behandlungsmöglichkeiten von NF waren Antibiotika und chirurgische Maßnahmen bis hin zur Amputation. Wie Hammer bei ihren Nachforschungen im Internet erfahren hatte, starb etwa ein Drittel der jährlich drei- bis fünfhundert an dieser Infektion erkrankten Patienten in den Vereinigten Staaten. Das waren dreißig Prozent.
Hammer hatte auf den Websites nichts über diese Krankheit entdecken können, das sie beruhigt oder ihr Hoffnung gemacht hätte. In den letzten Jahren schienen sich die tödlichen Bakterien explosionsartig vermehrt zu haben, wie zum Beispiel in Großbritannien, wo vor kurzem elf Personen gestorben waren. KILLERKÄFER FRISST MEIN GESICHT schrieb der *Daily Star* sensationsheischend. TÖDLICHE FLEISCHFRESSENDE BAKTERIEN lautete ein anderes Horrorszenario. Jim Henson von den Muppets sei daran gestorben, erfuhr Hammer aus dem Internet. Diese Art der Streptokokken wurde für eine besonders virulente Form des Erregers gehalten, der im 19. Jahrhundert für Scharlach verantwortlich gemacht wurde. In manchen Fällen breitete sich die NF so rasant aus, daß Antibiotika nicht genügend Zeit hatten, ihre Gegenwirkung zu entfalten, und man befürchtete, daß Seth zum jüngsten Fall in dieser Statistik werden könnte. Sein V.I.P.-Status hatte vom Moment seiner Aufnahme an eine aggressive Behandlung sichergestellt, so daß das Problem nicht beim Krankenhaus zu suchen war, sondern in Seths Allgemeinzustand.
Seth hatte sich ungesund ernährt und war, klinisch gesehen, depressiv. Er konnte auf eine lange Vorgeschichte von Alkoholmißbrauch und arteriosklerotischen Gefäßerkrankungen zurückblicken. Seine

Verletzung hatte zu einer offenen Wunde geführt. Dazu kam mit dem Projektil ein nicht zu entfernender Fremdkörper. Nach Dr. Cabels Aussage waren Seths Abwehrkräfte stark reduziert. Er nahm binnen zwei Stunden annähernd ein Kilo Gewicht ab. Das bezog nicht einmal die Gewebeschichten mit ein, die von den Chirurgen scheibenweise bis zum nächsten gesunden, durchbluteten Gewebe entfernt wurden. Doch trotz aller Bemühungen und Stoßgebete verfärbte sich auch dies bald darauf schwarz und grün. Reglos saß Hammer auf ihrem Stuhl und durchlebte noch einmal jedes unfreundliche Wort, das sie je zu ihm gesagt, jede ungeduldige oder ärgerliche Reaktion, die sie ihm entgegengebracht hatte. All seine Fehler waren für sie wie ausgelöscht.

Sie war an allem schuld. Es war ihr .38er Spezial, und es war ihr Remington +P-Hollowpointprojektil, das da in ihm steckte. Auf ihr Kommando hatte er unter der Bettdecke nach der Waffe gegriffen, um sie ihr *auf der Stelle* zu geben. Hammer hatte ihm, was sein Gewicht anging, dieses Ultimatum gesetzt, und sie hätte jetzt nur allzugern geglaubt, daß sein derzeitiger Zustand nicht auf einen unglücklichen Zufall zurückzuführen war, sondern auf Seths konstitutionelle Schwäche. Von Stunde zu Stunde wurde er weniger, die Gewebeschichten bei jedem chirurgischen Eingriff dünner, und das alles direkt vor ihren Augen. Diese Art Abmagerungskur hatte sie ihm nun bestimmt nicht gewünscht. Jetzt bestrafte er sie für all die Jahre, die er in ihrem Schatten gelebt hatte, ihr Auftrieb gegeben, sie beflügelt hatte, ihr größter Fan gewesen war.

»Chief Hammer?«

Das war Dr. Cabel in grüner OP-Montur mit Kappe, Maske, Handschuhen und Überschuhen. Er war nicht älter als Jude. Gott, steh mir bei, dachte sie. Sie atmete tief durch und stand ruhig auf.

»Könnten Sie mich einen Moment mit ihm allein lassen?« fragte Dr. Cabel.

Hammer ging nach draußen in den hellen, antiseptischen Flur. Schwestern, Ärzte, Angehörige und Freunde scharten sich in den angrenzenden Räumen um andere Patienten in ihren schmalen Hydraulikbetten. Maschinen überwachten sie und hielten ihre gefährdeten Lebensfunkionen in Gang. Benommen beobachtete sie

die Szene, als Dr. Cabel aus Seths Zimmer kam und sein Krankenblatt in die Hülle an der Innenseite der Zimmertür schob.
»Wie geht es ihm?« Immer wieder stellte sie dieselbe Frage. Sie zog die Maske vom Gesicht. Sie hing ihr jetzt um den Hals.
Dr. Cabel behielt seine eigene über dem Mund. Er ging keinerlei Risiko ein. Sogar zu Hause schäumte er sich beim Duschen von Kopf bis Fuß mit antiseptischer Seife ein. Mit sorgenvollem Blick schloß er Seths Tür. Hammer war klug genug, um der Wahrheit ins Gesicht zu sehen. Sie wollte keine Euphemismen, keine gewundenen Erklärungen, keine Ausflüchte mehr hören. Wenn dieser junge Facharzt für Infektionskrankheiten vorhatte, ihr irgendwelche Fakten zu verschweigen, würde sie ihn schon zurechtstutzen.
»Er muß zurück in die Chirurgie«, sagte der Arzt. »Aber das ist zu diesem Zeitpunkt ziemlich normal.«
»Und was bedeutet dieser Zeitpunkt genau?« wollte Hammer wissen.
»Der zweite Tag eines fortschreitenden Streptokokken-Gangräns und einer nekrotisierenden Faszitis«, erklärte er. »Die Nekrose und die Wundausscheidungen haben sich gegenüber dem ursprünglichen Zustand deutlich verschlechtert.«
Dr. Cabel respektierte Chief Hammer zwar, aber mit ihr zu tun haben wollte er nicht. Er sah sich nach einer Schwester um. Mist. Keine in der Nähe.
»Ich muß anfangen«, sagte er.
»Nicht so schnell«, wandte Hammer ein. »Was genau werden Sie im OP mit ihm machen?«
»Genaueres wissen wir erst, wenn wir ihn vor uns haben.«
»Welche Risiken können möglicherweise auftreten?« Am liebsten hätte sie ihn geohrfeigt.
»Allgemein gesprochen entfernen wir das zerstörte Gewebe bis tief ins gesunde, durchblutete Gewebe hinein. Wahrscheinlich werden wir die Wunde mit Kochsalzlösung spülen und einen Spezialverband anlegen. Wir werden zweimal täglich die hyperbarische Sauerstofftherapie fortsetzen, außerdem empfehle ich eine ausschließlich parenterale Nahrungszufuhr.«
»Also Multivitamine«, sagte sie.

»Nun, ja.« Er war ein wenig überrascht über ihre Fähigkeit, die Zusammenhänge zu erkennen.
Hammer kaufte seit Jahren Vitaminpräparate und konnte daher an dieser Maßnahme nichts Besonderes erkennen. Dr. Cabel wollte gehen, doch Hammer hielt ihn an seinem grünen Kittel zurück.
»Lassen wir das Versteckspiel«, sagte sie. »Seth hatte ein Dutzend Streptokokkenanginen in seinem Leben. Warum jetzt diese Entwicklung? Abgesehen von seinem desolaten Immunsystem?«
»Es sind nicht exakt dieselben Erreger wie bei Angina.«
»Das heißt im Klartext?«
Diese Lady würde ihn nicht so schnell laufen lassen. Dr. Cabel hatte plötzlich aus anderen Gründen Mitleid mit Seth als bisher. Mit dieser Frau zusammenzuleben, konnte einen schon zur Verzweiflung bringen. Unvorstellbar, daß man sie bat, einem einen Kaffee zu holen, oder daß man ihr Wort in Frage stellte. Wenn Dr. Cabel keine andere Möglichkeit sah, rettete er sich in die Sprache, die nur seine eigene Superkaste verstand.
»Es ist durchaus denkbar, daß sich Streptokokken genetisch verändern, das heißt neue genetische Informationen erworben haben. Dies ist durch eine Infektion mit Bakteriophagen möglich«, erklärte Dr. Cabel.
»Was sind Bakteriophagen?« Hammer ließ nicht locker.
»Hm, bei denen handelt es sich um ein Virus, das in der Lage ist, einem Wirtsbakterium seine DNA einzupflanzen«, sagte er. »Man geht von der Hypothese aus, daß in annähernd vierzig Prozent der jüngeren invasiven Infektionen gewisse M1-Streptokokkenstämme der Serogruppe A genetisches Material von Bakteriophagen übernommen haben. Entsprechend den Erhebungen der WHO.«
»WHO?« Hammer runzelte die Stirn.
»Genau.« Er sah so nachdrücklich auf seine Uhr, daß sie es einfach bemerken mußte.
»Wer oder was, zum Teufel, ist die WHO?« Sie bestand auf einer Antwort.
»Die World Health Organization, Weltgesundheitsbehörde. Dort gibt es ein Streptokokken-Referenzlabor. Um es kurz zu machen, dieses Phänomen könnte mit einem Gen zusammenhängen, in das

sich ein Toxin eingeschleust hat, das als als Superantigen bezeichnet wird und nach weitverbreiteter Ansicht mit dem Toxinschocksyndrom in Zusammenhang gebracht werden kann.«

»Mein Mann hat also dasselbe, was man auch von einem Tampon bekommen kann?« Hammer hatte die Stimme erhoben.

»Der Erreger ist ein entfernter Verwandter.«

»Und seit wann wird in solchen Fällen amputiert?« fragte sie herausfordernd. Passanten warfen neugierige Blicke auf die beiden Personen in Grün, die da auf dem hellerleuchteten Flur diskutierten.

»Nein, nein.« Diese Frau mußte er unbedingt loswerden. »Ma'am, beim Zustand Ihres Mannes ist ein chirurgischer Eingriff die effektivste Behandlungsmethode.« Dann warf er sich mit Shakespeare in die Brust: »›Sei blutig, kühn und frech‹«, zitierte er. »*König Lear.*«

»*Macbeth*«, rief Hammer dem davoneilenden Dr. Cabel nach. Sie liebte Theater.

Sie blieb noch, bis ihr Mann wieder in den OP gefahren wurde. Dann machte sie sich auf den Heimweg. Gegen neun war sie ins Bett gesunken, zu besorgt und zu erschöpft, um noch einen einzigen vernünftigen Gedanken hegen zu können. So schliefen also Hammer und ihr Deputy Chief in ihren Betten unruhig dem nächsten Tag entgegen, die eine mit, die andere ohne Kuscheltier.

Brazil wiederum wälzte sich unruhig von einer Seite auf die andere und dann wieder auf den Bauch, die Beine mal über der Decke, dann wieder drunter. Schließlich fand er Ruhe auf dem Rücken, starrte zur dunklen Zimmerdecke hinauf und lauschte dem Gemurmel des Fernsehers, vor dem seine Mutter wieder einmal auf ihrer Couch in tiefe Besinnungslosigkeit gefallen war.

Er dachte über Wests Worte nach. Er solle sich eine Wohnung suchen, hatte sie gesagt, und von hier wegziehen. Er fand den Gedanken beängstigend und aufregend zugleich, doch jedesmal, wenn er ihn ein Stückchen weiterdachte, rannte er gegen dieselbe Schimäre, die ihn sofort in die Gegenrichtung scheuchte. Was sollte dann mit seiner Mutter geschehen? Was sollte er unternehmen? Was würde aus ihr werden, wenn er sie allein ließ? Sicher konnte er ihr auch weiterhin Lebensmittel vorbeibringen, nach ihr sehen, das Notwendigste reparieren und Besorgungen für sie erledigen. Mit diesen Sorgen warf er sich im Bett hin und her und hörte durch die Wand die unheimlichen Töne, die jetzt, um drei Uhr morgens, nur von dem letzten aller Horrorstreifen stammen konnten. Wieder dachte er an West, und wieder bedrückte ihn das.

Brazil kam zu dem Schluß, daß er nicht das geringste für West übrig hatte. Sie war ein so völlig anderer Mensch als die freundliche, verständnisvolle Hammer. Eines Tages würde er eine solche Frau finden. Sie würden Freud und Leid teilen, einander respektieren, zusammen Tennis spielen, laufen, mit Gewichten trainieren, kochen, Autos reparieren, zum Strand fahren, gute Literatur und Gedichte lesen. Sie würden einfach alles miteinander tun. Natürlich brauchte man auch ein wenig Freiraum. Was wußte West schon von diesen Dingen? Sie errichtete Gartenzäune und mähte ihren Rasen mit einem Rasentraktor. Für ein Gerät, das man schieben mußte, war sie zu faul, obwohl ihr Grundstück kaum zweitausend Quadratmeter groß war. Sie hatte abstoßende Eßgewohnheiten. Sie rauchte. Brazil drehte sich abermals um und ließ die Arme auf beiden Seiten der Matratze herunterhängen. Er war unglücklich.

Um fünf gab er seine Einschlafversuche auf, ging zum Trainingsplatz und zog seine Runden. Nach zwölf Kilometern hörte er auf. Zwar hätte er noch weiterlaufen können, doch ihm wurde langweilig, und er wollte in die Stadt. Es war seltsam. Innerhalb von wenigen Tagen war er von einem Zustand der Erschöpfung zu einer gewissen Überaktivität gewechselt. Brazil konnte sich nicht daran erinnern, daß seine Körperchemie jemals so verrückt gespielt hätte. In einem Moment schleppte er sich nur mühsam vorwärts, und im nächsten war er erregt und in Hochstimmung, ohne daß er es sich erklären konnte. Möglich, daß sein Hormonhaushalt in einer für sein Alter ganz normalen Phase war. Es stimmte schon: Wenn ein Mann zwischen sechzehn und zwanzig sein Triebleben nicht unter Kontrolle bekam, dann bestrafte ihn später die Biologie.

Genau das hatte ihm sein Hausarzt gesagt. Dr. Rush, dessen Familienpraxis an der Cornelius Street lag, hatte Brazil vor genau diesem Problem, als er ihn einmal als Teammitglied im ersten Collegejahr am Davidson zu einer Routineuntersuchung aufgesucht hatte. Dr. Rush wußte, daß Brazil ohne Vater aufwuchs und eine gewisse Führung brauchte. Er hatte ihm erklärt, daß viele junge Männer folgenschwere Fehler begingen, weil ihr Körper sich schon im Stadium der Fortpflanzungsfähigkeit befand. Nach Dr. Rushs Meinung war diese Zeit so etwas ein Rückfall in die Kolonialzeit, in der mit sechzehn bereits die Hälfte der Lebenserwartung eines Mannes abgelaufen war und er sich fortzupflanzen hatte, bevor Indianer oder feindliche Nachbarn ihm an den Kragen gingen. Aus dieser Sicht war der Sexualtrieb durchaus sinnvoll, wenn auch primitiv. Brazil aber wollte sich alle Mühe geben, sich nicht von ihm beherrschen zu lassen.

Im kommenden Mai wurde Brazil dreiundzwanzig, aber seine Triebe hatten noch nicht nachgelassen. Er hatte sich Dr. Rush anvertraut, von dem in der Stadt gemunkelt wurde, daß er es mit der ehelichen Treue nicht so genau nahm und nie genommen habe. Er legte noch ein paar Sprints auf dem Heimweg ein und dachte über die Sexualität nach. Für ihn hingen Liebe und Sex irgendwie zusammen, aber vielleicht sollte das besser nicht so sein. Das Gefühl der Liebe machte ihn sanft und weich. Liebe brachte ihn dazu, daß er Blumen wahrnahm und sie pflücken wollte. Liebe befähigte ihn zu seinen schönsten Gedichten, wogegen Sex ihn zu Versen in heftigen, recht erdgebundenen Versmaßen verleitete, die er nie jemandem zeigen oder gar zur Veröffentlichung vorlegen würde.

Er eilte heim und duschte länger als gewöhnlich. Um fünf nach acht stand er in der Schlange in der Cafeteria des Knight-Ridder-Building und schob sich langsam voran. Er trug Jeans und hatte seinen Pieper am Gürtel. Wer ihn erkannte, starrte diesen jungen Wunderreporter neugierig an, der zugleich Polizist spielte und ein Einzelgänger zu sein schien. Brazil entschied sich gerade für Raisin Bran mit Blaubeeren, da erscholl über die Lautsprecheranlage die ebenso beliebte wie respektlose Radioshow *Don't Go Into Morning* mit Dave und Dave.

»In einer überraschenden Meldung von gestern abend«, sagte Dave mit tiefer Moderatorenstimme, »wurde bekannt, daß sich selbst der Bürgermeister unserer Stadt zur Zeit bei Dunkelheit nicht mehr in die Innenstadt wagt.«

»Die Frage ist dabei nur, wieso sollte er?« warf Dave spöttisch ein. »Hätte sich Senator Butler besser auch gefragt.«

»Wollte vielleicht nur mal nach seinem Wahlvolk sehen, Dave. Ihm zu Diensten sein.«

»Und eins, zwei, drei krabbelt so ein Spinnentier über seinen Wasserspeier ...«

»He, Dave, das geht jetzt aber zu weit.«

»Wieso? Angeblich dürfen wir in der Show doch alles sagen. Steht im Vertrag.« Dave war so witzig wie immer, witziger noch als Howard Stern.

»Im Ernst, Bürgermeister Search bittet jeden um Hinweise, die zur Festnahme des Schwarze-Witwen-Killers führen können«, sagte Dave. »Und jetzt sind Madonna und Amy Grant dran, Rod Stewart und ...«

Wie erstarrt war Brazil mitten in der Schlange stehengeblieben. Das Programm ging weiter, und die Leute machten einen Bogen und überholten ihn. Packer kam herein und marschierte direkt auf ihn zu. Jetzt würde alles zu Bruch gehen. Er bezahlte sein Frühstück und drehte sich um, um seinem Untergang entgegenzusehen.

»Und? Was ist?« kam er seinem grimmig dreinschauenden Redakteur zuvor.

»Sofort nach oben«, sagte Packer. »Wir haben ein Problem.«

Diesmal rannte Brazil nicht die Rolltreppe hinauf. Auch stellte er Packer keine weiteren Fragen, denn der hatte ohnehin nichts mehr zu sagen. Mit dieser Sache wollte Packer nichts zu tun haben, in dieses Wespennest wollte er nicht stechen. Die Geschichte konnte der große Richard Panesa persönlich ausbügeln. Schließlich bekam er dafür ja auch von Knight-Ridder das große Geld. Brazil war in seinen ersten Schuljahren nur zweimal ins Rektorzimmer zitiert worden. In beiden Fällen hatte er nichts wirklich Schlimmes angestellt. Beim erstenmal hatte er den Finger in einen Hamsterkäfig gesteckt und war gebissen worden. Beim zweitenmal hatte er den Finger in das Loch oben in seinem Klemmbrett gesteckt und nicht wieder herausbekommen.

Mr. Kenny hatte damals eine Drahtschere genommen und Jung-Brazil befreit. Der fühlte sich gedemütigt, und sein Herz wollte schier zerbrechen, weil sein blaues Klemmbrett mit dem Plastikbezug und der USA-Landkarte zerstört war. Mr. Kenny warf es in den Papierkorb, während Brazil tapfer danebenstand und nicht einmal bei dem Gedanken weinte, daß seine Mutter ihm kein neues kaufen konnte. Bescheiden hatte er gefragt, ob er eine Woche lang nach dem Unterricht auf der Hintertreppe die Tafellappen ausschütteln dürfe. Er wollte Geld verdienen, um sich eine neue Schreibunterlage zu kaufen, auf der er auch sein Notizpapier festklemmen konnte. Das war alles ganz in Ordnung gewesen.

Brazil überlegte, was er Panesa wohl als Gegenleistung anbieten konnte, wenngleich er noch nicht wußte, womit, oder welches Problem er heraufbeschworen haben sollte. Als er das ehrfurchtgebietende gläserne Büro seines obersten Chefs betrat, thronte Panesa in einem Ledersessel hinter seinem Mahagoni-Schreibtisch. Er trug einen eleganten italienischen Anzug. Panesa stand nicht auf und hatte auch sonst keinen Gruß für Brazil übrig. Er sah nicht von der Fahne mit dem Leitartikel für die Sonntagszeitung auf, einer veritablen Ohrfeige für Bürgermeister Search und seinen leichtfertig dahingesagten, wenn auch ehrlichen Kommentar an seiner derzeitigen Unlust, nachts durch die Stadt zu fahren.

»Würden Sie wohl die Tür schließen«, bat Panesa seinen jungen Reporter mit ruhiger Stimme.

Brazil tat es und nahm gegenüber seinem Boß Platz.

»Andy, sehen Sie fern?« fragte er.

Seine Verwirrung wuchs. »Ich habe selten Zeit ...«

»Dann wissen Sie vielleicht gar nicht, daß man Sie von allen Seiten munter anzapft.«

In Brazil erwachte ein wildes Tier. »Das heißt?«

Panesa sah das Feuer in seinem Blick. Gut so. Für ein so sensibles wie brillantes junges Talent wie ihn gab es nur eine Chance, in dieser kriminellen Welt zu überleben. Er mußte ein Kämpfer sein, wie Panesa selber einer war. Und deswegen hatte Panesa auch nicht vor, ihm den geringsten Hauch von Ruhe zu gönnen. Willkommen in der Schule der Hölle, Andy Brazil, dachte er und hob die Fernbedienung von der gewaltigen Schreibtischplatte hoch.

»Das heißt« – Panesa drückte auf einen Knopf, und von der Decke

herab entrollte sich eine Leinwand –, »Ihre letzten vier oder fünf wichtigsten Stories hat noch in der Nacht vor ihrem Erscheinen in der Zeitung das Fernsehen gebracht, gewöhnlich in den Dreiundzwanzig-Uhr-Nachrichten.« Er drückte auf den nächsten Knopf, und ein Overheadprojektor schaltete sich ein. »Anschließend wurden sie von den Radiosendern in den frühen Morgennachrichten aufgegriffen. Alles, bevor noch die wenigsten Menschen die Gelegenheit hatten zu lesen, was der *Observer* auf Seite eins brachte.«
Brazil stand auf. Er war außer sich und voller Mordlust.
»Das kann einfach nicht wahr sein! Es ist niemand auch nur in der Nähe, wenn ich da draußen bin!« rief er und ballte die Fäuste.
Panesa streckte den Arm mit der Fernbedienung aus und drückte abermals auf einen Knopf. Im selben Moment füllte Webbs Gesicht im Großformat die Leinwand.
»... In einem Exklusivinterview für Channel Three teilte sie uns mit, abends fahre sie an den Unfallort zurück und weine dort in ihrem Wagen. Johnson hat heute morgen ihre Polizeimarke zurückgegeben. Wie sie sich ausdrückte, wünsche sie, selbst tot zu sein ...«
Panesa sah Brazil an. Brazil war sprachlos. Seine Wut auf Webb wuchs sich zu einem Haß auf alles und jeden aus. Es dauerte eine ganze Weile, bis der junge Polizeireporter sich wieder im Griff hatte.
»War das nach meinem Bericht?« fragte Brazil, obwohl er die Antwort bereits kannte.
»Vorher«, gab Panesa zur Antwort. Er beobachtete Brazil genau, um sich ein Bild zu machen. »Am Abend vor seinem Erscheinen. Wie bei allen folgenden. Und dann diese Sache mit dem Bürgermeister. Das war der Gipfel. Wir wissen, das war ein Ausrutscher von Search, von dem Webb nichts wissen konnte, es sei denn, er hätte das Büro des Bürgermeisters verwanzt.«
»Das ist unmöglich!« Brazil kochte. »Ich hab mir nichts vorzuwerfen!«
»Hier geht es nicht um Fehler«, sagte Panesa ernst. »Gehen Sie der Sache auf den Grund. Jetzt sofort. Hier versucht uns einer zu schaden.«
Panesa sah dem hinausstürmenden Brazil nach. Er hatte zwar einen

Termin, blieb aber sitzen, arbeitete Notizen durch und diktierte seiner Sekretärin, während er durch die Glaswand beobachtete, wie Brazil wutschnaubend seine Schreibtischschubladen aufzog, in einer Kiste unter dem Tisch wühlte und Notizblöcke sowie andere persönliche Gegenstände in seine Aktentasche warf. Im Laufschritt verließ er die Redaktion, als wolle er nie wieder zurückkehren. Panesa griff zum Telefonhörer.

»Verbinden Sie mich mit Virginia West«, sagte er.

Tommy Axel sah Brazil nach, als er den Raum verließ, fragte sich, was zum Teufel hier los war und hatte aber schon eine Vermutung. Er wußte von Webb und hatte von den undichten Stellen gehört. Brazils Empörung konnte er sehr gut nachempfinden. Er wagte sich gar nicht vorzustellen, wie er reagieren würde, wenn ihm jemand die brillanten Gedanken und Analysen seiner Musikkolumne stehlen würde. Mein Gott, der arme Junge.

Auch Brenda Bond spürte das aufziehende Unwetter, als sie gerade an einem Computer arbeitete, der an drei Tagen nacheinander abgestürzt war. Dieser Idiot von Haus- und-Garten-Kolumnist hatte den unseligen Tick, Tastenkombinationen zu drücken, die ihn irgendwie lahmlegten oder seine Dateien in eine unverständliche Symbolsprache verschlüsselten. Als Bond den System Manager aufrief, überkam sie ein seltsames Gefühl. Es fiel ihr schwer, sich zu konzentrieren.

West stand hinter ihrem Schreibtisch und versuchte gleichzeitig ihre Aktentasche zu packen, den Deckel von ihrem Kaffeebecher zu entfernen und das Brötchen wieder einzuwickeln, zu dem sie aus Zeitmangel nicht gekommen war. Während des Telefonats mit Panesa nahm ihr Gesicht einen zuerst besorgten, dann mehr als grimmigen Ausdruck an.

»Haben Sie eine Idee, wohin er gegangen sein könnte?« fragte West.

»Nach Hause vielleicht«, meinte Panesa. »Er lebt mit seiner Mutter zusammen.«

Entmutigt sah West auf die Uhr. In neunzig Sekunden erwartete

Hammer sie in ihrem Büro. Einen Termin zu verschieben, sich verspäten, gar nicht zu erscheinen oder ihn gar zu vergessen war alles gleichermaßen undenkbar. West schloß die Aktentasche und ließ das Funkgerät in das Etui an ihrem Koppel gleiten. Sie war vollkommen ratlos.

»Ich tue mein möglichstes«, versprach sie Panesa. »Leider hab ich heute vormittag einen Gerichtstermin. Ich tippe mal, er will nur Dampf ablassen. Wenn er sich etwas abgekühlt hat, wird er schon wieder zurückkommen. Andy ist niemand, der so schnell aufgibt.«

»Ich hoffe, Sie haben recht.«

»Wenn er nicht aufgetaucht ist, bis ich zurück bin, werde ich nach ihm suchen«, sagte West.

»Gute Idee.«

West hoffte, daß Johnny Martino sich bekennen würde. Hammer nicht. Sie war kämpferischer Stimmung. Ohne es zu wissen, hatte Dr. Cabel ihr wirklich einen Gefallen getan. Er hatte ein paar Fünkchen Wut in ihr entzündet, und je mehr sie sich ausbreiteten, desto mehr würden diese Nebel von Jammer und Depression sich lichten. West hatte sie noch nie so schnell gehen gesehen. Die Aktenmappe mit Reißverschluß unter den Arm geklemmt, Sonnenbrille auf, ging sie so schnell, wie West es noch nie gesehen hatte. Die beiden Frauen bahnten sich ihren Weg durch die flirrende Hitze. Sie staute sich hier in der Vorgebirgsebene. Der Granitbau des Schwurgerichts datierte von 1987 und gehörte somit schon zu den ältesten unter den neuen Gebäuden von Charlotte. Hammer und West reihten sich in die Schlange vor dem Metalldetektor ein.

»Machen Sie sich keine Sorgen«, versuchte West ihren Boß zu beruhigen. Zentimeter um Zentimeter rückten vor ihnen ein paar Vertreter der feineren Gesellschaft der Stadt der Sperre entgegen auf. »Sein Anwalt wird auf schuldig plädieren.« Sie warf einen flüchtigen Blick auf ihre Uhr.

»Ich mache mir keine Sorgen«, sagte Hammer.

West dagegen schon. An die hundert Fälle standen heute zur Verhandlung an, und das war wesentlich problematischer als die Frage, ob Martino sich schuldig bekannte oder sich Chancen vor einer Jury ausrechnete, die aus Leuten seinesgleichen bestand. Deputy Octavius Able entdeckte die beiden Frauen, die langsam näher kamen, und sah seinen Job plötzlich mit ganz anderen Augen. Solange es diesen Detektor hier gab, hatte West stets das Privileg wahrgenommen, ihn zu umgehen. Aber Hammer hatte er noch nie persönlich zu Gesicht bekommen, noch nie seine Macht über sie ausüben können. West war in Uniform und machte jetzt einen Bogen um diesen freistehenden Türstock herum, der alle paar Sekunden piepte und Pager, Münzen, Schlüssel, Taschenmesser, Glücksbringer und Armbänder allesamt in eine Schale wandern ließ. Auch Hammer ging außenrum, in der Annahme, von der Kontrollpflicht ausgenommen zu sein.

»Entschuldigung, Ma'am!« sagte Able, so daß es alle hören konnten. »Ma'am! Bitte kommen Sie hier durch.«

»Sie ist die Polizeichefin«, belehrte ihn West leise, obwohl sie sehr genau wußte, daß diese Erklärung nicht notwendig gewesen wäre.

»Einen Ausweis, bitte«, sagte der Deputy. Er hatte schließlich einen Auftrag.

Die lange Schlange bewegte sich nicht mehr. Unruhige Blicke fixierten die gutgekleidete Lady, deren Gesicht den Wartenden irgendwie bekannt vorkam. Wer war das? Irgendwo hatte sie jeder schon gesehen. Vielleicht im Fernsehen, in den Nachrichten oder einer Talk Show? Oh, verdammt. Plötzlich war es Tinsley Owens, dem sechsten von vorn, klar. Er war wegen Verkehrsrowdytums vorgeladen. Und die Lady da mit den Perlen war die Ehefrau von irgendeiner Berühmtheit, vielleicht von Billy Graham. Hammer war überrascht, wühlte aber gleich in ihrer Brieftasche, was Deputy Ables Selbstgefälligkeit ein wenig beeinträchtigte. Lächelnd hielt Hammer ihm ihre Dienstmarke entgegen.

»Danke. Sehr aufmerksam.« Am liebsten hätte sie ihm einen Kinnhaken versetzt. »Die Sicherheit in unserem Gericht hat absoluten Vorrang.« Sie beugte sich vor und las sein Namensschild. »O. T. Able«, wiederholte sie, um sich den Namen zu merken.

Jetzt war er ein toter Mann. Sie würde sich beschweren.

»Ich mache nur meinen Job«, sagte er kleinlaut, während die Schlange immer länger wurde. Für ihn reichte sie um die ganze

Welt, und die gesamte Menschheit war Zeuge seiner Vernichtung geworden.
»Ganz ohne Zweifel«, bestätigte Hammer. »Und ich werde dafür sorgen, daß der Sheriff erfährt, wie sehr er sie zu schätzen hat.«
Der Deputy merkte, daß sie es ernst meinte, und schien wieder ein paar Zentimeter gewachsen zu sein. Seine khakifarbene Uniform saß perfekt. Er war gutaussehend und nicht annähernd so alt, wie er sich am Morgen an der BP-Tankstelle gefühlt hatte. Da hatten ihm nämlich ein paar Jugendliche *Deputy Dawg* nachgerufen, *Hawaii Fünf-Null, Fischfresser* und andere rassistischen Schimpfworte. Deputy Octavius Able schämte sich, daß er sich dieser Frau – seiner obersten Chefin – gegenüber so wichtig gemacht hatte. So etwas war eigentlich gar nicht seine Art. Was hatten die Jahre nur aus ihm gemacht.

# Kapitel 21

Hammer und West trugen sich im Court Liaison Office in die Anmeldeliste ein und stempelten die Uhrzeit auf ihre Zeitkarten. Im ersten Stock folgten sie einem langen Flur voller Menschen, von denen die meisten auf der Suche nach einem Münztelefon oder der Toilette schienen. Manche waren auf den Ahornbänken eingeschlafen, andere sahen im *Observer* nach, ob ihr Fall dort vielleicht erwähnt wurde. Als West die Tür zu Saal 1107 öffnete, wuchsen ihre Befürchtungen noch. Im Raum drängten sich Angeklagte, die auf ihre Strafe warteten, und Cops, denen sie sie zu verdanken hatten. Hammer ging ganz nach vorn und setzte sich in die Sitzreihe für Anwälte und Polizeibeamte. Melvin Pond, der Stellvertretende Bezirksstaatsanwalt, hatte die beiden einflußreichen Frauen sofort entdeckt. Das gab ihm einen Adrenalinstoß. Er hatte sie erwartet. Das war seine Chance.

Auch die Richterin der Vierten Kammer, Tyler Bovine – ein Name, bei dem man an Rinderzucht und Milchwirtschaft denken mußte – vom fünfundzwanzigsten Strafverfolgungsbezirk, hatte sie erwartet und mit ihr Medienvertreter von nah und fern. *Batman und Robin* hatte sie gedacht und dazu vor sich hingekichert, als sie von ihrem Richterzimmer zum Gerichtssaal aufgebrochen war. Mal sehen, wie das würde, wenn sie von der Richterbank herab das Zepter führte, den massiven Rechtskorpus in die lange schwarze Robe gehüllt. Aus mehr als einem Grund nahm Wests Unbehagen weiter zu. Sie machte sich um Brazil Sorgen und fürchtete, hier niemals mehr herauszukommen, um nach ihm zu suchen. Tyler Bovine und der ganze Gerichtsklüngel kamen von auswärts. Sie selber wohnte auf der anderen Seite des Catawba River und pflegte eine ausgeprägte Abneigung gegen Charlotte und alles, was die Stadt an Positivem zu bieten hatte, deren Bürger eingerechnet. Nach Auffassung der Richterin war es nur eine Frage der Zeit, bis Charlotte auch ihre Heimatstadt Gastonia schlucken würde und alles andere, was Cornwallis seinerzeit noch nicht annektiert hatte.

»Erheben Sie sich für die Richterin.«

Alle folgten der Aufforderung. Richterin Bovine betrat den Gerichtssaal. Auf ihrem Gesicht lag ein verstecktes Lächeln. Ihr Blick fiel sofort auf Hammer und West. Die Richterin wußte, daß man der Presse gesteckt hatte, sie solle gar nicht erst herkommen. Das sei reine Zeitverschwendung, denn am nächsten Montag würden Batman und Robin wieder hier sein. Oh ja, das würden sie ganz gewiß. Die Richterin nahm Platz und setzte die Brille auf. War sie nicht eine bedeutende Persönlichkeit? In einer nahezu gottähnlichen Rolle? Staatsanwalt Pond starrte auf seinen Terminplan, als sähe er ihn an diesem Morgen zum erstenmal in seinem Leben. Er wußte, ihm stand eine Schlacht bevor. Aber er war entschlossen, zu obsiegen.

»Das Gericht ruft den Fall State of North Carolina gegen Johnny Martino auf«, verkündete er mit einer Selbstsicherheit, die er gar nicht empfand.

»Ich bin nicht bereit, diesen Fall jetzt zu verhandeln.« Richterin Bovine klang gelangweilt.

West stieß Hammer an, die gerade an Seth dachte und nicht wußte, was sie tun würde, wenn er stürbe. Es war unwichtig, wie oft sie miteinander gestritten und sich gegenseitig verrückt gemacht hatten, wie sehr sie einander unwiderlegbar bewiesen hatten, daß es zwischen Mann und Frau keine Seelenverwandtschaft und keine Freundschaft geben konnte. Ein tragischer Zug lag auf Hammers Gesicht. Staatsanwalt Pond bezog das auf sich. Als ihren Gefolgsmann traf ihn das, was hier geschah, persönlich und natürlich auch beruflich. Sie war eine wunderbare und heldenmütige Frau, und er hatte sie enttäuscht. Sie hätte jetzt nicht unter all diesen Kretins hier sitzen müssen. Er hätte es verhindern müssen. Auch Richterin Bovine war Hammers Gesichtsausdruck nicht entgangen, und auch sie interpretierte ihn falsch. Als Folge nahm ihre freudige Erregung noch zu. Hammer hatte Bovine bei der letzten Wahl nicht unterstützt. Nun wollte Bovine ausloten, wie es um die bedeutende und einflußreiche Hammer wirklich bestellt war.

Pond mußte den nächsten Fall aufrufen. »Wenn ich den Namen nenne, erhebt sich der Betreffende bitte«, verkündete er. »Maury Anthony!«

Verzagte Gesichter waren auf Pond gerichtet. Da saßen sie vor ihm, die Angeklagten und die Zeugen. Sie schliefen oder räkelten sich gelangweilt auf den Bänken. In den hinteren Reihen erhoben sich Maury Anthony und sein Pflichtverteidiger. Sie traten vor und blieben am Tisch des Staatsanwalts stehen.

»Mr. Anthony, wie bekennen Sie sich zur Anklage des Besitzes von Kokain zum Zweck des Weiterverkaufs?« fragte der Ankläger.

»Schuldig«, sagte Mr. Anthony.

Richterin Bovine sah den Angeklagten an, der sich in nichts von allen anderen unterschied. »Mr. Anthony, Ihnen ist bewußt, daß Sie mit einem Schuldbekenntnis auf ihr Recht auf Berufung verzichten.« Das war eher eine Feststellung als eine Frage.

Mr. Anthony sah seinen Pflichtverteidiger an, und dieser nickte. Mr. Anthony wandte sich wieder der Richterin zu. »Ja, Sir«, sagte er.

Diejenigen, die wach waren und zuhörten, ließen vereinzelt ein Lachen hören. Mr. Anthony bemerkte seinen peinlichen Fehler und grinste dümmlich. »Tut mir leid, Ma'am. Meine Augen sind nicht mehr das, was sie mal waren.«

Mehr Gelächter.

Richterin Bovines großflächiges Gesicht wurde zu Stein. »Was meint die Anklagevertretung?« fragte sie im Befehlston und trank einen Schluck aus einer Zweiliterflasche Evian-Wasser.

Pond warf einen Blick in seine Notizen und dann zu Hammer und West hinüber. Folgten Sie der Verhandlung auch aufmerksam? Konnte er sie beeindrucken? Jetzt nämlich hatte er die Möglichkeit, seine Redegewandtheit unter Beweis stellen, wenn es sich auch um einen eher unbedeutenden Fall handelte.

»Euer Ehren«, hob er wie gewohnt an. »In der Nacht des 22. Juli trank Mr. Anthony gegen 23.30 Uhr zusammen mit anderen Personen an der Fourth Street in der Nähe der Graham ...«

»Das Gericht benötigt die genaue Adresse«, unterbrach Richterin Bovine.

»Nun, Euer Ehren, das Problem ist, es gibt keine.«

»Es muß eine geben«, sagte die Richterin.

»In diesem Bereich stand ein Gebäude, das 1995 abgerissen wurde, Euer Ehren. Der Angeklagte und seine Begleiter befanden sich weiter hinten auf dem überwucherten Gelände ...«

»Und die Adresse des abgerissenen Gebäudes?«

»Ich kenne sie nicht«, antwortete Pond nach kurzem Zögern.

Mr. Anthony lächelte. Sein Pflichtverteidiger sah selbstgefällig drein. West bekam Kopfschmerzen. Hammer war noch abwesender. Die Richterin trank aus ihrer Wasserflasche.

»Sie werden dem Gericht die Adresse besorgen«, sagte die Richterin und drehte den Verschluß zu.

»Ja, Euer Ehren. Doch der Ort dieser Transaktion liegt nicht genau an dieser Adresse, sondern weiter hinten, etwa fünfundzwanzig Meter, und dann noch einmal fünfzehn zur Seite. Ich würde sagen, in einem Winkel von sechzig Grad vom abgerissenen Independence Welfare Building. Dort hatte Mr. Anthony in einem Dickicht eine Art Stadtstreicher-Camp eingerichtet, in dem Crack gedealt und geraucht wurde. An besagtem Abend wurden dort außerdem mit Gleichgesinnten Krebse verzehrt. Das war am 22. Juli.«

Staatsanwalt Pond hatte, wenn auch nur für kurze Zeit, Hammers und Wests Aufmerksamkeit auf sich gezogen. Das galt auch für Johnny Martinos Mutter, zwei Vollzugsbeamte, einen Bewährungshelfer und den Rest des nicht schlafenden Publikums. Sie alle sahen ihn mit einer Mischung aus Neugier und Verständnislosigkeit an.

»Das Gericht benötigt eine Adresse«, insistierte die Richterin.

Beim nächsten großen Schluck Wasser keimte in ihr plötzlich eine Wut auf ihren Psychiater sowie auf alle manisch Depressiven dieser Welt auf. Mit der Einnahme von Lithium wurde es nicht nur notwendig, täglich eine Badewanne voll Wasser zu trinken, sondern die Folge war auch noch ein verstärkter Harndrang. Nach Richterin Bovines Definition führte das zu einem doppelten Risiko. Durch ihre Nieren tropfte es wie bei einer Kaffeemaschine, und ihre Blase war voll, wenn sie den Weg von Charlotte und ins Gaston County geschafft hatte, eine Sitzung auf der Richterbank absolviert oder einen Kinobesuch hinter sich hatte. Auch überfüllte Flugzeuge konnten sie in eine unangenehme Lage bringen und nicht zuletzt das verschlossene Toilettenhäuschen an ihrer Laufstrecke.

Als Richterin hätte sie, wenn ihre Not zu groß wurde, eine Verhandlung jederzeit und immer wieder um zehn, zwanzig oder dreißig Minuten vertagen können oder bis nach der Mittagspause. Von Rechts wegen hätte sie auch in so einem verdammten fahrbaren Toilettenstuhl daherkommen und tun und lassen können, was sie wollte. Eines aber würde sie nie im Leben tun, nämlich eine einmal begonnene Verhandlung unterbrechen. Schließlich war die Richterin eine wohlerzogene Lady, die in einem Haus aus der Zeit vor dem Bürgerkrieg aufgewachsen war und das Queens College besucht hatte. Richterin Bovine war hart, aber keinesfalls ungehobelt. Sie ertrug weder Dummköpfe noch Menschen ohne Klasse, und jeder mußte ihr tadelloses Benehmen attestieren. Es gab wirklich nichts Wichtigeres als gute Manieren.

Staatsanwalt Pond zögerte. Hammer war mit ihren Gedanken erneut weit weg. West fand keine bequeme Sitzposition. Die Holzbank drückte ihr das Koppel schmerzhaft ins Kreuz. Schwitzend wartete sie auf das Vibrieren ihres Piepers. Mit Brazil war etwas nicht in Ordnung. West spürte das, wußte jedoch nicht, was es war oder was sie dagegen tun konnte.

»Mr. Pond«, sagte die Richterin, »bitte fahren Sie fort.«

»Danke, Euer Ehren. An besagtem Abend des 22. Juli verkaufte Mr. Anthony Crack an einen verdeckten Ermittler der Polizei von Charlotte.«

»Befindet sich dieser Ermittler hier im Gerichtssaal?« Die Richterin warf einen flüchtigen Blick auf die Menge der armen Teufel unten im Saal.

Mungo stand auf. West drehte sich um. Sie war entsetzt, als sie sah, wer das plötzliche Rascheln, Scharren und Flüstern verursacht hatte. *Oh Gott, nicht der schon wieder!* West überkam eine düstere Vorahnung. Hammer mußte an einen Morgen denken, an dem

Seth ihr das Frühstück ans Bett gebracht und einen Satz Wagenschlüssel auf das Tablett hatte fallen lassen. Der neue Triumph Spitfire war grün mit einer Innenausstattung aus Wurzelholz. Damals war sie noch Sergeant mit relativ viel Freizeit und er der reiche Sohn eines reichen Grundbesitzers gewesen. Sie hatten lange Fahrten über Land und Picknicks gemacht. Wenn sie von der Arbeit heimkam, hatte Musik das Haus erfüllt. Wann hatte Seth eigentlich das letztemal Beethoven, Mozart, Mahler oder Bach gehört? Und wann hatte er angefangen, statt dessen den Fernseher einzuschalten? Wann hatte Seth den Entschluß gefaßt, lieber tot sein zu wollen?

»Besagte Person, Mr. Anthony dort«, erklärte Mungo, »saß auf einer Decke in dem Dickicht, das Mr. Pond soeben beschrieben hat. Bei ihm waren zwei weitere Personen. Es wurde Magnum Forty-four und Colt Forty-five getrunken. Zwischen ihnen lag ein Dutzend sautierter Krebse in einer braunen Papiertüte.«

»Ein Dutzend?« fragte Richterin Bovine nach. »Haben Sie sie gezählt, Detective Mungo?«

»Die meisten waren schon verzehrt, Euer Ehren. Wie man mir sagte, waren es ursprünglich zwölf. Als ich sie mir ansah, waren noch drei übrig, glaube ich.«

»Weiter, fahren Sie fort.« Die Geduld der Richterin für diese irrelevante, schleppende Beschreibung stand umgekehrt proportional zu ihrer sich füllenden Blase. Sie trank den nächsten großen Schluck Wasser und überlegte, was sie zum Lunch essen könnte.

»Besagte Person, Mr. Anthony, bot mir ein Gläschen Kokainklumpen in Form von Crack für fünfzehn Dollar an«, fuhr Mungo fort.

»So ein Scheiß«, fiel ihm Mr. Anthony ins Wort. »Ich habe Ihnen einen von diesen verdammten Krebsen angeboten, Mann.«

»Mr. Anthony, wenn Sie nicht ruhig sind, muß ich Sie wegen Mißachtung des Gerichts in Gewahrsam nehmen lassen«, warnte Richterin Bovine.

»Es war ein Krebs. Ich habe nur einmal das Wort *Crack* benutzt, nämlich als ich ihm sagte, knacken könne er sich das Vieh selber.«

»Euer Ehren«, sagte Mungo, »ich fragte den Beschuldigten, was in der Tüte sei, und er antwortete in aller Deutlichkeit ›Crack‹.«

»Habe ich nicht.« Mr. Anthony drängte fast zum Richtertisch, doch sein Pflichtverteidiger hielt ihn am Ärmel zurück, an dem noch das Etikett aufgenäht war.
»Haben Sie wohl«, sagte Mungo.
»Habe ich nicht!«
»Doch.«
»Nein.«
»Ich rufe zur Ordnung!« verkündete die Richterin. »Mr. Anthony, noch ein Ausbruch dieser Art, und ich ...«
»Lassen Sie mich doch wenigstens einmal sagen, wie es war!« Mr. Anthony war in Fahrt.
»Dafür haben Sie Ihren Anwalt«, sagte die Richterin streng. Der Druck in ihrer Blase wurde immer spürbarer. Langsam geriet sie außer Fassung.
»Ach ja? Diesen Scheißer?« Mr. Anthony warf seinem Hungerleider von Verteidiger einen finsteren Blick zu.
Die Anwesenden im Gerichtssaal waren hellwach und gingen mit, wie Pond das noch nicht erlebt hatte. Es lag etwas in der Luft, und niemand wollte es verpassen. Im Publikum stieß man sich gegenseitig an, leise wurden Wetten abgeschlossen. Jake aus der dritten Reihe setzte darauf, daß Mr. Anthony im Knast landete. Shontay, zwei Reihen dahinter, auf den Undercovercop, der sie in seinem zerknittertem Nadelstreifenanzug an eine Vogelscheuche erinnerte. Ihrer Überzeugung nach, die allerdings auf Hörensagen basierte, gewann ein Cop immer, wie sehr er auch im Unrecht sein mochte. Quik noch weiter hinten schnippte unablässig mit Daumen und Mittelfinger. Ihm war das alles völlig egal. Er würde es dem Arschloch, dem er seine Verhaftung zu verdanken hatte, so bald wie möglich heimzahlen. Ihn so gemein zu verpfeifen. Oh, Mann.
»Detective Mungo.« Der Richterin reichte es langsam. »Aufgrund welcher Vermutung haben Sie Mr. Anthonys braune Papiertüte untersucht?«
»Euer Ehren, es ist, wie ich gesagt habe«, fuhr Mungo unbeeindruckt fort. »Ich fragte ihn nach dem Inhalt der Tüte. Er sagte es mir.«

»Er sagte Krebse und meinte, Sie sollen sie sich selbst knacken«, sagte die Richterin. Inzwischen war es wirklich dringend geworden.
»Himmel. Ich weiß es nicht. Ich bin der Meinung, er hat Crack gesagt.« Mungo versuchte, fair zu bleiben.
Derartiges passierte Mungo in mehr als der Hälfte seiner Fälle. Er hatte es schon immer bequemer gefunden, nur das zu hören, was er wollte, und solange der andere nicht stärker war als er, konnte er sich das leisten. Der Fall wurde abgewiesen. Noch bevor die Richterin die Sitzung unterbrechen und sich ins Richterzimmer zurückziehen konnte, hatte der eifrige Staatsanwalt bereits den nächsten und dann den übernächsten Fall aufgerufen. Sie unterbrach ihn nicht, denn das hätte ihren Prinzipien widersprochen. Nacheinander standen Leute vor ihr, die wegen Einbruch, Autodiebstahl, Vergewaltigung, Mord und immer wieder Drogendelikten festgenommen waren, begleitet von Pflichtverteidigern und Zeugen, die für sie aussagten. Pond war sich der verspannten Körperhaltung der Richterin und ihres unglücklichen Verhaltens durchaus bewußt. Er wußte um die häufigen Rückzüge der Richterin in ihr Büro. Seine einzige Chance lag darin, aus dieser Schwäche Kapital zu schlagen.
Immer wenn Ihre Ehren sich gerade erheben wollten, ging Staatsanwalt Pond eilig zum nächsten Fall über. Ohne Übergang rief er erneut Johnny Martino auf. Pond hoffte, den Widerstand der Richterin zu brechen, sie angesichts der Auswirkungen ihrer Wasserkur mürbe zu machen. Der Staat North Carolina gegen Johnny Martino, mußte Ihre Ehren hören. Bei diesen Worten kehrte West in die Wirklichkeit zurück, und Hammer war in Gedanken wieder im Krankenhaus. Pond hoffte inständig, Hammers Wohlwollen zu gewinnen, wenn er in drei Jahren für das Amt des Bezirksstaatsanwalts kandidierte.
»Johnny Martino«, wiederholte Pond Sekunden später.
»Ich bin noch nicht bereit, diesen Fall zu verhandeln.« Die Richterin konnte kaum noch sprechen.
»Alex Brown«, rief darauf der Staatsanwalt.
»Hier.« Mr. Brown war aufgestanden, ebenso sein Rechtsbeistand.
»Wie bekennen Sie sich zu dem Vorwurf der vorsätzlichen Körperverletzung?«

»Er hat angefangen«, gab Mr. Brown zu Protokoll. »Was hätte ich denn tun sollen? Bei Church's habe ich mir eine Portion Hühnchenleber geholt, dann kommt er daher und will dasselbe. Nur, daß er meine will und nicht bezahlen.«

Hammer hatte genügend Zeit gehabt, um langsam in die Gegenwart zurückzukehren und ihre Umgebung mit allen handelnden Personen wahrzunehmen. Diese Verfahren waren entschieden deprimierender, als sie es sich vorgestellt hatte. Kein Wunder, daß Beamte und Ermittler entmutigt, müde und zynisch wurden. Es hatte Zeiten gegeben, da konnte sie Angeklagten wie diesen kein Mitgefühl entgegenbringen. Sie hielt sie für nutzlos, faul, inkompetent und selbstzerstörerisch, für ichbezogene Taugenichtse, die keinen Beitrag für die Gesellschaft leisteten, sondern immer nur nahmen, was sie kriegen konnten. Aber jetzt mußte sie an Seth denken, an sein Geld, seine Privilegien und die Möglichkeiten, die er gehabt hatte. Sie dachte an die Liebe, die sie und andere ihm entgegengebracht hatten. Chief Hammer dachte daran, wie viele Menschen sie kannte, die wirklich um keinen Deut besser waren als jeder einzelne hier in diesem Gerichtssaal.

West hätte Richterin Bovine am liebsten mit bloßen Händen erwürgt. Es war eine Unverschämtheit, einen Chief und einen Deputy Chief dazu zu zwingen, hier sitzen zu bleiben und sich das alles anzuhören. Immer wieder kehrten Wests Gedanken zu Brazil zurück. Sie fragte sich, ob er inzwischen wohl wieder in der Redaktion war. Ihre unerklärliche Vorahnung wurde immer düsterer, und sie wußte nicht, warum. Wenn sie nicht bald aus diesem Gerichtssaal herauskam, würde sie möglicherweise eine Szene provozieren. Unglücklicherweise war ihre Chefin in die Gegenwart zurückgekehrt, und alles um sie herum schien sie in den Bann zu ziehen. Als ob Hammer die Zeit hätte, den ganzen Tag hier herumzusitzen und Gedanken darüber nachzuhängen, wer und was aus ihr geworden war.

»Johnny Martino.« Pond nahm den dritten Anlauf.

»Ich werde den Fall jetzt nicht verhandeln«, fuhr ihn die Richterin an, während sie vorsichtig aufstand.

Das wär's also für wenigstens eine halbe Stunde, dachte West und kochte vor Wut. Sie und Hammer würden draußen im Gang herumsitzen und warten. Na wunderbar. Und genau so wäre es gekommen, hätte nicht Johnny Martinos Mutter eingegriffen. Mrs. Martino reichte es nämlich ebenso wie West. Mrs. Martino hatte genau durchschaut, was da vor sich ging. Sie wußte auch, daß die beiden Ladies in der ersten Reihe Batman und Robin waren, und daß die Richterin dringend zur Toilette mußte. Noch bevor Ihre Ehren von ihrem Thron herunterklettern konnten, war Mrs. Martino aufgestanden.

»Warten Sie bitte einen Moment«, sagte Mrs. Martino laut und bahnte sich ihren Weg durch die Menge zum Richtertisch. Sie trug ein hübsches Kleid und leichte Slipper. »Ich habe jetzt die ganze Zeit genau beobachtet, was hier abläuft.«

»Ma'am ...!« protestierte die Richterin. Zu stehen bedeutete, der Krise nahe zu sein. In dem Moment betrat hinten leise ein Reporter des Radiosenders New Country WTDR den Gerichtssaal.

»Nennen Sie mich nicht Ma'am!« Mrs. Martino erhob warnend den Zeigefinger. »Der Junge, der all diese unschuldigen Leute ausgeraubt hat, ist mein Sohn. Es ist also mein verdammtes Recht zu sagen, was ich zu sagen habe. Und ich weiß auch, wer diese beiden Frauen sind.« Sie nickte deutlich in deren Richtung. »Sie haben Gesundheit und Leben riskiert, um den armen Leuten zu helfen, nachdem dieses verkommene Luder von Sohn mit einer Kanone, die er einem Drogendealer abgekauft hat, in den Bus gestiegen war. Nun, ich will Ihnen etwas sagen.«

West, Hammer, Pond und alle im Saal lauschten Mrs. Martino mit angespanntem Interesse. Die Richterin hielt es für das beste, sich wieder zu setzen und dicht zu halten. Ihr ganzes Leben lang hatte Mrs. Martino auf ihren Auftritt vor Gericht gewartet. Sie fing an, wie ein erfahrener Anwalt auf und ab zu gehen. Der Radioreporter Tim Nicks notierte sich jedes einzelne Wort. Was für ein Auftritt! Zu schön, um wahr zu sein.

»Ich möchte Ihnen etwas sagen, Richterin«, fuhr Mrs. Martino fort. »Ich sehe genau, wenn jemand Spielchen spielt. Jedesmal, wenn Sie Gelegenheit gehabt hätten, diese vielbeschäftigten Ladies zu entlassen, haben sie keinen Gebrauch davon gemacht. Sie sagten, nein, der nächste Fall. Keine Chance, jetzt noch nicht.« Sie schüttelte den

Kopf und setzte ihren Marsch mit ausgreifenden Armbewegungen fort. »Also, was bezwecken Sie damit, daß Sie Leute, die eingreifen und helfen, Leute, die da draußen versuchen, etwas zu verändern, so behandeln? Es ist eine Schande. Ja. *Genau* das ist es.«

»Ma'am, bitte setzen Sie sich ...«, versuchten es Ihre Ehren noch einmal.

Johnny Martino wurde in seiner orangefarbenen Gefängniskluft mit den dazugehörenden Gummisandalen hereingeführt. Und beileibe nicht zum erstenmal in seinem Leben hob er die rechte Hand und schwor, die Wahrheit zu sagen. Hammer saß aufrecht da, sichtlich voller Bewunderung für Mrs. Martino. Diese hatte alles andere im Sinn, als sich zum Schweigen bringen zu lassen. Im Gegenteil, jetzt wo ihr Sohn da war, legte sie erst richtig los. West war mehr als neugierig, wie diese Kuh von Richterin sich wohl aus der nahenden Euterkatastrophe retten würde. Was für eine Vorstellung! West mußte lachen, doch bevor daraus ein hysterischer Anfall wurde, bremste sie sich wieder. Das Blut stieg ihr zu Kopf. Pond lächelte, und Reporter Nicks schrieb wild seinen Notizblock voll.

»Sie möchten, daß ich mich setze, Richterin?« Mrs. Martino war näher an die Richterbank getreten, die Arme in die stämmigen Hüften gestemmt. »Dann werde ich Ihnen mal etwas sagen. Tun Sie endlich, was notwendig ist. Verhandeln Sie auf der Stelle Johnnys Fall. Hören Sie sich diesen lügenden und stehlenden Mistkerl an. Und dann lassen Sie diese großartigen Ladies zurück zu ihrem Kreuzzug, lassen Sie sie Leben retten und den Menschen helfen, die sich nicht selbst helfen können. Die Ladies, die uns erlösen von dem Übel.«

»Ma'am, ich werde den Fall verhandeln«, versuchte Richterin Bovine zu erklären. »Wir werden ...«

Doch Mrs. Martino hatte ihre eigene Vorstellung über den Stand der Dinge. Sie drehte sich um und warf Johnny einen Blick zu.

»Ich will jetzt folgendes wissen.« Mit einer ausladenden Armbewegung umfaßte sie den ganzen Saal. »Hat einer der Anwesenden die Absicht, sich diesen christlichen Damen entgegenzustellen?« Sie blickte über die schweigende Menge. Niemand hatte die Hand erhoben. »Wenn ja, dann sprechen Sie jetzt«, rief sie aus. »Also gut! Wollen wir, daß diese Ladies gehen dürfen?«

Lauter Beifall erfüllte prompt den Gerichtssaal. Die Menschen streckten die Arme mit dem V-Zeichen für Batman und Robin in die Höhe. Die beiden konnten nur tatenlos, aber gerührt zusehen.

»Johnny Martino, wie plädieren Sie betreffs des zehnfachen bewaffneten Raubüberfalls?« rief der Staatsanwalt.

Richterin Bovine biß die Zähne zusammen. Ein Ärmel ihrer Robe hing schlapp und leer herunter. Sie saß mit zusammengepreßten Beinen da und verzichtete auf jegliche Einwände.

»Schuldig«, murmelte Johnny Martino.

»Die Anklage hat das Wort«, flüsterte die Richterin gequält.

»Mr. Martino betrat am 11. Juli um 13.00 Uhr einen Greyhound-Bus«, faßte Pond zusammen. »Er hatte zehn Fahrgäste mit vorgehaltener Waffe beraubt, bevor er von Chief Judy Hammer und Deputy Chief Virginia West überwältigt und festgenommen wurde ...«

»Bravo, Batman!« schrie jemand.

»Robin!«

Erneuter Beifall. Richterin Bovine hielt es nicht mehr aus. Sie hätte den Sheriff zum Eingreifen auffordern können, aber andere Dinge waren in diesem Moment dringender. Sie hatte sich höflich und wohlerzogen gezeigt, und dennoch war ihr der Gerichtssaal außer Kontrolle geraten. Das war ihr noch nie passiert. Dafür sollte jemand büßen. Warum eigentlich nicht dieser Mistkerl, der in diesen verdammten Bus gestiegen war und all den Ärger verursacht hatte?

»Der Staat stimmt einem Sammelverfahren für alle zehn Fälle zu«, verkündete die Richterin hastig. Sie wollte eine Eskalation auf jeden Fall vermeiden. »Der Beschuldigte besitzt ein Vorstrafenregister, das Bewährung ausschließt, und ist in jedem der zehn Fälle zu einer Mindeststrafe von siebzig beziehungsweise einer Höchststrafe von dreiundneunzig Monaten zu verurteilen, was sich auf eine Gesamtstrafe von siebenhundert beziehungsweise neunhundertdreißig Monaten beläuft. Das Gericht zieht sich bis 13.00 Uhr zurück.« Sie raffte mit einer Hand ihre Robe zusammen und floh aus dem Saal.

Mr. Martino überprüfte die mathematischen Berechnungen der Richterin.

Reporter Nicks eilte zur South McDowell Street zurück, wo auf Frequenz 96.9 *Today's Hot New Country and Your All Time Favorites* zu hören waren. Nur selten hatte sein Sender sensationelle Nachrichten, Erstmeldungen, wichtige Hinweise oder Vertrauliches zu verkünden. Man hätte also unterstellen können, daß Hörer von Country-Musik weder zur Wahl gingen noch sich über Kriminalität Gedanken machten oder ein Interesse hatten, ob ein Crackdealer im Gefängnis landete. Tatsächlich hatte noch nie ein Vertreter der Stadt und auch sonst kein Arsch es für nötig gehalten, Nicks Bescheid zu sagen, wenn etwas im Busch war. Heute war sein Tag, und er hatte es so eilig, aus seinem 67er Chevelle herauszukommen, daß er zweimal umkehren mußte, einmal um seinen Notizblock zu holen, das zweite Mal, um den Wagen abzuschließen.

# Kapitel 22

Das Sensationelle von den zwei heldenhaften Kreuzritterinnen, die in der ersten Reihe saßen, während eine Witzfigur von Richterin tat, als ob sie nicht da wären, rauschte über den Äther. Binnen kürzester Zeit wußten ganz North und South Carolina davon. Don Imus griff die Story auf und schmückte sie nach bestem Können aus. Paul Harvey besorgte den Rest. Hammer fuhr immer wieder zur SICU und nahm sonst von ihrer Umwelt kaum etwas wahr. West fuhr durch die Straßen von Charlotte und hielt Ausschau nach Brazil. Seit Donnerstag hatte ihn niemand mehr gesehen, und jetzt war Samstagmorgen.

Packer war wieder einmal mit dem Hund vor der Tür, als West sich bei ihm meldete. Ihr Anruf überraschte und ärgerte ihn ein wenig. Auch er hatte nichts von Brazil gehört. In Davidson schnarchte Mrs. Brazil wie gewohnt auf der Wohnzimmercouch und verschlief Billy Grahams Fernsehgottesdienst. Auf dem Couchtisch standen ein überfüllter Aschenbecher und eine Flasche Wodka. West ließ das Telefon endlos klingeln und legte schließlich frustriert auf. Sie fuhr gerade am Knight-Ridder-Building vorbei.
»Verdammt!« stieß sie aus. »Andy, tu es nicht!«

Mrs. Brazil konnte kaum die Augen öffnen. Sie glaubte, etwas gehört zu haben. Mit Mühe schaffte sie es, sich ein paar Zentimeter aufzurichten. Ein Chor in blauen Gewändern mit goldenen Stolen über den Schultern pries Gott. Vielleicht war das das Geräusch gewesen. Sie griff nach dem Glas und trank, was sie sich vor dem

Einschlafen eingegossen hatte. Ihre Hand zitterte heftig. Erschöpft sank sie in die säuerlich riechenden Kissen zurück. Der Zaubertrank schoß ihr ins Blut und entführte sie in ein schönes Nirgendwo. Beim nächsten Schluck merkte sie, daß ihr der Sprit auszugehen drohte. In der Nähe gab es nur einen kleinen Supermarkt. Wahrscheinlich bekam sie dort Bier oder Wein. Wo Andy nur blieb? War er dagewesen und wieder gegangen, während sie schlief?

Der Abend kam. West blieb zu Hause. Sie wollte allein sein. Sie fühlte sich beklommen, konnte nirgends ruhig sitzen oder sich gar auf etwas konzentrieren. Raines hatte ein paarmal angerufen. Doch wenn sie seine Stimme auf dem Anrufbeantworter hörte, nahm sie nicht ab. Es schien, als sei Brazil spurlos verschwunden. West konnte kaum noch an etwas anderes denken. Es war wirklich verrückt. Sie wußte, er würde nichts Unüberlegtes tun. Aber die Schreckensbilder von allem, was sie in ihrem Berufsleben erlebt hatte, suchten sie immer wieder heim.
Sie hatte Tote gesehen, die an einer Überdosis gestorben waren, andere, die sich in der Einsamkeit erschossen hatten und erst viel später von Jägern im Wald entdeckt worden waren, und Autos, die ein See oder Fluß mit ihren in den Freitod gefahrenen Insassen erst nach dem Winterfrost oder nach heftigen Regenfällen freigegeben hatte.

Selbst Hammer hatte sich trotz aller persönlichen Probleme und Sorgen mehrere Male bei West gemeldet, so sehr beunruhigte sie das spurlose Verschwinden ihres Volunteers. Ihr Wochenende fand praktisch im Krankenhaus statt. Seth versank immer weiter in die Dämmerung, und so hatte sie ihre Söhne alarmiert.
Als seine Frau sein Zimmer betrat, sah Seth sie dumpf an. Er sagte kein Wort. Zu vollständigen Gedankengängen war er nicht mehr fähig. Er dachte nur noch in Fragmenten, zusammengesetzt aus Erinnerungen und unausgesprochenen Gefühlen. Wäre er in der Lage gewesen, sie in Worte zu fassen, hätte er mit ihnen vielleicht einiges erklären können. Aber er war zu schwach, zu betäubt von schmerzstillenden Mitteln und an zu viele Schläuche angeschlos-

sen. In den seltenen lichten Momenten – von den Tagen seines Hierseins hatte er schon keine Vorstellung mehr – hätte er Hammer vielleicht genügend Anhaltspunkte dafür geben können, was in ihm vorging. Doch immer wieder warfen ihn die Schmerzen zurück. Sie behielten die Oberhand. Durch einen Tränenschleier sah er die einzige Frau, die er je geliebt hatte. Er war unendlich müde. Es tat ihm so leid. Er hatte genug Zeit gehabt, darüber nachzudenken.
*Es tut mir leid, Judy. Seit du mich kennst, konnte ich nichts mehr dagegen tun. Lies meine Gedanken, Judy. Sagen kann ich sie dir nicht. Ich bin so erschöpft. Immer wieder schneiden sie an mir herum, und ich weiß nicht, was noch übrig ist. Ich bin dir eine Strafe, weil ich dir nicht wiedergeben konnte, was du für mich getan hast, für mich gewesen bist. Das ist mir zu spät bewußt geworden. Ich wollte dir etwas bedeuten. Schau, was daraus geworden ist. Wessen Schuld ist es nun? Nicht deine. Ich wünschte, du würdest meine Hand halten.*
Hammer saß im selben Stuhl wie immer und sah den Mann an, mit dem sie sechsundzwanzig Jahre verheiratet war. Seine Hände waren festgebunden, damit er sich nicht den Luftröhrenkatheter herauszog. Er lag auf der Seite. Seine Gesichtsfarbe wirkte unerwartet gesund, doch dafür war nicht er selbst verantwortlich, sondern die künstliche Sauerstoffzufuhr. Wenn das keine Ironie des Schicksals war! Hammers Stärke und Unabhängigkeit hatten Seth angezogen. Später hatte er sie dafür gehaßt, daß sie so war, wie sie war. Sie hätte gern seine Hand genommen, aber die war so zerbrechlich und zudem fixiert und voller Schläuche, Verbände und Pflaster.
Hammer beugte sich zu ihm und legte ihm die Hand auf den Unterarm. Er blinzelte und sah sie aus müden, wäßrigen Augen an. Bestimmt spürte er im Unterbewußtsein ihre Gegenwart. Ob er sonst noch etwas wahrnahm? Skalpell und Bakterien hatten sein Gesäß zerstört. Mittlerweile wurde das zerfressene Gewebe an Bauch und Hüften scheibenweise abgetragen. Der Geruch war unerträglich, doch Hammer nahm ihn nicht mehr wirklich wahr.
»Seth«, sagte sie in ruhigem, aber bestimmendem Ton. »Ich weiß, du hörst mich vielleicht nicht. Aber auch auf die noch so geringe Wahrscheinlichkeit hin, daß du mich doch verstehst, möchte ich dir ein paar Dinge sagen. Deine Söhne sind auf dem Weg hierher. Sie

kommen heute am späten Nachmittag an und machen sich sofort auf den Weg zum Krankenhaus. Es geht ihnen gut. Ich werde die ganze Zeit hierbleiben. Wir alle sind sehr traurig und krank vor Sorge um dich.«

Er blinzelte und sah sie an. Bewegungslos atmete er den Sauerstoff ein. Monitore überwachten Blutdruck und Puls.

»Du hast mir immer etwas bedeutet«, fuhr sie fort. »Ich habe dich immer geliebt, auf meine Weise. Aber ich habe vor langer Zeit erkannt, daß du dich zu mir hingezogen fühltest und gleichzeitig einen anderen Menschen aus mir machen wolltest. Ich wiederum war von dir angezogen, weil ich glaubte, du würdest so bleiben, wie du warst. Ziemlich dumm von mir, wie ich jetzt, rückblickend, weiß.« Sie hielt inne. Ihr Herz machte unruhige Sprünge, als sie in seine starren Augen sah. »Es gibt Dinge, die ich besser oder wenigstens anders hätte machen können. Ich muß dir vergeben, und ich muß mir selbst vergeben. Du mußt mir vergeben, und du mußt dir selbst vergeben.«

Dagegen gab es für ihn nichts zu sagen, und er wünschte, er könnte ihr irgendwie verständlich machen, was er dachte und fühlte. Doch er hatte keine Kraft mehr. Sein Gehirn arbeitete noch, aber nichts passierte. Und all das, weil er im Bett gelegen, zuviel getrunken und mit einer Waffe herumgespielt hatte, um sie zu bestrafen.

»Wir machen einen neuen Anfang«, sagte Chief Judy Hammer und blinzelte die aufsteigenden Tränen fort. »Okay, Seth? Wir lassen das hier hinter uns und lernen daraus. Laß uns nach vorn sehen.« Das Sprechen fiel ihr schwer. »Warum wir geheiratet haben, ist nicht mehr so wichtig. Wir sind Freunde, Kameraden. Wir sind nicht nur auf der Welt, um uns fortzupflanzen oder immer nur als Sexualobjekte zu betrachten. Wir sind da, um einander beim Älterwerden zu helfen und das Gefühl zu geben, nicht allein zu sein. Freunde.« Ihre Hand umklammerte seinen Arm.

Tränen quollen aus Seths Augen. Es war seine einzige Reaktion, und sie brachte seine Frau aus der Fassung. Hammer weinte eine halbe Stunde lang, während seine Lebenszeichen immer schwächer wurden. Die A-Streptokokken vergifteten ihn. Kein Antibiotikum, keine Immunglobuline oder Vitamine konnten sie aufhalten, soviel davon man auch in den aufgedunsenen Körper ihres Wirts pumpte. Seine Krankheit hatte nicht mehr als einen kümmerlichen Rest von ihm übriggelassen. Ein Stück verwesendes Fleisch, aus dem das Leben floh.

Als Randy und Jude um Viertel vor sechs das Krankenzimmer ihres Vaters betraten, war er nicht bei Bewußtsein. Wahrscheinlich merkte er gar nicht, daß sie an seinem Bett standen. Aber das Wissen, daß sie kamen, hatte schon gereicht.

West fuhr am Cadillac Grill und an Jazzbone's Billardhalle vorbei. Schließlich machte sie sich auf den Weg nach Davidson. Vielleicht versteckte Brazil sich ja zu Hause und ging nicht ans Telefon. Sie bog in die ausgefahrene Auffahrt und stellte enttäuscht fest, daß nur der schäbige Cadillac da war. West stieg aus ihrem Dienstwagen. Unkraut wucherte in den Rissen des Backsteinpflasters. Immer wieder klingelte und klopfte sie an der Haustür. Frustriert schlug sie schließlich heftig mit ihrem Schlagstock gegen die Tür.

»Polizei!« rief sie laut. »Öffnen Sie!«

Sie mußte es mehrmals wiederholen, bis sich schließlich die Tür öffnete und Mrs. Brazil mit trübem Blick herausstaunte. Sie mußte sich am Türrahmen festhalten.

»Wo ist Andy?« fragte West.

»Hab' ihn nicht gesehen.« Mrs. Brazil preßte sich die Hand an die Stirn und blinzelte, als mache die Welt da draußen sie krank. »Bei der Arbeit, nehme ich an«, murmelte sie.

»Nein, ist er nicht. Seit Donnerstag nicht mehr«, sagte West. »Sind Sie sicher, daß er nicht angerufen oder sich sonstwie gemeldet hat?«

»Ich hab' geschlafen.«

»Was ist mit dem Anrufbeantworter? Haben Sie den abgehört?« fragte West.

»Er schließt sein Zimmer immer ab.« Mrs. Brazil wollte zu ihrer Couch zurück. »Ich kann da nicht rein.«

Zwar hatte West den Gurt mit dem Werkzeug nicht dabei, aber auch so kam sie überall rein. Sie schraubte den Knauf von seiner Tür ab und stand nach wenigen Minuten in Brazils Zimmer. Mrs. Brazil war ins Wohnzimmer zurückgekehrt und ließ ihren aufgedunsenen, giftgeschwängerten Körper wieder auf die Couch sinken. Sie wollte das Zimmer ihres Sohnes nicht betreten. Es wäre ihm ohnehin nicht recht gewesen. Deshalb hatte er sie seit Jahren auch ausgesperrt, seit dem Tag, als er ihr vorgeworfen hatte, Geld aus seiner Brieftasche gestohlen zu haben, die er unter den Socken versteckt hatte. Auch hatte er ihr vorgehalten, sie habe in seinen Schulsachen herumgewühlt. Eine Tennistrophäe sollte sie vom Regal gestoßen haben, die er im Einzel bei den Jugendmeisterschaften gewonnen hatte. Dabei hatte sie ein paar Dellen abbekommen, und die kleine Tennisspielerfigur an der Spitze war abgebrochen.

Am Anrufbeantworter neben dem ordentlich gemachten schmalen Bett mit dem schlichten grünen Überwurf blinkte das rote Lämpchen. West drückte auf Wiedergabe und musterte die Regale mit den vielen Messing- und Silbertrophäen. An der Wand hingen mehre Auszeichnungen für schulische und künstlerische Leistungen. Brazil hatte sich nicht die Mühe gemacht, sie zu rahmen, sondern sie einfach mit Reißzwecken befestigt. Unter einem Stuhl stand einsam ein Paar abgetragener lederner Nike-Tennisschuhe mit abgeschabten Spitzen. Der Anblick der Schuhe – einer stand aufrecht, der andere lag auf der Seite – stimmte West traurig. Sorge und Unruhe nahmen zu. Sie dachte an die Art, wie er sie mit seinen unergründlichen blauen Augen ansah. Sie hörte seine Stimme, wie sie über Funk geklungen hatte, und erinnerte sich an seine Eigenart, den Kaffee mit der Zungenspitze zu testen. Mehr als einmal hatte sie ihn ermahnt, wie wenig elegant es sei, so die Temperatur eines Getränks zu prüfen. Bei den ersten drei Anrufen war sofort wieder aufgelegt worden.

»He«, begann der vierte. »Hier ist Axel. Habe Karten für Bruce Hornsby ...«

West drückte einen Knopf und sprang zum nächsten Anruf.

»Andy? Hier ist Packer. Rufen Sie mich zurück.«

Beim nächsten Knopfdruck hörte sie die eigene Stimme. Sie suchte ihn. Bei den beiden letzten Anrufen meldete sich wieder niemand. West nahm sich als Cop das Recht, nun auch den Schrank zu öffnen und erschrak. Er war leer. Auch die Schubladen waren leer. Bücher und Computer hatte er zurückgelassen, was sie noch mehr bestürzte. Schließlich gehörten diese Dinge für ihn zum Wichtigsten überhaupt. Er würde sie nur dann zurücklassen, wenn er sich auf eine schicksalsschwere Reise begäbe. Eine Reise ohne Wiederkehr? West sah unter das Bett, hob die Matratze an und suchte jeden Zentimeter von Brazils privatem Reich nach der Pistole ab, die er sich von ihr ausgeliehen hatte. Ohne Erfolg.

Fast die ganze Nacht fuhr sie durch die Stadt. Immer wieder mußte sie sich den Schweiß aus dem Gesicht wischen. Sie nahm Motrin, stellte die Klimaanlage mal ab, dann wieder an, je nachdem, ob ihr heiß oder kalt war. Auf der South College Street fuhr sie langsam an den Straßenmädchen und Strichern vorüber. Jeden einzelnen sah sie sich so genau an, als könne sich Brazil hinter einer dieser Gestalten verbergen. West erkannte Poison, die junge Nutte von Mungos Videoband. Rauchend schlenderte sie den Bürgersteig auf und ab und genoß die Beachtung, die sie fand. Dennoch folgte ihr glasiger Blick gehetzt dem dunkelblauen Polizeiwagen. West sah zurück und dachte an Brazil und sein trauriges Interesse für die Menschen der Straße, für ihre Laster und für die Gründe, die sie zu dieser Existenz geführt hatten.

*Es ist ihre Entscheidung*, hatte West immer wieder gesagt, und das war auch so.

Aber sie beneidete Brazil um seinen jugendlich unverdorbenen Blick auf diese Welt. Im Grunde glich seine Sichtweise ihrer eigenen, doch bei ihm war sie aus Verletzlichkeit geboren und nicht aus Erfahrung. Diese Erfahrung unterdrückte manchmal Wests Mitgefühl und begrub ihre Empfindungen unter vielen verhärteten Schichten. Ihre Sicht der Dinge hatte sich über eine lange Zeitspanne entwickelt und ließ sich mit großer Wahrscheinlichkeit nicht mehr revidieren. Irgendwann hatte man einen Punkt erreicht, an dem man die Welt kannte und es keine Umkehr mehr gab. Sie hatte Schlimmstes erfahren, war geschlagen und angeschossen worden und hatte selbst getötet. Sie hatte eine Grenze überschritten. Und sie hatte eine Mission. Die schönen Seiten des Lebens waren anderen bestimmt.

Auf der Tryon Street mußte sie an einer Ampel halten. Von hier war es nicht mehr weit zu Jake's. Auch hier gab es ein gutes Frühstück. Thelma war eine Künstlerin, was gebratene Steaks anging. Auch die

Toasts und der Kaffee waren gut. West sah die Straße hinunter. Ein paar Blocks weiter entdeckte sie direkt hinter der First Union Bank, an deren Seitenfront eine riesige grellbunte Hornisse prangte, den kantigen Umriß eines dunklen Wagens mit konischen Rückleuchten. Zwar konnte sie aus dieser Entfernung das Nummernschild noch nicht erkennen, aber das ließ sich ändern.

Die Ampel sprang auf Grün, und West trat das Gaspedal durch. Da ihr Ford einen starken Motor hatte, klebte sie schon bald an der Stoßstange des alten BMW. Das Herz schlug ihr bis zum Hals, als sie das Kennzeichen erkannte. Sie hupte und gestikulierte, doch Brazil fuhr weiter. West folgte ihm, hupte wieder, diesmal länger. Doch offensichtlich hatte er nicht die Absicht, sie zur Kenntnis zu nehmen. Also hängte sie sich an ihn und folgte ihm quer durch die Innenstadt. Brazil wußte, wer ihn verfolgte, doch es ließ ihn kalt. Er nahm einen großen Schluck aus einer Maxidose Budweiser, die er sich zwischen die Knie geklemmt hatte. Damit verstieß er direkt vor den Augen von Deputy Chief West gegen das Gesetz, und es war ihm scheißegal.

»Verdammter Mistkerl«, knurrte West und schaltete das Blaulicht ein.

Brazil gab Gas. West konnte nicht fassen, was da geschah. Wie konnte er nur so etwas Idiotisches tun?

»Du hast sie nicht mehr alle!« Sie schaltete die Sirene zu.

Brazil hatte zwar schon an Verfolgungsjagden teilgenommen, aber vorneweg gefahren war er noch nie. Normalerweise saß er neben West und jagte die anderen. Er nahm noch einen Schluck Bier, das er im 76 Truck Stop direkt an der Abfahrt der Sunset Road East gekauft hatte. Doch jetzt war die Dose leer, und für Nachschub mußte er nur von der Trade Street auf die I-77 abbiegen und zum Truck Stop zurückfahren. Er warf die leere Dose nach hinten, wo ein paar andere über den Boden rollten und schepperten. Der defekte Tacho ließ ihn in dem Glauben, daß er exakt fünfzig Stundenkilometer einhielt.

In Wirklichkeit zog er mit fast doppelter Geschwindigkeit auf die Interstate. West blieb ihm hartnäckig auf den Fersen. Ihre Sorge und ihr Ärger wuchsen. Wenn sie jetzt Verstärkung anforderte, wäre Brazil ruiniert. Seine Tage als Volunteer wären gezählt, und nicht nur das. Und wer garantierte ihr, daß eine größere Zahl Cops ihn aufhalten konnte? Ebensogut konnten sie ihn noch mehr aus der Fassung bringen. Vielleicht würde ihn eine größere Verfolgung nur zur Verzweiflung treiben, und wo das enden konnte, war West bewußt. Sie hatte solche Finale schon auf vielen Straßen erlebt: verbeulte Autos, messerscharfe Metall- und Glassplitter, Öl, Blut und am Ende schwarze Plastiksäcke auf dem Weg zum Leichenschauhaus.

Er war jetzt auf einhundertvierzig. Sie blieb mit Blaulicht und Sirene hinter ihm. So benebelt er auch war, registrierte er doch, daß sie offenbar nicht über Funk Verstärkung angefordert hatte. Das hätte er erstens über sein Polizeifunkgerät mitbekommen, und zweitens wären inzwischen andere Streifenwagen aufgetaucht. Er wußte nur nicht, ob er das positiv für sich werten sollte oder negativ. Vielleicht nahm sie ihn einfach nicht ernst. Niemand nahm ihn ernst. Und das würde auch immer so bleiben, wegen Webb und wegen der Ungerechtigkeit und der Herzlosigkeit des Lebens überhaupt und wegen allen, die daran teilhatten.

Brazil schoß in die Ausfahrt Sunset Road East und bremste ab. Er war am Ende. Genaugenommen ging ihm das Benzin aus. Aber diese Jagd konnte ohnehin nicht ewig weitergehen. Warum dann nicht ebensogut anhalten. Niedergeschlagen saß er in seinem Sitz. Er war am Rand des asphaltierten Parkplatzes stehengeblieben, weit entfernt von den Trucks, diesen langen Vier- und Fünfachsern mit ihren bunten, chromglänzenden Fahrerkabinen. Er schaltete den Motor aus, lehnte sich mit geschlossenen Augen zurück und erwartete seine Strafe. West würde ihm gegenüber wohl kaum Milde walten lassen. Mit ihrer Uniform und der Waffe im Halfter war sie in allererster Linie Polizistin, und eine harte und strenge obendrein. Es spielte keine Rolle, daß sie zusammen Streife gefahren waren, zu Schießübungen waren und sich über dieses und jenes unterhalten hatten.

»Andy.« Sie klopfte laut an sein Fenster. »Steigen Sie aus«, befahl sie, als hätte sie einen ganz gewöhnlichen Verkehrsrowdy vor sich.

Müde kletterte er aus dem Wagen, der seinem Vater Drew so viel bedeutet hatte. Brazil hatte auch die Jacke seines Vaters an, zog sie nun aus und warf sie auf den Rücksitz. Draußen war es warm, fast

27°. Stechmücken und Nachtfalter tanzten im Licht der Natriumdampflampen. Brazil war schweißgebadet. Er steckte die Schlüssel in die Tasche seiner engen Jeans, die nach Mungos Meinung auf seine kriminellen Neigungen hinwiesen. West leuchtete mit ihrer Stablampe durch das hintere Fenster seines Wagens und zählte auf der Fußmatte elf große Aluminiumdosen.

»Haben Sie die alle heute abend getrunken?« Sie schlug die Fahrertür zu.

»Nein.«

»Wie viele waren es heute?«

»Ich habe sie nicht gezählt.« Unbewegt und trotzig sah er ihr in die Augen.

»Ignorieren Sie immer Blaulicht und Polizeisirene?« fragte sie zornig. »Oder ist das heute aus irgendeinem Grund eine besondere Nacht?«

Er öffnete die rückwärtige Tür seines BMW und griff wütend nach einem T-Shirt. Kommentarlos schälte er sich aus seinem nassen Polohemd und zog das trockene Hemd über. West hatte ihn noch nie halbnackt gesehen.

»Ich müßte Sie eigentlich einsperren«, sagte sie mit nicht mehr ganz soviel Autorität.

»Nur zu«, sagte er.

Randy und Jude Hammer waren im Abstand von fünfundvierzig Minuten am Charlotte-Douglas International Airport gelandet, und ihre Mutter erwartete sie unten an der Gepäckausgabe. Bedrückt und in Gedanken versunken, fuhren die drei direkt zum Carolinas Medical Center. Hammer war überglücklich, ihre Söhne wiederzusehen. Alte Erinnerungen tauchten auf. Randy und Jude hatten die gute Figur und die geraden weißen Zähne ihrer Mutter geerbt, zudem deren durchdringenden Blick und erschreckende Intelligenz. Von Seth hatten sie dafür die Trägheit eines Vier-Zylinder-Motors, der sie gemächlich und nicht unbedingt auf kürzestem Weg an ihr Ziel brachte und sich bei Überholmanövern nicht eben durch Sprintfreudigkeit auszeichnete. Randy und Jude waren es zufrieden, einfach zu existieren und ohne Hast durchs Leben zu gehen. Genuß und Befriedigung gaben ihnen ihre Träume und die Stammgäste jener Restaurants, die sie von Jahr zu Jahr beschäftigten. Sie waren glücklich mit ihren verständnisvollen Frauen, von denen sie so oder so geliebt wurden. Randy war stolz auf seine Minirollen in Filmen, die sich niemand ansah. Für Jude war es das Höchste, wenn er einen Auftritt in einem Jazzlokal hatte. Er spielte mit Leidenschaft Schlagzeug, und dabei war es ihm völlig egal, ob er zehn oder achtzig Zuhörer hatte.

Seltsamerweise war es nicht die so ganz andere dynamische Mutter gewesen, der es schwerfiel, Söhne zu haben, die nicht gerade nach den Sternen griffen. Nein, es war Seth, der sich ihrer schämte und ihre Lebensform verachtete. Ihr Vater hatte ihnen gegenüber einen so fundamentalen Mangel an Verständnis und Geduld an den Tag gelegt, daß die Söhne möglichst weit von ihren Eltern fortgezogen waren. Hammer hatte diese psychologischen Mechanismen natürlich begriffen. Seths Haß auf seine Söhne war Selbsthaß. Um das zu erkennen, bedurfte es keines besonderen Scharfsinns. Doch die Erkenntnis allein änderte natürlich nichts. Erst eine Tragödie und eine schwere Krankheit konnten diese Familie wieder vereinen.

»Mom, hältst du durch?« Sie fuhren in Hammers Privatwagen. Sie saß am Steuer, Jude auf dem Rücksitz. Er faßte sie an der Schulter.

»Ich versuche es.«

Sie schluckte, während Randy sie besorgt von der Seite ansah.

»Eigentlich möchte ich ihn nicht sehen«, sagte Randy. Er hielt die Blumen in der Hand, die er am Flughafen für seinen Vater gekauft hatte.

»Das ist verständlich«, sagte Hammer, sah in den Rückspiegel und wechselte die Spur. Es hatte zu regnen begonnen. »Wie geht es meinen Kleinen?«

»Großartig«, sagte Jude. »Benji lernt Saxophon.«

»Ich kann es gar nicht erwarten, ihn zu hören. Was ist mit Owen?«

»Sie ist noch nicht alt genug für ein Instrument, dafür ist sie aber mein Boogie-Baby. Immer wenn sie Musik hört, tanzt sie mit Spring«, fuhr Jude fort und meinte damit die Mutter seiner Tochter. »Es ist umwerfend, Mom. Das mußt du dir ansehen. Einfach unglaublich!«

Spring war Künstlerin, und Jude lebte seit acht Jahren mit ihr in Greenwich Village. Hammers Söhne waren beide nicht verheiratet. Beide hatten zwei Kinder, die Hammer heiß und innig liebte. Sie liebte jedes einzelne goldblonde Härchen auf ihren hübschen kleinen Köpfen. Darum war es für sie immer ein tiefsitzender, bohrender Schmerz, daß sie so weit entfernt von ihr aufwuchsen und die Großmutter für sie schon fast eine Legende war. Hammer wollte niemand sein, von dem sie eines Tages zwar sprechen würden, den sie aber nie kennengelernt hatten.

»Smith und Fen wollten mitkommen«, sagte Randy und nahm die Hand seiner Mutter. »Es wird alles gut, Mom.« Wieder spürte er den Haß auf seinen Vater.

West wußte nicht, was sie mit ihrem Gefangenen machen sollte. Brazil saß zusammengesunken mit gekreuzten Armen auf seinem Sitz. Seine Haltung drückte Trotz aus und keinen Funken von schlechtem Gewissen. Er mied ihren Blick und starrte durch die Windschutzscheibe. Durch das Licht der Laternen tanzten Insekten und flatterten Fledermäuse, die sie jagten. Weiter drüben schlenderten Fernfahrer in Jeans und spitzen Cowboystiefeln auf ihre mächtigen Schlachtrösser zu. Einen Fuß auf dem Trittbrett, lehnten sie an der Fahrerkabine und zündeten lässig hinter der schützenden Hand ihre Zigaretten an, wie sie es beim Marlboro Man gelernt hatten.

»Haben Sie Ihre Zigaretten bei sich?« fragte Brazil West.

Sie sah ihn an, als sei er nicht ganz bei Trost. »Vergessen Sie es.«

»Ich möchte eine.«

»Sicher. Sie haben noch nie in Ihrem Leben geraucht, und ich werde nicht der Anlaß sein, daß Sie damit anfangen«, sagte sie, hatte aber selbst Lust auf eine Zigarette.

»Sie können überhaupt nicht wissen, ob ich nicht schon mal Zigaretten oder Pot oder sonstwas geraucht habe.« Er klang eindeutig benebelt. »Sie glauben, Sie wissen soviel. Einen Dreck wissen Sie. Cops mit ihrer dumpfen Engstirnigkeit.«

»Ach ja? Ich dachte Sie wären einer. Oder haben Sie auch das drangegeben?«

Elend blickte er aus dem Seitenfenster.
Trotz all ihres Zorns tat er ihr leid. Zu gern hätte sie bewußt, was genau eigentlich passiert war.
»Was, zum Teufel, ist nur in Sie gefahren?« Sie versuchte es jetzt mit einer anderen Taktik. Sie bohrte, diesmal allerdings nicht mehr spielerisch.
Er antwortete nicht.
»Wollten Sie sich ruinieren? Was wäre, wenn Sie vor mir ein anderer Cop erwischt hätte?« Es war ihr Ernst. »Haben Sie eine Vorstellung von den Schwierigkeiten, die Ihnen das eingebracht hätte?«
»Mir egal«, sagte er mit erstickter Stimme.
»Ja, so sieht's aus, verdammt noch mal! Sehen Sie mich an!«
Mit verschwimmendem Blick sah Brazil zu den Leuten hinüber, die den Truck Stop betraten oder verließen, zu den Männern und Frauen, deren Leben in so völlig anderen Bahnen verlief als das seine. Sie würden sich nie in seine Lage versetzen können. Verständnislos würden sie ihn und sein Leben betrachten und ihn als privilegiert und verwöhnt verachten, nur weil sie nicht begriffen, was mit ihm war.

Genauso empfand Bubba, als er zufällig mit seinem King Cab an den Zapfsäulen stoppte. Zuerst entdeckte er den BMW, dann den Polizeiwagen mit seiner Feindin darin. Bubba konnte sein Glück gar nicht fassen. Er ging in den Shop und kaufte Pabst Blue Ribbon, Red Man und den neuesten *Playboy*.

Brazil kämpfte mit sich. West konnte hart sein, aber wie lange noch? Auf eine Weise mochte sie ihn, ohne sagen zu können, warum. Zum Teil war das der Grund, warum er sie so aus der Fassung brachte. Sie hatte Freude an ihm als einem talentierten, frühreifen Anfänger, den sie anleiten konnte, über dessen Lernfähigkeit sie in Exstase geraten konnte. Sie hatte keinen Bruder, hätte sich aber genau so einen gewünscht. Einen gescheiten jungen Mann, freundlich und sensibel. Für sie war er ein Freund, wenngleich sie ihm selten Gelegenheit gab, das auch von sich aus zu sein. Er war ein hübscher, ja sogar unglaublich gutaussehender Junge und schien das nicht einmal zu wissen.

»Andy«, sagte sie leise, »bitte erzählen Sie mir, was geschehen ist.«
»Irgendwie hat er sich in meinen Computer eingehackt, in meine Dateien. Alles war schon vor Erscheinen der Zeitung auf sämtlichen Nachrichtenkanälen. Alles geklaut.« Seine Stimme zitterte. Er wollte nicht, daß West ihn so erlebte.
West war wie gelähmt. »Er?« fragte sie. »Wer ist er?«
»Webb.« Nur mit größter Mühe brachte er den Namen über die Lippen. »Derselbe Mistkerl, der auch euren Deputy Chief bumst!«
»Wie bitte?« Jetzt verstand West gar nichts mehr.
»Goode«, sagte er. »Das weiß jeder.«
»Ich hab' es nicht gewußt.« Wie konnte ihr das entgangen sein? Brazil war am Boden zerstört. West wußte nicht, was sie tun sollte, und tupfte sich wieder einmal den Schweiß von der Stirn.

Heimlich schlich Bubba zu seinem Truck zurück, die Baseballkappe tief in das fleischige Gesicht mit der verunstalteten Nase gezogen. Mit seinen Einkäufen kletterte er ins Führerhaus und beobachtete den Polizeiwagen durch die Windschutzscheibe. Eine Weile blätterte er in dem Magazin und ließ sich von den wirklich großartigen Fotos fesseln. Es gab sie zuhauf. Er versuchte, dabei nicht an seine Frau zu denken oder gar Vergleiche anzustellen, während er auf einen optimalen Angriff sann.
Heute nacht hatte er nur leichtes Gepäck, genauer gesagt, einen siebenschüssigen Colt, Kaliber .380, im Knöchelhalfter. Nicht unbedingt die Waffe seiner Wahl, hätte er gewußt, daß es gegen Cops ging. Zum Glück hatte er noch eine Reservewaffe für alle Fälle zwischen den Sitzen, einen Quality Parts Shorty E-2-Karabiner, Kaliber .223 mit dreißig Schuß, justierbarer Visierung, verchromtem Lauf, manganphosphat-mattiert, damit er im Dunkeln nicht glänzte. Das war praktisch nichts anderes als ein M-16, mit dem er Wests Wagen durchsieben konnte à la Bonnie und Clyde. Er blätterte weiter, während ihm hier im willkommenen Dunkeln die tollsten Ideen im Kopf herumschwirrten.

West hatte eigentlich noch nie einen Vertreter des männlichen Geschlechts trösten müssen. So etwas kam ja auch selten vor und wurde selten erwartet. Also fehlten ihr die entsprechenden Erfahrungen, und sie mußte ihren gesunden Menschenverstand einsetzen. Brazil hatte das Gesicht in den Händen vergraben. Was für eine unglückliche Situation. Er tat ihr entsetzlich leid. »So schlimm wird es schon nicht sein, bestimmt nicht«, redete sie auf ihn ein. »Okay?« Sie tätschelte ihm die Schulter. »Wie werden einen Ausweg aus dieser Sache finden, okay?«

Sie tätschelte ihn wieder, und als auch das keine Wirkung zeigte, gab sie auf. »Komm her«, sagte sie.

West legte den Arm um ihn und zog ihn an sich. Plötzlich lag sein Kopf in ihrem Schoß. Er umklammerte sie wie ein Kind. Aber er war kein Kind mehr. West durchfuhr es heiß, und je mehr sie darüber nachdachte, desto heißer wurde ihr. Ihre Hormone spielten verrückt. Er hielt sie umschlungen und preßte seinen Kopf an sie. Ihr Inneres geriet in Aufruhr. Brazil mußte es ähnlich gehen. Sein Gesicht wanderte über ihren Leib und den Hals nach oben, bis er ihre Lippen fand. Zumindest für Augenblicke setzte ihr Bewußtsein aus, waren beide in einer anderen Welt. Ihr getrübter Verstand verfiel in eine Art Schockzustand und ließ anderen Instinkten freien Lauf. Mutter Natur setzte sich durch, wandte den Trick an, mit dem sie Paare zur Fortpflanzung bewegt.

West und Brazil waren noch nicht soweit, daraus praktische Konsequenzen zu ziehen und die Verhütungsmethoden zu erwägen, die ihrer Anatomie, ihren Bedürfnissen oder Glaubensvorstellungen, Phantasien, geheimen Wünschen oder Geschmacksvorbehalten am ehesten entsprachen. Gar nicht zu reden von dem, was die diversen Testreports über deren jeweilige Sicherheit sagten. Was jetzt mit ihnen passierte, war so neu, daß sie sich Zeit ließen, dort zu verweilen, wohin es sie schon immer getrieben hatte. Dann brach plötzlich wieder die Realität über sie herein. Mit einem Ruck setzte West sich auf und sah aus dem Fenster. Sie war im Dienst, und in ihrem Schoß lag mit seinem Kopf ein Mann.

»Andy«, sagte sie.

Er war weit weg.

»Andy«, versuchte sie es noch einmal. »Andy, komm hoch. Du liegst auf ... meiner Waffe.«

Sie versuchte, ihn beiseite zu schieben, allerdings ohne allzu große Energie oder Überzeugung. Sie wollte nicht, daß er jemals wieder fortging. Es war die Hölle, und sie fühlte sich wehrlos.
»Setz dich auf«, sagte sie und wischte sich erneut über das Gesicht. Ihr Leben war ruiniert. »Das ist Inzest, Pädophilie«, murmelte sie und holte tief Luft, während er sich von dem, was er gerade tat, nicht abhalten ließ.
»Du hast recht, du hast recht«, flüsterte er ohne die geringste Überzeugung. Er erkundete die Wunder ihres Körpers auf eine Weise, wie sie es noch nie erlebt hatte und die sie überwältigte.
Es war schwer vorauszusagen, wohin das geführt hätte, wäre nicht Bubba dazwischengekommen. Nicht weit von der I-77 gab es ein Holiday Inn Express mit Schwimmhalle, Kabelfernsehen, kostenlosen Ortsgesprächen und Zeitungen, europäisches Frühstück inklusive. Möglicherweise wären West und Brazil vor Morgengrauen dort in einem der Zimmer gelandet. Dann hätte das Problem erst richtig angefangen. Vielleicht hätten sie miteinander nicht nur Sex gehabt, sondern nebeneinander in einem Bett geschlafen, und genau das war die Grenze, die West stets einhielt. Sex war eine Sache, aber sie schlief nie mit jemandem im selben Bett, in den sie nicht verliebt war, und das bedeutete, sie schlief mit keiner Menschenseele. Abgesehen von Niles natürlich, aber der war schließlich kein Mensch.
Allerdings erübrigen sich derartige Überlegungen, wenn es kräftig ans Wagenfenster klopft und man in die Mündung eines Karabiners blickt, der möglicherweise schon in Bosnien im Einsatz war oder in Miami. Zwar hatte West ihre Brille nicht auf, aber dieser Redneck mit dem Sturmgewehr da draußen kam ihr irgendwie bekannt vor.
»Setz dich auf, ganz langsam«, sagte sie zu Brazil.
»Warum?« Er wollte nicht.
»Tu einfach, was ich sage«, sagte sie.

Es lag wohl an den beschlagenen Scheiben. Jedenfalls konnte Bubba nicht genau erkennen, was in dem dunkelblauen Ford Crown Victoria vor sich ging, aber vorstellen konnte er es sich durchaus. Und das verstärkte seine Erregung noch. Er war fest entschlossen, die beiden umzulegen – nach dem er ihnen etwas richtig Übles angetan haben würde. Zwei Dinge konnte Bubba absolut nicht ausstehen: Schwule, die sich als solche exponierten, und Heteros, die sich als solche exponierten. Beim Anblick von Schwulen, die flirteten und sich berührten, drängte es ihn, die Scheiße aus ihnen herauszuprügeln und sie anschließend in einem Straßengraben krepieren zu lassen. Als er jetzt sah, was er dachte, daß er sähe, was in diesem Polizeiwagen vor sich ging, ging es ihm genauso. Leute mit Geld, Einfluß oder einem guten Sexualleben, und besonders alle drei zusammen, machten Bubba wahnsinnig vor gerechtem Zorn. Er war berufen, dessen war er sicher, solche Menschen im Namen Amerikas auszumerzen.

West erschrak nicht vor diesem Dreißig-Schuß-Gewehr hinter der Scheibe, wie es die meisten Menschen tun würden. Ihre Gehirntätigkeit setzte wieder ein. Das da draußen mußte der widerliche Kerl aus der Schießhalle sein, den man am Latta Park als Exhibitionisten festgenommen hatte. Ihr war längst klar, warum sie unter ihren Sträuchern eine Tube Sekundenkleber gefunden hatte, und es wäre ihr sehr viel lieber gewesen, Brazil hätte ihm nicht die Nase eingeschlagen. Egal, West war zur Gewalt bereit. Wenn jemand eine Waffe auf sie anlegte, war das ein guter Grund, und schnell kam sie in die Gänge. Sie nahm das Funksprechgerät aus der Halterung und legte es neben sich. Dann schaltete sie es so, daß der Funkverkehr in ihrer Reichweite blockiert war. Die Einsatzleitung, Cops, Reporter und alle Kriminellen im Besitz eines Scanners konnten nur noch sie hören. Sie öffnete ihr Fenster einen Spalt.

»Bitte nicht schießen«, sagte sie laut.

Bubba war überrascht. Es gefiel ihm, daß sie sich so schnell ergab.

»Türen entriegeln«, befahl er.

»Okay, okay.« Wests Antwort kam angespannt und laut. »Ich entriegele jetzt ganz langsam die Türen. Bitte, schießen Sie nicht. Wir werden eine Lösung finden, okay? Wenn Sie hier herumballern, wird es im ganzen Truck Stop 76 zu hören sein, wozu also?«

Daran hatte Bubba selbst schon gedacht, und er mußte ihr recht geben. »Sie beide steigen jetzt in meinen Truck«, sagte er. »Wir machen eine kleine Spazierfahrt.«

»Wozu?« West ließ nicht locker. »Was wollen Sie von uns? Wir haben kein Problem miteinander.«
»Ach nein?« Der Griff um seinen Karabiner wurde fester. Es gefiel ihm, wie diese Schlampe in Uniform vor ihm, dem großen Bubba, kroch. »Und was war neulich abend in der Schießhalle, als dieser warme Bruder da mich geschlagen hat?«
»Sie haben angefangen«, sagte Brazil. Jeder auf Kanal zwei mußte es hören.
»Wir werden eine Lösung finden«, wiederholte West. »Hören Sie. Lassen Sie uns einfach zum Sunset zurückfahren, uns irgendwo treffen und die Sache bereden. Die Trucker da vorn sehen schon herüber. Sie wollen doch sicher keine Zeugen. Das hier ist wirklich kein geeigneter Platz, einen Streit beizulegen.«
Nach Bubbas Ansicht war dieser Punkt bereits abgehakt. Sein Plan war, die beiden am See zu erschießen, die Leichen mit Schlackenstein zu beschweren und zu versenken. Dort würde man sie frühestens finden, wenn die Schildkröten unten auf dem modrigen Grund alle wesentlichen Merkmale bereits weggefressen hatten. Er hatte von so was gehört. Auch Krebse sollten schlecht für Leichen sein. Übrigens auch Haustiere, vor allem Katzen, wenn sie mit ihrem toten Besitzer eingesperrt waren und nichts anderes mehr zu fressen fanden.
Während Bubba noch überlegte, waren bereits acht Streifenwagen der Polizei von Charlotte mit Blaulicht und Höchstgeschwindigkeit auf der I-77 unterwegs und nur noch wenige Minuten vom Truck Stop entfernt. Die Waffen waren entsichert, Scharfschützen bereits mit dem Polizeihubschrauber vom Dach des LEC gestartet. Das SWAT-Kommando befand sich auf dem Weg. Das FBI war benachrichtigt. Spezialisten für Geiselnahme, Kindesentführung, Serienmorde und Verhandlungen mit Terroristen standen abrufbereit, außerdem ein Team für Geiselbefreiung.
»Kommen Sie aus dem Wagen«, sagte Bubba. In Gedanken sah er sich nicht in diesen karierten Shorts, weißen Socken, Hush Puppies und einem deutlich angegrauten weißen Fruit of the Loom T-Shirt, sondern im Tarnanzug, schwarze Schuhwichse unter den Augen, kurzer Stoppelschnitt. Die schweißglänzenden Armmuskeln traten hervor, als er seine Waffe fester umfaßte, bereit, wieder mal zwei

Punkte für sein Vaterland zu holen – und für die Jungs im Country Club. Er war Bubba. Das kleine unerschlossene Grundstück am See war perfekt geeignet. Dort konnte er seine Pflicht tun. Die Frau würde er sich zuerst vorknöpfen. Na, wie gefällt ihr das? würde er denken, während er den ersten Punkt nach Hause brachte. *Wer hat hier die Macht, du Schlampe?*

Die Streifenwagen bogen in die Sunset East ein. Mit Blaulicht kamen sie im Konvoi, einer hinter dem anderen, näher. Im Truck Stop hatten einige Fernfahrer, die fest davon überzeugt waren, in einem früheren Leben als Postkutscher durch den Wilden Westen gebraust zu sein, ihre Mikrowellen-Nachos, Cheeseburger und sogar ihr Bier stehen lassen und verfolgten durch die Fenster die Ereignisse hinten auf dem Parkplatz, wo jetzt überall zwischen den Bäumen Blaulicht blitzte.

»Was der da in der Hand hat, ist mit Sicherheit ein Gewehr«, sagte Betsy und kaute auf einem Stück Trockenfleisch.

»Na klar«, sagte Al.

»Dann sollten wir raus und helfen.«

»Wem helfen?« fragte Tex.

Eine schwierige Frage, über die sie so lange nachdachten, bis die Polizei selbst nahe genug heran war und man in der Ferne schon den Hubschrauber hörte.

»Sieht aus, als hätte Bubba angefangen«, meinte Pete.

»Dann sollten wir ihn uns schnappen.«

»Weißt du denn nicht, was der alles für Waffen hat?«

»Auf uns wird Bubba nicht schießen.«

Diese Gewißheit war alsbald widerlegt.

Bubba fühlte, daß er vom Feind umzingelt war, und geriet in Panik. »*Raus da, oder es knallt!*« schrie er und versuchte noch einmal durchzuladen, obwohl schon eine Patrone im Lauf war.

»Nicht schießen.« West hob die Hände. Sie merkte, daß seine Waffe klemmte. »Ich öffne jetzt die Tür, okay?«

»SOFORT!« brüllte Bubba und legte an.

West suchte nach der günstigsten Position zum Aussteigen und stemmte den Fuß gegen die Tür. Dann zog sie die Klinke hoch, holte mit dem Fuß aus und trat mit aller Kraft von innen gegen die Tür. Im selben Moment bogen acht Streifenwagen in den Parkplatz ein. Sirenen heulten durch die Nacht. Der Schlag traf Bubba auf Hüfthöhe und schleuderte ihn zurück. Er landete auf dem Rücken. Sein Gewehr schrammte über den Asphalt. Kaum hatte West die Füße am Boden, war sie auch schon bei Bubba und kniete über ihm. Auf Verstärkung wartete sie nicht. Den Haufen bulliger Fernfahrer, der aus dem Truck Stop quoll, um ihr zu Hilfe zu eilen, nahm sie kaum wahr. Auch Brazil war aus dem Wagen gesprungen. Gemeinsam drehten sie Bubba auf den Bauch und legten ihm Handschellen an. Zu gern hätten sie ihn halbtot geprügelt. Doch sie widerstanden der Versuchung.

»*Du gottverdammter Mistkerl, du hühnerfressendes Stück Scheiße!*« bellte Brazil.

»*Eine Bewegung, und ich puste dir das Hirn weg!*« schrie West und bohrte ihm ihre Pistole in den feisten Nacken.

Das Einsatzkommando schleppte Bubba weg, ohne daß die Trucker ihm geholfen hätten, sie kehrten zu ihrem Bier, den Snacks und Zigaretten zurück. West und Brazil setzten sich wieder in ihren Wagen und schwiegen eine Weile.

»Du bringst mich immer in Schwierigkeiten«, sagte sie schließlich und griff zum Zündschlüssel.

»He«, protestierte er. »Wohin willst du?«

»Ich bringe dich nach Hause.«

»Ich wohne nicht mehr zu Hause.«

»Seit wann?« Sie versuchte, ihre angenehme Überraschung zu verbergen.

»Seit vorgestern. Ich habe eine Wohnung in Charlotte Woods gemietet, in der Woodlawn.«

»Dann bringe ich dich dorthin«, sagte sie.

»Aber mein Wagen steht hier«, erinnerte er sie.

»Und du hast den ganzen Abend getrunken«, gab sie zurück und schnallte sich an. »Wenn du wieder nüchtern bist, holen wir deinen Wagen.«

»Ich bin nüchtern«, sagte er.

»Verglichen womit?« Sie fuhr los. »Morgen wirst du dich an nichts mehr erinnern.«

Bis zum Ende seiner qualvollen Tage würde er sich an die kleinste Kleinigkeit dieses Abends erinnern. Er gähnte und rieb sich die Schläfen. »Ja, wahrscheinlich hast du recht«, stimmte er zu. Er kam zu dem Schluß, daß es für sie keine Bedeutung hatte. Auch für ihn hatte es schließlich keine.
»Natürlich habe ich recht«, sagte sie und lächelte still.
Sie bemerkte seine Gleichgültigkeit. Er unterschied sich in nichts von all den anderen Ärschen, die nur ihre eigenen Interessen kannten. Was war sie auch schon? Eine Frau in mittleren Jahren, die aus der Form geraten war und nie eine größere oder aufregendere Stadt gesehen hatte als die, in der sie seit ihrem Collegeabschluß arbeitete. Er wollte sie nur testen und maßnehmen. Wie man seine ersten Probefahrten in einem alten, maroden Wagen machte, der einem schon mal einen Fehler nachsah. Sie verspürte den Wunsch, auf die Bremse zu treten und ihn zu Fuß weitergehen zu lassen. Sie tat es nicht, aber als sie in den Parkplatz der gepflegten Wohnanlage eingebogen war und darauf wartete, daß er ausstieg, hatte sie kein freundliches Wort für ihn übrig. Ihr fiel überhaupt nichts ein.
Brazil war neben der offenen Tür stehengeblieben und sah zu ihr hinein. »Morgen um wieviel Uhr?«
»Um zehn«, sagte sie knapp.
Er schlug die Tür zu und ging eilig davon. Er war verletzt und enttäuscht. Einen Moment lang hatte eine erregte Wärme und wunderbare Nähe zwischen ihnen geherrscht, und im nächsten Augenblick war alles vorüber. Geblieben waren nur noch Mißstimmung und Distanz, und beides paßte nicht zu dem, was geschehen war. Brazil begriff nicht, wie er und West beim Truck Stop einen so besonderen Moment erlebt haben konnten und jetzt miteinander umgingen, als nennten sie sich noch nicht einmal beim Vornamen. Sie hatte ihn benutzt, das war's. Für sie mußte es bedeutungslos und billig gewesen sein. Er war sicher, daß das ihre Taktik war. Sie war älter, erfahren und mächtig, ganz zu schweigen, daß sie gut aussah und einen Körper hatte, der ihm ernsthafte Qualen bereitete. West konnte spielen, mit wem sie wollte.

Das könnte auch für Blair Mauney III gelten, befürchtete seine Frau. Polly Mauney konnte nicht umhin, sich große Sorgen darüber zu machen, worauf sich ihr Mann morgen einlassen mochte, wenn er mit US Air, Flugnummer 392, nonstop von Asheville nach Charlotte flog. In Asheville bewohnten die Mauneys am Biltmore Forest ein hübsches Haus im Tudorstil. Blair Mauney III stammte aus einer alten, sehr wohlhabenden Familie. Er war gerade aus seinem Club gekommen, wo er nach einem anstrengenden Tennismatch geduscht und sich hatte massieren lassen. Anschließend hatte er noch mit Freunden etwas getrunken. Die Mauneys waren eine Dynastie von Bankern, die von seinem Großvater, Blair Mauney, begründet worden war. Zugleich war er auch einer der Gründungsväter der American Trust Company.

Unter Blair Mauney jr., dem Vater von Blair Mauney III, und einem der Vizepräsidenten hatte die American Commercial mit der First National of Raleigh fusioniert. Damit war der Grundstein für ein staatsweites Bankensystem gelegt, dem bald weitere Fusionen folgten und schließlich die Gründung der North Carolina National Bank. Diese Entwicklung setzte sich fort, und als dann in den späten achtziger Jahren die S & L, eine Art Zusammenschluß von Bausparkassen, in die Krise geriet, wurden die mit in den Strudel geratenen Banken, die bis dahin noch nicht geschluckt worden waren, zu Schleuderpreisen angeboten. Die NCBS wurde damit landesweit zur viertgrößten Bank und in US Bank umbenannt. Blair Mauney kannte die bemerkenswerte Geschichte seines weithin respektierten Instituts bis ins kleinste Detail. Er kannte die Einkommen des Aufsichtsratsvorsitzenden, des Präsidenten, des stellvertretenden Aufsichtsratsvorsitzenden, des Geschäftsführers für das Kreditwesen und des CEO.

Er selber war Senior-Vizepräsident der US Bank von North und South Carolina und hatte in dieser Funktion regelmäßig in Charlotte zu tun. Diese Reisen waren ihm nicht unangenehm, boten sie doch die Gelegenheit, sich möglichst oft fern von Frau und halbwüchsigen Kindern aufzuhalten. Nur seine Kollegen in ihren stolzen Büros wußten von dem Druck, unter dem er stand. Nur Gleichgesinnte wußten von der Angst, die in jedem Bankerherzen lauerte, daß Cahoon, dessen Toleranzgrenze bei Null lag, hart arbeitenden Menschen wie Mauney eines Tages mitteilen würde, sie seien bei der Krone in Ungnade gefallen. Mauney ließ seine Tennistasche in der erst kürzlich umgebauten Küche fallen und holte sich aus dem Kühlschrank das nächste Amstel Light.

»Liebling?« rief er und öffnete die Bierflasche.

»Ja, mein Lieber.« Munter kam sie hereingetrippelt. »Wie war's beim Tennis?«

»Wir haben gewonnen.«

»Freut mich für dich!« Sie strahlte.

»Withers hat sich an die zwanzig Doppelfehler geleistet.« Er nahm einen Schluck. »Außerdem Fußfehler am laufenden Band, aber die haben wir nicht gezählt. Was gab's denn bei euch zu essen?« Er sah Polly, mit der er seit zweiundzwanzig Jahren verheiratet war, nur flüchtig an.

»Spaghetti Bolognese, Salat und Mehrkornbrot.« Wie von jeher und sicher auch in Zukunft zog sie nach kaltem Schweiß riechende Shorts aus der Tennistasche, dann ein Hemd, Socken und das Suspensorium.

»Ist noch Pasta übrig?«

»Jede Menge. Ich richte dir gern einen Teller an, Schatz.«

»Später vielleicht.« Er machte ein paar Stretchübungen. »Ich werde richtig steif. Könnte das Arthritis sein? Was meinst du?«

»Ganz bestimmt nicht. Soll ich dich massieren, Liebling?« fragte sie. Während er die Massage über sich ergehen ließ, berichtete sie, was ihr Schönheitschirurg gesagt hatte, als sie ihn nach den Möglichkeiten einer Laserbehandlung der feinen Linien in ihrem Gesicht und einer Speziallaserung des braunen Flecks auf ihrem Kinn gefragt hatte. Zu Pollys Entsetzen habe der Arzt ihr klargemacht, daß keine Lichtbündel der Welt das Skalpell ersetzen könnten. So schlecht stehe es also inzwischen mit ihr, habe sie sich beschwert.

»Mrs. Mauney«, hatte der Plastische Chirurg gesagt, »ich fürchte, Sie werden mit dem Ergebnis einer Laserbehandung nicht zufrieden sein. Die Falten, die Sie am meisten stören, sind schon zu tief.« Ganz sanft hatte er sie in ihrem Gesicht nachgezogen. Sie hatte sich wunderbar entspannt, gebannt von der zärtlichen Berührung sei-

ner Hände. Mrs. Mauney war süchtig nach Besuchen bei diesem Arzt. Sie mochte es, wenn man sie berührte, sie ansah, sie untersuchte, sie liebte die Nachuntersuchungen nach einem chirurgischen Eingriff oder nach Änderungen einer Medikation.
»Nun«, hatte sie ihrem Schönheitschirurgen geantwortet, »wenn Sie mir dazu raten. Ich nehme an, Sie sprechen von einem Facelifting.«
»Ja, und einem Lifting der Augenlider.« Er hatte es ihr im Spiegel demonstriert.
Das Gewebe ihrer Oberlider war erschlafft, das der Unterlider angeschwollen. Das war irreversibel. Kein kalter Wasserguß, keine Gurkenauflagen, keine Reduzierung von Alkohol oder Salz würde zu einer sichtbaren Verbesserung führen. Das wußte sie bereits.
»Und was ist mit meiner Brust?«, hatte sie anschließend gefragt.
Der Chirurg war einen Schritt zurückgetreten, um sie in Augenschein zu nehmen. »Was meint denn Ihr Mann?« hatte er gefragt.
»Ich glaube, er hätte sie gern etwas größer.«
Der Arzt hatte gelacht. Hatte sie damit nicht bestätigt, was ohnehin jeder wußte? Jeder Mann, der nicht gerade schwul oder pädophil war, wollte sie größer. Das galt auch für die andere Seite. Auch seine lesbischen Patientinnen suchten das bei ihren Partnerinnen. Sie nahmen es nur nicht so schwer oder gaben das zumindest vor, wenn die geliebte Person nicht soviel vorzuweisen hatte.
»Wir können das aber nicht alles auf einmal in Angriff nehmen«, hatte der Schönheitschirurg eingewandt. »Bei Implantaten und Facelifting handelt es sich um sehr unterschiedliche Gebiete der plastischen Chirurgie, und wir müssen die Eingriffe trennen, um Ihnen genügend Zeit für den Heilungsprozeß zu lassen.«
»Wie groß muß der Zeitabstand denn sein?« hatte sie besorgt gefragt.

# Kapitel 23

Erst als West schon zu Hause war und die Tür für die Nacht fest verschlossen hatte, fiel ihr ein, daß sie ihren Wecker stellen mußte. Zu den wenigen Luxusdingen, die sie sich gönnte, gehörte es, daß sie sonntags erst dann aufstand, wenn ihr oder Niles danach war. Dann bereitete sie sich in aller Ruhe ihren Kaffee, las die Zeitung und dachte an ihre Eltern, die sich um diese Zeit immer auf den Weg zur Dover Baptist Church nicht weit von der Chevon-Tankstelle machten. Auch Paulines Schönheitssalon lag in der Nähe. Dort ließ sich ihre Mutter jeden Samstagmorgen um zehn Uhr die Haare frisieren. Am Sonntagabend rief West dann immer ihre Eltern an, normalerweise, wenn sie sich zum Abendessen hinsetzten und sich wünschten, Wests Platz wäre nicht leer.

»Großartig«, murmelte sie und nahm sich ein Bier, während Niles auf der Fensterbank über der Spüle saß. »Ich muß also um halb neun aufstehen. Kannst du dir das vorstellen?«

West versuchte zu erraten, was Niles da draußen sah. Von diesem Teil von Dilworth aus erinnerte nichts an die Stadt, die von Deputy Chief Virgina West beschützt wurde, wären da nicht die oberen dreißig Stockwerke des US Bank-Hochhauses gewesen, die jenseits ihres unfertigen Gartenzauns hellerleuchtet in den Himmel ragten.

In letzter Zeit war Niles wirklich seltsam geworden. Jeden Abend saß er an derselben Stelle und schaute aus dem Fenster. Wie der heimwehkranke ET.

»Was siehst du da draußen?« Sie fuhr mit den Fingernägeln durch Niles' seidiges, rötliches Fell die Wirbelsäule entlang, eine Liebkosung, die er sonst stets mit wohligem Schnurren beantwortete.

Er reagierte nicht. Wie in Trance starrte er aus dem Fenster. »Niles?« Langsam war West ein bißchen beunruhigt. »Was ist los, Liebling? Geht es dir nicht gut? Ist es ein Fellknödel? Bist du mir wieder böse? Das muß es wohl sein, oder?« Sie seufzte und trank einen Schluck. »Bitte, hab doch ein bißchen mehr Verständnis, Niles. Ich arbeite hart, und ich tue mein möglichstes, um dir ein sicheres und schönes Heim zu bieten. Du weißt doch, daß ich dich liebe, nicht wahr? Aber du mußt versuchen, etwas Nachsicht mit mir zu haben. Ich bin den lieben langen Tag da draußen.« West deutete aus dem Fenster. »Und du? Du bist hier. Das hier ist deine Welt, das bedeutet, deine Perspektive ist kleiner als meine, okay? Du bist sauer, weil ich nicht auch die ganze Zeit hier bin. Das ist nicht fair. Ich möchte, daß du einmal ernsthaft darüber nachdenkst. Hast du das verstanden?«

Die Worte seiner Herrin waren leeres Gerede, nichtssagend wie das Summen von Insekten oder das Geräusch, das aus dem Radio auf dem Nachttisch drang. Niles hörte nicht hin. Er blickte zu dem einsamen König Usbeecee hinaus, und der sah ihn an. Niles war gerufen worden. Unheil lauerte über dem Land der Usbeeceer, und Niles allein konnte es abwenden, da nur er wirklich hinhörte. Die anderen sahen zu dem mächtigen König auf und verspotteten ihn insgeheim, weil sie glaubten, der gutmütige König könne sie nicht hören. Sie, sein Volk, hatten Seine Majestät einst gerufen. Sie hatten seine Kindergärten und Horte gewollt, die beruflichen Aufstiegschancen und den Wohlstand, den er garantierte. Und nicht zuletzt seine Kunst. Dann waren sie neidisch geworden auf seine Allwissenheit, auf sein kraftvolles und lobenswertes Wirken. Und nun schmiedeten sie alle, hier und überall, Pläne, ihm die Macht zu nehmen. Niles allein konnte das verhindern.

»Jedenfalls«, sagte West und öffnete mit einem leisen Knall die nächste Dose Bier, während ihre seltsame Katze unablässig in die Nacht hinausstarrte, »ich jage ihn also auf der Siebenundsiebzig mit etwa hundertvierzig Stundenkilometern. Kannst du dir das vorstellen? Wenn du mich fragst, gehört er eigentlich ins Gefängnis.«

Beim nächsten Schluck Miller Genuine Draft überlegte sie, ob sie nicht etwas essen sollte. Zum erstenmal seit dieser Erkältung, die sie vor Jahren gehabt hatte, hatte West keinen Hunger. Sie fühlte sich beschwingt und anders und hellwach. Sie rechnete nach, wieviel Kaffee sie an diesem Tag getrunken hatte, und fragte sich, ob das vielleicht die Ursache war. Aber das war es nicht. Dann waren es die Hormone, beschloß sie, obwohl die Bestie nicht mehr wütete und bereits auf dem Rückzug in ihre Höhle war, um wiederzukehren, wenn der Mond erneut in der entsprechenden Position stand.

König Usbeecee war ein wortkarger Herrscher, und Niles mußte sehr aufmerksam sein, um zu hören, was der König sagte. Bei Sonnenaufgang und Sonnenuntergang war der König am redseligsten. Dann spiegelte sich der würdige Herrscher weiß und golden in sämtlichen Fenstern. Nachts beobachtete Niles vor allem das blinkende rote Licht auf der Spitze der Krone, ein Leuchtfeuer, das ihm immer wieder zublinzelte: eins, zwei, drei – und nach einer kaum wahrnehmbaren Pause wieder eins, zwei, drei. Das ging schon seit Wochen so, und Niles wußte, daß dieser Code ihn auf einen dreisilbigen Feind hinwies, dessen Heerscharen in diesem Augenblick der vom König regierten Queen City immer näher kamen.

»Du bist ja die Freundlichkeit selbst«, sagte West schnippisch. »Ich kümmere mich mal um die Wäsche.«

Verwirrt sah Niles sie an und streckte sich. In seinem Kopf tobte ein Chaos, das sich in besonders heftigem Schielen widerspiegelte. Was hatte der König noch gesagt? Als Niles am frühen Abend hinausgesehen hatte, hatte der König ihm durch die Sonne Signale gesandt. Hatte er ihm nicht ein aufregendes Muster zugeblitzt, ein Licht, das immer wieder um das Gebäude wanderte, mal in der einen, mal in der anderen Richtung, ganz ähnlich wie bei dem weißen Kasten, wenn sein Frauchen *Wäschewaschen* sagte? Zufall? Niles glaubte das nicht. Er sprang von der Fensterbank auf die Arbeitsfläche und folgte von dort seinem Frauchen in den Waschkeller. Mit gesträubtem Fell beobachtete er, wie sie in Hosentaschen griff und *Geld* herausholte, bevor sie die Kleidungsstücke in die Trommel der Waschmaschine stopfte. Weitere Erkenntnisse durchzuckten Niles' Gehirn. In höchster Aufregung rieb er sich an den Beinen seines Frau-

chens, knabberte an ihr und schärfte seine Krallen an ihrer Hüfte. Er wollte ihr etwas sagen.
»Verdammt!« West schüttelte die Katze ab. »Was, zum Teufel, ist in dich gefahren?«

Brazil lag im Schlafsack auf dem Fußboden seines neuen, unmöblierten Ein-Zimmer-Apartments. Er hatte Kopfschmerzen und mußte Unmengen Wasser trinken. Zwei Tage lang hatte er Bier in sich hineingeschüttet, und das machte ihm angst. Wahrscheinlich hatte es bei seiner Mutter genau so angefangen, und jetzt trat er in ihre Fußstapfen. Aus allem, was in letzter Zeit über Genetik geschrieben wurde, konnte man durchaus ableiten, daß er möglicherweise die Neigung seiner Mutter zur Selbstzerstörung geerbt hatte. Diese Erkenntnis war für ihn niederschmetternd. Er schämte sich vor West für sein Verhalten, und er war sich sicher, daß sie nur einem betrunkenen Kind seinen Willen gelassen hatte und sich das Geschehene nie wiederholen würde.
Die Hände unter dem Kopf verschränkt, starrte er in der Dunkelheit still an die Decke. Aus dem Radio kam leise Musik. Durch das Fenster sah er die Spitze des US Bank Corporate Center, die fast den Mond zu berühren schien. Oben auf der Krone blinkte ein rotes Licht. Ihm wurde auf beklemmende Weise bewußt, daß am nächsten Tag zwei Wochen seit dem letzten Schwarze-Witwen-Mord vergangen waren.
»Großer Gott.« Schweratmend und schweißgebadet setzte er sich. Er schob das Laken zurück und stand auf. Nur mit Boxer-Shorts bekleidet, ging er auf und ab. In seiner leeren Küche trank er noch einmal Wasser. Sorgenvoll und gedankenverloren lag sein Blick auf dem US Bank-Gebäude. Irgendwo da draußen gab es einen Geschäftsmann, der das nächste Opfer sein würde! Wenn es nur eine Möglichkeit gäbe, das zu verhindern. Wo war der Mörder jetzt? Welche schwarzen Gedanken mochten dem Killer durch den Kopf gehen, wenn er seine Waffe lud und im Straßennetz um Five Points herum auf den nächsten Leihwagen lauerte, der langsam zur Stadt hereingefahren kam?

Niles folgte West durch das ganze Haus. Sie war sicher, der Kater drehte langsam durch. Bei Siamesen, Abessiniern und anderen überzüchteten, schieläugigen Rassekatzen mit jahrtausendealtem Stammbaum war das keine Seltenheit. Sie konnte keine zwei Schritte machen, ohne daß sich Niles zwischen ihren Beinen hindurchschlängelte, so daß sie zweimal fast gestolpert wäre. Ihr blieb nichts anderes übrig, als ihm einen Tritt zu geben, der ihn quer durch das Zimmer segeln ließ. Niles schrie auf, ließ aber nicht locker und wurde wütend. Noch ein Tritt, dachte er, und du wirst sehen, was du davon hast. Mit einem Sidekick beförderte sie ihn unter das Bett. Zwei zu null für sie.

Niles' Schwanzspitze zuckte. Er beobachtete sie aus seinem Versteck zwischen Sprungfedern und Parkett und wartete, bis sie Schuhe und Socken ausgezogen hatte. Dann schoß er hervor und biß sie in das weiche Fleisch direkt über der Achillessehne. Daß ihr das weh tat, wußte er, weil er es schon einmal ausprobiert hatte. Sein Frauchen schlug zurück: Zehn Minuten lang scheuchte sie ihn durch das ganze Haus. Er war mächtig auf der Hut, denn er sah die Mordlust in ihrem Blick. Schließlich zog er sich wieder unter das Bett zurück und blieb dort, bis West müde wurde und schlafen ging. Dann schlich sich Niles wieder in die Küche und rollte sich auf der Fensterbank zusammen, wo sein freundlicher und gütiger König in einsamen dunklen Nächten über ihn wachte.

Als der Tag anbrach, regnete es. Das aufdringlich laute Summen des Weckers riß West aus dem Schlaf. Sie brummte und blieb liegen. Als sie die schweren Tropfen auf das Dach trommeln hörte, verging ihr vollends die Lust aufzustehen. Das war genau das richtige Wetter zum Schlafen. Warum sollte sie auch aufstehen? Die Erinnerung an Brazil und seinen gestrandeten BMW und an Niles' unerhörtes Verhalten am Abend zuvor deprimierte und erregte sie zugleich. Was sollte das alles für einen Sinn ergeben? Sie zog die Decke bis zum Kinn hoch. Verwirrende Bilder zogen vor ihrem inneren Auge auf. Sie rührten wohl von den Träumen der letzten Nacht. Wenn sie ganz ruhig dalag, spürte sie Brazils Hände und Lippen fast körperlich. Ein Schauer lief ihr über den Rücken. Sie blieb noch eine ganze Weile im Bett liegen.

Niles hatte also noch freie Bahn im Haus, und er schlich in den Waschkeller. Ihn interessierte der große weiße Kasten mit der nassen Wäsche. Auf der Abdeckung lagen ein paar Münzen und zusammengefaltete Geldscheine. Er sprang hinauf und hatte plötzlich eine neue Idee, wie er seinem Frauchen König Usbeecees Nachricht übermitteln konnte. Zufrieden stellte er fest, daß sie durchaus etwas gegen die Gefahr tun konnte, die dem König drohte. Sie konnte etwas unternehmen. Sie mußte sich nur in ihrer imponierenden Uniform mit all dem Leder, dem Lametta auf der Brust und den gefährlichen Spielsachen am Gürtel mit aufheulendem Motor auf den Weg machen. Das war es. Niles wußte es jetzt ganz genau. Der König hatte zu ihm gesprochen, damit er diese Nachricht an sein Frauchen weitergab. Sie wiederum würde andere kampfbereite Krieger alarmieren. Truppen würden zusammengerufen, und der König und alle Usbeeceer wären gerettet.
Niles brauchte fünf mühsame Minuten, um den Deckel oben auf der Waschmaschine zu öffnen. Er langte mit der Pfote hinein und zog ein kleines nasses Kleidungsstück heraus. Dann nahm er einen zusammengefalteten Fünf-Dollar-Schein zwischen die Zähne und sprang aufgeregt von der Maschine. Er wußte, das würde seinem Frauchen sehr gefallen. Falsch. Sie schien ganz und gar nicht erfreut, Niles zu sehen. Wütend fuhr sie hoch, als er ihr einen nassen Slip über das Gesicht drapierte, den er zuvor durchs ganze Haus geschleift hatte. Als ihr Blick auf dem Slip und dem Geldschein auf ihrer Brust ruhte, fuhr ihr wieder ein Schauer über den Rücken, diesmal ein eiskalter.
»Warte mal«, sagte sie zu Niles, der schon wieder das Weite suchte. »Komm zurück. Bitte.«
Niles blieb stehen und sah sie an. Mit zuckender Schwanzspitze dachte er nach. Er traute ihr nicht.
»Okay. Waffenstillstand«, versprach West. »Irgend etwas ist los. Du spinnst nicht nur einfach herum, oder? Komm her, erzähl es mir.«
Niles merkte, daß sie es ehrlich meinte, daß sie vielleicht sogar ein wenig Reue zeigte. Er kam quer durch das Schlafzimmer und sprang den letzten Meter mit einem Satz aufs Bett. Er setzte sich und sah sie an, während sie ihn streichelte.

»Du hast mir also einen Slip gebracht und Geld«, sagte sie. »Hat das etwas zu bedeuten?«

Der Schwanz zuckte, aber nur ein bißchen.

»Hat das etwas mit dem Slip zu tun?«

Jetzt hielt er den Schwanz still.

»Mit Unterwäsche?«

Keine Reaktion.

»Mit Sex?«

Er rührte sich nicht.

»Mist«, murmelte sie. »Womit sonst? Gut, laß mich die Dinge zurückverfolgen, wie einen Kriminalfall. Du bist zur Waschmaschine gegangen, hast den Deckel geöffnet und das hier herausgeholt. Es ist naß und war noch nicht im Trockner. Was genau wolltest du mir also bringen? Kleidung?«

Die Sache fing an, Niles zu langweilen.

»Nein, natürlich nicht«, tadelte West sich selbst. Kleidungsstücke hätte Niles überall finden können, auf dem Stuhl oder auf dem Boden. Für einen einzigen Slip hatte er sich viel Mühe gemacht.

»Du bist in die Waschküche gegangen«, sagte sie.

Der Schwanz zuckte.

»Aha, jetzt wird es warm. Waschküche, Wäscherei? Ist es das?«

Jetzt wedelte Niles wie verrückt und legte den Kopf in ihre Hand. Als nächstes nahm West sich den Fünf-Dollar-Schein vor. Nach dem zweiten Versuch stand fest, daß *Geld* das Schlüsselwort war.

»Wäscherei, Geld« murmelte West. »Ziemlich rätselhaft.«

Niles konnte ihr nicht weiterhelfen. Er sprang vom Bett und kehrte in die Küche zurück. Seiner Meinung nach hatte er seine Mission erfüllt. Nur verschwommen sah er durch den Regen den Morgengruß des Königs an seinen ergebenen Untertan. Niles war enttäuscht. West war spät dran. Sie stürzte aus dem Haus und gleich wieder zurück. Sie hatte das Wichtigste vergessen: den kleinen Kasten, der an ihrem Telefon angeschlossen war. Eilig fuhr sie dann über den East zum South Boulevard und bog schließlich in die Woodlawn ein. Brazil erwartete sie in Windjacke und Kapuze auf dem Parkplatz. Er wollte nicht, daß sie seine kleine, noch unmöblierte Wohnung sah.

»Hallo«, sagte er und stieg ein.
»Tut mir leid, daß ich mich verspätet habe.« Sie konnte ihn nicht ansehen. »Mein Kater hat den Verstand verloren.«
Das fängt ja gut an, dachte Brazil. Er selber dachte nur an sie, und sie dachte an ihre Katze.
»Was hat er denn?« fragte er.
Es nieselte nur noch. Die Reifen sirrten auf der nassen Straße. Brazil verhielt sich, als sei gar nichts geschehen, was ihre Überzeugung, daß alle Männer gleich waren, nur bestärkte. Wahrscheinlich war sein Erkunden ihres Körpers nichts anderes gewesen als das Blättern in einem Magazin voll nackter Frauen: Ein angenehmer Schauer auf der Haut. Eine leichte und flüchtige Erregung, wie sie auch ein vibrierender Motorradsitz auslösen konnte oder die aufregende Frau, die einer auf den Schoß ziehen durfte, weil zu viele Leute in einem Auto Platz suchten.
»Er ist einfach nur verrückt«, sagte West. »Starrt die ganze Zeit aus dem Fenster. Zerrt Sachen aus der Waschmaschine. Beißt mich. Und macht so komische Jaulgeräusche.«
»Ist dieses Verhalten neu und ungewohnt?« fragte Brazil, der Psychologe.
»Oh ja.«
»Was sind das für Jaulgeräusche«, fragte Brazil weiter.
»Er macht *jau-jau-jau*. Dann ist er einen Moment still und fängt von vorne an. Immer drei Silben.«
»Hört sich an, als wollte Niles dir etwas sagen, und du hörst nicht zu. Ist gut möglich, daß er dich auf etwas hinweisen will, das direkt vor deiner Nase liegt. Aber du bist vielleicht in deinen Gedanken mit ganz anderen Dingen beschäftigt, oder du willst es nicht hören.« Die letzte Bemerkung enthielt eine gewisse Schadenfreude.
»Seit wann bist du Seelenklempner für Katzen?« West warf ihm einen kurzen Blick von der Seite zu und hatte erneut dieses leichte Schwindelgefühl, diese kribbelnde Unruhe im Bauch.
Brazil zuckte mit den Schultern. »So ist die Natur – des Menschen, der Tiere, wie auch immer. Wenn wir versuchen, die Realität aus der Perspektive eines anderen zu betrachten und ein wenig Mitgefühl

für ihn aufzubringen, kann das den entscheidenden Unterschied ausmachen.«

»Unsinn«, sagte West und verpaßte die Ausfahrt Sunset East.

»Du bist gerade am Truck Stop vorbeigefahren. Und was meinst du mit *Unsinn*?«

»Du hast wirklich auf alles eine passende Antwort, Junge.« Sie lachte, aber es klang nicht freundlich.

»Ich bin kein Junge, für den Fall, daß dir das entgangen sein sollte«, sagte er und merkte zum erstenmal, daß Virginia West vor etwas Angst hatte.

»Ich bin volljährig, und ich liefere keine ›passenden Antworten‹. Du mußt in deinem Leben einer Menge übler Zeitgenossen begegnet sein.«

Das amüsierte sie nun wirklich, und sie lachte wieder. Der Regen wurde stärker. Sie schaltete die Scheibenwischer ein und dann das Radio. Brazil sah sie an und beantwortete ihr Lachen mit einem Lächeln. Allerdings hatte er nicht die geringste Ahnung, was an dem, was er gesagt hatte, so amüsant gewesen sein sollte.

»*Einer Menge übler Zeitgenossen begegnet.*« Es blieb ihr fast im Halse stecken. »Womit verdiene ich eigentlich meinen Lebensunterhalt, verdammt noch mal? In einer Bäckerei? Verkaufe ich etwa Eiswaffeln? Oder stecke ich Blumen?« Wieder platzte sie schallend los.

»Ich meinte nicht nur in deinem Beruf«, sagte Brazil. »Es sind nicht die Menschen, mit denen du bei deiner Arbeit zu tun hast, die dich wirklich verletzen. Es sind die Menschen außerhalb deines Berufs. Freunde, Familie, verstehst du?«

»Ja. Du hast recht.« Sie hatte schnell zu einem nüchternen Ton zurückgefunden. »Ich verstehe genau. Und, weißt du was?« Sie warf ihm einen Blick zu. »Du verstehst nichts. Du hast nicht die geringste Ahnung von mir und all dem Dreck, in den ich immer dann geraten bin, wenn ich es am wenigsten erwartet hatte.«

»Und deshalb bist du nicht verheiratet oder mit irgend jemandem fest befreundet«, sagte er.

»Und deshalb wechseln wir jetzt das Thema. Du hast übrigens das Wort.« Sie drehte das Radio lauter. Regen trommelte auf das Wagendach.

Hammer sah aus dem Fenster des Krankenzimmers, in dem ihr Ehemann lag. Draußen regnete es. Randy und Jude saßen steif auf ihren Stühlen neben dem Bett und starrten auf die Monitore, die jede Veränderung des Herzschlags und der Sauerstoffaufnahme anzeigten. Der Gestank wurde von Stunde zu Stunde schlimmer, und die flüchtigen Augenblicke, in denen Seth zu Bewußtsein kam, gingen ebenso schnell vorüber, wie sie kamen. Immer wieder sank er in tiefe Bewußtlosigkeit, und seine Frau und seine Söhne konnten nicht erkennen, ob er ihre Anwesenheit und Zuwendung überhaupt noch wahrnahm. Für seine Söhne war das besonders bitter, entsprach es doch dem, was sie schon immer erlebt hatten. Ihr Vater nahm sie nicht zur Kenntnis.

Der Regen schlug gegen das Fenster und tauchte die Welt in wäßriges Grau. Hammer stand in derselben Haltung da, die sie schon den größten Teil des Vormittags eingenommen hatte. Mit verschränkten Armen stand sie am Fenster, die Stirn an die Scheibe gelehnt, mal in Gedanken versunken, mal völlig leer, und manchmal betete sie. Ihre Kommunikation mit der höheren Macht dort droben beschränkte sich nicht allein auf ihren Mann. Im Gegenteil, eher war sie besorgt um sich selbst. Sie wußte, sie stand an einem Scheideweg. Etwas Neues würde auf sie zukommen, das sie mehr herausforderte, als sie es je an Seths Seite hatte erleben können. Er war ihr all die Jahre immer eine Last gewesen. Ihre Kinder waren fort. Bald würde sie allein sein. Um das zu erkennen, brauchte sie keinen Spezialisten. Die fortschreitende Gier, mit der die Krankheit den Körper ihres Mannes fraß, sprach eine deutliche Sprache.

*Dein Wille geschehe,* sagte sie dem Allmächtigen. *Was es auch sei. Welchen Sinn soll es denn noch haben? Sicher, ich war keine besonders gute Ehefrau. Ich bin die erste zuzugeben, daß das nicht unbedingt mein Gebiet war. Wahrscheinlich war ich auch als Mutter nicht besonders gut. Ich möchte es an den Menschen da draußen wiedergutmachen. Okay? Sag mir nur, wie.*

Der Allmächtige, der mehr Zeit auf Hammer verwandt hatte und ihr verbundener war, als sie wußte, freute sich, das zu hören, denn mit dieser ganz besonderen Rekrutin hatte er noch ganz besondere Pläne. Nicht jetzt, sondern später, wenn die Zeit reif dazu war. Hammer würde es schon merken. Es würde eine ziemlich erstaunliche

Entwicklung sein, und nur der Allmächtige hatte die Fäden dazu in der Hand. Währenddessen ruhten Randys und Judes Blicke auf ihrer Mutter, zum erstenmal an diesem Tag, wie es schien. Wie ruhig sie dastand, die Stirn an der Scheibe, sie, die sonst immer in Bewegung war. Überwältigt von der tiefen Liebe und Achtung, die sie für sie empfanden, standen beide im selben Moment auf. Sie gingen von hinten auf sie zu, und Arme legten sich um ihre Schultern.

»Es ist in Ordnung, Mom«, sagte Randy liebevoll.

»Wir sind bei dir«, versicherte Jude. »Ich wünschte, ich wäre ein bedeutender Anwalt oder Arzt oder Banker oder sonstwas geworden, damit du sicher sein könntest, daß jemand für dich sorgt.«

»Ich auch«, stimmte Randy traurig zu. »Und wenn du dich unseretwegen nicht allzusehr schämst, möchten wir wenigstens deine besten Freunde sein. Okay?«

Hammer brach in Tränen aus. Die drei umarmten sich, während Seths Herz immer langsamer schlug, weil es nicht mehr weiter konnte oder weil ein Teil von Seth wußte, daß es in Ordnung war, wenn er jetzt ging. Um elf Minuten nach elf zeigte der Oszillograph Herzstillstand an, und Apparat und Ärzteteam konnten ihn nicht mehr zurückholen.

# Kapitel 24

West war mit Absicht an der Ausfahrt Sunset East vorbeigefahren. Brazils BMW abzuholen, war nicht, worum sie sich zuerst zu kümmern gedachte. Es war Viertel nach elf, und die meisten Menschen saßen jetzt in der Kirche und hofften, daß der Geistliche mit seiner Predigt bald an ein Ende kam. West war tief in Gedanken. Sie empfand eine entsetzliche Schwere, die sie sich nicht erklären konnte und die sie ihrem monatlichen Zyklus zuschrieb, obwohl der natürlich schon vorbei war.

»Geht es dir gut?« Brazil spürte ihre Stimmung.

»Ich weiß nicht«, sagte sie niedergeschlagen.

»Du wirkst wirklich deprimiert«, sagte er.

»Es ist seltsam.« Sie sah auf ihren Tacho und blickte sich nach State Troopers um, die hier vielleicht versteckt Streife fuhren. »Es hat mich wie aus heiterem Himmel überfallen. Ein wirklich schlimmes Gefühl. Als ob gerade etwas Furchtbares vor sich ginge.«

»Mir geht es auch manchmal so«, gestand Brazil. »Es ist, als ob etwas aus dem Nichts auf einen zukommt; verstehst du was ich meine?«

Sie wußte genau, was er meinte, aber nicht, warum sie das verstand. West hatte sich nie als der Welt einfühlsamste Person betrachtet.

»Mit meiner Mom ist mir das immer wieder so gegangen«, fuhr er fort. »Ich wußte schon, wenn sie schlechter Verfassung war, noch bevor ich das Haus betreten hatte.«

»Und wie ist es jetzt?«

West interessierte sich auf einmal für all diese Dinge, war aber nicht sicher, ob sie wußte, was mit ihr vorging. Normalerweise war sie sehr pragmatisch und beherrscht. Jetzt dagegen empfing sie von irgendwoher unerklärliche Signale und besprach diese mit einem zweiundzwanzigjährigen Reporter, mit dem sie gerade in einem Polizeiwagen unterwegs war.

»Meine Mutter ist jetzt nie mehr guter Verfassung.« Brazils Stimme war hart geworden. »Ich will von ihr nicht mehr so viel mitbekommen.«

»Gut, aber laß mich dir ein oder zwei Dinge sagen, Andy Brazil«, sagte West, die doch die eine oder andere Erfahrung im Leben gemacht hatte. »Ganz gleich, ob du aus ihrem Haus ausgezogen bist, du kannst sie nicht aus deinem Leben löschen. Ist dir das klar?« West griff nach einer Zigarette. »Du mußt dich mit ihr auseinandersetzen, denn wenn du das nicht tust, wird sie den Rest deines Lebens mit dir im unreinen sein.«

»Na, wunderbar. Erst hat sie mein bisheriges Leben durcheinandergebracht und nun auch noch den Rest.« Er starrte aus dem Fenster.

»Es gibt nur einen Menschen, der die Macht hat, dein Leben durcheinanderzubringen, und das bist du selbst. Und soll ich dir mal was sagen?« Sie blies den Rauch aus. »Wenn du mich fragst, hast du bis jetzt dein Leben verdammt gut im Griff.«

Er schwieg und dachte an Webb, und die Erinnerung an das, was passiert war, war wie eine eiskalte Dusche.

»Warum fahren wir eigentlich zu mir nach Hause?« gelang es Brazil schließlich zu fragen.

»Du hast zu viele Anrufe bekamen, bei denen sofort aufgelegt wurde«, antwortete West. »Willst du mir das erklären?«

»Irgendein Perverser«, murmelte Brazil.

»Wer?« West hörte das gar nicht gerne.

»Woher, zum Teufel, soll ich das wissen?« Das Thema langweilte ihn und war ihm unangenehm.

»Irgendein schwuler Typ?«

»Eine Frau, glaube ich«, sagte Brazil. »Keine Ahnung, ob sie lesbisch ist.«

»Wann hat das angefangen?« West wurde ärgerlich.

»Weiß nicht.« Als sie in die Auffahrt zum Haus seiner Mutter einbogen und hinter dem alten Cadillac parkten, zog sich sein Herz

zusammen. »Ungefähr als ich bei der Zeitung anfing«, sagte er leise.
West sah ihn an. Die Traurigkeit in seinen Augen als er auf die Ruine blickte, die er Zuhause nannte, ein Zuhause, das eine trostlose Wahrheit enthielt, berührte sie.
»Andy«, sagte West, »was denkt deine Mutter in diesem Moment? Weiß sie, daß du ausgezogen bist?«
»Ich hab ihr eine Nachricht hinterlassen«, antwortete er. »Sie war nicht wach, als ich gepackt habe.«
West war inzwischen klargeworden, daß *wach* eine Umschreibung für relativ nüchtern war. »Hast du seitdem noch einmal mit ihr gesprochen?«
Er öffnete die Tür. West nahm das Kästchen vom Rücksitz, eine Vorrichtung für eine Fangschaltung, und folgte ihm ins Haus. Sie fanden Mrs. Brazil in der Küche, wo sie sich mit zitternden Händen gerade Ritz Cracker mit Erdnußbutter bestrich. Sie hatte die beiden vorfahren hören, was ihr Zeit gegeben hatte, ihre Abwehrkräfte zu mobilisieren. Mrs. Brazil würdigte sie keines Wortes.
»Hallo«, sagte West.
»Wie geht's dir, Mom?« Brazil machte den Versuch, seine Mutter zu umarmen, aber sie wollte nicht und wehrte ihn mit dem Messer in der Hand ab.
Brazil fiel auf, daß der Knauf von seiner Zimmertür abgeschraubt war. Mit einem kleinen Lächeln sah er West an. »Ich hatte gar nicht an dich und dein Werkzeug gedacht«, sagte er.
»Es tut mir leid. Ich hätte ihn wieder anschrauben sollen.« Sie sah sich um, als könnte sie irgendwo einen Schraubenzieher entdecken.
»Mach dir darüber keine Gedanken.«
Sie gingen in sein Zimmer. Sie zog den Regenmantel aus und sah sich zögernd um, als sei sie noch nie hier gewesen. Seine Gegenwart in diesem kleinen privaten Bereich seines Lebens verwirrte sie. Hier hatte er als Junge gelebt, hier war er zu einem Mann herangewachsen, und hier hatte er seine Träume geträumt. Sie fühlte eine heiße Welle in sich aufsteigen, und ihr Gesicht rötete sich, während sie das Gerät für die Fangschaltung an sein Telefon anschloß.
»Natürlich hat das nicht mehr viel Sinn, wenn du in deinem Apart-

ment eine neue Telefonnummer bekommst«, erklärte sie. »Aber das Wichtigste ist zu erfahren, von wem diese Anrufe kommen.« Als sie fertig war, richtete sie sich auf. »Weiß außer deiner Mutter und mir noch jemand, daß du umgezogen bist?«

»Nein«, sagte er und sah sie an.

Außer seiner Mutter hatte noch nie eine Frau diesen Raum betreten. Brazil sah sich um und hoffte, daß nichts herumlag, das ihm peinlich sein könnte oder etwas von ihm preisgab, wovon sie nichts wissen sollte. Auch sie sah sich um, denn sie hatten es beide nicht eilig, zu gehen.

»Du hast eine Menge Auszeichnungen«, stellte sie fest.

Brazil zuckte mit den Schultern und ging zu dem überfüllten Regal, dessen Inhalt ihm nichts mehr bedeutete. Er zeigte auf den einen oder anderen besonders wichtigen Preis und erklärte ihr, wofür er ihn erhalten hatte. Er schilderte einige Höhepunkte in verschiedenen dramatischen Matches. Für eine Weile saßen sie auf seinem Bett, und er erzählte aus seiner einsamen Jugend, in der es eigentlich nur Fremde für ihn gegeben hatte. Er sprach von seinem Vater und sie von ihrer vagen Erinnerung an Drew Brazil.

»Ich weiß nur, wer er war. Das ist fast schon alles«, sagte sie. »Ich selbst war gerade erst zur Polizei gekommen, eine Bezirkspolizistin, die auf eine baldige Beförderung zum Sergeanten hoffte. Ich kann mich erinnern, daß alle Frauen ihn gutaussehend fanden.« Sie lächelte. »Darüber wurde oft gesprochen und davon, daß er nett sein mußte.«

»Er war nett«, sagte Brazil. »Vielleicht ein wenig altmodisch, aber das war eben die Zeit, in der er lebte.« Mit gesenktem Kopf zupfte er an seinen Fingernägeln. »Er war ganz verrückt nach meiner Mutter. Aber sie war von klein auf verwöhnt. Sie ist so aufgewachsen. Ich glaube, der Hauptgrund, warum sie mit seinem Tod nie zurechtgekommen ist, ist die Tatsache, daß sie jemanden verloren hatte, der sie abgöttisch geliebt und stets für sie gesorgt hat.«

»Du glaubst nicht, daß sie ihn geliebt hat?« West war neugierig. Sie war sich bewußt, wie nah sie auf seinem Bett beieinandersaßen. Sie war froh, daß die Tür halb offen stand und der Knauf abgeschraubt war.

»Meine Mutter weiß nicht, was es heißt, jemanden zu lieben, nicht einmal sich selbst.«

Brazil betrachtete sie. Seine Blicke brannten auf ihrer Haut. Draußen blitzte und donnerte es, und es regnete in Strömen. Auch sie sah ihn an, und sie fragte sich, ob das Leben in ein paar Jahren wohl diesen anmutigen Zug an ihm zerstören konnte. Bestimmt würde es so kommen. Sie stand vom Bett auf.

»Morgen mußt du als allererstes die Telefongesellschaft anrufen«, riet sie ihm. »Sag, daß du eine Fangschaltung beantragst. Dieser kleine Kasten nützt erst etwas, wenn sie eingerichtet ist, okay?«

Er sah sie einen Moment lang schweigend an. Dann fragte er plötzlich: »Ist das teuer?«

»Du wirst es dir leisten können. Wer hat es bei der Arbeit auf dich abgesehen?« wollte sie wissen und tat einen Schritt auf die Tür zu.

»Axel, ein paar Frauen beim Satz.« Er zuckte mit den Schultern. »Ich weiß es nicht. Ich merke das gar nicht.« Noch einmal ein Schulterzucken.

»Hat jemand die Möglichkeit, sich in deine Dateien einzuklicken?« fragte sie, während es draußen weiter donnerte.

»Ich wüßte nicht, wie.«

West sah sich seinen PC an.

»Den nehme ich noch mit zu mir. Neulich hatte ich keinen Platz mehr im Wagen«, erklärte er.

»Vielleicht solltest du deinen nächsten Bericht hierauf und nicht auf dem in der Redaktion schreiben«, sagte sie.

Brazil betrachtete sie noch immer. Er lag auf dem Bett, die Hände unter dem Kopf verschränkt. »Das würde nicht viel bringen«, sagte er. »Die Sachen müssen ja für den Druck in den Zeitungscomputer geladen werden.«

»Und wenn du dein Passwort änderst?« fragte sie. Sie lehnte jetzt an der Wand, die Hände in den Taschen.

»Das haben wir schon gemacht.«

Es blitzte, und der Wind peitschte Regen durch die Bäume.

»Wir?« fragte West.

Brenda Bond saß in ihrem Raum mit den Zentraleinheiten vor einem Keyboard. Sie arbeitete auch am Sonntag, denn was hätte sie sonst tun sollen? Das Leben hielt nicht viel für sie bereit. Sie trug eine Brille mit optischen Gläsern und einem teuren Modo-Gestell, das ihr bei Tommy Axel so gut gefallen hatte. Auch in anderer Hinsicht imitierte sie diesen Musikkritiker, weil er aussah wie Matt Dillon und wirklich cool war. Gerade durchforstete die Systemanalytikerin Bond kilometerlange Ausdrucke, und nichts, was sie fand, konnte sie freuen.

Die Architektur des computerisierten Mailsystems der Zeitung mußte nur neu konfiguriert werden. Was sie wollte, war einfach und nicht zuviel verlangt, aber sie war es leid, immer wieder zu versuchen, Panesa mit Präsentationen zu überzeugen, die er sich nicht einmal die Mühe machte anzusehen. Bonds Entwurf zielte im wesentlichen auf folgendes ab: Sie wollte einen Verteiler erstellen, über den ein Manager Ringsendungen zur Bearbeitung von Dateien an die angeschlossenen Teilnehmer mailte, mal mit, mal ohne eingeschalteten Überarbeitungsmodus, und als zweites sollte ein Verteiler an alle gleichzeitig mit abschließender Konsolidierung durch den Manager eingerichtet werden. Mit dem Magic Marker hatte Brenda Bond eine Grafik gezeichnet, die die Kommunikationspfade zwischen den Usern in bunten gepunkteten Linien und Pfeilen zeigte.

Bond brachte das für sich noch einmal auf den Punkt und unterbrach dann ihre Tätigkeit. Um Viertel nach drei ging plötzlich die Tür auf, und Deputy Chief Virginia West in Uniform stand überraschend vor ihr. West sah auf den ersten Blick, wen sie in Bond vor sich hatte: eine feige und hinterhältige Frau in mittleren Jahren, einen Wurm, der exakt in das Profil eines Menschen paßte, der Feuer legte, Briefbomben, getarnt als Gratisproben von Schmerzmitteln oder Augentropfen, verschickte und Mitmenschen mit Haßbriefen oder widerlichen Telefonanrufen verfolgte. West zog einen Stuhl heran, drehte die Lehne nach vorn und setzte sich nach Männermanier mit gespreizten Beinen darauf, die Arme auf die Lehne gestützt.

»Es ist interessant«, begann West nachdenklich. »Die meisten Menschen glauben, ein von einem Handy geführtes Gespräch könne nicht zurückverfolgt werden. Was sie aber nicht wissen, ist, daß ein solches Gespräch über einen Sendemast läuft. Und diese Sendemasten decken einen sehr kleinen Sektor ab, kaum größer als zweieinhalb Quadratkilometer.«

Bond begann zu zittern. Der Bluff wirkte.

»Ein gewisser junger männlicher Reporter erhält seit einiger Zeit obszöne Anrufe«, fuhr West fort. »Und wissen Sie, was?« Sie machte eine wohlgesetzte Pause. »Die Anrufe kommen genau aus dem Sektor, in dem Sie wohnen, Ms. Bond.«

»Ich, ich, ich ...« Bond stotterte, und schon tanzten Bilder von Gefängnisgittern und Sträflingskleidung vor ihren Augen.

»Viel mehr stört mich aber eigentlich, daß Sie in seine Dateien einbrechen.« Wests Stimme hatte einen harten Ton angenommen. Als sie sich auf ihrem Stuhl zurechtsetzte, knarrte das Leder ihres Polizeikoppels. »Und das ist ein Verbrechen. Seine Berichte an Channel Three weiterzugeben. Wie finden Sie das! Es ist, als wenn jemand Ihre Programme stielt und an die Konkurrenz verkauft.«

»Nein!« schrie Bond. »Nein, ich habe niemandem etwas verkauft!«

»Dann haben Sie Webb die Geschichten eben *gegeben.*«

»Nein!« Bond war jetzt in Panik. »Ich habe nie ein Wort mit ihm gewechselt. Ich habe nur der Polizei geholfen.«

Für einen Moment verschlug es West die Sprache. Das hatte sie nicht erwartet.

»Welcher Polizei?« fragte sie.

»Deputy Chief Goode hat mir den Auftrag gegeben.« Aus Angst legte Bond eine Generalbeichte ab. »Sie sagte, es sei Teil einer Undercoverermittlung ihrer Abteilung.«

Der Stuhl machte ein häßliches Geräusch auf dem Boden, als West aufstand. Als sie bei Hammer zu Hause anrief und die traurige Nachricht von Seth erfuhr, war das wie ein Schlag für sie.

»Mein Gott«, sagte West zu Jude, der den Anruf entgegengenommen hatte. »Ich hatte ja keine Ahnung. Ich will sie nicht stören. Kann ich irgend etwas für Sie tun?«

Hammer nahm ihrem fürsorglichen Sohn den Hörer aus der Hand. »Ist schon in Ordnung, Jude«, sagte sie und klopfte ihm auf die Schulter. »Virginia?« meldete sie sich.

Goode lag gemütlich auf der Couch und sah sich eine Videoaufzeichnung von *True Lies* an. Im Kamin zischte die Gasflamme, die Klimaanlage lief auf vollen Touren. Sie erwartete Webbs Anruf. Er hatte versprochen, vor den Achtzehn-Uhr-Nachrichten heimlich vorbeizukommen, und sie wurde langsam unruhig. Wenn er nicht in wenigen Minuten auftauchte, blieb nicht mehr genügend Zeit, irgend etwas zu besprechen oder zu tun. Beim Läuten des Telefons griff sie so hastig nach dem Hörer, als hinge ihr Leben von der Person des Anrufers ab. Mit Chief Hammer hatte Goode nicht gerechnet, ebensowenig damit, daß Hammer sie traurig über Seths Tod informierte. Außerdem ließ Hammer sie wissen, daß sie sie um Punkt sechzehn Uhr dreißig in Goodes Büro sprechen wolle. Euphorisch gestimmt sprang sie mit einem energischen Satz und von der Couch auf. Das konnte nur eines bedeuten: Hammer wollte einen ausgedehnten Urlaub nehmen, um ihre privaten Angelegenheiten zu regeln, und ernannte Goode für die Zeit zum diensttuenden Chief.

Hammer hatte allerdings ein ziemlich anderes Szenario für Deputy Chief Jeanny Goode im Sinn. Wenn auch ihre unmittelbare Umgebung nicht recht begriff, wie Hammer in einer derartigen Situation an Arbeit denken konnte, war es für sie die beste Therapie. Ihr Kopf wurde wieder klar. Sie war hellwach, und sie spürte so etwas wie einen heiligen Zorn. Während sie die graue Hose aus glänzendem Baumwollmaterial anzog, dazu eine graue Seidenbluse und eine Perlenkette, fühlte sie sich, als würde schon ein Blick von ihr genügen, um jemanden sich in Luft auflösen zu lassen. Sie brachte ihr Haar in Ordnung und sprühte sich einen Hauch Hermès auf die Handgelenke.

Dann stieg Chief Judy Hammer in ihren mitternachtsblauen Dienstwagen, schaltete die Scheibenwischer ein, um die Blätter zu entfernen, die der Regen von den Bäumen gerissen hatte. Sie setzte von der Auffahrt rückwärts in die Pine Street. Im selben Moment drangen die ersten Sonnenstrahlen durch die lastende Wolkendecke. Hammer spürte einen Kloß im Hals. Tränen brannten ihr in den Augen. Sie blinzelte und atmete tief durch. Zum erstenmal, seit er nicht mehr da war, nahm sie ihre Straße und ihre Umwelt wieder wahr. Alles sah aus wie immer, nur war es so nicht. Immer wieder mußte sie während der Fahrt tief durchatmen. Einerseits war sie bedrückt, andrerseits tobte sie innerlich. Das sollte Goode büßen. Einen ungünstigeren Zeitpunkt für ihr Bravourstück und dessen Aufdeckung hätte sich Goode gar nicht aussuchen können.

Goode war so unerschütterlich von der eigenen Wichtigkeit überzeugt, daß sie keinen Grund sah, ihre Uniform anzuziehen oder andere Kleidung, mit der sie ihrer trauernden Vorgesetzten Achtung und Respekt entgegengebracht hätte. Statt dessen fuhr sie in einem khakifarbenen kurzen Rock und einem T-Shirt zur Stadt zurück, die sie schon den ganzen Tag getragen hatte. Auch auf Webb hatte sie so gewartet. Der war allerdings mit Gartenarbeit beschäftigt gewesen und hatte nicht kommen können. Seit einigen Tagen hatte seine Frau ein mißtrauisches Auge auf ihn. Goode parkte ihren Miata auf dem reservierten Stellplatz. Noch überheblicher als sonst sah sie auf alle herab, die ihr begegneten. Der Aufzug trug sie in den zweiten Stock, wo ihr elegantes Büro in unmittelbarer Nähe der Räume lag, die bald die ihren sein würden.
Sie schloß die Tür hinter sich und wählte Webbs vertraute Nummer, und wie immer, wenn sich jemand anders als der gutaussehende Reporter meldete, legte sie auf. Sie war froh, daß ihr Dienstapparat so präpariert war, daß er Signale zerhackte und Fangschaltungen unmöglich machte. Als Webbs Frau sich meldete, legte Goode auf. Im selben Moment flog ihre Tür auf. Chief Hammer stürmte herein. Sie war nicht weit davon entfernt, ihrem Namen alle Ehre zu machen. Im ersten Moment dachte Goode noch, wie scharf ihre Vorgesetzte in Grau aussah. Ihrem zweiten – und zugleich letzten – Eindruck nach wirkte sie nicht gerade wie eine trauernde Witwe. Mit entschlossenen Schritten ging Hammer auf Goodes Schreibtisch zu und griff nach deren Messing-Namensschild.
»Sie sind gefeuert«, sagte Hammer mit einer Stimme, die keinen Zweifel offenließ. »Ihre Marke und ihre Waffe. Ihren Schreibtisch räumen Sie auf der Stelle. Ich mache schon einmal den Anfang.«
Hammer schleuderte das Namensschild in den Papierkorb. Ohne Goode eines weiteren Blickes zu würdigen, verließ sie den Raum. Obwohl sie wie eine Furie durch die Flure fegte, versäumte sie es nicht, allen, denen sie begegnete, zuzunicken oder sie zu grüßen.

Die Nachricht vom Tod ihres Mannes war bereits über Rundfunk verbreitet worden, und viele Mitglieder des Charlotte Police Department empfanden tiefes Mitgefühl und neuerwachten Respekt für ihre oberste Chefin. Trotz allem war sie da und tat ihren Dienst. Sie würde sie niemals im Stich lassen. Als ein Sergeant sah, wie Goode mit Tüten und Kartons voll Bürokram zu ihrem Wagen schlich, machte die frohe Kunde in sämtlichen Einsatzgebieten – Adam, Baker, Charlie und David –, in der Ermittlungsabteilung und bei der Bereitschaft sofort die Runde. Cops zeigten sich gegenseitig das Victory-Zeichen und gönnten sich eine kleine Pause auf dem Parkdeck oder im Bereitschaftsraum. Der Captain vom Dienst zündete sich trotz des Rauchverbots in seinem Büro seine geliebte Rum-Crook-Zigarre an.

Brazil machte bei seinem BMW auf dem Parkplatz gerade einen Ölwechsel, als sich sein Pieper meldete. Er ging hinein, wählte Wests Privatnummer und erfuhr so die gute Nachricht.

»Bond wird dich nicht mehr belästigen.« West versuchte, sich unbeteiligt zu geben, doch sie war wirklich stolz auf sich. »Auch wird dieses kleine Miststück Goode keinen deiner Artikel mehr ausliefern. Webb wird trockengelegt.«

Für Brazil war es ein Schock, und gleichzeitig jubelte er. »Wirklich?«

»Ganz sicher. Der Fall ist abgeschlossen. Hammer hat Goode gefeuert, und Bond ist wie gelähmt.«

»Diese Anrufe kamen von Bond?« Das paßte nicht in das Bild, das Brazil sich gemacht hatte.

»Genau.«

Irgendwie war er enttäuscht, daß es keine dynamischere und attraktivere Person war, die solche Gedanken für ihn hegte.

West spürte das und sagte: »Du siehst das nicht aus der richtigen Perspektive.«

»Wie meinst du das?« Er spielte den Naiven.

»Andy, ich erlebe solche Dinge immer wieder, und dabei ist es egal, ob es sich beim Täter um einen Mann oder eine Frau handelt. Der Unterschied ist nur, daß sich eine Frau wahrscheinlich nicht vor dir entblößen wird, und zumindest dafür solltest du dankbar sein«, erklärte sie. »Solche Aktionen haben nichts mit Sex zu tun oder mit einer Anziehungskraft in normalem Sinne, die man auf jemanden ausübt. Hier geht es ausschließlich darum, Macht über jemanden zu haben, jemanden zu erniedrigen. Es ist eine Form von Gewalt, das kannst du mir glauben.«

»Das weiß ich«, sagte er.

Dennoch wünschte er sich, es wäre ein halbwegs hübsches Wesen gewesen, das ihn auf diese Weise verbal belästigt hatte. Was hatte er nur an sich, das Leute wie dieses Ekel von der Autowaschanlage und jetzt Bond sich gerade ihn aussuchten? Warum? Sendete er Signale aus, die sie glauben ließen, man könne ihn derart mißbrauchen? Er war sicher, bei West oder Hammer würde das niemand wagen.

»Ich muß weiter«, sagte West. Brazil war enttäuscht und gereizt zugleich.

Eilig beendete er seinen Ölwechsel. Er hatte eine Idee.

Auch West hatte eine Idee. Sie rief Raines an, ein Unterfangen, das ebenso außergewöhnlich wie überraschend war. West hatte ihn noch nie angerufen, und privat rief sie auch andere Menschen nicht an, außer Brazil. Alle, die sie kannten, wußten und akzeptierten das. Raines hatte an diesem Abend frei und freute sich auf ein gerade erschienenes lustiges Video über Pannen beim Sport, das er sich für das Wochenende besorgt hatte. West hatte Lust auf Pizza. Sie kamen zu dem Schluß, daß sich ihre Interessen eigentlich auf recht angenehme Weise verbinden ließen. Also machte er sich in seinem mächtig aufgemotzten und frisierten 73er Corvette Stingray auf den Weg zu ihr. Der Wagen war schwarz lackiert und mit zusätzlichen Dachscheinwerfern, getöntem Glastop und Rallyestreifen ausgestattet. Meistens hörte West ihn schon von Ferne.

Brazil fand, er müsse sich etwas ausdenken, um West zu zeigen, wie dankbar er ihr war, daß sie seine Lebenskrise gelöst hatte. Warum sollten sie beide das nicht feiern? Es war ein großer Tag für sie gewesen. Sie hatte ihm Bond und Webb vom Hals geschafft, und gleichzeitig war das ganze Police Department Goode losgeworden. Eilig fuhr Brazil zum nächsten Laden und kaufte die beste Flasche Wein, die er in der gläsernen Kühlung finden konnte, einen Dry

Creek Vineyard 1992 Fume Blanc für neun Dollar und neunundvierzig Cent.
Es würde sie sicher überraschen und freuen, und vielleicht konnte er ja sogar Niles für eine Weile streicheln. Vielleicht konnte er auch etwas länger bei West bleiben und so etwas mehr über sie erfahren. Vielleicht lud sie ihn zum Fernsehen oder Musikhören ein. Dann würden sie gemeinsam in ihrem Wohnzimmer sitzen, Wein trinken, reden und einander Geschichten aus ihrer Vergangenheit und von ihren Träumen erzählen.
Überschäumend vor Glück, daß seine Probleme gelöst waren und er eine Freundin wie sie gefunden hatte, fuhr Brazil nach Dilworth. Er dachte an seine Mutter und fragte sich, was sie wohl tun mochte, und freute sich, daß es ihr nicht mehr gelang, ihn so runterzuziehen. Er fühlte sich nicht mehr so, als hinge ihre Entscheidung davon ab, was er tat oder nicht tat.

In Wests Wohnzimmer brannte kein Licht, aber der Fernseher lief. Sie saß mit Raines auf der Couch. Vor ihnen stand eine dreistöckige Pizza vom Pizza Hut. Raines saß auf der Kante seines Sitzpolsters, trank Coors Light und lachte sich kaputt über sein neues Video. Es war zweifellos das Beste dieser Art, und er wünschte sich nur, West würde es ihn ungestört ansehen lassen. Sie küßte ihn, knabberte an ihm herum und fuhr ihm mit den Fingern durch die dichten schwarzen Locken. Sie ging ihm auf die Nerven, außerdem war so etwas ganz und gar nicht ihre Art.
»Was, zum Teufel, ist mit dir los?« fragte er geistesabwesend.
Er versuchte, an ihr vorbeizuschauen, während er mit derselben Begeisterung in ihrem Haar spielte, mit der Niles mit den Vorderpfoten den Teppich traktierte.
»Ja! Ja! Schau dir den Wurf an! Da, das Korbbrett! Reiß es ganz runter! Oh, Mist! Sieh dir das an! Himmel! *Genau gegen den Pfosten.* Oh, Mann.« Raines lehnte sich wieder zurück.
Die nächsten fünf Minuten war Eishockey an der Reihe. Der Torwart bekam einen Schläger zwischen die Beine. Der Puck riß zwei Schutzmasken herunter und traf einen Schiedsrichter am Mund. Raines kriegte sich nicht mehr ein. Was gab es Tolleres als Sport und

Verletzungen, und nichts gefiel ihm besser, als wenn beides zusammentraf. Bei jedem Unfall stellte er sich vor, daß er mit der Bahre und seinem Erste-Hilfe-Koffer hineilte. Raines der Retter. West knöpfte ihre Bluse auf. Sie warf sich auf ihn, und küßte ihn mit hoffnungsloser Leidenschaft. Raines legte sein Stück Pizza in den Karton zurück.
»Wieder die Hormone?« Er hatte sie noch nie so verzweifelt erlebt.
»Ich weiß es nicht.« Sie war noch immer mit dem Öffnen von Knöpfen und Haken beschäftigt.

Auf der Couch ging es ernsthaft zur Sache, während Niles sich in sein Heiligtum über der Spüle zurückzog. Er mochte Reifenmann nicht besonders. So nannte er ihn, seit er in einer Zeitung, mit der sein Katzenklo ausgelegt war, eine Reklame für Radialreifen gesehen hatte, wie Reifenmann sie an seinem Auto hatte. Reifenmann war immer unangenehm laut und nie freundlich zu Niles oder auch nur wohlwollend. Mehr als einmal hatte ihn Reifenmann von der Couch geschubst, und bei einer dieser Gelegenheiten hätte Niles am liebsten sein Schicksal herausgefordert, hatte es dann aber doch lieber gelassen.
Anbetungsvoll sah er zu seinem fernen, traurigen König hinüber. *Ich helfe dir. Hab keine Angst. Meine Herrin weiß von Wäsche und Geld. Sie ist sehr mächtig, und sie wird dich und die Usbeeceer beschützen.* Niles zuckte mit einem Ohr, als er ein zweites Motorgeräusch hörte, ein angenehm tief brummendes, das er wiedererkannte. Pianomann. Der war nett und hatte mit seinen Fingern an Niles Rippen und Wirbelsäule wie auf einem Klavier gespielt und ihn direkt hinter den Ohren gekrault, bis Niles vor Wohlbehagen umgefallen war und sich an der Fensterscheibe gestoßen hatte. Niles stand auf und streckte sich. Freudig erregt stellte er fest, daß Pianomann hinter dem Haus abbremste. Die wenigen Male, die er aus irgendwelchen Gründen vorbeigekommen war, hatte er immer dort geparkt.

Für West und Raines ertönte die Türklingel im ungünstigsten Augenblick. Raines war inzwischen ganz bei der Sache und nur noch wenige Minuten vom Sieg entfernt. Wer konnte es wagen, so rücksichtslos zu sein und unangemeldet reinzuplatzen? So einem sollte man den Hals umdrehen. Raines zog sich schwitzend und keuchend ans Couchende zurück.

»Verdammter Mistkerl«, stieß er wütend aus.

»Ich geh schon«, sagte West.

Sie stand auf, zog und strich ihre Kleidung zurecht, schloß Knöpfe und Reißverschlüsse. Auf dem Weg zur Tür fuhr sie sich mit den Fingern durch das Haar. Sie sah sicher ramponiert aus und hoffte nur, daß es nicht Mrs. Grabman war, die zwei Häuser weiter wohnte. Mrs. Grabman war eine ziemlich nette alte Frau, aber sie hatte die Angewohnheit, jedes Wochenende, an dem West zu Hause war, vorbeizukommen. Als Vorwand brachte sie ihr gewöhnlich Gemüse aus ihrem Garten mit, in Wirklichkeit aber mischte sie sich entweder in Angelegenheiten ein, die sie nichts angingen, oder sie beklagte sich über verdächtige Individuen in der Nachbarschaft. West hatte bereits eine lange Reihe reifender Tomaten auf ihrer Frühstückstheke liegen, und im Kühlschrank stapelten sich in zwei Schubladen Okras, grüne Bohnen, kleine Kürbisse und Zucchini.

Die sicherheitsbewußte West, die es nie geschafft hatte, sich eine Alarmanlage einzubauen, rief durch die Tür: »Wer ist da?«

»Ich bin's«, sagte Brazil.

Aufgeregt und ahnungslos, den Wein in der Hand, wartete er auf der untersten Stufe. Der alte, schwarze Wagen auf der Straße gehörte vermutlich einem Jugendlichen aus der Nachbarschaft. Es war ihm nie in den Sinn gekommen, daß Denny Raines etwas anderes fahren könnte als einen Krankenwagen. West öffnete die Tür. Brazil sah sie an und strahlte. Er streckte ihr den Wein in der braunen Papiertüte entgegen.

»Ich dachte, wir könnten wenigstens anstoßen auf ...« fing er an.

Verlegen nahm West die Flasche entgegen. Seine Reaktion auf ihr zerzaustes Haar, die roten Flecken am Hals und die verknöpfte Bluse war nicht zu übersehen. Brazils Lächeln gefror vollends, als sein Blick über den Tatort wanderte. Raines tauchte hinter seiner Frau auf und sah zu Brazil am Treppenabsatz hinunter.

»He, was gibt's, Sportsfreund?« grinste Raines ihn an. »Ich mag Ihre Geschichten ...«

Wie von der Tarantel gestochen, rannte Brazil zu seinem Wagen zurück.

»Andy!« rief West ihm nach. »Andy!«

Sie lief die Stufen hinunter, als sein BMW mit aufheulendem Motor in die untergehende Sonne raste. Raines folgte ihr zurück ins Wohnzimmer, wo sie ihre Bluse ordentlich zuknöpfte und sich das Haar glattstrich. Den Wein hatte sie auf einen Tisch außerhalb ihres Blickfelds gestellt. Sie wollte ihn nicht sehen und nicht daran erinnert werden, wer ihn ihr gebracht hatte.

»Was hat der denn für ein Problem, zum Teufel?« wollte Raines wissen.

»Ist eben ein reizbarer Schriftsteller«, murmelte sie.

Aber das interessierte Raines schon nicht mehr. Er und West hatten noch ein paar Tore zu schießen. Er umfaßte sie von hinten und tätschelte sie, während sich seine Zunge in ihrem Ohr zu schaffen machte. Doch noch bevor das Spiel zu Ende war, umdribbelte sie ihn, ließ ihn stehen und war mit dem Ball weg.

»Ich bin müde«, sagte sie gereizt.

Raines verdrehte die Augen. Er hatte genug von ihrem mangelnden Sportsgeist und all den Spielunterbrechungen.

»Na prima«, sagte er und ließ seine Kassette mit den Sportszenen aus dem Recorder springen. »Ich möchte dir eine Frage stellen, Virginia.« Verärgert stapfte er zur Tür und blieb gerade so lange stehen, daß er ihr noch einen wutentbrannten Blick zuwerfen konnte. »Wenn du beim Essen bist, und das Telefon klingelt, was passiert dann, nachdem du wieder aufgelegt hast? Ißt du weiter, oder läßt du das dann auch einfach stehen? Gibst du auf, nur wegen einer winzigen Unterbrechung?«

»Hängt davon ab, was ich gerade esse«, erklärte West.

Brazil gönnte sich ein spätes Dinner bei Shark Finn's an der Old Pineville Road, nicht weit von der Bourbon Street. Nachdem er Wests Haus in rasendem Tempo hinter sich gelassen hatte, war er eine Weile herumgefahren, und von Augenblick zu Augenblick hatte seine Wut zugenommen. Wahrscheinlich gehörte es nicht zu seinen klügsten Entscheidungen, in Fourth Ward vor Tommy Axels

Wohnung mit der rosa Tür anzuhalten. Er parkte, stieg aus und merkte, daß er von einer Reihe von Männern beobachtet wurde. Er erwiderte ihre Blicke nicht besonders freundlich, und auch zu Axel war er es nicht.
Was nämlich für Axel ein erstes Date hielt, war für Brazil ein Racheakt. Der sollte in Shark Finn's Jaws Raw Bar seinen Anfang nehmen. Ein riesiger Rochen begrüßte dort jeden Eintretenden mit aufgerissenem Maul und verwundertem Glasaugen-Blick. Die Holztische waren ungedeckt, der Plankenfußboden unlackiert. Zur Dekoration hingen vor fleckigen Glasscheiben Kokosnüsse, in die Gesichter geschnitzt waren, und Seesterne mit eingerollten Armen. Brazil hielt sein Red Stripe Bier in beiden Händen und dachte, er müsse von allen guten Geistern verlassen gewesen sein, als er dem verrückten Impuls nachgegeben hatte, der ihn jetzt in dieses Lokal geführt hatte.
Axel sah ihn mit glühenden Blicken an, als sei ein Traum Wirklichkeit geworden. Er fürchtete, seine Vision könne sich in Nichts auflösen, wenn er auch nur einen Moment wegsah. Brazil war sicher, daß andere Gäste – manche schlürften rohe Austern, manche wurden immer betrunkener –, Axels Absichten durchaus er- und seine eigenen verkannten. Es war eine ungünstige Konstellation, denn die meisten der anwesenden Männer fuhren Pick-ups und fühlten sich von höherer Stelle dazu berufen, Frauen zu schwängern, Waffen zu besitzen und Schwule umzubringen.
»Kommst du oft hierher?« Brazil schwenkte das Bier in der braunen Flasche.
»So oft es geht. Hungrig?« Axel grinste und zeigte seine besonders schönen weißen Zähne.
»Irgendwie schon«, sagte Brazil.
Sie standen auf und gingen in die Krebshütte, die sich nur unwesentlich von der Raw Bar unterschied, abgesehen von den Deckstühlen an den Tischen und Ventilatoren, die sich so schnell drehten, als wollten sie jeden Augenblick abheben. Aus den Lautsprechern erklang Jimmy Buffett. Auf ihrem Tisch standen eine Kerze und eine Flasche Tabasco. Brazil mußte mehrere Päckchen Süßstoff unter das eine Bein legen, um sein Wackeln zu beheben. Als Aperitif

bestellte sich Axel einen Shark Attack mit viel Myers's Rum und überredete Brazil zu einem Rum Runner, der genügend Alkohol enthielt, um in Brazils Kopf mindestens die Hälfte der Lichter ausgehen zu lassen. Als ob Brazil nicht schon genug Probleme hatte, bestellte Axel auch noch einen Blechkühler voll mit eisgekühlten Flaschen Rolling Rock Bier. Der Musikkritiker war sich ganz sicher: Das alles zusammen würde seinen Zweck schon erfüllen. In seinen Augen glich Brazil einem jungen Hund, den man sich nur abrichten mußte. Verwundert kam Axel der Gedanke, daß der Junge offenbar noch nie in seinen Leben betrunken gewesen war. Unglaublich. Wo war der denn aufgewachsen? Im Kloster oder in einem Mormonentempel? Brazil trug wieder einmal etwas zu enge Jeans aus seiner Collegezeit, dazu das T-Shirt eines Tennisteams. Axel versuchte nicht daran zu denken, wie es wohl wäre, wenn er ihm diese Sachen auszöge.

»Hier ist alles gut«, sagte Axel und beugte sich in den Schein der Kerze vor. Die Speisekarte hatte er sich gar nicht erst angesehen. »Gebackene Teigtaschen mit Muscheln, Krebsfrikadellen, Po-Boy Sandwiches. Ich mag besonders gern diese fritierten Teignester, und normalerweise nehme ich gebratene Jakobsmuscheln.«

»Okay«, sagte Brazil zu Axel, der ihm inzwischen in doppelter Gestalt gegenübersaß. »Ich glaube, du willst mich betrunken machen.«

»Aber nicht doch«, antwortete Axel und winkte der Kellnerin. »Du hast doch kaum etwas intus.«

»Ich trinke normalerweise überhaupt nicht. Und ich laufe jeden Morgen zwölf Kilometer«, betonte Brazil.

»Oh, Mann«, sagte Axel. »Du bist wohl sehr behütet aufgewachsen. Sieht aus, als müßte ich dich ein bißchen erziehen und dir zeigen, wo's lang geht.«

»Das glaube ich nicht.« Brazil wollte nach Hause, sich in seinem Bett verkriechen. Allein. »Mir geht es nicht besonders, Tommy.«

Axel überzeugte Brazil, daß Essen die beste Medizin sei, und in gewisser Weise hatte er da auch recht. Nachdem Brazil sich auf der Herrentoilette übergeben hatte, fühlte er sich besser. Er ging zu Eistee über und wartete darauf, daß sein inneres Wetter aufklarte.

»Ich muß jetzt gehen«, sagte er dem immer verdrießlicher werdenden Axel.
»Noch nicht«, sagte Axel, als ob die Entscheidung bei ihm läge.
»Ganz bestimmt. Ich gehe«, sagte Brazil mit höflicher Bestimmtheit.
»Wir konnten noch nicht einmal richtig miteinander reden«, sagte Axel.
»Worüber?«
»Das weißt du doch.«
»Muß ich raten?« Die Situation wurde Brazil langsam unangenehm, zudem war er mit seinen Gedanken ohnehin in Dilworth.
»Du weißt es«, wiederholte Axel und sah ihn bohrend an.
»Ich möchte nur, daß wir Freunde sind«, ließ Brazil ihn wissen.
»Genau das möchte ich auch«, stimmte ihm Axel mit Nachdruck zu.
»Ich möchte, daß wir uns wirklich gut kennenlernen, damit wir die besten Freunde werden können.«
Brazil war durchaus in der Lage, Untertöne zu hören, wenn es welche gab. »Du möchtest eine größere Freundschaft als ich. Und du willst sie in diesem Moment beginnen. Ganz gleich, was du behauptest, ich weiß, wie das läuft, Tommy. Was du sagst, ist nicht aufrichtig. Wenn ich in diesem Moment sagte, ich ginge mit dir nach Hause, würdest du sofort darauf eingehen, *einfach so.*« Er schnippte mit den Fingern.
»Was ist daran verkehrt?« Axel gefiel die Vorstellung nicht übel, und er fragte sich, ob sie sich vielleicht nicht doch irgendwie realisieren ließe.
»Hör zu. Da ist ein Widerspruch. So etwas nennt man nicht Freundschaft. So etwas nennt man jemanden reinlegen«, klärte Brazil ihn auf. »Ich bin kein Stück Fleisch, und ich lege auch keinen Wert darauf, ein One-Night-Stand zu sein.«
»Wer hat denn etwas von einer Nacht gesagt? Ich bin ein Mensch für Langzeitbeziehungen«, versicherte ihm Axel.
Brazil konnte nicht umhin, zwei tätowierte Typen mit dicken Muskelpaketen zur Kenntnis zu nehmen. Sie steckten in ölverschmierten Overalls, tranken Budweiser aus Langhalsflaschen und sahen mit großen Ohren zu ihnen herüber. Das verhieß nichts Gutes, aber Axel war zu besessen, um etwas zu bemerken. Er sah nicht, wie die

beiden, Zahnstocher zwischen den gemein grinsenden Lippen, mit ihren Wurstfingern auf die Tischplatte trommelten und mit zu Schlitzen zusammengekniffenen Augen Pläne für den Augenblick schmiedeten, wenn die beiden Tunten über den finsteren Parkplatz zu ihrem Wagen gehen würden.

»Ich empfinde sehr viel für dich, Andy«, fuhr Axel fort. »Ehrlich, ich bin in dich verliebt.« Er ließ sich zurücksinken und warf in dramatischer Verzweiflung die Arme in die Luft. »So, jetzt ist es heraus. Du kannst mich hassen, wenn du willst. Mir aus dem Weg gehen.«

»Ist ja zum Kotzen«, sagte Rizzo, dessen gut sichtbares Tatoo eine vollbusige nackte Frau namens Tilly zeigte.

»Ich brauche frische Luft«, stimmte sein Kumpel, Buzz Shifflet, zu.

»Tommy, es wäre klug, so schnell wie möglich von hier zu verschwinden«, schlug Brazil leise, aber bestimmt, vor. »Ich habe einen Fehler gemacht, und dafür entschuldige ich mich. Ich hätte nicht bei dir vorbeikommen sollen, und wir sollten nicht hier sein. Ich war schlechter Laune und habe es an dir ausgelassen. Aber jetzt machen wir uns aus dem Staub, oder es kostet uns das Leben.«

»Du haßt mich also.« Am Boden zerstört versank Axel in sein gewohntes Du-hast-mich-tief-verletzt.

»Du bleibst hier.« Brazil stand auf. »Ich komme mit deinem Wagen zum Vordereingang, und du springst rein. Kapiert?« Er mußte an West denken, und seine Wut kehrte zurück.

Brazil sah sich um, als erwarte er jeden Moment eine Schießerei. Zwar war er auf alles gefaßt, doch er kannte auch seine Grenzen. Überall saßen diese groben Kerle, tranken Bier und aßen fritierten Fisch mit Sauce Tatar, Cocktailsauce oder Ketchup. Ihre Blicke ruhten auf Axel und Brazil. Axel hatte begriffen, daß es klug von Brazil war, den Wagen zu holen und damit vorzufahren.

»Ich zahle inzwischen die Rechnung«, sagte Axel. »Das Dinner geht auf mich.«

Brazil wußte sehr genau, daß die beiden großen Typen in ihren Overalls in diesem Augenblick bereits auf dem spärlich beleuchteten Parkplatz auf die beiden Schwulen warteten. Daß sie von ihm und seinem Lebenswandel einen falschen Eindruck hatten, machte Brazil nicht viel aus, aber er hatte nicht die geringste Lust, sich die

Scheiße aus dem Leib prügeln zu lassen. Er dachte rasch nach, wobei sein Blick auf die Empfangsdame in der Raw Bar fiel. Sie saß an einem Tisch, rauchte und schrieb die Tagesgerichte von morgen auf eine Tafel.

»Ma'am«, sprach er sie an. »Könnten Sie mir wohl bei einem ernsthaften Problem behilflich sein?«

Sie sah ihn skeptisch an und änderte fast unmerklich ihre Haltung. So etwas sagten Männer jeden Abend zu ihr, nachdem sie jede Menge Bier intus hatten. Das Problem war stets dasselbe und leicht zu lösen, wenn sie nichts dagegen hatte, für etwa zehn Minuten durch die Hintertür des Restaurants zu verschwinden und ihre Jeans fallen zu lassen.

»Und welches?« Sie schrieb weiter, ohne dem Trottel weitere Beachtung zu schenken.

»Ich brauche was Spitzes«, sagte er.

»Was genau?« Sie sah erneut zu ihm auf. »Etwas zum Schreiben?«

»Nein, Ma'am. Ich meine eine Stecknadel oder eine Nähnadel und etwas zum Sterilisieren«, erklärte er ihr.

»Wofür?« sie runzelte die Stirn und öffnete ihre dicke kunstlederne Handtasche.

»Für einen Splitter.«

»Ach so!« Jetzt hatte sie verstanden. »Ist ziemlich unangenehm, so was. Hier kann man sich überall einen reinziehen. Sekunde, Herzchen.«

Sie angelte ein durchsichtiges Plastikkästchen mit Nähutensilien aus der Tasche und zog eine Nadel heraus. Das Kästchen hatte sie aus dem letzten Hotel, in das sie ein reicher Typ mitgenommen hatte. Sie reichte ihm eine Flasche Nagellackentferner. Er tauchte die Nadel in das Azeton. Dann ging er mutig zur Eingangstür. Natürlich lauerten die beiden Kerle neben ihrem Wagen. Als sie Brazil entdeckten, kamen sie langsam auf ihn zu. Er stach sich mit der Nadel schnell in den linken Zeigefinger, dann rechts in Zeigefinger und Daumen, quetschte so viel Blut heraus, wie möglich und schmierte es sich auf Stirn und Wangen. Dann schlug er die Hände vor sein Gesicht und tat, als taumele er.

»Oh, Gott«, jammerte er und wankte die Stufen hinunter. Er fiel

gegen das Geländer, stöhnte und hielt sich sein blutiges, verletztes Gesicht, ein abstoßender Anblick.
»Scheiße.« Rizzo war jetzt bei ihm und wich zurück. »Verdammt, was ist denn mit dir los?«
»Mein Vetter, da drinnen«, sagte Brazil schwach.
»Meinst du die Tunte, mit der du da zusammengesessen hast?« fragte Shifflet.
Brazil nickte. »Genau der, Mann. Der Scheißkerl hat AIDS und hat mich mit Blut bekotzt! Können Sie sich das vorstellen? Oh, Gott.« Er wankte eine weitere Stufe hinunter. Shifflet und Rizzo gingen aus dem Weg.
»Es ist mir in die Augen gelaufen und in den Mund! Sie wissen, was das heißt! Wo ist hier das nächste Krankenhaus, Mann? Ich muß ins Krankenhaus. Können Sie mich hinfahren? Bitte.«
Brazil wankte weiter und stolperte fast gegen die beiden. Shifflet und Rizzo rannten, was das Zeug hielt. Sie sprangen in ihren Nissan Hard Body XE, Steine wirbelten durch die Luft, als sie auf ihren durchdrehenden, überdimensionierten Reifen davonbrausten.

# Kapitel 25

Am nächsten Abend, es war Montag, genoß auch Blair Mauney III ein gutes Dinner in der Queen City. Wie immer, wenn die Geschäfte ihn in die Zentrale riefen, aß er bei Morton's of Chicago. Er war Stammgast in diesem erstklassigen Steakhaus mit seinen bunten Glasscheiben. Es lag neben dem Carillon und gegenüber der First Presbyterian Church mit ihren ebenfalls farbigen Fenstern. Nur waren die älter und prächtiger, besonders bei Dunkelheit. Mauney fühlte sich einsam und hatte Lust auf Gesellschaft.

Mauney brauchte keine Erklärung von der hübschen jungen Kellnerin, die mit einem Wagen voll rohen Fleisches und lebenden Langusten, die ihm mit zusammengebundenen Scheren zuwinkten, an seinen Tisch kam. Er bestellte stets ein New York Strip, medium, eine Folienkartoffel nur mit Butter und einen Tomatensalat mit gehackten roten Zwiebeln und dem berühmten Roquefort-Dressing des Hauses. Dazu genehmigte er sich reichlich Jack Black on the rocks.

Am nächsten Morgen stand ein Frühstück mit Cahoon und dem Leiter der Abteilung Risikokapital, dem Leiter der Abteilung Firmenkredite, dem Leiter der US Bank South sowie ein paar weiteren Präsidenten auf dem Plan. Es war reine Routine. Sie würden an einem höchst eleganten Tisch in Cahoons höchst elegantem Olymp sitzen. Nach Mauneys Wissen gab es weder eine Krise noch gute Neuigkeiten, nur wieder dasselbe, und seine schlechte Laune steigerte sich.

Die Bank war 1874 von seinen Vorfahren gegründet worden, und eigentlich sollte Mauney es sein, der es sich in der Krone da oben bequem machte und sein Schwarzweißfoto regelmäßig im *Wall Street Journal* abgebildet fand. Mauney haßte Cahoon, und wann immer sich die Möglichkeit bot, verspritzte er Gift gegen seinen Boß, verbreitete üble Gerüchte, die versteckte Anspielungen auf seine exzentrischen Neigungen enthielten, seine mangelnde Urteilsfähigkeit, Dummheit und niederträchtigen Motive, die hinter dem Guten steckten, das Cahoon in der Welt getan hatte. Wie immer bat Mauney um ein Doggie Bag, schließlich wußte er nie, ob er vielleicht später in dem luxuriösen Parkhotel am Southpark Mall nicht noch einmal Hunger bekam.

Er bezahlte die Rechnung von dreiundsiebzig Dollar und siebzig Cent und ließ zwei Prozent weniger Trinkgeld als die gewohnten fünfzehn auf dem Tisch liegen. Auf den Cent genau errechnet hatte er diesen Betrag mit Hilfe eines hauchdünnen Taschenrechners, den er stets in seiner Brieftasche trug. Die Kellnerin hatte ihn zu lange auf seinen vierten Drink warten lassen, und daß sie viel zu tun hatte, ließ er nicht gelten. Auf dem Bürgersteig vor dem Restaurant an der West Trade Street standen wie immer die Parkdiener bereit. Mauney stieg in den gemieteten schwarzen Lincoln Continental und verspürte nicht die geringste Lust, schon zu seinem Hotel zurückzukehren.

Er dachte flüchtig an seine Frau, ihre zahllosen chirurgischen Eingriffe und sonstigen medizinischen Hobbies und überschlug deren Kosten. Was er in einem Jahr für sie ausgab, übertraf jede Vorstellung, und kein einziger dieser vielen Schnitte und Stiche hatte ihr Aussehen wirklich verbessert. Sie war eine Schaufensterpuppe, deren Lebensinhalt aus Kochen und dem Besuch von Cocktailparties bestand. Irgendwo, tief in Mauneys Bankergedächtnis vergraben, lag noch die Erinnerung an eine Polly, die er bei Sweetbriar kennengelernt hatte. Damals, im Mai, war er zusammen mit einem Wagen voller Kumpel an einem Samstagabend zum Tanz dorthin gefahren. Sie war bezaubernd gewesen in ihrem blauen Kleid, aber herangelassen hatte sie ihn nicht.

Der Zauber war geschehen. Er mußte sie sofort haben. Doch Polly war immer beschäftigt, schwer zu erreichen und gleichgültig. Er begann, sie zweimal täglich anzurufen. Hoffnungslos vernarrt tauchte er auf dem Campus auf. Natürlich wußte sie genau, was sie tat. Sorgfältig war sie zu Hause, im Internat und auf dem exklusiven

Mädchencollege auf derartige Situationen vorbereitet worden. Sie wußte, wie Männer reagierten, wenn ein Mädchen ihre Aufmerksamkeiten bemerkte. Polly spielte die Rolle der Unzugänglichen gut. Sie wußte, daß Mauneys Herkunft und Brieftasche genau dem entsprachen, was man ihr von Kindheit an prophezeit hatte, weil es ihre Bestimmung war und ihr Anrecht. Vierzehn Monate nach ihrer ersten Begegnung, oder genauer exakt zwei Wochen nach Pollys Collegeabschluß cum laude in Englisch, heirateten sie. Dieses Examen befähigte sie nach Meinung ihres frischgebackenen, stolzen Ehemanns in besonderem Maße zum Verfassen von Einladungen und Dankeskarten.
Mauney konnte nicht mehr festmachen, wann genau die zahlreichen physischen Probleme seiner Frau begonnen hatten. Ihm schien, sie hatte noch Tennis gespielt, gut in Form und das Glück genießend, das er ihr noch bis nach der Geburt ihres zweiten Kindes ermöglichte. Frauen. Mauney würde sie nie verstehen. Er war jetzt auf der Fifth Street und fing an, ziellos durch die Straßen zu fahren, wie er es immer tat, wenn er in Gedanken war. Der Anblick des Nachtlebens erregte ihn. Er dachte an die Reise, die er am nächsten Nachmittag antreten wollte. Seine Frau dachte, er bliebe drei Tage in Charlotte. Cahoon und Konsorten glaubten, er würde nach dem Frühstück nach Asheville zurückfliegen. Beide hatten keine Ahnung.

Während die Familienangehörigen aus dem fernen Los Angeles und New York mit dem Flugzeug anreisten, widmeten sich Chief Hammer und ihre Söhne als Hinterbliebene der traurigen Aufgabe, Schränke und Schubladen durchzugehen, um Seths Kleidung und andere persönliche Dinge zu ordnen, untereinander aufzuteilen oder wegzugeben. Hammer konnte das Bett ihres verstorbenen Mannes nicht ansehen. Hier hatte der Alptraum seinen Anfang genommen. Hier hatte er sich betrunken und anschließend seinen Phantasien hingegeben, wie er sie diesmal wirklich verletzen könnte. *Nun, es ist dir gelungen, Seth. Das hast du dir fein ausgedacht,* ging es Hammer durch den Kopf. Sie legte Hemden, Shorts und Unterwäsche, durchweg Größe XXXL, sowie Socken für die Heilsarmee zusammen und verpackte sie in Tüten.

Sie machten keine Pläne, was mit Seths Wertgegenständen geschehen sollte, seinen vier Rolex-Armbanduhren, dem Trauring, der ihm schon seit über zehn Jahren nicht mehr gepaßt hatte, der Sammlung alter goldener Uhren aus dem Besitz seines Großvaters, dem Jaguar und ganz zu schweigen den Aktien und dem Bargeld. All diese Dinge waren Hammer völlig gleichgültig, und sie war eigentlich darauf gefaßt, daß er sie in seinem Testament ein letztes Mal zum Narren halten würde. Sie war nie materialistisch gewesen und wollte auch jetzt nicht damit beginnen.

»Ich kenne seine Angelegenheiten nicht im Detail«, erklärte sie ihren Söhnen, denen sie auch gleichgültig waren.

»Typisch«, sagte Jude und legte den nächsten Anzug zusammen, den er von einem Bügel genommen hatte. »Man sollte meinen, er hätte mit dir über sein Testament gesprochen, Mom.«

»Das ist zum Teil meine Schuld.« Sie schob eine Schublade zu und fragte sich, wie sie das alles hier allein überstanden hätte. »Ich habe ihn nie danach gefragt.«

»Du hättest nicht danach fragen müssen«, meinte Jude vorwurfsvoll. »Eigentlich gehört es doch zum Zusammenleben zweier Menschen, daß man die wichtigen Dinge miteinander teilt, oder? Wie bei dir, du hättest vielleicht für die Zukunft planen können für den Fall, daß ihm etwas zustieße. Was bei seiner zerrütteten Gesundheit ja durchaus im Bereich des Möglichen lag.«

»Ich habe meine Zukunft selbst geplant.« Hammer sah sich im Zimmer um und wußte, daß sie bis auf das kleinste Stäubchen alles daraus entfernen mußte. »Ich stehe ganz gut auf meinen eigenen Füßen.«

Randy war jünger und aufbrausender. In seinen Augen war sein Vater ein verwöhnter, selbstsüchtiger Neurotiker gewesen, den andere kaum über das hinaus interessierten, was sie ihm in seinem sinnlosen, gierigen Leben nutzen konnten. Besonders aufgebracht war Randy über die Art, wie er seine Mutter behandelt hatte. Sie hätte jemanden verdient, der sie für ihre Güte liebte und für ihren Mut bewunderte. Er ging zu ihr und schlang die Arme um sie. Sie legte gerade ein T-Shirt mit Key-West-Aufdruck zusammen. Seth hatte es bei einem ihrer seltenen gemeinsamen Urlaube gekauft.

»Bitte nicht.« Sanft schob sie ihren Sohn von sich, und ihre Augen füllten sich mit Tränen.

»Komm doch für eine Weile zu uns nach L.A.«, meinte er zärtlich und ließ sie nicht los.

Sie schüttelte den Kopf und widmete sich wieder ihrer Tätigkeit. Sie war entschlossen, alles, was sie an Seth erinnern konnte, so schnell wie möglich aus dem Haus zu verbannen, damit das Leben für sie weitergehen konnte.

»Das beste für mich ist meine Arbeit«, sagte sie. »Außerdem gibt es einige Probleme zu lösen.«

»Es gibt immer irgendwelche Probleme, Mom«, sagte Jude. »Wir würden uns sehr freuen, wenn du nach New York kämest.«

»Weißt du etwas von diesem Phi-Beta-Kappa-Symbol an einer Kette?« Randy hielt es hoch. »Es lag in der Bibel, hinten in dieser Schublade.«

Wie versteinert blickte Hammer auf die Halskette. Der Anhänger gehörte ihr, er stammte von der Bostoner Universität, wo sie vier sehr anregende Studienjahre verbracht und als eine der Besten ihres Jahrgangs in den beiden Hauptfächern Strafrecht und Kriminalgeschichte abgeschlossen hatte. Diese beiden Gebiete gehörten für sie untrennbar zusammen. Hammer kam nicht gerade aus einer privilegierten Gesellschaftsschicht, und es war auch nicht abzusehen gewesen, daß sie es besonders weit bringen würde. Schließlich war sie neben vier Brüdern das einzige Mädchen einer nicht gerade begüterten Familie gewesen. Zudem hatte es ihrer Mutter ganz und gar nicht gefallen, daß sich ihre Tochter mit so gefährlichen Dingen wie Verbrechen auseinandersetzte. Für Judy Hammer war der Phi-Beta-Kappa-Schlüssel ein Triumph gewesen, und sie hatte ihn Seth zu ihrer Verlobung geschenkt. Er hatte ihn lange getragen, bis zu der Zeit, als er fett wurde und anfing, sie zu hassen.

»Er sagte, er habe ihn verloren«, erklärte Hammer leise. In diesem Moment klingelte das Telefon.

Es tat West unendlich leid, ihre Vorgesetzte erneut stören zu müssen. Sie entschuldigte sich, während sie mit ihrem Dienstwagen, das Handy am Ohr, in Richtung Innenstadt jagte. Ein Krankenwagen und weitere Polizeifahrzeuge rasten mit Sirene und Blaulicht in Richtung Five Points, wo ein weiterer Mann brutal ermordet worden war, wieder jemand von außerhalb.

»Großer Gott.« Hammer atmete schwer und schloß die Augen. »Wo?«

»Ich kann Sie abholen«, sagte West.

»Nein, nein«, wehrte Hammer ab. »Sagen Sie mir nur, wo.«

»Cedar Street, hinter dem Stadion«, sagte West und fuhr mit hohem Tempo über eine gelbe Ampel. »Bei den leerstehenden Gebäuden dort. Nicht weit von dem Werk für Löt- und Schweißbedarf. Sie werden uns dort schon finden.«

Hammer griff nach den Schlüsseln, die auf einem Tisch neben der Haustür lagen. Sie nahm sich nicht die Zeit, ihr graues Kostüm und die Perlenkette auszuziehen. Brazil konnte es kaum fassen, als er die Nachricht über seinen Scanner hörte. Er war schnell am Tatort und stand nun unruhig außerhalb des Absperrbandes. Er war frustriert, weil man ihn nicht hineinließ. Wieder trug er ein T-Shirt und Jeans. Er begriff nicht, daß er von den Cops wie jeder andere sensationsgierige Reporter behandelt wurde. Erinnerten sie sich denn nicht an ihn, wie er in Uniform Nacht für Nacht mit ihnen unterwegs gewesen war, Tätlichkeiten geschlichtet und Verdächtige verfolgt hatte?

West traf nur wenige Augenblicke vor Hammer ein. Beide bahnten sich ihren Weg durch das mit Büschen und Unkraut überwucherte Gelände zu einem schwarzen Lincoln Continental, der hier aufs Geratewohl weit ab der Cedar und First Street nahe einer Müllhalde abgestellt war. Im Hintergrund ragte gespenstisch die Silhouette der Schweißerei mit ihren unbeleuchteten Fenstern in den Himmel. Das Blaulicht der Polizei zuckte durch die Nacht. In der Ferne war das Heulen einer Sirene zu hören, die zu einem anderen Unglücksort in der Stadt eilte. Ein Zug der Norfolk Southern ratterte über die Gleise gleich nebenan. Der Zugführer sah erstarrt auf den Ort dieser neuerlichen Katastrophe herunter.

Wie jedesmal handelte es sich auch hier um einen Leihwagen. Die Fahrertür stand offen, das Warnsignal ertönte, und die Scheinwerfer brannten. Polizisten durchsuchten das Gelände. Leuchtraketen stiegen auf und Videokameras summten. Brazil sah, wie West und

Hammer sich durch die Menge der Reporter arbeiteten, die nichts weiter zu sehen bekam. Brazil fixierte West so lange, bis sie ihn bemerkte, aber sie tat, als kenne sie ihn nicht. Anscheinend wollte sie ihn ausschließen. Es war, als seien sie sich nie begegnet, und ihre Gleichgültigkeit traf ihn wie ein Messerstich. Auch Hammer schien ihn nicht zur Kenntnis zu nehmen. Brazil sah ihnen nach und fühlte sich verraten. Die Frauen waren voll in Anspruch genommen und überreizt.

»Wir sind also sicher?« sagte Hammer zu West.

»Ja. Es ist wie in den anderen Fällen«, bestätigte West, während sie sich unter dem Absperrband hindurchbückten und sich dem eigentlichen Tatort näherten. »Meiner Meinung nach besteht kein Zweifel. Die Handschrift ist identisch.«

Hammer holte tief Luft. Gequält sah sie zuerst auf den Wagen und dann daneben ins Dickicht, wo Dr. Odom auf den Knien seine Arbeit verrichtete. Im Schein der um ihn herum aufgestellten Lampen sah Hammer die Handschuhe des Gerichtsmediziners blutig schimmern. Sie blickte auf, als sie den Hubschrauber von Channel 3 hörte. Er schwebte über dem Tatort, und eine Kamera spulte Material für die Dreiundzwanzig-Uhr-Nachrichten ab. Bei den nächsten Schritten der beiden Frauen knirschte Glas unter ihren Füßen. Dr. Odom tastete gerade den zertrümmerten Schädel des Opfers ab. Der Mann trug einen dunkelblauen Ralph-Lauren-Anzug, ein weißes Hemd, an dem die Manschettenknöpfe fehlten, und eine Krawatte der Marke Countess Mara. Er hatte graumeliertes lockiges Haar und ein gebräuntes Gesicht, das vielleicht einmal attraktiv gewesen war. Jetzt allerdings war davon nichts mehr festzustellen. Hammer entdeckte keinen Schmuck, doch sie war überzeugt, was immer dieser Mann besessen haben mochte, war nicht billig gewesen. Sie hatte ein Gespür für Wohlhabenheit.

»Gibt es einen Ausweis?« fragte Hammer Dr. Odom.

»Blair Mauney der Dritte, fünfundvierzig Jahre, aus Asheville«, antwortete er und machte Fotos von dieser widerlichen Sanduhr, die in grellem Orange auf die Genitalien des Opfers gesprüht war. Dr. Odom sah kurz zu Hammer auf. »Wie viele noch?« fragte er in einem barschen Ton, als wolle er sie dafür verantwortlich machen.

»Was ist mit Patronenhülsen?« fragte West.

Detective Brewster kauerte am Boden und tastete im Abfall unter einem Dornengestrüpp. »Drei bis jetzt«, antwortete er »Sieht aus wie die anderen Fälle.«

»Großer Gott«, sagte Dr. Odom.

Inzwischen verfolgten ihn diese Bilder regelrecht. Immer häufiger versetzte er sich in Gedanken in die Opfer. Er stellte sich vor, wie er sich in einer fremden Stadt verfuhr, in der er sich zu einer Konferenz aufhielt. Er malte sich aus, wie ihn ein Monster plötzlich an einen Ort wie diesen verschleppte, aus dem Wagen zerrte und ihm für eine Brieftasche, eine Uhr, einen Ring einfach das Hirn wegpustete. Dr. Odom sah die Angst in den Augen der Opfer, wenn sie um ihr Leben flehten, während die riesige .45er schon schußbereit auf sie gerichtet war. Dr. Odom war sicher, daß der Kot und Urin in der Unterhose nicht erst postmortem ausgetreten waren. Ganz sicher nicht. Die ermordeten Geschäftsleute hatten nicht erst die Kontrolle über Darm und Blase verloren, während sie schon verbluteten und das Leben bereits aus ihnen wich. Die Männer mußten sich in Todesängsten befunden haben, mit Panik im Blick wie Espenlaub gezittert und sich dabei unwillkürlich entleert haben. Adrenalin mußte ihnen ins Blut geschossen sein und sie stimuliert haben – zur Gegenwehr oder zur Flucht. Doch zu beidem war es nicht mehr gekommen. Das Herz schlug Dr. Odom bis zum Hals. Wieder einmal mußte er einen schwarzen Leichensack entfalten.

Der Warnton der Tür- und Lichtkontrolle war immer noch nicht ausgeschaltet, als West das Innere des Lincoln ausleuchtete. Da lag der Doggie Bag von Morton's, den Inhalt des Aktenkoffers und der Reisetasche hatte der Täter auf dem Rücksitz verstreut. Auf dem Teppich im Fußraum lagen Visitenkarten der US Bank. Sie beugte sich hinunter. Blair Mauney III, derselbe Name, den Brewster auf dem Führerschein entdeckt hatte. West zog ein Paar Gummihandschuhe aus der Gesäßtasche.

Sie war so konzentriert, daß sie niemanden um sich herum mehr wahrnahm, auch den Abschleppwagen nicht, der langsam heranrollte, um den Lincoln zur genaueren kriminaltechnischen Untersuchung ins Police Department zu bringen. West hatte schon seit Jahren nichts mehr mit der Spurensicherung zu tun gehabt, aber auf diesem Gebiet war sie einmal gut gewesen. Sie hatte auch jetzt vor, hellwach, akribisch genau und dabei intuitiv vorzugehen, aber sie tat es hier mit einem unguten Gefühl angesichts des Durcheinanders, das der Killer hinterlassen hatte. Sie wollte möglichst keine Spuren verwischen, nahm daher vorsichtig nur an einer Ecke ein Flugticket der US Air hoch und schlug es auf dem Autositz auf. Sie ahnte Schlimmes.

Mauney war am selben Tag um siebzehn Uhr dreißig, von Asheville kommend, auf dem Charlotte Douglas International Airport gelandet. Der Rückflug am nächsten Nachmittag sollte allerdings nicht nach Asheville gehen, sondern nach Miami, und von dort aus nach Grand Cayman, das zu den Westindischen Inseln gehörte. Wests Spannung nahm zu, als sie aufmerksam weiterblätterte. Der Rückflug von Grand Cayman nach Miami, mit einem Zwischenaufenthalt von sechs Stunden, war für Mittwoch gebucht. Dann sollte es wieder nach Charlotte und schließlich nach Asheville zurückgehen. So verwirrend das aussah, hatte es wohl nicht direkt mit dem Mord an Mauney zu tun, wies aber möglicherweise auf ein anderes Verbrechen hin, in das er verwickelt gewesen war.

Das war die bittere Ironie solcher Fälle, mußte West unweigerlich denken. Der Tod verriet sie alle, die Drogensüchtigen und Trinker, die Menschen mit homo- und oder heterosexuellen Affären, solche die gern peitschten oder sich peitschen ließen oder sich mit einer Schlinge und Flaschenzug strangulierten und dabei masturbierten. Die menschliche Kreativität war grenzenlos, und West kannte alle Varianten. Sie hatte einen Kugelschreiber herausgeholt und blätterte damit weitere Papiere durch. Zwar waren Geldangelegenheiten, Finanztransaktionen, Versicherungen und das ganze Bankwesen nicht gerade Wests Spezialgebiet, doch sie verstand genug davon, um einen möglichen Zweck von Mauneys Reisen zu erkennen.

Ein wichtiger Fingerzeig war die Tatsache, daß er sich einen Decknamen zugelegt hatte. Ein Paß und ein Führerschein trugen den Namen Jack Morgan, zeigten jedoch die Fotos von Mauney. Im ganzen fanden sich acht Kreditkarten und zwei Scheckhefte, ausgestellt auf Mauney, beziehungsweise Morgan. Beide Männer schienen ein ausgeprägtes Interesse an Immobilienobjekten gehabt zu haben, insbesondere an einer Reihe von Hotels in Miami Beach. West hatte den Eindruck, Mauney habe geplant, an die hundert Millionen Dollar in diese alten pastellfarbenen Kästen zu investieren. Warum? Wer, zum Teufel, reiste heutzutage noch nach Miami Beach? West schwitzte auch hier schon in der feuchten Hitze. Sie blätterte weiter. Warum hatte Mauney diesen Abstecher nach Grand Cayman geplant, der Welthauptstadt der Geldwäscherei?

»Großer Gott«, murmelte West. Grand Cayman. Der Name hatte drei Silben.

Sie stand auf und ließ den Blick über die strahlende Skyline mit dem mächtigen, alles überragenden US Bank Corporate Center schweifen, an dessen Spitze das rote Blinklicht Hubschrauber und zu niedrig fliegende Flugzeuge vor Kollisionsgefahr warnte. Da ragte es empor, dieses Symbol wirtschaftlichen Erfolgs und der harten Arbeit, die viele Menschen dafür leisten mußten. Sie wurde ärgerlich. Wie viele andere Bürger dieser Stadt hatte auch West ihr Konto bei der US Bank. Auch ihre Ersparnisse lagen dort. Mit ihrer Hilfe hatte sie ihren Ford finanziert. Die Schalterangestellten waren immer freundlich und hilfsbereit. Am Ende ihres Arbeitstages gingen sie nach Hause und versuchten wie die meisten Menschen, irgendwie auszukommen. Und dann kam so ein Teppichhändler daher, betrog, unterschlug, fälschte Transaktionen, machte sich wie ein Bandit aus dem Staub und brachte einen unbescholtenen Wirtschaftszweig und seine Beschäftigten in Verruf. West winkte Hammer zu sich.

»Sehen Sie sich das an«, sagte sie leise zu ihrer Vorgesetzten.

Hammer hockte sich neben die offene Wagentür und ging die Papiere durch, ohne sie mit den Fingern zu berühren. Die meiste Zeit ihres Lebens hatte sie ihre Ersparnisse investiert. Sie hatte einen Blick für »kreatives Banking« und war erst geschockt, dann angewidert, als ihr die Wahrheit dämmerte. Wenn es im Moment auch noch nicht zweifelsfrei bewiesen war, stand, soweit sie erkennen konnte, Blair Mauney III hinter mehreren hundert Millionen Dollar Kredit, die der Dominion Tobacco gewährt worden waren. Die Dominion Tobacco ihrerseits schien mit einer Entwicklungsgruppe für Immobilienprojekte, der Southman Corporation in Grand Cayman, verknüpft zu sein. In Verbindung damit standen zahlreiche Nummernkonten, die untereinander nicht durch eine identische Identifikationsnummer verknüpft waren. Wiederholt tauchten verschiedene Telefonnummern aus Miami auf, aber statt Namen fanden sich nur unverständliche Initialen daneben. Erwähnt wurde verschiedentlich etwas, das sich *US Choice* nannte.

»Was halten Sie davon?« flüsterte West.

»Veruntreuung, um mal einen Anfang zu machen. Wir müssen all diese Unterlagen dem FBI übergeben. Die Squad Four soll sehen, was sie damit anfangen kann.«

Dicht über ihnen kreiste der Hubschrauber des Nachrichtensenders. Die Leiche in ihrem Kokon wurde in den Krankenwagen geschoben.

»Was ist mit Cahoon?« fragte West.

Hammer holte tief Luft. Er tat ihr leid. Wie viele schlechte Nachrichten ertrug ein Mensch an einem Abend? »Ich werde ihn anrufen und ihm unseren Verdacht mitteilen«, sagte sie düster.

»Sollen wir Mauneys Identität schon heute abend preisgeben?«

»Ich würde sie lieber bis morgen zurückhalten.« Hammer sah zum Absperrband. »Ich glaube, Sie haben Besuch«, sagte sie.

Brazil stand am Band und machte sich Notizen. Er war an diesem Abend in Zivil. Sein Gesicht verhärtete sich, als er Wests Blick begegnete und ihn erwiderte. Sie ging zu ihm. Beide traten ein Stück abseits von den anderen. Durch das Absperrband voneinander getrennt, blieben sie stehen.

»Wir geben heute abend noch keinerlei Information heraus«, sagte sie.

»Ich tue nur das, was ich immer tue«, sagte er und hob das Band hoch, um darunter durchzukriechen.

»Nein«, hielt sie ihn zurück. »Wir dürfen niemanden hereinlassen. Diesmal nicht.«

»Warum nicht?« fragte er verblüfft.

»Es gibt da eine Menge Komplikationen.«

»Die gibt es doch immer.« Seine Augen blitzten.

»Tut mir leid«, sagte sie.

»Früher war ich im Sperrbereich«, protestierte er. »Warum jetzt nicht?«
»Du warst drinnen, wenn du in meiner Begleitung warst.« West entfernte sich ein paar Schritte.
»Wenn ich …?« Das tat Brazil fast unerträglich weh. »Aber ich bin in deiner Begleitung!«
West sah sich um und wünschte, er würde leiser sprechen. Sie durfte ihm nicht sagen, was sie im Wagen des Opfers gefunden hatte und was das mit großer Wahrscheinlichkeit über den gar nicht so unschuldigen Blair Mauney III aussagte. Sie sah zu Hammer hinüber. Sie stand noch immer in den Wagen gebeugt und studierte Unterlagen. Vielleicht war sie dankbar für die Ablenkung von ihrer eigenen traurigen Situation. West dachte an Brazils Auftritt vor ihrem Haus, als Raines sich den Videofilm angesehen hatte. Dieses Hin und Her mußte ein Ende haben. Sie mußte eine Entscheidung treffen und traf die richtige. Das spürte sie, denn im selben Moment ging eine Veränderung in ihr vor. Der Vorhang fiel. Schluß, aus.
»Das kannst du mir nicht antun!« beklagte sich Brazil wütend. »Ich habe nichts Falsches getan!«
»Bitte, mach keine Szene, sonst muß ich dich auffordern zu gehen«, sagte West mit Nachdruck, ganz Deputy Chief.
Brazil war außer sich und verletzt, als ihm bewußt wurde, was das bedeutete. »Du läßt mich also nicht mehr mit dir fahren?«
West zögerte und versuchte, ihm die Sache leichter zu machen. »Andy«, sagte sie. »Es konnte nicht ewig so weitergehen. Verdammt, das hast du doch von Anfang an gewußt.« Sie war frustriert und stieß mit einem Seufzer die Luft aus. »Ich bin alt genug, um … Ich bin …«
Brazil trat einen Schritt zurück und sah sie unverwandt an, die Verräterin, die Teufelin, die hartherzige Tyrannin und das gemeinste Wesen, dem er je in seinem Leben begegnet war. Er war ihr völlig gleichgültig, und das war nie anders gewesen.
»Ich brauche dich nicht«, sagte er grob, machte auf dem Absatz kehrt und rannte davon. So schnell er konnte, lief er zu seinem BMW.

»Um Gottes willen«, rief West hinter ihm her. Plötzlich stand Hammer neben ihr.
»Probleme?« Die Hände in den Taschen, sah sie Brazil nach.
»Nur noch ein paar mehr.« Am liebsten hätte West ihn umgebracht. »Er wird irgend etwas anstellen.«
»Gute Schlußfolgerung.« Hammers Augen blickten traurig und müde, aber sie war voll Mut und Hilfsbereitschaft für die Lebenden.
»Ich fahre ihm besser hinterher.« West entfernte sich.
Hammer blieb stehen. Rot und blau reflektierten die Warnlichter der Ambulanz und der Streifenwagen auf ihrem Gesicht. Sie sah, wie West einige Reporter beiseite schob und zu ihrem Wagen ging. Hammer dachte über das Phänomen der jungen Liebe nach, über Menschen, die verrückt nacheinander waren und es nicht wußten, die einander bekämpften, flohen und jagten. Der Krankenwagen setzte zurück, um die Überreste eines Menschen fortzuschaffen, für den Hammer in diesem Moment wahrlich kein besonderes Mitleid empfand. Natürlich hätte sie ihm kein derart gewaltsames Ende gewünscht. Aber war er nicht ein Schuft, der viele hintergangen und betrogen und mit großer Wahrscheinlichkeit sogar den Drogenhandel gefördert hatte? Hammer beschloß, diese Ermittlungen selbst in die Hand zu nehmen und, wenn nötig, mit Blair Mauney III ein Exempel zu statuieren. Immerhin hatte er auf ein und derselben Reise die Bank und einen Stricher aufs Kreuz legen wollen.
»Ein Mensch stirbt, wie er gelebt hat«, sagte Hammer und klopfte Detective Brewster dazu auf den Rücken.
»Chief Hammer.« Er legte gerade einen neuen Film in seine Kamera ein. »Es tut mir leid mit Ihrem Mann.«
»Mir auch. Auf vielfältigere Weise, als Sie sich vorstellen können.« Sie duckte sich unter dem Band hindurch.

Brazil mußte wieder mal Vollgas gegeben oder sich gleich hier in einer dunklen Gasse versteckt haben. West fuhr auf der West Trade und hielt nach seinem alten BMW Ausschau. Immer wieder sah sie in den Rückspiegel. Keine Spur von ihm. Aus dem Scanner kamen in scharfem Staccato Meldungen über Polizeieinsätze überall in der Stadt. Sie nahm ihr Handy und wählte Brazils Nummer beim *Obser-*

*ver.* Nach dem dritten Läuten wurde ihr Anruf zu einem anderen Apparat weitergeleitet, und West hängte ein. Sie kramte nach einer Zigarette, bog in die Fifth Street und sah prüfend in die Wagen, aus denen Männer inspizierten, was die Nacht heute bot. West ließ die Sirene aufheulen, schaltete das Blaulicht ein und mischte sich unter sie. Ob ein einziger von ihnen Gutes im Sinn hatte? Die Nutten, Stricher und Transvestiten stoben auseinander, und ihre potentiellen Kunden machten sich davon.

»Ihr Idioten«, murmelte West und schnippte Asche aus dem Fenster. »Ist es das wert, dafür zu sterben?« schrie sie dann.

Cahoon bewohnte am Cherokee Square in Myers Park eine prachtvolle, herrschaftliche Backsteinvilla, in der nur noch wenige Lichter brannten. Der Eigentümer, seine Frau und seine Tochter waren bereits zu Bett gegangen. Doch das konnte Hammer keineswegs von ihrem Vorhaben abhalten. Sie wollte dem großen Bankchef und Wohltäter der Stadt einen angemessenen Dienst erweisen. Hammer klingelte an der Haustür. Ihre Nerven lagen blank, wo sie bisher gar keine vermutet hatte. Dazu empfand sie eine erschreckende Leere und Einsamkeit. Einfach wieder nach Hause zu gehen, schien ihr unerträglich. Sie wollte nicht an den Stellen vorbeigehen, wo Seth gesessen oder sich ausgeruht hatte, wo er gegangen war oder sich beschäftigt hatte. Sie wollte nichts mehr von dem sehen, was sie an ihn erinnern konnte. Nicht seinen Lieblings-Kaffeebecher. Nicht die Vorräte an Ben & Jerry's Chocolate Chip Cookie Dough Eis, die er nun nicht mehr vertilgen konnte. Nicht den antiken silbernen Brieföffner, den er ihr 1972 zu Weihnachten geschenkt hatte und der noch auf dem Schreibtisch in ihrem Arbeitszimmer lag.

Cahoon hatte die Klingel in seiner Suite im ersten Stock gehört. Der Blick von hier reichte über die Buchsbaumskulpturen und alten Magnolienbäume in seinem Garten hinweg bis zu jenem Prachtbau, den eine leuchtende Krone zierte. Er schob die feinen, monogrammbestickten Bettlaken zur Seite und fragte sich, wer wohl die Unverschämtheit besaß, zu nachtschlafender Zeit bei ihm aufzukreuzen. Er ging zur Videoanlage an der Wand, erkannte verblüfft Hammer auf dem Monitor und griff zum Hörer.

»Judy?« fragte er.
»Ich weiß, es ist spät, Sol.« Sie sah in die Kamera und sagte in die Sprechanlage: »Aber ich muß Sie sprechen.«
»Ist alles in Ordnung?« Er dachte sofort an seine Kinder und machte sich Sorgen. Rachel war im Bett, das wußte er. Aber seine beiden älteren Söhne konnten sonstwo sein.
»Ich fürchte, nein«, sagte Hammer.
Cahoon nahm den Morgenmantel vom Bettpfosten und warf ihn sich über. In Hausschuhen ging er über den endlosen antiken persischen Läufer, der die Stufen bedeckte. Unten angekommen, ließ er den Zeigefinger über die Tastatur der Alarmanlage huschen und schaltete Glasbruchsensoren, Bewegungsmelder und Schließkontakte an Fenstern und Türen ab. Der Tresorraum und die unbezahlbare Kunstsammlung blieben eingeschaltet. Sie waren in anderen Gebäudeflügeln untergebracht und mit separaten Systemen gesichert. Er ließ Hammer ein. Cahoon blinzelte in das helle Licht, daß jedesmal automatisch anging, wenn sich etwas auf mehr als zwei Meter dem Haus näherte und größer als dreißig Zentimeter war. Hammer sah schlecht aus. Cahoon konnte sich nicht vorstellen, aus welchem Grund der Chief zu so früher Morgenstunde und so kurz nach dem Tod ihres Mannes unterwegs sein mochte.
»Bitte, kommen Sie herein«, sagte er, inzwischen hellwach und freundlicher als gewöhnlich. »Darf ich Ihnen etwas zu trinken anbieten?«
Sie folgte ihm in einen großen Raum. Er ging auf die Hausbar zu. Hammer war nur ein einziges Mal in Cahoons Haus gewesen, und zwar anläßlich einer exquisiten Party, inklusive Streichquartett und riesiger Silberschalen voller Riesenshrimps auf Eis. Der Vorstandsvorsitzende liebte englische Antiquitäten und sammelte alte Bücher in prachtvollem Ledereinband mit marmoriertem Deckblatt.
»Bourbon«, beschloß Hammer.
Das war Musik in Cahoons Ohren, der gerade auf Diät war: kein Fett, kein Alkohol, kein Spaß. Er würde sich einen Doppelten pur gönnen, ohne Eis. Er entkorkte eine Flasche Blanton's Kentucky Single Barrel und hielt sich nicht damit auf, die monogrammbestickten Cocktailservietten als Untersatz zu benutzen, auf die seine

Frau so großen Wert legte. Er wußte, er würde jetzt eine Medizin brauchen, denn Hammer war gewiß nicht hier, um ihm eine erfreuliche Nachricht zu überbringen. *Lieber Gott, gib, daß den beiden Jungen nichts Schlimmes passiert ist.* Es verging kein Tag, an dem ihr Vater sich keine Sorgen wegen ihrer vielen Partys und Rasereien mit ihren Sportwagen oder den Einhundert-PS-Kawasaki-Jet-Skis machte.
*Bitte, mach, daß es ihnen gutgeht. Ich verspreche auch, ein besserer Mensch zu werden.* Cahoon versank in einem kurzen stummem Gebet.
»Ich habe in den Nachrichten von Ihrem ...«, begann er schließlich.
»Danke. Ihm war schon so viel amputiert worden, Sol.« Hammer räusperte sich. Sie nippte an ihrem Bourbon. Die Wärme tat ihr gut. »Selbst wenn sie die Krankheit in den Griff bekommen hätten, hätte es für ihn keine Lebensqualität mehr gegeben. Ich bin nur froh, daß er nicht mehr leiden mußte, als es ohnehin schon der Fall war.« Wie es ihre Art war, betrachtete sie das Positive, obgleich ihr Herz zitterte.
Hammer ertrug die Stille in ihrem Haus nicht, wenn morgens die Sonne aufging, und das würde auch noch eine Zeit so bleiben. Nie wieder würde sie das nächtliche Klirren von Geschirr hören, nie wieder den nachts laufenden Fernseher. Niemandem konnte sie mehr Antworten geben, vom Tag berichten, nie mehr mußte sie anrufen, wenn sie sich verspätete und es nicht schaffte, wie gewohnt zum Abendessen zu Hause zu sein. Sie war keine gute Ehefrau gewesen. Sie war nicht einmal eine besonders gute Freundin gewesen.
Cahoon war erschüttert, diese starke Frau weinen zu sehen. Sie gab sich die größte Mühe, ihre eiserne Selbstbeherrschung zurückzugewinnen, doch in ihrer augenblicklichen Gemütsverfassung schaffte sie es einfach nicht. Er erhob sich aus seinem ledernen Ohrensessel und dimmte das Licht der Wandstrahler auf der dunklen Mahagonitäfelung. Die hatte er übrigens in England aus einem Tudor-Herrenhaus aus dem sechzehnten Jahrhundert gerettet. Er setzte sich neben sie auf die Ottomane und ergriff ihre Hand.
»Ist gut, Judy«, sagte er sanft und hätte am liebsten mit ihr geweint. »Diese Gefühle sind nur allzu verständlich, und Sie haben alles Recht darauf. Weinen Sie nur. Es ist niemand hier außer uns. Nur

Sie und ich, einfach nur zwei Menschen. Wer wir sind, hat keine Bedeutung.«

»Danke, Sol«, flüsterte sie mit zitternder Stimme. Sie wischte sich über die Augen und trank einen großen Schluck Bourbon.

»Trinken Sie, soviel Sie wollen«, schlug er vor. »Wir haben genügend Gästezimmer, so daß Sie ruhig hierbleiben können und nicht mehr fahren müssen.«

Sie tätschelte Cahoons Hand, kreuzte die Arme und holte tief Luft. »Lassen Sie uns jetzt von Ihnen sprechen«, sagte sie.

Enttäuscht stand er auf und ging zu seinem Sessel zurück. Cahoon sah sie an und verschränkte selbst die Arme.

»Bitte, sagen Sie nicht, daß etwas mit Michael oder Jeremy ist«, sagte er kaum hörbar. »Eines weiß ich, Rachel geht es gut. Sie ist in ihrem Zimmer und schläft. Ich weiß, daß auch meine Frau fest schläft.« Er machte eine Pause, um sich zu sammeln. »Meine Söhne sind noch ein wenig dabei, sich die Hörner abzustoßen. Sie arbeiten beide für mich, und das paßt ihnen gar nicht. Ich weiß, daß sie viel riskieren, zu viel, um ehrlich zu sein.«

Hammer dachte an ihre eigenen Söhne und erschrak bei dem Gedanken, diesem Vater vielleicht sorgenvolle Momente bereitet zu haben. »Nein, Sol. Nein, nein, nein«, beruhigte sie ihn schnell. »Es geht nicht um Ihre Söhne, um niemanden aus ihrer Familie.«

»Gott sei Dank.« Er trank einen großen Schluck. »Danke, danke, Gott.«

Am nächsten Freitag wollte er in der Synagoge mehr geben als sonst. Vielleicht würde er irgendwo einen Kinderhort errichten lassen, ein weiteres Stipendium ausschreiben, für ein Seniorenheim spenden, für die kommunale Schule für Problemkinder oder ein Waisenhaus. Zur Hölle mit allem. Cahoon wurde elend beim Anblick all dieses Unglücks, all der Menschen, die leiden mußten. Er haßte das Verbrechen, und alles Übel empfand er als gegen sich persönlich gerichtet.

»Was soll ich tun?« fragte er und beugte sich vor, bereit, auf der Stelle aktiv zu werden.

»Tun?« Hammer war verwirrt. »Wobei?«

»Ich habe begriffen«, sagte er.

Ihre Verwirrung wurde immer größer. Konnte er schon wissen, warum sie hier war und was sie ihm mitzuteilen hatte? Er stand auf und ging in seinen Gucci-Pantoffeln auf und ab.
»Genug ist genug«, fuhr er verständnisvoll fort. »Ich stimme Ihnen zu, sehe die Dinge auf Ihre Weise. Leute werden da draußen umgebracht, beraubt, vergewaltigt. Es wird eingebrochen, Autos werden gestohlen, Kinder mißbraucht. Alles in dieser Stadt. Dasselbe passiert überall auf der Welt, nur hat in diesem Land jeder eine Waffe. Eine Waffe in jedem Haus! Die Menschen verletzen sich gegenseitig und sich selbst, manchmal sogar ohne Absicht. Aus einem Impuls heraus.« Er drehte sich um und ging nun in die andere Richtung. »Kaputt gemacht von Drogen und Alkohol. Selbstmorde, die vielleicht nicht passiert wären, wäre nicht eine Waffe zur Hand gewesen. Unfä ...« Er brach ab, als ihm einfiel, was mit Hammers Mann geschehen war. »Was kann ich – was können wir in der Bank – tun?« Er fixierte sie mit leidenschaftlichem Blick.
Das war es nicht, was Hammer auf dem Herzen gehabt hatte, als sie an seiner Tür läutete, aber sie war in der Lage, eine günstige Gelegenheit beim Schopfe zu greifen. »Sie haben gewiß das Zeug zu einem Kreuzritter, Sol«, antwortete sie nachdenklich.
Kreuzritter. Das gefiel Cahoon, und er fand es an der Zeit, daß sie erkannte, daß auch er Substanz besaß. Er lehnte sich zurück, und sein Bourbon fiel ihm wieder ein.
»Sie wollen helfen?« fuhr sie fort. »Dann darf es keine Schönfärberei dessen mehr geben, was hier in unserer Umgebung wirklich vorgeht. Kein Mist von der Sorte, unsere Aufklärungsrate liege bei einhundertfünf Prozent. Die Menschen müssen die Wahrheit erfahren. Sie brauchen jemanden wie Sie, der sie überzeugen kann.«
Er nickte tief bewegt. »Wissen Sie, dieser Blödsinn mit der Aufklärungsrate war nicht meine Idee. Es war die Idee des Bürgermeisters.«
»Natürlich.« Aber das interessierte sie nicht.
»Übrigens«, fragte er, inzwischen neugierig geworden, »wie hoch ist sie wirklich?«
»Nicht schlecht.« Der Bourbon begann zu wirken. »An die fünfundsiebzig Prozent. Zwar weit davon entfernt, wo sie sein sollte, aber

dennoch deutlich höher als in vielen anderen Städten. Aber wenn Sie zehn Jahre alte Fälle dazurechnen, die schließlich doch noch aufgeklärt wurden oder wo die Täter selbst das Zeitliche segnen und nur noch als Inschrift auf einem Grabstein existieren, und wenn Sie einkalkulieren, daß einem erschossenen Drogendealer drei ungeklärte Fälle zuzurechnen sind ...«

Er hob die Hand, um sie zu unterbrechen. »Ich habe verstanden, Judy«, sagte er. »So etwas wird nicht wieder vorkommen. Ehrlich. Ich kannte die Einzelheiten nicht. Bürgermeister Search ist ein Idiot. Vielleicht sollten wir einen anderen haben.« Nachdenklich trommelte er mit den Fingern auf die Armlehne.

»Sol.« Sie wartete, bis er sie wieder ansah. »Ich fürchte, ich muß Ihnen etwas Unangenehmes mitteilen. Ich wollte es Ihnen persönlich sagen, bevor die Medien es erfahren.«

Wieder war er gespannt. Er stand auf und schenkte nach, während Hammer ihm von Blair Mauney III berichtete und von den Ereignissen der Nacht. Sie erwähnte die Papiere in Mauneys Leihwagen. Entsetzt hörte Cahoon ihr zu. Das Blut war aus seinem Gesicht gewichen. Er konnte nicht fassen, daß Mauney tot war, ermordet, seine Leiche mit Farbe besprüht und zwischen Dornengestrüpp in den Dreck geworfen. Nicht daß Cahoon diesen Mann jemals besonders gemocht hätte. Nach seiner Erfahrung war Mauney ein Schwächling, ein heimtückischer und anmaßender Kerl. Und je länger er zuhörte, desto weniger überraschten ihn dessen anscheinende Betrugsmanöver. Traurig war er über den Plan mit den *US Choice*-Zigaretten und ihrer Alchemie, die jetzt mit in diesen Strudel gerieten. Kleine Kronen hatten sie am Filter haben sollen. Wie hatte er sich nur darauf einlassen können?

»Kann ich Sie jetzt eines fragen?« sagte Hammer schließlich. »Was soll ich tun?«

»Großer Gott«, sagte er. Alles mögliche schoß ihm durch den Kopf. Was ging? Was ging nicht? Wer war verantwortlich für was? Was war vernünftig? »Ich weiß es noch nicht genau. Aber ich weiß, daß ich Zeit brauche.«

»Wieviel?« Sie schwenkte ihren Drink.

»Drei bis vier Tage«, antwortete er. »Ich vermute, der größte Teil des

Geldes befindet sich noch auf den Caymans auf verschiedenen, voneinander völlig unabhängigen Nummernkonten. Wenn das hier erst in den Nachrichten kommt, steht eines fest: Das Geld kriegen wir nie zurück. Und unabhängig davon, was die Leute reden, so ein Verlust trifft jeden, jedes Kind mit einem Sparbuch, jedes Paar, das einen Kredit benötigt, und jeden Rentner und seine Rücklagen.«

»Keine Frage«, sagte Hammer, selbst treue Kundin von Cahoons Bank. »Das habe ich schon immer gesagt, Sol. Es trifft jeden. Ein Verbrechen macht uns alle zu Opfern. Ganz zu schweigen von dem Imageverlust für Ihre Bank.«

Cahoon sah sie gequält an. »Dieser Verlust ist immer der schwerwiegendste. Der Verlust des guten Rufs, ungeachtet der Auflagen und Bußgelder, die wir von den Bundesbehörden zu erwarten haben.«

»Es ist nicht Ihr Fehler.«

»Dominion Tobacco mit seiner geheimen nobelpreisverdächtigen Forschung hat mir, ehrlich gesagt, schon immer Kopfschmerzen bereitet. Wahrscheinlich wollte ich einfach daran glauben«, sagte er nachdenklich. »Doch es liegt in der Verantwortung der Banken, so etwas zu verhindern.«

»Wie konnte es dann geschehen?« fragte sie.

»Man hat einen erfahrenen Vize mit Zugang zu sämtlichen Unterlagen zur Kreditvergabe, und dem vertraut man. Also folgt man nicht immer nur der eigenen Vergabepolitik, dem eigenen Procedere. Man macht Ausnahmen, geht andere Wege. Und dann gibt es auch mal Probleme.« Er wirkte immer niedergeschlagener. »Verdammt, ich hätte diesem Hurensohn genauer auf die Finger sehen müssen.«

»Hätte es klappen können, wenn er am Leben geblieben wäre?« fragte Hammer.

»Sicher«, antwortete Cahoon. »Er hätte nur dafür sorgen müssen, daß der Kredit zurückgezahlt wird. Natürlich wären das dann, ohne unser Wissen, Drogengelder gewesen. In der Zwischenzeit hätte er vielleicht zehn Prozent der Gesamtsumme über die Hotels waschen lassen können und damit praktisch durch die Bank. Ich befürchte, wir wären in zunehmendem Maße zu einem bedeutenden finanziellen Umschlagplatz für dieses üble Gesindel geworden, wer immer es ist. Und irgendwann wäre die Wahrheit ans Licht gekommen. Für die US Bank der Ruin.«

Hammer sah ihn an. Sie empfand plötzlich Respekt für diesen Mann, den sie bis zu diesem Gespräch nie verstanden und den sie, das mußte sie zugeben, auch nicht fair beurteilt hatte.

»Sagen Sie mir, wie ich Ihnen helfen kann«, wiederholte sie.

»Das können Sie am besten, wenn Sie seine Identität und die näheren Umstände noch zurückhalten, damit wir retten können, was zu retten ist und möglichst schnell herausfinden, was da genau vor sich gegangen ist«, sagte er. »Danach geben wir von uns aus einen Bericht über unsere Recherchen an die Öffentlichkeit.«

Hammer warf einen Blick auf ihre Uhr. Es war fast drei Uhr morgens. »Wir werden sofort das FBI einschalten. Es wird auch in deren Interesse liegen, etwas Zeit zu gewinnen. Was uns betrifft, so können wir einfach Mauney noch nicht zuverlässig identifizieren, und ich bin sicher, auch Dr. Odom wird jede Information zurückhalten, bis er die Zahnarztunterlagen und Fingerabdrücke vorliegen hat. Sie wissen ja, wie überlastet er ist.« Sie zögerte kurz und versprach dann: »Das kann eine Weile dauern.«

Cahoon dachte an Mrs. Mauney III. Er war ihr nur ein paarmal flüchtig auf einer Party begegnet. »Jemand muß Polly anrufen«, sagte er. »Mauneys Frau. Wenn Sie nichts dagegen haben, möchte ich das tun.«

Hammer stand auf und lächelte. »Wissen Sie was, Sol? Sie sind nicht annähernd so übel, wie ich dachte.«

»Das gilt auch umgekehrt, Judy.« Auch er hatte sich erhoben.

»Kein Zweifel.«

»Wie sieht's aus, Hunger?«

»Ich komme fast um.«

»Was hat um diese Zeit denn noch geöffnet?« fragte er.

»Waren Sie schon mal im Presto Grill?«

»Ist das ein Club?«

»Ja«, gab sie zur Antwort. »Und wissen Sie, was? Es ist höchste Zeit, daß Sie Mitglied werden.«

# Kapitel 26

Zu dieser Stunde waren fast nur noch Menschen unterwegs, die nichts Gutes im Schilde führten. Während West durch die schäbigen Straßen fuhr und nach Brazils Wagen Ausschau hielt, verdüsterte sich ihre Stimmung zusehends. Einerseits war sie besorgt, aber gleichzeitig war sie so ärgerlich, daß sie ihn am liebsten verprügelt hätte. War er denn verrückt geworden? Woher kamen diese irrationalen, zornigen Anfälle? Wäre er eine Frau, hätte sie das vielleicht dem PMS zugeschrieben und ihm geraten, einen Gynäkologen aufzusuchen. Sie griff nach dem Handy und wählte erneut.

»Nachrichtenredaktion«, meldete sich eine ihr unbekannte Stimme.

»Andy Brazil«, sagte West.

»Ist nicht hier.«

»Ist er während der letzten Stunden in der Redaktion gewesen?« fragte West entmutigt. »Haben Sie etwas von ihm gehört?«

»Nicht, daß ich wüßte.«

West drückte auf den Knopf, der das Gespräch beendete, und schleuderte den Apparat auf den Sitz. Sie trommelte auf das Lenkrad. »Ach, Andy, du verdammter Mistkerl!«

Während sie weiter ziellos in der Gegend herumfuhr, schreckte sie plötzlich das Klingeln des Telefons auf. Das mußte Brazil sein. Sie war ganz sicher, als sie den Hörer abnahm. Aber sie hatte sich geirrt.

»Hammer«, meldete sich ihre Vorgesetzte. »Was zum Teufel, tun Sie noch da draußen?«

»Ich kann ihn nirgends finden.«

»Sind Sie sicher, daß er nicht zu Hause ist oder im Verlag?«

»Absolut. Er ist irgendwo hier draußen und handelt sich irgendwelche Schwierigkeiten ein«, sagte West mit Verzweiflung in der Stimme.

»Du liebe Güte«, meinte Hammer. »Cahoon und ich sind unterwegs zum Frühstücken, Virginia. Was ich Sie bitten möchte: Keinerlei Informationen zu diesem Fall und keine Angaben zur Person des Opfers, bis Sie etwas anderes von mir hören. Im Moment ist der Fall in der Schwebe. Wir müssen etwas Zeit wegen dieser anderen Sache gewinnen.«

»Das halte ich für klug«, sagte West und warf dabei einen Blick in Rück- und Seitenspiegel und in alle Richtungen.

Sie hatte Brazil gerade um zwei Minuten verpaßt, und das war ihr, ohne daß sie es wußte, in den letzten Stunden schon mehr als einmal passiert. Sie bog in Straßen ein, kurz bevor er entlangfuhr, wo sie gerade noch gewesen war. Im Augenblick fuhr er am Cadillac Grill an der West Trade Street vorüber und steuerte auf eine heruntergekommene Gegend mit brettervernagelten Häusern zu, wo die Herrscher der Nacht ihr Unwesen trieben. Vor sich sah er die junge Nutte. Sie beugte sich zum Fenster eines Thunderbird hinunter und verhandelte. Brazil wollte es heute wissen und fuhr näher heran und beobachtete die Szene. Der Wagen raste davon, und die Nutte sah ihn feindselig an. Er störte ihre Geschäfte. Brazil kurbelte das Fenster herunter.

»Hallo!« rief er hinaus.

Mit spöttischem Blick musterte Poison, die Prostituierte, den Kerl, der hier auf der Straße Blondie genannt wurde. Sie schlenderte weiter. Dieser Lackaffe von Spitzel verfolgte sie überallhin, irgend etwas wollte er von ihr, traute sich nur noch nicht so recht, hoffte vielleicht noch mehr zu erfahren, das er an die Polizei und die Zeitung weitergeben könnte. Sie fand das lustig. Brazil öffnete den Sicherheitsgurt. Er lehnte sich hinüber, um das Fenster auf der Beifahrerseite herunterzukurbeln. Diesmal würde sie ihm nicht entkommen. Ganz bestimmt nicht. Er versteckte die 380er unter seinem Sitz, damit man sie nicht sah. Im Schrittempo fuhr er neben ihr her.

»Entschuldigung! Entschuldigung, Ma'am!« rief er mehrere Male. »Ich muß mit Ihnen sprechen.«

Genau in dem Augenblick fuhr Hammer an ihm vorbei, gefolgt von Cahoon in seinem nappagepolsterten Zwölfzylinder-Mercedes 600 S. Cahoon fühlte sich nicht besonders wohl in diesem Teil der Stadt und prüfte wiederholt die Türverriegelung, während Hammer über Polizeifunk den Einsatzleiter bat, sie mit Einheit 700 zu verbinden. Im nächsten Moment stand die Verbindung mit West.

»Die von Ihnen gesuchte Person befindet sich im Bereich West Trade und Cedar«, gab Hammer über Funk an West durch. Es wäre kein Fehler, wenn Sie sich beeilten.«

»Zehn-vier!«

Die Officer in der Gegend waren verblüfft, sogar ein wenig ratlos, was sie tun sollten, als sie das Gespräch zwischen ihren höchsten Vorgesetzten mithörten. Sie hatten nicht vergessen, was die beiden davon hielten, von ihnen verfolgt zu werden. Vielleicht war es klüger, noch eine oder zwei Minuten abzuwarten, um möglicherweise eine genauere Vorstellung davon zu bekommen, was vorging. West gab unterdessen Gas und raste zurück zur West Trade.

Poison blieb stehen und wandte sich langsam um, ihre Augen glommen verführerisch, während sie Pläne schmiedete, von denen dieser Spitzel in seinem BMW nicht die leiseste Ahnung haben konnte.

Hammer war nicht mehr so sicher, ob dies der geeignete Zeitpunkt war, um Cahoon im Presto Grill einzuführen. Dafür roch es hier im Moment zu sehr nach Ärger, und sie hätte es schließlich in ihrem Leben nicht so weit gebracht, wenn sie nicht auf ihre Instinkte gehört hätte. Nur in ihrem Privatleben hatte sie sie ignoriert, heruntergespielt und geleugnet. Sie bog in den All-Right-Parkplatz gegenüber dem Grill-Imbiß ein und gab Cahoon ein Zeichen, ihr zu folgen. Er hielt neben ihr und ließ die Scheibe runter.

»Was ist los?« fragte er.

»Stellen Sie Ihren Wagen ab, und steigen Sie zu mir ein«, sagte sie.

»Wie bitte?«

Unauffällig sah sie sich um. Irgend etwas lauerte da draußen. Es

roch faulig. Die Bestie markierte ihr Terrain. Es gab keine Zeit zu verlieren.
»Hier kann ich meinen Wagen unmöglich stehen lassen«, stellte Cahoon fest, und damit hatte er recht. Schließlich war sein Mercedes das einzige Fahrzeug auf diesem Parkplatz und wahrscheinlich sogar in einem Umkreis von achtzig Kilometern, das seine runden einhundertzwanzigtausend Dollar gekostet hatte.
Hammer meldete sich über Funk bei der Einsatzleitung. »Schicken Sie eine Einheit zum All-Right-Parkplatz, Block fünfhundert, West Trade. Sie soll den schwarzen Mercedes dort im Auge behalten, bis ich neue Anweisungen gebe.«

Radar, der Einsatzleiter, konnte Hammer nicht besonders gut leiden, schließlich war sie eine Frau. Aber sie war der Boß, und er war schlau genug, die Schlampe zu fürchten. Radar hatte keine Idee, was sie da draußen vorhatte, vor allem zu dieser Stunde. Er schickte zwei Einheiten los.

Poison lächelte wissend und drehte sich betont langsam zu Brazils Beifahrerfenster. Sie beugte sich vor, steckte den Kopf hinein, wie es ihre Gewohnheit war, und warf einen Blick auf die gepflegten Ledersitze. Darauf lagen Aktentasche und Stifte, einige Notizblöcke vom *Charlotte Observer* und eine alte Bomberjacke aus schwarzem Leder. Und was ihr besonders auffiel, waren der Polizeiscanner und das Funkgerät.
»Bist du von der Po-li-zei?« fragte sie gedehnt und grübelte, wer, zum Teufel, dieser Blondie sein könnte.
»Reporter. Beim *Observer*«, sagte Brazil, denn bei der Polizei war er ja nicht mehr. Das hatte West unmißverständlich klargemacht.
Poison taxierte ihn mit anzüglichen Blicken. Das Geld von einem Reporter war so gut wie jedes andere. Und die Wahrheit kannte sie ja jetzt. Blondie war kein Spitzel. Er hatte nur die Geschichten geschrieben, die Punkin Head so launisch und aggressiv gemacht hatten.
»Was darf's denn sein, Kleiner?« fragte sie.
»Informationen.« Brazils Herz raste. »Ich zahle dafür.«

Poisons Augen leuchteten auf, ihre Lippen öffneten sich zu einem amüsierten Lächeln mit Zahnlücken. Sie schlenderte zur Fahrerseite herum und beugte sich zu ihm hinunter. Ihr Parfum war ekelerregend süß und schwer wie Weihrauch.
»Welche Sorte denn, Kleiner?« fragte sie.
Brazil war auf der Hut, aber er war auch fasziniert. Noch nie war er in einer ähnlichen Situation gewesen, und er versuchte sich vorzustellen, wie erfahrene, weltgewandte Männer sich bei ihren geheimen Seitensprüngen verhielten. Er fragte sich, ob sie wohl Angst hatten, wenn sie so jemanden in ihren Wagen ließen? Fragten sie erst nach ihrem Namen, oder wollten sie sonst etwas von ihr wissen?
»Was geht hier vor?« Er klang unsicher. »Ich meine die Morde. Ich habe Sie öfters hier in der Gegend gesehen. Seit einiger Zeit schon. Wissen Sie vielleicht etwas?«
»Vielleicht, vielleicht auch nicht«, sagte sie und ließ einen Finger über seine Schulter hinuntergleiten.

West fuhr schnell, vorbei an denselben üblen Orten wie Brazil wenige Momente zuvor. Hammer war nicht allzuweit hinter ihr, neben ihr Cahoon in höchster Anspannung mit weitaufgerissenen Augen, da er plötzlich mit einer Realität konfrontiert war, die von seiner eigenen unendlich weit entfernt war.
»Kostet dich 'nen Fünfziger, Kleiner«, ließ Poison Brazil wissen.
So viel hatte er nicht bei sich, doch er hatte nicht die Absicht, ihr das zu sagen. »Fünfundzwanzig«, handelte er wie ein Profi.
Poison trat einen Schritt zurück, sah ihn noch einmal prüfend an und dachte an Punkin Head, der sie aus seinem fensterlosen Transporter heraus beobachtete. Er hatte sie am Morgen angeschrien und immer wieder geschlagen. Er hatte ihr Schmerzen zugefügt, wo niemand es sehen konnte, wegen der Dinge, die Blondie in der Zeitung geschrieben hatte. Poison wurde plötzlich sauer und traf einen Entschluß, der vielleicht nicht sonderlich klug war, wenn man bedachte, daß sie und Punkin Head heute Nacht schon einen reichen Idioten fertiggemacht und ihre Quote von dieser Woche bereits erreicht hatten und es von Polizei nur so wimmelte.
Eine Sache, die Brazil nicht erraten konnte, schien sie zu amüsie-

ren, und sie zeigte ihm etwas. »Siehst du die Ecke da drüben, Kleiner?« sagte sie. »Das alte Apartmenthaus? Niemand wohnt mehr drin. Ich treff dich da. Hier können wir nicht reden.«

Poison starrte in die dunkle Gasse, von wo Punkin Head sie aus seinem Wagen beobachtete. Er wußte, was sie gleich tun würde, es erregte ihn und machte ihm Lust zu töten, denn die Spanne, bis die Wirkung nachließ, wurde immer kürzer, und er brauchte diesen Kick. Punkin Head empfand einen maßlosen Haß auf Blondie, der erregender war als Sex. Er konnte es kaum erwarten, zuzusehen, wie dieser verdammte Spitzel sich in seine schicken Jeans machte und vor dem allmächtigen Punkin Head flehend auf die Knie fiel. Noch nie in seinem ganzen abscheulichen und haßerfüllten Leben hatte er sich etwas so sehr zu zerstören gewünscht, und seine Erregung wurde schier unerträglich.

West entdeckte Brazils Wagen ein Stück weiter vorne. Sie beobachtete, wie die Nutte wegging, während Brazil auf die Ecke zufuhr und rechts einbog. Sie sah, wie ein alter fensterloser Transporter wie ein Aal aus der dunklen Gasse glitt.

»Großer Gott!« West geriet in Panik. »Andy, nicht!«

Sie schnappte sich das Funkgerät, trat das Gaspedal durch und schaltete das Blaulicht ein. »700. Fordere Verstärkung!« schrie sie über den Äther. »Block zweihundert West Trade. Sofort!«

Hammer hatte den Ruf gehört und gab Gas. »Mist, verdammter«, sagte sie.

»Was, zum Teufel, ist los?« Wie er es vom Militär kannte, war Cahoon sofort in Alarmbereitschaft, bereit, den Feind auszuschalten.

»Ich weiß nicht, aber bestimmt nichts Gutes.« Sie setzte ihr Blaulicht aufs Dach und schaltete die Sirene ein. Passanten sahen ihr nach.

»Haben Sie eine zweite Waffe?« fragte Cahoon.

Er war auf einmal wieder Marine-Soldat in Nordkorea, warf Granaten und robbte durch das Blut seiner Kameraden. Kein Mensch, der das erlebt hatte, war danach noch derselbe. Niemand durfte sich mit ihm anlegen. Er hatte Dinge erlebt, von dem sie keine Ahnung hatten. Er lockerte den Sicherheitsgurt.

»Schnallen Sie sich wieder an«, rief Hammer ihm in rasender Fahrt zu.
West suchte nach einer Stelle, wo sie wenden konnte. Sie fand keine, riß das Steuer herum, krachte gegen die Kante der Betonbefestigung in der Straßenmitte, rumpelte hinüber, schlug mit dem Auspuff auf und schoß mit quietschenden Reifen in Gegenrichtung davon. Sie hatte Brazil aus den Augen verloren, ebenso die Nutte und den Transporter. Noch nie war West in solcher Panik gewesen.
»Bitte, lieber Gott, hilf mir«, betete sie inbrünstig.
»Bitte!«

Brazil lenkte seinen Wagen hinter die gespenstischen Häuserruinen aus grau verwittertem Holz, die ihn aus schwarzen Fensterhöhlen anstarrten. Nirgends ein Zeichen von Leben. Er hielt an und blieb still sitzen. Mit wachsender Nervosität sah er sich um. Vielleicht war es doch keine so gute Idee gewesen. Er kramte nach dem Inhalt seiner Jeanstasche und hielt eine Handvoll zerknitterter Geldscheine in der Hand, als die junge Nutte plötzlich im Fensterrahmen auftauchte, Zigarette rauchend, einen Waschlappen in der Hand und mit einem Lächeln, das Brazils böse Vorahnungen nur bestätigte. Zum erstenmal bemerkte er den irren Glanz in ihren Augen, aber vielleicht war der ja vorher nicht dagewesen.
»Steig aus«, sagte sie und machte ihm ein Zeichen. »Erst will ich das Geld sehen.«
Brazil öffnete die Tür und stieg aus, als ein Motor hinter ihm aufheulte. Ein alter dunkler Transporter ohne Fenster kam mit hoher Geschwindigkeit über den unebenen Boden auf sie zugerast. Brazil erschrak furchtbar. Er kletterte zurück in seinen BMW und legte den Rückwärtsgang ein. Doch zu spät. Der Transporter versperrte ihm den Weg. Vor ihm war nur dichtes Gebüsch, auf der anderen Seite ein tiefer Wassergraben. In der Falle, beobachtete Brazil, wie sich die Fahrertür öffnete. Wie gebannt nahm er die Erscheinung eines großen, häßlichen Zwitterwesens in sich auf, das weder eine sie noch ein er war, mit kürbisfarbenen, in Rippen wie Getreideähren eng an den Schädel geflochtenen Zöpfen. Es sprang heraus und ging mit schlangenhaftem Grinsen auf Brazil zu, in der einen

Hand eine großkalibrige Pistole, die andere schüttelte eine Dose mit Sprühfarbe.
»Da ist uns aber ein Süßer ins Netz gegangen«, sagte Punkin Head zu Poison. »Das wird lustig. Dem werden wir zeigen, was wir mit einem Spitzel machen.«
»Ich bin kein Spitzel«, erklärte Brazil.
»Er ist Reporter«, sagte Poison.
»Ein Reporter«, höhnte Punkin Head, während sein Ärger in unkontrollierbare Wut umschlug, als Erinnerungen an Geschichten über die Schwarze Witwe zurückkamen, kurz aufblitzten und ihn wieder rasend machten.
Seine Stories waren das letzte, was Brazil jetzt interessierte. Er dachte schnell nach. Poison lachte. Sie zog ein Springmesser hervor und ließ es aufschnappen.
»Raus aus dem Wagen! Gib mir die Schlüssel.« Punkin Head kam näher und fixierte seine Beute. Mit der 45er zielte er genau zwischen Blondies Augen.
»Ist ja gut, ist ja gut. Bitte nicht schießen.« Brazil wußte, wann es besser war, zu kooperieren.
»Bettelt da einer?« Punkin Head gab ein scheußliches Geräusch von sich, das wohl ein Lachen sein sollte. *»Bitte nicht schießen«*, äffte er Brazil nach.
»Schlitzen wir ihn erst mal ein bißchen auf.« Poison wartete vor der Fahrertür des BMW, das Messer bereit, diesem Reporterjüngelchen einen Schnitzer beizubringen, wo er es wirklich merken würde.
Brazil stellte den Motor ab. Mit zitternden Händen zog er die Schlüssel ab. Sie fielen zu Boden. Als er im Dunkeln nach ihnen tastete, jagte West gerade mit quietschenden Reifen um die Ecke und bog hinter den verlassenen Apartmenthäusern ein. Es krachten Schüsse, zwei hintereinander, dann noch zwei. Wests Sirene heulte ohne Unterlaß, während weitere vier Schüsse abgegeben wurden. Vier Sekunden nach West bog Hammer ein, hörte die Schüsse und schaltete die Sirene ein, während gleichzeitig aus allen Richtungen der Queen City Verstärkung anrückte. Die Nacht glich einem rot und blau flackernden Kriegsschauplatz.
West stürzte mit gezogener Waffe aus ihrem Wagen. Hammer war

direkt hinter ihr, mit entsicherter und schußbereiter Pistole. Die beiden Frauen suchten den geparkten Transporter ab, dessen Motor noch lief. Sie starrten auf die zwei blutüberströmten und leblosen Körper, die neben einem offenen Springmesser und einer Sprühdose lagen. Dann entdeckten sie Brazil, der die geliehene 380er so fest umklammert hielt, als könnten seine Opfer ihm noch etwas anhaben. Die Waffe zuckte unkontrolliert in seinen verkrampften Händen. Cahoon näherte sich dem Tatort, starrte auf die beiden Toten, dann wanderte sein Blick hinauf zu der hellerleuchteten Skyline mit seinem Palast, der alles überragte.

West ging zu Brazil. Vorsichtig nahm sie ihm die Waffe aus der Hand und ließ sie zusammen mit den leeren Patronenhülsen in einen durchsichtigen Plastikbeutel gleiten.

»Es ist alles ist okay«, sagte sie zu ihm. Er blinzelte, zitterte am ganzen Körper und blickte sie verstört an.

»Andy«, sagte sie. »Dies ist sehr traumatisch. Ich hab das alles schon mal durchgemacht. Ich weiß, wie das ist, und werde dir helfen, darüber hinwegzukommen, okay? Ich bin jetzt für dich da. Hast du gehört?«

Sie nahm ihn in die Arme. Andy Brazil vergrub seine Finger in ihrem Haar. Er schloß die Augen und hielt sie fest.